THE VARIATION
THEORY OF
COMPARATIVE
LITERATURE

比较文学变异学

曹顺庆 王超 等 著

商务印书馆
The Commercial Press

目 录

绪论：建构比较文学中国话语 ·· 1

第一章　变异学国内外研究现状 ·· 13
　　第一节　变异学国内研究现状 ··· 13
　　第二节　变异学国外研究现状 ··· 21
　　第三节　学科内外：变异学未来发展空间 ······························· 29

第二章　变异学的中国哲学基础 ·· 36
　　第一节　"变文格义"与隋唐佛学中的变异思想 ························ 37
　　第二节　"格物致知"与宋明理学中的变异思想 ························ 48
　　第三节　"训诂义疏"与乾嘉朴学中的变异思想 ························ 59

第三章　变异学与当代国际比较文学 ··· 69
　　第一节　艾田伯"比较诗学"与变异学 ··································· 69
　　第二节　叶维廉"文学模子"与变异学 ··································· 73
　　第三节　德里达"解构主义"与变异学 ··································· 80

第四章　跨学科与普遍变异学 ·· 91
　　第一节　"万变有宗"：形而上学与自然哲学中的运动变化和变异问题 ······· 92
　　第二节　"从一到无穷大"：自然界和自然科学中的变化与变异问题 ········· 96
　　第三节　"变中有定"：生物界和生命科学中的变异问题 ············ 100
　　第四节　"通变则久"：文化界和人文社会科学中的变异问题 ······ 105
　　第五节　走向跨学科视域中的"普遍变异学" ························· 109

第五章　影响研究与流传变异学 ··· 113
　　第一节　影响研究中的变异现象 ··· 113
　　第二节　流传变异学的理论内涵 ··· 122

第三节　流传变异学的创新机制 …………………………………… 129
　　　第四节　流传变异学的案例解读 …………………………………… 139

第六章　平行研究与阐释变异学 …………………………………… 149
　　　第一节　平行研究中的变异现象 …………………………………… 149
　　　第二节　阐释变异学的理论内涵 …………………………………… 158
　　　第三节　阐释变异学的创新机制 …………………………………… 168
　　　第四节　阐释变异学的案例解读 …………………………………… 175

第七章　变异研究与文学他国化 …………………………………… 185
　　　第一节　文学他国化的变异现象 …………………………………… 185
　　　第二节　文学他国化的理论内涵 …………………………………… 194
　　　第三节　文学他国化的创新机制 …………………………………… 201
　　　第四节　文学他国化的实践路径 …………………………………… 210
　　　第五节　文学他国化的案例解读 …………………………………… 212

第八章　形象研究与形象变异学 …………………………………… 224
　　　第一节　形象研究中的变异现象 …………………………………… 224
　　　第二节　形象变异学的理论内涵 …………………………………… 230
　　　第三节　形象变异学的创新机制 …………………………………… 237
　　　第四节　形象变异学的案例解读 …………………………………… 244

第九章　译介研究与译介变异学 …………………………………… 253
　　　第一节　译介研究中的变异现象 …………………………………… 253
　　　第二节　译介变异学的理论内涵 …………………………………… 267
　　　第三节　译介变异学的创新机制 …………………………………… 276
　　　第四节　译介变异学的案例解读 …………………………………… 285

主要参考文献 …………………………………………………………… 298
　　　中文专著 …………………………………………………………… 298
　　　中文期刊 …………………………………………………………… 304
　　　外文专著 …………………………………………………………… 309
　　　外文期刊 …………………………………………………………… 310

后　记 …………………………………………………………………… 311

绪论：建构比较文学中国话语

近年来，"中国学术话语体系"的建构已经成为学术研究的重要议题，文化强国也成为中国的文化战略目标。习近平总书记曾指出："落后就要挨打，贫穷就要挨饿，失语就要挨骂。现在国际舆论格局总体是西强我弱，别人就是信口雌黄，我们也往往有理说不出，或者说了传不开，一个重要原因是我们的话语体系还没有建立起来，不少方面还没有话语权，甚至处于'无语'或'失语'状态，我国发展优势和综合实力还没有转化为话语优势。"[①]

1995年，在《21世纪中国文化发展战略与重建中国文论话语》一文中，笔者提出了中国在文学理论中的失语现象："中国现当代文化基本上是借用西方的理论话语，而没有自己的话语，或者说没有属于自己的一套文化（包括哲学、文学理论、历史理论等等）表达、沟通（交流）和解读的理论和方法。"[②]时至今日，中国文学理论界的"失语"问题仍然没有得以解决，一旦离开了西方学术话语，就几乎没办法进行学术研究。中国的比较文学同样如此，在长时期内依赖西方学者建构的理论话语，以"求同"为比较文学研究的基础，排除文学传播过程中产生的一系列变异现象。

然而，由西方比较文学界构建起的比较文学理论，存在着许多漏洞与不足，导致了比较文学学科新的危机。作为一门国际性的人文学科，比较文学学科应当具备世界性的研究视野，承认异质文化间文学的可比性，这就为建构比较文学中国话语提供了前提。在跨文化研究的学术浪潮中，中国比较文学界的学者们历经不懈努力，建构起了真正适合全球的学科理论。变异学学科理论的构建，使比较文学形成了一套较为完整的学术话语，弥补了西方理论中的现有缺憾，使中国学者在世界发出了自己的声音。

一、比较文学中国话语建设的必要性

长期以来，不少从事比较文学学科理论研究的学者认为，有了法国学派所提出

---

① 中共中央宣传部：《习近平总书记系列重要讲话读本》，北京：学习出版社、人民出版社2016年版，第209页。

② 曹顺庆：《21世纪中国文化发展战略与重建中国文论话语》，《东方丛刊》1995年第3辑。

的影响研究和美国学派所倡导的平行研究，整个比较文学学科理论体系就是一座完满的大厦。事实是否真的如此？回答当然是否定的。

通常，没有学过比较文学学科理论的人，在比较文学研究中都会自觉或不自觉地认为：比较文学是既求同又求异的，比较就是求同中之异，异中之同。这种直觉，实际上是正确的。但是，在欧美比较文学学科理论中，比较文学的根本目的是求同的，而不是求异的。不管是影响研究还是平行研究，其研究基础都是"求同"，是求异中之同。具体来说，影响研究求的是"同源性"，即渊源的同一性；平行研究求的是"类同性"，即不同国家文学、文学与其他学科之间的类同性。

法国学派提出的国际文学影响关系的同一性保证了实证性研究的可能性和科学性，但是却忽略了文学流传过程中的变异性。法国学派所倡导的文学影响研究，实际上是求同性的同源影响研究，仅仅关注同源性文学关系，忽略了其中复杂的变异过程和变异事实。实际上，变异是一个文学与文化交流的基本事实，更是文化交流与文明交融及创新的基本规律。影响研究不研究变异性，是法国学派学科理论的最大缺憾。在平行研究中也存在着变异问题，这是指在研究者的阐发视野中，在两个完全不同的研究对象的交汇处产生了双方的变异因子。所以，我们可以认为，不同文明的异质性导致了不同文明在阐释与碰撞中必然会产生变异，而这种变异恰好被美国学派平行研究学科理论所忽略了。

缺乏"求异"的理论，是法国学派和美国学派都存在的问题，也是他们都忽视了的问题。事实上，不承认异质性与变异性的比较文学，不可能是真正的全球性比较文学学科理论话语。而对异质性与变异性的重视，也正是比较文学变异学超越前人学科理论的创新之处。随着我国综合国力的不断增强与中外各领域交流的不断深化，比较文学"中国话语"成为学界关注的焦点。在文学研究领域，"比较文学"是一门国际性、前瞻性很强的学科。目前中国学者正在倡导建设比较文学中国学派，创建比较文学的中国话语。只有自身的学科理论强大了，本学科的民族话语充实了，我们才有底气、有实力在国际比较文学界发出自己的声音，发挥应有的作用，建设好人类共有的国际性人文学科，并推动更加合理、公正的国际学术新秩序逐步形成。

在全球化语境下的今天，国与国之间的竞争主要是整体的综合国力的竞争。对学术研究领域而言，谁占领了学术创新的制高点，走到学术最前沿，谁就能够掌握竞争的主动权和先机。尽管国家一直在大力倡导学术创新，但在人文社会科学领域，真正的学术创新和学派创建却并不多见。比较文学中国学派的建立过程正是一个学术话语创新的典型案例，比较文学在中国作为专门的、建制性的学科被学术界公认是在20世纪的80年代。就是这样一门年轻的学科，其学术队伍的庞大和学术创新的潜力却是不容低估的。中国比较文学在快速的成长中经历的波折是可以想象的，有一些问题是比较文学学科在中国诞生伊始就已经存在的，而且至今仍然存在，干扰着大家对比较文学作为学科的理解，影响了比较文学在中国存在的学理基础。经过学者们的努力奋斗，中国学人终于建立起了全球比较文学第三阶段的学科理论体系。从这个意义上说，比较文学中国学派的建立作为一个示范性个案可为我们提供一个良好的学术创新的视角。

二、比较文学中国话语的发展历程

比较文学的中国话语，意即在比较文学研究领域，建立既属于中国自己的，又符合世界的理论体系和表达方式，使其理论能够真正具有全球性的指导意义。比较文学中国话语的发展并非是一帆风顺的，这期间历经了学界的多次论争。尤其是20世纪90年代以后，中国学界领域力图打破西方的理论架构，建立起具有中国特色的比较文学理论。在这期间，中国的比较文学学者进行了几次大规模的争鸣，在探索中不断推动着学科理论的构建。中国学者提出的诸多观点，在早期并未得到西方学界的认可，异质性与变异性的合法地位曾多次遭到批评。然而，面对质疑与反对的声音，中国学者却迎难而上，用积极的态度面对西方学界的挑战，以鲜明的话语观点和跨文化传播的具体例证，证明了变异学理论的合法性。

尽管比较文学的实践在中国源远流长，早在19世纪末20世纪初，梁启超、王国维、鲁迅、周作人等学者就曾使用比较的方法进行文学研究。但比较文学"中国学派"这一概念所蕴含的理论的自觉意识，却大约出现于20世纪70年代。当时的台湾由于派出学生留洋学习，接触到大量的比较文学学术动态，率先掀起了中外文学比较的热潮。一些学者领略欧美比较文学学术风气后返身自观，觉察到中国传统文学研究方法之不足，认为有必要通过比较文学研究来讨论中国文学民族的特征，取得文学研究方法的突破。

1971年7月中下旬在中国台湾淡江大学召开的第一届"国际比较文学会议"上，朱立民、颜元叔、叶维廉、胡辉恒等学者在会议期间提出了比较文学的"中国学派"这一学术构想。在此次会议上，中国台湾学者首次提出了援西释中的"阐发法"。在比较文学中国话语的初期建构阶段，李达三、陈鹏翔（陈慧桦）、古添洪等学者致力于中国学派的理论催生和宣传。1976年，中国台湾学者古添洪和陈慧桦在《比较文学的垦拓在台湾》一书的序言中正式提出："由于这援用西方的理论与方法，即涉及西方文学，而其援用亦往往加以调整，即对原理论与方法作一考验、作一修正，故此种文学研究亦可目之为比较文学。我们不妨大胆宣言说，这援用西方文学理论与方法并加以考验、调整以用之于中国文学的研究，是比较文学中的中国派。"[①] 在这段阐述中，古添洪、陈慧桦言简意赅地提出并界定了"阐发法"，同时也对中国学界大半个世纪以来的学术实践进行了一次理论总结。编者在该书的序言中

---

① 古添洪、陈慧桦编：《比较文学的垦拓在台湾》，台北：东大图书股份有限公司1976年版，第1—2页。

明确提出:"援用西方文学理论与方法并加以考验、调整以用之于中国文学的研究,是比较文学中的中国学派。"这是关于比较文学中国学派较早的说明性文字。尽管其中提到的研究方法过于强调西方理论的普适性,遭到了美国和中国大陆比较文学学者的批评和否定,但这毕竟是第一次从定义和研究方法上对中国学派的本质进行了系统论述,具有开拓和启明的作用。

中国台湾学者提出的"阐发法",引起了国内外比较文学学界的强烈反响,赞同者有之,反对者亦有之。美国学者奥德里奇(A. Aldridge)认为:"对运用西方批评技巧到中国文学的研究上的价值,作为比较文学的一通则而言,学者们有着许多的保留。……如果以西方批评的标准来批判东方的文学作品,那必然会使东方文学减少其身份。"[1] 国内学者如孙景尧、叶舒宪等人,也反对"阐发法"的理论思想,主要是认为这种方法是用西方文学观念的模式来套用中国的文学作品,势必会造成所谓的"中国学派"脱离民族本土的学术传统之根,最终成为亦步亦趋地模仿西方的学术支流。

针对台湾学者"单向阐发"的观点,陈惇、刘象愚在所著的《比较文学概论》中,首次提出了"双向阐发"的观点。"双向阐发"指出其作为一种理论和方法,应该是两种或多种民族的文学相互阐发、相互印证,修正了"单向阐发"的缺陷。杜卫在《中西比较文学中的阐发研究》一文中,明确提出"阐发研究的核心是跨文化的文学理解"[2],充分认识到了阐发法的基本特征及其学术意义。据此,学界普遍认为中国学派的"阐发法"应该是跨文化意义上的对话和互释,"跨文化"意识上的"阐发法",才是比较文学中国学派独树一帜的比较文学方法论。

尽管道路崎岖,在中国比较文学理论发展的过程中,大陆学者仍不断致力于打破西方话语的垄断,倡导建立具有中国特色的比较文学话语。

季羡林先生1982年在《比较文学译文集》的序言中指出:"以我们东方文学基础之雄厚,历史之悠久,我们中国文学在其中更占有独特的地位,只要我们肯努力学习,认真钻研,比较文学中国学派必然能建立起来,而且日益发扬光大。"[3]

1983年6月,在天津召开的新中国第一次比较文学学术会议上,朱维之先生作了题为"比较文学中国学派的回顾与展望"的报告,在报告中他旗帜鲜明地说:"比较文学中国学派的形成(不是建立)已经有了长远的源流,前人已经做出了很多成绩,颇具特色,而且兼有法、美、苏学派的特点。因此,中国学派绝不是欧美学派的尾巴或补充。"[4] 1984年,在《中国比较文学》创刊号上,朱维之、方重、唐弢、

---

[1] 中国社会科学院文学研究所科研处《文学研究动态》编辑组:《比较文学论文选集》,北京:中国社会科学院文学研究所1982年版,第44页。

[2] 杜卫:《中西比较文学中的阐发研究》,《中国比较文学》1992年第2期。

[3] 张隆溪选编:《比较文学译文集》,北京:北京大学出版社1982年版,第2–3页。

[4] 孟昭毅:《朱维之先生与比较文学》,《中国比较文学》2005年第3期,第76页。

杨周翰等人认为中国的比较文学研究应该保持不同于西方的民族特点和独立风貌。1985年，黄宝生发表《建立比较文学的中国学派：读〈中国比较文学〉创刊号》，认为《中国比较文学》创刊号上多篇讨论比较文学中国学派的论文，标志着大陆对比较文学中国学派的探讨进入了实际操作阶段。

然而，"比较文学中国学派"的提出，并未得到西方学者的普遍认可，他们甚至撰文抨击中国学派的合理性。1987年，荷兰学者佛克马在中国比较文学学会第二届学术讨论会上，就从所谓的国际观点出发对比较文学中国学派提出了质疑，并坚定地反对建立比较文学中国学派。同时，很多国内学者也反对"中国学派"的提出，邓楠、王宇根、严绍璗等学者都认为，"中国学派"的提出是故步自封的表现，在多元文化时代提倡学派，是一种自我封闭的体现。"研究刚刚起步，便匆匆地来树中国学派的旗帜。这些做法都误导中国研究者不是从自身的文化教养的实际出发，认真读书，切实思考，脚踏实地来从事研究，而是坠入所谓'学派'的空洞概念之中。学术史告诉我们，'学派'常常是后人加以总结的，今人大可不必为自己树'学派'，而应该把最主要的精力运用到切切实实地研究之中。"①

来自国内外的批评声音并没有让中国学者失去建立比较文学中国学派的热忱。中国学者智量先生就在《文艺理论研究》1988年第1期上发表题为《比较文学在中国》一文，文中援引中国比较文学研究取得的成就，为中国学派辩护，认为中国比较文学研究成绩和特色显著，尤其在研究方法上足以与比较文学研究历史上的其他学派相提并论，建立中国学派只会是一个有益的举动。1991年，孙景尧先生在《文学评论》第2期上发表《为"中国学派"一辩》，孙先生认为佛克马所谓的国际主义观点实质上是"欧洲中心主义"的观点，而"中国学派"的提出，正是为了清除东西方文学与比较文学学科史中形成的"欧洲中心主义"。在1993年美国印第安纳大学举行的全美比较文学会议上，李达三仍然坚定地认为建立中国学派是有益的。

围绕"中国学派"的持续论争，促使中国学者在长期不懈的研究中慢慢成长，进而较为清晰地呈现出自身的理论特征和方法论体系，这正是一个学派成长的标志。二十年之后，佛克马教授修正了自己的看法，在2007年4月的"跨文明对话——国际学术研讨会（成都）"上，佛克马教授公开表示欣赏建立比较文学中国学派的想法。

在建构比较文学中国学派前，首先亟须解决的问题在于是否承认"异质性"，即跨文明文学间的可比性是否能够成立。1995年，笔者在《中国比较文学》第1期上发表《比较文学中国学派基本理论特征及其方法论体系初探》一文，对比较文学在中国复兴十余年来的发展成果作了总结，并在此基础上总结出中国学派的理论特征和方法论体系，对比较文学中国学派作了全方位的阐述。在该文中，笔者将比较

---

① 严绍璗：《双边文化关系研究与"原典性的实证"的方法论问题》，《中国比较文学》1996年第1期，第20页。

文学中国学派的一个基本特色概括为"跨文化研究",包括跨文化阐发法、中西互补的异同比较法、探求民族特色及文化寻根的模子寻根法、促进中西沟通的对话法、旨在追求理论重构的整合与建构法五种方法为支柱,正在构筑起中国学派跨文化研究的理论大厦。

如果说法美学派在跨国和跨学科上跨越了两堵墙的话,中国学派就跨越了第三堵墙,那就是东西方异质文化这堵墙。笔者认为,跨文化研究将法美学派求同的研究思维模式转向了求异,这样才能穿透中西文化之间厚厚的壁障,与跨文化研究相配套的五种研究方法更成为比较文学中国学派方法论体系的重要组成部分。笔者对理论架构法、附录法、归类法、融汇法等中国学派在形成和发展过程中的一些方法进行了阐述和分析,认为这些方法对东方文学之间的比较研究和其他东方文学与西方文学之间的比较研究也同样适用。

然而,西方学者认为比较文学的可比性在于相同性,差异是不可以被比较的。因此,中国学派的异质性研究遇到了巨大的挑战。巴登斯贝格指出:"仅仅对两个不同的对象同时看上一眼就作比较,仅仅靠记忆和印象的拼凑,靠一些主观臆想把可能游移不定的东西扯在一起来找点类似点,这样的比较决不可能产生论证的明晰性。"[1]法国学派的代表人物卡雷也认为:"并非随便什么事物,随便什么时间地点都可以拿来比较。……比较文学是文学史的一个分支;它研究在拜伦与普希金、歌德与卡莱尔、瓦尔特·司各特与维尼之间,在属于一种以上文学背景的不同作品、不同构思以至不同作家的生平之间所曾存在过的跨国度的精神交往与实际联系。"[2]韦斯坦因在《比较文学与文学理论》中说:"我不否认有些研究是可以的……但却对把文学现象的平行研究扩大到两个不同的文明之间仍然迟疑不决,因为在我看来,只有在一个单一的文明范围内,才能在思想、感情、想象力中发现有意识或无意识地维系传统的共同因素。……而企图在西方和中东或远东的诗歌之间发现相似的模式则较难言之成理。"[3]

在西方话语体系建构下的比较文学理论,一直是以西方求同式比较为框架,东西方不同文明之间文学比较的合法性是受到怀疑的。西方学者认为:如果没有"同源性"和"类同性",那就不构成可比性。显然,在西方原有的比较文学学科理论中,东西方文学是没有可比性的。多年来,中西比较文学取得了很大的成就,产生了王国维、钱锺书、季羡林等大家,但这种成就在西方比较文学学科理论看来是没有理论合法性的乱比。出现这种论断的根本原因,在于我们缺乏自己的比较文学学

---

[1] 干永昌等选编:《比较文学研究译文集》,上海:上海译文出版社1985年版,第33页。

[2] 北京师范大学中文系比较文学研究组选编:《比较文学研究资料》,北京:北京师范大学出版社1986年版,第42—43页。

[3] 〔美〕乌尔利希·韦斯坦因:《比较文学与文学理论》,刘象愚译,沈阳:辽宁人民出版社1987年版,第5—6页。

科理论话语，始终被束缚在西方的"求同"研究之中，导致中西研究的成果汗牛充栋，但却不被西方学界所认可。

在全球化的文化语境中，如果不承认不同文明间的可比性，比较文学就不可能是真正全球性的理论学科。因此，西方学者仅仅强调"同"是远远不够的，不同文化之间存在着根本的差异，在许多方面存在着不可通约性，这是一个不容否认的客观事实。跨文明比较文学研究绝不是为了简单的求同，而是在相互尊重差异性、保持各自文化个性与特质的前提下进行平等对话。在进行跨文明比较学的研究时，如果只求"同"，不辨析"异"，势必会忽略不同文化的独特个性，忽略文化的复杂性与多样性，最终使研究流于肤浅。这恰恰是西方比较文学理论所忽略的重要问题。实际上，文学的跨国、跨语言、跨学科、跨文化的流传影响过程中，更多的是变异性；文学的影响关系应当是追寻同源与探索变异的一个复杂的历程。

比较文学不比较的泛滥与忽略异质性的缺憾，构成了当前比较文学学科危机的成因，根本原因当是西方中心主义的局限。作为东方大国的中国，若不建设自己的比较文学理论话语，不以自己的比较文学理论刷新西方现有的比较文学理论，就难以避免陷入西方面临的危机中去。而西方比较文学面临的危机，恰好成为比较文学中国话语的建构的转机。

三、变异学：比较文学中国话语的成功构建

所谓"中国话语"，从根本上是指中国所特有的术语、概念和言说体系，是中国特有的言说方式或表达方式。对于比较文学学科而言，既要提出能够体现中国文化传统的概念和观点，还要用以解决世界范围内的学术研究问题。变异学的提出打破了比较文学界 X+Y 式的浅层比附，使研究视角转向前人所忽略的异质性和变异性，重新奠定了东西文学的合法性，为东西不同文明的比较提供了坚实的理论基础。

从哲学层面而言，异质性的探讨其实是当代学术界一个重要的理论问题，现当代西方的解构主义和跨文明研究两大思潮都是关注和强调差异性的，没有对异质性的关注，就不可能产生亨廷顿的文明冲突论，不可能产生德里达的解构主义，也不可能出现赛义德（Edward W. Said，又译萨义德）的东方主义。在解构主义和跨文明研究两大思潮的影响下，差异性问题已经成为当今全世界学术研究的核心问题，是全球学术界关注的焦点。中国当下的比较文学研究应该直面异质文明间的冲突与对话问题，正是在这样的学术背景下，中国学者提出了比较文学变异学的理论。

在比较文学上百年的实践中，变异现象其实早就存在，遗憾的是，西方比较文学学科理论一直没有把它总结出来，这无疑是比较文学学科理论史的一大缺憾。比较文学变异学有利于促进异质文明的相互对话，建构"和而不同"的世界，实现不同文明之间的沟通与融合。变异学并非无中生有的理论、更不是突如其来的拍脑袋

想出来的理论，而是渊源有自的。早在变异学正式提出之前，国内外若干著名学者对东西文学的异质性与变异性就有所认识、探讨和论述。

1975年，中国台湾学者叶维廉在《东西比较文学中"模子"的应用》一文中，认识到东西文学各有自己的一套不同"模子"，不同"模子"之间存在差异，如果局限于各自的文化"模子"，不可避免会对异质文化产生歪曲。赛义德1982年在《理论旅行》一文中提出了"理论旅行"说，时隔多年后又发表论文《理论旅行再思考》，形成了"理论旅行与越界"说。这一学说强调批评意识的重要性和理论变异与时空变动之间的关系。盛宁指出，赛义德撰写《理论旅行》一文的"本意是以卢卡契为例来说明任何一种理论在其传播的过程中必然要发生变异这样一个道理"[①]。

2005年，笔者正式在《比较文学学》一书中提出比较文学变异学，提出比较文学研究应该从"求同"思维中走出来，从"变异"的角度出发，拓宽比较文学的研究。2006年，笔者在《比较文学学科中的文学变异学研究》一文中为变异学下了个明确的定义，并在《比较文学教程》中对此定义作了进一步的补充。

比较文学变异学是将跨越性和文学性作为研究支点，通过研究不同国家间文学交流的变异状态及研究没有事实关系的文学现象之间在同一个范畴上存在的文学表达的异质性和变异性，探究文学现象差异与变异的内在规律性的一门学科。通过研究文学现象在影响交流以及相互阐发中呈现的变异，探究比较文学变异学的规律，将文学研究的重点由"同"转向"异"。

变异学理论主张的"异质性"与"变异性"，在承认中西方异质文化差异的基础之上，进行跨文明的交流与对话，研究文学作品在传播过程中呈现出的变异。从研究范围来看，变异学理论主要有五个方面：第一是跨国变异研究，典型代表是关于形象的变异学研究。形象学研究的对象是在一国文学作品中表现出来的他国形象，而这种他国形象就是一种"社会集体想象物"，正因为它是一种想象，必然会产生变异现象，而变异学研究的关注点即在于他国形象变化的原因。第二是跨语际变异研究，典型代表是译介学。文学作品在翻译的过程中，将跨越语言的藩篱，在接受国的文化和语言环境中被改造，在此过程中形成的变化即是变异学研究的焦点。第三是文学文本变异，典型代表是文学接受学研究。在文学的接受过程中，渗入着美学和心理学等因素，因而是无法进行实证性考察的，属于文学变异学的研究范围。第四是文化变异学研究，典型代表是文化过滤。文学从传播方转向接受方的过程中，接受方基于自身文化背景而对传播方文学作出的选择、修改、创新等行为，构成了变异学的研究对象。第五是跨文明研究，典型理论是跨文明研究中的话语变异。由于中西方文论产生的文化背景迥异，因此二者之间存在着巨大的异质性

[①] 盛宁：《"卢卡契思想"的与时俱进和衍变》，《当代外国文学》2005年第4期，第31页。

差异。西方文论在与中国文学的阐发和碰撞中，双方都会产生变异现象，因此中国学者提出了"双向阐发"的理论，主张在用西方文论阐释中国文学作品的同时，用后者来反观前者，这是变异学从差异性角度出发对跨文明研究所作出的有益突破。

变异学的主要贡献：

第一，"变异性"与"异质性"首次成为比较文学的可比性基础。法国著名学者弗朗索瓦·于连（François Jullien，又译弗朗索瓦·朱利安）对求同模式的批判时指出："我们正处在一个西方概念模式标准化的时代。"[①]中国学者习惯套用西方理论，并将其视为放之四海而皆准的公理，失去了自己的理论话语。我们在引进西方理论的时候，应该注意它的异质性和差异性，注意到文化与文学在传播影响中的变异和阐发中的变异性。

第二，明确指出了比较文学的可比性，是由共同性与差异性构成的。影响研究，是由影响的同源性与文学与文化传播中的变异性共同构成的，缺一不可。平行研究，是由文学的类同、相似的对比，以及对比中的相互阐释与误读、变异共同构成的，缺一不可。可以说只有包含变异性的研究，比较文学可比性才是完整的。

第三，从学科理论建构方面来看，比较文学变异学是一个观念上的变革。变异学的提出，让我们看到了比较文学学科从最初求"同源性"走向现在求"变异性"的转变。也就是说，它使得比较文学研究不仅关注同源性、共通性，也关注差异性、变异性，如此比较文学的学科大厦才会完满。我们中国学者提出异质性是比较文学的可比性，也就是说比较文学可比性的基础之一是异质性，这无疑就从正面回答了韦斯坦因的疑问，为东西方文学比较奠定了合法性基础，建立起了新的比较文学学科理论体系。

第四，变异是文化创新的重要路径。人们讲文化创新，常常强调文化的杂交，提倡文学的比较、对话、互补，同样是希望实现跨文化对话中的创新。但是，对于比较文化与比较文学究竟是怎样实现创新的我们还缺乏学理上的清晰认识。

变异学发现了一个重要的文化创新规律、文学创新的路径：文化与文学交流变异中的创造性，以及文学阐发变异中的创新性。这是比较文学变异学研究又一个重要理论收获。变异学研究发现，准确的翻译，不一定就有好的传播效果，而创造性翻译的变异常常是创新的起点。从创新视角出发，变异学可以解释当前许多令人困惑的学术争议性问题。例如：翻译文学是否是外国文学、创造性叛逆的合理性、西方文学中国化的理论依据如何、比较文学阐发研究的学理性问题、日本文学的变异体等等。总之，变异学提供了一个崭新的学术视野。

2013年，《比较文学变异学》（英文版）（*The Variation Theory of Comparative Literature*）由全球最大的科技出版社之一，德国的斯普林格（Springer）出版社出

---

① 秦海鹰：《关于中西诗学的对话——弗朗索瓦·于连访谈录》，《中国比较文学》1996年第2期，第82页。

版发行。中国学者提出变异学理论与方法，在世界比较文学界产生了影响，该著作系统地梳理了比较文学法国学派与美国学派研究范式的特点及局限，首次以全球通用的英语语言提出了中国比较文学学科理论话语：比较文学变异学。该书的出版，将变异学这一彰显中国特色的比较文学学科理论话语及研究方法呈现给世界。比较文学变异学理论作为比较文学"中国话语"，受到了国际学界的广泛关注与高度评价。国际比较文学学会前任主席（2005—2008）、荷兰乌特勒支大学（Utrecht University）比较文学荣休教授杜威·佛克马（Douwe W. Fokkema）亲自为《比较文学变异学》（英文版）作序。正如杜威·佛克马教授所言："曹顺庆教授的著作《比较文学变异学》（英文版）的出版，是打破长期以来困扰现在中国比较文学学者的语言障碍的一次有益尝试，并由此力图与来自欧洲、美国、印度、俄国、南非以及阿拉伯世界的各国学者展开对话。中国比较文学学者正是发现了之前比较文学研究的局限，完全有资格完善这些不足。"[①]

美国科学院院士苏源熙（Haun Saussy）、欧洲科学院院士多明哥（Cesar Dominguez）等学者合著的比较文学专著《比较文学的新动向与新方法》（*Introducing Comparative Literature: New Trends and Applications*），高度评价了笔者提出的比较文学变异学。在该专著的第 50 页，作者引用了《比较文学变异学》（英文版）中的部分内容，阐明比较文学变异学对于另一个必要的比较方向或者说是十分重要的成果。"与比较文学法国学派和美国学派形成对比，曹顺庆教授倡导第三阶段理论，即，新颖的、科学的中国学派的模式，以及具有中国学派本身的研究方法的理论创新与中国学派，通过对中西文化异质性的'跨文明研究'，曹顺庆教授的看法会更进一步地发展与进步。"[②]前任国际比较文学协会主席汉斯伯顿（Hans Bertens）在与笔者的信件中写道："我花了不少时间来阅读您的著作，但很享受阅读的过程。由于我个人的专业领域是'二战'战后文学，所以显然对于您书中所涉及的大部分材料，我称不上行家，但您的论辩与博学却使您的著作和研究很有价值。"

西方学者对变异学理论的肯定，对于中国文学理论的变异和西方文学理论的研究意义，具有十分重要的价值。多位学者专门撰写书评，肯定了变异学对于比较文学学科发展的非凡意义。欧洲科学院院士德汉（Theo D'haen）评论："我已经非常确定，《比较文学变异学》将成为比较文学发展的重要阶段，以将其从西方中心主义方法的泥潭中解脱出来，拉向一种更为普遍的范畴。"[③]

美国哈佛大学教授、美国科学院院士达姆罗什对变异学的评论："非常荣幸也很

---

① Cao Shunqing. *The Variation Theory of Comparative Literature*. Heidelberg: Springer Press, 2014. P.V.

② Cesar Dominguez, Haun Saussy, and Dario Villanueva, *Introducing Comparative literature: New Trends and Applications*, London and New York: Routledge, 2015, p. 50.

③ 王苗苗：《"中国话语"及其世界影响——评中国学者英文版〈比较文学变异学〉》，《比较文学与跨文化研究》2018 年第 2 期，第 119–120 页。

欢迎《比较文学变异学》用英语来呈现中国视角的尝试。对变异的强调提供了很好的一个视角，一则超越了亨廷顿式简单的文化冲突模式，再者也跨越了普遍的同质化趋向。"①

四、变异学对中国学术理论话语建设的借鉴意义

在学术话语权竞争日益激烈的今天，如何构建中国人文社会科学的话语体系，受到了学界内外的广泛关注。关于话语问题，是当下中华文化传播最重要的问题，重建中国话语也成为国家的文化发展战略。目前，中国文化在世界上基本没有话语权，在对外交流中往往没有自己的文化身份和立场。这种现象不仅存在于中外交往之间，甚至在国内研究中也是如此。自笔者于20世纪90年代提出中国文学理论的"失语症"现象后，虽然经过学界多年的讨论与努力，但文学理论界的"失语"现象仍然普遍存在。

值得欣慰的是，近年来出现了如《中国诗词大会》《经典咏流传》《朗读者》等文化经典节目，以面向大众的方式传播了中华传统经典，得到了广大青年的喜爱。但是，我们应该用什么理论来评论中国古体诗？用什么理论来指导它的创作？在中国文学的教材中，我们使用浪漫主义、现实主义、内容、形式、风格、典型来讲中国文学，却没有意识到这些概念都是西方的"舶来品"，我们能否使用属于我们中国的话语来讲中国文学，这始终是一个没有解决的问题。

因此，从学科理论建构方面来看，提出比较文学变异学将是一个观念上的变革。它的提出，让我们看到了比较文学学科从最初求"同源性"走向现在求"变异性"的转变。比较文学中国学派建构起的理论话语，弥补了西方理论中的诸多不足，使比较文学真正成为一门全球性的学科。以变异学理论为标志，比较文学中国学派建构起了自己的学科话语体系，并在世界范围内得到了广泛的传播和赞誉。中国比较文学话语体系的建立，实际上是在国际比较文学研究中发出属于中国的声音，在对外交往中获取话语权。经过几代学者的共同努力，比较文学学科在中国得以迅速发展，无论在理论建设方面，还是在批评实践方面，都取得了傲人的研究成果。有学者指出："中国比较文学在学术质量上和数量上均已领先于世界，可以说，当今世界比较文学的重心已经转移到了中国。……对于中国比较文学的崛起，作为西方学者的巴斯奈特，还有已故法国学者艾田伯等，也都给予了积极肯定。"②

变异学理论的成功案例，证明了中国学者有能力建构起既有中国特色的比较文学学科理论话语，同时又具有普遍意义的世界性比较文学学科理论话语。如何在传

---

① 王苗苗：《"中国话语"及其世界影响——评中国学者英文版〈比较文学变异学〉》，《比较文学与跨文化研究》2018年第2期，第124页。

② 王向远：《世界比较文学的重心已经移到了中国》，《中国比较文学》2009年第1期，第37页。

统文化的基础上，创造出新的理论话语，用新的话语来引起世界上的研究和讨论，是我们为之努力的奋斗目标。"变异"一词，是《周易》思想的重要部分，而文化传播中最重要的现象就是变异，变异学理论恰好解决了西方面临的"比较文学危机"问题。对于其他人文学科也是如此，如何能以我们自身的文化传统为基础，激活其在当代文化语境下的现代意义，是所有人文科学研究者应该时刻注意的。变异学的理论贡献，不仅体现在比较文学领域，更为人文学科的话语建设提供了先例，对于中国话语体系的建构也将起到积极的借鉴意义。

第一章 变异学国内外研究现状

第一节 变异学国内研究现状

一、国内比较文学变异学的萌发期

在笔者正式提出比较文学变异学之前,已经有学者涉及了这个重要理论问题。例如,严绍璗先生在研究日本文学的变异现象时指出:"文学的'变异',指的是一种文学所具备的吸收外来文化,并使之溶解而形成新的文学形态的能力。文学的'变异性'所表现出来的这种对外来文化的'吸收'和'溶解',不是一般意义上的理解。"因而,"变异"在一定程度上意味着基于本土经验的对本土文学的创新及发展。在此过程中,本土文学的民族性并未因"变异"而消失,而是得以延续及充实,"'排异'中实现自身的'变异'"。[①]

事实上,台湾学者提出的"阐发"法中蕴含的文论话语异质性问题已经为变异学的产生提供了客观依据。因为异质文论话语"在相互遭遇时,会产生相互激荡的态势,并相互对话,形成互识、互证、互补的多元视角下的杂语共生态,并进一步催生出新的文论话语"[②]。此种新的文论话语从本土的文化及文学背景出发,也许是对西方文论话语加以"修正"或"调整"的结果,比如"五四"期间的浪漫主义者在对西方浪漫主义的调整中,更注重继承浪漫主义的情感维度;或是渗入了本土的文化因素,在对外来"模子"的选择中而实现的文论的"他国化"变异,但此种变异并非一味地追随或排外,而是依据自身的文化传统及现实情况,有效地吸收并改造外来文论,从而使其成为中国文论话语的一部分,否则就会导致文论的"失语症"。

相比于"阐发"法中由于文论话语的异质性而产生的变异,翻译中的"变异"

---

① 严绍璗:《中日古代文学关系史稿》,长沙:湖南文艺出版社1987年版。
② 曹顺庆:《比较文学学科理论发展的三个阶段》,《中国比较文学》2001年第3期。

则显得更为"隐性"。王晓路在《中西诗学对话——英语世界的中国古代文论研究》的第三章"迁移的变异"中，阐述了英语世界经由语言的中介而对中国古代文论的不同理解与阐释，指出了语言在交流过程中的"牢笼作用"。对这一更为"隐性"的变异进行系统阐述及研究的谢天振称其为翻译中的"创造性叛逆"。在1997年出版的《比较文学》第三章"译介学"中，谢天振对翻译中的"创造性叛逆"进行了专门阐述，肯定了"创造性叛逆"的研究价值，认为在此过程中"不同文化的交流、碰撞、变形等现象表现得特别集中，也特别鲜明"[①]，并指出"创造性叛逆"的主体不仅有译者，还有读者与接受环境。依笔者之见，"创造性叛逆"究其本质，实则为跨语际翻译中的文本在语言、文化及接受层面上的变异性，是在忠实基础上对原文本的客观"叛离"。例如在跨语际翻译中，当意义与形式两者不可兼而得之地在目的语中再现时，译作势必会受制于目的语的规范而不可避免地在语言层面上产生变异。德国语言学家威廉·洪堡认为翻译是一项无法完成的任务的观点也许言过其实，但将翻译视为部分无法完成的任务却有一定的现实性。道安的"五失本，三不易"总结的五种在佛经翻译中原文在译文中"面目全非"的情况便是一个有力的佐证。萨姆瓦曾指出："我们所见到的另一种文化，在很大程度上是我们对该文化的主观的看法。"[②] 同理，我们所接触甚至熟知的很多西方文论，亦是经过语言的翻译及文化的过滤后，在很大程度上经过本土改造后的"变异"的文论。

二、国内比较文学变异学的创立发展期

不管其是"显性"抑或"隐性"，对文学及文论中的"变异"研究基本上是在现象或规律层面上进行，而未曾从理论及学科角度对其进行一番梳理总结。源于对影响研究中的形象学及媒介学中的变异问题的思考，例如形象学中的社会集体想象物生成过程中的主观性与不确定性，由此产生与异国真实形象一定的相异性，为了深入探讨，笔者提出了比较文学的变异学。"变异学"的首次命名出现于《比较文学学》一书中的第三章"文学变异学"，并将其分成译介学、形象学、接受学、主题学、文类学、文化过滤及文学误读，但在理论层面上未对"变异学"的命名展开过探讨。有学者从比较文学"变异学"研究领域的视角出发，思考："能否根据赛义德的'理论旅行'来支持'变异学'的命名？或者'理论旅行'的现象是将比较文学研究中的一个重要分支命名为'变异学'的重要根据？"[③] 根据"理论旅行"，情境的变换会引起理论的变异。一种理论"进入新环境的路绝非畅通无阻，而是必然

---

① 陈惇、孙景尧、谢天振主编：《比较文学》，北京：高等教育出版社1997年版，第145页。
② 〔美〕萨姆瓦等：《跨文化传通》，陈南等译，北京：生活·读书·新知三联书店1988年版，第109页。
③ 吴兴明：《"理论旅行"与"变异学"——对一个研究领域的立场或视角的考察》，《江汉论坛》2006年第7期。

会牵涉到与始发点情况不同的再现和制度化的过程"[1]。理论如此，文学文论自然也不例外。"变异学"自提出之日起就得到了多方的关注及探讨。对中国知网收录的论文调查统计，在其主题中输入"变异学"，笔者共搜到已发表论文70多篇，其中硕士论文9篇，但这并不包括其他涉及和探讨"变异学"但未在主题或标题中体现的论文及著作，对变异学的研究主要有以下几个方面。

首先，"变异学"理论建构方面。著作《比较文学学》、The Variation Theory of Comparative Literature 及《"理论旅行"与"变异学"——对一个研究领域的立场或视角的考察》(2006)、《变异学：比较文学学科理论的重大突破》(2008)等14篇已发表的论文对变异学提出的历史背景、理论架构及成立的理据进行了深入的阐述和分析。变异学提出之前的比较文学研究注重探讨不同文明下文学之间的"同"，并且此种"同"带有明显的欧洲中心主义倾向。中国文论的"失语症"就是此种求"同"倾向的产物。有学者注意到了这一现象并提出了自己的观点。弗朗索瓦·于连的《迂回与进入》就是对此种求"同"倾向的批判回应。虽然其对不同文明间异质性的关注与探讨具有积极意义，但其方式却具有单向、静态的指向性特征，其最终的目标是通过"他者"来反观自身。而变异学在对求"同"的回应上则更进了一步。它不仅关注比较文学中的异质性问题，更试图在此基础上达到不同文明下文学间的互补性，最终实现世界文学的总体性。变异学动态的特征使其超越了民族性，具有普适性。因此，变异学范式为处理异质性提供了一种变化的、动态的新模式。在其理论架构上，《比较文学学科理论的"跨越性"特征与"变异学"的提出》(2006)在阐述了比较文学发展的三个阶段并得出文学跨越性为比较文学基本特征的基础上，指出文学变异学为学科理论研究的新范畴，并界定了文学变异学的定义及研究领域，对在2005年《比较文学学》中提出的"变异学"研究范围作了一定的调整，认为"比较文学的文学变异学将变异性和文学性作为自己的学科支点，它通过研究不同国家之间的文学现象交流的变异状态，以及研究文学现象之间在同一范畴上存在的文学表达上的变异，从而探究文学现象变异的内在规律性所在。它可以从四个层面来进行研究，即语言层面变异学、民族国家形象变异学、文学文本变异学及文化变异学"[2]，为此后变异学领域的研究指明了方向及范围。《跨文明差异性观念与比较文学变异学建构》(2009)对"变异学"中的异质性问题作了进一步阐述，认为"曹顺庆教授将差异性拉向共时的文学文本审美和历时的文化功能的变异性上，在文明异质性基础上重新将比较文学历史化和美学化，始终把文学性和文化性作为比较文学学科理论不可偏废的两极，并把哲学层面上的异质性拉回到对于文

---

[1] 〔美〕爱德华·W.赛义德：《赛义德自选集》，谢少华、韩刚等译，北京：中国社会科学出版社1999年版，第138页。

[2] 曹顺庆：《比较文学学科理论的"跨越性"特征与"变异学"的提出》，《中外文化与文论》2006年第1期，总第13辑。

学研究可以具体操作的文学变异性中"①，并总结了比较文学实践上的五个学科分支，即诗学变异性、审美变异性、文本变异性、语言变异性和文化变异性。再者，"变异学"理论建构的其中一个学术特征便是始终与跨文明背景下的比较文学研究的"合法性"交织在一起。对此，《跨文明语境下的比较文学变异学研究》一文指出变异学是在当今世界全球化背景下中西文明的交流与碰撞的结果。变异学中的形象变异与文学文论的他国化研究对比较文学学科理论的突破与发展有着重要意义，"任何一种理论在不同的语境中都会表现出不同的面貌、形态和内涵，应当重视根据中国经验对西方理论所作的阐释，重视这种阐释与原理论的冲突，重视从中国经验与自身理论出发对引进理论进行自觉的理性抵抗与反动"②。

其次，"变异学"理论阐述方面。《跨文明"异质性研究"——21世纪比较文学研究的一个重要领域》(2006)、《比较文学学科中的影响变异学研究》(2009)、《比较文学变异学研究探析》(2009)、《从变异学的角度重新审视异国形象研究》(2014)等22篇文章对变异学的理论特征及学理基础进行了详细深入的阐述，主要探讨了变异学视角下的可比性基础，变异学对翻译研究、影响研究及平行研究的启示性作用。《文学变异学视野下的语言变异研究》(2007)，探讨了语言层面的变异学，指出了其所指的语言变异现象区别于因为译者能力不足而造成的错译、滥译，并对跨文化交流作出了巨大的贡献。这种从"变异学"视角来审视翻译中的变异现象对重新思考传统翻译中的原文与译文的关系给予了全新启发，即从语言层面的关注转换深入到关注语言变异现象背后的动因，同时也有助于"比较文学反思和重新定位学科的目标，有助于发掘文学新质的生成机制以及探讨文学发展的动力问题"③。此外，"可比性"一直是比较文学研究中不可回避的重要问题之一。《"不可通约性"与"和而不同"——论比较文学变异学的可比性基础》(2008)则从变异学角度探讨了比较文学的可比性基础，即将变异学的学理基础异质性视为学科的另一可比性基础，从而突破了之前比较文学研究中以求"同"为可比性基础的局限，为跨文明视野下的比较文学研究提供新的理论视角，解除了以求"同"为目的的研究困境。"比较文学变异学的可比性基础异质性的提出正是中西两种关注普世性差异思想影响下的必然，是解决整个世界比较文学发展困境与学科建构问题的理论革命。"④再者，变异学的提出能很好地解决形象学中的变异问题，辨清形象学的学科定位。"法国学派的理论缺失在于不能反映文学流传中信息的失落、增添与误读，以及不同历史时期、不同接受者、不同文明的影响下的文学阅读的差异。尽管法国

---

① 刘圣鹏：《跨文明差异性观念与比较文学变异学建构》，《吉首大学学报》2009年第2期。
② 万燚：《跨文明语境下的比较文学变异学研究》，《内蒙古社会科学》2013年第1期。
③ 吴琳：《文学变异学视野下的语言变异研究》，《理论探索》2007年第1期。
④ 张雨：《"不可通约性"与"和而不同"——论比较文学变异学的可比性基础》，《中外文化与文论》2008年第1期，总第15辑。

学者对此也已有所察觉，但他们没有解决这个问题，以至于仍将这个比较文学学科归为实证性影响研究之列。"[1] 理论的阐述有助于人们更好地理解理论框架，有助于指导人们将其运用于具体的实例之中。

再次，"变异学"理论运用方面。此类文章如《品钦在中国的译介研究》等主要运用变异学理论来进行个案的分析与研究，集中在作品的译介与接受研究，并在此基础上，探讨作品旅行到"他者"过程中产生的变异及其缘由。任何翻译都不是在真空中进行的，都会受到不同意识形态、话语言说方式及译者主体性的影响。翻译中出现的"形象变形"及"创造性叛逆"都是两种文化"异质性"的间接折射。因此，在研究过程中，应该站在变异学的视角，透过翻译现象来追溯并探究现象背后的实质，挖掘并正视其中的"异质性"，而不是用单一静态的翻译标准进行评判，从而达到良好的翻译文学生态。《从比较文学变异学视角看郭沫若诗歌翻译中的创造性叛逆》（2009）以《西风颂》和《鲁拜集》的译作为例，分析了译作在音韵、形式、意象上的变异，来探讨译者在翻译过程中的创造性叛逆并以此达到形象地再现原作中诗情画意的翻译目的。《一个有争议的实证性文学关系案例分析——芭蕉与中国文学》（2009）将基于事实的实证性与变异学研究相结合，在正视文学间影响的同时，探析文学流传中的非实证层面——变异现象，即外来文学对作家的影响不全是一成不变的，而是作家在自身理解的基础上同化于其创作之中，从而创造出独具艺术价值的作品。此文章兼顾案例的实证性与非实证性层面研究，较全面地分析了芭蕉与中国文学的关系，体现了变异学对影响研究中实证性所忽视的"文学性"探索的补充，以平等、客观的目光看待两国文学间的交流与关系。因而，文章得出结论："之所以关于芭蕉与中国文学的实证性影响关系存在争议，缘于芭蕉的俳句受到中国文化的影响，但松尾芭蕉和他的俳句从本质上说终究是日本的，中国文化被承接后在某种程度上发生变异。"[2]

三、国内比较文学变异学的深化期

历经了先前的萌发期和创立发展期，近年来国内比较文学变异学研究不断深化，故谓之深化期，主要体现在以下几个方面。首先，除却创立发展期的变异学理论建构、变异学理论阐述及变异学理论运用等方面，这一时期变异学研究还注重历时维度，以梳理国内变异学研究的历史脉络及其发展动向，代表作包括《国内比较文学变异学研究综述：现状与未来》（2015）、《比较文学变异学十年（2005—2015）》（2018）等论文。此文在变异学提出10年之际，对变异学理论体系及其实践指导性进行了阐述，指出了其对国内比较文学新话语建构的启发性，但同时也指出了变异学研究存在的问题，即未能阐述变异以及缺乏与国内外学界形成直接有效

---

[1] 曹顺庆、张雨：《比较文学变异学的学术背景与理论构想》，《外国文学研究》2008年第3期。
[2] 邱明丰：《从变异学审视平行研究的理论缺陷》，《求索》2009年第3期。

的交流等问题。关于后者，此理论创始人正在不断与国外学界展开不同层面的变异学对话。本章第二节"变异学国外研究现状"会对此进行详细阐述，在此不一一赘述。此类变异学综述性研究一大特点为侧重"述"，即对现有变异学研究成果的整理，由此一方面能为读者快速熟知此理论发展脉络提供捷径，另一方面也反映出国内变异学研究成果的积累度及变异学理论的相对成熟度。与此同时，我们也不能忽略其中"论"的部分，这也是此类研究较为欠缺之处。但往往一篇论文结尾处作者才会提到变异学研究存在的问题，大都有抛砖引玉之义，由此使得论文的现实指导性大打折扣。今后的变异学研究综述类文章应该兼顾述与评，由此使变异学研究有所实质性的突破。

其次，变异学研究的宏微观并进特征。这一变异学研究的共时性特点较好地继承了创立发展期的趋势，即不仅注重变异学研究的宏观层面，也未忽略变异学研究的微观层面。前者主要将比较文学与变异学研究的学科话语与理论建构联系在一起。《比较文学变异学话语建构模式研究——兼谈中国学术话语建构策略》（2018）以我国学术话语"失语"为出发点，以比较文学变异学话语建构为研究对象，从比较文学变异学话语建构模式、比较文学变异学话语建构模式的意义等方面阐述了"该学术话语以理论建构、方法体系、研究实践和平等对话为主要策略的话语建构模式，并指出其对于建设'中国特色学术话语'的指导意义"[1]。《比较文学变异学研究与中国学派》（2018）将变异学话语与中国学派的发展结合起来，探讨了变异学的"异质性"与"去西方中心主义"对于中国学派的意义，指出《比较文学变异学》的出版，则是比较文学中国学派又一力著，这部专著的问世既是中国学者对世界比较文学界的理论贡献，同时也标志着比较文学中国学派在比较文学理论和方法论体系方面的成熟"[2]。"中国学派"话题的探讨由来已久，已有几十年的历史。因此，将变异学这一理论创新与"中国学派"话语建构与创新融合探讨，对前者具有一定的启发意义，但是笔者仅仅停留于表面的探讨与比附，使得变异学的现实指导意义大打折扣。中国学派理论的建构需要时间与实践的积累。因此，笔者在开篇就提到的"标志着比较文学中国学派在比较文学理论和方法论体系方面的成熟"可能稍显乐观与主观。这也是此类研究论文的共同特点。《斯宾格勒"文明观相学"及东方衰亡西方没落论》（2018）探讨了斯宾格勒"文明观相学"的"西方中心论"，指出其"用'西方文化'这一概念来整合西欧乃至北美文化，意在强化'西方'文明形态的认同，同时却把'东方'作为一个'非西方'的模糊概念，并将其拆解为六大文明形态，运用所谓'观相学'的方法做了比较……'观相'的结果是断言各种非西方的文明形态早已衰朽死亡，唯有'西方文明'将迟至公元23世纪时才进

---

[1] 李斌：《比较文学变异学话语建构模式研究——兼谈中国学术话语建构策略》，《中外文化与文论》2018年第1期，总第38辑。

[2] 李瑞春：《比较文学变异学研究与中国学派》，《中外文化与文论》2018年第1期，总第38辑。

入没落阶段，这显然是'西方文化是世界文化的最高阶段'论的一个翻版"①，由此间接例证了变异学研究的重要性及意义。

变异学研究的另一大生命力体现在微观层面，即将变异学运用至具体文本及形象研究之中。这一类研究大多运用变异学理论来分析译介及文化传输中的形象、文化负载词等方面的变异，大多较为成熟，呈现百花齐放的态势。以变异学的形象学研究为例。《变异学视域下的西方之中国形象》（2018）"将西方的中国形象放在变异学视角下加以审视，剖析西方之中国形象变异的复杂样态，考察中国形象在西方人眼中变异的动因、机制、过程和影响，以期在世界上塑造'和而不同'的积极中国形象"②。《论1842—1919年德语文学对中国的变异式想象》（2018）探讨了1842—1919年之间的德语文学中的中国形象及其中的"变异化"态势，指出"大致而言，这种变异式想象具体表现为'能指化'的系统变异、'静止化'的结构变异以及'偏移化'的结构元变异这三个逐渐推进的层级。这种种变异的发生即源于中国与德国文化、思维方式在历史上存在的巨大差异，也来自于这一时期德语作家与德语文学的现实需要"③。《中国文学"蛇妖"形象在日本的传播——分析从〈白娘子永镇雷峰塔〉到〈蛇性之淫〉的变异》对比分析了《警世通言·白娘子永镇雷峰塔》与《雨月物语·蛇性之淫》两部小说，分析了情节、形象等要素层面的变异。作者"运用'述本与底本'的叙述学观点分析两篇小说的结构特点，同时意识到日本作为接受国所固有的民族文化与审美能动性，是如何体现在述本对底本的选择上。分析两个'蛇妖'文本的深层联系，明确中日文化传播中的'文化过滤'作用是比较文学变异学相关思想的一大体现"④。关于形象变异的研究，之前学者大多运用法国学派的形象学理论，但其对于跨文明背景下形象变异现象的分析显得愈发捉襟见肘，而变异学理论系统地阐释了文学形象变异的机制与缘由，因此能很好地指导比较文学甚至是其他学科（比如传播学）中的形象变异等问题。变异学微观层面的其他研究包括变异学与译介研究等方面。

此外，将变异学作为硕博士论文研究指导方法之一为这一时期变异学微观层面研究另一特点。据笔者不完全统计，目前运用变异学理论进行研究的硕博士论文近80篇，包括《英语世界中国古代文学史研究》《英语世界的中国新时期女性小说家研究》《英语世界金庸武侠小说译介与研究》《中国"现代派"诗人在英语世界的接受研究》《英语世界的王维诗歌研究》《英语世界里的"三言二拍"——以〈卖油

---

① 王向远：《斯宾格勒"文明观相学"及东方衰亡西方没落论》，《中外文化与文论》2018年第1期，总第38辑。

② 姜智芹：《变异学视域下的西方之中国形象》，《中外文化与文论》2018年第1期，总第38辑。

③ 赵小琪：《论1842—1919年德语文学对中国的变异式想象》，《中外文化与文论》2018年第1期，总第38辑。

④ 欧靖：《中国文学"蛇妖"形象在日本的传播——分析从〈白娘子永镇雷峰塔〉到〈蛇性之淫〉的变异》，《华文文学》2019年第3期（总期第152期），第110-115页。

郎独占花魁〉为例的研究》《英语世界中元散曲的译介与研究》《安乐哲、罗思文〈论语〉英译本研究》《英语世界的乐府研究》《英语世界的老舍研究》《谢灵运诗歌在英语世界的译介及研究》《英语世界的中国电影研究》《美国汉学界的苏轼研究》《六祖〈坛经〉英译及其在美国的研究》《英语世界中国古代女诗人研究》等论文。笔者主持的教育部重大攻关课题"英语世界中国文学研究"集结了此类相关研究成果，是对此类型研究较为全面的收集与总结。上述论文将变异学多方位立体地运用到不同的研究主题之中，是对创立发展期变异学理论运用的很好补充与深化，也为未来变异学理论运用提供了一定的指导方向。

最后，跨学科视野下的变异学研究。虽名之曰比较文学变异学研究，但这一时期变异学研究已不再局限在比较文学学科范围之内。传播学等学科借鉴变异学阐述相关问题，因此变异学研究呈现跨学科的趋势。《从变异学视角审视我国跨文化传播研究——以2000年—2014年五本CSSCI新闻传播类学术期刊为例》以变异学为视角探讨了14年间五本期刊中跨文化传播研究，提出"鉴于变异问题在跨文化传播研究中的重要性，本文对样本文献所涉及的议题进行了审视，针对研究中存在的问题，本文借鉴变异学中的译介理论、形象理论、接受理论的相关观点，为跨文化传播研究提出新的研究路径。同时，我们认为，应该辩证地对待西方的理论，对于理论中不适合中国传播语境的部分，要适当地'变形'，以使其逐渐适应中国语境"[①]，为变异学的跨学科视野树立了很好的典范。《国际广告文化在中国的跨界旅行和接受变异——基于美国"中国学"的考察视角》（2018）以国际广告文化在中国的传播为研究对象，由此论证变异学作为文化阐释的一种可能性。作者"将国际广告的中国化'旅行'导入到美国'中国学'界，通过'他者'的审视来延长行程路线，借此更为显著地放大可能带来的'变异'效果。美国中国学界以语言符号、形象、色彩、感知经验等作为研究对象，跨越国界、语言、文化、文明等多个分析单元，对变异学理论在大众文化场域中的解释效力提供了很好的理论佐证和实例支撑"[②]。作者扎实的广告学学术背景加之丰富的材料使得论证较有说服力。《从变异学视角谈外国文学阅读教学》（2018）"以美国当代短篇小说《堪萨斯》为材料的教学实践为例，突显外国文学阅读教学在选材、语言、阐释、经典化四个方面可能产生的变异，指出外国文学教学首先要以本土文化为坐标，在选材和阐发路径上不要照搬西方范本，而要根据我们的文化传统和当下国情……同时，也要以源文化为参照坐标，比较译文本和源文本的差异，比较我国读者和源语文化读者在阐释上的

[①] 杨恬、蒋晓丽:《从变异学视角审视我国跨文化传播研究——以2000年—2014年五本CSSCI新闻传播类学术期刊为例》,《当代文坛》2015年第6期,第147—152页。

[②] 李金正:《国际广告文化在中国的跨界旅行和接受变异——基于美国"中国学"的考察视角》,《中外文化与文论》2018年第1期,总第38辑。

差异,由此促进外国文学教学的问题意识、本土意识和比较意识"[1]。作者将变异学理论运用到外国文学阅读教学这一全新领域,由此拓宽了此理论的有效运用范围。《中西差异比较视野下〈霸王别姬〉海外研究之审视》(2018)则将变异学理论运用至电影研究领域,以审视此电影的中西方研究差异,"多重西方文化理论关照下的《霸王别姬》研究,呈现出了差异于本土研究的变异性特点,在阿尔都塞历史结合的框架内重审中国女性形象的影像呈现,有其独特意义和参考价值;而恣意将福柯文化暴力理论与东方影像嫁接解读并想象着构建中国文化中同性恋恐惧的逻辑论证过程,却将中国电影置于证实西方理论正确性和普适性的注脚而存在,不免有过度阐释之嫌"[2],以打通文化互通的桥梁。目前,变异学研究的跨学科视角有后来居上之势,这当然值得欣喜与鼓励,但同时也应该看到,目前研究大多呈现单项趋势,即从变异学到其他学科,而较少从其他学科反思变异学理论的特点及发展。这不失为今后此类研究的一大努力方向。当然,谈何容易,这需要不同学科学者的不断探讨与合作,以促进变异学及相关学科的共同进步与发展。

第二节　变异学国外研究现状

一、研究现状之概览

中国国家主席习近平指出:"发挥我国哲学社会科学作用,要注意加强话语体系建设。"[3]怎样建设中国话语呢?习近平主席认为:"要善于提炼标识性概念,打造易于为国际社会所理解和接受的新概念、新范畴、新表述,引导国际学术界展开研究和讨论。这项工作要从学科建设做起,每个学科都要构建成体系的学科理论和概念。"[4]笔者的英文版著作《比较文学变异学》(*The Variation Theory of Comparative Literature*[5])正是践行习近平主席"话语建设"理论的最新成果。在该著作中,笔者提出的"比较文学变异学",打造了一个易于为国际社会所理解和接受的新概念、新范畴、新表述,引导国际学术界展开了研究和讨论,得到了世界著名学者好评,产生了世界性的影响。

2014年,该著作由全球最著名的出版社之一斯普林格(Springer)出版社出版,并在美国纽约、英国伦敦、德国海德堡出版同时发行。《比较文学变异学》(英

---

[1] 邹涛:《从变异学视角谈外国文学阅读教学》,《中外文化与文论》2018年第1期,总第38辑。
[2] 石嵩:《中西差异比较视野下〈霸王别姬〉海外研究之审视》,《中外文化与文论》2018年第1期,总第38辑。
[3] 习近平:《在哲学社会科学工作座谈会上的讲话》(全文),2016年05月18日,来源:新华社。
[4] 同上。
[5] Cao Shunqing, *The Variation Theory of Comparative Literature*. Heidelberg: Springer Press, 2014.

文版）系统地梳理了比较文学法国学派与美国学派研究范式的特点及局限，首次以全球通用的英语语言提出了中国比较文学学科理论新话语——"比较文学变异学"，将这一彰显中国特色的比较文学学科理论话语及研究方法呈现给世界，打造了一个易于为国际社会所理解和接受的新概念、新范畴和新表述，引导国际学术界展开了对变异学的研究和讨论。

二、研究现状之特点

比较文学变异学理论作为比较文学"中国话语"，已经受到了国际学界的广泛关注与高度评价，真正实现了习近平主席所主张的"提炼标识性概念，打造易于为国际社会所理解和接受的新概念、新范畴、新表述，引导国际学术界展开研究和讨论"，让中国学术话语产生了世界性的广泛影响。笔者的《比较文学变异学》（英文版）一书，提出了中国比较文学学科理论话语——"比较文学变异学"。所谓比较文学变异学，是指对不同国家、不同文明的文学现象在影响交流中呈现出的变异状态的研究，以及对不同国家、不同文明的文学在相互阐发中出现的变异状态的探究。通过研究文学现象在影响交流以及相互阐发中呈现的变异，探究比较文学变异的规律。变异学研究的重点在求"异"的可比性，研究范围包括跨国变异研究、跨语际变异研究、跨文化变异研究、跨文明变异研究、文学的他国化研究等方面。变异学研究既能彰显自身特色，又具备世界眼光；既能推动理论原创，又能挽救学科危机；既能打破西方窠臼，又符合国际需求。变异学的研究正切中了当下的学术需求与话语需求。比较文学变异学是中国学者提出的比较文学学科理论，其理论核心是把异质性、变异性作为比较文学可比性的基础。这一理论不仅解决了比较文学异质性的可比性问题，也解决了文学影响关系中的变异问题，有利于挖掘不同国家、不同学科、不同文化与文明之间文学关系的变异性和创新性，以实现世界文学与文化的沟通、融合与创新，将中国新话语推向世界，构建一个"和而不同"的世界学术话语新格局。《比较文学变异学》（英文版）自出版发行以来，一直备受国际学界的关注及好评，其中包括美国、法国、荷兰、比利时、丹麦、西班牙、印度等国家著名的比较文学界的专家学者。

（一）异质性作为比较文学可比性的基础

比较文学研究关注文学现象背后隐藏的共通规律，也注重不同国家文学在流传与传播过程中产生的变异，及不同文明间的异质性因素。其可比性的基础是文学的差异性。比较文学既追求共通性，又关注异质性，以此建构世界文学交流与融合的和谐世界。

欧洲科学院院士、丹麦奥尔胡斯大学（Aarhus University）荣休教授斯文·埃里克·拉森（Svend Erik Larsen）在《世界文学》（*Orbis Litterarum*）期刊第 70 期第 5 卷中，发表了对笔者的著作《比较文学变异学》（英文版）的书评。在书评中，他指出："在《比较文学变异学》（英文版）阅读过程中，曹顺庆教授有着广博非凡的学识。他既通晓始于约1800年的欧洲比较文学，又熟知中国的经典文学的悠久的历史。"① "与许多世界文学的研究一样，曹顺庆教授始终关注不同文化文本的文学性。同时，他还探索产生文学现象、效果及概念的跨文化互动。因此，《比较文学变异学》（英文版）是进入与西方比较文学对话的邀请。而此时机也已成熟：世界文学研究、翻译研究、类型研究、对政治的研究、对人类的研究、对数字媒体以及文学的研究，《比较文学变异学》（英文版）皆有（即使部分重叠的）研究，在跨学科以及跨文化方面的对话也有见地。"②

美国普渡大学（Purdue University）英语及比较文学教授安杰莉卡·杜兰（Angelica Duran）在其主编的著作《语境中的莫言：诺贝尔文学奖获得者与全球讲故事者》（*Mo Yan in context: Nobel laureate and global storyteller*）中，称笔者与王苗苗共同署名的《中西比较文学的变异学研究》（"Variation Study in Western and Chinese Comparative Literature"）是"文学的根"（Roots）。她说："《中西比较文学的变异学研究》对中国现当代文学批评研究进行了概述，十分关注比较文学研究学科在过去、现在，以及在未来可能出现的多方面的问题。该文以中国学术研究为背景为当下与未来提供了方法论，并通过对中国比较文学发展的回顾，说明中国学者重构现有学科并关注不同文学间的变异现象。此外，该文还采用了曹顺庆教授提出的批评理论来评估文学之间的异质性和变异性，而不是假说文学普遍性。而且该文还略述了这项研究将如何有助于推动比较文学的持续发展。最后一节重点论述中国古代文学经典和莫言的作品，特别关注佛教的中国化，从而引出第三部分的结论性文章。"③ 此外，在该编著第三部分《世界主义和中国文学国际化》（"Cosmopolitanism and the Internationalization of Chinese Literature"）一文中，清华大学王宁教授也提及比较文学变异学在实际应用中的重要作用："文学批评必须继续表现其鲜明的民族特点：正如曹顺庆和王苗苗共同署名的文章《中西比较文学变异研究》④中证实以及对读者接受情况的回应。这也应取决于翻译所针对的目标读者的语言。"⑤

美国普渡大学出版社（Purdue University Press）出版的 A&HCI 学术期刊《比较文学与文化》（*CLCWeb: Comparative Literature and Culture*）2013 年第 15 期第 6

---

① Svend Erik Larsen, Book Review: Cao Shunqing. *The Variation Theory of Comparative Literature*. Heidelberg: Springer Press, 2014, 252pp. *Orbis Litterarum*, Vol 70, Issue 5, Oct 2015, p.437.

② 同上文，第 438 页。

③ Angelica Duran, Huang Yuhan, Eds. *Mo Yan in context: Nobel laureate and global storyteller*. Purdue: Purdue University Press. 2014. p.13.

④ Cao Shunqing, and Wang Miaomiao. "Variation Study in Western and Chinese Comparative Literature." *Mo Yan in Context: Nobel Laureate and Global Storyteller*. Eds. Angelica Duran and Yuhan Huang. West Lafayette: Purdue UP, 2014. pp.183–193.

⑤ Wang Ning, Cosmopolitanism and the Internationalization of Chinese Literature. Duran, Yuhan Huang, Eds. *Mo Yan in context: Nobel laureate and global storyteller*. Purdue: Purdue University Press. 2014. p.13.

卷发表了专门的书评《变异学和比较文学：对曹顺庆教授的书的评介》("Variation Theory and Comparative Literature: A Book Review Article about Cao's Work")。该书评作者认为："曹顺庆教授提出的比较文学变异学理论是对比较文学学科的重要贡献，该评判依据是自己所了解的学科的理论现状以及其在英语世界的研究现状"。[①]"尽管现今仍然对东方主义有较大的偏见，但是对于中国文化和文学的价值也应该被承认、并被纳入到比较文学研究的范畴之中。正是在此意义上，曹顺庆教授的著作显得尤为及时、尤为意义重大。"[②]此外，从与笔者的交流中，书评作者还提出了自己对于《比较文学变异学》（英文版）的看法。他说："我觉得曹顺庆教授并没有期待西方学者完全赞同或者采用他提出的这一理论观点。实际上曹顺庆教授只是希望可以更多地引起西方比较文学学者的注意，与其进行学术探讨，探讨在中国背景下中国学者在学科理论话语方面的不同的尝试。如果这一目标能够得以实现，中国比较文学研究单方面的接受西方思想的情况至少会有所改善。在过去，中国比较文学学者一直努力求'同'，而现今他们在求'异'。从这个意义上来说，《比较文学变异学》（英文版）的出版对于中国比较文学，以至世界比较文学都是一个重要的突破。"[③]

美国亚利桑那大学（University of Arizona）文学与新闻学院讲座教授李点，在《中外文化与文论》第38辑上发表了题为《世界文学与翻译/阅读的互换性》("World Literature and Translation/Reading as an Exchange of Alterity")的论文。在该论文中，他以歌德阅读中国小说而提出了世界文学这一概念开始，指出正是将变异策略应用于翻译与阅读中的互换性，对世界文学交流的共同性与异质性的发掘有促进作用。[④]他认为，变异学理论作为用于研究跨文化文学关系的批评方法已经开始对西方学术界产生重要影响。[⑤]

（二）普适性的学科理论和国际公认的标识性概念

比较文学变异学是一种普适性的学科理论和国际公认的标识性概念。它使比较文学在一定程度上超越影响研究与平行研究，超越所谓的东方视角与西方视角，去除文化保守主义与沙文主义，实现该学科"世界文学与总体文学"的研究目标。同时，变异学理论话语体系也正是中国特色的学术理论话语体系的创新。

欧洲科学院院士、西班牙圣地亚哥联合大学让·莫内讲席教授、比较文学系教授塞萨尔·多明戈斯教授（Cesar Dominguez），及美国科学院院士、芝加哥大学比

[①] Wang Ning, Variation Theory and Comparative Literature: A Book Review Article about Cao's Work. *CLCWeb: Comparative Literature and Culture,* Vol15, Issue 6, 2013. p.2.

[②] 同上文，第4页。

[③] 同上文，第2页。

[④] Li Dian, *World Literature and Translation/Reading as an Exchange of Alterity*. Cultural Studies and Literary Theory. Sum 38, 2018. p.1.

[⑤] 同上文，第9页。

较文学教授苏源熙（Haun Saussy）等学者合著的比较文学专著《比较文学的新动向与新方法》(Introducing Comparative literature: New Trends and Applications) 高度评价了笔者提出的"比较文学变异学"。在该专著的第 50 页，作者引用了笔者《比较文学变异学》（英文版）中的部分内容，阐明："比较文学变异学对于另一个必要的比较方向或者说是过程十分重要的成果是 2013 年出版的曹顺庆教授的《比较文学变异学》（英文版）。与比较文学法国学派和美国学派形成对比，曹顺庆教授倡导第三阶段理论，即，新奇的、科学的中国学派的模式，以及具有中国学派本身的研究方法的理论创新与中国学派。[《比较文学变异学》（英文版）第 43 页] 通过对中西文化异质性的'跨文明研究'，曹顺庆教授的看法会更进一步的发展与进步[《比较文学变异学》（英文版）第 43 页]，这对于中国文学理论的转化和西方文学理论的意义具有十分重要的价值。"[1]

法国索邦大学（Sorbonne University）比较文学系主任伯纳德·弗朗科（Bernard Franco）教授在他最近出版的专著《比较文学：历史、范畴与方法》(La littérature comparée: Histoire, Domaines, Méthodes)[2] 中，多次提及并称赞笔者提出的变异学理论。他认为比较文学变异学理论是中国学者对世界比较文学的重要贡献。

国际比较文学学会前任主席（2013—2016）、荷兰乌特勒支大学（Utrecht University）比较文学荣休教授汉斯·伯顿斯（Hans Bertens）从跨学科的视角对《比较文学变异学》（英文版）进行了深入的阅读与整体评价。他说他非常享受该著作的阅读过程。虽然个人的研究领域主要为"二战"战后文学，对该书中所涉及的部分内容称不上精通，但是该著作中的论点与博大精深的内容是非常值得一读的。此外，汉斯·伯顿斯教授还分享了他在阅读《比较文学的新动向与新方法》(Introducing Comparative Literature: New Trends and Applications)[3] 这一著作的体会。他表示自己十分认同苏源熙教授和塞萨尔·多明戈斯教授等学者在该著作中对比较文学变异学理论的评介："为比较文学一种必然的研究方向作出了重要贡献"。

欧洲科学院院士、丹麦奥尔胡斯大学（Aarhus University）荣休教授斯文·埃里克·拉森（Svend Erik Larsen）在《中外文化与文论》第 38 期中，发表了《多种理论和变异学理论》(Various Theories-and Variation Theory) 一文。他以文学在全球化多元文化与多维度交流中的角色为背景，以笔者的《比较文学变异学》（英文版）

---

[1] Cesar Dominguez, Haun Saussy, and Dario Villanueva, *Introducing Comparative literature: New Trends and Applications*, London and New York: Routledge, 2015. p.50.

[2] Bernard Franco, *La Litterature Comparee: Histoire, Domaines, Methodes*. Armand Colin, 2016.

[3] Cesar Dominguez, Haun Saussy, and Dario Villanueva, *Introducing Comparative literature: New Trends and Applications*, London and New York: Routledge, 2015.

为理论基础①，通过变异学理论在饮食文化、世界文学交流、实现比较文学历史概况与基本概念中的历史二元对立世界观的融合，以及变异学作为一种理论或是方法论应用于文学作品中的跨文化交流中，指出变异学研究将作为中国的学科理论话语，为全球学者提供对多元文化阐释的完整又独特的理论。②

此外，《比较文学变异学》（英文版）不仅备受国内外比较文学学者的关注，还在世界各大网络及实体书店被优先推介，十分畅销。其中，最重要的一家是美国亚马逊网站。在该网站，《比较文学变异学》（英文版）新书的参考售价为 129 美元。网站对该著作的推介信息称，变异学理论是比较文学的一个重要突破，并附有该书的内容简介：第一章：影响研究的重要功绩与缺憾；第二章：平行研究的重要功绩与学科困惑；第三章：跨语际变异学；第四章：跨文化变异学；第五章：跨文明变异学。③另外一家是堪称世界上最大的学术书店：英国布莱克威尔（Blackwell）书店。在该书店网站，《比较文学变异学》（英文版）新书的参考售价为 101.01 英镑，普遍高于同类学术性书籍的售价。该书店网站对此著作的推介信息为：对于之前对比较文学研究的局限性，以及对于可以弥补这些不足的希冀，这部著作的作者主要探讨了在世界比较文学发展的过程中，比较文学变异学的重大理论意义和学术价值。该著作将中国现代比较文学研究置于 20 世纪中国的学科理论的历史背景下。它不仅是文学传播的重要现象，也是比较文学中最有价值的研究对象。此外，它还是文化创新的重要途径。比较文学变异学理论弥补了法国学派和美国学派的主要的理论缺陷，因为其关注跨文化研究中的异质性和变异性，尤其是比较文学研究的新方向——跨文明研究。从这个意义上说，该著作试图挑战比较文学的整体理论的神话，试图构建一种可供选择的学科理论。④

（三）中国比较文学学科话语理论的全球传播

中国国家主席习近平提出："要善于提炼标识性概念，打造易于为国际社会所理解和接受的新概念、新范畴、新表述，引导国际学术界展开研究和讨论。这项工作要从学科建设做起，每个学科都要构建成体系的学科理论和概念。"⑤这就要求我们在建设中国比较文学学科理论话语时，要以超越西方现有的标准要求自己，使自身理论达到世界性高度，在不失个性的同时为世界所认可。

美国哈佛大学（Harvard University）厄内斯特·伯恩鲍姆讲席教授、比较文学

---

① Svend Erik Larsen, Various Theories–and Variation Theory. *Cultural Studies and Literary Theory*. Sum 38, 2018. p.14.

② 同上文，第 31 页。

③ https://www.amazon.com/s/ref=nb_sb_noss?url=search-alias%3Daps&field-keywords=variation+theory+of+comparative+literature.

④ http://bookshop.blackwell.co.uk/bookshop/product/The-Variation-Theory-of-Comparative-Literature-by-Shunqing-Cao/9783662523339.

⑤ 习近平：《在哲学社会科学工作座谈会上的讲话》（全文），2016 年 05 月 18 日，来源：新华社。

教授大卫·达姆罗什（David Damrosch）对该专著尤为关注。他认为《比较文学变异学》（英文版）以中国视角呈现了比较文学学科话语的全球传播的有益尝试。"曹顺庆教授对变异的关注提供了较为适用的视角，一方面超越了亨廷顿式简单的文化冲突模式，另一方面也跨越了同质性的普遍化。"此外，大卫·达姆罗什教授还分别从法国学派和美国学派的特征、跨文化变异以及文化传统等方面对该著作进行了评价。

欧洲科学院院士、《欧洲评论》（*European Review*）主编、国际现代语言文学联合会前任主席、比利时鲁汶大学（University of Leuven）英语与比较文学荣休教授西奥·德汉（Theo D'haen）对《比较文学变异学》（英文版）的内容非常认可。他认为该著作将成为比较文学发展的重要阶段，以将其从西方中心主义方法的泥潭中解脱出来，推向一种更为普遍的范畴。显然，比较文学变异学已经成为国际比较文学的一个标识性概念，成为一个有世界影响力的中国话语。

印度贾达普大学（Jadavpur University）比较文学教授善·查克拉博蒂·达斯格普塔（Subha Chakraborty Dasgupta）读到这部重要的英文著作后，专门寄信分享其兴奋的心情与阅读的体会。她说："曹顺庆教授的《比较文学变异学》（英文版）一书，无论是对美国还是西方学界都是非常重要的一部经典著作。比较文学学科实践的前提是以平等的文化交流为基础，而该著作则恰好提示了学界这样的事实：在当下的历史情境，在思想网格和理论语境中，世界文化的生态平衡遭到破坏。所有相关各方面都要共同为本学科及更文明化的目标而努力改变。"此外，"我们确实需要更加深入地研究跨文化对话，而曹顺庆教授的该著作正好召唤我们去探索新的开端"。

除了在其出版的著作《比较文学的新动向与新方法》对比较文学变异学给予高度肯定，美国科学院院士、美国芝加哥大学（The University of Chicago）比较文学教授苏源熙（Haun Saussy）还在信件中表示会抱着极大的兴致来阅读该书。（"I will read it with great interest."）欧洲科学院院士、德国慕尼黑大学（University of Munich）文学教授克里斯托弗·博德（Christoph Bode）认为该书是一份非常珍贵的礼物（prestigious gift），并且他很希望可以邀请作者一起交流相关的思想与评价。美国哥伦比亚大学（Columbia University）比较文学教授佳亚特里·C.斯皮瓦克（Gayatri Chakravorty Spivak）等国际著名比较文学学者也在书信中均表达了对《比较文学变异学》（英文版）的阅读体会与评价。

（四）世界文学视角中的比较文学变异学理论

比较文学变异学是比较文学中国学科理论的重要突破，是文明交往与文化创新的基本路径。比较文学变异学融入世界文论体系，是对西方比较文学理论进行的补充和对人类多元文化构建的阐释战略，也是世界文学交流与发展的重要的理论参考。

国际比较文学学会前任主席（2005—2008）、荷兰乌特勒支大学（Utrecht

University）比较文学荣休教授杜威·佛克马（Douwe W. Fokkema）亲自为《比较文学变异学》（英文版）作序。正如杜威·佛克马教授所言："曹顺庆教授的著作《比较文学变异学》（英文版）的出版，是打破长期以来困扰现在中国比较文学学者的语言障碍的一次有益尝试，并由此力图与来自欧洲、美国、印度、俄国、南非以及阿拉伯世界各国学者展开对话。"①"曹顺庆教授的观点含有很多中肯的见解与看法。我们可以有不同意之处，但是我们应该表达出自己的观点，以促进跨文化的展开与继续。"②"变异学理论是对注重影响研究的前法国学派及致力于美学阐释却忽略非欧洲语言文学的美国学派的回应。中国比较文学学者正是发现了之前比较文学研究的局限，完全有资格完善这些不足。然而，从历史语境中来看，曹顺庆教授所提到的各学派的兴起和互动是十分重要的。"③

2019年7月在澳门大学召开的主题为"世界各地文学和比较文学的未来"（Literature of the World and the Future of Comparative Literature）的第22届国际比较文学学会年会上，比较文学变异学分论坛作为受邀的议题之一，受到国内外多位专家学者的关注。在大会开幕式主旨发言上，西奥·德汉（Theo D'haen）教授向与会学者隆重推荐《比较文学变异学》（英文版），并称之为中国比较文学乃至亚洲比较文学崛起的代表作。此外，在比较文学变异学分论坛中，西奥·德汉教授又做了题为《从世界文学视角看比较文学变异学研究》（"The Variation Theory of Comparative Literature from a World Literature Perspective"）的小组发言。他从世界文学的视角阐释比较文学变异学理论在比较文学研究中的普适性意义，并以阐释变异在西方文学史诗（Epic）中的应用来回应笔者对中国学者王国维的悲剧意识在中国的阐释变异的研究。其中，他以德译英戏剧《大胆妈妈的黄瓜》（Mother Courage's Cucumber）在美国纽约百老汇的上演与美国观众的接受为例，指出即使在西方，语言变异也同样存在于跨国、跨语言、跨文化的文学翻译之中。他指出："西方的文学理论正在兴起，比较文学变异学理论也在发展。我们不应该试图用西方文学理论来审视中国文学、非洲文学、日本文学，以及印第安文学等非西方国家和地区的文学，而是要遵循其自身的进化过程，遵循其自身的发展过程，以他们本国的文学文化视角去解读。并且，只有这样才能通过比较的视角来发现差异，才能通过考察其文学发展状况来为其他国家的文学的研究提供参考与借鉴。最后他强调，比较文学变异学为世界文学交流与发展提供了理论支持和研究平台。"④

此外，《比较文学变异学》（英文版）还受到了英国牛津大学比较批评与翻

---

① Cao Shunqing. *The Variation Theory of Comparative Literature*. Heidelberg: Springer Press, 2014. p. V.
② 同上。
③ 同上书，第 V–Vi 页。
④ Theo D'haen, *The Variation Theory of Comparative Literature from a World comparative Literature Perspective*. Speech at The XXII Congress of ICLA, Macau, 2019.

译中心（OCCT: Oxford Comparative Criticism and Translation）的重点关注。同时，隶属于牛津比较批评与翻译中心的期刊《牛津比较批评与翻译评论》（*Oxford Comparative Criticism and Translation Review*）也对该著作高度关注，并向世界范围专家学者征集书评。

三、研究现状之意义

比较文学变异学是一个已经为国际社会所理解和接受的标识性概念，标志着比较文学学科理论中国话语的创新与重大突破，其世界性影响为建设有中国特色的文论话语和文学理论的发展做出重要的贡献与指导意义，对提高跨文明语境中的中华文化软实力的建构有着积极的推动作用。比较文学变异学其核心是关注跨文化研究中的异质性和变异性。该理论话语体系既可以解决比较文学异质性的可比性问题，又适用于对文学影响关系中的变异问题的阐释，以及研究不同国家、不同学科、不同文化与文明之间的文学关系的变异性与创造性。同时，比较文学变异学也已成为当今比较文学研究方面代表中国学派的学科理论与研究方法，不仅在文学、文化、艺术、传播学等领域广泛应用，而且作为方法论也在文化领域广泛使用，具有世界性与普适性的价值与意义，是一个易于为国际社会所理解和接受的新概念、新范畴、新表述，已经开始引导国际学术界展开研究和讨论。此外，比较文学变异学话语体系还有力地推动了中国文学话语理论的创新与发展，以实现全球话语平等对话，从而构建"和而不同"的和谐社会。建构中国比较文学学科理论话语体系，对于中国及国际比较文学学科的健康发展，对于"中国话语"在当代的整体建构，对于中华民族伟大复兴中国梦的实现，具有重要的意义。同时，建设中国话语体系，是中国文化发展、中华文化走向世界的重大战略。

第三节　学科内外：变异学未来发展空间

以上两节梳理、总结了比较文学变异学理论自2005年提出以来的国内外研究概况、特点及不足，我们从中可以清楚地看到，作为中国学者在比较文学研究领域的重大创新，这一理论在十余年来的发展历程里，除持续不断地对自身的理论体系进行了更新和完善外，还"指导"和"促生"了数量众多的富有学术价值的研究新实践，既重新激活了比较文学的学科活力，又有力地回应了近年来甚嚣尘上的比较文学"学科危机"的声音。立足于现有材料，我们有理由确认，比较文学变异学理论未来的发展空间将主要集中在以下几个领域。

一、变异学理论体系自身完善

十年来，比较文学变异学理论不论是在理论层面还是在实践层面都取得了不俗的表现，国内外学界也不乏对其的支持与赞许，然而，必须正视，目前这一理论的体系建构中尚存在一些盲点与问题，有待通过不断在未来具体的研究实践中的"试错""证伪"，来实现对自身体系的完善与发展。

例如，今后要对"变异"性质进行必要的区分。"变异"是一个较为抽象的中性词，用它来概括性地描述文学／文化交流碰撞中所产生的移位、扭曲及变形的一般进程，当然是可以的。然而，当将"变异"这一术语施用至具体的文本变异案例以及文化研究实践当中时，它就稍显"力不从心"，在性质上缺少必要的区分；换言之，"变异"作为跨文化交流的常态是客观中性的，而具体的"变异"现象则有价值高低、意义大小的差别。例如，粗通汉语的诗人庞德利用"汉字拆分法"对中国经典做出了令人"啼笑皆非"的翻译，在貌似荒唐的背后，实质上隐含着庞德锻炼"意象派"诗艺的旨趣[①]。我们显然不能将庞德的这种积极的"变异"与某些不负责任的译者粗制滥造出来的消极的"变异"混为一谈，涉及此具体研究也必须对其作出合理归类和划分，否则我们得出的科研成果与"橘枳不分"又有何异？倘若放任价值尺度的缺位而以任何"变异"为"变异"的话，比较文学变异学将和曾经不断"开疆拓土"的比较文学学科一样，不得不面对着消解、反噬自身后的"危机"，甚至"死亡"。

又如，今后要创制若干原生性"术语"，以精准描述"变异"的程度。变异学的理论框架固然宏大，但是却缺少必要的细节填充，以至于它目前无力应答如下问题："变异"因何发生，在哪里发生？"变异"是否有程度、规模、层次上的差异？如果有，如何精准描述不同程度、不同规模、不同层次的"变异"？以及"变异"的发生、进行、完成是否有一定的规律？"他国化"的提出虽然使"变异"有了"度"上的区分，但是对于一个被广泛运用到研究实践中的理论来说，"变异—他国化"这样的逻辑链还是太过简略，毕竟"他国化"只是"变异"的极端情形，而更多的"变异"现象其实处于此逻辑链的中间地带——这才是变异学需要重点关注的区域。如欲精准地把握处于"中间地带"的变异现象，变异学团队首先需要思考：如何创制出适合对其进行描述的术语？福柯曾自谦为"一个盲目的经验主义者"，认为自己推进研究的方法是"尽我所能制造工具，以期它能使物品被制造出来"，并指出"这些物品多少得由我所制造的或好或坏的工具决定。如果工具不好，制造出来的物品也不会好"[②]，这正给予研究者以术语创制的重要性的启示。

再如，以往大部分论述变异学在学理上的合理性以及对比较文学学科发展的重

[①] 赵毅衡：《诗神远游：中国如何改变了美国现代诗》，成都：四川文艺出版社2013年版，第161-168页。

[②] Foucault,M., Dits et écrits (II,1976—1988). Paris: Gallimard, 1994, p.404.

要性的研究成果都集中在历时性层面展开，今后要加强对法美学派以及其研究方法在当今语境下的动态审视，重视在共时性层面对自身学术价值的阐述。关于这点，马淞等人在《比较文学变异学研究探析》一文中指出"曹顺庆学术团队为变异学研究发表的各种论著中，将法美学派及其研究方法都固定在一个特定的时空环境中"，认为这种"仍然以历史语境中的法美学派及其研究范式作为参照"的做法实际上是"对学科研究重心的转向视而不见，夸大了一种学科危机"，"显得不合时宜"[①]；庄佩娜也意识到了这一问题，她在《国内比较文学变异学研究综述：现状与未来》一文中提及"目前大多数研究在纵向梳理比较文学学科的发展的背景来阐释比较文学变异学，……这样也许会让动态多维的比较文学学科研究范式趋于静态平面"，因此，她建议"今后的研究重心可适度转向现今比较文学学科的横向发展层面"，要求变异学的研究关注"历史语境中的影响研究与平行研究在现实语境中发生了哪些变化"，并在与之对比的基础上发现"变异学研究范式的优势与独特价值"，从而在今后的研究中"更好地解释变异学作为比较文学学科范式的独特性与普适性"[②]。

可以说，如何解决上述比较文学变异学理论体系中尚存的问题，既是对变异学的严苛考验，也是未来变异学真正获得发展与完善的重大机遇。唯有在具体的研究实践中，适时地调整自身的理论体系及论述策略，变异学在比较文学研究领域的独特性和普适性才能得到学界更广泛的体悟与认可。

二、比较文学学科理论的更新

在变异学的观照下，比较文学理论架构中最重要的几个维度——如可比性、影响研究、平行研究以及世界文学等——被重新审视或阐述，比较文学学科理论亦将因之获得大幅度的更新。

首先，关于"可比性"。传统意义上的比较文学的可比性基础是"同源性"与"类同性"，张雨敏锐地指出变异学提出的"异质性"对比较文学"可比性"概念的丰富与完善，并点明将"异质性"作为"可比性"的另一构成要素是"源于对异质文化差异性的深刻认识，也出于对当今理论界从对规则的追求转向寻求异常动向的准确把握"[③]。其次，关于"影响研究"，通过梳理其学术发展的大致历程，李艳意识到传统的影响研究"片面强调影响源的中心地位"，接受美学视域下的影响研究则"强调接受者的绝对主观性"，两种倾向都导致了"文化生态失衡的局面"的出现，而以"对于文本输出国和输入国基于异质性上的平等观照"为思想核心的变异学的

---

① 马淞、陈彦希、程丽蓉：《比较文学变异学研究探析》，《西南科技大学学报》（哲学社会科学版）2009年第4期，第64-66页。
② 曹顺庆、庄佩娜：《国内比较文学变异学研究综述：现状与未来》，《中南民族大学学报》（人文社会科学版）2015年第1期，第136-140页。
③ 张雨：《"不可通约性"与"和而不同"：论比较文学变异学的可比性基础》，《中外文化与文论》2008年第1期，总第15辑，第137-144页。

引入,"不仅让我们发现了诸多文学变异的事实,更为我们找到了一个跨文明对话的沟通平台"①。再次,关于"平行研究",变异学团队指出,由于"悬置了必然存在的差异性",即使平行研究"直接来自对影响研究的反思,是对影响研究缺陷的补充",它仍然存在着陷入"西方中心主义"的泥潭、"一元论"的泛滥以及"X+Y"式的浅度比附等理论和实践上的困惑②,因此将变异学维度引入平行研究中不仅可以使上述"困惑"迎刃而解,而且还有助于"重新考察和界定不同文明体系中文学现象的差异、变化和变异,从而更为有效地展开不同文学间的对话"③。其次,关于"世界文学"。这一概念由歌德在1827年首次提出,后经不断地传播与阐发,这一术语实际上已成为比较文学学科知识建构的资源和起点,而其所蕴含的广阔视野和理想情怀自然也成为比较文学的根本宗旨与至高追求。近年来,美国比较文学学界在反思以往"世界文学"的基础上,构建了重视作品"变化性"(Variability)的新"世界文学"的模式。在与变异学理论相比对的基础上,梁昭发现了"变异学"、新"世界文学"的契合点,即"尽管两者来自不同的学术脉络,受不同的具体问题意识激发,但同样关注比较文学如何应对当代异质文化构成和跨异质文明研究的问题",进而将二者视为当今比较诗学理论转型的新方向④。

另外,有必要在此特别提及变异学理论体系中的"他国化"命题。这一命题既是变异学团队近年来着重强调的领域,也是变异学理论对于比较文学既有学科理论体系的突破性创新。所谓"他国化"是指"一国文学在传播到他国后,经过文化过滤、译介、接受之后的一种更为深层次的变异,这种变异主要体现在传播国文学本身的文化规则和文学话语已经在根本上被他国所化,从而成为他国文学和文化的一部分",而"判断变异是否他国化,其标准在于话语规则是否发生改变"⑤。如果说跨国/语际/文化变异只是涉及了文学影响和接受中信息过滤、增添、改造、变形的话,那么"他国化"现象则是一种完全彻底的"转化"或"同化",是一种更为深刻的变异——自此,变异学理论对"变异"现象有了程度深浅、层次高低的区分和描述。

"他国化"研究路径的提出,不但为研究西方文论范畴在中国语境下的意义增殖或变形提供了别致的切入视角和具体的操作规程,促进了一批极富洞见和新意的研究成果的出现,还有效化解了当代中国学界的一些热点争议。例如,学界争议不

---

① 李艳、曹顺庆:《从变异学的角度重新审视比较文学的影响研究》,《中国比较文学》2006年第4期,第1–10页。
② 邱明丰:《从变异学审视平行研究的理论缺陷》,《求索》2009年第3期,第192–194页。
③ 孔许友:《比较文学中平行研究的得失与变异学维度的提出》,《山西师大学报》(社会科学版)2010年第3期,第59–63页。
④ 梁昭:《"变异学"和新"世界文学"模式:比较诗学新方向》,《中外文化与文论》2011年第2期,总第21辑,第69–77页。
⑤ 《比较文学概论》编写组:《比较文学概论》,北京:高等教育出版社2015年版,第180–181页。

断的"翻译文学是中国文学还是外国文学"的问题，其实就涉及了文学的"他国化"。关于这一问题，在精准概括学界关于翻译文学归属的几种不同观点的基础上，李安光在变异学理论的启发下得出了较为通达公允的结论："翻译文学不是外国文学，但它又不是完全意义上的本土文学；而是作为本土文学的一个组成部分，与外国文学、本土文学并存的、具有相对独立性的文学。"① 更重要的是，变异学理论的"他国化"命题还从理论高度总结了文学理论实现"中国化"的四条基本路径——"一是异质文化交融，激发文论新质；二是异域文论相似，互相启发阐释；三是创造性误读异质文论；四是适应需要，促进转换"，希图利用变异学"他国化"命题积极地为重建中国文论话语的实践献言献策②。

总之，出于对比较文学原有学科理论框架缺陷的清醒认知，变异学理论力图以求"异"思维取代先前的求"同"思维，强调和确立了"异质性""变异性"之于比较文学的重大价值，在一定程度上弥补了法、美学派研究中的可比性的漏洞，相信变异学理论在未来的发展和完善，一定能为比较文学学科理论的"更新"提供持续不竭的动力。

三、比较文学传统畛域的重振

在变异学的指导下，比较文学的一些传统研究领域——尤其是实证性的影响研究——被再度"活化"，激发出了不少严谨扎实的具体成果，可以预见，变异学今后必将在比较文学研究的这一领域"催生"出若干令人振奋的新质素。

"任何外来文学作品，译者或读者只要是在目标语中加以'再现'或'再生产'原文，他就必然要有意识或无意识地受制于目标语规范和读者语言阅读习惯而不可避免地产生变异"③，或者说，跨语际变异现象的存在不仅是必然的，更是普遍的。正因如此，跨语际变异研究以及随之而来的跨文化变异研究得到了变异学团队的格外重视，所取得的学术实绩也最为显著。

变异现象首先大量存在于同一文明圈的内部，在这一领域，变异学团队多以扎实的文献分析和深入的理论思辨卓有成效地展开案例研究，例如，在《流变与书写：日本文学对"朱买臣故事"的受容研究》中，作者不但梳理了日本古代文学对"朱买臣故事"的受容、改编与创新的异质化现象，还由此探究了文学质素跨疆域、跨语言、跨文化传播的逻辑规则和内在规律④。类似的文章还有《从变异学视角考察日本江户文学与"三言"的深层联系——以〈梦应鲤鱼〉〈蛇性之淫〉为例》（《明清

---

① 李安光：《从比较文学变异学角度看翻译文学的归属》，《南华大学学报》2012年第5期，第116-120页。
② 靳义增：《从变异学视角看文学理论"中国化"的基本条件》，《南阳师范学院学报》2007年第7期，第45-50页。
③ 《比较文学概论》编写组：《比较文学概论》，北京：高等教育出版社2015年版，第170页。
④ 王川：《流变与书写：日本文学对"朱买臣故事"的受容研究》，《学术界》2015年第1期，第190-200页。

小说研究》2016 年第 2 期)、《一个有争议的实证性文学关系案例分析：芭蕉与中国文学》(《学术交流》2009 年第 1 期) 等。

当然，变异现象更多地出现在跨文明的文本双向流动以及文化碰撞、融合的过程里，在这一范围内的研究中，尤其以"英语世界中国文学译介与研究（12JZD016）"项目下的学术实践最引人注目。近十年来，笔者带领课题团队"完成、发表与出版（含即将出版）的项目阶段性成果（学位论文与专著）近三十项"，其选题涵盖了先秦典籍（如李伟荣的《英语世界的〈易经〉研究》）、唐诗宋词（如黄立的《英语世界的唐宋词研究》）乃至明清、近现代等经典文学文本（如时光的《英语世界王士禛诗歌译介之研究》、续静的《英语世界的老舍研究》等），涉及的时间跨度极广。这些研究"提供了详细的资料目录，对国外的研究著述、人名及专用名词的翻译都作了详细的梳理，为国内学者查阅海外研究成果提供了快捷方便的索引路径"，并且"英语世界中国文学译介与研究"的深入开展还为变异学理论"提供了诸多具体事例与参证，对于拓广中英文比较文学桥梁，正确、深入认识英语世界的中国文学经典传译，都不无见微知著的妙用"，更重要的是这些学术实践"通过既有的研究成果，展现英语世界中国文学翻译与研究的风景线，借助'他者'的眼光反观自身，……突破了长时期以来国学研究孤芳自赏、内部循环甚至以讹传讹的惯性眂域"[①]。

随着中国文化"走出去"的逐步深入以及"一带一路"国家战略的稳步推行，今后国内对于异质文明交流和激荡过程中生成的文本、文化现象的研究一定会逐渐升温，成为学术领域的"热门"与"重点"，而变异学理论必将在其间继续发挥着独到的阐释效用。

四、跨学科交流与对话的启发

我们欣喜地看到，相关的一些学科也在变异学的启发下出现了一批不乏创见和新意的研究成果。例如，石嵩在专著《中国电影在西方的想象性接受与变异性研究》[②]以及多篇期刊论文中，主动将变异学理论引入到电影研究领域之中，试图在变异学理论的观照下"更理性全面地剖析中国电影研究在中西方之间呈现出差异化的深层次原因"[③]。又如，在音乐研究领域，有学者详细考察了民歌《茉莉花》海外流传中所呈现出的"变异"百态[④]，也有学者运用变异学"他国化"理论，考察了美国爵士乐在中国的创造性接受现象，主张使用全新的概念——"中国化爵士乐"——

[①] 董首一、张叹凤:《领异标新 玉树中华："英语世界中国文学译介与研究"阶段成果述论》,《中外文化与文论》2014 年第 2 期, 总第 27 辑, 第 286–298 页。

[②] 石嵩:《中国电影在西方的想象性接受与变异性研究》, 南昌: 江西人民出版社 2013 年版。

[③] 石嵩:《变异学视角审视下的中西方差异化中国电影研究》,《文艺评论》2015 年第 7 期, 第 140–146 页。

[④] 蒋伟:《民歌〈茉莉花〉海外流传过程中的变异问题初探》,《中外文化与文论》2015 年第 4 期, 总第 31 辑, 第 279–288 页。

来概括在中国"变异"了的爵士乐[①]。另外,还有传播学研究者站在本学科的立场上认为"跨文化传播研究缺少专门的理论资源作为探讨'变异'现象的理论基础……而比较文学变异学的相关理论,恰好可以作为阐释新闻传播中变异问题的重要话语,弥补研究中的理论空缺"[②]。以上这些成果,足以说明变异学在其他学科领域"生根结果"的情况,也足以显示变异学在学术实践上的有效性以及在理论阐释上的巨大潜力。

"文律运周,日新其业,变则其久,通则不匮"(《文心雕龙·通变》),比较文学变异学就是在以往比较文学学科理论"通变"基础上的重大创新。变异学提出后的十余年间,以"变异学"为论述主题或关键词的各类学术研究成果众多:据笔者的不完全统计,专著或论文集有 10 余部,硕博论文有 25 本左右,期刊论文大致有 120 篇——以上数据还尚未包括那些间或涉及变异学的论文及著作。除了丰富的数量外,这些成果亦拥有较高的学术质量,其内容基本上涵盖了变异学这一重大创新理论的多个维度:既有不断完善的理论构建,也有清晰深入的理论阐述,还有涉及众多领域的案例分析及具体实践。尤其需要指出,以上成果中有若干篇目是在英语世界发表或出版的,这彰显了变异学对于国内外学界的双重学术影响。上述这些事实让我们有充分的理由展望,变异学理论以其巨大的阐释效力和发展空间,今后还将会继续在比较文学的学科内外发挥不容忽视的正面、积极的影响。

[①] 魏登攀:《"中国化爵士乐":跨文化视野下的音乐变异研究》,《中外文化与文论》2015 年第 4 期,总第 31 辑,第 254–268 页。

[②] 杨恬、蒋晓丽:《从变异学视角审视我国跨文化传播研究:以 2000 年—2014 年五本 CSSCI 新闻传播类学术期刊为例》,《当代文坛》2015 年第 6 期,第 147–152 页。

第二章　变异学的中国哲学基础

　　比较文学变异学是中国比较文学研究群体作出的学科理论创新，自 2005 年提出以来，受到国内外学界的高度认同和热烈反响。实际上，很多学者早已意识到某一国文学在跨国家、跨学科、跨语际及跨文明传播接受中的变异现象。例如法国学者伽列就指出："比较文学主要不是评定作品的原有价值，而是侧重于每个民族、每个作家所借鉴的那种种发展演变。"[①] 美国学者雷马克同样注重影响交流中的变异事实："在许多影响研究中，对渊源的探索注意得过多，而对下列问题则重视不够：保留了什么、扬弃了什么，材料为什么和怎样被吸收并融化，其成效如何？"[②] 美国哈佛大学比较文学教授丹穆若什（又译"达姆罗什"）也认为："世界文学不是指一套经典文本，而是指一种阅读模式——一种以超然的态度进入与我们自身时空不同的世界的形式。"[③] 说到底，世界文学就是阅读模式的变异。当然还有赛义德的"理论旅行"以及国内学者提出的观点，如严绍璗"变异体"、谢天振"译介学"、王向远"译文学"等等。大家都以不同形式阐述了比较文学中的变异现象，但问题是：变异如何从"现象"成为一种"学"呢？它成为一种学科理论的哲学思想基础是什么呢？它和影响研究、平行研究的内在逻辑关联又是什么呢？既然变异学是比较文学的中国话语，那么我们就"振业以寻根，观澜而索源"，首先把它的中国哲学基础及思想渊源把握清楚。

---

　　① 〔法〕伽列：《〈比较文学〉初版序言》，北京师范大学比较文学研究组选编：《比较文学研究资料》，北京：北京师范大学出版社 1986 年版，第 43 页。
　　② 〔美〕雷迈克（雷马克）：《比较文学的定义和功能》，干永昌等选编：《比较文学研究译文集》，上海：上海译文出版社 1985 年版，第 209 页。
　　③ 〔美〕大卫·丹穆若什：《什么是世界文学？》，查明建、宋明炜等译，北京：北京大学出版社 2014 年版，第 309 页。

第一节 "变文格义"与隋唐佛学中的变异思想

一、"变文格义"的理论内涵

（一）变文的理论内涵

敦煌遗书自 1900 年被发现以来，为研究中古时期的中国、中亚的社会历史、科学技术、文学艺术、宗教思想等提供了数量巨大、内容丰富的原始文献资料。而郑振铎先生认为"在敦煌所发现的许多重要的中国文书里，最重要的要算是'变文'了"[1]，变文作为沟通唐代前后说唱文学的桥梁，具有极大的文学价值，因而成为了国内外众多学者的重要研究对象。因此本节在整理前人的研究成果上，对变文的理论内涵做了一个大致梳理。

最早将变文这个文体发表出来的是罗振玉先生，他根据自己所藏的首尾残缺的文献资料，将其命名为"佛曲"。而敦煌变文的名称最初是由郑振铎先生于 1929 年在《小说月报》的《敦煌的俗文学》一文中定义的——"敦煌钞本的最大珍宝乃是两种诗歌与散文联缀成文的体制所谓'变文'与'俗文'者是"[2]，而后变文的名称才逐渐被大家采用。然而"变"字究竟该如何解释以及变文文体的来源却始终存在着争议。

对于"变"字的解释，主要有以下几类具有代表性的说法。

以郑振铎先生为代表的学者认为，"变"意味着"改变"。"所谓'变文'之'变'，当是指'变更'了佛经的本文而成为'俗讲'之意。（变相是变'佛经'为图相之意。）后来'变文'成了一个'专称'，便不限定是敷衍佛经之故事了。（或简称'变'。）"[3] 这是关于"变文"最早的定义，被大多数学者所接受，具有较大影响力。

其次，认为"变"即为神变的意思。孙楷第先生在《读变文杂识》中引用了从六朝到宋代文献中出现的众多"变"字，并从汉语语义的角度研究分析认为"变"是"非常、变怪、怪变"的意思。在《读变文·变文之解》一文中，孙楷第先生认为变文的变应该解释成神通变化之变。变文得名"当由于其文述佛诸菩萨神变及经

---

[1] 郑振铎：《中国俗文学史》，上海：上海古籍出版社 2013 年版，第 132 页。
[2] 郑振铎：《敦煌的俗文学》，《小说月报》1929 年第 20 卷第 3 号。
[3] 郑振铎：《中国俗文学史》，上海：上海古籍出版社 2013 年版，第 137 页。

中所载变异之事"①。孙楷第先生的这个解释得到刘若愚、游国恩等学者的赞同。

再次，以周一良先生和关德栋先生为代表的学者认为"变"是梵语的音译。周一良先生曾言："我疑心'变'字的原语，也许就是 Citra。"②关德栋先生则认为变文之变是 mandala 的略语，变相也就是曼荼罗。然而这种外来说的说法遭到了很多学者的质疑，向达先生在《补说唐代俗讲二三事》中就从音韵和意义两个层面对音译的说法进行了反驳。

最后罗宗涛先生和向达先生则认为"变"字源于六朝时期的音乐和诗歌术语。如向达先生在《唐代俗讲考》中认为："欲溯变文之渊源，私意以为当于南朝清商旧乐中求之。"③然而梅维恒先生则指出："向氏引用来支持其观点的诗歌和民谣都在一种音乐的意义上使用了'变'这个字（如收入《乐府诗集》的'子夜变'和'欢闻变'等）。这些作品无论在内容上还是在结构上都与任何已知的变文作品没有任何相似性。"④

在"变"字阐释的基础上，学界在研究变文文体来源时存在两种针锋相对的观点，即"本土说"和"外来说"。

坚持"本土说"的学者有上文已述的罗宗涛先生和向达先生，认为变文来源于六朝时期的音乐和诗歌术语。而王庆菽先生则认为："因为中国文体原来已有铺采摛文体物叙事的汉赋，也有乐府民歌的叙事诗，用散文和韵文来叙事都具有很稳固的基础。而且诗歌和音乐在中国文学传统上就不怎样分开的。"⑤他将变文的文体溯源回了中国固有的文学体式中。冯宇先生则更进一步将变文文体的渊源锁定在了赋，他认为："我国远在战国和汉代的文学中，就有过散韵夹杂的文学作品——赋。那时人们就能将韵文和散文结合着写物、叙事与抒情。并且有的赋又具有一定的故事性，如宋玉的《神女赋》。这便是唐代变文产生的最早根源。"⑥此外还有牛龙菲、饶宗颐等学者也都是从"本体说"的角度探讨变文的来源。

坚持"外来说"的学者有上述的关德栋先生和周一良先生，二者皆认为"变"是梵语的音译。除这两位学者外，还有学者是从变文文体的角度来分析论证的。如首先对变文作出定义的郑振铎先生就曾言："'变文'的来源，绝对不能在本土的文

---

① 孙楷第：《读变文》，周绍良、白化文编著：《敦煌变文论文录》，台北：明文书局1985年版，上册第241页。
② 周一良：《读〈唐代俗讲考〉》，周绍良、白化文编著：《敦煌变文论文录》，台北：明文书局1985年版，上册第162页。
③ 向达：《唐代俗讲考》，周绍良、白化文编著：《敦煌变文论文录》，台北：明文书局1985年版，上册第56页。
④ 〔美〕梅维恒：《唐代变文》，杨继东等译，上海：中西书局2011年版，第48页。
⑤ 王庆菽：《试谈"变文"的产生和影响》，周绍良、白化文编著：《敦煌变文论文录》，台北：明文书局1985年版，上册第266页。
⑥ 冯宇：《漫谈"变文"的名称、形式、渊源及影响》，周绍良、白化文编著：《敦煌变文论文录》，台北：明文书局1985年版，上册第368页。

籍里来找到。"① 他认为虽然中国古代的散文里偶尔也会夹杂韵文，但那只是"引诗以明志"，并非像变文的文体是真正散韵交叠在一起使用的，所以它并不是变文的来源。胡适先生与郑振铎先生观点相似，他认为："印度的文学有一种特别体裁：散文记叙之后，往往用韵文（韵文是有节奏之文，不必一定有韵脚）重说一遍。……这种体裁输入中国以后，在中国文学上却发生了不小的意外影响。"②

在"本土说"和"外来说"之外，还有一种"文化交流说"，即认为变文是在中国传统文学和印度佛教文学的相互交流中形成的文体，其中既有中国传统文化的因素，也接受了汉译佛经的影响。梅维恒先生即认为："'变文'便是这样一种文化交流的象征：它不是单纯印度的或中国的，而是印度文化和中国文化综合的产物。"③ 陆永峰先生在《敦煌变文研究》一书中也认为："变文的产生、发展离不开佛教，它乃以佛经神变故事为内容，与佛教的宣传活动，特别是俗讲，联系紧密，佛教在中土的流布是变文产生的原动力。变文的产生也不可脱离中土固有文化、文学传统的影响，它在题材、体制、观念等方面，都可见中土文化的因子。变文在其一身之中，汲取了本土文化和外来文化的营养，为文化交流的果实。"④

"本土说"和"外来说"都只着眼于变文的一个方面，"本土说"看见了变文散韵结合形式的中国文化因素，但却忽略了变文与佛教的密切联系，显然是不恰当的。"外来说"虽然见到了变文体式中与印度佛教的关联，但却忽略了变文蕴藏的中土文化因素。而变文之所以能在当时的中土广为流传，正是因为它吸纳了中土文化，在自身原有的基础上产生了变异。因而笔者认为"文化交流说"当是较为中肯的见解。

（二）格义的理论内涵

"格义"是产生于中国佛教史上的概念，其基本含义是指汉魏两晋时期一些佛教学者用中国本土固有的思想去比附印度佛教概念的方法。现代学者对于格义又有广义和狭义之分。格义作为中国古代跨文化交流的方法，对比较文学学科而言具有重要价值，因而本节将对格义的理论内涵做一个梳理。

格义作为概念最先出现在梁代慧皎的《高僧传》中："时依雅门徒，并世典有功，未善佛理。雅乃与康法朗等，以经中事数，拟配外书，为生解之例，谓之格义。及毗浮、相昙等，亦辩格义，以训门徒。"⑤ "事数""谓若五阴、十二入、四谛、十二因缘、五根、五力、七觉支属"⑥；"外书"指的是佛教外的中国传统书籍；"拟

---

① 郑振铎：《中国俗文学史》，上海：上海古籍出版社 2013 年版，第 138 页。
② 胡适：《白话文学史》，北京：中国和平出版社 2014 年版，第 143 页。
③ 〔美〕梅维恒：《唐代变文》，杨继东等译，上海：中西书局 2011 年版，第 80-81 页。
④ 陆永峰：《敦煌变文研究》，成都：巴蜀书社 2000 年版，第 28 页。
⑤ 汤用彤校注：《高僧传》，北京：中华书局 1992 年版，第 153 页。
⑥ 徐震堮校笺：《世说新语·文学》，北京：中华书局 1984 年版，上册第 131 页。

配"即对比解释。所以格义在这里指的是佛教学者为了使人更易于理解佛教的思想，于是用中国传统文化里的儒家、道家、玄学等去配比解释佛教中的术语、名相。

最早对"格义"进行研究的是陈寅恪先生，他在《支愍度学说》中对格义有详细的解释。陈寅恪先生引用了上述《高僧传》中的话，但是他认为"以经中事数，拟配外书，为生解之例"①并不是只局限在名词概念的"拟配"上。"以其为我民族与他民族二种不同思想初次之混合品，在吾国哲学史上尤不可不纪。"②从这里可看出，在陈寅恪先生看来，格义是一种阐释方法，它是两种异质文化之间的对比交流，其目的在于更好地阐释佛教文化。

随后汤用彤先生在《汉魏两晋南北朝佛教史》中论及了格义，认为"格义之法，创于竺法雅"③，"盖以中国思想比拟配合，以使人易于了解佛书之方法也"。④他在《论格义》一文中对格义做了更详尽地分析解释，他认为格义的最基本含义不是指"简单的、宽泛的、一般的中国和印度思想的比较，而是一种很琐碎的处理，用不同地区的每一个观念或名词作分别的对比和等同。'格'在这里，联系上下文来看，有'比配'的或'度量'的意思，'义'的含义是'名称'、'项目'或'概念'；'格义'则是比配观念（或项目）的一种方法或方案，或者是（不同）观念（之间）的对等"。⑤吕澄先生与汤用彤先生的观点一致，他认为"格义"是"把佛书中的名相同中国书籍内的概念进行比较，把相同的固定下来，以后就作为理解佛学名相的规范"。⑥冯友兰先生在《中国哲学史新编》中则用"格义"对佛教在中国的发展进行时代划分，并认为"格义"是佛学在中国的第一发展阶段。

还有学者在前人研究基础上划分了"广义格义"与"狭义格义"。如倪梁康先生则认为："狭义的'格义'是指早期的格义，即在佛教进入中国的过程中具体得到运用的'格义'方法。""广义的'格义'则可以意味着所有那些通过概念的对等，亦即用原本中国的观念来对比外来的思想观念——以便借助于熟习的本己中国概念逐渐达到对陌生的概念、学说之领悟和理解的方法。这个意义还可以再扩大，超出中国文化的区域：我们可以将所有运用新旧概念的类比来达到对新学说之领悟的方法都称之为'格义'；甚至每一个从一种文字向另一种文字的翻译在这个意义上都是'格义'。"⑦

---

① 汤用彤校注：《高僧传》，北京：中华书局1992年版，第153页。
② 陈寅恪：《金明馆丛稿初编》，北京：生活·读书·新知三联书店2015年版，第173页。
③ 汤用彤：《汉魏两晋南北朝佛教史》，北京：商务印书馆2015年版，第191页。
④ 同上书，第192页。
⑤ 汤用彤：《理学·佛学·玄学》，北京：北京大学出版社1991年版，第284页。
⑥ 吕澄：《中国佛学源流略讲》，北京：中华书局1979年版，第45页。
⑦ 倪梁康：《交互文化理解中的"格义"现象——一个交互文化史的和现象学的分析》，《浙江学刊》（双月刊）1998年第2期。

而常亮先生则指出倪先生将翻译也纳入广义格义有所不妥。"这种'格义'式翻译是非常具体的时间行为。……如果将翻译视为广义的'格义'，那么'格义'就成了一个漫无边际的概念，从而远离了其初原的意义。"①因而常亮先生提出将佛经翻译限定在狭义"格义"的范畴内。

"格义"作为中国儒家、道家、玄学与异质的印度佛教进行对话的初步策略，固然具有自身的局限性，然而它却是跨文化交流的第一阶段，在文学史上具有启发式的作用。

二、变文：佛经的阐释变异

变文作为一种说唱题材的通俗文学作品，是伴随着佛教中国化、世俗化的进程出现的。因为它的出现"我们才知道宋、元话本和六朝小说及唐代传奇之间并没有什么因果关系。我们才明白许多千余年来支配着民间思想的宝卷、鼓词、弹词一类的读物，其来历原来是这样的"②，所以它成为了沟通中国古代文学与近代文学的一座重要桥梁。作为最开始只对佛经故事进行敷衍的变文，它在后期的阐释过程中受到中国传统文化的影响，在内容和形式上都出现了变异。变文的变异有它的现实性和可能性，以下将从这两个方面来分析变文的变异。

（一）变文变异的现实性

郑振铎曾在《中国文学史》一书中将变文分成了"变文"和"俗文"两类，之所以这么划分，是因为发现的这一类遗书中，有的演述佛经，而有的则演述非佛经故事，所以郑先生将演述佛经者称为"俗文"，将演述非佛经故事的称为"变文"。然而郑先生很快在《插图本中国文学史》中就对这一说法进行了订正，认为这两种内容其实都是变文。郑先生先前之所以会产生这种误解，正是因为变文在发展的过程中，其内容发生了变异，而这种变异有它自身的现实性和必然性。

变文变异的现实性主要表现在隋唐时日益世俗化的佛教。顾敦鍒先生指出："隋唐以来的佛教化，是根本强固、善于控制的时期。"③佛教发展到唐代，愈加受到世俗文化的浸染。这种世俗化不仅表现在僧人与世俗社会的密切交往，还表现在佛教寺院在功能上的社会化。僧人和传教场所的世俗化，使得佛教在唐代被充分中国化了。

而变文的变异正是伴随着佛教中国化、世俗化的进程出现的。随着佛教在隋唐日渐世俗化，佛教在教义、修行等各个方面都做出了改变。这种改变体现在变文的题材选择上，就是在佛教变文之外，出现了世俗变文。

在早期，变文是变更佛经的文本而成为俗讲。因为是讲唱佛经中的故事，所以

---

① 常亮、曹顺庆：《话语之"筏"：论"格义"与"洋格义"》，《中外文化与文论》2018年第2期，总第39辑。
② 郑振铎：《中国俗文学史》，上海：上海古籍出版社2013年版，第132页。
③ 张曼涛主编：《佛教与中国文化》，上海：上海书店1987年版，第76页。

在起始阶段，变文都会先引一段经文作为开端，然后才铺陈故事。但后来变文开始直接敷衍佛经故事，不再引经据典，在演述的时候有了更大的自主性，如《降魔变文》《八相变文》等。而世俗变文，即对中国传统历史故事、民间传说进行敷衍改编，如《伍子胥变文》《舜子至孝变文》等。

变文的变异除了体现在题材的选择上之外，还在于其思想内容上的变异。

比如在中国传统文化中占据极大分量的孝道思想。《孝经》是儒家传授孝道思想的经典，深刻地影响了中国民众的思想观念，因而民间有"百善孝为先"的说法。"孝子之有深爱者，必有和气；有和气者，必有愉色；有愉色者，必有婉容。"① 儒家的孝道思想提倡的奉养父母，不仅仅指在物质层面上要供养父母，还体现在精神层面上，对父母要恭敬并保持和颜悦色的态度以使父母心情愉悦。"立身行道，扬名于后世，以显父母，孝之终也"②，儒家的孝道还要求子女要建功立业以光宗耀祖。孝道思想作为中国宗法制社会的核心内容，在中国传统文化中的重要性不言而喻。因而当剃度修行，置父母、妻儿于不顾的佛教传入中国时，"身体发肤，受之父母，不敢毁伤，孝之始也"③的孝道就对其进行了驳斥。佛教为了更好地融入中国传统社会，在其思想基础上吸收了儒家的孝道思想，并且很好地呈现在了变文中。

以《目连救母变文》为例，目连的儒家孝道思想首先体现在他时时关注母亲的心情，处处为母亲着想。"母闻说已，怒色向儿。……儿闻此语，雨泪向前，愿母不赐嗔容，莫作如斯咒誓。"④ 这是目连听闻母亲并未行善且欺骗自己，于是向母亲求证，当看到母亲生气时，目连立马哭泣请求母亲原谅，希望母亲不要生气。这就体现了目连在精神层面上希望母亲时时保持心情愉悦的孝行。

在物质层面上，"儿拟外州，经营求财，侍奉尊亲"⑤，目连外出经商就是为了更好地供养母亲，竭力给母亲提供更好的物质生活。儒家曾言"父母在，不远游，游必有方"⑥，目连在征得母亲的同意后，为了更好地侍奉母亲选择外出经商，正是"游必有方"。

而张秦源先生在《从"目连救母变文"文本入手细析儒道释孝观的体现》一文中，认为《目连救母变文》不仅体现了儒家的孝道思想，同时还保留了一部分印度自己对于孝道的独特见解。比如"佛教倡导的'孝'，突破了儒家倡导的小孝，是基于'普度众生'的大孝"⑦。因此虽然佛教僧侣出家修行，无法向儒家提倡的那样

---

① 《十三经注疏》，《礼记正义》，上海：上海古籍出版社1997年版，第1594页。
② 同上书，第2545页。
③ 同上。
④ 王重民、王庆菽、向达等编著《敦煌变文集》，北京：人民文学出版社1984年版，第701-702页。
⑤ 同上书，第701页。
⑥ 《十三经注疏》，《论语注疏》，上海：上海古籍出版社1997年版，第2457页。
⑦ 张秦源：《从"目连救母变文"文本入手细析儒道释孝观的体现》，《甘肃广播电视大学学报》2016年第2期。

在父母身边侍奉,"但是他们却在修行中虔诚供养三宝并回向父母以求为父母增福增寿。同时父母在世的时候,子女要劝告父母信仰佛教、杜绝恶事、多修善事,以成无上正觉,解脱生死轮回的苦难"①。所以目连时常规劝母亲向善,并且在母亲堕入地狱后,恳请佛陀赐予他佛法以救赎母亲。

《目连救母变文》在敷衍佛经故事的时候,将中国传统的孝道观念与佛教的孝道观念进行了融合,在文章主题思想上突出了"孝"的观念。目连作为佛陀的第二大弟子,在变文中演变成了一个典型的孝子形象,这就是变文在思想上对印度佛经的变异。这种思想的变异除了孝道思想外,还有忠君思想等,在此就不再赘述。

变文在题材选择和思想内容上的变异有它的现实性,它是伴随着佛教中国化、世俗化的进程出现的。一方面,佛教日渐世俗化的进程使得作为其宣传形式的变文日益融入世俗生活中;另一方面,随着变文的日益世俗化,也进一步加快了佛教中国化的步伐。

(二)变文变异的可能性

上文在探讨变文的文体来源时提到了学界的三种观点——"本土说"、"外来说"和"文化交流说",笔者认为"文化交流说"应当是比较中肯的见解。变文这个文学形式之所以能在中国生根发芽,并且对往后的叙事文学如话本、弹词、戏剧等产生极大的影响,正是因为散韵相间的文体形式虽然为外来产物,但是在中国传统文学中散文和韵文这两个体系都很发达,因而这种文学体式在中国传统文学中找到了自己的养分并加以吸纳,使得变文在体式上的变异成为可能。

变文体制上最大的特征是散韵相间,散韵相间指的是在演述过程中散文和韵文交替出现,散文一般用于叙事,而韵文则用来渲染描绘。冯宇先生认为散韵相间的具体运用方法有三种:"一是散文韵文在文章中起同样重要的作用,两者紧密而自然地结合在一起,如《伍子胥变文》;另一是散文起主要作用,韵文重复歌咏散文的内容,用以加强散文部分,如《维摩诘经变文》;最后一种如《大目乾连冥间救母变文》,文章以散文叙述故事,韵文渲染描绘。"②

陆永峰先生认为:"变文体制应该包括两个方面的内容,即其散韵组成的整体格局和组成这一格局的各个部分——散文和韵文。在其整体格局上,变文乃继承了佛经的体制。但是在其组成部分,散文和韵文上,变文又表现出鲜明的民族性和时代性。"③

王志鹏先生则详细考察了散韵组成的整体格局在佛经体式中的来源,他认为佛典包含有祇夜和伽陀这两类经文,祇夜的意思是指"在经典前段以散文体叙说之

---

① 张秦源:《从"目连救母变文"文本入手细析儒道释孝观的体现》,《甘肃广播电视大学学报》2016年第2期。
② 冯宇:《漫谈"变文"的名称、形式、渊源及影响》,周绍良、白化文编著:《敦煌变文论文录》,台北:明文书局1985年版,上册第363页。
③ 陆永峰:《敦煌变文研究》,成都:巴蜀书社2000年版,第154页。

后，再以韵文附加于后段者"①，伽陀的意思"广义指歌谣、圣歌，狭义则指于教说之段落或经文之末，以句联结而成之韵文"，"祇夜与伽陀，实际上是佛经偈散结合的两种方式"。②这种佛经的方式在变文中被基本采纳，并且保持了其原本的语言形式。

但是散文和韵文这两个组成部分则更多地体现了中国传统文学的影响，其对于印度佛经的变异是十分明显的。

在散文方面，郑振铎先生就指出其骈俪化的倾向显然是受到了唐代通俗文学的影响，"今日所见的敦煌的变文，其散文的一部分，几没有不是以骈俪文插入应用的"③。骈文在变文中的运用多是用来描绘情景或场景，如《降魔变文》中的这一段："去城不远不近，顾望当途，忽见一园，竹木非常蓊蔚。三春九夏，物色芳鲜；冬季秋初，残花蓊蔚。草青青而吐绿，花照灼而开红。"④这就是典型骈俪化的散文形式。

而在韵文方面，陆永峰先生认为："变文韵文的形式，句法、对仗、平仄、押韵诸方面，都颇见中土特色。"⑤

首先是句法方面，变文中的韵式大多是七言，偶尔有三言的句式但一般也是两句连用，可以看作是七言的演变。这应当是受到以七言诗为主体的中国古诗的影响。

其次，不同于佛经中的诗偈，变文中的韵文基本都押韵，如《张议潮变文》："忽闻犬戎起狼心，叛逆西同把险林。星夜排兵奔疾道，此时用命总需擒。"⑥这明显地体现出中国古诗的典型特征，是变文本土化的表现。

最后，变文中出现了不少近体诗。如《八相变》中的"因何不起出门迎，礼拜求哀乞罪轻。舍却多生邪见行，从兹免作鬼神行"⑦，基本就是一首七言律绝。"变文韵文中存在接近或属于近体的诗歌，无疑是受到了唐代诗歌主流的影响。"⑧

"总的来说，佛教传入中国后，不论在形式上与内容上，都顺着汉民族的习惯，吸取了汉族的成分。"⑨这种从内容到形式上都具有鲜明民族特征的变文，正是佛教在中国化的过程中变异后的果实。比较文学变异学以异质性作为理论核心，但是这

---

① 王志鹏：《敦煌变文的名称及其文体来源的再认识》，《敦煌研究》2010年第5期。
② 同上。
③ 郑振铎：《插图本中国文学史》，北京：北京出版社1998年版，第457页。
④ 王重民、王庆菽、向达等编著：《敦煌变文集》，北京：人民文学出版社1984年版，第365页。
⑤ 陆永峰：《敦煌变文研究》，成都：巴蜀书社2000年版，第138页。
⑥ 王重民、王庆菽、向达等编著：《敦煌变文集》，北京：人民文学出版社1984年版，第114页。
⑦ 同上书，第334页。
⑧ 陆永峰：《敦煌变文研究》，成都：巴蜀书社2000年版，第146页。
⑨ 冯宇：《漫谈"变文"的名称、形式、渊源及影响》，周绍良、白化文编著：《敦煌变文论文录》，台北：明文书局1985年版，上册第368页。

个异质性的可比性限定在"同中之异","即在有同源性和类同性的文学现象的基础之上,找出异质性和变异性"。① 变文虽然在内容和形式上都在佛经的基础上发生了变异,然而不管发生了多少变异,印度佛经依然是它溯洄的源头,它是在阐释佛经的基础上发生的变异,即便是后面世俗变文中的宗教因素越来越少,然而它在形式上与印度佛经的相似依然可以看出它与佛经的联系。

而变文作为中国古代跨文明交流的成功实践,是异质文明之间相互对话碰撞,并最终在文学观念上融合重建的产物。"跨文明比较文学研究转向异质性探寻,其目的在于求得互补性,为不同文明体系的文学之间创造对话的条件,并最终促成不同文学间的互识、互证和互补。"② 变文在这个基础上也对当今比较文学的研究具有重要参考价值。

三、格义:变异方法的中国哲学基础

(一)狭义格义:佛经翻译中的译介变异

上文已经介绍了学者对于广义"格义"和狭义"格义"的区分,而狭义"格义"如常亮先生所言,是一种翻译方法。比较文学界对于翻译问题给予了高度重视,梅雷加利曾言:"翻译无疑是不同语种间的文学交流中最重要、最富特征的媒介","是自然语言所形成的各个人类岛屿之间的桥梁,是自然语言非常特殊的研究对象,并且还应当是比较文学的优先研究对象"。③ 狭义"格义"作为一种佛经翻译方法不可避免地会出现创造性叛逆现象,这种现象不仅仅是纯语言学层面的,在其背后是两套迥异的话语体系。笔者认为:"翻译本身就是一种异质文化与话语的潜在对话。"④

佛经在"格义"翻译阶段,译经者为了契合中国传统的儒家思想,在翻译佛经时多有删改。陈寅恪先生的《莲花色尼出家因缘跋》就是对这一问题的考证研究。陈先生在翻阅敦煌写本《诸经杂缘喻因由记》第一篇莲花色尼出嫁因缘时,发现文中所写的七种咒誓恶报在文中却只描写了六种。陈先生首先考证认为这个"七"非是误写,因为"七"字在文中有"设盟作七种之誓"和"作如是七种咒誓恶报"两处先后出现,所以误写的可能性不大。那是否是传写时无意脱漏了呢?陈先生又分析认为文中所写的六种恶报都详细反复叙述,如果是无意的传写脱漏不至于全部遗漏,一字不载。而且前面六种恶报的描写都意义连贯,并没有缺漏的痕迹,所以不太可能是传写无意脱漏。

---

① 《比较文学概论》编写组:《比较文学概论》,北京:高等教育出版社2015年版,第173页。
② 曹顺庆主编:《比较文学学》,成都:四川大学出版社2005年版,第44页。
③ 〔意〕梅雷加利:《论文学接受》,冯汉津译,干永昌等选编:《比较文学研究译文集》,上海:上海译文出版社1985年版,第409页。
④ 曹顺庆:《文学理论他国化研究》,《比较文学与跨文化研究》2018年第2期。

于是"仅余一可能之设想，即编集或录写此诸经杂缘喻因由记者，有所恶忌，故意删削一种恶报"①。随后陈先生引征了印度佛经的原有材料即巴利文涕利伽陀（此名依善见律毗婆沙）及法护为此经所作注解，研究发现这些记载的莲花色尼出家因缘与敦煌写本大抵相同，但有一点与其有出入，就是印度佛经中有写到莲花色尼多次改嫁以至于不认识自己的亲生孩子，而后导致了与亲生女儿一同嫁给亲生儿子的悲剧，这是导致莲花色尼最终出家的关键因素，然而这一点却在敦煌写本中被删除了。"佛法之入中国，其教义中实有与此土社会组织及传统观念相冲突者"②，"橘迁地而变为枳，吾民族同化之力可谓大矣"③，陈先生据此推论认为因为删除章节涉及乱伦，与中国传统儒家思想相悖，所以译经者在翻译时故意漏译了这一段。这种有意识的漏译正是翻译创造性叛逆的体现。

翻译的创造性叛逆在佛教的翻译中还有诸多例证，如汉晋间广为流传的佛教经典《安般守意经》，汤用彤先生认为，意字在梵文中有两层意思，"一指心意（谓末那也），一谓忆念。所谓安般守意者，本即禅法十念之一，非谓守护心意"。④ 之所以会造成这种误读，正是因为在翻译的过程中存在误译，因为中国的意字"本谓心之动而未形者"⑤。这种误译鲜明地体现了两种异质文化在交流过程中的扭曲和变形。

有意识的漏译有译者背后深层次的文化动机，这是两种异质文化在交流中出现的文化过滤现象。所谓文化过滤指的是"文学交流中接受者不同的文化背景和文化传统对交流信息的选择、改造、移植、渗透的作用。也是一种文化对另一种文化发生影响时，接受方的创造性接受而形成对影响的反作用"⑥。而翻译的误译则是因为译者在面对异质文化时，由于自身固有文化结构图式的局限，会在理解上出现偏差，而译者的误译就会进一步造成接受者的文学误读现象。而在跨文化的交流过程中，文化经过过滤、译介和文学误读之后，就有可能出现更深层次的变异即文学他国化。

（二）广义格义：从译介变异走向文学他国化

广义的"格义"则在初期翻译的基础上，进一步从理论方面去阐释佛学思想，以中国传统哲学思想去"化"佛教，使得对佛教的阐释从译介变异走向了佛教中国化的进程，而佛教中国化正是文学他国化的典型例证。

"文学的他国化是指一国文学在传播到他国后，经过文化过滤、译介、接受之后的一种更为深层次的变异，这种变异主要体现在传播国文学本身的文化规则和文

---

① 陈寅恪：《寒柳堂集》，北京：生活·读书·新知三联书店 2015 年版，第 171 页。
② 同上书，第 173 页。
③ 同上书，第 174 页。
④ 汤用彤：《汉魏两晋南北朝佛教史》，北京：商务印书馆 2015 年版，第 116 页。
⑤ 同上。
⑥ 《比较文学概论》编写组：《比较文学概论》，北京：高等教育出版社 2015 年版，第 173 页。

学话语已经在根本上被他国所化，从而成为他国文学和文化的一部分。"① 可以看到，文学他国化最核心的一点是文化规则和文学话语的改变。禅宗作为最具中国特色的佛教宗派，其文化规则和文学话语的改变最为突出。

与西方以"逻各斯"为核心构建哲学体系不同，中国以"生成论"的本源之道作为最高哲学范畴。西方哲学在发展的过程中，语言的地位不断上升，认为语言是存在之家。但以"道"为核心意义生成和话语言说方式的中国哲学则认为语言只是传达的媒介，是用来体悟"道"的工具，它甚至会妨碍意义的表达。"道生一，一生二，二生三，三生万物"②，"道"是作为万物的本源而呈现的，而语言有时并不能去追问作为宇宙本原的"道"，正如庄子所言："可以言论者，物之粗也；可以意致者，物之精也；言之所不能论，意之所不能察致者，不期精粗焉。"③ "道"的这种不可言说性生成了独具中国哲学特色的话语言说方式规则，这个规则"从言说者来讲是'言不尽意'，从表达方式来讲是'无中生有'与'立象尽意'，从接受者来讲就是'得意忘言'"④。

自诩"教外别传"的禅宗认为自己是不同于传统佛教的另一种佛教，它是在中国传统文化的话语规则下彻底"本土化"和"民族化"的中国佛教宗派。胡适先生和钱穆先生都曾用"革命"一词来形容禅宗，如胡适先生曾言："禅宗革命是中国宗教内部的一种革命运动，代表着他的时代思潮，代表着八世纪到九世纪这百多年来佛教思想慢慢演变为简单化、中国化的一个革命思想。"⑤

这种革命首先体现在禅宗顿悟的修行方式上，在印度佛教中要想修证成佛，要按照从"初住"到"十住"的阶梯一地一地渐悟，这是一个十分繁杂且困难的修行过程。但竺道生则提出了"顿悟成佛"的观念，他认为凡夫俗子只需悟得其中一乘之理就能立地成佛。这种"论'悟'不讲因缘，取'自然'义，又近于《庄子》的'体尽无穷'、'体性抱神'的'睹道'方式"⑥。禅宗不重语言的顿悟之说，显然是受到了中国以"道"为传统话语规则的影响。

其次，禅宗讲求"不立文字，以心传心"，这与注重语言的印度文化规则相悖。竺道生曾言："夫象以尽意，得意则象忘；言以诠理，入理则言息。自经典东流，译人重阻，多守滞文，鲜见圆义。若忘筌取鱼，始可与言道矣。"⑦ 这种认为文字只是用来表达意义的符号，若已经得到意义，语言符号均可以舍弃的言论与中国"言不

---

① 《比较文学概论》编写组：《比较文学概论》，北京：高等教育出版社2015年版，第180页。
② （魏）王弼注，楼宇烈校释：《老子道德经注》，北京：中华书局2011年版，第120页。
③ 孙通海译注：《庄子》，北京：中华书局2007年版，第248页。
④ 《比较文学概论》编写组：《比较文学概论》，北京：高等教育出版社2015年版，第181页。
⑤ 胡适：《禅宗史的一个新看法》，姜义华编著：《胡适学术文集·中国佛学史》，北京：中华书局1997年版，第150页。
⑥ 孙昌武：《禅宗十五讲》，北京：中华书局2016年版，第36页。
⑦ 释慧皎撰，汤用彤校注：《高僧传》，北京：中华书局1992年版，第256页。

尽意""得意忘言"的话语言说规则是一致的。

顾敦鍒先生认为："佛教中国化是与中国佛教化同时进行的。"[①] 而佛教中国化正是用中国的话语规则来转化佛教，"这才是真正实现'转换'，真正实现佛教的中国化，形成了中国的佛教——禅宗，形成相关的禅宗文学与'不落言诠'的禅宗文论"[②]。

第二节 "格物致知"与宋明理学中的变异思想

"格物致知"是中国古代哲学的经典命题。自先秦对"格物""致知"有记载以来，古代哲人对格物致知的阐释历经了几个阶段的变化。唐代以前对"格物""致知"的理解流露出古代传统知识分子的道德观。宋明理学重新挖掘"格物致知"的内涵，将其阐发为中国儒学的核心概念之一，试图讲明儒家知识分子的立人之本乃是正确认知内心与外界的融合关系。在西洋科技冲击明清的时候，明清学者将其与西方的科学技术进行概念对接，它又成为认识世界的实用方法论。尽管古人诠释这一概念的侧重点不同，但其间始终贯通了中国古代哲学认识论思想。古代先哲们将经验、认知、科技、外物等诸多概念凝聚在"物""理""心"的概念中。如何用内心去理解外物？如何让外物影响自己内心的认知？历朝历代对格物致知的理解都强调个人认知在异质性范畴之间的变异与融汇。比较文学变异学的核心基础——变异思想——正是这一中国经典哲学命题的体现。

一、"格物致知"论的经典化过程

"格物致知"说引发了长达数千年的阐释和争论，近代以来，世人往往称其为格物致知论、格致论等。据考证，"格物"与"致知"这对范畴，最早是分别出现在儒家经典中的。《礼记·大学》记载了这两对范畴的最初意义：

"大学之道，在明明德，在亲民，在止于至善……致知在格物。物格而后知至，知至而后意诚，意诚而后心正，心正而后身修，身修而后家齐，家齐而后国治，国治而后天下平。"[③]

当时并没有"格物致知"或"格致"的形式连用[④]，只是儒学中的普通概念。后经宋元哲人对宋代程朱理学及"格物致知"进行了体系化梳理。在"二程"尊崇

---

① 张曼涛主编：《佛教与中国文化》，上海：上海书店1987年版，第76页。
② 《比较文学概论》编写组：《比较文学概论》，北京：高等教育出版社2015年版，第183页。
③ （汉）郑玄注，（唐）孔颖达等正义：《礼记正义》，《十三经注疏》，上海：上海古籍出版社1997年版，第1763页。
④ 可参考金观涛：《从"格物致知"到"科学""生产力"——知识体系和文化关系的思想史研究》，台北《"中央研究院"近代史研究所集刊》2004年12月，第105–157页。

《大学》、整体抬高《大学》儒家思想地位的基础上，朱熹对《大学》重订，把"格物致知"阐发为一套学说体系。第一，朱熹把"大学"篇从《礼记》中独立出来，列为儒家经典的"四书"之首。第二，他将仅有 250 字的《大学》经文的主旨概括为初学入德之门的三纲领、八条目。三纲领是指明明德、亲民、止于至善，八条目即是格物、致知、诚意、正心、修身、齐家、治国、平天下。前者指定了儒者应该达到的理想境界，后者是实现前者的具体步骤和方法。可见"格物""致知"成为儒家理想八条目的首要两条，是立身之本，是理解儒家核心的根基。第三，他对《大学》重订章句，分为一经十传，且在传的第五章对先人的"格物致知"阐释新增补撰：

"右传之五章，盖释格物、致知之义，而今亡矣……闲尝窃取程子之意以补之曰：所谓致知在格物者，言欲致吾之知，在即物而穷其理也。盖人心之灵莫不有知，而天下之物莫不有理，惟于理有未穷，故其知有不尽也。是以《大学》始教，必使学者即凡天下之物，莫不因其已知之理而益穷之，以求致乎其极。至于用力之久，而一旦豁然贯通焉，则众物之表里精粗无不到，而吾心之全体大用无不明矣。此谓格物，此谓知之至也。"[1]

这段话集"二程"和张载等人之大成，详尽阐发了格物的对象、方法和目的。朱熹对格物致知论的处理，堪称格物致知概念的重大转向。

在历朝历代对儒家经典的阐释中，格致论涉及的认知范畴也从单一的经验道德论发展为多异质范畴的融合。唐宋以前，古人主要在道德范围内去理解"物"与"知"的关系，认为人的道德决定接触外界的善恶。东汉郑玄、唐孔颖达均持此观点。依郑玄言，"格，来也。物、犹事也。其知于善深，则来善物。其知于恶深，则来恶物。言事缘人所好来也"[2]，认为格物致知是人依据自身的善恶观去对外物善恶作出判断，通过具体事物去理解伦理道德。发展到程朱理学，朱熹和程颐均认为"格物"是透彻地了解"物中之理"，从而获得知识的方式，超越了前人仅仅局限于经验和道德范围去理解格致论，将"知识"和"理"等概念引入格物致知的融合范畴。王阳明认为理学的阐发是"后儒所谓充阔其知识之谓"[3]，认为致知的本质乃是"致吾心之良知"[4]，重新强调伦理，把"心"与"良知"等概念列为格致的目的。

除了重心性、重外理的心学和理学，明末清初还有哲人从实用角度去阐释"格物致知"。颜元的解释侧重实用角度。他提出以实文、实行、实体、实用为基本规

---

[1] （宋）朱熹：《四书章句集注》，北京：中华书局 2012 年版，第 6–7 页。
[2] （汉）郑玄注，（唐）孔颖达等正义：《礼记正义》，《十三经注疏》，上海：上海古籍出版社 1997 年版，第 1763 页。
[3] （明）王守仁，吴光、钱明、董平、姚延福编校：《王阳明全集》下册，上海：上海古籍出版社 1992 年版，第 971 页。
[4] 同上。

定的实学思想，否认虚妄的"知"，他的认知要建立在实际的事物上面。[①] 但影响更深远的还属清朝前中期思想家们面向自然事物和客观知识的转向。他们开始注重"格物"对客观物理世界的探究意义，有浓郁的实证化特征。明末哲学家方以智认为，"格物"之学即是探究外在"物理"世界的"质测之学"，而且，这种质测之学具有基础性的作用。他的这一理解将"格物"与近代意义上的物理概念类比。也有一些学者将"格物致知"视为获取客观知识的方式。比如王夫之，认为"格物"和"致知"相辅相成，是获得知识的方式。其所言："夫知之方有二，二者相济也，而抑各有所从。博取之象数，远征之古今，以求尽乎理，所谓格物也。虚以生其明，思以穷其隐，所谓致知也。"[②] 意在强调，二者一个重实际存在，一个重虚；一个重逻辑，一个重神思。这些对格物致知的阐释已经有了西方科学意义的影子，与阳明学注重心性修养的理论特征已有明显的不同。明清中后期，格致在某种意义上成为了自然科学的代名词。西方传教士带来了科学理念。为了在中国普及西方科学，传教士们选择了中国的传统哲学概念与西方科技进行对接。近代以来，中国饱受西方列强欺凌，不少学者为救亡图存，更加主动地学习西方的科学知识，干脆以"格致学"称谓西方自然科学。如严复提出："救之之道……又非明西学格致必不可。"[③] 格致论的内涵至此已与物理学、经济学相近，把程朱理学提出的"知识"和"外理"的概念明确具象化，意指从数理逻辑延展出的工业、经济学等实践科学。

从对格致论经典化的历史考察可以看出，"格物致知"这一中国古代哲学命题历经了从道德论、认知论到实用学的转变，由儒家对个人道德要求逐渐上升到一种探讨如何认知世界的认识论哲学。在被反复阐释的千余年来，格致论引发了诸多争议和讨论，比如格物仅仅是一种认知行为，还是一种道德和修身行为，抑或说是认知和修身兼而有之的行为。但不可否认的是，历代哲人在探讨"什么是格""格什么""什么是知"这三个问题过程中，糅合了经验、伦理、心、良知、外理、知识、科学等诸多概念论证自己的学说。它的中国经典化特征不止在于哲人将其阐发为儒家知识分子修身齐家、救亡图存的品质品格，更在于这其间存在诸多中国独有的变异思想特征。

二、格物致知论与中西古代哲学比较：变异思想的体现

细察中国先哲们对格致论阐释的共性，不难发现，在中国哲学传统的浸润下，格物致知论融汇了中国古代哲人关注的诸多概念，包括德、心、行、经验、认知、科学、心、外物、天、人等范畴在其中经历圆转不断的变异，组成了不同朝代不同

[①] 颜元的思想请见杨易辰、孔定芳：《颜李学派的哲学困境——以颜元、李塨"格物论"为中心的考察》，《理论观察》2014年第3期，第44-46页。

[②] （清）王夫之：《船山全书》（第二册），长沙：岳麓书社1988年版，第312页。

[③] （清）严复：《严复集》（第一册），北京：中华书局1986年版，第48页。

哲人对格物致知的阐释与争论。这种"合一""通变"背后是中国文化乃至东方文明特有的变异思想。与西方古典哲学二元对立思维对比来看，这种思维更独具特征。从古希腊起，柏拉图对理念世界和现象世界的划分就已经把理性从混沌的状态中分离出来。中世纪时期，托马斯·阿奎那将心与物之分变成了实体与非实体的对立。西方哲学立足于这一起始，发展出与中国古典哲学思维极为迥异的认知观。笔者以格致论为例，论证"格物致知"命题中与西方哲学不同的思维传统，以显中国哲学特有的变异思维特征。

其一，认知路径的不同。格致论体现的是经验体认的变异思想。中国文化重在心性修炼，专注从外在的客观存在与实践经验进行摄取和感受，将外界的一切汇聚于心灵与德行。从外在实践经验到内心认知的转化，是经验体认的变异思维。因此宋明儒学发展至王阳明，成为了心学之大成，提出"良知说"。他认为，万事万物的意义和理则，不是依靠从外部的观察、研讨、钻研得出，而是一个自身心性显现、展现的过程。与中国哲学重心性不同，西方哲学重视逻辑推演与概念演绎，尊崇客观实体的"物"之概念，必须用数理/逻辑解析其间的因果，以追逐世界运行的通理。笛卡尔用点、线、面、体构成了解析几何勾画世界逻辑，牛顿和莱布尼茨以微积分用静态的数理方法解释动态的现实世界运动和生产。康德以纯粹理性统辖经验理性，提出纯粹理性具备可独立运行这一属性。[①] 在西方重实体、重逻辑的推演传统下，不会出现这种王阳明对"知"的理解——这既是中国儒家知识分子的心性理想，也是周子"无极而太极"的从虚灵到实际的变异思想贯彻。

其二，对主体地位的认知差异。朱熹的格致论中一方面将天理视为人心的外物，另一方面认为可通过天理辨人心，这是天人合一的变异思想。这意味着在具体的认识过程中，天、人、理可被视为可以流通贯彻、不可分割的整体来考察。这种天人合一观念在一定程度上是农业文明与封建帝制的产物。国人自古以来就认为，天是万物的本源，人与自然界的万物都是由天孕育而成。《尚书·泰誓》讲："惟天地，万物之母；惟人，万物之灵。"百姓臣服于天之子（即皇帝），即是敬畏"天"的绝对权力，是封建帝制时期根深蒂固的思想。此外，长期的农业生活使人们极为重视人与自然关系的协调，孟子所言"数罟不入洿池，鱼鳖不可胜食也；斧斤以时入山林，林木不可胜用也"即是尊重自然观念的体现。在请神、跳神等节庆仪式中也塑造了"天神"形象，传递一种天神的喜怒决定了年收成的观念。中国古典哲学是在分清楚主客的基础之上，强调天、自然、人是浑然一体的。无论是老子的"人法地，地法天，天法道，道法自然"，还是庄子所言"天地与我并生，而万物与我为一"，都是这一思想的体现。西方则将天与自然视为外在于人类的认识对象，并由此形成较为发达的自然哲学。《圣经》所言："凡地上的走兽和空中的飞鸟，都必

---

① 具体可参考劳承万：《中国古文化"天人合一"中之心性功能与体用论——兼论中西文化之本义之比较》，《马克思主义美学研究》2015 年第 2 期，第 117-254 页。

惊恐、惧怕你们；连地上一切的昆虫并海里一切的鱼，都交付你们的手，凡活着的动物，都可以做你们的食物，这一切我都赐给你们，如蔬菜一样。"强调的是人类的主体地位和对自然的支配性力量。康德提出"人是自然的立法者"，既突出西方哲学中人与自然泾渭分明的界限，也把人提高到了可以征服自然的至高无上地位。

上述几种"格物致知"中体现的中西方古代哲学思维的相异，追其本源是中国文化的整体性思维方式决定的。中国传统哲学承认主体与客体、天与人、道与器、经验与实践等等概念范畴的可变异性，"天人一物，内外一理；流通贯彻，初无间隔"，在与对象的互通和交融中感受其存在和精神。中国古代哲学这类合一、通变、不离不杂、天人交融的特征是西方古典哲学传统中缺位的。而从笛卡尔到康德的整个西方哲学所遵循的是一条知识论的思路。这条思路的起点是认知主体和认知客体的截然二分。著名学者季羡林也同意："中国天人合一的思想，印度梵我合一的思想，是典型的东方思想。而西方的思维模式则是分析的。它抓住一个东西，特别是物质的东西……分析到极其细微的程度。可是往往忽视了整体联系。"[1]主客合一的整体思维方式与主客二分的逻辑分析思维方式是中西方古代哲学思维的根本差异。可以猜想，在中国古代思辨思维灌溉下，培育出的科学研究方法论与西方学者的研究方法有很大不同。其中，笔者提出的比较文学变异学就是一例富含东方变异思想的方法论建构。

三、"格物致知"变异思想与比较文学变异学

比较文学变异学是对前人比较文学研究方法的突破，主张在类同性比较的基础上，提出对跨异质文明的文学变异现象进行比较。比较研究的两大传统流派，法国学派的影响研究和美国学派的平行研究，关注的都是文艺现象中人类文化文明的共性。但网络与数字通信技术的发达让全球文化流动速度日益加快，东西方文明在对话与交流的过程中产生了更加激烈的碰撞，比以往时期发生了更为丰富且多层次的影响和相互阐释。简单关注"求同"已经无法解释文学在不同文明中的流传和它们引发的讨论。就类同性本身而言，许多文艺作品的类同性有挖掘尽头，经过几十年的对共性的挖掘之后，一些意义和层次不甚丰富的经典作品已经无可研究。此外，异质性在当代文学艺术研究中正作作生芒。当代文艺创作往往以印刷文本、新媒体文本、数字艺术、舞台艺术等诸多样式流传至各个国家。用异域元素增加作品的猎奇度、情感丰富性、矛盾冲突等已经成为文艺创作的常规方法，用异域视角来理解和丰富本国学术研究更是学术界寻求新血液的方式。异质文明对于理解当代文化的重要性愈发凸现出来。

在此种当代现实中，中国学者提出了比较文学变异学研究。笔者曾下过定义：

---

[1] 季羡林：《东方文化与东方文学》，《文艺争鸣》1992年第4期，第4页。

"比较文学变异学将比较文学的跨越性和文学性作为自己的研究支点，它通过研究不同国家之间的文学现象交流的变异状态，以及研究没有事实关系的文学现象之间在同一个范畴上存在的文学表达上的异质性和变异性，从而探究文学现象差异与变异的内在规律性所在。"①经过学界十余年的应用和深度阐释，反观变异学的哲思特性，不禁发问：为何比较文学研究的突破性进展发生在中国？为何不是发生在文学与文化理论历史更悠久的西方？笔者认为，比较文学变异学方法的理路流露出独具中国古代哲思的变异思想。正如上文论证的，中国古代哲学是整体性思维。它注重描述互为异体的对象范畴是如何融合、交织、彼此影响。而西方古代哲学则更注重将对象分类归纳，演绎推理。比较文学变异学的几种主要变异样态都呈现出了变异的衍义特征，这与"格物致知"体现的认知融合有类通之处。

（一）比较文学变异学的主要研究对象：三种变异样态

若要阐述文学变异的衍义，首先需明确比较文学的主要变异类型。根据变异"跨越"的属性不同，笔者为比较文学变异学确立了五种变异研究对象：跨国变异研究（形象的变异学研究）、跨语际变异研究（译介学）、文学文本变异（文学接受学和文学他国化研究）、跨文化变异学研究（文化过滤）和跨文明研究（文明对话与话语变异问题）②。上述分类重在文学文化变异发生环境的区别。当研究落实到单一的具体对象之时，如文学形象变异、语意变异，上述分类是有效的。但本文探讨的变异衍义在以上五种分类中均有发生，且脱离了具体的语言、形象、文本等具体对象，抽象地探讨变异发生的多种可能。那么，建立在此变异学方法基础之上，笔者尝试不以变异的发生环境为划分依据，而是以接受者面对文本的接受活动属性划分——再创作过程中的流传变异、阐释过程中的阐释变异以及译介活动引起的结构变异（包括文学他国化现象）三种变异样态。此三种刚好与王超分析的比较文学异质性三种可比较样态暗合③。

一者，流传变异。流传变异发生在受源文本影响的二次创作甚至多次创作中。在文艺作品以不同国家的媒介和文化为载体进行流传时，创作者总会结合自己对前人作品的再理解，借鉴多国艺术创作手段，创造出与源文本的形式、内容和意义均有差别的作品。"图兰朵"的流传和改编是流传变异的经典案例，是文学作品跨多国旅行、历经多个国家的文学与艺术形式、最终成为东西方文明共同认可的创作素材的经典案例。"图兰朵"题材的最初来源是阿拉伯民间故事《图兰朵的三个谜语》。阿拉伯的民间故事本身是汇集8世纪到16世纪各国故事流传而形成，其中还

---

① 曹顺庆、李卫涛：《比较文学学科中的文学变异学研究》，《复旦学报》2006年第1期，第82页。
② 见曹顺庆、芦思宏：《变异学与东西方诗话的比较研究》，《安徽师范大学学报》（人文社会科学版）2016年第1期。
③ 见王超：《变异学：让异质性成为比较文学可比性》，《海南师范大学学报》（社会科学版）2018年第5期，第84—91页。

有关于古代中国势力的扩张的传说。可以说，"图兰朵"是生长于东方文明。但它在德国戏剧家席勒和意大利歌剧家普契尼的改编下成为了广传欧洲的戏剧和歌剧表演，在 1998 年又"回到"中国，由张艺谋执导成一场太庙的演出，之后又经魏明伦之手成为川剧和豫剧，2003 年在中国京剧院以京剧《图兰朵公主》公演。可以说，"图兰朵"题材在每一次改编中都折射出了浓厚的当地文化的独特性和异域文化刻意设置的新奇性和冲突性，比如阿拉伯故事用其他国家的传说增加其传奇色彩，欧洲戏剧家和歌剧家用中国的颜色和五声音阶表现东方色彩和异国风情，中国导演们则加入了西方芭蕾舞、流行音乐和歌剧等元素使得情境更为复杂。当今的"图兰朵"已经不能算是一个具体属于某一国家的经典作品，它在几个世纪、几个国家的旅行里成为了人类共享情绪和审美的创作题材。每一种艺术体裁和艺术特征都值得从流传变异的视角进行研究和探讨。传统"图兰朵"研究仅仅关注传说起源，而流传变异视角下对流传过程和异质文明比较的新视点唤醒了"图兰朵"已经固化的题材活力。对流传的关注本属于影响研究，流传变异将视点聚焦在变异性，弥补了影响研究中只实证性地关注思想和题材的同源的缺陷。

二者，阐释变异。正如流传变异是对影响研究的一种补充，阐释变异也弥补了阐释研究关注类同性的不足。传统的阐释研究本是指研究者在对中外文学和诗学作品进行平行比较研究时，以本国文化视角对异质文化进行主观阐发，是平行研究方法的重要类属之一。比如晚清"西学中用"时期，吴宓用比较文学的方法在《红楼梦新谈》里重新阐释中国文学。王国维的《红楼梦评论》虽无意将自己归属进比较学，但毫无疑问的是他借鉴了西方哲学家的悲剧思想去一反中国传统戏剧的大团圆式喜剧、从而阐释自己的悲剧观。二者都是平行阐释的传世之作。但平行比较肆意推衍、曲为比附的倾向无可避免。它催生出了大量 X+Y 式的比附研究，它们强调对共性的关注，但也导致了对共性背后的文明和文化理解的浅化。陈寅恪更是批判其为"穿凿附会，怪诞百出，莫可追诘，更无所谓研究之可言矣"。这是平行研究几十年历史以来始终无法解决的问题。阐释变异研究的提出则是直面了变异这一问题，将以中释西、以西释中和中西双向阐释中发生的误解和误读设立为研究对象，解读对中西文学和文化进行类比阐释过程中发生的种种"牵强附会"、"断章取义"和"改弦更张"背后的文化深层原因。阐释变异研究对阐释变异的关注使得研究从"如何解决这一问题"变为"如何利用变异更好地理解变异背后的异质文明文化"。

三者，结构变异，"指在跨文明交流或比较阐释中，不同国家、不同文明的文学或文论进行双向适应性改造，继而生成文学文论的变异体，这种变异体逐渐融入到本国文学文论的整体知识体系结构中，并对后来的文学文论发展形态产生一定的影响和制约"[①]。学者王超将结构变异种类初步归纳为文学结构变异、文论结构变异

---

① 王超：《变异学：让异质性成为比较文学可比性》，《海南师范大学学报》（社会科学版）2018 年第 5 期，第 90 页。

和文化结构变异三种，主要指的是异国文学文论进入本国，引发影响文学创作、文论发展和文化变革的结构性改造。比如庞德将中国古典诗歌与美国诗歌相融合所掀起美国的"新诗运动"，再如引入佛教传入中国形成禅宗。它们都对本国后世的文学、文论和文化思想产生深远影响。①尽管有前人之卓见，笔者认为还需对这一分类补充"语言结构变异"。比如鲁迅曾将西方词汇"别有目的"硬译进自己的作品中，以输入新的表现法以"创造今日之文学"。鲁迅曾直言："这样的译本，不但在输入新的内容，也在输入新的表现法。中国的文或话，法子实在太不精密了……这语法的不精密，就在证明思路的不精密……要医这病，我以为只好陆续吃一点苦，装进异样的句法去，古的，外省外府的，外国的，后来便可以据为己有。"②除鲁迅之外，这一时期"将西方文学的技法、风格、文体、意境、语言等引入文学创作实践"③成一时风气。尽管泥沙俱下，但就结果而言，这类"不免于鸲鹆学舌、画虎类犬之弊"④的早期语言创作也延续了下来。将笔者与王超的分类结合来看，小至语言结构变异，大至文化结构变异，四者都强调，结构变异是在流传变异、阐释变异基础上更深层次的一种变异现象。结构变异已经发生了文学与文论的"他国化"，与本国文化体系交融相汇生发出新的文学观念或文论主张。

（二）比较文学变异学的东方哲思特征：变异的衍义

通过对文学文论变异样态的总结，我们可以看出变异发生的根本核心在于人。人在文学与文论的变异中扮演了解释的角色，基于不同的目的，对文本进行了解读和再创作。在流传变异中，人作为创作者的身份对源文本进行再诠释；在阐释变异中，人作为研究者的身份对源文本进行阐释；在结构变异中，人作为译介者的身份对源文本进行"创造性叛逆"。在人对源文本进行解读之时，变异是必然会发生的。因为跨语言、跨国、跨文化的文本的接受语境与源文本存在于两个不同的语言体系中。文学语言的接收与阐释是接受主体进行审美选择的主观能动过程。在与不同语言和文化遭遇的过程中，接受主体基于已有的语言和生活经验，对外来语言和文化进行主观的选择、过滤和误读。但这只是导致了变异的必然发生，而非变异衍义的深层原因。

变异衍义发生的深层原因是接受者身份（即上文叙述的三种变异中对应的二次创作者、阐释者和译介者）的交叉存在，以及三种变异样态的随机出现。在对单一变异样态的研究中，或是创作者解读之后发生流传变异，或是阐释者把中西文学文论进行对比之后发生阐释变异，抑或是译介者把源文本进行再创作从而在本国引发

---

① 王超：《变异学：让异质性成为比较文学可比性》，《海南师范大学学报》（社会科学版）2018年第5期，第90页。

② 鲁迅：《关于翻译的通信》，《鲁迅全集》（第四卷），北京：人民文学出版社2005年版，第391页。

③ 刘锋：《"致用"：早期西方文学引介和研究的一个基本面向》，《北京大学学报》（哲学社会科学版）2017年第4期，第54页。

④ 同上文，第55页。

文学的他国化，这只是简化后的一般规律。真实的文本变异情况是，创作者二次创作之后的文本也有可能被阐释、被译介，译介者翻译的别国文学文论也有可能拿去被再次创作和平行阐释。换言之，任何一个已经经过再创作、阐释和译介的文本都有可能成为源文本，引发下一次的流传变异、阐释变异和结构变异。于是文本变异的实际过程由单一的单线程变异，转变为多层级衍义。文本变异的生成逐渐变成源文本、创作者、阐释者与译介者的经验与文化相互之间的对话、交流和重构，是一种动力学的交互运作、相互渗透、相互传递的"共享"过程。

以叔本华与中国古代哲学和晚清文论之间的复杂关系为例证。叔本华兼具哲学家与汉学家双重身份。作为西方哲学家，他创作了《自然界中的意志》和《作为意志和表象的世界》等哲学著作。作为汉学家，他不懂汉语，也并未到访中国，仅仅凭借寻找中国学说与他哲学主张的共同性，对中国的儒释道三学，特别是程朱理学做了全面的研究。虽然生活于19世纪，但他却与12世纪的古代哲思和20世纪的近代文艺思想发生了千丝万缕的联系。1826年他阅读到有关12世纪朱熹对"天"的定义，一连直接引用了三个段落，试图用中国古代儒学证明自己学说的合理性。"甲午"悲剧以来，中国全面学习西方，许多晚清知识分子通过日本的译介了解叔本华的哲学，叔本华也因此影响了王国维、鲁迅的创作。在历经中国、日本和德国三个国家、跨越东西两大文明之后，出现了变异衍义的复杂情况。叔本华借用中国的程朱理学阐释了自己唯意志论的合理性，这属于他对异质文明的哲学进行阐释变异。随后叔本华的哲学著作变为晚清和近代以来学者的阐释对象，由阐释者转变为被阐释者。比如在《红楼梦评论》中，王国维把叔本华的意志翻译成更具冲动性和意向性的"欲"，指出生活的本质就是无止境的"欲"，因而也就是无止境的痛苦。[1] 比如在《人间词话》《红楼梦评论》《叔本华与尼采》《叔本华之哲学及其教育学说》等著作中，王国维都借用叔本华的哲学观对自己的审美理想进行了堪称"天赋之才"的建构。[2] 这既有流传变异的发生，也有阐释变异的发生。除此之外，王国维此番对审美哲学的建构引发了中国近代以来在文艺美学和文学领域的变革。文艺美学研究方面，中国戏剧理论形成了反对大团圆结局的传统，悲剧理念由古典形态向近代形态深刻转变。其后的鲁迅、朱光潜等人都受到了王氏悲剧理论的影响，提出了自己的悲剧理论，共同构建了中国特色的悲剧美学思想。在此基础上，李泽厚、蒋孔阳、刘纲纪等人进一步把悲剧美学研究引向深入，形成实践美学的主流。[3] 文学创作方面，王国维和叔本华对非理性生命意志和悲剧的情结影响延续到伤痕文学、朦胧诗、反思文学乃至寻根文学等一脉，无论表里，都展现出痛苦心灵、痛苦

---

[1] 单世联：《试上高峰窥皓月，可怜身是眼中人——对王国维与叔本华思想关系的全面考察》，《社会科学战线》1993年第2期，第153–162页。

[2] 同上。

[3] 郭琦：《试论王国维悲剧理论及其发展》，《内蒙古大学学报》（哲学社会科学版）2012年第4期，第27页。

现实的特征。① 此乃叔本华经王国维在中国发生结构变异的两种现象。叔本华在中国还发生了第三种结构变异——经鲁迅的解读，成为近代左翼思潮的思想武器。② 在《文化偏至论》中，鲁迅称叔本华、尼采和易卜生等人为"先觉善斗之士"，鲁迅以坚定的战斗精神核心过滤了叔本华的悲观情愫，接纳了叔本华"兀傲刚愎""愈益主我扬己而尊天才也"，并据此对观念僵滞的传统进行了攻击。叔本华与尼采对西方资本主义的绝望和否定成为了郭沫若和鲁迅等人反封建、反传统的武器。此乃结构变异之三。综上，叔本华与中国古代儒学和近代文艺思潮交替发生了流传变异、阐释变异和结构变异。可惜的是叔本华对中国的研究仅仅是出于哲学目的，而叔本华对中国的影响又跨越了文学和文艺理论的诸多方面，所以国内从整体层面探究其间变异的成果还属空白。尽管美学研究界无一例外地将王国维的思想来源追溯至叔本华，也有不少作品比较叔本华和王国维之间的类同性，但是整体来看，这场从12世纪到20世纪跨越中国古代哲学、西方哲学、近代文论和中国文艺美学研究的变异衍义之旅还未被完全打通。

但不可否认的是，变异学对变异衍义的直面与承认正是中国古代哲思的独具特色之处。这就解释了，为何立足于西方哲学传统无法提出比较文学变异学？因为典型的西方思维是，给出答案，确定中心。法国学派和美国学派都试图论证，在作品中传递的某些思想和特征是稳定不变的。对于影响研究而言，法国学派理解的影响就是某种因果关系。它力图求证，在梵第根所言的"放送者—传递者—接受者"的单向影响路线，有一以贯之的源流，有某种同一性。同样，平行研究强调的是跨越国别、文化和文明的文学文论作品中"不约而同"的母题、典故、比喻等。换言之，二者都认为，有中心意义、中心特征的存在。而在比较文学变异学中的东方哲思则非常明确：强调文学的流传和平行比较中发生变异现象的不断循环和更新。它提出质问，为什么一定要有中心呢？为什么不能是文学和艺术等作品在不同国家、不同文明旅行，透出的种种对不同文化之间渗透的描述呢？比较文学变异学看似是在对文学作品类同点的比较上向前迈进了一小步——"仅仅"是将差异、异质文明考虑进了比较范围。但实际上，却是以东方视角弥补了西方欧洲中心主义视角的固定和局限，把比较文学方法推至了新阶段。比较文学变异学的内在推动力的根本原因是，变异学研究中，研究者的阐释是无法穷尽的③，而且势必会无限衍义。反观，类同性的研究有极限。在将文学文本和文学话语的类同性挖掘殆尽之后，比较文学已经无可研究。而变异的衍义和更新则不断扩大比较的疆域。

---

① 张首映：《叔本华与中国二十世纪文艺观》，《求索》1991年第3期，第75-80页。
② 陈思和：《本世纪初西方现代思潮在中国的影响——王国维鲁迅比较论》，《复旦学报》(社会科学版) 1987年第3期，第25-34页。
③ 不能穷尽，指意义在作者和文本内部的开放和更新，并非指没有阐释、没有边界。此处涉及阐释的边界问题，与论题无关，因此寥寥脚注，仅作提示。

（三）"格物致知"的变异思想与比较文学变异学的变异衍义

变异学对文学变异衍义的思索，与格致论的认知融合有类通之处。变异学研究的是外界（文明和文化）如何导致理解（即认知）的变异，又是如何体现在文本元素（语言、形象、情感、写作形式等）里。它要拆解变异形成的过程：其一，发生了何种变异？也就是如何"格"；其二，从什么变异而来？即格的是什么；其三，变异的结果透露着怎样的认知传递过程？也就是致了什么样的"知"。这样看来，比较文学变异学方法本质上是研究发生变异的根本，即文化和主体的认知如何导致变异，该变异又是如何与前者进行反作用，对前者进行更新和重塑。在如何格、格什么物和致什么知这三个问题上，历代古人对其的理解纷繁复杂。二程、朱熹和陆九渊将其解释为"至""接触"。认为格物是通过对外物的接触向内探心，在心中存万事万物之理。司马光将"格"解释为"抵御"，认为抵御外界的某些因素，可达到心灵的至明、至德。王阳明则将"格"解释为"正"。在王阳明看来："'格物'如孟子'大人格君心'之格，是去其心之不正以全其本体之正。"是将去除作为过滤之法。清末实用学家则认为格物与物理学相近，是可触摸的客观实体。综合诸多哲人对"格物致知"的理解，该命题已经包含了从实体的外物和"器"中摸索抽象的实践经验和科学经验，形成形而上的"理""道""心"和认知等概念。这一过程，是人经过主体意识对外界进行阐释变异的过程，最后达到"穷至事物之理，欲其极处无不到也"、"推极吾之知识，欲其所知无不尽也"（《大学章句》）的境界，涵盖万事万物方方面面。可见，作为比较文学变异学注意到变异衍义特征，与中国古代通变哲思是分不开的。否则为什么对变异的关注和强调没有出现在西方研究者的视域中？为什么在西方学者唱衰比较文学研究的时候没有出现其他的西方学者为比较文学研究找到新出路？比较文学变异学虽然是基于对差异和变异的思考，但它对变异的无限性的思考更具"东方主义"的哲学特质。

四、总结

比较文学变异学的独特性标记了这个时代的中国文化地位的升温。变异学的提出是基于两个前提：其一，承认差异，尊重差异。这意味着曾经占据话语中心地位的欧美国家需要正视异质文化的存在。西方学界之所以在20世纪晚期有"比较文学已死"的论调，就是因为西方学者无视东方异质文明的存在，以致比较文学一直关注同质性，最后无可比较。而承认差异，认识到异质文化的合理性，给文学的比较研究重新注入了活力。第二个条件是，认识到异质文明与文化之间是可以通过阐释进行相互转化、从而从内部引发变异。此二者都与中国文化和话语地位的提升有直接关系。虽然在过去的一百余年来，由于清末的混乱和重新建国，让中国的经济地位和在世界现代化中扮演的角色都处于劣势。但当今经济和文化的快速发展和输出，让西方国家不得不重视东方文明正在重新崛起的事实。若没有现实基础，承认中国哲学与中国研究方法只是一纸空谈。在现实条件的基础之上，中国学派所倡导的变异学在承认"异质性"与"变异性"的基础之上进行跨文明研究，在比较文学由"求同"转为"求异"的过程中，弥补了先前的理论不足，在承认类同性的基础之上分析文学间的变异现象，将比较文学理论的发展推向了新阶段。

第三节 "训诂义疏"与乾嘉朴学中的变异思想

一、"训诂义疏"的理论发展及其基本内涵

（一）"训诂义疏"与儒家思想

自儒家学派兴起以来，对于古文经典的研究便成为儒家治学和发展的重要一环，自孔子"述而不作、信而好古"开始便蕴含着古人对于意义探究和思想再阐释的意味。而值得注意的是这种儒家治学思想的最初萌芽和形成与古代汉语词汇的特点不无关系，在中国绵延不绝的历史文化发展进程中，中国的语言和词汇也同样经历了多个阶段的发展和演变，其主要特征为从最初的单音节词为主要优势逐渐向双音节甚至多音节词发展，这也就导致了汉语中一词多义的现象较为普遍；另外，中国春秋时期作为思想和哲学大爆发的时代，其"微言大义"的"春秋笔法"受到儒家思想的推崇，进而在后世不断引导和启发中国历代文学大家，甚至深入到民众的思想中，最终内化为"言有尽而意无穷"的文化精神与哲学表达。因此，对于词义的训诂和意义的注疏成为贯穿中国文学始终的重要治学思想，也成为儒家学者治学的重要手段之一。

然而"训诂学"重要发展并最终形成独立的学术思想的时期则应追溯到西汉时期，确切地说，伴随着董仲舒"罢黜百家、独尊儒术"思想的提出，逐渐确立了儒家思想在中国文学发展中的重要地位，而对于"天人感应""大一统"等思想合理性的阐释促使着儒家学者不断对古文经典的内涵和意义进行探索与研究，也就逐渐确立起了训诂方法在治学中的重要地位。所谓"训诂"，许慎在《说文解字》中对其的定义为："训，说教也。""诂，训故言也。"段注则进一步阐释为："'说教'者，说释而教之。""诂，训故言者，说释故言以教人，是之谓诂。"因此，对于"训诂"的最初定义则是通过对古代先贤文章和观点的考据，进而阐释经文典籍中的真正意义和本来内涵。而"义疏"的产生则源于对六朝时期佛家佛典的解释，意为疏解经义。虽然"义疏"一词的产生晚于"训诂"，但自西汉开始，儒家学者通过"训诂"来阐释经典内涵的行为本身就带有"义疏"的意味，因此后世也将"训诂义疏"作为对旧注补充和解释的疏证手段并提。

虽然后世如汉唐古文经学的发展、宋明理学的兴起都离不开对"训诂义疏"这

一治学理念的应用，但"训诂义疏"真正的发展和盛行则应着眼于清朝乾嘉朴学时期的儒学发展，并最终形成了具有自身特色的"考据学"思想。明末清初顾炎武等人所倡导的实学思想成为乾嘉学派产生的萌芽，至清代乾嘉时期这一学派发展至鼎盛，甚至到清末民初吴承仕、胡适、陈寅恪等学者依然继承或受到这一学派的影响。

纵观中国儒家思想的发展，"训诂义疏"作为儒家治学理念中贯穿始终的思想，在不同时期不断生发出新的思想和内涵，但其中作为其核心的阐释思想则为中国儒学的发展和意义的变异提供了强大的支撑，包括后期西方科学的东传，也在这一思想的影响下得到吸收和中国化。因此，我们对于"训诂义疏"这一治学手段的研究则更应探索其背后的阐释思想，从而更好地把握中国儒家思想的发展脉络和变异路径。

（二）西汉时期训诂理论的解读和运用

"训诂义疏"的发展是伴随着中国文学的发展而不断兴盛和完善的，先秦时期便在很多文献典籍中出现了对训诂方法的许多应用，但秦汉时期《尔雅》一书的完成才系统地完善了这一治学方法，为训诂学打开了一个崭新的阶段。发展至汉代时期，大量的训诂学著作如《方言》《释名》《说文》等已经将训诂理论发展得较为完善，并应用于古文经典的阐释中来。而汉代训诂学的兴盛与文景时期后统治阶级的需要和董仲舒"天人感应"的理论体系的提出关系甚密，这一点便不做赘述。

总的来说，汉代训诂学已经分为通释语义和随文释义两种，但真正意义上将训诂学完善和发展的表现主要分为以下三点：首先，汉代训诂学丰富了大量的训释术语并确立了经文训释的规范。"者、也""或曰""同也"等新的训释术语在汉代通释语义书籍中被大量使用，同时其训释体例也有明确规范。其次，训释内容和训诂体系方面也在这一时期得到完善。从先秦时期单纯的义训逐渐向形训、音训、义训一体化的方向转变，并从源头上探究字词的本来意义。例如《释名·释水》："水草交曰湄。湄，眉也，临水如眉临目也。"同时，西汉对"假借""互言""衍文"等修辞和篇目的考辨也在体系上完善了训诂方法。最后，西汉时期的训诂思想得到巨大发展，标志着训诂学理论的逐步成熟。这时的训诂已从先秦时期仅仅对制度民情、礼法典籍的训释逐渐发展为对口语、方言的关注，在考虑上层建筑的同时也注重其现实意义，真正上升到语言层面的训诂。例如扬雄《方言》中"语之转"等观念的提出，极大地推动了"同源词""因声求义""音近义通"等训诂理论的发展。

"训诂义疏"理论的发展客观上促进了对古代经文的整理和研究，由此引发的汉代古今文之争也促进了儒家思想的发展，并反作用于训诂理论的进一步完善。然而，总体上今文经学家虽然注重参政与民生，但由于其疏于对语音文字的考证和自身抱残守缺、注重师法的思想，导致其派别之争严重，且望文生义，妄说失实，对文学的贡献远小于古文经学家。反观古文经学，王充、桓谭等人在考据古籍的基础上对当时社会尊崇鬼神的思想提出反对，其具有批判意义的阐释思想对当时社会起到了积极的作用，也使"训诂"理论逐渐成为影响中国后世儒者治学的重要理论支撑。汉代古今文之争从客观上加深了儒家学者对经典内涵研究的积极性，为儒学在汉代的兴盛打下了良好的基础，而"训诂义疏"作为这一时期的主要治学手段，不仅搜集、复兴了古本，为训诂学者们提供了确凿的理论支撑，同时也为儒家学者对经典的再阐释并应用于现实提供了治学手段和基础条件，并最终奠定了其长期影响中国儒学发展的重要地位。

（三）乾嘉朴学对训诂理论的继承与发展

"训诂义疏"虽然在魏晋隋唐时期得到了扩展和深入，在宋明时期得到了更新和变革，但伴随着乾嘉学派的发展和兴盛才真正使这一理论进入批判性创新和繁荣兴盛的时期。宋明理学家有感于魏晋隋唐时期单纯尊古信古的训诂学风，在吸收了佛、道等思想之下对训诂学理论进行了革新，一改僵化的治学风气，从而向"天理、人性"方向发展研究，这一时期的研究已经具备了丰富的阐释变异内涵。乾嘉学派也正是在这种理论发展的影响下，进一步融入了对社会现实的关注从而进行了学理创新和中国哲学的再阐释。

总体上，乾嘉学派的发展分为三个阶段：首先是明末清朝顾炎武等学者实学思想的提出，对宋明理学理论进行批驳和解构，为乾嘉学派对中国哲学的再阐释提供了基本条件和理论支撑，成为朴学思想发展的萌芽阶段；其次，在清朝乾、嘉时期乾嘉学派的兴盛也带来了"训诂义疏"理论的繁荣。这一时期由于"文字狱"的兴起，许多学者的研究方向转变为对语音、文字等方向的小学研究，虽然这在一定程度上限制了中国思想对社会发展的指导意义，但这一时期小学研究的兴盛却为当时和后世的理论发展打下了良好的基础，提供了大量的事实依据；最后，清末民初时期由于西方科学实证主义的传入使得乾嘉朴学在与其碰撞交流中得到发展和变异。例如黄承仕等人在吸收了马克思主义后将西方理论引入经学研究中，将东传科学成功中国化，甚至胡适、陈寅恪等人的学术研究中仍然受到朴学思想的影响。但值得注意的是，这一时期的学者对朴学思想虽有传承，但很大程度上都受到东传科学的影响，并对其进行再阐释和中国化。

同时，清代朴学注重师承，因此在乾嘉朴学的繁盛时期出现了大量学术派系，但其中成就、贡献最大的主要有徽派、吴派和扬州学派，这三家学派同有乾嘉学派复古、质朴的特征，但同时在具体治学风格上也不尽相同。吴派尊崇汉学，要求学者博而好古；而扬州学派则主张经史兼治的思想；徽派朴学作为乾嘉朴学中影响最为深远、最具有创新活力的学派则更重考据，传承了训诂学实事求是、严谨治学的学风和理念，在发展了"考据学"的同时又对旧注做了很多纠正和阐释，在创立新说方面建树尤多，这种创新思维也进一步开拓了"训诂义疏"的研究领域。虽然乾嘉朴学发展时期学派众多，但各种学派之间相互尊重，学风正派，不同于汉代今文学派，形成了学派间相互学习、学理至上的治学风气，因此各学派都产生了大量如戴震、段玉裁、惠栋、章学诚等卓有建树的训诂学家，也为"训诂义疏"的发展和创新提供了良好的土壤和动力。

二、"训诂义疏"与乾嘉朴学中的变异思想

（一）义理再解读的变异思想

宋明理学格物致知的思想追求个人修养的发展，至明朝后期，其学术地位和影响已至顶峰，这一时期的儒家学者们注重钻研修身根本，以求得达成"理"和"道"的理想境界，从客观上阻碍了社会发展的进步。基于这种风气的盛行，顾炎武等人提出"经世致用"的思想，展开了对宋明理学的解构，而正是在这一实学思想的影响下，戴震等朴学家通过训释古文经典的方式从"道""气""理"的层面对宋明理学展开批驳，对这些哲学理论进行了语言内的"重新措辞"，形成了"新义理"的儒家思想。

首先，乾嘉学派重新确立了"道"在儒家思想中的统属地位，解构了宋明理学所认为的"理本位"的思想，重新确立了"道""气""理"在儒学中的地位。戴震所谓："观象于天，观法于地，三极之道，参之者人也。"① "天道，气化流行，生生不息是也。人道，以生以养，行之乎君臣、父子、夫妇、昆弟、朋友之交也。凡人伦日用，无非血气心知之自然。"② 这里所提三极指的是天地人中的最高表现，也就是"道"的达成，而天道、人道等并非宋明理学意义上不可捉摸的思维力量，而是可知可感的实体事物。这就在将"道"的概念从精神思维层面重新定义为现实中的客观存在，也将"气"——阴阳五行认识为对"道"的规律的把握。另外，戴震又将"理"分为"分理""肌理""条理"等概念，同时认为："就天地、人物、事为求其不易之则是为理。后儒尊大之，不徒曰：'天地、人物，事为之理。'"③ 法象论中也写道："分也者，道之条理也；合也者，道之统会也。"因此，在乾嘉学派看来，所谓"理"只是具体事物的"不易之则"，万事万物各有万理，不能将其归为世间的根本，"理"和"气"只不过是"道"的具体脉络和表现，而"道"才真正具有统会和本源的地位。

其次，在此基础上乾嘉学派又提出"人性论"和"人道论"。认为"欲"之本体在于血气，而"性"之实体则为血气和心知的统一，所谓："性者，分于阴阳五行以为血气、心知，品物，区以别焉。""人生而后有欲，有情，有知，三者，血气心知之自然也……美丑是非之知，极而通于天地鬼神。""人与物同有欲，欲也者，性之事也。"乾嘉朴学认为人与动物在自然欲望上有着共通之处，这是人性出发的

---

① （清）戴震：《法象论》，引《戴震集》，上海：上海古籍出版社 2009 年版，第 154 页。
② 新文堂编辑：《丛书集成续编（新文丰）》，台湾：新文堂出版公司 1988 年版，第 034 册，第 409 页。
③ （清）戴震：《戴震集》，上海：上海古籍出版社 2009 年版，第 356 页。

"理",而"知"则是人性中克制欲望的能力,气血与心知的共同作用才是个人修身的根本。在此基础上,乾嘉学派又将"性"与"道"结合,进一步提出"人道论",将人道根本定义为天道、德性的同时阐发了"仁"的观点。孟子曰:"仁,人心也,心之安宅也。"阮元进一步阐释为"以此一人与彼一人相人偶,而尽其敬礼忠恕等事之谓也"[①],认为"仁"的根本在于个人本身,由自我出发,在处理社会关系中"仁"才具有道德意义,主张从"遂欲达情"出发通过以情絜情的方式倡导忠恕之道。这也就对宋明理学时期"存天理,灭人欲"的思想产生了强烈的冲击,从学理上肯定了自然欲望的意义。

乾嘉学派对理学的解构一方面促进了儒家思想的发展,另一方面也在客观上促进了社会的进步,从根本上解放了人的自然欲望,同时,在诗歌理论方面,"格调说""肌理说""性灵说"的提出也为中国诗歌的发展带来了新的活力。乾嘉学派通过考据的手段以古立言,为自身的发展提供了稳定的基础和强大的理论支撑,其自身的变异思维也为儒家思想的重大变革和创新提供了动力,对后世文人治学和学术发展起到了积极影响。

(二)小学考据的变异思想

清朝乾隆年间"文字狱"的兴起,导致乾嘉学派的治学方向逐渐向对字词、辞章的考辨转变,虽然使儒学家们的治学环境十分紧张,但是这一时期其"经世致用"的核心思想却未改变,同时小学研究成果的丰富也直接影响了朴学家对义理、礼学、《春秋》的研究,进一步巩固了乾嘉学派研究的事实基础,也确立了其以字通词、以词通意的治学思路。王筠《说文释例·序》记载:"今天下治《说文》者多矣,莫不穷思毕精以求,为不可加矣。"这也证明小学研究在这一时期已经脱离了经学研究的附属地位,逐渐成为一门独立的研究方向。

"经世致用"是乾嘉朴学治学思想中的核心观点之一,因此儒家"内圣外王"的政治精神传统也在这一时期小学考据的影响下得到发展。一方面,训诂已由原来单纯的考古转向通今方向发展,所谓"古之君子不为无用之学。六艺次乎德行,皆实学足以经世者"[②],乾嘉学者寻求汉代经学的支撑,进一步解读汉代经学中的微言大义从而以经学为治世手段,直接参与政治;另一方面,由于史学中"资治"思想的影响,小学的发展也使训诂由原来只重经学经典向兼治史学方向转变,将史学由经学附属的地位下解放出来,甚至章学诚"六经皆史说"的提出还将经学降为史学的附庸。而这些思想的转变都与小学考据的发展有重要关系,为"经世"思想的迅速发展扫除了障碍,也屏蔽掉了大量质疑和反对。

"事实求是"作为朴学思想中又一核心观点虽然与西方的科学思维有相似之处,但从根本上来说,西方科学更多是采用二元对立的逻辑思维对概念进行分析、解

---

① 阮元:《孟子论仁论》引《揅经室一集》卷八,清刻本。
② 梅文鼎:《梅氏丛书辑要·方程论·潘序》,1971年影印版。

读，甚至批驳，而由于中国传统的形而上学的治学观影响，乾嘉朴学则以中庸、混沌的方式进行学理研究，这一过程只是以"考据实证"的态度和"经验体认"的方式对儒家思想提出正确的时代解读，在客观上对儒学理论进行了创新，促进了儒学的发展。从思维性上看，西方以关联性思维为研究出发点，而乾嘉朴学则仍是以中国传统的聚合性思维为主。所谓聚合性思维则是以"象"为主体，通过身目感象而达到心有所成的境界，但是与宋明理学不同的是，乾嘉学派所观之"象"不再是客观世界的具体某物，而是社会发展的问题和弊病，由原来"格物"再到"致知"的过程发展为先发现问题再从经典中寻找解决方案，问题先行的态度也批驳了理学不知致何知的弊病，而小学考据的重要性则在由"象"到"知"的过程中得以体现，成为乾嘉学派完成这一过程的重要手段和实现方式，可以说乾嘉学派变异思想的理论来源和学理支撑主要源于其对"训诂义疏"治学思想的应用和发展。

（三）西学东渐时期的变异思想

清朝末年西方科学随基督教的传入开始进入中国，其在地理、数学、天文历法等方面的研究深刻影响了乾嘉学派研究范围的发展，但由于早期传教士利玛窦等人的"适应政策"和乾嘉学派中变异思想的影响，清末学者在吸收了西方科学思想后将其与经学研究结合，进一步将其内化为服务中国社会发展的学理成果，成功将东传科学中国化，产生了《法象论》《西洋新法历书》等重要著作。

一方面，"西学中源"论的提出在根本上否定了西学与儒学的互斥性，例如戴震援引《九章算术》提出："西洋人旧法袭用中土古四分历，其新法则袭《回回历》。会望策又袭郭守敬，乃妄言第谷、巴谷测定，以欺人耳。"又在《屈原赋注》中说："地在天之中央，水附于地而行，皆气之鼓荡。曾子及《周髀算经》已具地圜之理，不知者但以为地平，故多谬诞之说。"这就将西方历法理论与"地圆说"等思想合理化和中国化，进而又产生了乾嘉学者将利玛窦"魂三品"（生魂、觉魂、灵魂）的学说变异为"气血心知"之"性"，将西方科学与中国"考工"学结合提出"奇器"的研究等学理发展。总的来说这一时期对西方科学的中国化不但使儒家学者及社会对西方科学抱有接受和认可的态度，同时如"智识主义"、"一本"之道、"新理学"等理论的提出和发展都与对东传科学的吸收有着重要联系，从中我们能清晰看到乾嘉学者对西方理论吸收和改造的痕迹，而"经世致用"与"考据思想"的治学观也使东传科学与中国社会现状和儒学发展得以结合，为其中国化提供了变异和阐释的条件。

另一方面，乾嘉学派也对东传科学的研究和认知方法进行了变异和中国化，例如将西方科学中分析、归纳的思维方法变异为"义例"归纳应用于经学研究中，强调"严治体例"，通过类比分析对篇章的行文规律进行考证。将求实、假设互证的逻辑分析法应用于"正名"的训诂研究中来，钱大昕说其："长于考辨，每立一义，初若创获，乃参互考之，果不可易。"① 同时，"援数通理"的治学思想也在逻辑思维的科学方法上对中国传统思维方式进行了变异，方以智说："性命之理，必以象数为征。"乾嘉学者认为"道、性、理"的认识都可通过对"象数"的考辨达成，戴震将"理"定义为"分"，认为自然之物即为"理"之分界正是采用了这一考辨方法。

乾嘉朴学正是在将实证的考据与经世思想结合之下才产生了强大的阐释活力和创新性，实现了对东传科学的变异和中国化，完成了对中国传统儒学和思维方式的认知革命，因此，梁启超、胡适等后来学者，都将乾嘉朴学时期视为中国的"文艺复兴"和"近代文化的胚胎"。

三、"训诂义疏"与比较文学变异学

（一）"训诂义疏"与影响研究

"训诂义疏"的治学手段和对古籍经典关注的要求使得其与影响研究有着重要联系，但值得注意的是，在研究思维和思想内涵层面，乾嘉朴学的发展仍然沿袭着中国传统的思维模式，这又与受西方思维传统影响发展起来的影响研究有着重要差异。

一方面，从研究路径上讲，乾嘉朴学的发展与影响研究存在一定程度上的类同性。首先，"训诂义疏"的治学方法注重对前人理论成果的研究，肯定了汉代经学的现世影响。章太炎认为："仆谓学者将以实事求是，有用与否，固不暇计。""字字征实，不蹈空言；语语心得，不因成说。"② 其实事求是的考据思维与影响研究强调的客观、事实的要求十分相似，包括实学思想及义理阐释的理论创新都与其对古籍文献的考证有密切联系；其次，乾嘉学派无论是对汉代训诂学的吸收还是对宋明理学的批判都属于影响研究的影响类型，这两种发展过程可归纳为汉代经学的正影响和宋明理学的反影响结果，甚至清末对于东传科学的吸收也属于影响研究中负影响的影响类型；最后，在乾嘉学派对"仁""道""性"等理论的考据中，我们能看到，其将自己作为古代经学的接受者，主动探寻放送者对自身的影响，对古代经学采取实证性追溯的态度以追求儒家学理的本源，用类似"渊源学"研究的路径进行儒学建设。

但另一方面，"训诂义疏"又与影响研究有着重要差别。首先，这一治学理论被乾嘉学派用于对中国传统儒学的考据之中，虽然后期吸收了大量东传科学的成分，但本质上还是进行儒学理论的建设，只是中国语言内的重新措辞，不存在跨国界溯源的因素。另外，在研究思维层面，逻辑思维影响下的影响研究必须以实证性研究为依据，强调对事实资料的分析和论证，从而进行具体问题和文本的研究。而

---

① （清）戴震：《戴震全书》，合肥：黄山书社1997年版，第15页。钱大昕：《戴先生震传》，辑自《潜研堂文集》卷三十九。

② 章太炎：《章太炎全集》（第4卷），上海：上海人民出版社1985年版，第151页。

由于道一融合的思维传统和中国对"道""理"等混沌概念的阐发影响，乾嘉学派在运用训诂理论考据的同时也融合了主客融合的论证方式，认为事物发展即是理之所在，事理不分，戴震说："举凡天地人物事为，求其必然不可易。"治学应"本末兼察"，"事物之理必就事物剖析至微，而后得理"。由此可见，乾嘉学派所指的"实事求是"不仅是指考据方法上的客观实在，还包括客观存在的社会现象，这也导致了对于同一事物会生发出多种不同的解释，可致不同之理，也为乾嘉学派融入学者个人的主观阐释和儒学变异创造了条件。因此，这就导致其学理建设并不只针对某一具体研究对象，而是涵盖了对形而上学相关理论的阐释，其发展材料也不仅来源于影响研究中所指的有事实关联的事件与文本，甚至还融入了无关文本和理论的天地万物，再通过考据将这种经验体认迁入学理研究当中，形成混沌、融合的治学思维。

（二）"训诂义疏"与文化误读

乾嘉学派的核心理论与其在受到文化影响过程中所产生的文化过滤和文化误读有着重要联系。一方面，实学思想所形成的"接受屏幕"为文化过滤提供了基础条件和共通的文化心理；另一方面，在此基础上的文化误读所带来的新义理等儒学思想的创新又是不容忽视的。

明末清初时期中国政权更迭，社会动乱，乾嘉学派在反理学的同时也在寻求儒学思想的新出路，"经世致用"的实学思想便在这一条件下应运而生。方以智说："治在君相，人在师教，学在实讲，公明而已。不明时势而执成式者，迂腐之弊愚。"[①]包括顾炎武"天下兴亡，匹夫有责"的提出都为乾嘉朴学将这一思想作为学派的核心思想提供了基础，后来儒者在阐释经文内涵和吸收东传科学的同时也以实学精神为根本目标，进而形成了"文化过滤"的变异现象。这种现象的发生早期是由接受者个体文化心理结构对文化的过滤机制所引起，随着学理发展的兴盛，乾嘉学派将其内化为当时儒家学者所共识的文化心理结构和知识背景，成为了具有普遍意义的"接受屏幕"，实现了实学思想向文化过滤中现实语境与传统文化因素对文学的作用机制的转变。例如戴震对基督教中"爱人如己"思想进行了吸收，在《法象论》中提出了"爱人"的伦理主张，这与他在《孟子字义疏证》中提出的"圣人治天下，体民之情，遂民之欲，而王道备……尊者以理责卑，长者以理责幼，贵者以理责贱，虽失，谓之顺；卑者、幼者、贱者以理争之，虽得，谓之逆。……人死於法，犹有怜之者；死於理，其谁怜之！"十分吻合，为其对卑贱之人的同情和对"以理杀人"的社会现实的批判起到支撑作用，但其对基督教的禁欲思想却并未被其提及，而是提出了与之相悖的"情欲"即为"人性""天道"的理论，可见乾嘉学派在选择理论支撑和阐释对象时是具有"启蒙"意味的价值取向的。

---

① 方以智：《通雅》，康熙五年春草堂刊本，卷首之二。

而文化过滤所产生的直接后果便是"文化误读"。乾嘉学派所进行的一系列儒学创新很大程度上是受前人理论成果和东传科学的影响发展起来的,运用布鲁姆"影响即误读"的观点看,其对具体事物和阅读文本的研究本身就与学者解读时所获取的信息不尽相同,如果没有这一切,那儒学的发展和变异便不可能实现。仍然以乾嘉学派对"爱人如己"这一概念的吸收和理解为例,其在基督教中的本来含义是指人在爱别人之前要先学会爱自己,进而像爱自己一样爱他人,人是理性化的,而人生则在情理之中,其本质是强调爱人要通过通情达理的方式才能达成。在乾嘉学派的理解中则将其解读为对无情伦理观的批判,单纯强调爱人的重要性,而脱离了本来意义上对爱人方式的描述。究其原因,从主观上讲,乾嘉学派对这一理论的吸收是为了颠覆理学至上、备受压抑的社会现实而提出的,有着明确的目标,他们并不在意是否遵从这一西方理论的本意,而是追求对传统儒学的佐证以达成其社会理想,正是这种现实目标才促使其对西方理论作了有意识的文化过滤和误读。

(三)"训诂义疏"与阐释变异

乾嘉学者通过"训诂义疏"的手段对宋明理学的解构本身就是中国儒学发展过程中语言内的重新措辞,东传科学传入后,受乾嘉学者接受屏幕的过滤和误读而产生的中国化更是跨文化交流中不可忽视的文化变异现象,因此,乾嘉学派治学思想的内涵中包含了重要的变异思维,其治学路径的核心就是对文化内涵进行阐释变异的过程。

影响研究中关注事实影响的要求使得其认为有中心意义的存在,而在儒学理论的发展中却不强调这一点。惠栋在《九经古义·九经古义述首》中说:"五经出于屋壁,多古字古言,非经师不能辨。经之义存乎训,识字审音,及知其义。"乾嘉学派认为对"经之义"的达成在于训字审音,字音不训则难以达到经的"本义",因此,"训诂"中的实事求是精神是对字词本义的探寻,而并非是对"中心意义"的追求,字、音的本质也只是表达"经之义"的手段,由考据到字词本义达成后,学者要面临的则是由词到义的另一个研究层面,而这一阶段却并未被乾嘉学者作过多限定,因此,受学者个人经历、知识背景不同以及时代下的"先在结构"影响,在"义疏"的过程中难免会融入学者们的个人解读,产生无限衍义的现象,而多种意义解读的产生又导致不同学派的发展方向和核心思想发生偏差。例如乾嘉学派内吴派与徽派对于"理"的解读就存在较大差异,吴派朴学认为"性理"来源于学者个人内心的空想解读,宋明"义理"也属虚妄之学,并无实处,从根本上否定了"义理"之学的存在;而徽派朴学则说"义理者,文章、考核之源也"[1],经学研究"太枯不能,太滥不切。使人虚标高玄,岂若大泯于薪火。故曰:藏理学于经学"[2]。可见,徽派并不否认"义理"之学,而是提出理学藏于经学的理论,力图通过建立

---

[1] (清)戴震:《戴震集·段玉裁序》,上海:上海古籍出版社1980年版,第451页。
[2] 方以智:《青原山志略·凡例·书院条》,康熙年间版。

"新义理"取代宋明时期"旧义理"的方式以正人心。

  同时，乾嘉学者在经世致用精神的指导下所形成的"先在结构"又促使其在学理建设的过程中自觉地为传统思想和东传科学赋予"经世"意义并最终应用于建设实学思想的过程中去，在这一思想下，乾嘉学派的学理建设本身就存在着明确的治学目标，对理论的吸收和再阐释都围绕着这一主题进行，这期间就必然会发生阐释变异的现象，因此，乾嘉学派治学思想的本质之一就是变异思想，这也为其具有创新性和启蒙意味的儒学建设提供了基础和动力。

第三章 变异学与当代国际比较文学

美国哈佛大学比较文学讲席教授大卫·丹穆若什在读完笔者2014年英文著作 *The Variation Theory of Comparative Literature*（《比较文学变异学》）之后，寄来长篇邮件，认为："你对变异的关注提供了一种有益的视角，一方面超越了亨廷顿式简单的文化冲突模式，另一方面也超越了同质性的普遍化。"[1] 当然信中还提出了不少宝贵意见。细而思之：为什么他认为变异学是一种"Useful Perspective"？这种有用性体现在哪些方面？虽然变异学提出已10多年，国内学界用变异学理论阐释出许多创新成果[2]，国外重要学者诸如斯皮瓦克、苏源熙、佛克马、汉斯·伯顿斯等也在相关著述中作出重要评介，但是仍然还有一些重要问题值得深究，即：为什么变异学会在英语世界引起如此反响？国际比较文学以前如何对待比较文学中的变异现象？近年来又形成了哪些新的理论前沿和思想动向？变异学与这些思想动向之间是否存在逻辑关联或区别？只有解决了这些问题，才可能让变异学与国际比较文学融合得更紧、更深，才可能从国际化的学术视野更加充分借鉴"他山之石"，进一步将变异学发展得更科学、更完善，让比较文学中国话语不仅站起来，而且站得稳，不仅走出去，还能走得远。

第一节 艾田伯"比较诗学"与变异学

国际比较文学发展史上有四次重要转型：第一次发生在19世纪末20世纪初，法国学者针对克罗齐对比较文学学科合法性的诘难，提出实证性影响研究；第二次发生在20世纪50年代，"二战"以后的美国学者，基于意识形态的外部因素和影响研究存在的内部问题，以韦勒克发表《比较文学的危机》为标志，提出平行研究模式；第三次发生在20世纪60年代末，艾田伯针对法美学派的矛盾而发表《比较

---

[1] David Damrosch said: "Your emphasis on variation provides a very useful perspective that helps go beyond the simplistic Huntington-style clash of cultures on the one hand or universalizing homogenization on the other."

[2] 参见曹顺庆、庄佩娜：《国内比较文学变异学研究综述：现状与未来》，《中南民族大学学报》2015年第1期；时光：《比较文学变异学十年（2005—2015）：回顾与反思》，《燕山大学学报》2018年第1期。

不是理由：比较文学的危机》，对其矛盾进行调和，学派之争逐渐被种族研究、文化研究、性别研究等多元范式所取代；第四次发生在 20 世纪末至今，巴斯奈特和斯皮瓦克分别于 1993 年和 2003 年宣布比较文学已经"死亡"，继而开启新世纪的学科重生之路。而比较文学变异学，正是伴随着第三次转型开始酝酿，在第四次转型的背景下生成发展起来的。变异学与国际比较文学第一个理论契合点，就是艾田伯提出的"比较诗学"路径。

艾田伯说道，他应邀参加 1958 年的教堂山会议，但是由于签证问题而迟到，他为此而相当懊恼："假如我能够在会上宣读我准备的学术报告，'美国学派'和'法国学派'的比较学家之间在会上也许就不至于如此剑拔弩张。"① 这次会上，韦勒克认为影响研究已经"一潭死水"，他分析道："我们学科的处境岌岌可危，其严重标志是，未能确定明确的研究内容和专门的方法论。巴登斯贝格、梵·第根、伽列和基亚所公布的纲领，也并未完成这一基本任务。他们把陈旧过时的方法论包袱强加于比较文学研究，并压上十九世纪事实主义、唯科学主义和历史相对主义的重荷。"② 从表面看，影响研究将社会进化论、历史研究和实证主义等科学方法运用于比较文学，继而将之学科化、理论化，然而从根本上说这是一种文化沙文主义和扩张主义在潜在操控，韦勒克毫不避讳地说："这种文化扩张主义，甚至在美国也可以见到，虽然总的说来，美国对它有免疫力。这一半是由于美国值得炫耀的东西比人家少，一半由于它对文化政治不如别的国家感兴趣。"③ 如果按照影响研究的路径，美国这个年轻的国家没有那么多炫耀的资本，因此主要是被影响对象，显然这不是"对称性"比较。为了改变这样的局面，他们摆脱事实关联，继而用跨学科、跨文化的类同比较取代事实联系。

在这个话语转型之际，艾田伯同美国学者一道，对影响研究的同源性、中心论展开批判。他认为，为什么必须确立中心和渊源？如果非要确立一个中心的话，为什么必须是法国？或者说："如果美国比较学者赋予美国文学以同样的中心地位（the same central position），谁又能奈何他们？……再说中国，它具有四千年可以考证的文明，不就将会拥有十亿人口，如此泱泱大国，连国名也很了不起——中心之国、中央帝国，它为什么不能要求它的文学具有基亚先生这位爱国之士为他的国家的文学所要求的地位？"④ 显然，中华文明的灿烂历史并不逊于西方各国，但西方文明却将东方强制设置为边缘化的"他者"，法国比较文学家朱利安也提出过类似的质疑：

---

① 〔法〕艾田伯：《比较不是理由：比较文学的危机》，参见艾田伯：《比较文学之道：艾田伯文论选集》，胡玉龙译，北京：生活·读书·新知三联书店 2006 年版，第 19 页。

② 〔美〕韦勒克：《比较文学的危机》，参见干永昌等选编：《比较文学研究译文集》，上海：上海译文出版社 1985 年版，第 122–123 页。

③ 同上书，第 129 页。

④ 〔法〕艾田伯：《比较不是理由：比较文学的危机》，参见艾田伯：《比较文学之道：艾田伯文论选集》，胡玉龙译，北京：生活·读书·新知三联书店 2006 年版，第 2 页。

"比如黑格尔就认为中国是哲学的童年。而我认为，中国没有停留在哲学的童年，而是创造了另外的知性的源泉。"[1]他们都质疑渊源与中心的合法性地位，但值得注意的是，虽然艾田伯和美国学者一起用"文学"反抗"比较"，但是他并没有走向韦勒克、雷马克的跨学科、跨文化之路，而是独辟蹊径，提出从比较文学转向比较诗学。那他为什么要提出比较诗学？这与变异学有没有思想关联呢？

艾田伯既批评影响研究，但是对平行研究也同样存疑，他试图走一条折中之路，其总体策略是："目前，比较学者的首要任务，是反对一切沙文主义和地方主义。他们必须最终认识到，没有对人类文化价值几千年来所进行的交流的不断认识，便不可能理解、鉴赏人类的文化，而交流的复杂性又决定了任何人也不能把比较文学当作一种语言形式或某一个国家的事，包括那些地位特殊的国家在内。"[2]简单地说，客观上追求相似性、同源性，会导致沙文主义；而主观上追求异质性、相对性，又会导致地方主义。于是艾田伯试图从现象学角度回到事物本身，重新认识同源性中的变异性，以及相似性中的差异性。

因此他提出"三个结合"的具体策略："这种比较文学把历史方法和批评精神结合起来，把考据和文章分析结合起来，把社会学家的谨慎和美学理论家的勇气结合起来，这样比较文学立时便可以找到正确的对象和合适的方法。"[3]他所说的"三个结合"，打破了影响与实证的关系圈，用一种更宏大、更包容、更开放的视域来切入比较文学，同时又意识到平行研究缺乏有效的可比性约束，可能导致泛文化倾向，于是作出一段经典的推断："把这样两种互相对立而实际上应该相辅相成的方法——历史的考证和批评的或审美的思考——结合起来，比较文学就会像命中注定似的成为一种比较诗学。"[4]他的这个论断与前面讲的三个结合是互为补充的。他认为如果用历史方法研究比较文学，那么比较文学必然会成为文学史的一个分支，法国学派正因如此才走向客观主义的极端。同样，如果将平行研究无限放大，绝对地用批判的和美学的思维研究比较文学，则可能陷入随意性比附和主观化阐释的极端，导致比较文学无所不包、无所不能。如果将两者结合，从比较文学走向比较诗学，意味着比较的对象从文学层面走向诗学层面；从现象性阐释走向本体性阐释；从个体性比较走向规律性比较，让不同文学形态在诗学理论层面走向深度融合。事实证明，艾田伯提出的比较诗学路径，在实践方面的成果并不比跨学科、跨文化路径的成果少。例如1978年佛克马、易布思等人的《比较诗学》，1985年巴拉康、纪延的《比较诗学》，1990年厄尔·迈纳的《比较诗学》等。

---

[1] 杜小真：《远去与归来》，北京：中国人民大学出版社2004年版，第49页。
[2] 〔法〕艾田伯：《比较不是理由：比较文学的危机》，参见艾田伯：《比较文学之道：艾田伯文论选集》，胡玉龙译，北京：生活·读书·新知三联书店2006年版，第4页。
[3] 同上书，第28页。
[4] 同上书，第42页。

无独有偶的是，20 世纪 70 至 80 年代中国比较文学的先行者，也和艾田伯一样，意识到学派之间的矛盾问题，并提出了类似的解决方案，例如台湾学者就指出："究其实，两派实可互补，如能在由文学影响的诸国文学里，以影响作为基础，探讨其吸收情形及其类同与相异，岂非更为稳固、更为完备？"① 他们采用的折中调和之路，并非艾田伯之比较诗学路径，而是以西释中的阐发研究路径，尽管后来受到一定程度的批评，但在当时，确实起到很好的创新引领作用。随后，季羡林先生也发表类似的观点："专研究直接影响，失之太狭；专研究平行发展，又失之太泛。而且两者在过去都有点轻视东方文学。"② 先生不仅意识到双方存在的问题，而且还提出"资料研究"的具体策略，即：在资料事实的基础上展开诗学理论的平行研究，在比较诗学的基础上兼顾实证性思维的优势。季羡林先生这种研究方式对变异学具有重要启示，他强调不能将平行研究视为"X+Y"式盲目比附，天马行空乱比一通，也不能仅仅局限在资料事实的考证之上畏手畏脚，而是将两者结合，既有"比较"又有"文学"，既有客观事实又有主观阐释。季羡林"资料研究"与艾田伯"比较诗学"，为变异学的生成指明了基本的创新路径。

以上分析可见，从国际比较文学发展的整体历史分析，变异学的初衷与艾田伯之比较诗学路径存在内在通约性与契合点，具体体现在：1. 研究视野的超越性。前文已述，艾田伯认为比较诗学是为了克服文化沙文主义和地方主义的思想极端，而变异学的提出也如出一辙："比较文学变异学是一种普遍性的理论，而不仅仅是跨文明研究中的一种特殊方法，变异学使比较文学有一种宏大的视野，超越影响研究和平行研究，超越所谓西方视角和东方视角，去除文化沙龙主义和文化保守主义，成为全世界比较文学普适性学科理论。"③ 可见，变异学和比较诗学都在根本思想上克服"片面的深刻"的极端化研究范式，既不片面追求客观性的事实联系而忽视文学发展的共同规律，也不片面追求主观性的平行阐释而忽视客观化的影响交流，从整体思路上超越局限化的研究视野，用"和而不同"的哲学思维对主客体二元对立的倾向进行调和，用胡塞尔现象学方法研究文学交流过程中的各种复杂事实，正如厄尔·迈纳所说："比较诗学兼属诗学与比较文学两大家族。像其他跨文化研究一样，是个新生事物，方兴未艾。有些研究者特别热衷于在比较文学中区分出一个美国学派或是法国学派，一个日本学派或是中国学派。我却认为另外两个问题更为重要，即这些国家的文学本身及比较研究的意义所在。"④ 2. 研究方式的包容性。艾田伯提出"三个结合"，其中最重要的是历史的探寻和美学的沉思相结合，或者如季羡林先生所说，既要有实证性资料，又要有主观审美意识。而变异学在研究方法上也强

---

① 古添洪、陈慧桦：《比较文学的垦拓在台湾》序，台北：东大图书股份有限公司 1976 年版，第 1 页。
② 季羡林：《比较文学与民间文学》，北京：北京大学出版社 1991 年版，第 194 页。
③ 曹顺庆：《比较文学概论》，北京：高等教育出版社 2015 年版，第 184 页。
④ 〔美〕厄尔·迈纳：《比较诗学》，王宇根、宋伟杰等译，北京：中央编译出版社 2004 年版，第 342-343 页。

调学科理论的"涟漪式"发展和包容性创新,虽然提出将异质性、变异性作为可比性,但是并没有抛开同源性、类同性的可比性元素,或者说变异学不是仅仅研究变异这种片面化的理论事实,而是研究"同中之异"或"变中之异",所以说:"需要指出的是,变异学强调异质性的可比性,是有严格的限定的,这种限定,是在比较文学影响研究与平行研究求同的可比性基础之上的一次延伸与补充:在有同源性和类同性的文学现象之间找出异质性和变异性。"① 因此,变异学同艾田伯比较诗学一样,在客观历史与主观审美之间寻找互补之路,试图用在同源性、类同性的基础上,研究异质性和变异性,在东方与西方之间寻找对话、交流和互补之路。3. 研究对象的变异性。艾田伯特别重视东方尤其是中国文学在比较文学中的重要作用,如果按照影响研究范式来比较,西方文学受到东方文学的影响较少,可以研究的对象领域也不可能太多;如果按照平行研究范式,那么东西方文明与文学的异质性又大于类同性,有可能导致乱比。但是从比较诗学的角度来分析,则可以研究文学交流与文学阐释中的变异性、互动性与生成性,他以德米维尔在《中国古诗选》中的表述为例来说明诗歌意象阐释的变异性:"'古代西边的房子是闺房,这是从"阴"来的,而阴正是昏暗潮湿的原因。在这样一首词中假如提到东楼,在中国读者看来就会以为是笔误。'成百的中国诗的意象都会像这样与我们所理解的相反。"② 可见,他并不去考察同质文明的相似渊源和单向传承,而是注重东西方异质文学在双向互动中的文学误读、文化过滤及阐释变异,而这也正是变异学的重点,因为"变异学的根本价值就在于求异,尤其是诗学文学传播过程中的文化过滤、社会集体想象物等问题"③。

第二节 叶维廉"文学模子"与变异学

如果说艾田伯的比较诗学路径在法美学派之间开启了一条融通对话之路,那么,叶维廉之"文学模子"则为中西比较文学进一步提供了极富创造性的方法论体系。他从1974年发表《东西比较文学模子的运用》开始,不断通过构建"文学模子"来借异识同、秘响旁通、互照互省,这是变异学理论与国际比较文学的第二个思想契合点。

叶维廉本身是台湾阐发研究的倡导者,但是后来他意识到阐发研究潜在的隐患,因此在1983年周英雄《结构主义与中国文学》一书序言中作了补充:

---

① 曹顺庆:《东西方不同文明文学比较的合法性与比较文学变异学研究》,《外国文学研究》2013年第5期。
② 〔法〕艾田伯:《比较不是理由:比较文学的危机》,参见艾田伯:《比较文学之道:艾田伯文论选集》,胡玉龙译,北京:生活·读书·新知三联书店2006年版,第37页。
③ 曹顺庆、王超:《中国比较诗学三十年》,《文艺研究》2008年第9期。

我们不随便信赖权威，尤其是西方文学理论的权威，而希望从不同文化、不同美学的系统里，分辨出不同的美学据点和假定，从而找出其间的歧异和可能汇通的线路；亦即是说，决不轻率地以甲文化的据点来定夺乙文化的据点及其所产生的观、感形式，表达程序及评价标准。其二，这些专书中亦有对近年来最新的西方文学理论脉络的介绍和讨论，包括结构主义、现象哲学、符号学、读者反映美学、诠释学等，并试探它们被应用到中国文学研究上的可行性及其可能引起的危机。①

这一段反思的重要意义在于：他不仅意识到跨文明比较中的异质性问题，同时还指出"以西释中"模式在知识逻辑上的非法性及可能引起的危机，这无疑是具有前瞻性的判断。为了克服这些潜在危机，他在比较文学研究思路上与其他台湾学者分道扬镳：一是从他者视域还原中国文学与文论本身的知识形态；二是从比较视域还原中西方文学与文论的异质形态。这两个还原的根本意图，正如他所说，既不能像西方学者一样，从同一文明系统出发，寻找同源性或类同性；也不能像中国阐发研究者那样，从异质文明系统出发，跨越异质性来寻找某种虚拟的普适性。基于此，他作出第三种可能性尝试："'模子'的寻根探固的比较和对比，正可解决了法国派和美国派之争，因为'模子'的讨论正好兼及了历史的衍生态和美学结构行为两个方面。"②可见，叶维廉在艾田伯比较文学道路上更进一步，即从不同文化系统里分辨出不同的美学据点，从而找出其间的歧异和可能汇通的线路，而这些基于歧异的汇通线路，就是"文学模子"，这与比较文学变异学理论是内在契合的，两者的关联契合体现在：

第一，"文学模子"与变异学都将异质性作为可比性。叶维廉认为："'模子'的问题，在早期以欧美文学为核心的比较文学里是不甚注意的，原因之一，或者可以说，虽然各国文学民族性虽有异，其思维模子、语言结构、修辞程序却是同出一源的。"③也就是说，法、德、意、英等欧洲国家文学之间并非没有差异，只是在运思结构和话语规则等"深层模子"上，都源于"两希"文明，因此具有明显的相似之处，而同一文明体系下的相似性，正是韦斯坦因所谓的"可比性"，韦斯坦因认为比较文学不应该超越异质性边界，恰恰是这个边界，构成比较文学可比性的可靠基础，它能确保主观视域趋同但又不是天马行空："如果说，把比较文学仅仅限制在对'事实联系'作孤立研究没有什么结果的话，那么，另一个极端——贬低事实联系，抬高纯类似的研究——在我看来则超越了科学所允许的正当目标。"④一旦将异质性作为可比性，那么就超出了科学的规则。那么，如何在事实联系与美学价值之间寻

---

① 叶维廉：《结构主义与中国文学》序，台北：东大图书股份有限公司1983年版，第1页。
② 叶维廉：《中西比较文学中"模子"的应用》，参见温儒敏：《中西比较文学论集》，北京：北京大学出版社1988年版，第29页。
③ 叶维廉：《东西方文学中"模子"的应用》，温儒敏、李细尧：《寻求跨中西文化的共同文学规律》，北京：北京大学出版社1986年版，第12页。
④〔美〕韦斯坦因：《比较文学与文学理论》，刘象愚译，沈阳：辽宁人民出版社1987年版，第5页。

找到一个最大公约数和最佳契合点？那就是文明的同质性！他指出："因为在我看来，只有在一个单一的文明范围内，才能在思想、感情、想象力中发现有意识或无意识地维系传统的共同因素。"①

韦斯坦因找寻"共同因素"的思想根源，在歌德那里可以找到一些证据，他提出"世界文学"的概念之后马上就补充道："我们不应该认为中国人或塞尔维亚人、卡尔德隆或尼伯龙根就可以作为模范。如果需要模范，我们就要经常回到古希腊人那里去找，他们的作品所描绘的总是美好的人。对其他一切文学我们都应只用历史眼光去看。碰到好的作品，只要它还有可取之处，就把它吸收过来。"②歌德认为西方文学的共同渊源是古希腊文学，正是这种共同因素，让西方文学具有了可比性基础，但值得注意的是：比较的中心、渊源或主角是古希腊文明而非中国或塞尔维亚等国家。同样，韦斯坦因认为东西方是异质文明体系，既缺乏较多的实证性联系，也不具有共同的结构基础，甚至在某些根本问题上是迥然相异的。如果这种异质性也能作为可比性，那么比较文学将"无所不比"。当然，韦斯坦因的谨言慎行是有道理的，他不想从一个极端走向另一个极端，所以牢牢抓住类同性、同源性这些"共同因素"。

而20世纪70年代以后，叶维廉、艾田伯、季羡林以及张隆溪等学者，都认为西方学者在同一文明圈内比来比去"比不出什么名堂"，比较文学应当顺势而为，走出文化诗学的封闭圈。那么，异质性又如何成为可比性呢？叶维廉以周策纵先生的一首回文诗为例来作出分析："为什么文言可以超脱英文那类定词性、定物位、定动向、属于分析性的指义元素而成句，而英文就不可以？这种灵活语法下的传意方式与我们解读、诠释应取的态度和僵硬语法下的传意方式和所要求的解读、诠释有什么根本的差别？如果有，其哲学美学依据是什么？"③很显然，这几个提问实质是在表明：中西方在语言结构、阐释模式、美学思想及哲学体系等方面都存在诸多异质性元素，我们不能仅仅从"求同"的角度研究其通约之处，还可以从"寻异"的角度分析这些差异及其背后的"文学模子"，让这些"模子"在差异化的结构秩序中罗列、对视、互证、互补。具体地说，即：为什么文言能够实现的示意效果而英文却无法实现？为什么我能你不能？为什么我有你没有？为什么我是"此"你是"彼"？于是异质性就成为另一种"迂回"的可比性。

同样，变异学理论认为，平行研究走出了影响研究坚守的"关系圈"，从实证考察走向了跨文化、跨学科比较，打破了同源性的疆界，但是他们并没有将这种话语权力推及到东方文明及第三世界国家，也就是说，虽然他们不是绝对地"寻同"，但是持有一个原则底线，那就是"拒异"。如果"拒异"态度从学科理论上合法化，

---

① 〔美〕韦斯坦因：《比较文学与文学理论》，刘象愚译，沈阳：辽宁人民出版社1987年版，第5页。
② 〔德〕歌德：《歌德谈话录》，爱克曼辑录，朱光潜译，北京：人民文学出版社1978年版，第113–114页。
③ 叶维廉：《中国诗学》，北京：生活·读书·新知三联书店1992年版，第16页。

那么中国学者开展的中西比较文学研究都是"自言自语""自娱自乐""自欺欺人"。所以比较文学变异学首当其冲就是要解决跨文明异质性成为比较文学可比性的问题:"如果没有同,那就没有可比性。美国学者韦斯坦因在《比较文学与文学理论》中就是这样说的。显然,西方学者大多忽略了、甚至是否定了比较中异质性与变异性的可比性问题,这是比较文学现有学科理论的一个严重不足和重大的学科理论缺憾。"① 这个论断的深层意义在于:比较不仅仅是求同存异,也可以是以异寻同、异质互补,在文学性的基础上,摆脱彼此的思想关联,迂回到一种无关性的语境中,与原生主体进行对视,继而进入新的话语建构模式。比如说,在西方文艺美学视域中,裸体是一个重要的审美符号,但是在中国文论话语中,裸体却总是遮遮掩掩、欲说还休,这就是东西方的差异。当然还有悲剧理论,西方悲剧强调严肃、庄重及美学崇高,而中国的悲剧理论强调悲哀、同情及怜悯。关于裸体和悲剧,如果按照影响研究的思路来看,根本不可实证,不具有可比性;如果从平行研究的思路来看,异多于同,也不可比。但是倘若我们将差异性作为可比性,将之置放在同一论域中,让异质话语碰撞激荡、对比互释,很可能有助于从跨文明语境中认识东西方文明文学的不同属性,从哲学上说,这不是西方"以有为有"的科学思维模式,而是中国道家"以无为有"的智慧思维模式,在虚无之境域拓展出迂回与对话可能。但是,异质性作为可比性又不同于"X+Y"的比较模式,后者是将貌似相同的对象关联在一起,作浅表层面的求同存异分析,而"模子"并不是简单的文学形象、文学语言、文学叙事等方面的差异性,而是基于话语规则层面的运思方式差异,是意义生产的基本方式和思想原型。所以,"文学模子"与比较文学变异学强调异质性作为可比性,不是天马行空乱比一通,而是探寻具有哲学通约性的"深层结构"和"美学据点",并且这些结构或据点是在异质文明体系中探寻,这是两者最主要的契合与创新。

第二,"文学模子"与变异学都将变异性作为可比性。我们知道,法国学者早就意识到变异性,但是他们为了确保比较文学的科学性,因此用相似性来规避变异性。从 1895 年法国学者戴克斯特完成比较文学史上第一篇学位论文《卢梭与文学世界主义的起源》开始,就奠定了这个调子。韦斯坦因认为:"像他的一些前辈一样,戴克斯特(圆满完成了他的解释,也误解了歌德提出的'世界文学'的含义)希望各民族文学能在不久的将来消除个性,融合成一个真正的欧洲文学。"② 从这之后,法国比较文学开始有意识地规避变异性,例如在 1900 年,在巴黎举办国际史学研究大会,其中第六组讨论题目是"比较文学史",加思东·巴里在开幕词中为比较

---

① 曹顺庆:《比较文学概论》,北京:高等教育出版社 2015 年版,第 165 页。
② 〔美〕韦斯坦因:《历史》,参见韦斯坦因:《比较文学与文学理论》,刘象愚译,沈阳:辽宁人民出版社 1987 年版,第 171 页。

文学规定了两项任务："一是研究文学之间的类似，二是研究民俗之间的类似。"① 这两项任务在后来的几十年里被学界不断践行，然而美国学者却发现了其中的问题，并提出修改建议："在许多影响研究中，对渊源的探索注意得过多，而对下列问题则重视不够：保留了什么、扬弃了什么，材料为什么和怎样被吸收并融化，其成效如何？这样，影响研究就不仅会增长我们的文学史知识，而且还有助于我们对创作过程和文艺作品本身的理解。"② 表面上看雷马克所说的"扬弃""融化"确实是在研究变异，但是他们只承认有实证影响交流的文学文本之间的流传变异，而拒绝不具有事实关联的文学文本之间的阐释变异，这是不完整的变异研究，因为"由于不同文明的差异性，不同国家、不同文明的文学在互相阐发时总会出现种种变异状态，这些都属于平行研究中的变异问题"。③ 然而对这种变异，雷马克却并未提及，也为变异学的生成埋下了伏笔。概言之，法国学派"求同忘异"，美国学派"求同拒异"，都没有彻底将变异性作为可比性。

那么如何彻底解决这个问题呢？叶维廉"文学模子"论，认为可比性不仅体现在同一文明体系内的"根叶相连"，也体现在异质文明体系中的"秘响旁通"，他从《周易》哲学中的变异思想找到了话语资源："'互体变爻'指的是，在一个卦中早已含有互体和卦变。同样地，秘响旁通，指的是文辞里早就含有类同互体与卦变的交相呼应、相对、旁通、变化。"④ 具体地说，《周易》每六爻构成一个重卦，又分为上下两个单卦，每个单卦含三根爻，每相邻两爻之间是内循环之"比"，上卦三爻和下卦三爻形成外循环之"应"。从卦位上说，初与二、二与三、四与五、五与上形成"比"的关系；初与四、二与五、三与上形成"应"的关系。刚柔相济为相应，刚刚、柔柔为敌应。余敦康教授说："必须刚柔相济，阴阳协调，阳顺阴，阴顺阳，融洽配合，结为一体，才能达到整体的和谐。"⑤

所以，《周易》之"互体变爻"与《文心雕龙》"秘响旁通"，是中国文化诗学特有的变异思维模式，叶维廉将之运用于中西比较文学研究是想说明：《周易》既有相邻两爻之间的"比"，也有不相邻两爻之间的"应"。以此类推，对比较文学而言，同一文明的文学存在同源性、类同性，固然可以"比"，而异质文明文学由于人类文明发展的历史规律，也存在一些共形变异的思想体系，尽管两者没有实证影响交流，但是却可以旁敲侧击、秘响旁通，形成共时态或跨时空的"应"，而且这

---

① 〔美〕韦斯坦因：《历史》，参见韦斯坦因：《比较文学与文学理论》，刘象愚译，沈阳：辽宁人民出版社1987年版，第173页。

② 〔美〕雷马克（又译雷迈克）：《比较文学的定义和功能》，干永昌等选编：《比较文学研究译文集》，上海：上海译文出版社1985年版，第209页。

③ 曹顺庆：《比较文学平行研究中的变异问题》，《中山大学学报》2014年第3期。

④ 叶维廉：《秘响旁通》，参见温儒敏、李细尧：《寻求跨中西文化的共同文学规律》，北京：北京大学出版社1986年版，第177页。

⑤ 余敦康：《周易现代解读》，北京：华夏出版社2006年版，第11页。

种"应"的最佳组合是阴阳、乾坤的异质互补之"相应",而不是阴阴、阳阳的同质相似之"敌应"。进一步说,这种动变组合是开放式的、迂回式的、生成性的意义场,它与西方二元对立模式存在根本区别:"用'在动变中的组合'这个意念去看卦象是很重要的,假如我们要找出一个中国式的结构活动的原理,它不纯是二分法;阴阳的观念虽被视为电脑的 binary system 的始祖,西方结构主义的二分法常是对立式,而且是减缩式的,阴阳却是相对而相应的,它不是定型关闭,而是开向动变与继续动变的,因为它同时容纳了常(律)与不常(机)。"①

同样,比较文学变异学包含影响交流中的流传变异与平行研究中的阐释变异两个基本类型,前者重点研究某一国文学在异质文明语境中的译介、传播和接受中发生的变异;后者研究某一国文学在跨文明语境中进行非实证性阐释时所发生的变异。流传变异与影响研究、平行研究最大的不同是:它研究跨"异质文明"交流中的变异,而影响研究、平行研究也研究变异,但是它们主要涉及在有渊源关系或同一文明体系内的变异。另一方面,阐释变异有三个主要特征:一是基于异质文明;二是没有实证影响交流;三是发生意义变异。因此,我们认为:"阐释变异与影响研究的不同在于它不是寻找某种文学关系(如模仿、假借)或'贸易往来',而是寻找'没有关系'的关系;它与平行研究的不同又在于,它不是比较某种文学类型、母题的类同性,而是阐释文学文本在跨文明移位中的意义变异及其差异化思想逻辑。"② 可见,变异学之流传变异与阐释变异,和叶维廉"文学模子"一样,都绕开同一性的统摄,将变异性作为可比性,在秘响旁通中旁敲侧击、茅塞顿开、豁然开朗。

第三,"文学模子"与变异学都用"借异识同"取代"求同存异"。叶维廉之"文学模子"和变异学都将异质性、变异性作为可比性,那么如何将异质性、变异性作为可比性呢?那就是借异识同而非求同存异。

两者的区别在哪里呢?一般认为,比较无非就是求同存异,除此之外还有什么作用呢?叶维廉认为比较并非这样简单,他指出:"设若我们用两个圆来说明,A 圆代表一模子,B 圆代表另一模子,两个模子中只有一部分相似,这二者交叠的地方 C。C 或许才是我们建立基本模子的地方,我们不可以将 A 圆中全部的结构行为用诸 B 图上。"③ 从这段表述可以看出,叶维廉认为比较并非将对象进行异同比对,更不是在异质文明文学之间展开"整体置换",在这个问题上他承认与刘若愚发生了分歧,他认为刘若愚《中国文学理论》"是从西方批评系统演绎出来的,其含义与美感领域与中国可能具有的'模拟论'、'表现论'、'实用论'及至今未能明确决

---

① 叶维廉:《秘响旁通》,参见温儒敏、李细尧:《寻求跨中西文化的共同文学规律》,北京:北京大学出版社 1986 年版,第 180—181 页。

② 王超:《比较文学变异学中的阐释变异》,《当代文坛》2018 年第 6 期。

③ 叶维廉:《东西方文学中"模子"的应用》,参见温儒敏、李细尧:《寻求跨中西文化的共同文学规律》,北京:北京大学出版社 1986 年版,第 11 页。

定有无的'美感客体论',有相当历史文化美学的差距"①。当然后来朱利安也表达了与叶维廉同样的观点。叶维廉认为刘若愚求同存异式的"拼配"与事实本身存在历史文化方面的巨大差距,相反,"文学模子"却是要借异识同:"我们不要只找同而消除异(所谓获得淡如水的'普遍'而消灭浓如蜜的'特殊'),我们还要借异而识同,借无而得有。"②叶维廉的借异识同论,反其道而行之,化用了中国哲学以少总多、计白当黑、以无为有的话语资源。西方思维是通过概念、判断和推理,以实有为基础,直向抵达真理,是"正的哲学",而中国思想尤其是道家思想,用冯友兰先生的话说,是"负的哲学",负阴而抱阳,冲气以为和,所以"以进为进"是比较,"以退为进"同样也是比较:"东西比较文学的研究,在适当的发展下,将更能发挥文化交流的真义:开拓更大的视野、互相调整、互相包容。文化交流不是以一个既定的形态去征服另一个文化的形态,而是在互相尊重的态度下,对双方本身的形态作寻根的了解。"③用老子的话说,即"反者,道之动",抑或是胡塞尔现象学的"回到事物本身"。

同样,变异学的基本观点同叶维廉"文学模子"基本一致,认为刘若愚:"《中国的文学理论》用改造过的艾布拉姆斯四要素理论、自创的双向循环圆形理论来阐释中国文学理论,基本割裂了中国文学理论的完整体系。"④他这种以同寻同的理论"搭配"显然破坏了中西知识体系上的异质性,而叶维廉"借异识同",却反归到中西文化诗学的本根和模子上去进行差异化对视,需要注意的是,他是"借异"而不是"求异","求"体现的是某种刻意而为之的价值倾向,而"借"却是对差异性的顺势而为的化用、巧用和善用。从这个角度上讲:"所有的比较文学理论都没有注意到这样一个问题:即原来的可比性是定义在同上的。那么现在我们要提出另外一个标准:比较文学的可比性还可以定义在差异上。正是因为有差异,比较文学才显得那么重要,才真正站在了学术的前沿。"⑤变异学从异质性、变异性出发,探寻异质文明文学间的"模子",从深层结构来展开互照互省、异质互补,这迎合了当今国际比较文学发展的整体趋势。

综上所述,艾田伯"比较诗学"和叶维廉"文学模子",大致构成了20世纪中后期国际比较文学发展的重要走向,而比较文学变异学与这个走向是内在契合的,并且与国际比较文学第三次转型并轨合道,体现在:1.消解流派之争。它们都从法美学派的二元对立中解脱出来,既不偏重客观事实,也不偏重主观想象,而是

---

① 叶维廉:《东西方文学中"模子"的应用》,参见温儒敏、李细尧:《寻求跨中西文化的共同文学规律》,北京:北京大学出版社1986年版,第27页。

② 同上书,第32页。

③ 叶维廉:《寻求跨中西文化的共同文学规律》,参见温儒敏、李细尧:《寻求跨中西文化的共同文学规律》,北京:北京大学出版社1986年版,第24页。

④ 曹顺庆:《东西方不同文明文学比较的合法性与比较文学变异学研究》,《外国文学研究》2013年第5期。

⑤ 曹顺庆、罗良功:《比较文学变异学研究》,《世界文学评论》2006年第1期。

在两者基础之上包容发展、融汇创新；2. 克服 X+Y 式的比附。它们都没有聚焦于两个对象之间的求同存异式比较，而是聚焦"诗学""模子"等深层结构的通约性观照；3. 将异质性、变异性作为可比性。艾田伯《中国之欧洲》和叶维廉《中国诗学》《比较诗学》，都关注中国及东方文明异质性之可比性，尤其是叶维廉的"秘响旁通""借异识同""互照互省"等具体策略，阐述了跨文明交流中的形象变异、流传变异、阐释变异等问题。这些都是比较文学变异学与国际比较文学在研究旨趣上的异曲同工、殊途同归。

但是变异学与它们的区别又在于：虽然艾田伯"比较诗学"和叶维廉"文学模子"都提出内外结合、深度比较的理论构想，但是"比较诗学"在寻找异质文学在诗学话语层面的通约性过程中，面临相对主义带来的结构性矛盾，正如厄尔·迈纳在《比较诗学》中所说："我们在研究中所考察的文学越是广泛多样，所建构的比较诗学理论也就越为坚实可信，当然其中涉及的相对主义诸问题也就越为复杂。"[①] 这个矛盾的根本症结在于：异质文明不可避免地存在不可通约的结构性差异，如果要调和这些差异建立比较让人信服的比较诗学理论，困难重重、举步维艰，或者说，艾田伯提出的比较诗学没有彻底摆脱"寻同"思想，所以迈纳认为比较诗学在相对主义面前并非畅通无阻。另一方面，叶维廉的"文学模子"为中西比较文学作出重大贡献，然而它在理论上是可行的、创新的，但是中西文学与文论的模子在哪里？究竟什么是模子，什么不是模子？如何在比较文学实践中找寻出这些模子？他没有提供一套积极有效的方法论体系，例如叶维廉在《中国古典诗中的传释活动》一文中以回文诗为例说明中国古诗与英文表述的差异，徐志啸教授就说道："这个问题（应该说这些问题）令我们很感兴趣，了解这些问题的答案，对于我们深入体会中国文言古诗的本质特性及其表现风格，以及它与英文诗歌的不同表达方式之根本差异之原因，很有裨益，也更利于从东西方语言文化的本质差异特征上来理解许多文字现象，但似乎文章一直写到结束，也没有明确解答这些问题，这似乎令人有点遗憾。"[②] 而恰恰是这些问题，比较文学变异学理论已经作出回应或正在进一步完善。

第三节　德里达"解构主义"与变异学

作为解构主义代表人物，德里达及其思想影响颇大，但也兼具争议。其"解构（Deconstruction）主义"思想被广泛运用于诸多领域，包括文学、艺术、语言学、人类学、政治学甚至建筑学等。从学术发展角度看，他的"延异"（Différance）、"元书写"（arche-writing）等理论直指西方逻各斯中心主义（Logocentrism），颠覆

---

① 〔美〕厄尔·迈纳：《比较诗学》，王宇根、宋伟杰等译，北京：中央编译出版社2004年版，第343页。
② 徐志啸：《叶维廉中西诗学研究论析》，《社会科学》2008年第10期。

语音中心主义（Phonocentrism），不仅动摇了西方传统人文科学基础，也成为后现代思潮的重要理论来源。

"变异学"由笔者率先提出，主要是指对不同国家、不同文明的文学现象在影响交流中呈现出的变异状态的研究，以及对不同国家、不同文明的文学相互阐发中出现的变异状态的研究。[①] "变异学"正式命名于《比较文学学》（2005年）一书。在书中，笔者开创性提出"文学变异学"，从译介学、形象学、接受学、主题学、文类学、文化过滤及文学误读等角度，研究文学传播、文学交流和文学研究过程中普遍存在的"变异"现象，并从理论和学科建设的角度为"变异学"研究提供指导思想和研究范式，使"变异"由"现象"上升为"理论"。随后，在《比较文学教程》一书中，笔者进一步将变异研究分为文化过滤与文学误读、译介学、形象学、接受学和文学他国化研究，变异学理论更加完善，逐步引起学术界重视。2013年，笔者的英文专著 The Variation Theory of Comparative Literature 由斯普林格出版社（Springer）出版，"变异学"作为一门重要的学科理论，正式走出国门，引起国际反响。

目前，"变异学"立足于跨国变异研究、跨语际变异研究、跨文化变异研究及文学的他国化研究等，已经成为比较文学研究最炙手可热的研究领域和突破点。与此同时，"变异学"作为一种学术研究理论和学术研究范式，对于新闻传播学、艺术学等其他学术研究领域也产生积极影响。作为一种学术理念，"变异学"对于丰富研究思维、开拓研究思路意义重大；作为一套研究方法，对于解决学科疑难、克服研究瓶颈十分有效。在全面建设中国特色学术话语的时代背景下，"变异学"作为中国学者率先提出的重要学科理论，与国际学术界开展平等学术交流和学术对话，已经成为弥补学科缺陷、完善学科理论、促进学科发展的典型代表。

就解构主义和变异学而言，无论是提出的历史阶段、时间节点、学术背景还是理论基础，都有巨大差异。但是，如果从哲学、语言学以及学科发展史等层面看，二者却又惊人相似。一方面，二者都源自于对"差异"的关注；另一方面，二者作为学术理论，对于推动学术发展、完善学科理论都发挥了重要作用。

一、差异：变异学与解构主义"共通"的理论泉源

"变异学"理论的提出并非偶然。从话语建构角度看，它的最终出现，拥有坚实的学术基础、现实基础和学科基础。而这些"基础"，都离不开一个重要现象：差异。

就学术基础而言，"变异学"紧随学术发展潮流，符合学术发展规律。事实上，"差异"一直是学术界的热门话题之一。赛义德"东方学"就涉及不同文明的差异

[①] 曹顺庆主编：《比较文学概论》，北京：高等教育出版社2015年版，第161页。

问题。在他看来，西方学术界中存在的"东方"不是真实的"东方"，而是被西方歪曲、误读的东方，是西方文化霸权统治下的东方。弗朗索瓦·于连就曾指出："我之所以继那么多人之后，有一天'抵达'了中国，绝不是受了距离（异国情调）的诱惑，而仅仅是因为中国在我眼前显现出一些具有根本外在性的前提，它们使中国具有了唯一性：一方面是语言的'根本'外在性，因为中国正是借此脱离印欧语系的；另一方面是历史的'根本'外在性，因为中国与阿拉伯世界或者希伯来世界不同，她在没有西方参照的情况下已经发展了如此之久。"[①] 这里的"根本外在性"指的就是中国作为"异域"与西方的根本差异性。著名比较文学学者丹穆若什也指出："变异性是世界文学作品的基本构成特征之一。"[②] 甚至认为："我们需要将世界文学中的作品看作是与民族传统中的作品不同的类型。"[③] 民族文学作品进入世界文学领域必然受到选择、改造，发生变异，差异由此而生。因此，同一部作品进入世界文学范畴后便与原作品不同。而东西方作为不同文明体系差异显著，无可争议地成为"变异"摇篮。

目前，不同文明间的交流日趋频繁，跨文明研究成为学术前沿。"变异学"正是立足于学术界跨文明研究的整体趋势，旨在"将变异和文学性作为自己的学科支点，通过研究不同国家之间文学现象交流的变异状态，探究文学现象变异的内在规律性所在"。[④] 由此看来，"变异学"顺应学术研究发展趋势，与学术界关注"差异"和跨文明研究兴起息息相关。

就现实基础而言，"变异学"立足于学术界普遍存在的"变异现象"。例如：文学翻译过程中普遍存在的"变异"现象。文学作品跨文明传播过程中，势必需要被其他文明解读。由于文化差异，有些解读形成"文学变异"。类似案例十分普遍。中国古典名著《红楼梦》在英译过程中便受此困扰。"怡红院"即被大卫·霍克斯（David Hawks）翻译为"The House of Green Delights"。也正是基于中西方的文化差异，才使得"红"（Red）变成"绿"（Green），最终成为"文学变异"的典型案例之一。诸如此类的"变异现象"，在文学翻译、文学传播、文学阐释和文学研究过程中普遍存在。

近年来，学术界对于"变异现象"已经渐渐形成新的认知。无论是文学传播还是学术研究中存在的普遍现象，包括学术界目前对于"差异"的关注等，都在展示"差异"作为客观存在的现实，已经引起学术界关注，谁能第一时间进行学术研究和理论建构，势必会抢占学术前沿，引领新一轮学术研究。

---

① 〔法〕弗朗索瓦·于连：《建议，或关于弗洛伊德与鲁迅的假想对话》，载乐黛云主编《跨文化对话》第17辑"中法文化年"专号，上海：上海三联书店2005年版，第139页。

② 〔美〕大卫·丹穆若什：《什么是世界文学？》，查明建、宋明炜等译，北京：北京大学出版社2014年版，第7页。

③ 同上书，第314页。

④ 曹顺庆主编：《比较文学学》，成都：四川大学出版社2005年版，第30页。

就学科基础而言，比较文学天生的学科争议和学科缺陷也为"变异学"的提出奠定了重要基础。事实上，比较文学学科本身一直争议不断，无论是克罗齐等学者的质疑，还是法国学派和美国学派的互相论争，都证明学科体系尚不完善，还有诸多缺陷。仔细梳理比较文学学科发展史可知，"比较"的关键在于"可比性"（comparability）。法国学派提出"比较文学不是文学比较"，以"同源性"作为唯一"可比性"，将比较文学研究对象人为划定为"国际文学关系史"，注重事实关联，最终使比较文学独立于其他学科。法国学派虽然使比较文学获得独立地位，但其人为限制文学研究范围，只注重渊源和影响，忽视文学研究的核心"文学性"，对于"可比性"的认知较为片面，使比较文学陷入新的危机。为此，美国学派重提平行研究，将"类同性"作为可比性之一，丰富比较文学学科理论，完善理论体系建构。但与此同时，文化研究和跨学科研究逐渐兴起，比较文学研究范围无限扩大，研究陷入既"不比较"也"不文学"的尴尬境地，导致"可比性"再次缺失。在西方，"世界文学"曾一度被视为破解危机之匙。具体看来，"世界文学"确实可以既摆脱国界限制，又能确定"文学"为研究对象。不过，"世界文学"也有自己的局限。它倾向于寻找世界范围内价值趋同的作品，即普世价值。虽然扩大学科研究范围，摆脱地区限制，但是并没有超越法国学派和美国学派"趋同"研究的窠臼。

与此相对，中国学者立足现实情况，以"差异"作为突破口，坚持将"异质性"和"变异性"作为比较文学的重要可比性，提出"变异学"理论，从而引领学术发展的新潮流。与"变异学"的学术背景类似，解构主义理论的提出其实也与学术界对于"差异"的关注息息相关。索绪尔认为：语言的意义在于差异[①]。没有任何能指（signifier）符号可以将所指（signified）本意完整表达。德里达以此为基础建立解构理论。他认为言语和书写文字同属表意"工具"，都具有工具属性，二者在符号属性层面平等。符号以差异性为基础，言语和书写文字作为符号传达讲话者意义都存在"差异"，在功能和用途上地位平等。因此，"言语"最接近于本意的优越性不攻自破。在此基础上，德里达对于西方学术界存在已久的"语音中心主义"展开解构和批判。

具体看来，他主要从两个角度对于"语音中心主义"和言语的权威地位进行解构：

一是符号的工具性与平等性。在德里达看来，言语和书写文字同属于表意工具，本质上都具有工具属性。因此，二者在符号属性层面是平等的。与此同时，符号的确立是不断寻找差异的过程。简单来讲就是符号之所以是符号主要是由于它不是其他符号。而这种"能指"与"所指"之间的差异性最终导致"言语"符号不可

[①] Teery Eagleton. *Literary Theory:An introduction*. Beijing: Foreign Language Teaching and Research Press. 2004, p.110.

能将讲话者本意完全表达出来,"言语"与"本意"之间必然存在"差异"。就这一层面看,书写文字符号同言语符号一样,也无法完全替代讲话者本意,书写符号与本意也存在差异。由此可以看出,言语和书写文字作为符号传达讲话者意义都以"差异"为基础,二者地位平等,没有优劣。

　　二是书写文字的优越性。德里达认为,与言语相比,书写文字不仅没有劣势,反而拥有两大优越性:第一,书写文字具有"可重复性"(Iterability)。德里达认为,符号只有在不同情况下都能被理解、认同才能被称其为符号。书写文字的可重复性颠覆了语音符号的在场优势。"可重复性"意味着即使缺席,书写文字一样可以表达意图,传递意义。例如,个人签署了一份文件,以复印件的形式转发给他人,即使签署者不在场,这份签名也具有同等的价值。第二,不考虑讲话者意图。"语音"的优势在于"在场",但是当不能与讲话者面对面交流时,语音的劣势便显露无遗。而书写文字的优势恰恰在此。即使对讲话者的意图一无所获,同样可以借助书写文字了解讲话者意图。①

　　此外,"语音中心主义"认为言语符号的最大优势在于"在场"。"在场"意味着最贴近于本意或者事物本身。但由符号差异性特征来看,言语符号的"在场"并非是本意或本身,而是本意或本身的派生物。作为替代者,言语符号的"在场"恰好意味着"本意"的"缺席"(Abscence)。最终,他利用解构的方法,打破"语音中心主义"的垄断,颠覆其权威性和唯一性。为了瓦解"言语/文字"的二元对立以及西方哲学发展中普遍存在的语音优于文字的偏见,他发明了Différance(延异)。将Différence(差异)一词中的第三个元音又E变成A。这样,Différance的读音没有发生变化,意义却早已不同,以此讽刺语音优于文字的语音中心主义的观点。

　　在此基础上,德里达对西方"语音中心主义"展开批判,对于西方长久以来形成的逻各斯中心主义和追求真理的传统进行质疑。在"言语/文字"的二元对立关系中,他打破"语音"的"优越性",摆脱话语权背景,利用符号差异性概念,明确言语与文字作为工具属性的平等性,使二者进行平等对话,颠覆传统等级秩序。他以"差异"为起点,成功解构西方盛行已久的"语音中心主义",声名大噪,并影响女性主义、后殖民主义等学术领域。"差异"作为解构理论的灵魂,引起学术界高度重视。

　　德里达著作等身,在对西方哲学的反思中逐渐建构自己的解构理论。尽管他始终强调解构不是破坏,强调"解构本身坚持的是一种肯定的经验和活动,它不是否定的、批判的,也不是摧毁性的,它要分析原来的遗产中有哪些东西自己在解构"②。换而言之,作为一种解构性阅读,"解构"只是通过关注作品细微或自相矛盾处,获得有别于传统认识的新观点、新见解。但是,不可否认,德里达的理论自

---

① 参见赵一凡主编:《西方文论关键词》,北京:外语教学与研究出版社2006年版,第261–262页。
② 杜小真、张宁主编:《德里达中国讲演录》,北京:中央编译出版社2003年版,第147页。

始至终都具备强烈的攻击性和颠覆性。与此同时,"变异学"也是立足于文学传播、文学交流和文学研究过程中普遍存在的"变异"现象,结合对学科缺陷和学科理论的思考,立足于异质性,最终形成完整的学科理论体系,引领学术研究新潮流。整体看来,"差异"作为变异学和解构主义共通的理论泉源,共同铸就了两大理论的理论原点和理论基础。

二、变异与延异:变异学与解构主义的通约性与差异性

虽然变异学与解构主义都以"差异"作为学术原点,但是二者在学术理念和学术范式等方面依然存在诸多不同。"解构"是手段,其目的在于重构。于是,解构主义广泛运用于各种领域,如文学研究、哲学研究、艺术研究等,进而生发出新的理论,重构学术研究体系,在整个学术界引起重要反响。而"变异学"则不同。它立足于"变异"现象,进行跨文明、跨学科研究,进而洞悉地区文化差异,促进文化交流与传播。"变异学"理论在其他学术研究领域的广泛运用,为学术研究提供全新视角,破解学科难题,从而使学术研究迎来新发展。简而言之,"解构主义"更像是"侵略者",是征服与破坏之后的重建;而"变异学"则是"改革派",是反思与创新之后的完善。

(一)解构主义的攻击性、颠覆性与破坏性

德里达十分擅长编造"词语"或者"概念"来为解构服务。其中,"延异"(Différance)便是这样的"词语"。"延异"(Différance)将"差异"(différence)第三个元音"e"换为"a",在读音上没有任何区别,但是在内涵上却产生很大变化,使"延异"(Différance)兼具"差异"(difference)与"延缓"(deferment)两个词语的内涵,这也不失为德里达对于西方"语音中心主义"的一种讽刺。

索绪尔的语言学理论认为"差异"是语言的根本特征,"Cat"之所以是"cat"是因为不是"cap"和"bat"。在索绪尔看来,语言符号用以连接概念和声音。外部事物在头脑中体现,最终由具体的语言呈现出来。前者即所指(signified),后者即能指(signfier)。"能指"和"所指"对于语言符号而言就像树叶的两面,不可分割。与此同时,"所指"与"能指"的关联具有任意性,彼此间没有任何内在的、自然的联系。如"树"作为一种"所指",在英语和汉语中的"能指"分别是"tree"和"树",读音和文字皆不同,表达的却都是"树"的意思。

德里达的解构性解读十分注重从细节入手,利用文本或者理论自身自相矛盾处或容易被忽略的细微之处,打破被视为约定俗成的固有的逻辑体系,从而达到解构的目的。"解构本身坚持的是一种肯定的经验和活动,它不是否定的、批判的,也不是摧毁性的,它要分析原来的遗产中有哪些东西自己在解构。"[①] 如德里达在中国

---

① 杜小真、张宁主编:《德里达中国讲演录》,北京:中央编译出版社 2003 年版,第 147 页。

的演讲中举例说明:"如果你只是那可思想者,你就没有思想。你所以必须去思想的,正是那不可思想者;你必须去宽恕的,正是那不可宽恕者。如果我只宽恕那可宽恕者,我就没有真正去宽恕。"①他十分注重从事物本身、对立面、细微之处入手,改变传统的认知谱系,进行解构。正如伊格尔顿评价的那样:"德里达自己的典型的阅读习惯就是去抓住作品中某些表面上非常边缘的片段——某个脚注,某个一再出现的小字眼或意象,某个漫不经心的典故——并坚持不懈地把它推到一个威胁着要粉碎那些支配整个之本的对立的地步。"②因此,在对索绪尔的解构过程中,德里达以其语言学理论为基础展开解构:

一方面,他发现索绪尔语言学理论存在重大缺陷。西方"语音中心主义"认为"语音"的最大优势在于"在场"。"在场"意味着最贴近于本意或者事物本身。但德里达由索绪尔提出的符号的差异性特征得出"在场"并非是本意或者本身,而是属于本意或者本身的派生物,从而构成一种"延异"的效果。首先,"在场"的优越性体现在当下、眼前,具有即时性。然而,时间是绵延不断,转瞬即逝,不可停留的。也就意味着,绝对的"在场"并不存在。由此看来,符号的差异性不仅体现为同一空间内不同符号间的差异,还体现为同一符号不同时间内的差异,即符号不仅具有空间上的差异,还具有时间上的差异。语言符号作为"能指"是以"在场"的形式替代"所指"对象的"缺席"(abscence)。但这种"替代"实际上是推迟了"所指"的出场,即时间维度的"延";其次,由于语言符号的差异性特征,"能指"符号与"所指"对象之间必然存在差异,即空间上的"异"。因此,德里达在索绪尔的符号差异性理论基础上,发明"延异"概念,打破符号的空间禁锢,使语言符号的立足点扩充为空间和时间两个维度。"延异作为延宕化和间距化,体现了一种时间的空间化和空间的时间化的特性。"③

另一方面,德里达利用索绪尔的理论挑战"语言符号"作为外在"真理"的权威地位。西方"语音中心主义"认为,声音最能接近"所指",最能体现本意,"文字"只是派生物,是媒介的媒介。但是在德里达看来,由于"能指"与"所指"之间任意关联的基本特征,语言符号作为"能指",它的"所指"对象并不确定。与此同时,"能指"与"所指"之间必然存在差异。也就是说,语言符号作为"能指"符号,与它的"所指"对象必然存在差异。语言符号无法完整替代所指对象。语言符号的出现意味着不存在纯粹的真理和现实。

仔细梳理德里达的相关理论我们可以发现,他对于西方"真理"至上的解构并不完全。按照德里达的说法,只能证明语言符号,无论言语还是文字,都无法完整

---

① 杜小真、张宁主编:《德里达中国讲演录》,北京:中央编译出版社2003年版,第50页。
② 〔英〕特里·伊格尔顿:《二十世纪西方文学理论(纪念版)》,伍晓明译,北京:北京大学出版社2018年版,第142页。
③ 胡亚敏主编:《西方文论关键词与当代中国》,北京:中国社会科学出版社2015年版,第327页。

地、准确地、丝毫不差地表达"真理"。甚至可以说，你自己都无法把自己的真实想法利用语言符号完整地展现给自己。既然"真理"本身不可直观展现，就必须求助于符号进行传达和替代。因为符号以差异为基础，只要有符号替代，就存在延异，所以真理就不可能通过语言符号以自己本来的面目呈现。由此，他认为不存在绝对的真理和纯粹的现实。

但是，这种推理在逻辑上是行不通的。遵循德里达的解构思路，我们能够得出的只是通过符号，无论言语还是文字，呈现出来的真理和现实，都不是原始的、最初的、真正的真理和现实，只能证明真理不可传达或替代。然而，真正的、绝对的真理是否存在，我们无法通过现有的论述得出明确的结论。在这样的逻辑推理之下，可以确定的是无论真理是否存在，我们都无法利用符号对其进行完整的替代或传达。所以，我们无法判断是否存在真理，只能得出不存在"可利用符号替代或表达的真理"这样的结论。

于是，德里达又创造出许多新的概念，用以完善自己的"解构理论"。其中就包括"元书写"（arche-writing）。元书写（亦翻译为原书写或原初书写）是德里达解构理论的重要概念。德里达发现"延异"理论自身存在不足。"延异"通过"延"颠覆"在场"，指出不存在绝对"在场"，符号"在场"意味着本体"缺席"；通过"异"明确"能指"与"所指"的差异，"能指"符号无法完全替代"所指"对象。当我们试图理解一个词语"是什么"时，只能借助一连串其他词语。德里达称这种状态为"播撒"（Dissemination），由"延异"到"播撒"状态形成的众多路径被称之为"踪迹"（Trace）。

按照"延异"理论，持续播撒，形成无数踪迹，势必会导致"延异""播撒"状态无限延伸，永无止境。"延异"理论以符号差异性为基础，遵循"差异"的轨迹。想要为"延异"寻找终结点，必须先为"差异"寻找源头。为此，德里达指出："为使所指与能指的区分在某个方面具有绝对意义和不可还原性，就必须有一种先验所指。"[①] 这种"先验所指"就是一切"差异"的源头，是差异的起始，差异的差异，德里达将其命名为"元书写"。

由于定义"元书写"是什么必须依靠"元书写"不是什么，这样它作为符号差异之源的地位便不复存在，因此"元书写"无法被定义。它作为符号的差异之源，是差异产生的前提，先于符号而存在，属于符号层次之外更深层次上的差异。德里达认为，传统意义是由符号传达的"在场意义"。根据符号差异性原则，传达"在场意义"，必然以"不在场意义"为依托。这种"不在场意义"先于符号代表的"在场意义"，即"元书写"所代表的意义。解构理论不承认"在场意义"是真正"意义"，认为它（在场意义）是由符号差异形成的无限运动。由此看来，"元书写"

---

① 〔法〕德里达：《论文字学》，汪堂家译，上海：上海译文出版社1999年版，第26页。

所代表的"不在场意义"是真正的意义,但由于是差异之源,无法用符号表达。

整体看来,解构主义是一种攻击性、颠覆性、破坏性十足的理论。它无视理论的权威性,从语言符号入手,"釜底抽薪",颠覆一切符号表达的权威性。在后来的发展过程中,解构范围不断扩大,文本、作者等要素均被称为解构对象,在新的学术理念指引下,理论权威被颠覆,理论体系被重构,学术研究迎来新局面。

(二)变异学的创新性、发展性与突破性

相比于解构主义,"变异学"要"温柔"得多。从本质上看,"变异学"并非是一种攻击性十足的理论,而是一种创新性、发展性、突破性的理论。它的出现并非是要否定之前的学科理论,只是立足于新的学术基础,提出新的学术理论,从而使比较文学学科理论更加完善。从整个学科史角度看,变异学与比较文学其他研究范式,如影响研究、平行研究等,非但不冲突,反而构成互补关系。

多元文化时代来临,比较研究空间、范围不断扩大,既是机遇,也是挑战。作为一门学科,无论外延如何扩大,学科内涵应保持不变,保持学科独特性。西方比较文学危机不断,根本原因在于没有明确学科界限和学科基础。比较文学作为一门学科,要以"比较"作为方法论基础,明确跨越性特征,坚持可比性,解决实际问题;以"文学"为比较研究的对象,坚持文学性,否则,比较文学研究将名不副实。

从克罗齐质疑"比较"作为方法论的专属性开始,学者们便试图在"比较"这个宏大的领域中,通过规定研究对象和限制研究范围等方式获得比较文学学科合法性,如关注研究范围、研究属性、研究目的、研究方法论等。但是,笔者认为,仅仅依靠限制和扩大比较文学研究范围不足以使比较文学获得独立地位和学科合法性。要想使比较文学持续、稳定发展,必须在明确学科界限的基础上,不断为学科找到新的发展立足点。

从学科发展角度看,进入新时代,比较研究的重要前提是跨越文明、国家、民族、学科界限,相互交流。世界文学虽然也是全球化催生的产物,但是世界文学以同质性为基础,忽略异质性,导致一味求同,可比性单一。第三世界比较文学研究日益兴起,比较文学学科发展需要摆脱欧美桎梏,真正走向"世界"。中国学派立足于文明冲突与文化交流,在法国学派跨国界、美国学派跨学科基础上,提出跨文明、跨异质文化研究的基本策略。如笔者所言:"只有进行跨异质文化的比较文学研究,才能从根本上改变西方霸权话语一家'独白'的局面,使比较文学成为异质文化间平等的、开放的和有'交换性'的对话。"[①] 跨文明研究是全球化的必然,也为比较文学发展开辟新篇章。"异质文明之间的话语问题、对话问题、对话的原则和路径问题、异质文明间探源和对比研究问题、文学与文论之间的互释问题等,都是

---

① 曹顺庆:《比较文学学科理论发展的三个阶段》,《中国比较文学》2001年第3期。

在强调异质性基础上进行的,这就是比较文学第三阶段的根本特征和方法论体系,也是第三阶段的一个不同于西方的、突出的学科特征。"① 可以想象,随着信息化时代的来临,文化交流日益频繁,文明冲突愈演愈烈,文学传播更加方便、快捷,跨文明比较研究势必成为比较文学研究的核心。

另一方面,变异现象的客观存在已经成为中西方比较文学研究的共识,但是西方比较文学界并未就此现象进行系统梳理和研究。与此相对,比较文学中国学派凭借敏锐洞察力,根据文学变异现象,深入分析,建构完整的变异学理论体系。目前,"变异学"立足于跨国变异研究、跨语际变异研究、跨文化变异研究及文学的他国化研究等,已经成为比较文学研究最炙手可热的研究领域和突破点。比较文学变异学不同于西方比较文学研究(世界文学亦然)的"求同"心理,立足于异质性,关注变异性,不断挖掘不同文明、国家、学科间的变异关系,构建"和而不同"的世界。

"世界文学"理论与"变异学"理论拥有相同的时代背景,即全球化趋势。但是,世界文学没有摆脱西方"一味求同"的弊病,导致在追求普世价值的过程中迷失方向和未来。这源于西方二元对立思维,追求真理和标准的传统。全球文化是一个整体,是西方文化众多文化中的一个。在强大话语权的支撑下,西方文化确立了自己的优越性,对其他文化呈现出"殖民倾向"。在"二元对立"思维模式下,"真理"彼此间无法共存。"立"的基础即"破","建构"的前提是"解构"。从个别现象发现"普遍性"进而确立"本质",由"本质"建构"真理"。"真理"一旦建构便阐释、考量一切,追求同一性、普适性和权威性。

笔者曾不无遗憾地指出:"如果法国学派是'求同忘异'的话,那么美国学派就是典型的'求同拒异'。"② 笔者看来,无论"忘异"还是"拒异",都并非偶然。事实上,西方学术界的"求同思维"根深蒂固。一方面,追求"理性""真理",非"真"即"假",二元对立。在此思维模式下,"真理"彼此间无法共存。"立"的基础即"破","建构"的前提是"解构",并逐步形成利用"真理"阐释一切,追求同一性和普适性的学术道路。因此,西方学术界拒斥"差异",渴望获取一以贯之的标准。就这一点而言,即使如解构主义理论,以符号差异为起点,也依然无法逃脱非此即彼的窠臼。虽然解构了语音中心主义的权威性,但也一直致力于建立新的权威。另一方面,在强大学术话语权庇护下,西方学术界将"求同思维"强加于学科建设与学术研究,形成以西方学术为标杆的学术霸权。正如弗朗索瓦·于连所说:"我们正处在一个西方概念模式标准化的时代。"③ 在西方模式下,"求同"成为比较文学研究的标准,"求异"被忽视甚至打压。

---

① 曹顺庆:《中国学派:比较文学第三阶段学科理论的建构》,《外国文学研究》2007年第3期。
② 曹顺庆、张雨:《比较文学变异学的学术背景和理论构想》,《外国文学研究》2008年第3期。
③ 秦海鹰:《关于中西诗学的对话——弗朗索瓦·于连访谈录》,《中国比较文学》1996年第2期。

与此同时，相比于"世界文学"的混乱局面，"变异学"在理论建设和研究实践等方面更胜一筹。在西方，面对外界质疑和学科生长环境的不断变化，比较文学学者应对危机的主要手段即不断限制或者扩大比较文学学科范围。前者在纷繁复杂的体系内为比较文学与其他学科划清界限，保持学科独特性。但人为分割，无异于作茧自缚，限制学科发展、进步；后者则不断扩大范围，模糊边界，渴望用无所不包的形式解决学科独立性问题。但盲目扩张，无异于自取灭亡，自我毁灭。比较文学在现有学科体系下除了限制和扩张真的无路可走吗？"变异学"立足于文学传播过程中的变异现象，以西方比较文学界普遍忽视的异质性为突破口，以变异性为可比性基础，坚持跨国、跨语际、跨文化变异研究和文学他国化研究，独创比较文学变异学理论，为比较文学在学科体系内部发现创新点，成为比较文学跨文明研究的学术前沿和热点。最终，"变异学"在跨国界和跨学科基础上，独创跨文明研究，超越法国学派的同源性、美国学派的类同性，以异质性和变异性为重要可比性，对比较文学学科理论体系进行丰富、完善和补充。

"变异学"理论之所以能成为比较文学学科体系发展的重要转折点，主要源于对于比较文学危机诸多"病因"的准确掌握，对于比较文学学科发展的反思，以及对于西方文化思维的正确认识。在全球化进程中，不闭关，不锁国，跨越文明界限，坚持中国文学作品的异质性，关注传播过程中的变异性，敢于发声，敢于对话。"变异学"理论的成功，归根结底是方法论的成功。"变异学"能够成为比较文学发展的一个新阶段，正是由于中国学者敏锐观察到比较文学的研究现状和危机，认真思考分析，有针对性地提出适应比较文学发展的方法论，化解危机，最终赢得认可。

无论是"解构主义"还是"变异学"，都不是孤立的学科理论，而是一种学术思想、研究视角和方法论体系。它们的独到之处不仅在于破解本学科内的学术难题，还体现在对于整个学术研究体系的广泛影响。在解构主义理论的影响下，殖民主义、翻译理论、艺术设计、文学研究等领域都取得新发展。与此类似，在"变异学"理论的引领下，文学研究、艺术理论、新闻传播等领域也迎来发展良机。

第四章　跨学科与普遍变异学

端源于比较文学研究的"变异学"自提出以来已经在文学、艺术和文化研究等领域得到广泛关注，但所谓"变异"本就是哲学上的一个经典范畴，它对应于运动变化及其背后不变不动的"形而上学"问题，从这个角度来说，变异问题无疑已经触动了哲学之为哲学的核心关切。而且，文学艺术领域的变异学探讨实质上是从生命科学中关于基因变异与自然选择的学说演化而来，复制、流传、旅行、在地化、适应性等问题无不与这些理论学说息息相关。这样看来，对于变异问题的探讨远非人文艺术或人文科学中的某些近缘学科所能穷尽，它并非是一种个别的或特殊的问题，而是具有不容抹杀的一般性和普遍性。因此，本章将尝试在跨学科或者说广义科学的视域下进一步探讨变异问题，借此拓展变异学的新领地，释放其所包孕的巨大的理论潜能。

众所周知，当前的广义科学即自然科学、生命科学和人文社会科学三大领域以高度的专业化、建制化和碎片化为显著标记，虽然这一现状同时带有不容抹杀的跨学科和交叉研究的特点，但整体上这些研究大都局限于相关或临近学科的范围之内，全域性的系统研究和整合研究相对薄弱。然而，正如量子力学重要创始人之一马克思·普朗克所说："科学是内在的整体，它被分解为单独的部门，不是取决于事物的本质，而是取决于人类认识能力的局限性。实际上存在着由物理学到化学，通过生物学和人类学到社会科学的连续性的链条。"[①] 可见，知识的离散化和各学科或学科群的各自为政只是实然，而非应然，贯穿各个独立学科领域的"连续性链条"是确乎存在的。本章就是以变化和变异问题为线索，尝试通过对哲学、自然科学、生命科学和社会科学诸领域的"知识考古"，发掘其中的包含和连续关系，从而归并整理出一个具有内在统一性的知识链条，本文称之为"普遍变异学"。这一理论观念将反过来对自然、生命和文化诸领域中具有包含和融通关系的变异现象产生普遍的阐释效力。

---

① Max Planck: *Vorträge und Erinnerungen.* Wissenschaftliche Bibliothek Bd. 21, 1975: 234.

第一节 "万变有宗"：形而上学与自然哲学中的运动变化和变异问题

在目前的各学科知识体系中，所谓"变异"问题最经典的探讨来自于生命科学界，这一领域关于"基因变异"的学说对其他学科产生了广泛影响。从哲学的角度来看，生命科学中对于"变异"的一般界定即"生物种与个体之间的差异"，并不能归结为亚里士多德意义上"实体"的范畴，相反，它可以"既述说一个主体，又依存于一个主体"[①]，换言之，总是存在"……（的）变异"，而没有"变异……"。可见，"变异"只能充当谓词或属性，这意味着其背后必然存在某种不变的"实体"作为基础架构。哲学上的探讨恰恰表明，纷繁复杂的变异的表观外显总可以追溯到某种不变的设定，或者说，可感知的诸般"变体"不过是抽象"本体"的逻辑延展或派生物。这种观念构成了哲学上关于"变异"问题的基本思脉，在东西方哲学中都有广泛探讨。

一、从"不动而变"到"不动的动者"

《周易》是中国古代第一部系统探究宇宙万物生灭变化的经典著述，该书关于"易"的论述和注疏有助于理解上述问题。东汉郑玄在《易论》中指出："易一名而含三义：易简一也；变易二也；不易三也。"这其中第二义"变易"即万物运动变化；第一义"易简"是说《周易》可以把宇宙万物的丰富变化精简为简单的哲学原则，从而使人"易知""易从"；当这种简化达到了极致，也就形成了第三义即"不易"，它是说，"宇宙变化的基本法则是不变的"，而这一法则就是宇宙的"道"或"本体"[②]。从纷纭变化中抽绎出某种不变之物，并将其奉为最高原则，这是典型的形而上学思维，它意味着作为现象或外显的"变易"和"简易"都要受制于本体的"不易"，如同生物体的万般性状表达总是受制于特定结构的基因组一样。但在哲学上，这样的抽象设定往往有二元论倾向，即将本体描述为一种不变不动不灭不朽的存在或实体，从而将其与变动不居的大千世界区分开来。比如《周易·系辞》中指出，"易，无思也，无为也，寂然不动，感而遂通天下之故"，这里的"易"也即是上述"三义"之"不易"，它无思无为不变不动，却可以"通天下之故"，成

[①] 亚里士多德在《范畴篇》中将"实体"定义为"既不述说一个主体，也不依存于一个主体的东西"，变异并不具备这样的特点，而且恰好与此相反。

[②] 张法：《论中国哲学关于运动、变化与生灭的思想》，《社会科学战线》2014年第12期。

为其最高本体。此外,《中庸》里认为"不见而常,不动而变,无为而成",《庄子》中也提到"生物者不生,化物者不化",等等。钱锺书先生据此指出:"变不失常,一而能殊,用动体静,固古人言天运之老生常谈。"① 由此看来,永恒不变的"常""一""体""静",不仅主宰了作为其感性外显的"变""殊""用""动",而且往往伴有形而上学实体化②的倾向,即作为"生物者"和"化物者",从中派生化育出世间万物,这也即是《周易·系辞》中所说"生生之谓易"的基本内涵。

上述情形在西方哲学中同样存在。比如赫拉克利特认为:"世界是一团永恒的活火,在一定分寸上燃烧,一定分寸上熄灭"。世界作为"活火"当然是变动不息的,甚至"一切皆流,无物长住";但另一方面,"一定分寸"又是不变的,德谟克利特称之为逻各斯(Logos),即一种"不变不动、不生不灭"的抽象规则。③ 巴门尼德干脆将变幻不定的感性世界指斥为虚幻的"非存在",并断定在其背后某种抽象不变的"存在者"才是唯一真实的存在。柏拉图将巴门尼德的存在理解为一种独立于具体事物之外的普遍本质即理念(eidos),在他看来,只有通过"模仿"或"分有"理念,万物才得以生成,而且理念也是世间万物运动不息的动力因,它通过赋予外在形式而驱使事物向其运动。但亚里士多德对此不以为然,他认为理念并不独立于实体之外,因此事物的运动变化与生俱足,而且它总是朝向某种目的,目的之外还有更高的目的,由此构成生生不息的运动之流。但就像数学上的极限和无穷并不能带来实际知识一样,该过程也不可能毫无意义地无限延伸,亚里士多德因此指出:"存在运动而不被推动的推动者。这个推动者,是永恒的事物,是实体和现实。"④ 可见,某种"不动的动者",不仅推动了万物运动,而且是其终极实现,即蜕变为"纯形式",它因此又被称为不可感知、永恒不动的"第一实体";正是在其推动之下,由可感知的物质材料构成的两类实体有序运转:其一为不可毁灭且做永恒圆周运动的第二实体,主要指天体星辰;其二为不断生灭变化的第三实体,也就是人类熟知的"月下世界"。⑤

从"世界是一团永恒的活火"到万物皆为"理念"的分有或模仿再到"不动的动者"推动世间万物,形而上学无不体现了不同程度的实体化倾向,也就是将其自然哲学化了。后者在西方哲学中根深蒂固,被称为"第一位哲学家"的泰勒斯所开

---

① 钱锺书:《管锥编》(第一册),北京:中华书局1979年版,第6—7页。
② 冯友兰认为:"研究'存在'之本体及'真实'之要素者,此是所谓'本体论'(ontology);研究世界之发生及其历史之归宿者,此是所谓'宇宙论'(cosmology)。"(见冯友兰:《中国哲学史》上册,北京:中华书局1961年版,第3页)这里本体论属于形而上学的范畴,而宇宙论则属于自然哲学,两者在关于世界本原/本源问题上的看法并不一致。
③ 赵林:《西方哲学史演讲录》,北京:高等教育出版社2009年版,第48页。
④ 亚里士多德:《物理学》,张竹明译,北京:商务印书馆1982年版,第243页。
⑤ 参见聂敏里:《亚里士多德的形而上学:本质主义、功能主义和自然目的论》,《世界哲学》2011年第2期。

创的正是自然哲学的先河，他认为"万物起源于水"；其后，恩培多克勒认为万物由水火土气四种元素构成，阿那克萨哥拉提出世界由"种子"化育而成，留基波及其弟子德谟克利特提出"原子说"，认为作为"存在"的原子和作为"非存在"的虚空共同构成了万物之本源。凡此种种无不意味着，世间万象要么可以在时间上追溯至某个起点或始基，要么可以在空间上还原为某种原始结构或模型，这些观念与现代生命科学非常接近，比如有遗传学家认为，几乎所有的动物异形体都是从早在地质史上的原生代后期就已经形成的 13 个 Hox 同源框基因簇变异演化而来。① 事实上，认为万物皆源于"阿派朗"（ἄπειρον）的阿纳克西曼德最早提出了进化论思想，而作为古希腊哲学集大成者的亚里士多德在《动物志》《论植物》等著作中对"伟大的存在之链"已经有相当完善的描述。

总之，形而上学和自然哲学从不同角度对万物之本体或本源进行了不同的设定，相较之下，前者更强调某种不变不动无形无相的普遍本质，后者则倾向于认为万物皆可追溯到某种永恒不变的结构或基本元素。但诚如上述，形而上学往往难免自然哲学化，而如果将其本体论中的否定性描述②推向极致，便会产生"万物从虚无中诞生"的思想。值得关注的是，正是这种思想中包含有完备的宇宙生成图谱，其中也包括万物"变异"和"演化"的清晰路线图。

二、形而上学中的"变异"图谱

在中国，老子是该学说的典型代表。他在《道德经》中认为，"天下万物生于有，有生于无"，并进一步训"无"为"道"，指出"有物混成，先天地生。……吾不知其名，强字曰之道"；"道"一方面为"万物之奥"，具有清晰的本体论指向，另一方面又可以化育天下，"道生一，一生二，二生三，三生万物"。这种思想与前述《周易》毫无二致：该书一方面释最高的"易"为"不易"，它能够"感而遂通天下之故"；另一方面，"易有太极，是生两仪，两仪生四象，四象生八卦，八卦定吉凶，吉凶生大业"（《周易·系辞》）。此外诸如精气说、元气论、理学与心学等，无不认定某种"存在"作为万物之抽象本质，又作为其生成之源。这些具有否定论色彩的"本体"一旦实体化，必将导致"无中生有"的思想；同时，本体论哲学固有的辩证特点，又使得宇宙的生成过程变得图示化和可描述化，在此意义上，整个经验世界便从某种"存在"或"实体"开始，按照一定的数学规则演绎而来，就像生物学中核苷酸物质按照一定的结构组合逐步变异和重组，以至于形成纷纭复杂的生命世界一样。

---

① 舒德干：《达尔文学说问世以来生物进化论的发展概况及其展望》，《自然杂志》2014 年第 1 期。

② 生命科学中往往也通过类似的否定性描述来表达生命的本原即遗传物质，比如理查德·道金斯在其著作中将 DNA 大分子称为"不朽的双螺旋"（见〔英〕理查德·道金斯：《自私的基因》，卢允中等译，北京：中信出版集团 2018 年版，第 23 页），并认为生命不过是基因的生存工具，真正繁衍下去的只有基因，而不是生命本身。相对于生灭变化的生命体来说，道金斯所谓的"不朽"，非常具有形而上学意味。

从某一原始设定出发不断变异，以至于形成清晰可辨的万物谱系，这种思想在西方哲学中同样源远流长。比如，毕达哥拉斯认为，"数是万物本原，1则是数的本原，而1以及由1构成的2、3、4等数都具有空间意义：1是一个点，2是一条线，3是一个面，4是一个体。从1产生出其他数，以及从数产生出万物的过程被他描述为从点到线，从线到面，从面到体，然后由体按照不同排列方式构成水、火、土、气四种最基本的自然物质，最后再……构成万事万物"。① 再比如，柏拉图的理念论将理念世界分为六个等级，依次为至高无上的善、审美和道德、哲学范畴、数字与数理、人造物以及自然物。这些层级不同的理念体系通过被模仿和分有，便形成了阶梯状的感性世界。

黑格尔哲学在这一点上尤为凸显。著名的正—反—合辩证运动构成了黑格尔哲学的基本架构，其过程从最简单、最空洞无物的概念即"纯存在"或"纯有"（Sein）出发，该概念除了表达"去存在"的决心之外没有任何规定性，因此它同时也即是其对立面即"非存在"或"纯无"，两者因此由对立而统一，构成了第一个真正包含特定内容的"具体概念"即"变"，它意味着"有"和"无"的矛盾运动；同时，由于这一概念被赋予了内在规定性又可称为"质"，由此进入了新的三段论循环："质"只能通过作为其对立面的"量"的规定性得以显现，二者又进一步统一为"度"。至此，存在论终结，进入本质论，此后又进入第三阶段即概念论；当三者的辩证运动结束，又进入自然哲学，在此从最简单、最低等的无机物质出发，历经机械论、物理论和有机论，最终向人类社会以及人的精神世界逐步演化。黑格尔如俄罗斯套娃般的本体论叙事无疑表达了一个万物生成的高清数理图谱，如果抹去其令人诟病的三段论和唯我独尊的哲学终结论，它几乎就是DNA和蛋白质大分子从无到有、从无机到有机、从简单到复杂的哲学翻版。这里有两点尤其值得关注：

首先，黑格尔在万物演化过程中表达了深刻的"变（异）"的思想。有—无—变的辩证三段论表明，"变"作为第一个具有特定内容的概念因包含矛盾对立而自发产生，因此是有条件、有起点的，哪怕这样的条件和起点端源于空洞无物的"纯有"。同样，生命科学中的"变异"也不是凭空而来，它必然奠基于某种能够永续存在的根基（DNA分子），而这一根基也不是毫无凭据的，在其背后存在着更为基础的根基（基本粒子）。在此意义上，真正的变异过程将从后者也即最深层的根源起始，而且将在自然、生命和社会三个领域普遍发生。黑格尔有时也正是将其"变"的思想称为"变异"或"自我异化"（Entfremdung）。

其次，黑格尔带有辩证色彩的"变异"的起点是"纯有"，这与以老子为代表的东方哲学强调"无"本体的观念似乎存在矛盾，但实际上两者之间并无本质的不同。根据庞朴的考证，与"无"相通的字历史上依次出现三个：其一为"亡"，意

---

① 赵林：《西方哲学史演讲录》，北京：高等教育出版社2009年版，第67页。

为"有而后无";其二为"無"("无"的繁体),意为"似无实有",它"不等于没有,只是无形无相,永远看不见,摸不着而已。也正是因此,它完全不受时空条件的限制,全无挂碍,无时不有,无处不在。……因而它不仅不等于没有,简直成了统治万有的大有"①。庞朴认为,一直到远在老子之后的战国后期,"无"的第三义即"一无所有"的"纯无"才真正出现。因此,"《老子》中的'无'('道')绝非空无、纯无,它也是一种存在('无'是有的),只不过无形、无状、无质、无名,与一切现象界的存在在性能上截然不同"②。质言之,本体的"无"似无而实有,它是"有"和"无"的辩证统一,因此老子一方面说"道""惟恍惟惚",另一方面又说"其中有象""其中有物"(第一章),"道"因此才"独立而不改,周行而不殆"(第二十五章),这显然否定了本体论中"不变不动"的一般规定性,从而与黑格尔达成了一致见解。因此不妨说,老子所谓的"有生于无"实质上是一种哲学上的"佯谬",它意在表明对宇宙万物之本源的描述只能"非常道""非常名",并非直言"万物诞生于虚无"。

总之,正如亚里士多德所说,绝对的虚无不可能有任何运动变化,至少在人类目前所知的宇宙中,只有变化永恒常驻,静止总是相对的,因此很难说存在纯粹的虚无;但也正是在这种相对静止中,万物才有可能被认知和理解,形而上学正是通过将其绝对化来达到对世界的普遍认知。另一方面,无论是形而上学还是自然哲学都承认,世界只能从某个"存在"或"实体"出发,通过不断变异和演化,以至于形成纷纭万状的宇宙万物。我们即将看到,在历史的维度上,这种观念贯穿于自然科学、生命科学和人文社会科学三大领域,成为连续一致的"本体-变体"变异观。

第二节 "从一到无穷大":自然界和自然科学中的变化与变异问题

自然科学关于万物终极问题的追问与哲学存在很大的重合区域,比如关于万物从何而来,就有虚无论和实在论两个派别,前者主要关注"从零到一"的问题,后者则致力于探讨"从一到无穷大",而按照上述理解,所谓"零/无"和"一/有"本身又具有一定的辩证和重合关系,在此意义上,本节将追随伽莫夫(George Gamow)③——正是这位科学家最早提出了被自然科学界广泛认可的热大爆炸理论,也正是奠基于此,"存在之谜"以及万物的演化图谱才有可能在广义科学的层面上

---

① 参见谭暑生:《老子的"有生于无"和现代科学的自然图像》,《自然辩证法研究》1990年第1期。
② 陈伯海:《释"有生于无"——兼谈哲学"形上之思"的逻辑起点》,《社会科学战线》2009年第7期。
③ "从一到无穷大"也是伽莫夫的一本科普著作的名字。

得到比较明晰的描述，并使得一条连续一致的"变异"的线索贯穿其中。

一、粒子变异及其与生命科学的连续性

根据热大爆炸理论，138 亿年前，在被称为普朗克时间的 10^{-43} 秒内，宇宙奇点爆发出难以想象的超高温，引力最先分离出来，其他的三种力仍为一体，处于"大一统"状态。如果要追问这一切何以可能，以及如何巧妙设定临界值和初始条件才造就出如此奇妙的有序宇宙，这些问题在严肃的自然科学领域迄今还没有令人信服的解答。如果继续追问下去将会令人沮丧地发现，在其他学科领域，对类似问题的困惑并不会更小一些。对此，比较合理的做法或许是求助于一种能够对所有这些问题具有统一说明效果且不至于引起诸如唯物主义和无神论者强烈反感的解释性术语。从最宽泛的意义上来说，它大概只能是所谓"看不见的手"——该术语来自于达尔文的物种起源学说，最早在亚当·斯密的经济学著作中出现，并广泛见诸于其他学科中。对于我们所要探讨的问题而言，这只"手"的存在是必要的，因为它不仅设置了大爆炸的初始条件，让万物得以萌生，而且隐秘地规约了万物的演化进程，即担负起一种类似于达尔文意义上"选择"的职能，从而使秩序和（相对稳定的）历史得以出现。正如理查德·道金斯所说，"自然选择的最初形式不过是选择稳定的模式并抛弃不稳定的模式罢了"。[1] 正是在确保"稳定模式"的"选择"过程中，作为其对象的"变异"现象发生了。所谓"变异"，即使"选择"和"进化"得以可能的条件，它意味着变化中的事物已获得某种结构或状态，从而使该事物在表观上呈现出相对稳定的特殊规定性（"性状"）。如果说变化是绝对的，而且源自于大爆炸的熵确乎存在，那么进化（以及在完全宇宙学尺度上的退化）必然发生，其背后的"变异"也就不可避免。

在大爆炸后的 10^{-35} 秒，宇宙温度有所降低，强相互作用力从引力以外的三种力中分离出来，夸克、波色子和轻子开始形成，但电磁力和弱力依然处于所谓电弱相互作用中。该阶段是宇宙进化过程的进一步展开，尤其是以轻子和夸克为代表的费米子的出现，将物质粒子的历史变得清晰可见。在历经古斯（Alan Harvey Guth）等人所揭示的"暴胀"过程之后，宇宙的温度进一步降低，所谓"粒子期"开始到来，电弱相互作用分解为由光子和 W、Z 波色子分别主导的电磁相互作用和弱相互作用。至此，宇宙中的四种基本力完全解脱，质子和中子及其反粒子得以形成，中微子、电子、夸克以及对其起到约束作用的胶子稳定下来。这样的描述很容易让人联想起关于生命起源的著名"原始汤"假说，只不过后者主要由化合物和有机分子构成，而由各种各样的粒子、反粒子、虚粒子和能量场组成的"粒子汤"不仅更"原始"，反应也更狂暴。正是在这样的环境下，作为生命元素之基础的原子产生

---

[1] 〔英〕理查德·道金斯：《自私的基因》，卢允中等译，北京：中信出版集团 2018 年版，第 16 页。

了。当然，中性原子的真正出现还远在 30 万年以后，届时所谓"物质"的历史画卷才真正打开。这里要关注的是，在此期间究竟发生了怎样的演化过程才使得这幅画卷变得如此有序和辉煌，要知道在大爆炸早期的"原始汤"中可能存在着不可计数或旋生旋灭或近乎永恒的粒子及其结构性组合，它们在极端条件下的能量乱流中做毫无规则的高速运动，很难拼凑成可识别且有意义的历史。而且，按照著名科学家杨振宁和李政道的宇称（P）不守恒原理，这一过程中并非更多的电子变成了反夸克，而是更多的反电子变成了夸克，以至于两者在互相湮灭之后，依然保留了约十亿分之一的夸克，由此构成了如今宇宙中主要可见物质的来源。[①] 在达尔文看来，变异有定性而无定向，进化则表现出明确的方向性，只有朝向进化的变异，才呈现于特定的历史之中，其背后正是某种"选择"机制使然。反粒子之所以在宇宙历史演化进程中被淘汰，或许正是那双"看不见的手"发挥了关键作用：在多重路向已然发生的岔路口，它执行了定向选择的"天职"，从而确保宇宙走向"正史"，而不是"反"历史，即属于由反粒子构成的被放逐的宇宙。

  总之，可知的历史已经写明，只有结构稳定的原子以及作为其深层构造物的少数亚原子粒子而不是其反粒子被"选择"出来，成为其文本中最重要的章节。对于这部历史何以变得可识别和有意义，一种比较合理的假设也许是，正如在有机分子的"原始汤"中以不可思议的几率造就出"复制因子"，从而使生命现象成为可能，在大爆炸早期的超高温环境中，同样存在重复出现的基本粒子组合，即由携带力的规范波色子和构成为物质的费米子所共同构筑的包括中子和质子在内的亚原子粒子的稳定结构，该结构为后来更为复杂的原子结构的出现奠定了基础，并进而成为以原子为直接构造材料的自然元素的底层架构。这样看来，所谓"粒子"的形成实质上是更加原始的实体粒子（以夸克和电子为主体）和虚粒子（以胶子、光子和引力子为主体）相互约束和叠加并由此形成重复性结构的结果，它们就如同基因的媾和和永无止境的扩散传播，着意将经过严格筛选的后代彪炳于史册。这也说明，恰如某一物种可以通过其他物种"转变"而来，粒子之间也存在着变异性，而且它们都以某种明确的重复性结构作为起点。

  实际上，道金斯从另外一个角度对此已有所揭示。他立足于生命现象指出："30 多亿年来，DNA 始终是我们这个世界上唯一值得一提的复制因子，但它不一定要永远享有这种垄断权。新型复制因子能够进行自我复制的条件一旦形成，这些新的复制因子必将开始活动，而且开创自己的崭新类型的进化过程。"[②] 据此，他提出了适用于社会科学领域的"米姆"概念（下详），并将其与"基因"相提并论。但按照上述逻辑，若要进一步追问基因从何而来，便不得不向后追溯到万物由以生成和演化的起点。由规范波色子和费米子构成的重复性结构秩序奠定了原子以及进而可被

---

① 〔英〕霍金：《时间简史》，徐贤明、吴忠超译，长沙：湖南科学技术出版社 2015 年版，第 102 页。
② 同上书，第 223 页。

认知和理解的万物的深层根基，正是因此，高度有序的智慧存在物即人类才能够解读（有序和有意义的）自然史；反过来，该结构秩序作为稳固不变的"遗传因子"，通过不断"复制"和"变异"的方式进化出更为复杂的结构体，包括其直接生成物即原子，以及诸种次生物比如自然元素、分子、化合物、生命大分子等，其中也包括秩序井然的核苷酸物质，并由此缔造出纷纭万状的自然和生命世界。

二、恒星演化与自然变异的"人择原理"

上述粒子变异与生命科学中的遗传因子变异存在巨大的差异，其中比较显著的一点是，它在形成之后主要通过聚变和裂变两种形式来复制自身。约大爆炸10亿年后，主要由氢和氦构成的原始气体在引力的作用下逐渐凝聚成星云，进而衍生为有序化程度越来越高的各种类星体、恒星和星系，其中恒星的演化进程尤其能够体现粒子变异和进化的特点。

当第一代恒星进入到所谓主序星状态，新的进化过程随即开始。在巨大的压力作用下，恒星所吸附的由大爆炸早期产生的氢元素发生聚变反应，这使得其内核逐渐被氦所占据，持续反应将使其变成体积巨大的红巨星，最后爆发为白矮星以及其外层的行星状星云。质量大约是太阳8倍或更大的恒星则在较短的生命历程中内核逐渐积聚为缺乏活力的铁核，进一步塌缩将蜕变为单位体积极重的中子星或黑洞，同时引发能量巨大的超新星大爆发。根据霍伊尔（Fred Hoyle）等人的恒星核合成理论，正是在上述各种持续不断的核聚变过程中，几乎所有的重元素被制造出来，它们进而随着超新星大爆发而被抛洒于星际空间，其中的某些元素则直接构成了包括地球在内的行星物质和碳基生命的来源。重元素的形成显然是原子及其深层的亚原子粒子结构发生复制、耦合和扩散的结果，这一点与遗传因子的工作机制非常相似，只不过其复制过程几乎不会发生差错，也即是说，粒子尤其原子本身的变异度非常小，所谓变异主要体现为数目上的变化，但这种变化却造就出了结构和性状差异巨大的各种自然元素。

值得关注的是，宇宙中的自然元素在数量上存在一定的上限，一般认为至多不会超过172种；它们由原子核和电子以严格的数量和规则排列，并通过化学键的方式进一步形成化合物、分子乃至于生命大分子。如同在近乎无限的随机结合中最终结构和性质稳定的质子和中子被保留下来一样，化学元素以及化合物的形成显然也经历了一个"选择"的过程，在此发挥主导作用的是所谓"结合能"，尤其对于更为基础的自然元素，正是具有限制作用的"比结合能"规定了其基本数量。这同时也意味着，其他的结构模式——比如快速衰变的某些人工合成元素——在自然进化过程中被淘汰了，只有留存下来的稳定结构才成为宇宙自然史的有效构成。

如果要追问何以如此，或许正如保罗·狄拉克所说，宇宙中总是存在一些不可思议的"大数"，它们是如此的奇迹和巧合，才造就出这个宇宙。循此以进，科学家惊讶地发现，宇宙中包含了大量恰到好处的自然常数，比如卡恩认为，若非氢原子电磁力和引力之比符合"狄拉克大数"，那么行星将不可能在恒星周围出现，即便行星形成，也不会有以原子为基础的生命的诞生。[1] 对于这诸般难解之谜，在不援引上帝的前提下，大概只能像霍金那样，无奈地诉诸所谓的"人择原理"：作为碳基观察者的我们之所以能存在于当下的时空位置，仅仅是因为该位置恰好提供了我们存在的可能[2]。然而，该原则在科学家那里却获得了相当广泛的认可，因为它暗含着这样一条道理：所有的碳基观察者都难免于一种自选择效应，这意味着，"宇宙必有一些性质与之相关且相容"。[3] 反言之，若非如此，宇宙将陷入非人化的彻底的谜团。

这样看来，一部透明的历史，恰恰被置放于漆黑的背景中。正如只有变化才是唯一不变的，也只有偶然才是最彻底的必然。如果认可宇宙中存在变数和偶然，非定向的变异便始终不可避免，甚至有无数个婴儿宇宙已注定无法载入史册，而我们的所在，或许正像莱布尼茨所说，只是"所有可能世界中最好的一个"。

第三节 "变中有定"：生物界和生命科学中的变异问题

如今大部分科学家相信，太阳最初是由飘浮在星际空间中直径达数亿光年的尘埃和分子云发生引力塌缩而形成，引起塌缩的原因是附近一颗超新星爆发的扰动，其时间大约在 46 亿年前。此后，随着太阳进入到主序星状态，其周围的星云物质在不同的轨道上逐渐吸积成团，最终凝结为后来的各大行星系统。

一、从粒子变异到基因变异：一个生命史的素描

根据俄罗斯生化学家奥帕林的生命起源假说，地球形成 1 亿年后，海洋中到处漂浮的各种化合物和有机大分子在高温环境下形成了一锅"原始汤"，这即是地球生命的最早渊源。后来的深海探测和古生物学研究陆续证实，这锅"原始汤"里可能存在着类似于"黑烟囱"般的海底热泉。由于高温高压和金属的催化作用，由热泉中涌出的氮元素逐渐转变为氨，加之其周围富含硫化氢和硫酸盐物质，经过复杂而漫长的生化反应，大约到地质史上的"冥王代"后期，组成有机生命之基石的氨基酸就已经产生了。当然，这距离形成如线团般折叠盘绕且结构规则的蛋白质分子尚且路途遥远，就像米勒实验距离蛋白质大分子的合成一样遥远。

然而，更遥远的路程在于生命现象唯一不可或缺的基础构件即核苷酸物质以及

---

[1] 参见李玮、常琦：《人择原理："天人合一"的物理解》，《齐齐哈尔大学学报》1993 年第 3 期。
[2] 〔英〕霍金：《时间简史》，徐贤明、吴忠超译，长沙：湖南科学技术出版社 2015 年版，第 159 页。
[3] 王继振：《人择原理初探》，《自然杂志》1995 年第 6 期。

由其构成的结构精密的遗传密码的形成。根据"中心法则",蛋白质中不包含可自我复制的遗传物质,后者属于核苷酸的专属功能,而"遗传密码子的起源依然是现代科学的最大谜团之一"①,至今没有比较完整而统一的见解。但这绝不意味着该领域一无可知,比如1980年"核酶"(ribozyme)的发现使研究者普遍相信,更为简单的RNA分子要早于DNA出现,前者产生于非生命物质,并兼任了后来DNA和蛋白质的双重职能。就像吉尔伯特(Walter Gilbert)所说,地球生命应该从一个古老的"RNA世界"开始,然后才进化出芸芸众生。而对于RNA长链分子究竟如何生成,根据道金斯的理解,在某一时刻,"原始汤"中的"一个非凡的分子"偶然形成了"复制因子"——它的几率如此之小,以至于让不习惯以几亿年这样的尺度来思考问题的人们难以置信,但实际上它"并不像我们原来想象的那样难得",而且,"这种情况只发生一次就够了"。进一步的后果是,一条由更小的分子构成的复杂大分子构件稳定下来,并碰巧与另一条有亲和力的构件附着在一起,两者会自动按照复制因子本身的序列排列起来,逐渐形成一条稳定的长链,这样层层叠加,就像秩序井然的结晶体的形成过程一样。②此番描述仿佛又让我们回到大爆炸后"粒子期"亚原子粒子的聚合场景。两者都是令人惊奇的统计学规律和某种选择机制发挥作用的地方,不同之处在于,前者生成了一份能够自我复制的遗传密码,后者则形成了超稳定的结构组合即质子和中子,并通过能量变迁进一步构成更为复杂的原子,从而为这份生命密码提供了必不可少的物质基础,同时还组构为这份密码的深层结构,或者说是其密码的密码。

核苷酸的形成是地球生命史上开天辟地的大事件,但要让地球真正变得生机勃勃,还需要另一种统计学力量的介入,这就是附着于其上的复制因子即基因的变异。这种变异形式的工作机理表现为,在各种内外条件的作用下,基因上的核苷酸物质发生结构、数量、位置、组合方式、载体等方面的扰动或改变,以至于形成新的性状,甚至新物种。由于包括基因突变、基因重组和染色体变异在内的遗传变异最终都是基因自身的改变,甚至被认为与基因构造无关的表型变异也体现为基因组修饰指令的改变,因此这些变异实质上都可以归结为基因变异的不同表现。相对于前述粒子变异,基因变异要么是遗传物质的突变和重组,要么是作为其载体的染色体发生畸变,其结果总是造成DNA分子的变化,因此也被称为分子变异,准确说是与遗传有关的有机大分子变异。遗传因子一旦形成,其复制偏差必不可免,盲目的基因变异自此便奠定了生命大厦的基石。换言之,复制差错是变异的表现,同时也是进化的前提,因为如果没有差错和变异,生命将密闭于特定的阶段,并将因此不会出现可读的历史。套用"人择原理"的解释,生命正是从巧合中产生,从错误

---

① 谢平:《遗传密码子的起源——从能量转化到信息化》,《生物多样性》2017年第1期。
② 〔英〕理查德·道金斯:《自私的基因》,卢允中等译,北京:中信出版集团2018年版,第17—18页。道金斯这里主要探究DNA长链结构的形成,更原始更简单的RNA应当与此类似。

中进化,却到了一个正确的结果,即从中进化出智慧人类这一历史文本的识读者和诘问者。

2016年,德国科学家威廉·马丁(William Martin)研究指出,地球生物的DNA序列中有355个保守基因广泛存在于全部主要的生命门类中,推而论之,这些基因应该同样存在于现在地球生物的最后共同祖先(last universal common ancestor, LUCA)体内,并且因为它们具有极端重要的生物学功能,从而可以跨越接近40亿年的光阴一直保存至今。[①]LUCA是一种被假想的最古老的生物,该生物是地球生命的共同祖先,就像距今约320万年前的南方古猿露西(Lucy)被认为是人类的共同祖先一样。LUCA体内的DNA序列通过遗传变异的方式并经历严酷的自然灾变和生存竞争,不断向原核生物、蓝藻、古细菌、双鞭甲藻、阿迪卡拉动物群、伯吉斯动物群、鱼石螈、恐龙、哺乳动物和灵长类进化,然后经过露西、早期智人,从东非大裂谷数次迁出,一直到作为人类直系先祖的晚期智人成功走出非洲,向各大洲撒播人种和文明的种子,地表生态系统才被塑造为现今的模样。

二、熵、耗散结构与定向变异时代的来临

上述内容是对生命史演化进程教科书般的通常描述,对于生命科学家来说,这种描述显然太过简单且理想化了,而且它对进化——如果确实存在的话——的基本动因也缺乏深刻的揭示。对于这些问题,很多研究者倾向于诉诸生化物理的原因,也就是所谓的"生命熵"理论。这一理论也牵涉到一般"生命"概念的另一重基本内涵,即所谓"新陈代谢"问题,它同时也是基因变异的另一个纵深面向。

根据该理论的最早提出者、著名量子物理学家薛定谔的观点:"一个生命体在不断增加它的熵——或者可以说是产生正熵——从而趋向于危险的最大熵状态,那就是死亡或活着。要想摆脱死亡,只有从环境中吸取负熵……有机体正是以负熵为生的。或者不那么悖谬地说,新陈代谢的本质就是使有机体成功地消除了它活着时不得不产生的所有熵。"[②]热力学第二定律是整个宇宙中最不可违抗的基本定律之一,这也是爱因斯坦的一个洞见,然而在薛定谔看来,生命现象恰恰在抵抗宇宙的熵增过程中获得了其自身的规定性。上述广泛流传的文字至少包含了两个层面的重要信息:

其一,在宏观上,生命吸收营养物质并排除废物的新陈代谢过程,实质上是吸取高度有序的低熵大分子,比如蛋白质、淀粉等,经过消化分解之后再排泄出相对无序的高熵小分子物质,从而使生命体获得负熵流的过程,其结果是达到一种协调有序的稳定状态,也就是非热力学平衡态。

其二,在微观上,正如薛定谔所说,生命体"从环境中'吸取秩序'的惊人天

---

① 参见王立铭:《生命是什么》,北京:人民邮电出版社2018年版,第55页。
② 〔奥〕薛定谔:《生命是什么》,张卜天译,北京:商务印书馆2018年版,第75页。

赋似乎与'非周期性固体'即染色体分子的存在有关。凭借着每一个原子和原子团各自发挥作用，这些分子无疑代表着已知的有序度最高的原子集合体，其有序度远比普通的周期性晶体高得多"。① 这段话被认为惊人地预言了染色体上的遗传物质即DNA的存在，仅隔十年之后，沃森和克里克便完成了这项发现。薛定谔在此探究了生命体之所以能够汲取负熵流的深层原因，即某种远远超出周期性晶体秩序的"已知的有序度最高的原子集合体"在根本上的异质同构作用——这一点与上述"人择原理"所揭示的精神世界对有序宇宙的认知颇为相似，它再次说明自然、生命和精神现象具有内在的连续性和统一性。但薛定谔没有进一步深究这种高度有序的遗传物质本身又是如何形成的，该问题直到比利时物理化学家普利高津提出耗散结构理论才得到比较可信的理论论证。普利高津认为，一个远离平衡态的非线性开放系统，通过与外界的物质和能量交换，以及由此引发的涨落效应，其内部的参量变化达到一定阈值时，便可能造成系统的自发对称性破缺或非平衡相变，从而使该系统的混沌无序状态转变为一种时空和/或功能上的有序状态。在生物学上，被称为生命体"能量货币"的三磷酸腺苷（ATP）有可能提供了最早的能量来源，让处于无序状态的有机分子团聚体经过普利高津意义上的"涨落"和"突变"过程而逐步有序化，从而使得氨基酸和核苷酸构件分别发育出秩序井然的蛋白质分子和DNA双螺旋结构。②

现在的问题是，遗传密码序列形成之后，不可磨灭的熵变对于微观世界的遗传变异会带来怎样的影响？按照生物变异学的一般理解，在两性生殖出现之前以及在常规的基因突变和染色体变异中，引发自然变异的主要原因就是辐射、温度等的变化对固有碱基次序或其载体的扰动，从而使DNA的脆弱部位发生碱基置换、移码突变等变异现象，而这些因素本质上无不是能量涨落或熵变的体现，这也正是薛定谔对于遗传变异的理解，即"基因分子的量子跃迁"③。由此可见，所谓生物变异，在源头上可以上溯到不可违抗的宇宙熵增过程；而后者恰恰意味着一切有序构造物的衰变或退化，这与生命现象从低级到高级、从简单到复杂的进化过程决然相反。幸运之处在于，一定条件下，混沌无序的开放系统总能够"进化"出某种程度上的有序结构，包括前述从基本粒子到中子、质子和原子的结构性聚合，其中原子的有

---

① 〔奥〕薛定谔：《生命是什么》，张卜天译，北京：商务印书馆2018年版，第81页。

② 该过程可能恰好发生在上述"原始汤"中的某些所谓的海底"失落之城"，在此，由"黑烟囱"喷发的碱性热泉与酸性海水之间形成了一定量的氢离子浓度差，根据彼得·米切尔（Peter Mitchell）酷似水电站的"化学渗透"（chemiosmosis）原理，正是这种差异制造了ATP，进而使得地球生命可以"利用这样的能源组装蛋白质和DNA分子，并建造更坚固的水坝积蓄氢离子"，从而在远离这块生命的温床之后，依然可以繁衍生息（参见王立铭：《生命是什么》，北京：人民邮电出版社2018年版，第54-58页）。中国生物学家谢平院士也提出了生命起源的"ATP中心假说"，认为正是ATP自身的转化与缩合造成了"生命过程的信息化"，即生成DNA三联子密码系统，并使得蛋白质构件发生自组装（谢平：《遗传密码子的起源——从能量转化到信息化》，载《生物多样性》2017年第1期）。

③ 〔奥〕薛定谔：《生命是什么》，张卜天译，北京：商务印书馆2018年版，第52页。

序化程度甚至让卢瑟福提出了"太阳系模型"。

然而，当地球生命进化到现代智人阶段，基于熵变的盲目、随机和不定向变异，开始迎来了史无前例的大逆转：通过人工诱导方法的定向变异登上历史舞台。定向变异奠基于分子遗传学和基因技术的高度发展，它让自然变异固有的随机性和绝大部分不利后果人为降低到可控的范围，并在很大程度上让人工选择取代了那双"看不见的手"即自然选择。当前正在引发全球道德恐慌的"基因编辑"是人工变异的典型表达。这种类似于物理化学领域"合成元素"的技术手段，目前已经能够在活细胞内高效便捷地随意"编辑"任何基因片段，甚至已出现大规模改造人体基因的可疑迹象。基因编辑、克隆技术以及至今依然聚讼纷纭的转基因技术都可以通过对基因的改变来获得人为指定的可遗传性状。从自然哲学的角度来看，这些做法实质上都是利用某种定数或规则来限定自然界的盲目流变，或者将特定的负熵流引入混沌系统，借以组建合乎人类意志的结构秩序的过程。如果承认"唯变不变"，那么形形色色的基因技术无不是在"变中求定"，通过必然率来驯服偶然，或者说向盲目混乱的宇宙自然讨要秩序和信息。

在此意义上，前述在粒子变异领域尚且显得不那么令人信服的人择假说，在此已换骨夺胎，因为定向变异意味着"弱人择原理"在智慧人类可及的工程学范围内不得不让位于"强人择原理"，而且，该原理的哲学基础也不再是1973年为其举行诞辰五百周年纪念大会的哥白尼，而是康德所谓的"哥白尼革命"，后者强调并非"理性受教于自然"，而是"理性向自然提出问题，要求其答复"。虽然这里的强人择原理在作用范围上可能远不及弱人择原理（涉及整个宇宙），但它至少在地球生命范围内普遍有效。

仅就生命科学而言，这样的观念不仅仅存在于可遗传的基因改良人、克隆人和生化人身上，也存在于非遗传性的湿媒体、可穿戴技术等对于生命体的改造过程中。更进一步，基于计算机代码系统——它可以看作是DNA编码系统的虚拟对应物——被制造出来的各种电子怪兽、赛博人、IP、二次元，则通过强大的"人择"机制形成了一个崭新的变异体世界，该世界不再受制于自然环境，而是被导入了一个完全异质性的虚拟时空场，该时空场反过来对实体世界造成越来越深刻的干预和影响。在人工智能领域，越来越海量的计算机代码也许就像科幻作品中所描述的那样，终有一天会发生类似于基因变异的复制差错，从而导致自我进化，乃至于成为人类的超阶变异体。果真如此，而且如果人类技术不能做到像"冯·诺依曼机器人"那样历经若干世代之后依然可以执行自动绝育的律令，那么奠基于强人择原理的人工智能，终将变成该原理的最终葬送者。

第四节 "通变则久"：文化界和人文社会科学中的变异问题

薛定谔和普利高津都倾向于认为，自然界与生命体之间很大程度上共享同一套法则，以威尔逊（Edward O. Wilson）为代表的生命科学家所提出的生物社会学理论认为，生命现象与人类社会之间也存在着不容否认的内在连续性。当然，这并不是说三者之间因此已具备哲学意义上绝对的自我同一性，相反，它们的连续关系恰恰是建立在各自的特殊规定性之上的。对于"变异"问题来说，三者各自的"原初定点"或"基因"类型正是体现了这种特殊性和连续性的统一。

一、米姆变异及其与自然变异的区别和联系

根据道金斯的解释，社会文化领域存在着一种类似于生物"基因"的对应物，其名为"米姆"（meme）。该词源自于拉丁文"mimeme"，为了让它与"gene"一词更像，道金斯将其改造为"meme"，这也使得它与英语中的"memory"（记忆）和法语中的"Même"（同样的）等语词产生了关联；而且，米姆最初同样产生于某种类型的"原始汤"中[①]。米姆变异是一种与粒子变异和基因变异既有内在关联又有一定区别的变异形式。

道金斯多次强调，DNA并非宇宙中唯一拥有垄断权的复制因子，"遗传进化只不过是许多可能发生的进化现象的一种而已"，其他构造物同样可以实现遗传密码子的功能。当然，对于社会文化领域来说，DNA分子以及附属于其上的遗传基因提供了无可取代的基础性价值：它们通过严格筛选的进化过程"创造了大脑，从而为第一批米姆的出现准备了'汤'"[②]。对于这种类似于生命"原始汤"的"新汤"究竟是什么，道金斯语焉不详，不过就其所提示的生成环境即"大脑"而言，它或许近似于晚期智人古老的"自我意识"——在心理学和哲学上，该术语意指主体对自我的经验感知和判断，由于这种认知判断需要涉及他人以及所在环境，所以一般认为自我意识是一切智识行为产生的基础。由于任何智识都意味着秩序和信息，自然、生命和精神由此便贯通一体。

进一步的问题是，在自我意识的"原始汤"里，米姆如何像DNA分子那样结合成一种长链结构，从而对某种可遗传的"表观性状"产生影响？道金斯没有对此做出回答，但他认为存在某种类似于基因组那样的"相互适应的、稳定的、相辅相成的米姆复合体"，其形成原因在于有助于提高米姆的生存价值，从而更有效应对

[①] 〔英〕理查德·道金斯：《自私的基因》，卢允中等译，北京：中信出版集团2018年版，第221–222页。

[②] 同上，第223页。

其所在环境的自然选择。比如，"上帝米姆"为巩固其生存优势必然伴随着一种在内容意义上与之相反的惩罚性的观念即"地狱火米姆"，后者来自于一种人类本能的深层恐惧心理，当它与"上帝米姆"关联起来，便可以使两者互为补充，相反相成，在米姆库中促进对方的生存。同时，两者还可以进一步与"促使人们盲目信仰的米姆"相关联，形成一个结构更为复杂的米姆复合体。这种理解显然更接近于在结构法则上更加复杂的社会文化现象。

按照道金斯的理解，米姆涵盖甚广，"曲调、概念、妙句、时装、制锅或建造拱廊的方式等都是米姆"①。这样看来，只要合乎"作为一种文化传播单位或模仿单位"的概念限定，都可以是米姆或者其结构性复合体。但是，这绝不意味着一切社会文化领域的存在物都是米姆——准确说，它们绝大多数都是米姆变异的结果。道金斯认为，真正的米姆必须具备"长寿、生殖力和精确复制"三种能力，其中前两者赋予米姆以历史的维度，后者则是其生命活力的保障。这三种能力可以使米姆在人类历史上长盛不衰，某些米姆为了"延年益寿"甚至可以抑制作为基因之"生存机器"的人体的行为，从而使生命本能屈从于文化使命，这就是历史上反复出现"舍生取义"现象的原因。在此意义上，苏珊·布莱克摩尔宣称，人的本质就是基因和米姆的复合体，也是两者共享的"生存机器"②。如果将这一观点加以完善表述的话，可以说这两种本质元素都是以基本粒子及其变异体作为深层基础。

但问题是，上述米姆的"精确复制"能力很容易让人产生疑惑。"基因的传播在性质上是数字化的，但米姆则否"③，由于其传播过程必须以具有自由意志的人的大脑为载体，不得不羼杂某种主观意识，因此类似于基因复制那样的微弱差错率在米姆复制中几无可能，道金斯认为，后者可能要高于前者几个数量级。由此看来，从粒子变异到基因变异再到米姆变异，变异度（差错率）越来越大，变异体的表观类型也越来越丰富。

从遗传学的角度来看，造成米姆变异度较大的原因，与其复制过程中的"颗粒性"特点有关。所谓"颗粒性"与"融合性"相对，这一概念最早由著名遗传学家兼神父孟德尔（Gregor Johann Mendel）提出，他认为遗传单位的工作机制遵循自由组合和独立分离的原则，而不是通过简单的叠加或杂合发育出某种"中间"或"过渡"的性状。后一种情形如若存在，在经历若干世代以后，某个物种内"群体之间的个体差别便会越来越小，最终趋向于同质。这样变异便没有了，自然选择便成了无米之炊"④。这一原则对于社会文化领域具有同样的阐释效力：该领域之所以至今

---

① 〔英〕理查德·道金斯：《自私的基因》，卢允中等译，北京：中信出版集团2018年版，第222页。
② 见吴秋林：《文化基因论》，北京：商务印书馆2017年版，第20页。
③ 〔英〕理查德·道金斯，见〔英〕苏珊·布莱克摩尔：《谜米机器：文化之社会传递过程的"基因学"》序，高申春等译，长春：吉林人民出版社2001年版，第7页。
④ 舒德干：《达尔文学说问世以来生物进化论的发展概况及其展望》，《自然杂志》2014年第1期。

未见归于同一，反而趋向多元化和多样化，正是因为米姆复制和变异摒弃了融合遗传原则而遵循颗粒原则。这反过来说明，诸如跨文化研究、文化人类学、比较文学等学科中提出的所谓"不可通约性"或"异质性"现象，比如东西方文明之间的巨大差异，正是基于米姆的颗粒遗传原则才得以成长发育并长期维系下来。

进言之，繁复万象的人类文明实质上是基于米姆复制和变异，并经过某种意义上"选择"和"进化"的结果。但正如卢西曼（Runciman）所认为的那样，"文化和社会的变异过程，很大程度上接受自觉意识的指导，它不同于基因变异"。[①] 言下之意，米姆变异在"选择"主体和机制上都已发生了巨大变化，它开始受制于"自觉意识"的主导。比如"民主和专制政体"两种不同的米姆的产生，"自然选择"可能只起到非常有限的作用（文明发轫之初或许更大一些），而前述影响范围有限的"强人择原理"却作用甚大，它确保富有活力的米姆变异体能够获得更为有利的生存前景。[②] 该原理在人类社会中发挥重要作用，很大程度上弱化了既备受诟病又在社会生物学范围内又难以驱除的社会达尔文主义，后者强调"弱肉强食，适者生存"；而强人择原理意味着社会竞争受制于智慧设计的规范引导，因此是有理性、有限度和有道德的，或许正是这一点才导致伦理制度和福利社会的出现。

二、米姆变异的"结构型"与"始基型"

如果承认正是米姆变异及其进化过程塑造了人类文明，那么反过来，任何文明的构造物也都可以追溯或还原到某种特定的空间--结构或时间-基点上来，或者说，特定时空中的某些原始成分，正是米姆变异的原型。

在此意义上，米姆变异在宏观上可以分为两种类型，其一为基于空间和形式维度的"结构型"变异，其二为基于时间和内容维度的"始基型"变异。在前者，文明史上反复出现的某些结构、符码、形象、方式、构型、法则、范式等的变迁，无不是该类型的典型代表。比如托马斯·库恩在《科学革命的结构》一书认为，在最初的理论或流派形成之后，科学便进入到一个常规发展期，在此期间"科学共同体"逐步产生，其内部成员共享同一套思维方式、行为准则和信仰系统，由此构成一种"范式"。特定"范式"的存在能够规范科学活动，但同时也对其设定了种种限制，当这些限制随着新问题和新发现的出现不得不受到挑战时，新的范式就破茧而出了。整个科学史便遵循这种范式变迁的原则，不断从低级到高级、从简单到复杂发展演化。库恩所谓的"范式革命"，无疑是结构型米姆变异的一种写照。类似地，黑格尔提出象征性、古典型、浪漫型的艺术类型学，也是该类型米姆变异的典

[①] W.G. Runciman: the Selectionist Paradigm and its Implications for Sociology, *Sociology*, 1998（32）：177.

[②] 当然，这并不是说达尔文意义上的"自然选择"不发挥作用了，而是人择原则的作用加大了，因此我们不能苟同尼克·罗斯所谓的"自我中心论的选择主义"，毋宁说，人类社会的选择模式是受两者共同作用的结果，毕竟不能否认人在自然界的特殊性。在此意义上，苏珊·布莱克摩尔认为人类文明纯然受制于自然选择的说法是值得商榷的。

型表现。此外，诸如米歇尔·福柯四种"知识型"的划分与演变、马克思的五种生产方式的历史变迁等，无不是某种结构型米姆发生变异，以至于构造更为复杂的结构系统的体现。

以时间和内容为基本维度的"始基型"米姆变异主要体现为从理论、信息、要素、语言、定理、规律、公设等特定起点出发，不断吸纳其他米姆要素而扩容自身，以至于形成更为复杂的内容系统的过程。欧几里得的几何学是其典型代表，它从5条公理和5条公设出发，推演出465条命题，显示了始基型米姆变异的惊人延展能力。笛卡尔的哲学体系从不可怀疑的"我思"出发构建出整个知识系统，也是该类型米姆变异的典型体现。此外，柏拉图的理念、黑格尔的绝对精神、爱因斯坦的质能方程式和场方程，以及前述可以发展为强人工智能的计算机源代码等的变化或运演，都可以归属为此种类型的米姆变异。不难看出，始基型米姆变异构成了科学、思想和观念现象的深层演变基础。

综上可知，米姆变异对于整个人类文明的发展、进化和多样化至关重要，因此在人文社会科学领域，该问题已经引发了广泛的关注和探讨。道金斯的女弟子苏珊·布莱克摩尔最早阐发了乃师的思想，提出了系统的"米姆学"理论，并声称该学说能够"为我们解释千差万别的现象，如容量巨大的人脑的进化问题，语言的起源问题，人类的思想与沟通问题，人类的利他倾向，以及因特网的诞生与发展问题，等等"[①]。美国学者利莫·士弗曼（Shifman L.）在传播学领域运用并发展了米姆理论，他在其热销的《米姆》一书中聚焦于网络米姆以及各种网络文化现象，并对米姆传播的特点及其与病毒传播之间的关系做了比较分析。[②] 此外，以拉波夫（William Labov）为代表的社会语言学家在20世纪60年代就已经提出了系统的"语言变异"学说，认为由于社会文化的变迁，语言自诞生以来便存在广泛而深刻的变异，因此语言不是一个静止、孤立、同质化的结构系统，而是一个不断变异和进化的"异质有序"的过程性存在物[③]。笔者在比较文学和跨文化研究领域提出了系统的"变异学"思想，在《比较文学变异学》一书中对文学和文化的移植、旅行、流变、在地化、他国化以及跨文化接受、适应性、排异反应等问题进行了系统探讨，尤其立足于异质性与可比性问题，丰富发展了比较文学和文化的学科理论及其哲学基础。[④] 尽管这些研究未必都致力于考究可遗传的米姆变异问题，但它们在当前的人文社会科学领域已经产生广泛影响，成为一个拥有广阔前景的学术增长点。

---

① 〔英〕苏珊·布莱克摩尔：《谜米机器：文化之社会传递过程的"基因学"》，高申春等译，长春：吉林人民出版社2001年版，第16页。

② Limor Shifman: *Memes in Digital Culture*, Cambridge :MIT Press, 2014.

③ J.K. Chambers, P. Chudgill & N. Schilling-Estes: *The Handbook of Language Variation and Change*, Malden, MA: Blackwell, 2004.

④ Shunqing Cao: *The Variation Theory of Comparative Literature*, Berlin: Springer-Verlag ,2013.

第五节　走向跨学科视域中的"普遍变异学"

一、"普朗克链条"与"普遍变异学"构想

上文以变化和变异问题为线索，系统探讨了自然、生命和文化三大领域的相关现象及其理论学说，从中不难发现，该问题在各个学科中普遍存在，而且具有一定的内在统一性，它至少可以作为普朗克所谓的"连续性链条"之一种，贯穿包括哲学在内的各个独立的学科领域。因此，虽然关于"变异"问题的经典论述端源于生命科学界，但该问题在自然科学和人文社会科学领域同样存在，而且这三大领域各自的"始基"或"本源"及其"变异"过程具有某种连续性和内在一致性。粒子变异、基因变异和米姆变异在自然界、生命界和文化界分别发生，它们都是以特定结构的"遗传因子"为起点，在"看不见的手"的"选择"作用下，演化生成为各个领域可被经验感知的纷纭万物；而这一进程在自然哲学和形而上学实在论中均有比较清晰的描述，可被总结为一种带有生成论和二元论色彩的"本体－变体"变异观。

经过这种全视角的疏证和清厘，导源于生命科学的"变异"思想已被提升到一般化和广义化的层面，因此可以称之为"普遍变异学"。该学说由紧密相关的基础变异学、自然变异学、生命变异学和文化变异学四大板块构成，它们各自具有独立的问题域和知识模型，同时其中又贯穿了一定的连续、包含和融通关系，并将在此意义上产生普遍的阐释效力。

这种新的理论观念意味着，自然科学、生命科学和文化（人文社会）科学诸领域在起源、变异、革新、复制、传播等方面存在一定的包含、融通和同一性关系，因此可以用统一的思想加以阐述说明。当然，这并不意味着传统意义上界限分明的各学科领域丧失了各自的特殊规定性，只是说它们具有被统一说明的内在基础。据此，上述以哲学、自然科学、生命科学和人文社会科学为对象的普遍变异学，在知识学上可以被分别划分为基础变异学、自然变异学、生物变异学和文化变异学四大领域；作为独立的结构板块，它们均拥有属于本领域的特殊现象、问题和知识模型，但统一的变异学观念将贯穿其中，并因此产生普遍的阐释效力。如果在相对意义上承认宇宙是连续的，万物可知，那么面向未来的"普遍变异学"便是一种值得期许的观念学说。

二、"普遍变异学"诸领域

经典变异学虽然源自于生命科学，但是变异现象却贯穿了自然和人文现象的全

部领地。也正是因此，普遍变异学诸领域贯穿一条内在的、隐含的逻辑线索，这就是宇宙在某种意义上的连续性和可知性问题，这个问题本身在各个学科尤其自然科学和哲学中是普遍可接受的。它表现为万物从发源到现在 138 亿年逐渐变异和有序化的过程，即万物皆由基本粒子的可重复性结构组合（类似于 DNA 结构）经过不断复制、变异、耦合、叠加和传播扩散而形成，从无机物到生命界，以至于经过米姆变异，形成复杂的文化历史现象。该过程也即是上述"普朗克链条"若隐若现但贯穿始终的必然性领域，它可以被分化为各个独立的研究领域：

（一）自然变异学

大爆炸后首先产生构成为四种力的虚粒子和构成为物质的实物粒子[①]，这两种粒子（主要是规范玻色子和费米子）按照一定的结构组合，形成质子和中子（主要由作为玻色子的胶子和作为费米子的夸克组成），这两者再加上电子又按照一定的结构组合形成原子，原子再按照一定的结构组合形成自然元素，其后在结合能的作用下再按照一定的结构组合形成分子、化合物、有机物，以至于星云和星系等。这样的结构组合井然有序，卢瑟福甚至将原子结构比喻为"太阳系模型"，可见它本身就是意义和信息，因此才成为知识的对象。也正是在此意义上，具有更高秩序 / 理性的智慧存在物即人类才可以认知宇宙，否则这个宇宙将是不可知的，陷入彻底的谜团，这正是霍金等科学家反复引述"人择原理"的原因所在。自然变异学就是探讨自然界从无到有、从简单到复杂的演变进程中各种变化、变异以及不变结构的理论学说，它可以被归属为科学史的一个一般理论和研究对象。

（二）生物变异学

从变异学的角度来看，宇宙生命是连续的。由规范玻色子 – 费米子组成的有序结构，作为深层架构组成了有序度更高的原子，而原子组成分子，分子当中一种有序度极高的生物大分子在地球形成 1 亿年后也就是距今 45 亿年前开始出现了，它就是遗传物质——核苷酸。刚开始核苷酸比较简单，一般认为它最初的形式是单链的，即 RNA，后来才逐渐进化成双链 DNA，这是一个有序化逐步提升的过程。正是 DNA 上的特定基因组缔造了这个纷纭万状的生命世界，但是这一过程除了基因复制和增殖之外还必须存在一定的复制偏差，这就是变异；因为，如果没有变异，生命将被锁死在特定的形态和物种中，因此将没有自然选择，当然也就没有进化。可见，变异是极端重要的，它确保了生命世界的多元化和多样化。但无论是 DNA 还是变异的产生，按照耗散结构理论和著名量子物理学家薛定谔的理解，都必然是能量扰动（熵变）的结果，前者意味着有序化（其实亚原子粒子结构秩序的形成也是一样的），后者意味着去秩序化（变异），也就是将原来的结构秩序打破，从而产生新的秩序，这就是通过变异而产生新物种的物理学解释。另一个重要问题是，

---

① 按照粒子物理学的说法，这个世界只有两样东西组成：一个是力，一个是粒子，而力本身也是一种粒子，只不过它一般都是没有质量的"虚粒子"。

生命体的新陈代谢现象，也是一种秩序现象，它的实质内涵是，更高秩序的存在物即生命体，通过摄取较低秩序的存在物即蛋白质、糖类、脂肪等有机大分子，排泄出更低秩序的存在物即消化过的有机分子和化合物，在此过程中产生机体的能量来源。这再次说明，从基本粒子到原子再到分子、DNA 大分子，再到人类，存在一个秩序的阶梯，其中具有最高秩序的人类站在整个秩序世界的最顶端，无论是身体上还是精神（认知）上都是如此。也正是因此，在人类世界中，人择原理变得越来越强，它甚至可以取代自然选择，比如基因编辑就是通过人工诱导的定向变异来取代自然界的无定向（多是有害的）自然变异。

生物变异学自达尔文以来已经发展为一门比较成熟的学科，它属于经典变异学理论的发源地，但在普遍变异学的视角下，该学说将获得新的生命，这就是连接自然界和文化界，成为宇宙生命整体变异中的一个必然环节。

（三）文化变异学

人类的出现是整个变异和进化链条上的另一次巨大跃迁，人本身无非是有序程度各异的生命大分子及其功能性合成物即细胞的有机组合体。生命科学家道金斯认为，在文化领域也存在着一种类似于 DNA 长链结构诞生地的"原始汤"，它就是晚期智人即现代人先祖的自我意识，在其中，某些类似于基因的意识组合，逐渐发育出一种新的有序结构，道金斯称之为"米姆"，它就是人类文化的"基因"。道金斯论证指出，它在很多方面，都跟生物基因存在极大的相似性。他的女弟子苏珊·布莱克摩尔由此发展出系统的"米姆学"理论，在国际上产生了广泛影响。根据这些思想，就像生物界通过基因变异产生出纷繁复杂的生态多样性一样，通过米姆变异，人类文明及其多样性才得以产生，异质性的地域文化和文明也因此才能够长盛不衰。通过对各种米姆的文化变异进行提炼总结，可以得出最基本的两种变异类型，一个是基于空间–形式维度的结构型米姆变异，一个是基于时间–内容维度的始基型米姆变异，它们可以将所有的米姆变异各归其类。

在米姆学的鼓动下，文化变异学目前已成为人文社会科学领域的一门显学，包括文学、历史学、传播学、心理学、文化学在内的各学科都有专门研究米姆问题的论著出现。比较文学变异学虽然单独提出，但它与米姆理论无疑具有深刻的内在关联，该问题值得研究者深入探讨。

（四）基础变异学

上述两种类型的米姆变异其实源自于特定的哲学分支，即自然哲学。该哲学分支认为，世界万物都可以从时间或空间两个方向上进行追溯或还原，就像亿万种生物都可以被还原为特定的基因组一样，因此这种哲学本质上就是实体论和生成论，它只不过是基因变异学的哲学翻版。哲学的另一分支即作为西方哲学之正统的形而上学，虽然以抽象和提炼宇宙万物的普遍本质为指归，将"本体"二元论地设定为主宰和统治万物的最高存在，但它一方面难免于实在论倾向，即认为万物同时也由最高本体派生出来，比如柏拉图的分有和模仿说，从而将形而上学实体化了；另一方面，由于形而上学在本体论中过于强调否定性修辞，认为最高本体不生不灭不变不动无形无相，因此很容易产生"万物诞生于虚无"的思想，老子"天下万物生于有，有生于无"就是其典型代表。但是，这种思想在理论逻辑上行不通，老子的"无"本体论和生成论实质上与黑格尔以"有"为开端的逻辑学及其向自然界和精神世界的运化演绎过程并无二致，而且，由于形而上学固有的辩证特点，在其笔下展开的万物生成演化过程往往是图示化和可描述的，甚至是数学化的（"道生一，一生二，二生三""易有太极，太极生两仪……"等等），这一过程意味着，整个经验世界可以从某种"存在"或"实体"开始，按照一定的数学规则演绎而来，就像生物学中核苷酸物质按照一定的结构组合逐步变异和重组，以至于形成纷纭万状的生命世界一样。这实际上为变异学提供了系统的哲学基础，笔者称其为"本体-变体"变异观。基础变异学的核心任务是为普遍变异学提供哲学根基和逻辑起点，这无疑将是一个非常值得发掘的研究领地。

需要补充说明的是，关于宇宙的连续性，文中主要是就其宏观层面（符合广义相对论）来说的，量子力学层次上未必如此，后者认为量子物理世界存在一个极小量即普朗克常数，在此之下已经超过了目前科学的边界，因此是没有意义的。但在宏观层面上，连续性是存在的，本文所论述的问题至少在下述意义上毋庸置疑，即最初的基本粒子形成有序结构的微粒子，这些结构经过复制、变异和组合生成有序度更高的自然万物；其中包括有序度极高的遗传物质即 DNA 大分子，后者再经过复制、变异和进化，生成亿万种高度有序的生物体；其中包括有序度最高的人类，这种有序度不仅体现在身体上，包括机体发育和新陈代谢上，还体现在智慧上，因为理性本身无非是一种秩序，它所能认知的或者作为其对象的也只能是规律、结构等宇宙万物的秩序性部分。所谓"米姆"也就是秩序性的结构组合，因此它能发育出更高的秩序客体，即文明。更进一步，人的意识具有一定的能量，它又对微观的量子世界——万物的源头，也是最无序的存在物——具有一定的扰动作用（哥本哈根解释），这在整体上就形成了一种连续性的循环，即粒子—物质—DNA—人类—人类智慧—量子—粒子—……这也即是说，文化是人类的衍生物，人类是生物（界）的衍生物，生物是自然（界）的衍生物，自然又受到人类的影响和制约，由此形成一个大尺度的宇宙学循环。这也是自然哲学中所谓的"万物一系"。

通过以上论述不难看出，以变异问题为视点可以包括万有，普遍变异学对广义的文化研究领域（包括哲学）尤其价值巨大，它可以深究更为宏观的文化甚至文明的交流、冲突与融合问题，尤其是异质性和通约性问题，即便是对于个别的文学变异现象，也具有启发价值，这就是追溯该现象的文化渊源，从而考究文化/文明间际关系，尽管这种关系按照上述理解，在更深层的意义上也是同源同宗的。未来的"普遍变异学"将为比较文学变异学研究打开一扇敞亮而通透的天窗。

第五章　影响研究与流传变异学

第一节　影响研究中的变异现象

一、影响研究的内涵与意义

　　影响研究是比较文学最传统的研究方法之一，它探究文学传播者与接受者之间影响与被影响的关系。影响研究在早期以法国学派的巴登斯贝格、梵·第根、卡雷、基亚等人为代表，形成了一套经典的比较文学实证关系的研究范式，并逐渐确立了流传学、渊源学、媒介学等研究方法，它注重的是被比较对象之间的实证性和"同源性"的关系因素[①]。

　　作为法国学派的四大代表人物之一，巴登斯贝格在法国《比较文学评论》创刊号上发表了一篇纲领性的导言——《比较文学：名称与实质》，极力反对主观随意性的比较，强调实质性的严格研究。他指出"人们不厌其烦地进行比较，难免出现那种没有价值的对比"，因为"仅仅对两个不同对象同时看上一眼就作比较，仅仅靠记忆和印象的拼凑，靠主观臆想把一些很可能游移不定的东西扯在一起来找类似点，这样的比较绝不可能产生论证的明晰性"[②]。因此，巴登斯贝格是系统地采用考证方法研究外国文学对法国文学影响的第一人，比如他的著作《歌德在法国》（1904）和《巴尔扎克所受的外来影响》（1927）。梵·第根是第一个全面系统地阐述法国学派理论观点的理论奠基人，他指出"真正的比较文学的特质，正如一切历史科学的特质一样，是把尽可能多的来源不同的事实采纳在一起，以便充分地把每一个事实加以解释；是扩大事实的基础，以便找到尽可能多的种种结果的原

[①] 参见曹顺庆主编：《比较文学教程》，北京：高等教育出版社2010年版，第59页。
[②] 〔法〕巴登斯贝格：《比较文学：名称与实质》，徐鸿译，见干永昌等选编：《比较文学研究译文集》，上海：上海译文出版社1985年版，第33页。

因。总之,'比较'两个字应该摆脱全部美学的涵义,而取得一个科学的涵义"[1]。因而梵·第根总结认为"比较文学的对象是本质地研究各国文学作品的相互关系"[2]。伽列在为其学生基亚的《比较文学》一书撰写序言时指出:"我们不喜欢停留在狄更斯与都德的异同上,比较文学不等于文学比较","比较文学是文学史的一个分支:它研究在拜伦与普希金、歌德与卡莱尔、瓦尔特·司各特与维尼之间,在属于一种以上文学背景的不同作品、不同构思以及不同作家的生平之间所曾存在过的跨国度的精神交往与实际联系"[3]。基亚坚守其师伽列的立场,声称"比较文学并不是比较……我们可以更确切地把这门学科称为国际文学关系史","凡是不再存在关系——人与作品的关系、著作与接受环境的关系、一个国家与一个旅行者的关系——的地方,比较文学的领域就停止了"[4]。由此可知,法国学派试图用更为科学的方法、实证的方法来建立一套独立的方法论体系。

法国学派的影响研究有效地化解了意大利学者克罗齐所提出的比较文学学科的第一次危机。法国学派提出"比较文学不是文学比较",甩掉备受攻击的"比较"二字后,将比较文学的范围缩小为只关注各国文学之间的"关系",以"关系"取代"比较"。因此,比较文学的学科立足点不是"比较",而是"关系",或者说是国际文学关系史。笔者认为,法国学派抛弃"比较"而只取"关系",缩小研究范围、限制研究领域的这种自我设限,既是对当时"圈外人对比较文学学科合理性的挑战"所采取的一种抗击策略,也是"圈内人对比较文科学性的反思与追寻"[5]。而正是对"比较"的放弃和对"关系"的注重,奠定了法国学派的定义和学科理论基础,形成了法国学派最突出、个性鲜明的特色[6]。影响研究最大的贡献和意义在于,法国学派在实证主义思想的指导下,建立起一套严密的比较文学学科理论体系。以影响研究为主轴,为比较文学开辟了独立的研究领域,奠定了其成为一门独立学科的基础[7]。

二、影响研究中的缺憾——流传中的变异

比较文学第一阶段的法国学派,坚持科学实证的研究精神,探究传播者与接收者之间的传播关系,形成比较文学理论中经典的影响研究方法,却忽略了非实证性

---

[1] 转引自曹顺庆:《比较文学与文论话语——迈向新阶段的比较文学与文学理论》,北京:北京师范大学出版社 2011 年版,第 46 页。

[2] 〔法〕提格亨(梵·第根):《比较文学论》,戴望舒译,上海:商务印书馆 1937 年版,第 61 页。

[3] 〔法〕伽列:《〈比较文学〉初版序言》,李清安译,见北京师范大学中文系比较文学研究组选编:《比较文学研究资料》,北京:北京师范大学出版社 1986 年版,第 42-43 页。

[4] 〔法〕基亚:《比较文学》第六版前言,王坚良译,见干永昌等选编:《比较文学研究译文集》,上海:上海译文出版社 1985 年版,第 76 页。

[5] 曹顺庆:《比较文学与文论话语——迈向新阶段的比较文学与文学理论》,北京:北京师范大学出版社 2011 年版,第 43 页。

[6] 参见曹顺庆主编:《比较文学教程》,北京:高等教育出版社 2010 年版,第 8-10 页。

[7] 参见曹顺庆主编:《比较文学概论》,北京:中国人民大学出版社 2014 年版,第 3-4 页。

变异与文学的审美性。作为比较文学第二阶段的美国学派，从文学审美性的角度入手，恢复了被法国学派所丢弃的"文学比较"，倡导将不同国家的作家、作品、文学现象进行平行比较，分析世界范围内文学发展的共同规律，揭示出了人类文化体系中的类同性。但是，无论是法国学派的影响研究还是美国学派的平行研究，都是以共同性为基础建立自己的理论框架，忽略了文学在传播过程中所产生的变异现象，这也给比较文学的学科理论建构造成了缺憾。正如学者王超的总结："法国学派影响研究本质上是'寻同'，美国学派平行研究核心思想是'拒异'，两者都没能将东西方跨文明异质性作为比较文学的可比性论域。"①

事实上，在一国文学进入到另一国文学的传播途径中，在流传和接受的过程中会不可避免地出现各种各样的变异，这些变异可能是有意的、抑或是无意的。叶维廉于1974年提出"文化模子说"②，正是因为他认识到东西方文学各有自己的一套不同"模子"，不同"模子"之间存在差异，如果局限于各自的文化"模子"，不可避免会对异质文化产生歪曲。因而，他进一步提出对"文化模子"的寻根研究，并进行了不同"文化模子"之间相互交汇、激发与更新的探讨。赛义德也认为任何理论或观念从一个国家旅行到另一个国家都会经历四个阶段，最后一个阶段则是观念在新时空会受到一定程度的改造③。然而，立足于"求同"的法国学派影响研究忽略了文学影响关系中普遍存在的变异现象。而这些变异现象用影响研究来解释也并不具有有效性。因此，比较文学变异学研究则致力于关注这些问题，即"解决影响研究中的实证性与审美性的纷争所导致的比较文学学科研究领域的失范问题"④。

影响研究中的变异现象大致可分为以下几类：

（一）诗话层面的流传变异

韩国与日本自古以来深受中国文化的影响，在此过程中，又在各自的历史与文化条件下，将自身的民族特色融入其中，使得中国诗话在流传进入韩国与日本之后发生了变异现象，从而形成了各具特色的韩国诗话与日本诗话。

韩国的文学自诞生之际，就深深地打上了汉文学的烙印。韩国诗话的产生，受到了中国诗话的极大影响。自古以来中韩两国的文人、诗人交流密切，往来频繁，使得汉诗在韩国得以广泛传播。尤其是中国自宋以来的诗话理论，被韩国古代的诗人们竞相模仿和学习。随着汉诗的繁荣发展，漫谈式的诗话理论应运而生。公元11至13世纪，朝鲜半岛诞生了一系列诗话论著，如李仁老的《破闲集》、崔滋的《补闲集》和成伣的《慵斋诗话》等。在体制上，韩国诗话呈现出欧阳修式风格特点，

---

① 王超：《变异学：让异质性成为比较文学可比性》，《海南师范大学学报》（社会科学版）2018年第5期。
② 叶维廉《东西比较文学中"模子"的应用》，见《叶维廉文集》（第一卷），合肥：安徽教育出版社2002年版，第26—47页。
③ 参见〔美〕赛义德：《赛义德自选集》，谢少波、韩刚等译，北京：中国社会科学出版社1999年版，第138—154页。
④ 张雨：《比较文学学科中的影响变异学研究》，《四川大学学报》（哲学社会科学版）2009年第3期。

在文论思想上深受儒家思想的影响，主张"诗言志""诗缘情"的诗学观点；在批评观上，沿袭了中国文论中常见的批评观，推崇苏轼豪迈洒脱的创作风格。但同时，中国诗话在传播的过程中，韩国诗人结合自身的社会文化加以继承与创新，使中国传统的诗话理论在韩国发生了变异，其变异现象在韩国诗话中主要体现在主体意识、文论概念的变异、写作技巧的重新阐发等方面。因而使韩国诗话在文学理论史上占有独具特色的一席之位[①]。

日本诗话被视为中国诗话的衍生之物，在其诞生和发展的过程中均深受中国诗话的影响，主要体现在对儒家文化和儒家诗论、诗格化倾向以及中国文论批评观等多方面的继承。但由于日本的文化环境和汉诗的发展状况，日本诗话并没有局限于对中国诗话的一味模仿，而是在学习的过程中对中国诗话进行了再创造，比如《文镜秘府论》《济北诗话》和《淇园诗话》等。首先，虽然日本诗话在体制上承袭了中国诗话的特点，基本上没有脱离中国诗话的体制形式，但在具体的内容与结构安排中又有所创新。其次，相比之下，日本诗话具有更为强烈的比较意识。在日本，不仅仅是汉诗研究氛围一直相当浓厚，而且日本汉诗与中国汉诗共同发展，这从一开始就为日本诗话的比较视野提供了充足的条件和氛围。这种比较既包括日本汉诗范围内的比较，也包括中日诗人的比较，以及中日诗歌的比较，对中日文化、中日文学的交流和互动起到了积极的促进意义。另外，日本诗话的批评方法多以比较分析的方法为主，首先总结诗歌特色，再将其与其他诗人的创作加以比较，进而评判诗歌的优劣。日本诗话在不断学习和汲取中国诗话的特征，但在接受的过程中所产生的这些变异，恰恰展现了日本的民族创作特色，推动了日本文论的健康发展[②]。

（二）形象层面的流传变异

形象学原本长期隶属于法国学派影响研究体系中的一个分支学科。然而，比较文学形象学并不完全等同于一般意义上的形象学研究，它是"对一部作品、一种文学中异国形象的研究"[③]。异国形象是"出自一个民族（社会、文化）的形象，最后，是由一个作家特殊感受所创作出的想象"[④]。基于此，笔者指出，这里的形象是"作家及集体对作为他者的异国和异民族的想象物。正因为它是一种想象，所以变异成为必然"[⑤]。在跨国、跨文化、跨语言的语境下，异国形象不可避免地会受到历史时代背景、民族文化、审美接受、写作需求等多方面因素的影响，无法真实客观地再现异国面貌。笔者与张莉莉表示"遗憾的是，法国学派虽然意识到了异国形象与真

[①] 参见曹顺庆、芦思宏：《变异学与东西方诗话的比较研究》，《安徽师范大学学报》（人文社会科学版）2016年第1期。

[②] 同上。

[③] 曹顺庆主编：《比较文学教程》，北京：高等教育出版社2010年版，第121页。

[④] 〔法〕让－马克·莫哈：《试论文学形象学的研究史及方法论》，孟华译，见孟华编：《比较文学形象学》，北京：北京大学出版社2001年版，第25页。

[⑤] 曹顺庆主编：《比较文学教程》，北京：高等教育出版社2010年版，第121页。

实的异国不同，却拘泥于实证研究的一隅，没有站在理论的高度探究变异现象，而把全部的心思花在求同上"①。因此，2005 年笔者出版的《比较文学学》一书中，首次将形象学从影响研究的体系中抽离出来，将其纳入比较文学变异学的研究范畴。

1. 西方作品中中国形象的流传变异

西方作品中所塑造的中国形象有褒有贬、有正面亦有负面。英国作家毛姆在其小说《面纱》(*The Painted Veil*)中所展现出来的中国，生活环境极为恶劣，霍乱盛行，街道是随处可见的脏乱差，臭气熏天。中国人的外貌也被刻画得十分丑陋，"她们面黄肌瘦，身同侏儒，鼻子都是扁扁的，几乎没有正常人模样，一看便令人生厌"②，而做义工的英国女子凯蒂、细菌学家瓦尔特、身为修道院长的法国女人，这些欧洲人物形象却是集科学、智慧、敬业、仁爱于一身的救世主的化身，到中国来无私地拯救中国人。小说中所呈现的中国人是丑陋的、落后的，而欧洲人是文明的、甘于奉献的。小说展现了毛姆以一种西方优等文化的姿态对中国文化加以轻视和贬低，揭露了毛姆无法逃脱西方中心主义的桎梏。正如赵渭绒、戴珂所言："毛姆看待中国的出发点始终是西方文化的优越感，甚至是种族优越感。这是他与生俱来的约翰牛式的民族性格之体现。"③

然而，英国作家笔下的中国形象并非一成不变的。14 至 18 世纪，中国在西方文学作品中是充满赞誉的正面形象，如《马可·波罗游记》《曼德维尔游记》，中国被描述为一个繁荣富足、文明而又神秘的东方乌托邦国度。转折点始于 18 世纪末，由此出现了英国作家对中国形象的负面书写。其中最为典型的是英国作家笛福的《鲁滨逊漂流记续篇》，贬低中国在军事、科技、科学知识、生活条件等各方面极为落后，中国人愚蠢又懒惰。笛福通过诋毁中国来赞美英国，借否定中国来表达他对英国的信心。

由此可知，18 世纪末前后，英国作家笔下的中国形象之所以大相径庭，这与英国不同历史时期、不同政治背景、作家不同的个人情感与精神状态、作家的欲望及写作目的有关，而所有出现的这些不同的异国形象都不是他者现实的客观再现，而是"主观与客观、情感与思想混合而成的产物，生产或制作这一偏离了客观存在的他者形象的过程，也就是制作方或注视方完全以自我的文化观念模式对他者的历史文化现实进行变异的过程"④。赛义德《东方学》中也指出东方是被西方传教士、旅行家、殖民者、作家在特定的历史情境中所想象和虚构出来的东方，他们"将东方

---

① 曹顺庆、张莉莉:《从变异学的角度重新审视异国形象研究》,《湘潭大学学报》(哲学社会科学版)2014 年第 3 期。
② [英]毛姆:《面纱》,阮景林译,重庆:重庆出版社 2006 年版,第 110 页。
③ 赵渭绒、戴珂:《毛姆的中国书写:论毛姆〈面纱〉中的中国人形象》,《中外文化与文论》2014 年第 1 期。
④ 曹顺庆主编:《比较文学教程》,北京:高等教育出版社 2010 年版,第 123 页。

学视为西方用以控制、重建和君临东方的一种方式"①，因而东方形象在西方本土的文本中发生了变异，使真实客观的东方变成了具有意识形态色彩的东方主义。

虽然在大多数西方作品中的中国形象由于受西方中心主义强势话语的影响而遭受恶意地贬低和诋毁，但也有对中国形象进行较为客观、公平的描写。例如，俄国汉学家阿列克谢耶夫的《1907年中国纪行》以一种亲善的态度去评价和呈现中国形象。他在书中讲到"只有抛弃自己的成见，撕下自己的标签，才能够在旅行中目光敏锐，避免盲目"②。法国形象学学者巴柔指出"'亲善'是唯一能真正实现双向交流态度。……它要求承认那个存在于'我'旁边，与'我'相对，既不高于'我'，也不低于'我'的'他者'，这个'他者'是独特的、不可替换的"③。因此，阿列克谢耶夫笔下的中国形象是与西方平等的、又饱含独有文化特色与魅力的国家。刘燕对该部作品中使用频率最多的词加以总结："爱好和平、讲究孝道、彬彬有礼、尊师重道、热情好客、朴素善良、知足常乐、敏感爱美、诗情画意、文化深邃等。"④阿列克谢耶夫甚至对他在中国所见所闻的一些傲慢自大的欧洲人、居心叵测的欧洲人加以批判。由此可见，该部作品不再是西方文化中心主义话语建构下的东方主义，不再是野蛮落后、屈辱懦弱、懒惰愚蠢的中国形象，实现了注视者与他者之间的相互尊重、平等对话与交流。

2. 他者形象的流传变异

除了异国形象之外，作品中所塑造的人物形象在流传过程中也同样会发生变异。比如美国作家海明威作品中所塑造的硬汉形象对中国作家张炜影响重大。海明威笔下《老人与海》中的渔夫桑提亚哥、《丧钟为谁而鸣》中的乔丹、《没有被斗败的人》中的斗牛士曼纽尔·加西亚，还有拳击手、猎手、战士等一个又一个硬汉性格的人物形象，他们都有着面对艰难险阻永不放弃、奋勇拼搏的精神，他们勇于追求自己的人生价值，甚至蔑视死亡。张炜深受海明威的影响，在其作品中不乏这样的硬汉子频频出现，比如《秋天的思索》中的李芒、《黑鲨洋》中的老船长和曹莽、《家族》中的宁周义、《秋天的愤怒》中的老得等。尽管两位作家的硬汉形象颇有相似之处，但由于不同的时代背景以及中西文化差异，张炜的硬汉形象在中国的语境中发生了变异，使其具有了与海明威的硬汉子所不同的独特性。在中国20世纪80年代的时代背景下，张炜笔下的硬汉子是积极主动地融入集体、介入社会，而非孤立无援、远离社会的局外人。从文化层面，学者姜智芹指出"美国文化的底蕴是悲

---

① 〔美〕爱德华·W.赛义德：《东方学》，王宇根译，北京：读书·生活·新知三联书店1999年版，第4页。
② 〔俄〕米·瓦·阿列克谢耶夫：《1907年中国纪行》，阎国栋译，昆明：云南人民出版社2001年版，第297页。
③ 〔法〕达尼埃尔-亨利·巴柔：《形象》，孟华译，见孟华主编：《比较文学形象学》，北京：北京大学出版社2001年版，第175-176页。
④ 刘燕：《他者之镜：〈1907年中国纪行〉中的中国形象》，《外国文学》2008年第6期。

剧意识，中国文化的基调是喜剧精神"①。张炜对硬汉子命运的处理也与海明威不同，他们大都获得了一个相对完满的人生结局，以成功或光明收尾，而海明威笔下的人物大多走向死亡或失败。张炜这种以正义战胜邪恶、公理打败强权的叙事走向更符合中国读者的文化心态和阅读期待视野。

在越南神话传说中，有一位家喻户晓的传奇人物"李翁仲"，他出现在诸多越南文学作品之中。仅《越南汉文小说丛刊》中就有八篇作品有关于"李翁仲"的记载，分别出现在神话传说类的《越甸幽灵集》（1329）集录与集录全编、《岭南摭怪列传》（1492）卷二与外卷、《天南云录》《南国异人事迹录》和笔记小说类的《人物志》（1845）、《敏轩说类》（19世纪初期）中。"李翁仲"在越南文学作品中如此屡见不鲜，恰巧在中国古代文学中也有与之相似的"翁仲"形象的记载。据庞希云和李志峰的统计与梳理，从时间先后顺序上来看，中越古籍中所记载的"翁仲"和"李翁仲"所出现的顺序依次是："'翁仲'记载从东汉始及至《宋史》（1343）；'李翁仲'出现在《越甸幽灵集》（1329）以后至19世纪初。"②

越南"李翁仲"这一人物形象所体现的正是越南对中国古籍中的"翁仲"形象的接受变异。这种接受变异既有无意的文学误读，也蕴含了有意的误读。无意的误读体现于根据《晋书·卷二七》记载："景初元年，发铜铸为巨人二，号曰翁仲，置之司马门外。案古长人见，为国亡。长狄见临洮，为秦亡之祸。始皇不悟，反以为嘉祥，铸铜人以象之。魏法亡国之器，而于义竟无取焉。盖服妖也。"③因秦始皇将不祥之物误认为祥瑞而用之，后代也随之效法沿用。因此，越南人后来所看到的关于翁仲的相关记载难免更加偏离原意，故而同样以为是吉祥之物而取其需要，想象编撰出巨人李翁仲这一传奇人物。有意的误读则在于越南作家结合越南的民族文化、特定的历史时期和时代背景需求，对"翁仲"形象加以想象和再创造。在越南争取独立时期，"李翁仲灭匈奴"这一传说旨在塑造一个带有强烈反抗情绪的英勇的民族英雄形象。而在19世纪越南反抗法国的殖民侵略时期，越南传说《人物志》中的"李翁仲"则随之发生变化。

由此可知，从中国古籍文献到越南的汉文传说，"翁仲"由源语言中的形象，经过越南作家有意或无意的文学误读，加以想象与再创造，重构成为一个新的文化变异形象，即越南的传奇神话人物"李翁仲"。显然，这一变异形象"李翁仲"已经不再是中国古籍中的"翁仲"，它的产生并不是为了重复和照搬原形象，而其误读之后的理解和想象，完全是为了符合本土民族文化的需要。正如王超所说："在流传变异研究中，接受不是被影响，接受者同样也是意义的建构者"，即接受中会出

---

① 姜智芹：《张炜与海明威之比较》，《山东社会科学》2003年第3期。
② 庞希云、李志峰：《文化传递中的想象与重构——中越"翁仲"的流传与变异》，《上海师范大学学报》（哲学社会科学版）2013年第2期。
③ （唐）房玄龄：《晋书·卷二七》，长春：吉林人民出版社1995年版，第466页。

现"创造性叛逆"①。从中国古籍中的"翁仲"到越南传说中的"李翁仲"这一人物形象体现了流传过程中的传承与变异。

（三）文学文本层面的流传变异

1.《狄公案》的流传与变异

1949 年，纽约都佛出版社出版了由荷兰外交官高罗佩翻译的中国传统公案小说《武则天四大奇案》[Celebrated Cases of Judge Dee (Dee Goong An)]。高罗佩在英译本中的翻译过程中，忠实于原文前三十回的内容，甚至按照中国传统章回小说的结构手法进行了逐一翻译。同时译者也做了相应的删改，使译作更符合目标语读者的审美和接受，更贴近西方侦探小说的叙事方法。随后，高罗佩受到《武则天四大奇案》的影响，创作出了共 130 余万字的《狄公案》系列小说共十三本。该著作借用了以狄仁杰为主的主要人物、中国公案小说中的故事情节和刑事案例，以西方侦探小说的创作手法，在原作的基础上进行了再创造的变异过程。原作中所呈现出的道德教化、中国的鬼神文化以及断案方式在高罗佩的著作中均发生了变异。作者在西方文化语境中，更加注重理性与科学，因此断案手段更加凸显实际调查、缜密分析和逻辑推理。高罗佩的《狄公案》系列小说出版后，深受英语世界读者的喜爱，被译成多国语言文字，在西方广为流传。赵毅衡评价到"他（高罗佩）的英文《狄公案》系列小说（ Judgedee Mysteries ）影响远超过任何中国研究著作。非学术圈子里的西方人，他们了解的中国，往往来自《狄公案》"②。因其巨大的海外影响力，陈来元、胡明等将此著翻译成中文。高罗佩《狄公案》系列的中文全译本于 2006 年由海南出版社出版，名为《大唐狄公案》。而根据英文原著译介到中国的这部《大唐狄公案》再次把西方化了的东方神探形象狄仁杰，结合中国读者的文化背景和当下的时代背景，进行了再改造、再创造。比如，删改了英文原著中的同性恋情节。再如，高罗佩的英文原著实则保留了中国明清小说的章回结构模式，而将其翻译成中文始于 20 世纪 80 年代，当时的中国读者普遍对中国古代公案小说这一文类略显陌生，却更为熟悉和接受西方现代通俗小说的手法。

从清代无名氏的中国公案小说《武则天四大奇案》到荷兰人高罗佩创作的英文著作《狄公案》系列小说，再到 20 世纪 80 年代中国译者将其翻译成《大唐狄公案》，狄仁杰形象与中国公案小说在流传过程中经历了两次中西文化冲突，受其影响，发生了两次再创造与变异。因此，《狄公案》的流传与变异被评价为"经历了起点—终点—返回起点的双向交流圆形循环过程，……反映了一种相互交流、反馈、共生与互补的关系"③。

---

① 王超：《变异学：让异质性成为比较文学可比性》，《海南师范大学学报》（社会科学版）2018 年第 5 期。
② 赵毅衡：《名士高罗佩与他的西洋狄公案》，《作家杂志》2003 年第 2 期。
③ 何敏：《〈狄公案〉的中西流传与变异》，《山东外语教学》2013 年第 3 期。

2.《状元甲海传》的流传与变异

《状元甲海传》是越南汉文笔记类小说。小说的故事情节主要可以分为三部分的内容。其中第一部分的情节与中国传说《白水素女》极为相似。第二部分的故事与唐传奇《柳毅传》相似。第三部分则与越南本土笔记类小说《科榜标奇》卷五《郢计甲澂》所记的"甲海状元"的经历相同。对中国传奇故事的引入与借鉴，对越南本土文学的继承与发展，将二者合而为一进行再创造，从而产生了《状元甲海传》。由此可见，中国文学和中国文化在 18 至 19 世纪对越南文学及文化产生了极大的影响。首先，汉文化在历史上很长一段时期都居于越南文化的主导地位，在越南阮朝时期达到了鼎盛，阮朝皇帝大力推行儒家文化，重视儒学，甚至规定用汉文开科取士等。因此，中国文学作品在越南广为流传和接受。而阮圣祖同时也强调挖掘本土的传统文化，重视发展本土文化，因而奖励搜集旧书或著书立说之人。《状元甲海传》便是在这样一种语境下应运而生。它既是一部汉文小说，以中国传奇故事为主，但又并未全盘吸收、完全照搬，而是有选择地、部分地借鉴，并结合本国自己的文学成果，加以融合与再创造。学者庞希云、李志峰认为这样一种流传变异的过程"既是适应时代需要所为，也体现了文学/文化在传递过程中的不断想象与重构，折射出中国文学/文化对越南文学的影响及其兴衰"[1]。

三、小结

本小节从诗话层面、形象层面和文学文本层面的流传与变异进行了探讨。影响研究中的变异现象还有很多，绝不仅限于此，极具学术价值，有待进一步探究。以上这些影响研究中的流传变异现象足以引发我们思考在跨文明文学影响接受中创造性转化的深远意义。李艳和笔者指出"变异学视域下的比较文学试图用一种新的思维范式重新观照文学交往过程中的流传变异形象，这必将促使我们重新审视跨文化、跨民族交往过程中不同文明和文学的异质性，使我们在进行影响研究的过程中一方面能凸现源文本的真实面貌，另一方面能够展现在异族文明作用下文学的创造性转化的特异面貌"[2]。因此，变异学为影响研究开辟了新的研究路径，弥补了法国学派一味求同，缺乏对异的关注的空白，可作为影响研究的创新发展。

---

[1] 庞希云、李志峰：《越南汉文小说对中国文学的吸收和改造——以〈状元甲海传〉的流传变异为例》，《广西大学学报》（哲学社会科学版）2013 年第 2 期。

[2] 李艳、曹顺庆：《从变异学的角度重新审视比较文学的影响研究》，《中国比较文学》2006 年第 4 期。

第二节 流传变异学的理论内涵

一、影响与实证

在历经百余年的发展之后,比较文学研究随着中国大陆比较文学学科之复兴进入了新的阶段,变异学就是其一成就。变异学研究并非凭空提出,它有着坚实的学术基础,与先前的法国学派、美国学派呈现出紧密的学术承接关系。本节试图在变异学与影响研究相互交织的学术历史中探讨流传变异的理论内涵。所谓流传变异研究是指在比较文学的视域下,以变异学的方法重新观照文学与文化交往过程中的流传影响。流传变异的主要任务是在异质文化的互动基础上去体认文学传播中的流变事实。与法国学派的经典影响研究不同的是,变异学视野下的影响研究强调发生文学交流、产生文学影响的主体之间的差异,并发掘事实影响背后的文化、社会、接受心理等深层原因,它具体表现为一种超越同质文化的世界视野以及侧重审美的"文学—文化"研究模式。

法国学派的成就无疑是比较文学学科的肇始,具有奠基性意义,也影响了随后研究的发展走向,其严谨考据的范式至今仍具有无可替代的学术价值。在此之前,比较作为一种方法可追溯至古希腊、罗马时期,古希腊文艺理论家亚里士多德在《诗学》中便对文体之异同进行过比较辨析。至19世纪,随着国际间的关系网络逐渐被全球化进程激活,各类人文、自然学科中都不约而同地掀起了一股比较热潮,诸如比较宗教学、比较历史学以及比较语言学等纷纷涌现。面对克罗齐等学者的质疑,为了捍卫学科立身之本,法国学派的先驱们亟待确立一个区别于普通文学研究、一般比较方法的学科范式。于是以孔德、穆勒为代表人物的欧洲实证主义思潮成为了比较文学的第一次"危机"的出路。实证主义哲学的诞生与科学是紧密相连的,其奠基人奥古斯特·孔德(Comte)认为人类的思想精神与社会历史发展总是要经历神学、玄学(形而上学)及实证(科学)三个阶段,其中科学实证代表的是人类精神发展的最终形态[①]。从经验主义的角度出发,孔德在《论实证精神》中从多个角度对"实证"(positive)这一术语做出了详细定义,由此拒斥了形而上学的审美性方法。他还吸收了现象论的观点,认为一切知识都应当来源于观察和经验,因此主张对事物现象进行科学的观察并加以描述,而不进行主观想象与抽象解释。深受实证主义哲学影响的法国学派由此形成了追源溯流的研究模式,重视对国际间

---

① 参见 Auguste Comte, *Cours de Philosophie Positive*, Tome Premier (《实证哲学教程》第1卷), 5th edition, Paris: Librairie C. Reinwald, 1907, p.5.

文学影响事实的梳理。法国学派代表的人物梵·第根（Paul Van Tieghem）明确地指出"'比较'这两个字应该摆脱了全部的美学涵义，而取得一个科学的涵义"①；此后，伽列（Jean-Marie Carré）又以"比较文学不是文学比较"的宣言掷地有声地奠定了法国学派以实证性和科学性为特点的研究基调。比较文学作为一门独立学科的合法性由此得到了确立。其早期的研究基本上是以探讨国际间文学关系为首要任务的，研究范围也相应地局限于国际（欧洲）间的文学关系史研究中。

根据放送者（起点），媒介与接收者（终点）这三个流传中的要素，法国学派试图在一条被描绘出的虚拟路径中把握客观实在的影响。然而对影响内涵的过分简化以及对影响不可估量性的忽视严重限制了法国学派的研究工作，也使比较文学在20世纪中叶很快又陷入了第二次的危机之中。首先，影响是一种复杂的接受行为。如美国学者乌尔利希·韦斯坦因（Ulrich Weisstein）所言："影响都不是直接的借入或借出，逐字逐句模仿的例子可以说是少而又少，绝大多数影响在某种程度上都表现为创造性的转变。"②此外，法国文学史专家古斯塔夫·朗松（Gustave Lanson）在《试论"影响"的概念》一文中也提到，真正的影响应当是一种精神性的存在③；伽列称影响研究"经常是靠不住的……人们往往将一些不可称量的因素加以称量"④；大塚幸男也认为影响是"得以意会而无可实指的"⑤。用实证的方法去估量抽象的影响这一行为本身即违背了实证的严谨性，在实践中也存在着诸多局限性。

与此同时，随着后现代主义解构思潮的兴起，以罗兰·巴特（Roland Barthes）等人为代表的批评家高呼"作者已死"，作品解释权应当完全交由读者；另一方面，美国方兴未艾的新批评运动提倡回归作品本身，在封闭的文本空间内进行审美性地阅读，这些都使传统影响研究所依赖的书信、日记、创作手札、备忘录甚至读书历（德语：belesenhcit）等事实材料的价值在文学研究的领域有所削弱。将复杂的文学创作与文学接受通约成可以估量的客观材料，固然能够得出一些基于历史而令人信服的结论，但更为复杂的文学审美层面的影响应该以何种方式去验证呢？当某个作品，某种思想、风格、主题、情节等元素在穿越文化或语言边界时必然要经历某些变化，而信息接受过程中内容的失落与增添、形象的扭曲和变形以及误读、过滤等现象是无法被证实的。况且，随着全球化的深入，世界各部分的联系不断增强，不

---

① 〔法〕梵·第根：《比较文学论》，戴望舒译，干永昌等选编：《比较文学研究译文集》，上海：上海译文出版社1985年版，第57页。
② 〔美〕乌尔利希·韦斯坦因：《比较文学与文学理论》，刘象愚译，沈阳：辽宁人民出版社1987版，第29页。
③ 〔法〕朗松：《试论"影响"的概念》，见大塚幸男著：《比较文学原理》，陈秋峰、杨国华译，西安：陕西人民出版社1985年版，第32页。
④ 〔法〕伽列：《〈比较文学〉初版序言》，北京师范大学中文系比较文学研究组选编：《比较文学研究资料》，北京：北京师范大学出版社1986年版，第43页。
⑤ 〔日〕大塚幸男：《比较文学原理》，陈秋峰、杨国华译，西安：陕西人民出版社1985年版，第32页。

同区域逐渐构成了一个有机整体，任何国家的文学发展都无法脱离国际环境与他国影响。从放送者到接收者，过去那条精心绘制的漫长路径已经被科技和媒体无限缩短，交流无处不在，影响无从抗拒。20世纪下半叶，互文性理论（intertextuality theory）在法国的提出又为我们提供了一种新的视野去观照文本间的关系，传统影响研究的必要性被进一步降低。在此情形下，影响将会变成一个不证自明的事实，因为没有作品能够完全独立于庞大的文学影响网之外。如此一来，法国学派的局限性便非常明显了：它关注的是影响产生的过程，过分强调事实依据从而忽略了影响最终在文本的审美想象层面所引发的变异性结果。如果比较文学的研究仅止步于对不同文学间交流发生的证实，而将影响背后更为广阔的美学空间与社会文化意义悬置，将是一种本末倒置的行为。到20世纪下半叶，比较文学美国学派的崛起和接受美学思潮的产生，影响研究的视野最终突破了过去相对狭窄的范围。

二、影响与中心主义

法国比较文学学者其实早已意识到了变异之于影响的重要意义。伽列曾说道："问题并不在于将高乃依与拉辛、伏尔泰与卢梭等人的旧词藻之间的平行现象简单地搬到外国文学的领域中去。"[①] 此外，朗松在《外国影响在法国文学发展中的作用》一文中写道：

"我们感兴趣的并不是照原样复制外国思想，复制外国诗歌，带着产生它们的民族的印记，带着取悦于产生它们的民族的东西。我们只是从中吸取为我所用的东西。我们对外国思想或者外国诗歌的看法，不管是正确还是错误，只要能符合我们心中那未曾表达的梦幻就行。我们按当年蒙田理解普卢塔克，理解塞内加那样来理解莎士比亚或拜伦，理解席勒或易卜生。我们并不去探索他们心目中的意义，只探索我们自己心目中的意义，我们是模仿他们的榜样而把"我们自己的意思表达得更好。"[②]

这段带有强烈的法国中心主义色彩但同时又不失精彩的论述清楚地表明了法国学派的态度：影响是事实，但将影响为我所用才是根本的目的。不过即便如此，朗松所谓的"影响"也并不等同于我们所说的"变异"，它的本质是一种伪装在影响之下的法国中心主义，即始终将法国置于影响放送的源头，用事实依据来证明法国文学在欧洲的中心地位。在《伏尔泰的影响》一文中，朗松用实证的方法详细介绍了一位在欧洲文学关系网中深刻地影响他者的伏尔泰，而对那位深受中国儒家哲学

---

① 〔法〕伽列：《〈比较文学〉初版序言》，北京师范大学中文系比较文学研究组选编：《比较文学研究资料》，北京：北京师范大学出版社1986年版，第43页。

② 〔法〕朗松：《外国影响在法国文学发展中的作用》，见《朗松文论选》，徐继曾译，天津：百花文艺出版社2009年版，第82页。

影响的启蒙家伏尔泰只字不提①。这样的伏尔泰是始终处于影响放送源头的人物，也是只会对他者施与影响的人物。严密细致的文学关系考据似乎渐渐沦为了为法国中心主义的构建而进行的材料搜集工作。曾经在欧洲（欧美）中心主义的世界文学体系中，文学与文化呈现的是"中心—边缘"的二元对立结构。在这样的世界文学结构下，施加影响的确是中心文化的专属特权，它以自身的现代性向处于边缘的文学渗透。意大利学者弗兰克·莫莱蒂（Franco Moretti）探讨现代性在世界文学中的推动时总结出了一条文学进化法则，这一法则几乎"适用于处在文学体系边缘的各种文化"："现代小说的兴起最初并不是自主发展，而是西方的形式影响（通常法国和英国的形式）与地方原料折中的结果"。② 也就是说，所有边缘文学的现代性都体现着中心文学与文化所留下的影响记号。为打破影响的桎梏，韦斯坦因一针见血地指出："接收影响既不是耻辱，给予影响也没有荣耀。"③ 从世界文学的观点来看，影响只是国际间文学交流的一种状态。通过对流传变异的探讨，我们不难发现边缘文学对影响的吸收早已从过去的被动模仿转变为主动地借鉴，从以强势文化为中心的同化转变到自觉地寻求自身特色与多元的价值观。

三、影响与流传变异

面对20世纪下半叶比较文学的危机，美国学派率先诉诸文学性，强调比较文学研究应当遵循一般文学研究的原则，如韦勒克所言："我们必须面对'文学性'这个问题，即文学艺术的本质这个美学中心问题。"④1978年在奥地利因斯布鲁克举行的第九届国际比较文学大会上，接受美学首次被推介引入比较文学学科，由此影响研究也开始关注接受群体对他者的选择、过滤、改造等行为。德国文艺理论家姚斯（Hans Robert Jauss）认为："文学史在过去的一百五十年中正在经历的是一段日益衰退的历程，甚至已经步入了声名狼藉的阶段。"⑤ 他提出，文学的历史性应当是历史与美学的联系，由此驳斥了实证主义的文学史观。接受美学尝试弥补历史方法与美学方法之间的裂隙，它对比较文学的推动主要是使其关注点从文学交流的现象转向读者与接受者，从而极大地丰富了"影响"的内涵。实证哲学中的经验主义被证明是盲目的，因为经验无法解释文学交流过程出现的种种变异现象。中国比较文学学

---

① 〔法〕朗松：《伏尔泰的影响》，见《朗松文论选》，徐继曾译，天津：百花文艺出版社2009年版，第429—442页。

② 〔美〕弗朗哥·莫莱蒂：《世界文学猜想》，尹星译，见大卫·达姆罗什、刘洪涛、尹星编：《世界文学理论读本》，北京：北京大学出版社2013年版，第127页。

③ 〔美〕乌尔利希·韦斯坦因：《比较文学与文学理论》，刘象愚译，沈阳：辽宁人民出版社1987年版，第29页。

④ 〔美〕韦勒克：《比较文学的危机》，见干永昌等选编：《比较文学研究译文集》，上海：上海译文出版社1985年版，第133页。

⑤ 〔德〕H.R.姚斯，〔美〕R.C.霍拉勃：《接受美学与接受理论》，周宁、金元浦译，沈阳：辽宁人民出版社1987年版，第3页。

者向来重视审美在比较文学研究中的作用，前国际比协主席杜威·佛克马（Douwe Fokkema）曾高度肯定过乐黛云教授为捍卫文学的艺术性所做出的努力，并指出："对文学的艺术性的轻视阻止了我们对很大程度上尚未开发的思维能力的探讨和对一种交流方式的思维判断"，"美学的态度其一是待读文本应该被允许作文学－美学的阐释，并且有望使读者获得一个有趣的阅读效果"。① 但遗憾的是，接受美学过分放大了接受者的主观能动性，"由于过分强调接受者对放送者对取舍、加工和转化，使得源文本被无原则无节度地篡改"②。

同源文化圈内部的相互比较、相互印证只会让比较文学沦为"一种遗传学，一种艺术形态学"③，也使学科发展陷入了瓶颈；而盲目地将一切文学问题用审美的方法去比较也是平行研究为学界所诟病之处。问题的关键在于，没有证据表明实证性影响研究与审美性文学研究在实践中是绝对无法兼容的。流传变异正是打破二者之间这种壁垒的尝试。在事实影响的基础之上，流传变异还关心文学影响中变异的形态、成因和表现形式。

随着全球殖民体系的建立，加之基督教的普世主义与世界主义思潮的影响，欧洲人早在18世纪就率先形成了他们的世界视野。伏尔泰、维柯等学者先后创作了超越欧洲文化、以整个人类为关注对象的著作，如《论世界各国的风俗与精神》（《风俗论》）、《关于各民族共同性的新科学原则》（《新科学》）等，不过当时欧洲所谓的"世界版图"也仅仅划定到近东、中东，远东在很大程度上依旧是被忽视的部分。但总体来讲，整个18世纪欧洲的史学界和思想界是属于世界主义的时代，东方各国被初步纳入了其视野，建构起了基本的世界框架体系，尽管这种世界主义依然多少带有欧洲中心主义的色彩。全球化的开始扩展了比较文学跨越性的范围，"世界"这一概念无论是在地理上还是文学中都得到了极大的丰富，而关于比较文学可比性的界定也早已超出了欧洲、欧美甚至整个西方。梵·第根不会想到，他所持有西方中心主义日后会被自己提出的"总体文学"的观念所改变。变异学就是在21世纪初东西文明寻求对话的需求中提出的，以异质性为可比性的基础是比较文学变异学最突出的特征。

"变异"之观念在中国古已有之，而其本身也在漫长的历史中经历了一系列流变：远古时期中国人就已经开始参悟变化之道，《周易》素有"变经"之称，乃中国的变化之书。郑玄在《易赞》及《易论》中指出"易一名而含三义"，揭示了汉语语境中变化的深广内涵。万事万物无不处于发展变化之中，《周易》在变动不居

---

① 〔荷兰〕D.佛克马：《文学：作为一种艺术》，林光华译，杨乃乔、伍晓明编：《比较文学与世界文学》，北京：北京大学出版社2005年版，第108-109页。

② 李艳、曹顺庆：《从变异学的角度重新审视比较文学的影响研究》，《中国比较文学》2006年第4期。

③ 〔法〕巴登斯贝格：《比较文学名称与实质》，见干永昌等选编：《比较文学研究译文集》，上海：上海译文出版社1985年版，第46页。

中显示了恒久通常的不变法则,又在恒久通常中变现了惟变所适的可变规律。汉代赵晔在《吴越春秋·勾践入臣外传》中首先使用了"变异"一词,据记载,其云:"越王曰:'昔尧任舜禹而天下治,虽有洪水之害,不为人灾,变异不及於民,岂况於人君乎!'"① 此处"变异"指自然中不寻常的天气灾害,指区别于常态的一种状况。而根据许慎在《说文解字》中的定义,"变,更也",指事物的更迭变化;"异,分也。从廾,从畀。畀,予也"。② 也就是说,"异"总是指向着他者,将他者与自我相区分。变异是指在自身与他者之间产生的变化,其彰显的是一种沟通交流的态势。明代王夫之在《周易外传》中提出要"执常以迎变,要变以知常"③,试图赋予变异一种内在的规律性。变异带来的是创新,通过文学交流中的变异,能够产生具有多元文化身份的新的文学或文化现象。

伽达默尔(Hans-Georg Gadamer,一译加达默尔)认为"理解就不只是一种复制的行为,而始终是一种创造行为",④ 作为理解的对象,文学作品有着文本自身的视域,与此同时阐释者也带着自己的视域进行阅读。所谓的"视域融合",是指当上述两种视域以某种和谐的状态结合之后,则会产生新的解释意义。从某种意义上来讲,这种新的解释意义就是变异。视域融合与《孟子·万章》中所提出的"以意逆志"多少有些相似之处。"逆"这一行为本身就肯定了流传中变异的存在,孟子主张读者从个人接受的角度,去体会和揣摩影响路径两端的主体间的差异,从而获得对文本更好的理解。流传变异激活了传统的影响研究,使其从静态的国际间文学关系史的研究发展成为一种关注文学与文化间互动现象的动态研究,同时也为异质文明提供了一种理想的相互观照的模式,将中西方两种异质文明的视域进行融合能够促进双方更好的理解与合作。

变异学是指对文学作品在跨语际、跨文明的传播交流和相互阐发过程中呈现出的变异现象的研究。变异学视野下的流传变异打破了文化独语的局面,有助于消解文化中心主义的倾向,其对异质性的强调推动了文学乃至文化的交融互补。以文学审美为中心、以文化探源为路径的研究范式帮助比较文学在异质文化间找到了一条汇通的途径。归根结底,影响和变异从本质上来讲是伴生的:影响总是产生于接受的基础之上,它无法脱离审美。如果接收者完全拒绝信息的输入,则影响无法产生。对任何影响的接受都无可避免地产生对原文本的改变,但不同的是,变异在流传接受中常常表现为一种对信息的主动修正。当马可·波罗探访元朝时,作为商人与航海家的身份决定了他的兴趣主要集中在对中国的城市、交通以及经济生活等方面的描绘,因此作者对物质财富夸张的叙述也自然而然地塑造出了东方世界变异的

---

① (汉)赵晔:《吴越春秋》,北京:中华书局1985年版,第139页。
② (汉)许慎:《说文解字》,徐铉校订,北京:中华书局2001年版,第68页,第59页。
③ (清)王夫之:《周易外传》,北京:中华书局1977年版,第234页。
④ 〔德〕汉斯-格奥尔格·加达默尔:《真理与方法》,洪汉鼎译,上海:上海译文出版社1999年版,第302页。

文学形象。随着《马可·波罗游记》的流传，欧洲掀起了一股东方热，几乎所有地理大发现时代中的重要人物都读过此书。当某种文化希望超越自身时，也常常会诉诸变异，从截然不同的文化语境中寻找支持，中国现代文学的形成就是一个典型的例证。由此不难看出，流传变异在文学与文化的交往中推动了其更新发展。

早在变异学理论正式提出之前，国内的一些学者已经在实践中自觉地将实证影响的方法与对文学文化变异现象的探讨联系在了一起，并取得了显著的成果，例如季羡林先生关于印度佛经对中国古代文学的影响研究，钱林森先生关于中国文化对法国知识分子的影响研究等。美国批评理论家爱德华·赛义德（Edward W. Said，一译萨义德）曾指出："谈论比较文学就是谈论世界之间的相互作用。"[1] 变异学研究直面的是当下全球化过程中不同文明间的交汇与冲突，努力实现异质文明间的沟通对话，探讨文学中和而不同的世界。中国作为四大文明古国之一，其文明历程与以"两希"文化为源头的西方是完全不同的两个体系。显然，同质文化间互证的影响研究范式无法满足东、西文明沟通的需求，为了加入世界文学的大潮，实现与西方的沟通交流，中国比较文学学者的工作从一开始便注重对差异的强调。为异质文明间的比较争取合法性是中国比较文学研究的出发点。无独有偶，法国学者弗朗索瓦·朱利安（Francois Julien）也认为东西文明之间的差异是无法忽视的，存在于差异间的客观距离可以让彼此更清楚地审视对方，而对差异的理解也可以帮助我们审视自己的文化。他在《迂回与进入》一书中写道：

"中国的语言外在于庞大的印欧语言体系，这种语言开拓的是文字的另外一种可能性（表意的而非拼音的）；因为中国文明是最古老的文明之一，是在与欧洲没有实际的借鉴或影响关系之下独自发展时间最长的文明。在我看来，中国是从外部正视我们的思想——由此使之脱离传统成见——的理想形象。"[2]

在流传变异的语境下，影响从对放送者、接收者与媒介之间的关注被推向了对文学性与文化现象的探讨论。借助流传变异的视角，囿于欧洲中心主义的同源性实证研究开始向开放包容的差异性变异研究过渡。作为中国比较文学学科的奠基之人，钱锺书先生在学问与实践中都自觉地肯定了异质文明之间比较的巨大潜能与价值，在《谈艺录》序言中他总结道："东海西海，心理攸同；南学北学，道术未裂。"[3] 法国著名汉学家勒内·艾田伯（René Etiemble）曾多次表达对钱锺书的欣赏，在1988年在巴黎召开的第十一届世界总体文学与比较文学国际会议上，艾田伯说道："一个法国人，一个中国人，我们不曾相识，但就同一个课题，用同一种精神，进行了历时一个世纪的研究工作：我们是同一条荒芜大道上的同伴，得到了同样的

---

[1] 〔美〕爱德华·W.萨义德：《文化与帝国主义》，李琨译，北京：生活·读书·新知三联书店2003年版，第60页。
[2] 〔法〕弗朗索瓦·朱利安：《迂回与进入》，杜小真译，北京：商务印书馆2017年版，第3页。
[3] 钱锺书：《谈艺录》，北京：中华书局1993年版，第1页。

结论。"① 在东、西不同文明的维度里，差异使对话成为可能，而文学变异的现象在影响研究中一直都有着广泛的体现，变异学视野下的影响研究向我们展示的是一种更为开放多元、更具审美性的流传变异学。

第三节　流传变异学的创新机制

一、流传变异学对影响研究的层递式推进

法国学派的影响研究在推动了比较文学的诞生与发展的同时，也存在诸多缺陷并饱受争议，接受美学的引入促使影响研究从实证性向审美性转向，拓展了影响研究的同时存在着一定的局限性，走向了文学交往中文化生态失衡的另一端。基于对国际文学交流史状况的考察及影响研究发展必然趋势的推衍，运用变异学的原理重新考察影响研究，可以看作是"继接受美学后对影响研究进行的又一次层递式的推进"②，流传变异学的提出对于比较文学研究来说，是一次具有创建性的改革。

（一）法国实证主义影响研究的发展危机

早期法国学派所倡导并践行的影响研究或者说是国际文学关系研究，无疑为比较文学的诞生和发展起到了重要的推动作用，作为比较文学研究的传统范式，影响研究虽占据经典地位，另一方面却备受挑战，声讨亦此起彼伏。法国学派针对当时学术界对比较文学学科合理性的质疑，以及比附和乱比现象的泛滥，提出"比较文学不是文学比较"的口号，实际上走向了自我设限的偏狭道路，将比较文学的范围大大缩小，缩小为只关注各国文学的"关系"，以"关系"取代"比较"，排斥没有直接关系的平行研究，将重心放置于"事实联系"或"因果关系"，从而将比较文学限定于实证性的国际关系史研究。法国学派的影响研究片面强调影响源的中心地位，将重点放在法国文学如何影响他国文学的实证性研究上，背后受到当时处在西方文化中心的法国民族优越感的影响。韦勒克在《比较文学的危机》中，毫不留情地批评了法国学者的文化沙文主义："近五十年代，在'比较文学'的心理动机和社会动机方面，存在着一种矛盾的现象。比较文学的兴起是对十九世纪学术界的狭隘民族主义的反动，是对法、德、意、英等国很多文学史家的孤立主义所表示的异议……但是这种充当两国之间的中间人和调停者的真诚愿望，总是被当地狂热的民

---

① 〔法〕艾田伯：《双重启示》，见艾田伯：《比较文学之道：艾田伯文论选集》，胡玉龙译，北京：生活·读书·新知三联书店 2006 年版，第 206 页。

② 李艳、曹顺庆：《从变异学的角度重新审视比较文学的影响研究》，《中国比较文学》2006 年第 4 期。

族主义所淹没和歪曲。"① 早期法国学派的"法国中心主义"倾向显然是和比较文学的发展初衷相悖的,在影响研究中所流露出的民族主义倾向也和比较文学推动世界文学的融合与沟通的希冀不相符合。

在"法国中心主义"和法国话语霸权的支撑下,早期影响研究"关注求同性文学关系,强调科学的、实证的、单向的影响关系"②。但实际上国际文学在交往过程中的影响并非是单向的,而是双向互动交流中的影响,不仅仅关系到作为影响源的一国文学对他国文学的输入和影响,与此同时还要考虑到作为文学接受者的一方对他国文学的选择、过滤、改造以及转化,这就需要对接受群体的文化特质、意识形态、历史语境及其形成的艺术倾向和审美趣味进行全面考察。因此文学交往过程中的影响关系不仅仅是科学性的、实证性的,同时也有被法国学派所忽略掉的审美性的、非实证性的一面,而接受群体的审美趣味和主观意愿是无法通过对客观的、可证实的材料进行测定、分析反映出来的,由此法国实证主义影响研究频频遭受质疑,陷入发展瓶颈。

(二)接受美学对影响研究的拓展

早期法国学派的影响研究片面追求文学的外部实证方法,排斥平行研究,使"比较"摆脱美学涵义,而执着于取得一个科学的涵义,③使得比较文学逐渐僵化成"一种'遗传学',一种艺术形态学"④,法国学派在某种类似生物解剖的研究中消解了文学的存在意义。然而比较文学研究首先应是关于文学的研究,可实证的事实联系之外必然还存在着非实证的、微妙的、不可言传的审美性关系,如作家、作品、读者在文学交往中所涉及的风格、情感、心理等方面的影响关系往往都是审美性的。因此后来居上的美国学派恢复了法国学派所排斥的平行研究,"对没有实际影响关系的不同国家的作家、作品、文学现象进行比较研究"⑤,在跨学科基础上,总结共通的文学和美学规律,将研究重点从"事实联系"转向比较中的"文学性"与"审美性",以走出法国实证主义影响研究的局限。

回到影响研究本身,面对外界的质疑以及比较文学的发展趋势走向,影响研究并非停滞不前,而是与时俱进,不断尝试走出发展瓶颈,寻求变革和推进的空间。国际文学交往的影响是双向的,不能只强调影响源的作用,而是要将接受者的能动性影响也考虑进来。早在 20 世纪上半叶,法国学派的奠基者就已将"接受"问题

---

① 〔美〕韦勒克:《比较文学的危机》,黄源深译,干永昌等选编:《比较文学研究译文集》,上海:上海译文出版社 1985 年版,第 127 页。

② 曹顺庆编著:《比较文学概论》,北京:高等教育出版社 2018 年版,第 52 页。

③ 参见〔法〕梵·第根:《比较文学论》,戴望舒译,干永昌等选编:《比较文学研究译文集》,上海:上海译文出版社 1985 年版,第 57 页。

④ 参见〔法〕巴登斯贝格:《比较文学:名称与实质》,徐鸿译,干永昌等选编:《比较文学研究译文集》,上海:上海译文出版社 1985 年版,第 46 页。

⑤ 曹顺庆、罗富明:《变异学视野下比较文学的反思与拓展》,《中外文化与文论》2011 年第 1 期,总第 20 辑。

纳入学科体系的建构中，梵·第根认为"影响事实"由放送者、媒介者和接受者三个要素构成，并据此建构"影响研究三支柱"——流传学、渊源学和媒介学，影响的过程和效果需要加入"接受"维度，而将研究重心放在影响的终点一端的"流传学"也和接受者密切相关。法国学派虽早已提到"接受"问题和接受者，却是将"接受"放在实证主义的研究范式之中，把别国的"接受态度"纳入作家、作品对别国"总体影响"的一部分，无论是法国学派的理论奠基者梵·第根、基亚，还是之后试图将接受美学引入比较文学研究方法中的谢弗莱尔，他们虽然都提到了"接受"，却是将"接受"作为一种可以实证和量化的结果、事实、材料。然而，正如笔者和成蕾在《变异学赋予比较文学"接受"研究的新生命》一文中所讲的，"接受美学的基本特征是反对作者中心论和文本中心论，将作者、文本放在次要的地位，将作品的受众即读者置于核心地位，注重读者的主体选择，强调读者的能动性。这一特征决定了接受美学研究的对象不是客观的、可以量化的、易于搜集的材料……"[①]，试图调和法美两派矛盾的美国比较文学学者韦斯坦因就曾在《比较文学导论》中将接受研究指向了"文学的社会学和文学的心理学范畴"，并认为接受"与其说是作品之间的'事实影响'，不如说是某种社会学和心理意义上的'接受效果'"[②]。

  法国学派一开始提出的"接受"局限在实证主义框中，抹去了接受者的能动性以及无法被科学方法考据的美学、心理学等因素；"接受美学"的盛行亦为影响研究的转型提供了契机。20世纪60年代末至70年代初，由汉斯·罗伯特·姚斯和沃尔夫冈·伊瑟尔提出的接受美学理论推动了文学批评从关注作家、作品转向关注读者，也给处在困境中的影响研究带来了革新的启示。70年代中期以来，接受美学逐渐成为欧美学者的关注热点，在1979年在奥地利因斯布鲁克举办的国际比较文学协会第九届年会上，接受美学正式被比较文学界推介和引入。随着读者地位的提高，读者的价值取向、文化背景、知识结构、审美意识等主观因素被纳入了影响研究的考察范围，作为文学交往另一端的"接受者"，不再只是"放送者"的成就和衬托，在文化背景、审美取向等主观因素影响下的接受者对文本的认知和接受有着能动性和自主选择的权利。文学交往也不再只是"作为影响源的一国文学对他国文学的影响和输入"[③]，接受美学视域下的影响研究开始将作为文学接受者一方"对他国文学的选择、过滤、改造及转化"[④]纳入考察范围，而接受者所起到的"影响"作用则无法通过实证方法考量，"接受美学"的引入打破了"影响源"的中心地位，也使得

[①] 曹顺庆、成蕾：《变异学赋予比较文学"接受"研究的新生命》，见曹顺庆《南橘北枳：曹顺庆教授讲比较文学变异学》，北京：中央编译出版社2014年版，第217–218页。

[②] 曹顺庆编著：《比较文学概论》，北京：高等教育出版社2018年版，第116页。

[③] 李艳、曹顺庆：《从变异学的角度重新审视比较文学的影响研究》，《中国比较文学》2006年第4期。

[④] 同上。

影响研究从传统的"实证性"研究中走出,开始考量"审美性"等非实证性因素所起到的作用,推动影响研究发展的同时也调和了法国学派和美国学派之间的分歧。

(三)流传变异学对影响研究的进一步推进

传统的实证主义影响研究将自身局限在封闭的状态里,抹去了不同文化语境的读者对文本接受的差异性,在纯客观主义的研究中的文本解读逐渐僵化;而接受美学视域下的影响研究改善了这种封闭状态,重视接受者的影响作用,文本开始向读者开放,却也和接受美学本身一样,陷入过于主观和相对主义的困境,"过分强调接受者对文学放送者的取舍、加工和转化使得源文本被无原则无节度地篡改"①,造成一种解读的失真和失控状态。与此同时,接受美学的介入还为意识形态和话语霸权的渗透提供了一个平台,如西方小说中所出现的"丑陋的中国人"形象即是对传入的中国人形象的改造和扭曲。影响研究虽然走出了片面强调影响源中心地位和客观性事实所导致的文化生态失衡的局面,却偏向了接受者的绝对主观性,走向文化生态失衡的另一端,导致"强制阐释"的乱象频出。

影响研究引入接受美学,从"放送者"走向"接受者",从"实证性"走向"审美性",转向背后的原因和美国学派的平行研究在西方的兴起类似,即话语霸权的转移。"随着'二战'以后美国在全球的崛起,美国比较文学家显然对法国学派'寻同'的做法并不满意,因为按照梵·第根所说的'放送者—传递者—接受者'的'经过路线',那么美国总处于被影响的接受者地位"②,传统影响研究的"法国中心主义"显然已经不符合当时的历史走向,接受美学的盛行以及比较文学和接受学的结合,使得作为"接受者"一方的美国获得了阐释的霸权。接受美学视域中的影响研究走出了"求同"之局限。开始将接受者背后不同的文化语境所造成的文学的差异性纳入研究范围,但其所强调的这种"差异性"依旧局限在欧美文化圈内,接受者的影响以及对源文本做出的"改造",若是出了欧美文化圈,就仍带着欧美文化内部的偏见,违背了比较文学基于世界范围内进行文学平等交流之初衷。此外,传统影响研究的实证性方法虽饱受诟病,但有其存在的合理之处,能够牵制住接受美学的绝对主观性,以及平行研究所陷入的阐释和文学"无边界"现象。

影响研究在接受美学的熏染之下已经注意到了流传过程中受主观性因素影响而发生的变异性问题,开启了求异思维的新路,影响研究的大门被开启,文本解读实现开放,却还是跌进文化生态失衡的泥潭,这不禁引起学者们反思:如何才能让不同国家、不同种族、不同文化在文学交往中实现真正的平等对话,找到文学研究的平衡点?就像不能片面强调文本输出国的影响和权威地位,对于文本输入国的强势姿态同样也需要警惕,文学交往和流传过程中的变异现象背后,是不同文明、文化所存在的异质性因素在起作用,如果无法打破西方比较文学长期以来"求同""拒

---

① 李艳、曹顺庆:《从变异学的角度重新审视比较文学的影响研究》,《中国比较文学》2006年第4期。
② 王超:《变异学:让异质性成为比较文学可比性》,《海南师范大学学报》(社会科学版)2018年第5期。

异"的模式，如果无法将不同文明、不同文化、不同种族、不同国家的"异质性"纳入比较文学的可比性范围，就无法真正走出西方文明的霸权地位、在尊重异质文明的基础上实现文学交流双方的平等对话，也无法合理解释文学在世界范围内的流传过程中所发生的变异现象。

因此流传变异学的提出，是在接受美学的改进基础上，对影响研究的又一次"层递式的推进"和创新发展，且"主要研究实证性影响中的异质性和变异性"[①]。比较文学变异学的提出为比较文学研究开辟出一条新的路径，运用变异学的原理重新考察影响研究，也能矫正此前影响研究所陷入的文化生态失衡，推动国际文学交流双方的平等对话。

二、流传变异研究的创新模式

"关注差异、尊重差异、承认文明的异质性，在此前提下进行沟通与交流，是比较文学变异学的精神旨归"[②]，比较文学变异学的提出推动了影响研究的进一步完善和发展，流传变异研究即影响研究的当代变革，其研究模式的创新之处首先体现为超越传统影响研究"同源性"的比较立足点，并在"同源"的基础上，将"变异性"和"异质性"纳入可比性中；其次，流传变异的研究方法将科学性和审美性相结合，既注重对客观性材料的实证考据，也重视审美性等非实证因素带来的影响效果；再者，将不同文明的"异质性"作为可比性的流传变异研究走出了影响研究和平行研究"西方中心主义"的研究圈子，扩大了比较和研究的范围，不仅为影响研究也为比较文学注入了新鲜血液；最后，对比早期影响研究对"影响源"作用和地位的强调，流传变异研究更侧重于在本土文化和异族文化交流过程中文本发生的变异现象，在深刻体认"源文本"背后文化内涵的基础上，重视对"中间体"和"新文本"的变异研究以及"译介"和"接受"过程中的"创造性转化"。

（一）以"变异性"和"异质性"为可比性

可比性是比较文学研究最基本的立足点和出发点，是"在跨国家、跨学科和跨文明的比较文学研究中寻求同与异的学理依据"[③]。早期法国学派影响研究强调影响关系的"同源性"，这是比较得以进行的立足点，也即"可比性"所在，"文学影响关系的考察以一个既定的或未定的文学源头为前提。"[④] 但国际文学关系并不是单向的、静止的，而是双向交流中的动态演变过程，法国学派一味强调"同源性"，或许初衷是想在混乱的比附现象中寻求某种"同一性"，但却忽视了"变异性"的一面，而"变异"现象在文学交流和影响中无处不在，渗透到交流影响的各个环节和

---

① 王超：《变异学：让异质性成为比较文学可比性》，《海南师范大学学报》（社会科学版）2018年第5期。
② 赵渭绒、曹顺庆：《比较文学学科理论体系新思考》，《外国文学研究》2012年第3期。
③ 曹顺庆编著：《比较文学概论》，北京：高等教育出版社2018年版，第41页。
④ 同上书，第55页。

方方面面，在译介、传播和接受中难免发生种种有意或无意的变异，这些变异现象是无法通过"同源性"这一立足点进行比较和研究的。并且"文学变异的发生是双向的、多元的"①，传入一国的文学作品在给他国带来影响的同时，也在流传过程中受到他国语言、文化、意识形态等因素的影响，遭遇内容、形式和意象的变形、扭曲和失落，接受者和放送者在影响关系中的地位同等重要，并且常常对文学变异的发生起到能动的创造性作用。影响研究的传统范式在接受美学的冲击下开始进行内部的反思和转向，不再死守"同源性"这一可比性和"影响源"的地位，而是逐渐开始考虑流传过程中出现的种种变异现象，流传变异研究则明确将影响研究置于变异学的视野下，把"变异性"作为研究可比性的立足点之一，当然在对影响关系的研究中，这种变异性依旧是"同源中的变异性"②，流传变异研究是基于传统影响研究框架上的创新性发展。

流传变异研究在考虑"变异性"的同时，也把"异质性"作为可比性的立足点，"异质性"是指"不同文明之间在文化机制、知识体系、学术规则和话语方式等层面表现出的从根本质态上彼此相异的特性"③，不同文化，甚至不同的文明圈有着在许多方面都无法兼容的根本差异，亨廷顿在《文明的冲突》中也提出"世界上的诸种文明之间的差异是绝对的，各类文明之间彼此不可通约"④。无论是法国学派还是美国学派，长期以来比较文学研究都只将"同"作为可比性，而忽视甚至排斥"异"的存在，这就使得比较文学研究一直都在欧美文明圈内兜转，此圈之外丰富多元的各种异质文明、文化以及生成的文学都被排斥，或者被西方的话语霸权所压制，以西方的话语规则来建构和阐释意义。然而，正是由于不同文明间差异的存在，才需要将"异质性"纳入可比性，国际文学的交往过程需要直面异质文明的冲突与对话问题，文学流传过程中所出现的变异现象也需要追溯不同文明、文化差异之影响。只有立足"异质性"，才能透过事实表面去挖掘变异现象发生背后的深层原因，才能在尊重不同文明、文化差异的基础上，实现平等、友好的交流与对话，而非以一方的话语规则欺压另一方，又或是不理解双方文明、文化的差异性，强行作出阐释。

（二）实证材料和审美分析相结合的研究方法

流传变异研究是变异学的重要研究领域，而"变异学的首创动机就是解决影响研究中实证性与审美性的纷争导致的比较文学学科研究领域的失范问题"⑤，接受美

---

① 曹顺庆编著：《比较文学概论》，北京：高等教育出版社2018年版，第55页。
② 时光：《比较文学变异学十年（2005—2015）：回顾与反思》，《燕山大学学报》（哲学社会科学版）2018年第1期。
③ 曹顺庆编著：《比较文学概论》，北京：高等教育出版社2018年版，第43页。
④ 赵渭绒、曹顺庆：《比较文学学科理论体系新思考》，《外国文学研究》2012年第3期。
⑤ 张雨：《比较文学学科中的影响变异学研究》，《四川大学学报》（哲学社会科学版）2009年第3期。

学的冲击推动了影响研究的内部变革，使影响研究从实证性方法转向对审美分析方法的强调，然而接受美学有自身的理论基础和学科特性，偏向读者一方，并重视实证研究所无法求证的文学审美性和心理因素，这和影响研究的学理基础不相兼容。接受美学给封闭的影响研究制造了一个开口，打开了影响研究的视野，使其开始走出"影响源"和实证主义的束缚，但接受研究和影响研究却有着本质区别，对"接受者"和"放送者"有着各自的侧重。

变异学为"实证性"和"审美性"矛盾的调和提供了一个平台，变异学视野下的流传变异研究汇合了这两种重要的研究方法，在实证性研究的材料基础上，采用审美分析研究流传过程中文学变异现象的内在规律。国际文学交往中的影响关系是一种复杂的、辩证的关系，不能单纯强调因果、事实基础上客观、实证的一面，也不能偏重于心理、情感等过于主观和审美的一方，而是需要将二者辩证结合起来，统一于对流传过程中文学变异现象的研究中。

（三）跨越异质文明的研究范围

法国学派的影响研究推动了比较文学学科的形成但却带着"法国中心主义"的倾向，美国学派突破法国学派自设的藩篱，跨出"源头"的限制，在跨学科的基础上寻求欧美文学共同的审美和文学规律，却依旧将研究的视野局限在欧美文明圈内，认为只有在同质性文明的单一框架内，才能"在思想、情感、想象力中发现有意识或无意识地维系传统的共同因素"[①]，而排斥异质文明的可比性。从比较文学学科理论的发展史来看，法美两派的比较文学研究者所提出的研究范式和学科理论结构都曾有力地促进比较文学的发展，却也将自身的比较文学研究带进了危机，其根源就在于没有将研究视野和研究范围扩大至欧美文明圈之外，而是将比较文学的研究对象局限在他们所熟知的西方文学中，"对把比较文学研究领域扩展至西方以外的文化圈持否定和抵制态度"[②]，这种"求同性"的思维模式和"西方中心主义"的狭隘偏见导致了世界范围内文学背后不同文明、文化的异质性被忽视，从而使西方学者的研究逐渐违背比较文学研究的开放性和世界性初衷，偏离比较文学研究的"跨越性"正途。

接受美学熏染后的影响研究实现了文本的开放，却并非真正跳出同质文化圈，开启基于差异的平等交流与对话，如果不去重视文明、文化之间的异质性，就无法对文学流传过程中的变异现象得出深层次的认识，对文本和变异现象的解读也只会流于表面，甚至是一种强行建构的阐释。"正是不同文明之间的差异性，导致了文学传播中变异现象的发生"[③]，变异学倡导异质性对话和跨文明交流，置于变异学视野下的流传变异研究，比起此前的影响研究，将异质性纳入了可比性中，并将世界

---

① 〔美〕韦斯坦因：《比较文学与文学理论》，刘象愚译，沈阳：辽宁人民出版社1987年版，第5页。
② 曹顺庆、李泉：《比较文学变异学学科理论体系的新建构》，《思想战线》2016年第4期。
③ 同上。

范围内的不同文学及其背后的文明、文化作为研究和考察的对象，扩大了比较文学的研究范围并破除了此前西方学界的"一元文明中心论"，以实现真正的"跨越"并倡导跨越异质文明的文学交往与交流，从而让不同民族、不同国家的文学得以多元共存、和平共处。

（四）侧重流传过程中的"创造性转化"

传统的影响研究局限在"同源性"中，强调"影响源"的中心地位，并着重研究作为"放送者"的作家、作品在别国的地位以及对别国的影响；变异学视野下的影响研究突破了对"同源性"的片面强调，在"同源性"事实的基础上，着重研究流传过程中的无所不在的变异现象。流传变异研究突出的是"变异性"，侧重于探寻变异的发生原因，以及研究在尊重异质文明、文化基础上，国际文学交流过程所出现的"创造性转化"。这种"创造性转化"主要体现在流传过程的"中间体"和"新文本"中，因此流传变异研究包含了两个阶段的研究：一是源文本到中间体的译介变异研究，二是中间体到新文本的接受变异研究。[①] 以往的影响研究把"译介"作为"媒介"的一部分看待，"译介"和"接受"都只是作家、作品在他国影响成就的一个环节和组成要素，并且是可以科学方法考据和实证的"材料"，而没有重视在"译介"和"接受"过程中的文本输入国对"源文本"的能动性和创造性作用，更没有在比较文学学科理论体系的建构中给予它们应有的地位。流传中所出现的译介变异和接受变异现象是普遍的，是多元的异质文明、文化在文学交往过程中交流、碰撞的结果，文学文本经由传播影响他国的同时，也受到他国本土文化的牵制和影响，在译介和接受中被误读、被过滤、被改造。但无论是译介变异还是接受变异，都是在实证性传播交流过程中发生的，是有迹可循的，对其中变异现象的考察也需要深刻体认"源文本"所蕴含的文化特质，"创造性转化"也是基于"源文本"而来，体现着文学文本流传过程中的互动和双向影响，同时也展现出不同文化背后的差异内涵所在，正是由于差异，才会出现这种"创造性转化"的变异现象。

三、流传变异学的开拓性意义

流传变异学是继接受美学之后对影响研究的再一次推进，从变异学的视野重新审视影响研究促进了影响研究的变革和创新，流传变异学有着开拓性意义，不仅架通了文学审美与文化寻根的桥梁，将影响研究的范围跨越到异质文明领域，消解了西方文化的中心主义倾向的同时，也扭转了文化保守主义，推动世界文学在交流中交融互补，并促进本土文学文化的创新变革。对于文学来说，流传变异学有利于建立一种更加开放、平衡的文学动态生成机制，对文学本身也是一种解放。

[①] 参见王超：《变异学：让异质性成为比较文学可比性》，《海南师范大学学报》（社会科学版）2018年第5期。

(一)架通文学审美与文化寻根的桥梁

法国学派的影响研究立足于外部的史料考证,主张用科学和实证的方法收集作家的生平、言论、传记、书籍等资料,追本溯源地考据作品对他国的影响效果以及他国进行模仿和假借的事实。这种抛弃文学审美的研究方法招致美国学派的不满,法国学派甚至被讥讽为"古玩家",平行研究开启了文学研究"向外转"的潮流,比较文学的研究方法也从外部实证向内部的审美分析转向,并在审美分析中与社会、历史、意识形态等其他学科紧密结合,却也逐渐走向一种相对主义的强制阐释和泛文化批评。无论是法国学派的实证主义影响研究,还是美国学派寻求共通文学规律的审美分析,都偏向了过于客观或过于主观的一方,难以在实证和审美之间取得平衡来进行比较文学研究,因为实证性和审美性恰恰是法国学派和美国学派比较文学研究的各自的立足点。

实证考据和审美分析对于比较文学来说是同等重要的研究方法,变异学的引入在一定程度上是对主客观之间左右摇摆局面的突破,促进影响研究进一步发展。流传变异学将文学文本传播过程中发生的变异现象作为研究重点,探讨流传变异的现象及其规律离不开对文本的审美分析以及对潜藏在文学交流双方背后的文化、历史背景的探究,同时也需要回到影响的根源之处,不能脱离对"源文本"及与"源文本"影响密切相关的材料考据。流传变异学将"实证"和"审美"同时作为重要的研究方法,真正架通了文学审美与文化寻根之间的桥梁。

(二)走向互动对话研究,消解文化中心主义

文学流传、传播和影响的过程并非是单向的,而是一种双向互动和平等对话。早期影响研究站在放送者的立场上,考察文本输入国的文学观念、形象、思潮在其他国家产生的影响和效果,其背后体现着当时处于西方文学、文化中心的法国的民族优越感,立足"影响源"的比较文学研究是法国维系文化霸权和强化话语秩序的一种方式。接受美学视域下的影响研究从对"放送者"的强调转移到"接受者",专注于研究文本输入国对源文本的筛选、过滤和改造,但若是过于强调接受者的作用和影响,也会在倾向接受者的一端形成文化中心主义,甚至不惜歪曲"源文本"的原意,强制阐释的背后,亦有文化霸权在支撑。无论是在接受美学冲击中发展的影响研究,还是盛行一时的平行研究,法美两派都没有将"异"放在可比性中,因此只能在他们所熟悉的、同质的西方文明圈内进行来回比较。但比较文学并非是西方的比较文学,而是属于世界的,其研究范围和领域需要突破西方中心主义的藩篱,尊重和审视不同文化的异质性,才能真正向世界开放,实现各国文学的平等交流。

流传变异学将影响研究放置在变异学视域下,立足文化异质性,在对放送者和接受者的平等对话中,考察文学文本流传过程中发生的变异现象。在文学交流的变异性事实普遍存在的情形下,以及文本输入国对源文本进行过滤和改造的过程中,

流传变异学"一方面深刻体认源文本所蕴含的文化特质,另一方面积极探究转化后的文本背后所潜藏的文化动因、历史语境、意识形态背景等"[①],对不同文化异质性的观照消解了文化中心主义倾向,双向的互动交流也使得放送者和接受者共同参与到文本的建构中,打破文化独语的局面,构筑起"对话"的平台。

(三)扭转文化保守主义,推动文学交融互补

文学文本的流传和影响背后,实质是不同文化之间的碰撞与交流。文学交往过程中变异现象的产生,源于双方的文化背景、哲学观念、价值取向和意识形态等方面存在差异,友好平等的文学交往活动是基于对不同文化差异的正视和尊重之上的,跨越异质文明、文化的文学交往,也有利于扩大视野,扭转交流双方各自的文化保守主义,并促进世界范围内文化的交融和互补。文本流传中所出现的变异现象,正是不同文化相碰撞、相冲突后被创造性吸收和转化的结果,蕴含着异族文化的文学文本之传入给文本输入国带来了差异造成的冲击,与此同时也给予本土文化一次文化扩容的机会,吸纳异族文化成分从而得以变革自身;而对文学文本在异质性文化圈内的译介变异、接受变异之研究,则能开拓文本输出国的文化视野,理解异质文化和自身文化的共存,并在这种理解中实现文学文化的双向互动和交融互补。"从某种程度上说,世界文学史就是一部文学交融史"[②],走出文化保守主义的文学交流推动文学在世界范围内的交融,而新的文学也从中诞生。如中世纪文学在西方希腊文学和东方希伯来文学的交流融合中产生;盛行于17、18世纪的启蒙文学吸收了中国传统文化中的自然理性精神;19世纪时面对工业化和机械化带来的人文和心理危机时,西方作家开始从东方智慧中寻求精神慰藉和灵魂解脱的方式;20世纪的中国则在西方现实主义、浪漫主义、现代主义等文学思潮的席卷中进行创造性吸收,促成了中国文学的现代转换。[③]

(四)建立更开放的文学动态生成机制

变异学视野下的影响研究改善了此前偏向"放送者"或偏向"接受者"所导致的文学文化生态失衡的局面,并立足变异性、尊重异质性,破除了"法国沙文主义"和"西方中心主义"的束缚,在对文学流传变异现象的探寻中体味世界多元文明、文化的交织与碰撞、互补与相融。这是比较文学研究的开放性和世界性所在,也是为建立更开放的文学动态生成机制所做的尝试和努力,流传变异学推动了文学的解放,使得文学文本走出封闭,真正向世界开放,比较文学也逐步朝着世界文学的方向走去,"随着欧洲中心主义和西方中心主义的解体和东方文学的崛起,比较文学发展到最高阶段自然进入世界文学的阶段。因此,世界文学已不再是早先的乌

---

① 李艳、曹顺庆:《从变异学的角度重新审视比较文学的影响研究》,《中国比较文学》2006年第4期。
② 同上。
③ 同上。

托邦想象，而是一种展现在我们面前的审美现实"[①]。纵观世界文学的发展，文学正是在跨越异质文明、文化的碰撞交汇中实现意义的承继和革新，文本输入国并非只是被影响的一方，而是和文本输出国一样，都是意义的建构者，能够在延续"源文本"的意义之上，和本土文化相结合进行"创造性转化"，从而赋予文本以新的面貌。世界文学交往和交流的过程，也是文学更新意义、动态生成的过程，流传中发生的变异现象亦是文学革新其自身的体现。

第四节 流传变异学的案例解读

文学文本在流传过程中会发生有意或无意的变异，导致流变的因素主要包含了有差异的语言体系和受影响的接受群体两方面。文学流传具有"跨越性"，文本在跨越时间、空间、文明、文化的过程中由于存在差异的语言体系而产生的碰撞与冲突会导致文本变异。这是文学文本在流传过程中发生的语言层面的变异现象即"译介变异"，它更"关心原文在外语和本族语转换过程中信息的失落、变形、增添、扩伸等问题"[②]，本书第九章"译介研究与译介变异学"将会做详细阐释和解读。文本流传变异的第二个因素是受影响的接受群体即接受者的主体选择。流传变异研究的关注焦点不是仅局限在接受者根据其主观判断对源文本进行的筛选、过滤、误读和改造，而是播送者与接受者的双向良性互动对话。因此，本节旨在通过流传变异的视角去认真审视文学文本，在研究的过程中既要注重播送者即力图凸显源文本的真实面貌，认识源文本所蕴含的文化特质，同时又能展现接受者发现异质文明改造后的特异面貌，探寻其流传变异后的文本所潜藏的文化背景和传统观念，解决影响研究中实证性与审美性的纷争，打通一座文学审美和文化寻根的桥梁。

本节的案例分析和解读集中于文学流传变异中文本层面的变异，以文学流传的"跨越性"为参照标准，将目前备受关注的"中国"和"异国"两个跨文化圈的文学作为研究对象，分析作家作品在异质文明、不同时代语境、不同审美趣味与追求下的流传变异现象。

一、作家作品在异质环境的流传变异研究

（一）中国文学在国外的流传变异

在高度关注"中华文化走出去"这一命题的现代社会，研究中国优秀文学典籍在海外的传播、译介、接受和变异规律是十分具有战略性的。了解异质文明即西方世界接受和看待中国古典文学的史实对增强国家文化自信心，优化向世界传递中华

[①] 王宁：《"世界文学"：从乌托邦想象到审美现实》，《探索与争鸣》2010年第7期。

[②] 谢天振：《译介学》，上海：上海外语教育出版社1998年版，第1页。

文化的方式与策略都大有益处。

儒家典籍《易经》作为儒经之首在英语世界经历了经典化与流传变异的过程，利玛窦（Mathero Ricci）等来华传教士对于"中学西传"功不可没。他们并非为了弘扬中华文化，而是采用适应政策依附儒家经典来传播天主教思想。利玛窦从中国典籍中迅速找到与自身宗教遥相呼应的观点来说服中国民众信奉基督教，期望利用儒家经典来解释基督教的教义。例如，《易经》中曾出现的"上帝"一词被利玛窦认为是基督教里所指称的"天主"。这个"经由考据、索隐的方式企图从中国的古代典籍，尤其是《易经》中寻找《圣经》的神谕、预言、教义以证明《易经》和基督教教义一致"[1]的传教士群体被称为"索隐派"。但不可否认，抛开这些在华传教士的初始目的，他们最终都将《易经》带入了英语世界并且其在海外的传播客观上冲破了西方对东方的部分刻板印象和他者幻想，甚至影响了一批英语世界的作家创作，例如罗森菲尔德（Lulla Rosenfeld）的《死与易经》（Death and I Ching），罗琳（J. K. Rowling）广受欢迎的系列小说《哈利·波特》（Harry Potter）等。再创作文本对源文本的接受必然伴随着由于对源文本引用的删改、选择，主旨内涵的误读错读等造成的变异，分析探究这些变异现象可以反映出西方世界对《易经》的真实态度与看法。

李伟荣、刘湘苹、郭紫云在《〈易经〉在英语文学创作中的接受与变异——以罗森菲尔德〈死与易经〉为个案》一文中从小说的结构、细节、人物及意义等多方面针对《死与易经》对《易经》的接受与变异进行了详细论述[2]，是中国文学典籍在英语世界流传变异的典型案例。《死与易经》中罗森菲尔德有大量直接引用原文本的内容，包括：篇章标题是直接用卦名来充当的，故事情节设计的人物占卜行为也伴随着卦象原文的大篇幅引用。作者根据其自身理解对被文本情节所引导带有功利性目的的引文进行选择与过滤从而改变了其原有的意义，发生了变异。除此之外，文中塑造的人物对《易经》的态度差异也令人深思：一部分人被《易经》神秘与不可知的力量所吸引，将其看成能预知未来的魔法书而感到畏惧；另一部分则完全相反，认为《易经》所构建的占卜行为不过是一个骗人的把戏，这些迥然不同的看法能够反映出西方世界对《易经》的审视，但这份审视毫无疑问还是浅层次的。只有真正实现中西方文化的互动融合，推广优秀的中华文化走向世界才能让西方认识到中华民族的智慧与精神。

（二）外国文学在中国的流传变异

20世纪上半叶，中国主动或被动地接受了流传到国内的相当数量的外国文学作品，其中备受关注的或者说是引发巨大争议的就是易卜生的《玩偶之家》。1907年，

---

[1] 李伟荣、宗亚丽:《〈易经〉欧洲早期传播史述》，《湖南工业大学学报》（社会科学版）2017年第3期。
[2] 参见李伟荣、刘湘苹、郭紫云:《〈易经〉在英语文学创作中的接受与变异——以罗森菲尔德〈死与易经〉为个案》，《中外文化与文论》2018年第1期，总第38辑。

鲁迅在《河南》月刊2、3、7号上连续发表的《文化偏至论》和《摩罗诗力说》高度评价了易卜生，使这位挪威作家的名字第一次出现在中国。1914年，中国最早的职业话剧团春柳社第一次在国内出演易卜生名剧《玩偶之家》，但反响平平。直到1918年，由罗家伦和胡适翻译的《玩偶之家》的第一个中译本在《新青年》的《易卜生专号》上发表才引起了社会的巨大反响和热烈讨论，热度持续到1935年不降反增，该年被称为"娜拉年"。

《玩偶之家》在民国时期广为流传是基于易卜生及其作品的特殊性质。通常被认为具有怀疑精神和叛逆品格的易卜生是西方社会的"反叛者"，这种特殊人格投射在其文学作品上形成风格独特的社会问题剧。20世纪初中国文学界渴求出现能够关注现实生活、体察人物内心、遗留社会问题、引发人们讨论的作品，而《玩偶之家》作为"反压迫"与"觉醒"等关键词的代表作对解决20世纪初中国的现实问题提供了思考方向。流传到中国的易卜生被打上"社会改革家"的标签，《玩偶之家》的女主人公"娜拉"成为"解放"的话语符号。

"娜拉"原本的人物想要诉说什么，在1898年5月26日易卜生答谢挪威妇女权益保护协会为他举行的70周岁生日宴会的祝酒词中，我们可以看到这个问题的答案。他说："我主要是一个诗人，而并非社会哲学家。谢谢你们的敬酒，但我不能接受自觉促进女权运动的荣誉。说实话，我甚至不清楚女权运动究竟是怎么回事。"[①]长期作为"玩偶"的娜拉根本不关心"社会"，她的出走是"爱情的奇迹没出现"的伤心绝望，是丈夫亲手扼杀了她习惯沉浸式自我幻想情感的心灰意冷。"娜拉该不该出走"才是易卜生留给社会想要讨论的问题。

但是被放置于中国舞台的"中国化"的娜拉形象发生了流传变异，新文化运动者们对《玩偶之家》做出了符合中国实际的解读，甚至受其影响再创作出了符合中国国情的文学。国内当时迎来了"娜拉式出走"的创作热潮，例如：胡适《终身大事》（1919）、冰心《斯人独憔悴》（1919）、欧阳予倩《泼妇》（1922）、郭沫若《卓文君》（1924）、鲁迅《伤逝》（1925）、张闻天《青春的梦》（1927），等等。但是国内讨论的焦点一直持续在：娜拉经过彻底的醒悟和思想的解放后决定出走，那么"娜拉走后会怎样"？不同的文学家根据自己的认识和想法做出了自己的回答。

鲁迅在1923年《娜拉走后怎样》的演讲中对娜拉的"解放行为"进行了讨论。他将娜拉放置于当时国内的社会环境下将其直接想象成一个中国女性来设想其出走后会面临的各种困难，最终得出结论：娜拉无处可走。她不是重新返回虚伪的婚姻，就是会在现实社会中堕落，因为就大环境而言，弱势群体终将会是主导群体的"傀儡"。鲁迅是从这个角度去思考"解放"行为到底怎样做才是可行的。随后在

---

① 〔挪威〕亨利克·约翰·易卜生：《易卜生书信演讲集》，汪余礼、戴丹妮译，北京：人民文学出版社2010年版，第385页。

1935年茅盾撰写《〈娜拉〉的纠纷》，借用娜拉的问题抨击现实政治，直接将文学作品投入到政治的解放斗争中。而真正为娜拉找到"好归宿"的是郭沫若，在1941年《娜拉的答案》中，他将秋瑾化身为中国的娜拉，告诉世人只有从追求个体解放到整个妇女群体解放，最终实现全部社会解放的线性发展才是娜拉的圆满结局[①]。中国化的娜拉被剥离了私人情感，个人命运与社会、政治、民族、国家命运紧密维系在一起，"娜拉走后会怎样"已经不再是一个文学命题而是一个社会问题亟待国人的反思与思考。

流传进入中国社会的《玩偶之家》会发生如此巨大的变异是基于以下几点因素。首先是时代因素，这是处在特定历史时期的中国接受群体的主体性选择，国内社会迫切地希望能够通过借鉴他国的思想，特别是对现实社会能够起到揭露和批判作用的一些文学作品来解决社会的种种问题。其次是中国女性的特殊诉求，女性历来处于被压迫地位，"妇女解放问题"在思想大解放时期必然会成为一个社会聚焦点。最后是作家个人的创造性误读，中国的知识分子担负着启蒙思想的历史使命，他们希望能够通过"娜拉"形象的解读来激发民众的反思和争论从而增强世人的社会责任感。由于每个作家都带着极强的主观性，因此每个作者的"娜拉"出走的动机以及走向的目的地都有很大的不同，但相同的是他们思维中的"娜拉"都带着义无反顾的与旧势力决裂的精神。

二、作家作品在不同时代语境的流传变异研究

（一）中国文学在国外不同时代语境下的流传变异

中国文学在海外的传播与接受大多会经历一个十分漫长的过程：最初由传教士与一些驻华外交官翻译流传到海外，再经海外汉学家的传播最终被国外读者所接受，原文学文本在跨越语言、文明和时间的过程中必然会发生变异。本小节以《聊斋志异》在英语世界的流传为例，用历时的角度分析在不同时代语境下文学文本的变异情况。

1. 19世纪50至80年代

19世纪中期，鸦片战争的失败使中国被迫打开国门，大批来华传教士与驻华外交官为了自己的宗教或政治目的开始学习汉语与研读中国古典文学作品。德国传教士郭实腊（Karl Gutzlaff）是最早向英语世界介绍《聊斋志异》的，但他只是将《聊斋志异》当成异教读本去全盘否定和大力批判，介绍的语言简略并且将原文本的主旨改得面目全非从而完全丧失了文本的审美价值。这一时期的传教士们翻译中国古典文献的目的大多是为了学习汉语以及编撰汉语学习的教材来方便传播自己的宗教；在意识形态上，他们常常站在基督教的立场上看问题，把《聊斋志异》视为不符合

---

① 参见陈传芝：《〈玩偶之家〉的"中国化"阐释与新文学聚焦的"解放"》，《中国文学研究》2013年第2期。

西方审美与道德规范的异教信仰书目；鸦片战争的战败更是助长了这些传教士的殖民主义意识，他们因为推崇欧洲中心论而在评价中国古典文学时不屑一顾，这种态度导致《聊斋志异》在最初传播的过程中被大幅删减更改，甚至被扭曲误读。

2. 19世纪80年代至20世纪30年代

这一时期英语世界的《聊斋志异》的传播与译介达到了一个小高峰：四个英译本先后出现，若干报刊杂志故事选集以及汉语学习教材中的关于介绍《聊斋志异》的文章纷纷涌现。《聊斋志异》终于不再受制于传教士与外交官们的简单译介，而是逐渐走入海外汉学家的视线。《聊斋志异》在这一时期的英语世界广受欢迎是基于一定的社会背景的。19世纪推崇冲破理性的桎梏获取精神自由的英国浪漫主义崛起，对非理性因素的关注例如超自然的描写成为社会的潮流，最典型的就是"哥特"文学的兴起。《聊斋志异》对怪力乱神的描写和对奇人异士的记录激起了英语世界的极大兴趣，一时间这本小说迅速进入英语世界的普通读者群体中受到追捧。除此之外，《聊斋志异》中所描写的异质文明——东方的神秘、浪漫、愚昧与封闭也十分符合西方世界的异国想象[①]。

在推广《聊斋志异》的过程中，研究影响最大的是翟理斯（Herbert Allen Giles），他编撰的《中国文学史》（*A History of Chinese Literature*）用20多页的篇幅介绍了蒲松龄和他的《聊斋志异》，对这本书的写作风格以及内容涉及的中国的风土人情与社会进行了一个全面的介绍。他的译本语言优美，文字流畅，但是在译介的过程中，他删去了与维多利亚时期英国人的宗教信仰相违背的大篇幅的性描写，还有不符合英语世界读者接受习惯的评论性文字"异史氏曰"，他大多节选的篇目是与"哥特风格"相似度比较高的故事情节跌宕起伏的短篇小说，这种符合读者期待视野的变异使得图书出版后广为传播，大受好评。但我们无法否认，《聊斋志异》原文本只是将鬼怪传说当作亮丽的外衣披在身上，其本质是一本讽刺时事、揭露封建统治无道、抨击科举腐朽的大作，它通过描写违背常理的爱情传达出一种强烈的反封建礼教的态度。但是这种真正可贵的内核习惯性地被英语世界所忽视，读者们仅仅沉迷于追逐奇异故事的新奇刺激了。

3. 20世纪30至50年代

"二战"全面爆发，无论是东方还是西方世界全部都陷入战火纷飞中，战争对文化的破坏是不容忽视的，因而在这一时期英语世界的《聊斋志异》研究陷入前所未有的冷淡期。

4. 20世纪50年代至今

文化发展与政治局势息息相关，"二战"结束后的各国都在大力加强文化建设，英语世界的《聊斋志异》研究真正开始步入正轨。特别是到了20世纪80年代，英

[①] 参见朱振武、杨世祥：《〈聊斋志异〉在英语世界的百年传播（1842—1949）》，《蒲松龄研究》2015年第1期。

语世界的"聊斋学"开始逐渐形成并取得了丰厚的成果。首先,译本的数量与质量的提升推动了文本在英语世界的大范围推广;其次,国内的政治风波过后,蒲松龄研究逐渐兴盛并且形成了完整系统的学术体系,蒲松龄研究所成立,相关的期刊杂志也兴办,这些国内的研究成果都积极地影响着国外的学术界;最后,改革开放之后的中外交流更加密切,国内外学术互动增多,这大大便利了国外学界查阅国内的文献资料,方便海外汉学家的研究。伴随着这些社会条件的优化,国外的"聊斋学"已经涉及研究的方方面面,研究视角也呈现出多元化的趋势,语言学分析、方言研究、女性主义、主题学、神话学、心理学、跨学科研究等都蔚然成风。①

(二)外国文学在中国不同时代语境下的流传变异

文学作品的流传变异是在不同的社会语境、历史语境、文化语境甚至是一些接受者个人的独特心理综合作用下的结果,但是根据不同的研究视角去平行或者纵向分析作品的变异规律会得出不同的结论。本小节将以《尤利西斯》在中国的流传为例,用历时的角度分析探讨其在国内不同时代语境下流传并发生变异的社会背景和民族心理。距离 1922 年《尤利西斯》在法国巴黎出版已经过去了将近百年,根据不同历史时期的研究焦点将这百年划分为四个阶段,分别是 20 世纪 20 至 40 年代、20 世纪 50 至 70 年代、20 世纪 80 至 90 年代和 21 世纪至今。每个历史时期都有关于《尤利西斯》不同的研究焦点和焦点背后所蕴藏的历史文化背景,这些都需要我们一一去探索分析。②

1. 20 世纪 20 至 40 年代

在《尤利西斯》发表不到半年的时间,茅盾就在《小说月报》上提及了这部作品,随后徐志摩也在《康桥西野暮色》中盛赞这部小说。到了 20 世纪 40 年代,文学界不再仅仅是简单地照搬外国评论家对这部小说的言论或只是浅层次的宏观介绍与解读这部作品,而是在前人的基础上有了进一步的研究与尝试,例如在 1941 年吴兴华节译的《尤利西斯》的三段内容获得了学界一定的关注度,但综合来说这一历史阶段的研究成果是非常简单零碎的。学界已经用非常敏锐的眼光捕捉到了这部旷世奇作,但在当时的中国并未掀起研究的热潮,20 世纪上半叶中国一直处于内忧外患和民智未开的状态,具有新思想的学者们迫不及待地希望引进外来关于"批判"和"解放"的现实主义文学来启发民众,而《尤利西斯》因其晦涩难懂的文字和极其专注个人内心情感的刻画与中国当时的时代氛围格格不入,因此研究的成果较少且非常浅显。

2. 20 世纪 50 至 70 年代

这一时间阶段基本进入《尤利西斯》研究的停滞期。新中国刚刚成立,与对经济建设高度重视相对的是对文化建设的关注度降低,甚至文化建设内部对特定国别

---

① 参见李艾岭:《英语世界中的"聊斋学"研究述评》,《中外文化与文论》2013 年第 3 期,总第 24 辑。
② 参见王明慧:《〈尤利西斯〉在中国的译介与接受》,济南:山东师范大学,硕士学位论文,2017 年。

以及文学风格类别的关注和强调大大压缩了《尤利西斯》研究的生存空间。外国文学的译介与政治紧密相关使得苏联以及拉美国家的文学研究一时成为热潮，学界对现实主义文学作品的偏爱也使得如《尤利西斯》一般的意识流作品被束之高阁。在新中国开展全面建设社会主义时期，作为"资产阶级"代表的"腐朽""颓废"的《尤利西斯》进入被中国学界批判的时期，这种批判涵盖了文学文本、思想内涵甚至是国外学界对该作品的分析解读。随后"文革"十年使得国内外的文艺研究都不能幸免，无论是支持还是批判的声音都销声匿迹。

3. 20 世纪 80 至 90 年代

改革开放后逐渐恢复了对外国文学作品的译介与研究，此阶段的《尤利西斯》研究主要关注点在于"意识流"的小说创作方法和艺术表现。"意识流"作为一种新颖、独特的创作手法迅速吸引了一大批研究者对其进行分析阐释，他们在"中学为体，西学为用"的倡导下鼓励国内作家也可以用意识流的技巧去创作小说。值得注意的是，《尤利西斯》研究逐渐进入比较文学的范畴，除了与国外文学的比较：例如《尤利西斯》与《鲁滨逊漂流记》的漂流主题比较，或是《尤利西斯》与《奥德赛》语言形态与叙述方式的比较；还有与国内文学作品的比较：例如鲁迅《狂人日记》中表现的中国意识流与《尤利西斯》的同异等；除此之外，《尤利西斯》的跨学科比较也逐渐受到关注：例如将小说的叙述方式与音乐模式相比较等。还有很多国内学者也开始多维度研究《尤利西斯》，例如从艺术表现、文本思想、人物形象、句法结构、语言特色甚至是美学主张等领域去看待这部作品。

进入 20 世纪 90 年代，《尤利西斯》在学界十分注重外国文学作品的译介背景下拥有了几部杰出的全译本，其中比较有代表性的就是 1994 年译林出版社出版的由萧乾、文洁若夫妇翻译的首部中文全译本，还有 1996 年人民文学出版社的金隄先生的译本。全译本的出版使得社会对这本小说的接受范围和接受程度进一步扩大和加深，针对两个全译本的翻译比较研究也逐渐受到关注。这一时间段的研究成果明显呈现出与以往不同的深度与广度，《尤利西斯》的批评研究在国内终于掀起热潮。

4. 21 世纪至今

新时代的研究方法更加丰富多样，从主题学、形象学、译介学、传播学等角度展开了对《尤利西斯》的全面分析。随着新媒体的发展，分析小说与音乐、影视等跨学科艺术的共性研究也如火如荼地开展。

审视国外文学在中国的历时性研究可以使我们清晰地看到国内意识形态的影响是起主导作用的，同时学界的主动选择、民众的审美水平等因素也都对异质文明的文学作品在中国的流传变异也起到了不可忽视的作用。

三、作家作品由于不同审美趣味与追求造成的流传变异研究

（一）中国作家对流传到中国的外国文学作品的接受差异

文学交往中的流传大多是单向的，单个作家在接受他国作家和文学作品时更强调个人选择。20世纪下半叶，改革开放后的国门初开使得西方各种现代主义文学思想大批涌入国内，象征主义、表现主义、存在主义、意识流等思潮蜂拥而至，中国文坛内的作家群体依照其主观意愿从这些外来思想中汲取养分。

伴随着哥伦比亚作家加西亚·马尔克斯获得了1982年的诺贝尔文学奖，拉美文学在全世界范围内都产生了令人不容忽视的巨大影响，这种"文学爆炸"（Boom Latinoamericano）现象深深激发了中国学界想要争夺世界话语权的好胜心。此外，拉丁美洲与中国近似相同的命运使得一部分作家开始转向拉美文学的接受与研究并希望从中能够获得创作灵感，其中最具影响力的拉美作家就是马尔克斯和博尔赫斯。马尔克斯与博尔赫斯两位作家虽然同样来自拉美文学界，创作手法也都趋于魔幻，但是这些相似点都是表象之论。博尔赫斯长期接受的是欧洲文化的熏陶，他的作品并没有像马尔克斯那样立足拉美的社会现实和民族传统，他的魔幻是象牙塔里幻想出来的世界。而马尔克斯始终坚持以现实为基础，用魔幻的外壳笼罩现实的历史去表现真实的哥伦比亚的风土人情和地域文化。

由于博尔赫斯与马尔克斯两者创作内涵的差异，中国作家在自主选择接受后形成了中国文坛较为突出的两股势力：先锋文学和寻根文学。先锋文学的代表作家主要有马原、余华、孙甘露和潘军等，寻根文学的代表作家主要是韩少功、莫言和贾平凹等。极其主观性的选择接受与作家的个人经历密不可分，例如贾平凹选择马尔克斯作为自己创作模范的根本原因在于他从马尔克斯身上找到了两人的共通之处。首先，"孤独"是两位作家的共同标签，孤独感驱使着两位作家的创作；其次，生长环境的相似也是马尔克斯的作品触动贾平凹的重要原因。拉丁美洲的神秘和奇异与贾平凹从小所处的商州地区是类同的，商州的封闭、怪异，巫鬼文化的肆意充斥使贾平凹一接触到马尔克斯的魔幻现实主义就产生了强烈的归属感。[1]

贾平凹对马尔克斯的继承是非常明显的，他们都集中于对家乡浓墨重彩的描写，也积极地将本地的民间资源作为自己的创作素材，两者创作技巧的相似，例如叙事手法的多维、故事里时间与空间的构架方式等都表现出贾平凹对这位拉美作家的偏爱。但同时我们必须意识到，贾平凹绝不是一味地全盘接受马尔克斯的思想，他的创作是带有强烈的民族性的。贾平凹曾经非常明确地表示："拉丁美洲文学中有魔幻现实主义一说，那是拉美，我受过他们的启示，但并不故意模仿他们，民族文化不同，陕南乡下的离奇事是中国式的、陕南式的，况且这些离奇是那里人生活中

---

[1] 参见沈琳：《试析加西亚·马尔克斯对贾平凹创作的影响》，《外国文学研究》1999年第3期。

的一部分。"[①]因此,植根中国传统的同时从拉美魔幻现实主义中找到新的思维方式,贾平凹最终形成了属于自身独特的写作风格。中国式的魔幻现实主义的"神秘"主要来源于民间故事和传统文化,《山海经》《聊斋志异》《冤魂志》中所记载的种种志怪传说、商州的民间故事、道教的阴阳观、佛教的轮回转世等都杂糅进了贾平凹所书写的中国农村。传统与现代的冲突,时代变革中人性的保守与突破都在这种中国化的魔幻现实主义中表现得淋漓尽致。[②]

(二)外国作家对流传到国外的中国文学作品的接受差异

20世纪五六十年代,美国刚结束第二次世界大战又深陷冷战风波之中,战争的经久不断直接激化了社会矛盾。"二战"中的大发横财使得美国的经济快速发展,一味地追求物质进步导致了社会精神世界的空虚与失常,传统道德体系的崩塌,唯金钱马首是瞻的社会观念蔚然成风,这一切现状都逼迫着美国民众追求新的意识思想和生活状态。因此,反对战争、维护环境、呼唤人性、倡导自由成为当时美国社会民众倡议的主题,而寒山诗用其直白质朴、通俗易懂的语言,追求自由与天人合一的禅宗思想为当时处在困境的西方社会提供了一种新的认识世界与看待自我的方法。从1954年英国汉学家阿瑟·韦利(Arthur David Waley)首次翻译了27首寒山诗之后,寒山诗逐渐进入西方世界并开始产生一定的影响力。而真正将寒山诗推向美国主流社会,并且推动"寒山热"在美国青年大学生群体中形成的是美国诗人加里·斯奈德(Gary Snyder)。

寒山是一位遗世独居的禅宗诗人,他的诗多表现山林生活逸趣以及禅思,描写得意浅直白,这与中国传统主流诗学倡导的"言有尽而意无穷"相排斥,因此寒山诗在中国一直不受认同。寒山诗主要强调禅宗思想,反对战乱打破了原有的社会秩序和伦理,提倡天与人、自然与人、心灵与外在的合一,因此摆脱社会束缚、回归自然、隐居山林不仅仅是寒山诗一直集中书写的内容,也是诗人寒山一直身体力行的理念。在中国反响平平的寒山诗到了美国却引起如此巨大的响应是与当时美国的一个社会阶层息息相关。"二战"后美国经济发展走向极端的现实造成了精神家园的沦陷,形成了当时美国社会"垮掉的一代"。"垮掉的一代"也被称为"迷惘的一代",他们在物质极大丰富的世界里迷失了自己存在的意义,而寒山诗的出现恰好与他们的心灵相契合,为他们探索出了一条寻找自我价值与摆脱社会桎梏、追求绝对自由的理想之路。

加里·斯奈德就是探索道路上的先驱者。斯奈德之所以极其乐意翻译寒山诗并且成就最高是具有先天条件的,他曾在日本出家为僧,研习禅宗义理长达三年,因此他个人具有非常深厚的禅宗背景,以这样的学习积淀去研读寒山诗障碍较小。除

[①] 孙建喜:《贾平凹前传》(第二卷),广州:花城出版社2001年版,第412页。
[②] 参见李小媛:《论〈百年孤独〉与贾平凹小说的神秘主义》,《西安石油大学学报》(社会科学版)2013年第3期。

此之外，西方浪漫主义与意象主义的诗学传统也都与寒山诗通过描写自然风光追求内心和谐的审美逸趣相吻合，因而斯奈德对寒山诗充满接受的好感。斯奈德是"垮掉的一代"的代表人物之一，他信奉原始主义，所谓原始主义就是摆脱社会条条框框的束缚，摆脱文明社会的虚伪，回归自然，回归原初本性，追求灵魂的绝对自由。这种精神信仰使得他在译介和接受寒山诗时会出现一些变异的现象，例如寒山诗的核心立意——禅宗，是凝聚了儒、释、道三家的思想，但是斯奈德在译介的过程中剔除了有关宣扬道教与儒家思想的部分，只保留了与佛教思想联系紧密的以"空性""内修"为主题的诗歌，更多强调的是一种虚无主义，局限化了博大精深的禅宗精神而导致了虚无主义的泛滥，但是这种变异的结果更加迎合了当时美国社会读者的期待视野。在斯奈德的译作中，他也有意将寒山的诗人形象美国化，寒山被描述为"垮掉的一代"的成员，例如诗中有部分提及道家为了追求长生不老而"炼药"的情节，本来炼仙丹是为了修身养性以求长寿，但是斯奈德将"药"译成了"毒品"（drugs），寒山变成了吸食毒品的嬉皮士形象。通过斯奈德的再创造，寒山自由反叛的非主流文化形象迅速成为嬉皮士心中的偶像，寒山诗崇尚自然、追求自由的审美倾向与当时的美国民众不谋而合，这些在国内默默无闻的诗歌从浩如烟海的中华文化中脱颖而出走向了世界舞台。①

---

① 参见孙佳楠：《模因论与互文性视阈下寒山诗的美国经典化进程——以寒山诗译介为例》，《现代语文》2018年第2期。

第六章 平行研究与阐释变异学

第一节 平行研究中的变异现象

平行研究是"将没有实际接触和影响的两国或多国文学、文学与其他学科（包括自然科学和社会科学）或艺术门类加以比较研究"[①]。其可比性在于"类同性"，即"没有任何关联的不同国家的文学在风格、结构、内容、形式、流派、情节、技巧、手法、情调、形象、主题、思潮乃至文学规律等方面所表现出的相似和契合之处"[②]。本小节将梳理平行研究的历史变迁，在此基础上明确平行研究的贡献与不足。平行研究的主要贡献是突破了影响研究为比较文学学科制造的限制，而其不足之处的根源在于，传统的理论模式或实践成果忽视了平行研究中的阐释与变异，使其不再能解决全部的问题，并且带来了新的困境。如何使平行研究摆脱窠臼，为其寻找新的发展方向，突破点在于充分认识到平行研究中变异现象存在的普遍性与必然性。

一、平行研究的早期面貌与地位恢复

平行研究是比较文学研究的基本研究方法之一，经由美国学者的倡导而迅速发展起来。但需要注意的是，平行研究并不是美国学者们的发明。早在法国学者使比较文学"摆脱了全部美学的含义，而取得一个科学的含义"[③]之前，部分学者的成果就已经在实践上体现出了平行研究的特征。

比如，14世纪初，但丁（Dante）在《论俗语》中把欧洲划分为东部希腊语部分、北部日耳曼语部分、南部的罗曼语部分，并对比了南部的三种罗曼语文学（意大利俗语文学、普罗旺斯俗语文学、西班牙俗语文学）。莱辛（Gotthold Ephraim

---

[①] 曹顺庆主编：《比较文学教程》，北京：高等教育出版社2010年版，第51页。

[②] 同上书，第32页。

[③] 〔法〕提格亨（梵·第根）：《比较文学论》，戴望舒译，上海：商务印书馆1937年版，第17页。

Lessing)在《汉堡剧评》的第十一、十二篇中比较了《塞密拉米斯》和《哈姆雷特》中的鬼魂:"伏尔泰的鬼魂只是一部艺术机器,它只是为情节而存在,我们对它丝毫不感兴趣。莎士比亚的鬼魂则相反,是一个真正行动的人物,我们关心它的命运,它唤起恐怖,但也唤起怜悯。"① 这即是平行研究的一例。他的《奥拉孔》讨论"诗与画的界限",属于文学与艺术的跨学科比较。斯达尔夫人(Madame de Stael)在《论文学》(1800 年)中认为:"存在着两种不同的文学,一种来自南方,一种源出北方;前者以荷马为鼻祖,后者以莪相为渊源。"② 之后,其南北方文学不同的观点延续至《论德国》(1809 年),她在书中重点比较了法、德文学,也涉及法、英和英、德文学。这种南北文学、两国文学对比的方法也可以被视为平行研究。雅各布·格林(Jacob Grimm)和威廉·格林(Wilhelm Grimm)兄弟采用语言学上的历史比较的方法研究民间文学,他们认为民间文学来源于神话,发现了"在某些情况下,不同民族也可能独立创作出彼此相似的故事"③。他们的民俗学研究"不仅探讨相同的神话故事、民间传说在不同时代不同作家的手里的处理,而且也扩大探讨诸如友谊、时间、离别、自然、世外桃源和宿命观念等与神话没有那么密切相关的课题"。④ 这样的研究对象和方法成为主题学的先声,并自然具有比较文学的性质。

波斯奈特(H. M. Posnett)在《比较文学》(1886 年)中广泛运用了平行研究的方法,在"氏族文学"中比较了中国、印度、希腊、希伯来、阿拉伯、印第安等文学演变的历程,在"城市国家"中比较了东西方各国的戏剧,在"世界文学"中比较了中国和印度的诗歌与戏剧。梵·第根(Paul Van Tieghem,旧译提格亨)的《比较文学论》(1931 年)也体现着平行研究的思想。比如在对"一般文学"(总体文学)的探讨中,他认识到比较文学仅限于二元关系是不足的,关注到各国文学中没有影响关系的类同现象。但梵·第根并不认为这是"地道的"比较文学。

以巴登斯贝格(Fernand Baldensperger,一译巴尔登斯伯格)、梵·第根、卡雷(Jean-Marie Carre)、基亚(Marius-Francois Guyard)为代表的法国学者,为了应对学科危机,致力于将比较文学规范在实证性的文学关系史的范畴中,平行研究被排除在学科方法之外。这种情况在 1958 年迎来了转折,在当年的国际比较文学学会第二届年会上,以韦勒克(René Wellek)为代表的美国学者对法国学者为这一学科所设的限制进行了突破,其突破的方向之一就是恢复了比较文学的平行研究。

包括韦勒克在内,雷马克(H. Remark)、韦斯坦因(Ulrich Weisstein)、奥尔德里奇(Alfred Owen Aldridge)等学者都反思了单纯影响研究的不足。他们认为:

---

① 〔德〕莱辛:《汉堡剧评》,张黎译,上海:上海译文出版社 1982 年版,第 64 页。
② 〔法〕斯达尔夫人:《论文学》,徐继增译,北京:人民文学出版社 1985 年版,第 145 页。
③ 刘魁立:《刘魁立民俗学论集》,上海:上海文艺出版社 1998 年版,第 244 页。
④ 陈鹏翔:《主题学研究与中国文学》,陈鹏翔主编:《主题学研究论文集》,台北:东大图书股份有限公司 1983 年版,第 1 页。

"把过时的方法强加于比较文学,使之受制于早已陈腐的十九世纪唯事实主义、唯科学主义和历史相对论……企图把'比较文学'缩小成研究文学的'外贸',无疑是不幸的。"①"今天看来,这种对事实的强调要么已经过时,要么就必须补充。如果文学研究降格为一种材料的堆砌,那就丧失了它的尊严。"②"法国人对文学研究'可靠性'的要求现在已经显得陈腐了……这个时代要求更多(而不是更少)的想象力……他们似乎忘记了我们这门学科的名字叫'比较文学',不是'影响文学'。"③一方面,他们重视平行研究,认同"比较文学是探讨作品的类同和对比,是指研究没有任何关联的作品的文体、结构、情调、观念等方面的相似性"④,另一方面,多数学者也并未偏颇地完全舍弃影响研究,而是"取一条中间道路"⑤。此后,平行研究再次与影响研究一起,成为比较文学的基本领域。

二、平行研究的学科贡献与不足之处

平行研究的重新提倡是对比较文学研究领域的一次开拓,"从此,比较文学不再受时间、空间、状态、层次等条件的制约"⑥。具体来说,平行研究从以下三个方面补充了影响研究的不足,为比较文学注入了新的活力。

第一,平行研究再次承认了没有事实联系的"类同性"的可比性。"影响研究如果主要限于找出和证明某种影响的存在,却忽略更重要的艺术理解和评价的问题,那么对于阐明文学作品的实质所做的贡献,就可能不及比较互相没有影响或重点不在于指出这种影响的各种对作家、作品、文体、倾向性、文学传统等的研究"⑦,"不管他们之间是否有影响或有多大影响,都是卓然可比的"⑧。雷马克说的"卓然可比"就是对平行研究可比性的直接点明,同时他也列举了一些作家、作品,说明平行研究的类比同样具有研究价值和可行性,使"类同性"获得了和影响研究"同源性"等同的可比性地位。

第二,平行研究关注到了文学性。韦勒克呼吁"必须面对'文学性'这个问

---

① 〔美〕雷内·韦勒克:《比较文学的危机》,张隆溪选编:《比较文学译文集》,北京:北京大学出版社1982年版,第22-23页。

② 〔美〕乌尔利希·韦斯坦因:《比较文学与文学理论》,刘象愚译,沈阳:辽宁人民出版社1987年版,第2页。

③ 〔美〕亨利·雷马克:《比较文学的定义和功用》,张隆溪选编:《比较文学译文集》,北京:北京大学出版社1982年版,第2页。

④ A. Owen Aldridge, *Comparative Literature: Matter and Method*, Urbana, Chicago, London: University of Illinois Press, 1969, p. 1.

⑤ 〔美〕乌尔利希·韦斯坦因:《比较文学与文学理论》,刘象愚译,沈阳:辽宁人民出版社1987年版,第1页。

⑥ Shunqing Cao, *The Variation Theory of Comparative Literature*, Heidelberg: Springer, 2013, p. 64.

⑦ 〔美〕亨利·雷马克:《比较文学的定义和功用》,张隆溪选编:《比较文学译文集》,北京:北京大学出版社1982年版,第2页。

⑧ 同上书,第3页。

题,即文学艺术的本质这个美学中心问题"①。他进一步认为:"文学传统中关于历史背景和地方知识固然可以起作用,但绝不是排他的,或者详尽无疑的。文学中的三个主要分支——文学史、文学理论和文学批评——是互相制约的,不可分割的,……比较文学只有在挣脱人为的桎梏,成为文学的研究之后才能够繁荣起来。"②韦斯坦因也主张重视文学的美学价值。美国学者将比较文学首先作为一种文学研究而非其他,这与新批评在美国的盛行有关。文学研究不能丧失对文学审美价值的追求,这看似理所应当,但其实是经过美国学者所倡议的平行研究,才使比较文学回归了文学领域,并且将文学理论和批评也纳入研究范围。

第三,平行研究再次激发了跨学科的尝试。雷马克定义比较文学是"超出一国范围之外的文学研究,并且研究文学与其他知识和信仰领域之间的关系,包括艺术(如绘画、雕刻、建筑、音乐)、哲学、历史、社会科学(如政治、经济、社会学)、自然科学、宗教等。简言之,比较文学是一国文学与另一国或多国文学的比较,是文学与人类其他表现领域的比较"③。他在《比较文学的定义与功用》(1961年)开篇即提出的比较文学跨越学科界限的特性,显示出了与以往法国学者全然不同的方向与气派,虽然这一定义还缺乏明晰的限定,之后也引起了一些不良倾向,但是跨学科研究最终被学者承认,成为比较文学研究领域之一。法国学者布吕奈尔(Pierre Brunel)就认为"人们若不把它(文学)同所有其他领域联系起来,就不会理解它"④。

在平行研究之后的发展中,一些缺憾也逐渐暴露出来。这些缺憾或许来自于理论构想和研究实践之间的距离,或许来自于其理论本身的不完善。这就导致平行研究虽然在一定程度上解决了法国学者狭隘、僵化、脱离文学的研究方法,但在一些具体的问题、现象面前,仍有失效的危险。

一方面是对比与类比无法涵盖平行研究应有的范围,即对阐释性的忽视。平行研究常被视为一种对比或类比的直接性比较,但这并不是平行研究的全部。"平行研究作为一种类同比较的模式已广为学界所认同,但平行研究的阐释性比较内涵却长期受到忽视,这就弱化了平行研究的合法性基础。换句话说,平行研究的可比性除了类同性内涵以外,其实还有一层阐释的意味。"⑤也就是说,移用某种理论阐释其他国家、文明的作品,或者不同文明的文学或理论之间的相互阐释也应涵盖在平

---

① 〔美〕雷内·韦勒克:《比较文学的危机》,张隆溪选编:《比较文学译文集》,北京:北京大学出版社1982年版,第30页。
② 〔美〕勒内·韦勒克:《比较文学的名称和实质》,北京师范大学中文系比较文学研究组选编:《比较文学研究资料》,北京:北京师范大学出版社1986年版,第29页。
③ 〔美〕亨利·雷马克:《比较文学的定义和功用》,张隆溪选编:《比较文学译文集》,北京:北京大学出版社1982年版,第1页。
④ 〔法〕布吕奈尔等:《什么是比较文学》,葛雷、张连奎译,北京:北京大学出版社1989年版,第155页。
⑤ 曹顺庆、曾诣:《平行研究与阐释变异》,《中国比较文学》2018年第1期。

行研究的范围之内。

　　这种跨文明阐释之所以也是平行研究的研究模式，是因为它符合早期学者关于平行研究的基本定义。一是阐释关注没有直接影响和事实联系的比较，一国的文学理论必然是由一国文学创作的实践而来，或是在该国的哲学、政治、社会思想的基础上，对文学发展、创作提供引导与支撑，这样看来，不同国家的文学或文学理论之间，尤其是在跨中西方文明的情况下，就不一定存在直接性的事实联系。二是阐释关注文学性与审美价值，比较文学的研究不可脱离文学，而单纯地对作品进行对比与类比，是很难进入到文学内部的。深入文学的本质、触及审美的中心，就必然要涉及理解、批评、阐释。三是阐释同样关注类同性，用一国理论阐释他国文学，或者跨文明文学、理论之间的相互阐释，这二者实际上都是对文学普遍规律的追求，它所默认的前提正是世界文学的共通性。

　　由此看来，钱锺书的《管锥编》、刘若愚的《中国文学理论》等大量著作都可以视为平行研究，也就是说，之前虽然有丰富的阐释研究成果存在，但是在理论上却忽视了平行研究的阐释性。

　　另一方面是类同性无法涵盖影响关系之外的所有现象，即对异质性的忽视。"平行"（parallel）一词带有"类比"（analogy）、"相似"（similarity）等含义，所以平行研究的"重点是求类同"[1]。但是在突破了法国学者将比较文学视为文学影响的局限之后，比较文学就只剩下"类同"才可比吗？并非如此，异质性同样具有可比性。在早期以欧美文学为核心的比较文学中，共同因素、相似模式的确是显性的特征，韦斯坦因曾对跨文明比较犹豫不决，就是因为他认为不同文明之间的相似"较难言之成理"[2]，这种迟疑其实是对异质性的迟疑；国内学者早期虽然勇于从跨文明的角度进行尝试，但也只是一味求同，带来了一些问题。在跨东西方文明的比较中，"如果我们不能清醒地认识并处理中西文学中的异质性问题，就很可能使异质性相互遮蔽，而最终导致其中一种异质性的失落"[3]。

　　如果平行研究只关注类同性而忽视异质性，就会不可避免地催生一些随意、混乱的比较，使平行研究满足于对表面相似性的追求，以至于降低了比较对象的选取标准，弱化了论述的力度、广度和深度，无法真正展现各自的特性。这种现象在"X+Y"式的浅显比附中体现得最为明显，比如《汤显祖和莎士比亚》《王熙凤和福斯泰夫》等成果就以类同性掩盖了异质性。

　　虽然以早期美国学者对平行研究的定义来看，阐释性无疑是平行研究的内涵之一，但是在之后的学理认识中，平行研究仅被视为一种类同比较的模式。而异质性

---

[1] 曹顺庆主编：《比较文学教程》，北京：高等教育出版社2010年版，第51页。
[2] 〔美〕乌尔利希·韦斯坦因：《比较文学与文学理论》，刘象愚译，沈阳：辽宁人民出版社1987年版，第6页。
[3] 曹顺庆等：《比较文学学科理论研究》，成都：巴蜀书社2001年版，第16页。

在这种类同比较的模式中,从一开始就被迫处于失落的地位。为了纠正这种认识偏差,使平行研究重新焕发活力,再次成为比较文学研究的学术增长点,就要充分认识到平行研究中的变异现象是普遍存在的,而且变异现象的存在也有其必然性。

三、变异现象存在的普遍性与必然性

平行研究的对象若只是局限在对比、类比的类同研究中,则会对很多现象束手无策。平行研究中的变异现象大量存在,这些现象是杂乱纷繁的,它们各自所产生的作用和意义也并不相同。为了使论述更加清晰,本小节在这里大致将其划分为"消极的"变异和"积极的"变异,但这只是针对这些现象的简单分类,这种简单化的描述或许并不能覆盖所有现象,而且,同一个现象在不同的时间阶段、历史环境中的效果也不尽相同,需要辩证地对待。

一类是"消极的"变异。比如在近代兴起的、源自西方的"科学主义"曾长期支配着中国的阐释话语。对"科学"的推崇起于晚清,清政府在外交、军事等方面的一系列失败使一些政治家、企业家认识到西方科学技术的先进性,开始自觉地学习和引进。随着国家危难的加深,知识分子又认识到科技只是表层,并把自身落后的原因归结为传统的文化样态和思想模式。而如何改造落后的传统,他们不约而同地将目光转向"科学"。陈独秀认为:"要拥护那德先生,便不得不反对孔教,礼法,贞节,旧伦理,旧政治。要拥护那赛先生,便不得不反对旧艺术,旧宗教。要拥护德先生,又要拥护赛先生,便不得不反对国粹和旧文学。"[1]试图改变现状的知识分子作为"科学"的大力拥护者,立场明确地站在了旧艺术、旧宗教的对立面。"科学"成为划分进步与落后、新与旧的界限,甚至"一切知识道德问题,皆得由科学证明"[2]。

以西方"科学主义"的观点来阐释传统,进而反传统,是当时服膺新思想的学者惯常的思维方式。这从他们"废除汉字"的呼吁中可见一斑。新文化运动时期,在新文学的倡导者之间兴起了一股"废除汉字"的思潮。钱玄同认为:"中国文字论其字形,则非拼音而为象形文字之末流,不便于识,不便于写;论其字义,则意义含糊,文法极不精密;论其在今日学问上之应用,则新理新事新物之名词,一无所有;论其过去之历史,则千分之九百九十九为记载孔门学说即道教妖言之记号。"[3]钱玄同将象形文字视为"末流",那么拼音文字则是"一流",如此比较的内在标准就是"科学",之后"精密""新理新事新物"等用词更是无一不指向背后的"科学主义"。

不只钱玄同一人,陈独秀、胡适、鲁迅等人也曾先后对汉字有过同样的态度,

---

[1] 陈独秀:《本志罪案之答辩书》,《新青年》1919年第6卷第1号。
[2] 蔡元培:《致〈新青年〉记者函》,《新青年》1917年第3卷第1号。
[3] 钱玄同:《中国今后之文字问题》,《新青年》1918年第4卷第4号。

虽然他们赞成废除汉字的原因或许各有侧重，但往往都是在"进步"与"落后"、"新"与"旧"等"科学"的标准之下做出的优劣判断。

那么，为什么这些大家都要坚持废除汉字呢？这看似不可思议，但是如果考虑到他们的学术语境，则不难理解。中国要和西方同样发达，就需要大力学习，其中的重点就是西方的"科学"，而从"科学"的视角来审视、阐释自我，则发现传统格格不入，不能与世界文化、学术融合。于是，求同不存异的态度随之而来，废此兴彼就成为一种可以选择的路径。这种"求同"是希望向西方看齐，与西方一致，用西方的文字形式改造汉字，虽然其中或许有新文学、新文化先行者更深的用意，但这无疑是对汉字的歪曲，是一种变异的阐释。

这样的"消极"变异不乏其例。汉字之外，文言文也因"只给人直觉的推理，不给人科学的推理"[①]而应该被废除，这与废除汉字的思路如出一辙。常被学者提起的关于白居易文学思想属于"浪漫主义"或"现实主义"的争论，以"内容""形式"等二分法解释"风骨"的含义结果却不得要领……这些都是以西方诗学的逻辑来对中国文学、文论进行整理和重建，更有甚者，比如美国学者唐纳德·A.吉布斯在《阿布拉姆斯艺术四要素与中国古代文论》中，完全不加调整，直接以四要素理论对中国文论进行切割，试图在中国文学、文论中发现与西方接轨的对接点，却不知在这个过程中，中国文学、文论发生了变异，它们的独特性已经被覆盖、遮蔽。而诸如用弗洛伊德的理论分析李商隐的《无题》诗或《金瓶梅》中"武松杀嫂"情节，虽"有理有据"，但义终龃龉。[②]

以"求同"为目的的阐释，本身却造成了变异，而且，这种变异的产生正是因为在阐释中忽视了异质性，这更像是一个悖论。忽视不同文明间的异质性，极容易造成外来思想与理论术语的强行套用，使一国的文学和理论丧失了自己的独特品格，成为他者的注脚，变异就发生在独特品格的丧失之中。当然，这并不是在否认跨文明阐释的可行性，而是要以强调异质性，来使比较的双方处于平等的地位，从而使比较更加有效。

另外一类是"积极的"变异。虽然在跨文化的相互阐释中容易出现诸多问题，但平行研究中的变异带来的并非完全是消极的效果，还可以带来积极的影响。这里举出同样关于汉字的例子来说明这一问题。

曾长期旅居日本的厄内斯特·费诺罗萨（Ernest Fenollosa）是美国著名的东方学家，他在《作为诗歌手段的中国文字》中认为"汉字的表记却远非任意的符号。

---

① 汪震：《古文与科学》，《晨报副刊》1925 年第 1259 期。
② 具体的分析见：曹顺庆《比较文学平行研究中的变异问题》，载《中山大学学报》（社会科学版）2014 年第 3 期；曹顺庆、曾诣《平行研究与阐释变异》，载《中国比较文学》2018 年第 1 期等论文。

它的基础是记录自然运动的一种生动的速记图画"①,"大部分原始的汉字,甚至所谓部首,是动作或过程的速记图画"②。虽然费诺罗萨也知道"许多中文表意字的图画线索现在已经找不出来了,甚至中国的词汇学家也承认那些组合只是提供了语音"③,但他还是坚持认为"这种图画性方法,不管中文是不是其最佳范例,将是世界的理想语言"④。

  费诺罗萨的阐释是有一定道理的,因为象形本就是汉字"六书"之一,这种造字法的确有描摹实物形状的性质,《说文解字》中说:"象形者,画成其物,随体诘诎。"⑤许慎给出的例子是"日"和"月",费诺罗萨在文章中举出了更多的例子来说明汉字是图画,比如"春""东""男""洲"等。虽然"汉字早就失去了直接表现物象的能力,早就成为索绪尔所说的'武断符号'。组合式的汉字,大部分原先就不是形象的组合,而是属类符号与发音符号的组合"⑥,但是很明显,费诺罗萨有着自己的关注焦点和论述重点。

  费诺罗萨承认自己不是专业的语言学家,只是热衷于东方文化,他希望揭示中国诗歌的美,因此他说:"我的主题是诗,不是语言。但诗之根深植于语言之中。"⑦这就表明了费诺罗萨不求严谨地论述语言汉字体系,而只是借此表明自己的诗学思想。这种有偏向和选择的阐释无疑是一种变异,不过这种不全面甚至是有漏洞的阐释,极大地吸引和启发了庞德(Ezra Pound),影响了庞德对汉字的理解,也为庞德自身的诗学提供了有力的支持。庞德大为推崇费诺罗萨的观点,他准确地抓住了费诺罗萨的用意,明白这篇文章"不是一篇语文学的讨论,而是有关一切美学的根本问题的研究"⑧。可以说,费诺罗萨对汉字的阐释,正是因为存在这种有意的变异,才有效发挥出更为突出的作用——他的观点在一定程度上推动了美国意象派诗歌的发展。

  在运用西方理论阐释中国文学的实践中,也不全然是上文所说的套用,有一些研究避开了陷阱,取得了成效。

  比如中国学者在《中西奥狄浦斯情结之比较》一文中,比较了古希腊悲剧《奥狄浦斯王》,以及中国民俗小说《薛仁贵征东》和《薛丁山征西》,认为双方在"杀

---

  ① 〔美〕厄内斯特·费诺罗萨著,埃兹拉·庞德编:《作为诗歌手段的中国文字》,赵毅衡译,《诗探索》1994年第3期。

  ② 同上。

  ③ 同上。

  ④ 同上。

  ⑤ 许慎著,徐铉等校定:《说文解字》,北京:中华书局1985年版,第500页。

  ⑥ 赵毅衡:《诗神远游》,上海:上海译文出版社2003年版,第248页。

  ⑦ 〔美〕厄内斯特·费诺罗萨著,埃兹拉·庞德编:《作为诗歌手段的中国文字》,赵毅衡译,《诗探索》1994年第3期。

  ⑧ 同上。

父恋母"情结上具有相同之处，但也揭示了中西在哲学基础、情节设置、故事结局等方面的差异。[①] 与上文提到的运用弗洛伊德理论分析《无题》《金瓶梅》不同，这篇文章并未让西方理论遮蔽了中国文学特征的异质性，很好地扩宽了研究的思路，同时也避免了消极变异的发生。

再如叶舒宪的《英雄与太阳》利用人类学的方法对中国上古英雄史诗进行阐释，"遵循原型模式分析的基本原则"[②]，"旨在沟通中西学术研究方法"[③]。书中区分了游牧文明的"战马英雄"型和农业文明的"太阳英雄"型两大史诗模式，并在"太阳英雄"的模式下对中国汉民族的史诗进行了原型重构，借外来理论将零碎的神话材料的线索重新理出，并形成完整的叙述轮廓。这个过程不可避免地使原始材料的面貌发生了变异，但与此同时，原型理论在中国文学的实践中也发生变异，不再只是西方的原型，而变异出新的原型以适应中国文学的样态。这样一来，在避免套用的同时，也有效地为理解中国史诗提供了新的角度。

客观事实进入研究者视域的路径不同，就可能展现出不同的面貌，这种变异现象在跨文明的比较中经常出现。这样的情况并不能被简单地指责为"错误"，它有自身内部的合理性，或者说，它来自于研究者的刻意选择。对汉字的阐释，无论是"阻碍传布智力的结核"[④]，还是"世界的理想语言"，都同属于阐释变异。但之所以称前者为"消极的"，后者为"积极的"，是因为在前者的阐释中，存在着话语的霸权，一方话语完全压倒了另一方；而后者则是在比较中充分发现了不同，重视了比较对象之间的异质性。这样就导致了不同的结果，前者是"失语"，而后者是"对话"。

这里反复出现的"话语"，就是解释变异现象存在必然性的关键。"平行研究中的变异，最根本之处是体现在双方的交汇中，是文明的异质性交汇导致了不同文明的变异。"[⑤] "文明的异质性交汇"是指，东西文明所拥有的不同话语在阐释中的相遇。这里的话语"并非指一般意义上的语言或谈话，而是专指文化意义建构的法则，这些法则是指在一定文化传统、社会历史和文化背景下所形成的思维、表达、沟通与解读等方面的基本规则，是意义的建构方式和交流与创立知识的方式"[⑥]。可以说，话语代表着文化的深层结构，不同的文化结构之间存在着不容忽视的差异。从一种话语立场出发，去阐释另外一种文化现象时，变异就是不可避免的，这就是变异现象存在的必然性。

---

① 赵连元：《中西奥狄浦斯情结之比较》，《学习与探索》2004年第6期。
② 叶舒宪：《英雄与太阳》，西安：陕西人民出版社2004年版，第3页。
③ 同上。
④ 鲁迅先生纪念委员会编：《鲁迅全集》（第六卷），北京：人民文学出版社1973年版，第117页。
⑤ 曹顺庆：《变异学：比较文学学科理论的重大突破》，《中山大学学报》（社会科学版）2008年第4期。
⑥ 曹顺庆、靳义增：《论"失语症"》，《文学评论》2007年第6期。

用外来话语来阐释本国文学时，如果处理不好二者的关系，就容易造成一方出现"失语症"的情况。"失语症"是阐释变异的一种体现，也可以理解为就是上文所说的"消极的"变异，在这种变异中，一方话语始终处于强势状态，以至于剥夺了另一方话语发声的权力。比如中国古代文论的"失语"，就是指将西方话语强行套用在中国文论的研究之中，以西方的"科学性""系统性"等标准评判中国文论，以西方文论术语解释传统文论中的概念，而且在文学批评的实践中，西方话语也霸占了话语权，中国古代文论丧失了言说本国文学的能力。

但平行研究中的阐释变异也并非只会带来"失语"的问题，它还联系着文化、文学的融合与创新，上文举出费诺罗萨作为"积极的"变异的例子已是证明。这需要研究者平等对待不同文明，在平等的基础上，充分进行跨文明相互阐释；还要承认差异，抛弃中心主义，不以任何一方为绝对标准，反对任何一方的话语垄断和独白，使差异成为相互发现的途径之一，而不迷信只有"求同"才能达成理解。只有这样，才能挖掘阐释变异背后的创新可能。

平行研究中变异现象存在的普遍性与必然性足以说明这一领域是不可忽视的。这些变异现象在以往平行研究的理论范围内无法得到有效的解释，而阐释变异学将一直被忽视的阐释性和异质性纳入研究视野，可以弥补以往理论与实践的不足，解决新的问题，促进学科理论新的建构。探究阐释变异学的理论内涵和创新机制，是对传统平行研究的传承，也是对其的丰富与拓展。本章接下来的内容，将深入到阐释变异学的理论层面，建立起阐释变异学的学理框架。

第二节　阐释变异学的理论内涵

影响研究中的变异和平行研究中的变异，并称为比较文学变异学的两大基本研究领域，然而，学术界对于这两个领域的重视程度却有所差别。一般而言，学界对影响研究中的变异问题较为重视，但对于平行研究中的变异这一领域，却尚未有广泛深入的研究成果出现。出现这一现象，是由于我们对平行研究中的变异问题在理论上的说明和界定不够明晰。

阐释变异学是近年来比较文学变异学研究的一个前沿课题，因此，本节将对阐释变异学的定义、基本形态和发生规律做出明确的界定。

一、阐释变异学的定义

根据比较文学变异学的定义，比较文学变异学包括对不同国家、不同文明的文学在影响交流中呈现出的变异状态的研究以及对不同国家、不同文明的文学在相互阐发中出现的变异状态的研究。其中，对不同国家、不同文明的文学在相互阐发中出现的变异状态的研究,就是阐释变异学。

(一)阐释研究是平行研究的本质

平行研究的本质是阐释研究,而阐释就是不同话语的对话。"不同文化或不同文明的话语在相互对话、阐发的过程中,其彼此异质的话语规则必然会发生碰撞,从而形成一定程度的阐释变异。"①

平行研究中的变异问题并不如影响研究中的变异显而易见,因此常常被人忽略。一直以来,平行研究被认为是建立在"类同性"基础上的比较研究,平行研究的可比性除了类同性内涵以外,其实还有一层阐释的意味。体现在其实践形式上,平行研究往往是采用跨民族、跨语言、跨文化与跨学科的阐释法来实现文学、诗学的比较。

平行研究的本质是一种阐释研究,可以从学理依据方面和实践基础上证实这一论断。

学理依据方面,美国学派的重要代表学者雷马克在《比较文学的定义和功用》一文中写道:"影响研究如果主要限于找出和证明某种影响的存在,却忽略更重要的艺术理解和评价的问题,那么对于阐明文学作品的实质所做的贡献,就可能不及比较互相并没有影响或重点不在于指出这种影响的各种对作家、作品、文体、倾向性、文学传统等等的研究。"②雷马克在评价影响研究的局限性同时,间接地点出了平行研究关注的主要问题——"艺术理解和评价的问题"。所谓艺术的理解与评价问题,其实就是阐释。也就是说,在雷马克给出的比较文学平行研究的概念里,实际上是以阐释研究为核心的。

实践依据方面,从阐释研究的三种类型出发,可以发现,至今为止的诸多学术实践都是在基于"类同性"的平行研究下展开的阐释研究:

一、"求同"性质的阐释研究,即以寻找共同点作为出发点与目标的比较文学阐释研究。一些平行研究中的浅层比附研究,把文学现象、文学理论中的相同点仅仅进行表面的简单罗列或者硬性类比,就是"求同"性质的阐释研究。比如把安娜和繁漪进行类比,因为她们都是女性,都生活在一个富裕、有地位的家庭,都有一个给他们支撑脸面但又缺乏爱情的丈夫,都大胆冲出家庭寻找情人,最终都被情人抛弃;又如将李贺与巴洛克诗人进行比较,陈列巴洛克诗人与李贺两类不同文化背景之间的共同点,如都具有华丽诡谲的文风,最终得出李贺是一个具有巴洛克风格的诗人之结论,此类就是典型的在"X+Y"模式中寻找双方表面同点的阐释研究。钱锺书在《谈艺录》序言中所提到"东海西海,心理攸同;南学北学,道术未裂"的"打通"思想,是一种美好的学术理想与学术追求,但在实际的学术实践中,如

---

① 曹顺庆、曾诣:《平行研究与阐释变异》,《中国比较文学》2018年第1期。

② 〔美〕亨利·雷马克:《比较文学的定义和功用》,张隆溪选编:《比较文学译文集》,北京:北京大学出版社1982年版,第2页。

果阐释研究只求"同",往往会遮蔽真实的"异",难以避免沦为肤浅。

二、平行阐释研究,即以作品阐释作品或以理论阐释理论。在中西诗学比较的研究中,代表作有刘若愚的《中国诗学》《中国文学理论》《语际批评家:阐释中国诗歌》等。如刘若愚的《中国文学理论》(Chinese Theories of Literature)是海外第一部中西比较文论的著作,这本书的独特性就在于作者借用了艾布拉姆斯的"四要素"理论为理论落脚点,以"作家"和"读者"替换原来的"艺术家"和"欣赏者",把中国古代文论分成了"形上理论""决定理论""表现理论""技巧理论""审美理论""实用理论"六大内容。这种用西方的学术话语和理论语境来投射中国的传统诗学体系,是平行研究外壳下以西释中之阐释研究内涵的彰显。

三、比较文学阐发法,阐发法于20世纪70年代由台湾学者提出,是用西方文学理论与方法来单向阐释中国文学的一种研究模式,具有鲜明的跨文化、跨文明特征。其内涵是:"运用生成于甲文明中的文学观念或其他学科知识来阐释、研究生成于乙文明当中的文学作品、文学理论;或者反过来,用生成于乙文明中的文学观念或其他学科知识来阐释、研究生成于甲文明当中的文学作品、文学理论。"[①]20世纪初以来已经出现了诸多学术实践成果,如梁启超的《论中国学术思想变迁之大势》、王国维的《〈红楼梦〉评论》、朱光潜的《诗论》等。构建阐释关系的前提实际上是类同比较关系的成立,所以阐发法的理论与实践都证实了平行研究与阐释研究的同质关系。

综上,无论是从学理维度还是从实践维度来看,平行研究与阐释研究在本质上都是相通的,平行研究的本质就是阐释研究。当然,阐释变异学与平行研究也存在不同,阐释变异学不是比较某种文学类型、母题的类同性,而是对文学文本在跨文明过程中的意义变异及其差异化的思想逻辑做出分析与解释。

(二)阐释变异学的研究范畴

阐释变异学研究的是不同文化或不同文明在相互对话、阐释的过程中发生的变异现象。因此,只要涉及从一方的文化、文明视角出发去阐释另一方的文学、理论等文化产品,并产生了新见,都属于阐释变异的研究范畴。

阐释变异学实际上是"阐释学"(Hermeneutics)与"变异学"(Variation)二者的结合。"阐释学"(又译"诠释学""解释学")是对于文本意义的理解和解释的理论或哲学,以海德格尔、伽达默尔为代表的当代阐释学家已经将阐释学从方法论、认识论的领域转移到本体论的领域,使之成为了可以运用于文学、社会学、人类学等各个领域的一套完整的哲学体系。阐释学在文学中的体现是最普遍的,也是最特殊的,因此常常与文学研究相结合。阐释学认为,在文学中所理解的不仅是文本意义,而且可以上升到在者与存在。"文学之所以对我们理解精神生活和历史具有不

---

① 曹顺庆主编:《比较文学教程》,北京:高等教育出版社2010年版,第252页。

可估量的意义正在于：只有在语言里，人的内在性才找到其完全的、无所不包的和客观可理解的表达。因此，理解艺术的中心点在于对包含在著作中的人类此在留存物进行阐释或解释。"①

在跨文化、文明文本阐释的过程中，一定会产生变异。不同文化、文明间文学的平行比较或者相互阐发，是在异质性的基础上进行的，这种情况下的比较和阐发，变异是必然的，也是根本的。"之所以会出现这种阐释变异，是因为东西方文明都各自拥有一套属于自己的话语体系，有自己特有的话语规则。用西方话语来阐释中国文学时，由于阐释的标准属于西方话语体系，与中国话语体系存在异质性，不仅会带给中国文学崭新的理解维度，同时也会在阐释中出现种种变异。"②在不同文化、不同文明的异质性客观存在的情况下，各种话语的交错也必然会产生出不同程度的阐释变异。在阐释学视域下，海德格尔也指出，阐释过程中无法避免一种"先入之见"："解释向来奠基于先见（Vorsicht）之中，这种先见从某种可解释状态出发对先有中所获得的东西进行'切割'。……把某某东西作为某某东西加以解释，这在本质上是通过先有、先见和先把握来起作用的。解释从来不是对先行给定的东西所作的无前提的把握。如果按照正确的本文解释的意义，解释的特殊具体化固然喜欢援引'有典可稽'（dasteht）的东西，然而最先的'有典可稽'的东西只不过是解释者的不言自明的无可争议的先入之见（Vormeinung）。任何解释工作之初都必然有这种先入之见，作为随着解释就已经'设定了的'东西是先行给定了的，这就是说，是在先有、先见和先把握中先行给定了的。"③实际上，海德格尔所指的这种"先入之见"，与叶维廉的"文化模子"理论相似，都是造成异质性文化交流过程中的文化过滤现象的原因。无论是文化过滤、文学误读、文学读者的接受差异，实际上都含有阐释变异的因素。

因此，阐释变异学涵盖了"阐释学"与"变异学"两者交叉的研究范畴。跨文化文学阐释中产生的变异、新质是阐释变异学研究的核心，而追究其变异产生的原因与影响也是阐释变异学研究需要做的工作。

二、阐释变异的基本形态

根据变异过程发生的形式差异，阐释变异可以分为错位、对位、移位三种基本形态。④

---

① 〔德〕威尔海姆·狄尔泰：《诠释学的起源》（1900），洪汉鼎译，洪汉鼎主编：《理解与解释——诠释学经典文选》，北京：东方出版社2001年版，第77页。

② 曹顺庆：《比较文学平行研究中的变异问题》，《中山大学学报》（社会科学版）2014年第3期。

③ 〔德〕马丁·海德格尔：《理解和解释》，陈嘉映、王庆节译，洪汉鼎主编：《理解与解释——诠释学经典文选》，北京：东方出版社2001年版，第120页。

④ 见王超：《比较文学变异学中的阐释变异研究——以弗朗索瓦·于连的"裸体"论为例》，《当代文坛》2018年第6期。

（一）错位阐释变异

即"用某国文论话语阐释另一国文学文本……异质文论话语与文学文本的跨文明错位阐释，往往遮蔽异质文明不可通约的结构性差异，在带来崭新的理解维度的同时，也会导致不同程度的文学误读和阐释变异"[①]。

用西方话语来阐释中国文学，由于阐释的标准属于西方话语体系，与中国话语体系存在异质性，就会在阐释中出现种种变异，这种变异就属于错位阐释变异。如朱东润的《中国文学批评史大纲》受到西方哲学和文学理论影响，把殷璠、高仲武、司空图视为"为艺术而艺术"，而元结、白居易、元稹则是"为人生而艺术"。众所周知，"五四"作家"为人生而艺术"的口号，是在俄罗斯现实主义的影响下提出来的，而"为艺术而艺术"则源自于欧洲唯美主义，这些话语的深层规则是西方"二元对立"的思想，从而把艺术与人生对立起来。在中国古代，艺术与人生并未对立起来。如叶燮《原诗·外篇上》"诗是心声，不可违心而出，亦不能违心而出"，就是强调人生与艺术的统一。如果忽视产生的背景与中西思想的异质性，直接把西方文学理论中的概念套用在中国作家身上，就会造成中国文论沦为西方文论的素材和注脚的情况。再如，比较文学阐发法也是典型的错位阐释变异研究，阐发法的实质是建立在类同关系基础上的以西释中，归根结底，其核心内涵是不同文明话语间的对话。

（二）对位阐释变异

即"预先设定某种主题、母题、题材、类型或范畴，将不同文明语境中的不同表象形态进行对比互释所产生的意义变异。与错位阐释不同的是，对位阐释变异侧重探寻叶维廉所说的文化模子或美学据点，多呈现为理论对理论、文本对文本、范畴对范畴的研究等，是一种二元互动的阐释模式"[②]。

比较文学主题学研究对于中国学界并不陌生，早已出现了如季羡林《罗摩衍那初探》（1979）、钱锺书《管锥编》（1979），陈鹏翔《主题学研究论文集》（1983），张玉安、陈岗《东方民间文学比较研究》（2003）等丰富实践。而对位阐释变异与比较文学主题学不同的是，在共同主题、母题下的二元互动的阐释中，重在追求其"同中之异"。正如黑格尔所言："能区别一支笔与一头骆驼，我们不会说这人有了不起的聪明。同样，另一方面，一个人能比较两个近似的东西，如橡树与槐树，或寺院与教堂，而知其相似，我们也不能说他有很高的比较能力。我们所要求的，是要能看出异中之同和同中之异。"[③] 对位阐释变异是在类同性基础上对研究对象跨文化差异的辨析与追问。换句话说，共同话题不同话语的差异比较，突出的是不同文

---

① 王超：《比较文学变异学中的阐释变异研究——以弗朗索瓦·于连的"裸体"论为例》，《当代文坛》2018年第6期。

② 同上。

③ 〔德〕黑格尔：《小逻辑》，贺麟译，北京：商务印书馆1980年版，第253页。

明之间的异质性，是一种在同一"中介"统御下彰显差异的研究方式①。

例如萨义德的"东方主义"站在西方文化的视角上去阐释东方文化，提出"东方不是东方"，认为"东方是非理性的，堕落的，幼稚的，'不正常的'；而欧洲则是理性的，贞洁的，成熟的，'正常的'"②。在萨义德看来，"西方学术中的东方学是在西方向东方的扩张中，在其帝国主义的意识形态下建构起来，西方的东方知识是以殖民扩张以及对新异事物的兴趣的背景下发展起来"③。萨义德对东方的阐释就是典型的对位阐释变异，其观点产生于用一种文化阐释另外一种文化的研究方式，因为忽略了东西文化的异质性并从单一的西方文化出发，而得到了对东方的误解之结论。

（三）移位阐释变异

即"某个原生性文本质态置放于跨文明'新情境'中被阐释时所发生的意义变异"④。其呈现形式常常为一国作品在另一国文化中遭到了不同的境遇、存在不同的接受情况，或造成了与本国相比差异较大的影响等。

移位阐释变异与对位阐释变异的区别在于：对位是二元并置中的比较，而移位是一元多义中的比较。移位意味着文本阐释的"先结构"或"前理解"（Pre-understanding）发生挪移，萨义德提出的"理论旅行"（Traveling Theory）就属于此。源文本进入"理论旅行"之中，用萨义德的话说："移植，即该理论在新的文化语境下，遭遇不同程度的抵制、误读与接受，并因此发生复杂变形，或干脆被人挪作他用。"⑤

根据移位阐释引起的不同效果，可以分为两种情形：

一是移位阐释引起的现象变异。这主要是"局部性的、现象级的变异"⑥。具体可以是某些文学作品、文学思潮在不同国家产生了不同的接受与影响情况。寒山拾得诗在国外的接受就是一个典型的例子。唐代的寒山拾得诗在我国一直以来受到冷遇，而在海外却享有崇高地位，甚至直接影响到他国作家的写作，如日本作家森鸥外的《寒山拾得》（1916）就是一部以诗人寒山、拾得为内容的短篇小说，其小说情节出自署名"唐朝议大夫使持节台州诸军事守刺史上柱国赐绯鱼袋闾丘胤撰"的

---

① 曹顺庆、曾诣：《变异学视域下比较文学跨文明研究的类型及合法性》，《深圳大学学报》（人文社会科学版）2015年第4期。
② 〔美〕爱德华·W.萨义德：《东方学》，王宇根译，北京：生活·读书·新知三联书店1999年版，第49页。
③ 曹顺庆、张雨：《比较文学变异学的学术背景与理论构想》，《外国文学研究》2008年第3期。
④ 王超：《比较文学变异学中的阐释变异研究——以弗朗索瓦·于连的"裸体"论为例》，《当代文坛》2018年第6期。
⑤ Said Edward W, the World, the Text, and the Critic, Cambridge: Harvard University Press, 1983.p.227.
⑥ 王超：《比较文学变异学中的阐释变异研究——以弗朗索瓦·于连的"裸体"论为例》，《当代文坛》2018年第6期。

《寒山拾得集序》①。足以见得寒山拾得诗在海外的盛行与影响，与在国内的接受情况形成了巨大的落差。

二是移位阐释引起的结构变异，即文学他国化。文学他国化是指"一国文学在传播到他国后，经过文化过滤、译介、接受之后发生的一种更为深层次的变异，这种变异主要体现在传播国文学本身的文化规则和文学话语已经在根本上被他国——接受国所同化，从而成为他国文学和文化的一部分"②。他国化变异与结构变异相辅相成，共同发生。"他国化结构变异的根本特征在于：它不仅在移位阐释过程中产生理论新质，而且这些新质融入并改变了本国文学文化的知识谱系和思想结构。"③如20世纪五六十年代发生在拉美的"文学爆炸"当时受到国内局势影响，并未影响到中国文坛，而直到80年代，以马尔克斯《百年孤独》为代表的拉美魔幻现实主义作品才传入中国。与此同时，这一批魔幻现实主义作品的传入直接影响了国内80年代中期出现的寻根文学思潮，本土作家对这些异域作品产生了新的理解与心灵的共振，并创作了一系列中国乡土与拉美魔幻现实主义相结合、创新的作品，如扎西达娃的《西藏，隐秘的岁月》、韩少功的《爸爸爸》、张炜的《古船》、莫言的《红高粱家族》等，其实是移位阐释变异引起的中国文学的结构变异之体现。

三、阐释变异的发生规律

阐释变异的发生规律包括阐释视域的变异、阐释路径的变异和阐释结论的变异三个过程。

（一）阐释视域的变异

阐释视域的变异是指由"同化"转为"变异"、由"求同存异"转为"求异存同"的研究目的上的变异。研究者在进行文本阐释的过程中，需要"悬置先行视见，然后迂回到异度空间重新审视"④。

最初，法国学派的可比性建立在"同源性"上，主要进行影响研究，研究具有一定事实渊源的文学之间的关系，最终带领比较文学走进了"文学关系学"的穷途末路；随后，美国学派在可比性基础上加入了"类同性"，主要进行平行研究，研究有一定相似性、共同点的文学现象，但是，却使比较范围不够明晰，产出了较多没有价值的研究结果，且容易陷入简单的比附研究。以上两种过去的研究模式，都是将比较文学中国学派排除在外的，因为中国的文学与文化既不具备太多历史上的"同源性"，也不具备与西方完全共通的"类同性"。因此，阐释视域的变异，实际

---

① 方汉文主编：《东西方比较文学史》，北京：北京大学出版社2005年版，第742页。
② 曹顺庆主编：《比较文学教程》，北京：高等教育出版社2010年版，第149页。
③ 王超：《比较文学变异学中的阐释变异研究——以弗朗索瓦·于连的"裸体"论为例》，《当代文坛》2018年第6期。
④ 同上。

上打破了以"同源性""类同性"为基础的狭窄视域,从而将"异"纳入比较文学的可比性基础中去,也为中国文学纳入世界文学的比较体系中去确立了合法性。

阐释变异研究在视域上必须关注异质的存在,不能用一方话语同化另一方话语,不能以偏概全地用某种话语覆盖其他话语,也就是说求"异"意味着要坚守自我文明的独特性原则。如钱锺书的《谈艺录》《管锥编》、叶维廉的《中国诗学》以及王元化的《文心雕龙创作论》等,他们在论述古代文学批评的同时,加入了自己的看法,并使用了一些外国的材料,但是,无论他们引用了多少现代的、西方的内容,其核心仍是牢牢把握住中国的文论话语,"依经立意",以我为主。如果失去了以一方话语成为霸权,其他话语就将受到压抑,这样就很容易出现法国学者弗朗索瓦·朱利安(Francois Julien,又译于连)所说的情况:"我们正处在一个西方概念模式标准化的时代。这使得中国人无法读懂中国文化,日本人无法读懂日本文化,因为一切都被重新结构了。"[1]

(二)阐释路径的变异

从阐释视域的变异中出发,会发生方法论意义上的阐释路径的变异。

一是"以退为进"的他者建构。所谓"以退为进",是指沿着研究线索寻根探源,将研究对象放置回他者的文明体系框架内进行建构。

在建构过程中,研究者们需要将比较动机从"我有,你可以有"转换为"我有,你为什么没有"。具体来讲,就是尊重他国的异质性历史事实、文化传统与社会现状,从而退一步思考某种异质性文化现象的背后的话语,将对"异"的研究回归到文学形态之不同的文明土壤中去。

笔者的《道与逻各斯:中西文化与文论分道扬镳的起点》,可以看作一个阐释视域变异的优秀范例。文章前半部分对"逻各斯"与"道"进行了深入浅出的比较,总结出了二者的相同点:永恒性、"言说"之意与规律相关之意。如果以"求同"为阐释路径,文章可能会到此为止了,但是笔者进一步追问,求解二者之"异":"尽管老子的'道'与赫拉克利特的'逻各斯'有如上三点(或许还可找出更多)共同或相似之处,但为什么这种相似甚至相同的'道'与'逻各斯',却对中西文化与文论产生了截然不同的影响?显然,'道'与'逻各斯'在根本上有着其完全不同之处。我们更感兴趣的正是这种不同之处,因为这种根本上的不同,才使得中西文化与文论分道扬镳,各自走上了不同的'道',形成了中西方不同的文化学术规则与文论话语。"[2]随后,文章的后半部分,也是文章的重点,分析了二者根本上的"异",并总结为"有与无""可言者与不可言""分析与体悟"三个方面,将"道"与"逻各斯"中西两个核心概念退回到各自文明框架之内进行讨论,以此追究了中西文化在根本上的不同,并杜绝了用西方的概念替换中国文化本身文化概

---

[1] 秦海鹰:《关于中西诗学的对话——弗朗索瓦·于连访谈录》,《中国比较文学》1996年第2期。
[2] 曹顺庆:《道与逻各斯:中西文化与文论分道扬镳的起点》,《文艺研究》1997年第6期。

念的情况。

　　二是"不比之比"的异质性对视。"不比之比"出自法国当代哲学家朱利安，意为"不以比较开始"的比较，即对某种符号表象及诗学传统进行逻辑归位，然后将这种异质性、无关性的话语系统进行对视、碰撞，形成"以比较结束"的结论[①]。

　　在逻辑归位的过程中，异质性的对视与碰撞必须在两个不同文化、文明的话语系统中展开。吴兴明认为："于连的'建构对比'的策略算不算也是'比较'呢？显然，'对比'/'对视'决不仅仅是用中国的材料，而是用'中国自己的逻辑'与欧洲思想的逻辑相碰撞，只有这样，'震惊'和'突破'才能真正地产生。"[②] 也就是说，不以比较为目的的研究将回归到不同文明体系的内部去，通过与另一方的碰撞来重审自己、重构自我，将是异质性对视的理想目的。

　　"不比之比"主要体现在两种文化体系的相互观照的实践中，以中国古代文论与外国文论的比较为例，阐释研究为中国古代文论引进了崭新的研究视角和研究路径。最初以王国维、朱光潜、钱锺书为代表的一些著名学者，引入西学，他们是中西互相观照下古代文论研究的开辟者。20世纪90年代以后，中国与世界的交流迅速增多，中西文化交流大幅增长，古代文学批评史不可避免地与比较文学、诗学交叉，从外部新视角研究古代文论的研究趋势愈来愈热，一批学术专著应运而生，有：叶维廉的《中国诗学》（1992）、黄维梁的《中国古典文论新探》（1996）、杨乃乔的《悖立与整合——东方儒道诗学与西方诗学的本体论、语言论比较》（1998）、童庆炳的《现代学术视野中的中华古代文论》（2002）和《中华古代文论的现代阐释》（2010）、程相占的《文心三角文艺美学：中国古代文心论的现代转化》（2004）、曹顺庆的《中西比较诗学》（2010）等。这些著作研究视角独特，为中国文学批评史开辟出广阔的新的研究空间，把批评史的研究的影响扩展到了其他学科领域，也为文艺美学、比较文学、比较诗学等研究提供了诸多启示。

（三）阐释结论的变异

　　在阐释视域和阐释路径变异的思路下，必然会发生阐释结论的变异。

　　一是概念范畴的质地变异。阐释结论的变异首先体现为概念范畴的变异，即同一个或具有类同性的术语在不同文化背景、文明体系中呈现出了不同的内涵。

　　"中国文学批评史"就是一个概念范畴的质地变异的案例。《西方现代文学批评术语辞典》里讲："批评（criticism）从词源上讲，'to criticize'起初的意思是'to analyse'（分析），后来变成了'to judge'（评判）。……批评理论也应该同批评区

[①] 王超：《比较文学变异学中的阐释变异研究——以弗朗索瓦·于连的"裸体"论为例》，《当代文坛》2018年第6期。

[②] 吴兴明：《"迂回"与"对视"》，《西南民族大学学报》（人文社会科学版）2007年第7期。

别开来，因为理论着重分析和评判概念而不是作品。"① 在西方学术界，韦勒克根据索绪尔语言学理论把"文学研究"具体三分为文学理论、文学批评、文学史。而在国内学术界，我们所见到的一切文学批评史，基本都把"文学批评"的概念扩大了，具体的文学评论与广大的文学理论都被纳入到了"文学批评"里，甚至大多数文学批评史都多于理论思潮的陈述，较少涉及对具体作家作品的评论。事实上，"文学批评"本就是一个来自西方的词，原指西方系统化、专门化的文学理论与文学批评，但在中国文化背景下，文学批评在古代并不受重视，也并无此概念，于是中国文学批评史里涵盖的其实是散落在各处的诗说、词评、曲评、骈散文评等，像《文心雕龙》《诗品》《沧浪诗话》等专门论著则占少数。正如杜书瀛所言："越是深入研究，越是觉得应该对'文学批评'打上一个大大的问号。我认为正是因为'文学批评'与中国古代文论名不副实，所以一段时间以来常常造成一些读者甚至业内人士的某种认识偏差。"②

二是思想逻辑的表述变异。阐释结论的变异还表现在思想逻辑的表述变异，即将研究从浅层的概念范畴层面转向深层的学术规则层面，往往会发现背后蕴含了不同文化的思想逻辑与表述传统。

清末民初林纾翻译外国小说的实践是一个典型案例。林纾将斯威夫特（Jonathan Swift）的《格列佛游记》（*Gulliver's Travels*）翻译为《海外轩渠录》，将欧文（Washington Irving）的《见闻杂记》（*The Sketch Book with Chinese Notes*）翻译为《拊掌录》。事实上，林纾翻译的方法是从中国古代的书名中寻找与原书类似者：《轩渠录》是宋代吕居仁撰写的幽默笑话集，而《拊掌录》则是对《轩渠录》的补遗之作。③ 林纾之所以用这两个书名来翻译斯威夫特和欧文的书，其实是立足于中国的文化语境中，选择最能够被当时的中国人所接受的命名方式，从而增加作品的接受度，便于人们理解，其书名翻译的变异背后蕴含的就是思想逻辑的表述变异。

本节对阐释变异学的定义、基本形态和发生规律做出了界定，阐释变异学的理论内涵得到了进一步的明确。下一节将说明阐释变异学作为变异学的一种研究类型，如何对平行研究实现包容性的传承与发展，即阐释变异学的创新机制。

---

① 〔英〕罗杰·福勒编：《现代西方文学批评术语辞典》，薛满堂等译，沈阳：春风文艺出版社1988年版，第163页。
② 杜书瀛：《从"诗文评"到"文艺学"》，北京：中国社会科学出版社2013年版，第3页。
③ 见曹顺庆：《比较文学平行研究中的变异问题》，《中山大学学报》（社会科学版）2014年第3期。

第三节　阐释变异学的创新机制

本章第一节"平行研究中的变异现象"介绍了平行研究的历史变迁、以往研究的贡献与缺陷、变异现象存在的普遍性和必然性等主要内容；第二节"阐释变异学的理论内涵"则从阐释变异学的定义、阐释变异的基本形态、阐释变异的发生规律三个方面具体地分析了阐释变异学的理论内涵。本节题为"阐释变异学的创新机制"，将在前两节所述内容的基础上，对阐释变异学在共时性层面的创新、平行研究的类同研究与阐释研究、阐释研究的聚合模式与变异模式这三方面的内容进行分析说明。

作为比较文学变异学的一种研究类型的阐释变异，较好地实现了对平行研究的继承与发展。阐释变异学的创新之处在于，阐释变异转变了平行研究的比较方式，即将平行研究的类同研究转向了阐释研究；同时也转变了阐释研究的具体模式，即将阐释研究的聚合模式转向了变异模式。从阐释变异学方法论体系的形成来看，其经历了双重分离与双重聚合，是在原有理论方法基础上进行的有序且深刻的创新。

一、共时性层面的创新

阐释变异学将平行研究中的类同研究转向了阐释研究，将阐释研究的聚合模式转向了变异模式，实质上是在共时性的层面对平行研究进行了创新。

"共时"与"历时"这对概念是由瑞士语言学家索绪尔（Ferdinand de Saussure）提出的，他认为"共时态和历时态分别指语言的状态和演化的阶段"[①]，在这里，"共时"与"历时"指代的是两种语言学研究类型。"为了更好地表明有关同一对象的两大秩序的现象的对立和交叉，我们不如叫作共时语言学和历时语言学。有关语言学静态方面的一切都是共时的，有关演化的一切都是历时的。"[②] 索绪尔高度重视共时层面的研究，他将语言看成是共时体系的严密系统，认为共时研究比历时研究更为重要。索绪尔认为语言学不应是研究某人为什么在某时说某一句话，而是要把这句话置于语言系统中来考察这句话的形式和意义。索绪尔对语言的研究摆脱了传统语言学重视历史的研究方法的桎梏，他只看重语言内部的因果分析，仅把语言在历史层面上的演进现实看作是共时层面的一种状态。而"共时性"（Synchronicity）这一概念则是由瑞士心理学家卡尔·荣格（Carl Gustav Jung）首先提出的。荣格注意

[①] 〔瑞士〕费尔迪南·德·索绪尔：《普通语言学教程》，高名凯译，北京：商务印书馆1980年版，第119页。

[②] 同上书，第143页。

到了自己生活中发生的各种巧合事件，并认为这些巧合事件不能用因果性与目的性加以解释。他在中国古籍《易经》中的"同气相求""同类相动"等思维方式的影响下，提出了共时性概念。荣格认为共时性包括三个范畴：第一，产生于现在，内心事情与外界事情同时发生；第二，扩大我们与世界的关系，而找到更广大的意义；第三，人在内心寻找意义，如预言等。荣格的共时性概念与平行的关系紧密相关，是对众多无因果关联的事件的一种解释。无因果性联系是由个人的主观经验决定的，看似巧合的事件实际上是通过内心与外界之间、精神与物质之间的联系建立起联系的。索绪尔的"共时"理论与荣格的"共时性"理论都体现了人文社科研究者对历时视角的反思与批判，同时也展现了共时视角的优势。

  历史性的梳理必不可少，比如国内比较文学变异学的发展历程就经历了萌发期和创立发展期等阶段。在比较文学变异学的萌发期，严绍璗指出："文学的'变异'，指的是一种文学所具备的吸收外来文化，并使之溶解而形成新的文学形态的能力。"[①] 台湾学者的"阐发法"则涉及话语异质性的问题。在比较文学变异学的创立发展期，变异学的理论建构逐渐成形、完善，理论阐述不断丰富，变异学被广泛应用于个案分析与研究，包括作品的译介与接收研究、文本的理论旅行研究、文本的他国化研究等。这样的纵向梳理有利于建构更为清晰的学科发展路径，因此，目前多数的变异学研究都是从历时性的层面展开的，很少顾及共时性的层面。这些研究大多侧重于比较文学发展各阶段中心阵地的转移，论述对象往往从法国学派的影响研究、美国学派的平行研究转到中国学派的变异学研究。

  但是，比较文学的发展是累进式的、"涟漪式"的。"一圈圈的'涟漪'构成了比较文学不同的发展阶段，所有的涟漪便共同构成了比较文学学科理论涟漪式的基本框架。因而，比较文学学科理论不是线性的发展，不是'弑父'般的由后来的理论否定先前的理论，而是层叠式地、累进式地发展。后来的理论虽新，但并不取代先前的理论。"[②] 比较文学学科理论在经历了"三阶段"的发展之后，变异学能否对之前的研究理论起到什么补充与修正作用？这就需要从共时性层面进行思考，需要关注比较文学发展的多维性特质，即变异学提出后影响研究与平行研究的进一步发展。并且，目前的研究多从变异学的视角出发去考察影响研究与平行研究，但如果欲使变异学与之前的比较文学理论进行充分融合，就需要同时从影响研究与平行研究这两个视角出发去考察变异学的研究。"在历时性的语境中把握变异学的理论价值无可厚非，然而，在共时性空间与语境中关注比较文学学科理论的'生长'状态亦不可或缺。"[③] 阐释变异学的提出就是在实现了平行研究与变异研究的融合（即从

---

① 严绍璗：《中日文学关系史稿》，长沙：湖南文艺出版社1987年版，第3页。
② 曹顺庆：《比较文学学科理论发展的三个阶段》，《中国比较文学》2001年第3期。
③ 时光：《比较文学变异学十年（2005—2015）：回顾与反思》，《燕山大学学报》（哲学社会科学版）2018年第1期。

平行研究视角出发考察变异学）的同时，也实现了对平行研究的创新和发展。

二、平行研究的类同研究与阐释研究

（一）类同研究与阐释研究

平行研究是比较文学学科中的重要研究类型之一，其在比较文学法国学派形成之前就已广泛存在，后又因美国学派的高度重视几乎成为了美国学派的代名词。美国学派的代表人物亨利·雷马克对比较文学做出了如下定义："比较文学研究超越一国范围的文学，并研究文学跟其他知识和信仰领域诸如艺术（如绘画、雕塑、建筑、音乐）、哲学、历史社会科学（如政治学、经济学、社会学），其他科学、宗教等之间的关系。简而言之它把一国文学同另一国文学或几国文学进行比较，把文学和人类所表达的其他领域相比较。"[1] 这一定义体现了平行研究对跨学科、跨文化比较的极力提倡。但平行研究在努力拓展其跨越性边界的同时，依然坚守着可比性边界，即"类同性"。不过，正如本章第一节所分析的，仅仅强调类同并不能完全涵盖平行研究应有的范围，"类同比较是平行研究的显性特征，而阐释研究则是平行研究的隐性内涵"[2]。因此可以说，类同研究与阐释研究共同组成了平行研究的两个维度。

（1）平行研究的类同研究

传统的平行研究的可比性是类同性，类同性是指没有文学影响关系的不同国家的文学所表现出的相似与契合之处。比较文学发展到美国学派活跃的阶段时，类同性作为平行研究可比性的特征突显出来，类同比较在比较文学的研究中逐渐占据了重要地位。类同比较的方法在平行研究的类型学、主题学、文体学、跨学科研究等重要研究领域中大显身手，发挥着重要作用。

类型学是比较文学平行研究中最基本、最常见的研究方式，其"类型"意为有某种通约性特征的文学要素，且这些要素多数没有事实联系。类型学的目标是通过对相似的文学现象进行比较以发掘文学的演进规律以及相似的表象下存在的深层差异。类型学主要研究不同民族、不同文化背景下的文学作品在内容题材、人物形象、表现手法、思潮流派四个方面存在的相似。

主题学的研究对象是不同国家、不同文明的不同作家对相同主题的不同处理，涵盖母题研究、情境研究、意象研究三个范畴。母题研究建立在不同国家、文明的文学母题的相似上；情境研究以典型格局相似为基础；意象研究则将不同民族文化中的同一意象作为研究的起点。可以说主题学研究也是基于类同比较。

文体学与平行研究紧密相连，因诗歌、散文、小说、戏剧等主要文体广泛存在

---

[1] 〔美〕亨利·雷马克：《比较文学的定义和功用》，张隆溪选编：《比较文学译文集》，北京：北京大学出版社1982年版，第1页。

[2] 曹顺庆、曾诣：《平行研究与阐释变异》，《中国比较文学》2018年第1期。

于世界各国文学中。文体学的研究正是建立在同类文体的基础之上的。文体的平行研究旨在发掘同一文体在不同国家呈现出的特征及文体之间的相互关系,包括诗歌文体比较、戏剧文体比较、小说文体比较、散文文体比较等研究内容。

跨学科研究的目的在于揭示人类不同形态的知识的同与异,同时揭示文学这一学科的独特性,包括文学与艺术比较、文学与其他社会科学比较、文学与自然科学比较等研究内容。人类的各种学科曾是同源共生的,在人类的蒙昧时期,物我不分、人神合一的思维特质推动了神话、宗教的诞生。神话是原始人的"科学""哲学"与"历史",代表着原始人对自身与整个世界的认识。而随着人类思维的进化和知识的演进,人类的各种精神现象分别有了各自对应的学科,这些学科逐渐分离,形成了各自专属的领域。人类的科学有理性与感性两大发展方向,尽管各个学科有自己的边界与规定,但理性世界与感性世界的紧密联系使得各学科间也有着相互渗透、相互促进的特征。

(2)平行研究的阐释研究

阐释学(Hermeneutics),又称"解释学""释义学""诠释学",是一种解释文本的哲学技术。阐释学一词最早出现在古希腊语中,其拼法为"Herneuein",意为"以言语达意",其词根"Hermes"即古希腊神话中宙斯的信使赫尔墨斯,有"神之消息"之意。阐释学大致经历了三个发展阶段,分别为前阐释学阶段、经典阐释学阶段以及现代阐释学阶段。前阐释学阶段是阐释学的发轫期,阐释活动开始于人们对《荷马史诗》的阅读,形成于对《圣经》的解释。在这一阶段,阐释方法、阐释规则零散而不够理论化、系统化,还不能说是真正意义上的阐释学。到了经典阐释学阶段,阐释对象由《圣经》扩展到了所有文本,阐释目的仍为准确把握文本的含义,该阶段的代表人物是阿斯特(Friedrich Ast)和施莱尔马赫(Friedrich Daniel Ernst Schleiermacher)。在这一阶段,阐释者们对阐释的历史性的认识还有欠深刻。他们往往只认识到了文本与作者所具有的历史性,而没能意识到作为阐释者的自身同样也存在着历史性,同时他们对阐释活动的辩证性的理解也较为浅薄。而以海德格尔(Martin Heidegger)、伽达默尔(Hans-Georg Gadamer)等人为代表的现代阐释学则批判了传统阐释学的非历史性主义,认为文本阐释实质上是人类对自身历史的哲学阐释。

平行研究中的阐释研究是对两种或两种以上文学文本或文学理论进行的相互阐释,而且这种阐释是跨越国家界限的,甚至是跨越不同文明的。阐释研究是文学研究实践中常见的研究方法,在比较文学领域有着不可忽视的重要性。对一国的文学文本的全面阐释需要借助理论工具进行,理论工具不能仅仅局限于本国的文论,因而研究者常从异国、异文明的文学传统中寻求有力的解读方式;验证一国文学理论的普适性与包容性,不但要使其指导本国的文学创作和批评实践,也要使研究者不断试图将其用于外国文学的评论、分析中,这就构成了用一国的文学理论阐释其他国家文学的阐释。而不同国家、文明的文学和文论之间的相互阐释也是首先满足了研究者在面对自我和他者时所萌发的比较的欲望，而这种比较同时也是不同文学、文论的碰撞。这些情况都属于阐释研究。阐释研究一方面使作品所包含的写作策略和价值指向更加明晰，所包含的丰富意蕴得到了更加深刻的阐释；另一方面，阐释研究为作品理解带来了更多的意义，使得文学世界间的关系更加通融。也就是说，阐释研究不仅有助于树立文学与文论的意义，还为文学、文论的研究带来了更多空间。

阐释研究受种种因素制约，不可能独立于其所处时代和地域的社会制度、知识体系、思想潮流、文学实践之外。比如中国古代儒释道三教成为显学归于正统，在之后长久的时间内，各擅胜场的学说发展出了不同的理论，从而促成了阐释的丰富性与复杂性，但这些都是基于中国传统的土壤。近代以来，随着坚船利炮涌入清帝国的不只是鸦片，还有同样受不平等条约支持的西学。由于帝国主义在政治、军事、经济方面占据强势，国内的知识分子开始走上学习西方的道路，与此同时，中国传统的正统地位被撼动，文学自信乃至文化自信不断被打压。在这个过程中，如何阐释，是坚持传统的阐释立场，还是在他者的立场上阐释传统，成为了一种角力。比如在译介的文学作品中，故事的背景会被置换到上海或是其他的通商口岸，而故事的结局也往往会被修改得与儒学正统观念一致。而服膺新学的知识群体将社会问题的症结归于儒家传统的弊端，儒学传统成为阐释中所批判的对象。

上文的分析，并不是对过去的阐释研究进行反思，而是试图说明阐释研究是建立在每个时代的认知模式的基础上，是那个时代知识分子或研究者阐释能力和阐释立场的体现。

（二）由类同研究转向阐释研究

在比较文学的前学科时代，平行研究就已大量出现，并且呈现出繁荣的景象，如本章第一节所提到的，法国的斯达尔夫人、德国的格林兄弟等人的研究，就已经有了平行研究的雏形，但也暗含着平行研究在某种程度上的随意和无序。之后的法国学派为了克服其中的混乱性，规避其他学者的攻击，保证比较文学学科的良性发展，主动放弃了平行研究，开始强调实证性的影响研究。直到比较文学在死板的框架中出现危机，美国学者又将平行研究重新纳入比较文学学科范畴，平行研究的合法性得到恢复，比较文学的活力再次被激发。不过，与此同时，"X+Y"式的浅显比附研究也大量地出现，平行研究的随意性和混乱性也再一次暴露出来。

在平行研究中寻求阐释研究的转向则可以使平行研究摆脱发展困境。平行研究是建立在类同可比性的基础上的，而类同比较事实上也是一种阐释活动。文学文本或文学理论的类同性不仅与文本本身所具有的特征相关，也与人们对文本相似特征的发掘与阐释密切相关。如古罗马作家奥维德在《变形记》中讲述了皮格马利翁爱上雕像的故事，而中国唐代杜荀鹤的《松窗杂记》中也有赵颜爱上画中佳人的故事，在这二者的比较中，"雕像"与"画中美女"的类同性是客观存在的，但这二者的类同联系无疑也是由研究者主观发掘、阐释的。这体现了平行研究的客观形式类同与主观阐释趋同的一体两面的特点。因此，平行研究从本质上说可以说是一种阐释研究。平行研究由类同研究转向阐释研究后更强调研究主体的主观阐释活动的重要性，即强调平行研究的隐性内涵。

本章第二小节曾提到，阐释研究在实践中大致有三种类型，一是"求同"性质的阐释研究，二是以作品阐释作品或以理论阐释理论的平行阐释，三是比较文学阐发法。"求同"性质的阐释研究注重研究阐释对象的相似性，这显然需要在类同比较的基础上进行；以作品阐释作品或以理论阐释理论的平行研究，如刘若愚用西方文论阐释中国古代文论的实践，也是以将西方文论与中国古代文论进行类同比较为前提的；比较文学阐发法中阐释关系构建的前提亦是类同比较关系的成立。正如本章第一节所说，阐释研究同样关注类同性，无论是用一国理论阐释他国文学，还是跨文明文学、理论之间的相互阐释，实际上都是对文学普遍规律的追求，它所默认的前提正是世界文学的共通性。因此，类同研究与阐释研究具有同质关系，这三种类型的阐释研究事实上都是建立在类同比较之上的。

综上可知，平行研究由类同研究转向阐释研究的路径是可行的，也是必须的。研究者在挖掘文学或文学理论之间的可比性时，也完成了自主的选择阐释的过程；而阐释关系的形成、阐释研究进行的根基正是文学或文学理论间所存在的类同性。

三、阐释研究的聚合模式与变异模式

（一）聚合模式与变异模式

（1）阐释研究的聚合模式

如上文所述，阐释学最初的形式是解经学，其目的在于通过深入解读《圣经》以理解其文本之下的深层意义。《圣经》世俗化以后，阐释者不再对《圣经》进行"寓意阐释"，即不再基于某种特定目的、精神对《圣经》进行任意裁剪式的理解，而是开始对《圣经》进行"语法阐释"，认为《圣经》的意义来源于其文本自身而不是某种信仰，对《圣经》的理解应是对其文本的理解。到了经典阐释学阶段，阐释活动又多了历史的解释、精神的阐释两种阐释方式，强调阐释的客观性、能动性和辩证性，但仍以把握文本的意义为目的，正如加拿大哲学教授让·格朗丹（Jean Grondin）所言："对于传统的解释学来讲，解释作为达到理解目标的手段自明地起作用。"[①] 由此可知，传统阐释学实际上是对文本意义的聚合式解读。"聚合"概念来自语言学，一个词的各种形态变化形式按照不同语法意义交替出现，就形成了聚合群，聚合群也被称作"词形聚合表"；聚合关系则是指语言结构中某个位置上可

---

① 〔加拿大〕让·格朗丹：《哲学解释学导论》，何卫平译，北京：商务印书馆2009年版，第156页。

以相互替换的、在一定程度上具有相同功能的单位之间的关系。而文本的话语正是由众多词汇构成的，每个词汇在语法的作用下都有着丰富的深层内涵，而他们组合而成的话语文本，自然也具有丰富的意义，由此形成了规模更大的意义的聚合。因此，在比较文学平行研究中的阐释比较中，聚合模式是最传统、最常见的模式。

（2）阐释研究的变异模式

从狄尔泰（Wilhelm Dilthey）开始，阐释学进入了现代阐释学阶段。在这一阶段，阐释学从文本阐释转向了人类自身历史的哲学阐释，阐释学也由哲学的一个分支转变为哲学。现代阐释学对哲学的发展进步做出了极大贡献，它深刻地揭示了理解的历史性与相对性，批判了传统阐释学存在的非历史主义倾向，提高了人们对文本理解的自觉反思水平，同时也革新了传统阐释学意义聚合模式的解读方式。海德格尔认为："此在包含一种先于存在论的存在，作为其存在者上的机制，此在以如下方式存在：它以存在者的方式领会着存在这样的东西。"[①] 伽达默尔则在其代表作《真理与方法》中对"前见"问题进行了深入阐释，并在海德格尔的理解前结构的基础上提出了前见理论。伽达默尔将理解看作是以过去对人们的制约为起点的活动，他认为历史制约着人们存在的方方面面，人是被抛入历史之流的。因而"前见是一种先的判断，是在文本的意义被最终认定之前的一种主观断定。说它是纯主观的也不符合事实，它是表现在主观中的一种客观断言，其内容是给定的、甚至是未被察觉到的，是主客观在主题的统一"[②]。阐释与阐释者本身有历史的联系，阐释的对象不是完全外在的客体，正如上文所说，阐释者不可能超然于社会制度、知识体系、思想潮流、文学实践，因而阐释就更无法获得真正的同一。海德格尔与伽达默尔的理论，使得阐释学由思想认识论转向了存在本体论。而当海德格尔的"先行具有、先行视见、先行把握"理论或伽达默尔的"前见"理论在阐释活动中发挥作用时，文本的意义将不再聚合，而是发生了离散与变异。

（二）由聚合模式转向变异模式

由于翻译本质上是一种阐释活动，因此在比较文学领域中，现代阐释学思想较为明显地体现在翻译研究中。法国文学社会学家罗贝尔·埃斯卡皮（Robert Escarpit）在其著作《文学社会学》中提出了"创造性叛逆"这一概念，他指出："说翻译是叛逆，那是因为它把作品置于一个完全没有预料到的参照体系里（指语言）；说翻译是创造性的，那是因为它赋予作品一个崭新的面貌，使之能与更广泛的读者进行一次崭新的文学交流。"[③] 埃斯卡皮对翻译做出的如上解释，说明他察觉到了由于语言差异、文化背景差异的存在，翻译文本较原文本而言一定会存在较多

---

① 〔德〕马丁·海德格尔：《存在与时间》，陈嘉映、王庆节译，北京：生活·读书·新知三联书店1987年版，第22页。

② 潘中伟：《前见与认识》，郑州：河南人民出版社2007年版，第152页。

③ 〔法〕罗贝尔·埃斯卡皮：《文学社会学》，王美华、于沛译，合肥：安徽文艺出版社1987年版，第137页。

的变异现象。谢天振在其比较文学译介学理论著作《译介学》中，用一章的篇幅阐述了文学翻译的创造性叛逆，包括文学翻译的创造性与叛逆性、媒介者的创造性叛逆、接受者与接收环境的创造性叛逆。随后，他又在《译介学》的第四章"翻译研究与文化差异"中论述了翻译中文化意象的失落与歪曲现象、翻译中不同文化的误解与误释现象。译介学正确认识到跨文明阐释中变异现象的学术价值，也说明"译介学研究的正是变异学的基础内容"[①]。本书有专章讨论译介研究与译介变异学，此处就不再赘述。

平行研究中的阐释研究由聚合模式转向变异模式，与阐释学由传统向现代转变的过程一致。阐释变异学所关注的正是阐释中的"不正确理解"，认为这种"不正确理解"是普遍存在的、必然存在的，而且具有研究价值。本章在之前的部分中多次指出，阐释在某种程度上暗合了平行研究"求同"的内涵，但类同性无法涵盖影响关系之外的所有现象，因此需要转变以往阐释研究中的"求同"策略，寻找阐释中的异质性因素。况且，在一味地"求同"之中，早已存在变异现象。正如本章第一节中列举的例子，任何中心主义与话语霸权对异质性的无视与抹杀本身就是一种"消极的"变异。

总的来说，阐释变异学的理论是将平行研究的类同研究转向为阐释研究，将阐释研究的聚合模式转向为变异模式。这两种转向分别克服了平行研究忽视阐释性与异质性的缺憾，是平行研究理论、实践发展的生长点。不同于实证变异是对某一文学作品或文学理论在另一文化环境中流传而产生的变异现象的研究，阐释变异学的内涵可定义为："对不同国家、不同文明的文学在相互阐发中出现的变异状态的研究。"[②] 阐释变异学的两个或多个研究对象之间的联系并不是可以实证的，而是产生于人的主观判断、选择，甚至是想象或直觉。因此，阐释变异学有非常广阔的发挥空间，是对平行研究的发展与创新，它使平行研究摆脱了由比较的随意性和混乱性带来的危机，使比较文学学科得以持续发展。

第四节　阐释变异学的案例解读

前三小节已经廓清了阐释变异学的理论内涵以及创新机制。本节试以具体的案例来解读阐释变异中的错位阐释变异、对位阐释变异以及移位阐释变异三种基本形态，借助不同的例证，更为清晰深入地呈现三者的特征。

[①] 曹顺庆：《比较文学学》，成都：四川大学出版社 2005 年版，第 184 页。
[②] 曹顺庆：《比较文学平行研究中的变异问题》，《中山大学学报》（社会科学版）2014 年第 3 期。

一、错位阐释变异文本案例

错位阐释变异，即"用某国文论话语阐释另一国文学文本"①。若用西方的文论话语阐释中国古典文学文本，由于中西方话语体系的殊异，在阐释的过程中，往往伴生着变异现象。譬如西方学者在分析《西游记》中的宗教文化时，便大量地引入本土的批评方法和理论，更将宗教经典研究中常用的方法，运用到对《西游记》的解读中。相对于国内传统的批评体系，其提供的观点和视角令人耳目一新，国外学界源远流长、根基深厚的宗教学理论系统，也能够帮助国内学者更为深入地理解《西游记》这部经典的宗教内涵。然而，由于中西方文化背景本质上的不同，海外汉学界在运用本土文论进行对《西游记》的阐释时，与东方宗教世界观相互碰撞，便发生了变异。

如在解读《西游记》的宗教隐喻时，海外汉学界运用了西方文论批评中的"寓言"（allegory）的概念，将《西游记》中的寓言意义视为阐释重点。寓言，在西方文学史上，最开始是故事讲述和宗教隐喻相结合的一种文学体裁，用以传达教义。然而，东方的非线性世界观，与西方的线性二元论世界观并不相同，《西游记》中融合儒、释、道，意义多元的宗教文化，也与西方的一神论系统大相径庭。海外的一些学者仅就文本表层对佛教的指涉进行解读，而忽视了《西游记》中丰富多元的宗教内涵。学者浦安迪便对此进行了纠正，他指出，西游记的寓言可分为表层的修辞技巧和深层的意义模式两种。②在他看来，表层的修辞技巧，直抵佛教原义，如佛教"六道轮回""因果报应"说在文本中俯拾即是的体现。而深层的意义模式，所指的则是一个更为庞杂的意义系统。《西游记》中丰富多元的宗教指涉，也与原本单一的佛教教义是相互冲突的，这样一来，反而形成了一种独特而充满反讽意味的张力。浦安迪立足于此进行再思考，认为《西游记》中融汇三教、更为复杂的寓言内涵不能与西方单一的教义主旨混为一谈，从这一点出发，反对了海外汉学界普遍流于表层修辞技巧的思考模式。

"朝圣"作为《西游记》的宗教母题，也颇受海外汉学界的关注。譬如杜维明便将《西游记》直接称之为"修身问法的寓言历程"（an allegorical pilgrimage in self-cultivation）。然而，由于中国与西方的宗教背景存在着根本上的差异，虽然吴承恩的《西游记》和但丁的《神曲》、乔叟的《坎特伯雷故事集》都共同拥有"朝圣"这一共同母题，大体看来，也都有原罪—救赎—得救的情节发展模式，但《西游记》嬉笑怒骂的求经之旅显然缺乏西方朝圣故事的神圣性。由此，一些西方学者先入为主地认为，造成这种神圣性缺失的原因在于中国文学缺少宗教的启发性，指

---

① 王超：《比较文学变异学中的阐释变异研究——以弗朗索瓦·于连的"裸体"论为例》，《当代文坛》2018年第6期。

② 〔美〕浦安迪：《浦安迪自选集》，刘倩译，北京：生活·读书·新知三联书店2011年版，第186页。

导中国人的是一种缺乏信仰的现世功利观,并无超逸的精神追求可言。美国汉学家余国藩对学界的偏见进行了批评。他在《朝圣行——论〈神曲〉和〈西游记〉》一文中,认为就朝圣的路径而言,朝圣之路既有直线前行,又有绕圈返回。直线前行,代表的是朝圣的表层指涉,即师徒几人从大唐抵达西天的行脚路程;绕圈返回,体现的则是《西游记》小说中往复不断、追寻因果轮回的世界观。[①] 许多学者只见表层意义,而未见其深层的世界观呈现。就朝圣的结局而言,《西游记》中人物获得救赎的方式也与西方大不相同,如夏志清就曾分析过,认为《西游记》中的人物缺乏一种基督式人物的成长。的确,在故事结局中,唐僧未参破六感,悟空依旧好战,八戒也未曾从欲望中超脱,作者对此的处理也颇为诙谐。而在基督教主题的朝圣作品中,人物的成长是极为明显的。这二者的不同,与《西游记》三教合一的背景关系密切。《西游记》的结局所呈现的,是一种东方古典式似真似幻、周而复始的追寻,如浦安迪所言:"作者在小说中表现出来的对大乘超度和道教功夫的理解,与新儒家自我修养的概念步调一致。"[②] 且中国传统文化中的宗教,并非像西方文化的宗教那样地位崇高,相反,为了争取信众,往往与民间十分亲近。这使得《西游记》具有强烈的入世精神,兼具阅读趣味和文论价值。夏志清曾将《西游记》与《堂吉诃德》相媲美:"作为一部建立在现实观察和哲学睿智基础上的讽刺性幻想作品,这两部作品在中国小说和欧洲小说发展史中分别占有重要的地位。"[③]

海外汉学界对《西游记》中宗教寓言不同角度的阐释,及存在的先入为主的误读情形,是颇为典型的错位阐释案例。以西方理论来剖析这部文学经典,无疑在一定程度上拓宽了其阐释空间。但值得注意的是,异质文论话语与文学文本的跨文明错位阐释,往往容易造成对异质文明不可通约的本质差异的忽视,从而导致程度不一的文学误读,本章第一节已经对这一现象做了说明。

二、对位阐释变异文本案例

对位阐释变异,即"预先设定某种主题、母题、题材、类型或范畴,将不同文明语境中的不同表象形态进行对比互释所产生的意义变异"[④]。这是一种理论之间、文本之间、范畴之间的相互阐发。

古代中西方虽文化、地理殊异,但类同的文论概念却屡见不鲜。种种不同的文论概念,在内涵与风格等方面往往颇具相似性,但在思维、言说、审美等方面却

[①] 余国藩:《余国藩西游记论集》,台北:联经出版事业股份有限公司1989年版,第132页。
[②] 〔美〕浦安迪:《浦安迪自选集》,刘倩译,北京:生活·读书·新知三联书店2011年版,第202页。
[③] 〔美〕夏志清:《中国古典小说史论》,胡益民、石晓琳、单坤琴译,南昌:江西人民出版社2001年版,第119页。
[④] 王超:《比较文学变异学中的阐释变异研究——以弗朗索瓦·于连的"裸体"论为例》,《当代文坛》2018年第6期。

存在着较为明显的异质性。例如，笔者在 1982 年发表的《"风骨"与"崇高"》[①]及 2017 年发表的《再论"风骨"与"崇高"》[②]两篇文章中对"风骨"和"崇高"的两个范畴的比较就是对位阐释变异的经典案例。

将古代西方的"崇高"美学范畴与刘勰的"风骨"论进行比较，属于对位阐释中范畴对范畴的比较。就基本特征而言，"崇高"和"风骨"的共性是"力"。朗吉弩斯指出："崇高风格到了紧要关头，像剑一样脱鞘而出，像闪电一样把所碰到的一切劈得粉碎，这就把作者的全副力量在一闪耀之中完全显现出来。"[③]因此，他要求作品要充满力量和气魄，认为非凡的文章会使听众感到狂喜，奇特文章比仅供说服或娱乐的文章更具有感染力。在朗吉弩斯看来，"崇高"是巨大的威力，因此力量是崇高的本质。而力量，同样也是"风骨"的本质。刘勰认为，"风骨"的本质，就在于它的"遒""劲""健"，这三种特质都是力量的体现。他在《风骨》篇中说："刚健既实，辉光乃新，其为文用，譬征鸟之使翼也"，"鹰隼乏采，而翰飞戾天，骨劲而气猛也"，"捶字坚而难移，结响凝而不滞，此风骨之力也"。刘勰还举出两例来说明："昔潘勖《锡魏》，思摹经典；群才韬笔，乃其骨髓峻也；相如赋《仙》，气号凌云，蔚为辞宗，乃其风力遒也。"[④]潘勖《锡魏》的力量，在于它的古朴劲健、骨骼清峻；司马相如《仙》赋之力，在于它那直耸云霄、不可阻挡的气势。这些例子，具体地说明了刘勰对风骨之"力"不同侧面的理解。因此，我们可以将"风骨"和"崇高"理解为以"力"为基本特质的同一审美范畴。

而除了最基本的特征外，"风骨"与"崇高"这两个概念范畴还有一些其他组成要素值得比较其异同。在朗吉弩斯看来，"崇高"的第一要素就是"庄严伟大的思想"，他说："崇高就是'伟大心灵的回声'。因此，一个毫无装饰、简单朴素的崇高思想，即使没有明说出来，也每每会单凭它那崇高的力量而使人叹服。"[⑤]对此，刘勰与朗吉弩斯所见略同，他认为"志气"是"风骨"的首要因素。在《风骨》的开篇，他说道："诗总六艺，风冠其首，斯乃化感之本源，志气之符契也。"[⑥]在此基础上，他认为"意气骏爽，则文风清焉"，"思不环周，索莫乏气，则无风之验也"。[⑦]而这些特质，是作者本身的品德修养与社会生活共同作用的结果。除了思想内涵，洋溢的情感也是"崇高"概念的要素之一，朗吉弩斯认为文章的情感十分重

[①] 曹顺庆:《"风骨"与"崇高"》，《江汉论坛》1982 年第 4 期。
[②] 曹顺庆、马智捷:《再论"风骨"与"崇高"》，《江汉学刊》2017 年第 1 期。
[③] 中国社会科学院文学研究所编:《文艺理论译丛》（第二编），钱学熙等译，北京：人民文学出版社 1958 年版，第 132 页。
[④] 刘勰:《文心雕龙注》，范文澜注，北京：人民文学出版社 2014 年版，第 513 页。
[⑤] 中国社会科学院文学研究所编:《文艺理论译丛》（第二编），钱学熙等译，北京：人民文学出版社 1958 年版，第 134 页。
[⑥] 刘勰:《文心雕龙注》，范文澜注，北京：人民文学出版社 2014 年版，第 513 页。
[⑦] 同上。

要，它的作用是让听众感到狂喜。刘勰亦如是，他在《风骨》篇中反复强调"是以怊怅述情，必始乎风"，"情之含风，犹形之包气"，"深乎风者，述情必显"①，可见他对情感重要性的推崇。"崇高"的要素还关乎藻饰，朗吉弩斯认为，表达到位的措辞对读者而言有着非同一般的吸引力，还认为修辞必须服务于思想，以恰到好处为准则。这一点也与刘勰的观点极其类似，他也认为"铺辞""结言""析辞""捶字"等方法，与"风骨"关系十分密切，如《风骨》篇曰："沉吟铺辞，莫先于骨"，"故辞之待骨，如体之树骸"，"练于骨者，析辞必精"。②不过，对于文辞起到的作用上，刘勰和朗吉弩斯有所分歧：刘勰认为，"文采"是一个独立的范畴，并非"风骨"的必然组成要素，两者也并非从属关系；而朗吉弩斯认为作品必须文采华丽，才能有迷人的魅力。

就各自的历史成因而言，朗吉弩斯的"崇高"与刘勰的"风骨"，产生的社会历史原因和当时的学术风气都颇为相似。在朗吉弩斯所处的晚期希腊时代，流行的是"亚历山大里亚"风格，这种风格的特点是技巧圆熟，却缺乏创造性和思想性。彼时国家衰落，社会动荡，上层阶级堕落腐败，相应地，艺术风格也华丽铺张，以炫学炫技为主要目的。朗吉弩斯直言不讳地批判动乱的时局，鄙弃那些唯利是图的庸俗之辈。而刘勰所处的时代背景与希腊晚期颇似。彼时的南朝历经战乱，民不聊生，上层统治阶级穷奢极欲，十分腐败。与此对应地，形式主义、追求浮夸藻饰的文学作品也蔚为风靡。刘勰对此痛心疾首，在《文心雕龙》里经常有对时下文风的深刻批评。由此可见，"崇高"和"风骨"这两个范畴的提出，对于其时代而言，都是具有开拓性意义的。之于西方而言，朗吉弩斯首次让"崇高"作为一个美学概念被提出。而中国古代，刘勰"风骨"说的提出，推动了彼时文学风气的转变，如钟嵘对"风力"的倡导、陈子昂对"骨气"的推崇，都是受到此说影响。

笔者在该文中厘清了"风骨"和"崇高"的基本特征，双方各自的组成要素及双方各自的历史成因与其现实影响。主要是运用比较互证的方法，对概念做了辨析，更多是对两者共性的描述，并未深入讨论其差异，及造成差异的深层次文化机制。但后来的《再论"风骨"与"崇高"》一文便从以下几个方面进行了补充：首先，考察并梳理了学界对刘勰"风骨"的定义，及历史上"风骨"一词的使用，厘清源流，以利甄别。其次，丰富了"崇高"概念的内涵，除了朗吉弩斯的"崇高"论，还引入了历史上帕克、康德、席勒等人对于"崇高"的理解。在此基础上，本文进一步比较了朗吉弩斯的"崇高"和刘勰的"风骨说"，尤其对两者的差异性有了新的见解。如"风骨"和"崇高"存在着中庸和极端的对立，"风骨"体现了儒家思想，所强调的是一种中庸和谐、温柔敦厚的美。而"崇高"总给人以极端的冲击感，不存在调谐之美。"风骨"能与"文采"等其他方面相融会，而"崇高"却

---

① 刘勰：《文心雕龙注》，范文澜注，北京：人民文学出版社2014年版，第513页。

② 同上。

和"优美"难以调和。从各自的功用看,"风骨"具有较强的实用价值,而"崇高"的概念并无直接实用意义。就两者的形式而言,"风骨"重内在之气,而"崇高"重外在之形。最后,文章还辨析了两者背后的审美机制及道德因素,认为中西美学在知识形态和话语属性的差异,造成了两者审美机制的差异。"风骨"中道德的含义侧重于伦理道德与经学修养,而"崇高"中的道德观念则偏向于宗教道德,以及对理性和自由的追求。

由此可见,中西方"风骨"和"崇高"的概念在比较互证的过程中,互相阐发,如将其审美机制对位并举,从审美主体对"风骨"和"崇高"的感知入手,探讨主体对其审美时的心态及心理过程的异同,认为"风骨"带给主体的感知,具有审美心理的滑动,就是典型的对位阐释变异现象。从《"风骨"与"崇高"》到《再论"风骨"与"崇高"》,"风骨"的内涵,也在意义互释的过程中碰撞更新,发生了历时性的变异,但从未脱离其文本语境。这体现了中西文论关键词的汇通,也反映了中西方根本的认知方式和价值追求的不同。这种理论不断丰富和深化的过程,也正是中国变异学理论与时俱进的体现。

三、移位阐释变异案例

移位阐释变异,即"某种原生性文本质态被置放于跨文明"新情境"中被阐释时所发生的意义变异"[①]。

移位阐释变异,主要可分为两种情形:一为移位阐释所引起的现象变异,这是一种仅限于局部话语的变异;二为移位阐释引发的结构变异,此类变异,是通过本国的文化过滤以及文学误读等适应性的改造,滋生出理论新质,并转化为本国文学知识谱系的有机组成部分,从而整体推进话语规则的他国化结构变异。[②]

(一)移位阐释引起的现象变异

移位阐释所引发的现象变异,指的是一种局部性、现象级的变异,有其特殊的文化和历史语境。如爱尔兰作家伏尼契《牛虻》一书在中国的接受即是一个典型的案例。1897年,《牛虻》一书在英美出版,印量稀少且出版即遇冷,始终少人问津,甚至被美国评论界认为是一本"充满了渎神言论"的小说,然而在译介传播到国内后,在1953年至1959年短短的六年间,发行量却达到百万余册,深受国人喜爱,是20世纪中期中国大陆发行量最大的英语世界文学作品,也成为家喻户晓、影响力巨大的时代经典,获得了在其母语国家从未获得过的声誉。《牛虻》的中文译本甫一问世,便掀起了研究的热潮。国内文艺界盛赞《牛虻》,将其定位为划时代的革命小说,评论轰轰烈烈地开展。如韦君宜在《人民日报》发表了《读〈牛虻〉》,呼

[①] 王超:《比较文学变异学中的阐释变异研究——以弗朗索瓦·于连的"裸体"论为例》,《当代文坛》2018年第6期。

[②] 同上。

呼要学习牛虻坚韧的革命精神。1958年，人民文学出版社出版了由北大师生共同编写的《论伏尼契的〈牛虻〉》，这本书是国内学界唯一一本研究《牛虻》的专著，介绍了《牛虻》写作的时代背景，并批评了小说中人物及写作观念的局限性。

国内外对《牛虻》的认识态度和传播热度，差异如此巨大，为什么会出现这样的现象变异呢？原因在于当时特定的时代背景。首先，20世纪50年代，资本主义阵营和社会主义阵营处于冷战的局面，新生的中国和苏联建立了合作关系，而苏联的文艺作品和文艺观念也成为国内全面师法的标杆。《牛虻》在被介绍到中国之前，已有了俄语译本，并广泛传播，例如高尔基对《牛虻》便评价颇高。在苏联所获得的高度赞誉，是其得以传播到国内的基础条件。另一部在国内影响力甚巨的小说《钢铁是怎样炼成的》，也多次提到伏尼契的《牛虻》，这让它在被翻译到国内之前，便为中国读者所熟知，为后来的广泛传播提前预热。《牛虻》的出现，配合了主流意识形态和革命形势发展的需要，顺应时代的要求。牛虻完全符合当时所推崇的革命者形象：面对革命事业和人民大众忠肝义胆，一片赤诚；面对敌人宁死不屈，傲骨铮铮，愿意牺牲自己一切的精神，符合当时中国青年读者的阅读期待视野。《牛虻》的出现恰逢其时，代表了一代人的理想追求，深刻影响了青年的价值观念。然而，到了文化大革命期间，《牛虻》被打为"封资修"，成为被批判和封禁的对象，直至"文革"结束，改革开放，国内才恢复了对《牛虻》的传播，重新印刷出版。不过在社会文化多元发展的当下，《牛虻》的热度远不如20世纪中期，这也说明《牛虻》的特定时代价值。其次，也与有选择性地翻译介绍有关。新中国成立后主流的意识形态，为维护社会主义文化的地位，对外国作品的译介制定了一定标准。外国文学的思想性是当时所不能忽视的问题。《牛虻》的中文首译本译者李俍民在《牛虻》20世纪50年代的译本中进行多数删节，为符合主流意识形态需要，有意识地删减了文本内容，包括为避开西方宗教观和国内无神论的冲突，删节了书中的基督教情节；为塑造"高大全"的人物形象，删节了对牛虻合乎人性的畏怯退缩情景的描写；为巩固牛虻的无产阶级形象，删节牛虻所流露出的资产阶级恋爱观内心活动的描写等。可以说，《牛虻》在国内的接受，满足当时特定历史时期社会主义建设的需要、彰显了特殊时期的文化现实。

（二）移位阐释引起的结构变异

移位阐释引起的结构变异，即文学他国化："文学的他国化是指一国文学在传播到他国后，经过文化过滤、译介、接受之后发生的一种更为深层次的变异，这种变异主要体现在传播国文学本身的文化规则和文学话语已经在根本上被他国——接受国所同化，从而成为他国文学和文化的一部分。"[1] 结构变异"不仅能够在移位阐释过程中产生理论新质，而且这些新质融入并改变了本国文学文化的知识谱系和思想

---

[1] 曹顺庆主编：《比较文学教程》，北京：高等教育出版社2010年版，第149页。

结构"①。

  以"神话－原型"批评方法进入中国所发生的变异为例子。神话－原型批评流派，产生于20世纪中期的西方学界。人类学家弗雷泽的《金枝》，是整个理论体系的奠基之作。弗雷泽通过比较世界各地的巫术秘仪和民间习俗，找到颇多类同的模子，从而推导出西方文化中存在的核心原型。荣格则从心理学的角度出发，提出"集体无意识"理论，认为"集体无意识"中储存了人类群体在远古时期的共同经验，即为我们共同的原型。弗莱在《批评的解剖》中，熔铸了弗雷格的人类学观念以及荣格的心理学观点，将神话－原型批评理论引入至文学批评领域，集中探讨了文学形式生成的内在原因，将西方所有的文学创作都囊括进了一个宏大的体系中，拓宽了文学领域原型的范畴。《批评的解剖》也被认为是20世纪中期神话－原型批评的集大成之作，至此理论走向成熟。而直至20世纪80年代，西方神话－原型批评方法才正式传入中国，弗雷泽、荣格、弗莱等人的方法论深刻地影响了我国文学人类学学科体系的建构。神话－原型批评方法扎根于中国土壤，在开拓国内理论视野、指导国内研究实践的同时，具有本土特色的理论新质也破土而出并逐渐壮大，中国学者叶舒宪、方克强、徐新建等前辈便是理论队伍中的探路者和领军者。

  1986年，叶舒宪在《陕西师范大学学报》上发表的《神话－原型批评的理论与实践》②，是第一篇系统将国外本领域的研究成果与研究方法引介到国内的论文。其后，他编译了《神话－原型批评》一书，将弗雷泽、荣格、弗莱等人的重要文章译介到国内，极大地推动了学科发展。在建构本国神话－原型批评理论的过程中，叶舒宪立足于跨文化阐释的方法，认为弗莱《批评的解剖》中的理论虽看似放眼世界，却有西方中心主义的倾向，忽略了东方文化的存在。因此，他试图将中国文化置于世界的范围进行比较研究。例如，在《英雄与太阳》中，叶舒宪将古埃及史诗《吉尔伽美什》与中国古代的羿神话进行分析比较，得出了这两者之间有相同母题。叶舒宪在《中国神话哲学》中说："虽然本书的直接研究对象是中国的，但由于所使用的方法、术语和参照材料大部分来自国外，所以本书既可以说是西学中用的一个实例，也可以说是自觉寻求国际学术的共同语言，使中国神话、哲学和文化的研究走向世界的一种尝试。"③他还在王国维的"二重证据法"（经典考据与考古证据）的基础之上，提出"四重证据法"。第三重证据，是引入跨文化的民族学和民俗学，并从原型批评角度进行释读的新材料。近来新提出的"第四重证据"，即运用"原型图像学"的方法，以图像或实物来证实观点。这些新方法的提出，为学界的研究开拓了新的视角。

---

  ① 王超：《比较文学变异学中的阐释变异研究——以弗朗索瓦·于连的"裸体"论为例》，《当代文坛》2018年第6期。

  ② 叶舒宪：《神话－原型批评的理论与实践》，《陕西师范大学学报》1986年第2期。

  ③ 叶舒宪：《中国神话哲学》，北京：中国社会科学院出版社1992年版，第4页。

叶舒宪在专著《原型与跨文化阐释》中，提出了跨文化解释学的理论课题，探讨跨文化阐释的有效性及限度，从而为正在形成的文学人类学学科提供认识论层面的依据。在本书中，叶舒宪拟构了中国神话宇宙观的原型模式，并在前文《英雄与太阳》的基础之上，结合原型批评与结构主义中乔姆斯基的语言学方法，对中国的上古英雄史诗进行了表层结构—深层结构—循环模式的再重构。此外，他还以"鞋"为载体，论证中国文化中的俄狄浦斯主题，分析了汉字、鬼魂、性与火等中国特有的文化意象，尝试将神话-原型批评方法运用到中国的古典文化研究中。叶舒宪在进行跨文化阐释的过程中，其关注点有所侧重，如《原型与汉字》《中国"鬼"的原型》，所关注的是具有本民族文化特色的原型，而《日出扶桑：中国上古英雄史诗发掘报告》《性与火：文学原型的跨文化通观》《诗可以兴：孔子诗学的人类学阐释》等篇时，关注的则是跨文化普遍性的原型与文学功能。他还提出"破学科"之说，认为学科之间的相互渗透是一个自然而然的发展过程，旧学科体系的瓦解和边缘性学科的重构，也是人类认识向更高层次迈进的需求。并重申"文化"概念，叶舒宪认为，文学人类学中"文化"的概念是反学科性质的，从"文化相对论"的立场出发，可以消解自我中心主义，培养一种中立的研究态度。[①]

可见，从1987年首次被译介到国内至今，神话-原型批评理论经过三十余年的理论旅行，经过理论的重构和实践的检验，已不再完全照搬西方的理论体系，而是深深地扎根于中国本土的土壤，有了长足的发展。神话-原型批评理论经过阐释重构和改造，有了新的内涵，其意义边界也在不断被拓宽，焕发出新的生机。本土全新的理论思路和研究范式，相信会引起未来知识格局的更新和变革。

平行研究本质上是一种阐释研究，将平行研究和阐释研究相关联，进而关注阐释变异的问题，有利于真正推进平行研究的发展。阐释变异包含错位阐释变异、对位阐释变异以及移位阐释变异三种形态。运用错位阐释变异的方法，如用西方的宗教批评理论释《西游记》，可以为我们理解《西游记》中的宗教文化提供新的视角和方法。然而不当地运用错位阐释方法，容易让双方的对话关系不对等，一旦西方的文学理论体系完全覆盖中国的文论话语，如颜元叔对"蜡烛"这一意象的阐发，美国学者运用弗洛伊德理论解读"武松杀嫂"，认为武松杀死金莲是与其相爱的体现，忽略了中国文化的具体语境，就易导致文化"失语症"的发生。因此，我们需谨慎避免这种全盘西化的阐释。在跨文明的对话中，需要坚持"平等对话""话语独立""双向阐释""求同存异，异质互补"的原则，保持好自己的话语立场。[②]

正所谓"他山之石，可以攻玉"，西方思想文化的硕果，完全可以去其糟粕，为我所用。如运用对位阐释变异的方法，注重理论对理论、文本对文本或范畴对范畴的方式进行相互阐发。像国内学者如钱锺书的《管锥编》，张隆溪的《道与逻各

---

① 叶舒宪：《原型与跨文化阐释》，广州：暨南大学出版社2002年版。
② 曹顺庆：《中国文论话语及中西文论对话》，《浙江大学学报》（人文社会科学版）2008年第1期。

斯》，以及笔者将美学范畴如"崇高"和"风骨"进行的比较，都为我们提供了比较研究的丰饶土壤，也形成了良性的阐释互动。

而当阐释的视域由"移位"走向"变异"，即原生的文本质态，被放入新情景阐释时，便可能出现现象变异，如寒山诗和王梵志诗，在"盛唐气象"的语境下，并未受到充分的重视，但被移位到美国"垮掉的一代"的思想症候中，便十分契合。爱尔兰女作家伏尼契的《牛虻》，在母语国家甫一出版便遇冷，始终未能引起重视，然而20世纪50年代经传播译介到国内后，便大放异彩，成为影响一代人的革命文学经典。阐释变异也可能是从结构上发生的，即文学他国化。这是一种经由文化过滤和译介之后发生在文化规则和文学话语上的深层变化。橘生淮南则为橘，生于淮北则为枳。他国化结构变异的本质特征在于，不仅在移位阐释的过程中发生了创新，还将这些新质融入并改变了本国文化的结构，如佛教中国化生成的禅宗、胡塞尔现象学理论在中国发生的变异等。又如西方的"神话－原型"批评理论，在国内经过三十余年的"理论旅行"之后，深深扎根于中国土壤，发展出了本土化的理论范式，取得了蔚为大观的理论成果。这种从现象变异深化到话语深层的结构变异，从整体为我国的文学文论赋予了新的内涵，为西方文论的中国化做出了贡献。因此，阐释所带来的变异，既可能带来文化的"失语"，也可能是创新的开始，重要的是把握好度，选择好话语立场，如此方能带来良性的互动。

第七章　变异研究与文学他国化

第一节　文学他国化的变异现象

比较文学曾几度陷入举步维艰、难以为继的处境。在 21 世纪比较文学迈入跨文明、跨学科的新阶段之际，传统学科理论中的"同"难以在异质文明交流频繁的当下继续发挥其有效性，而关注"异"的变异研究逐渐为比较文学开辟了新的研究领域。变异研究的核心在于文学的他国化，而"文学他国化是由不同的语言、不同的文明、不同的文化个案与接受造成的变异……他国化的方向主要是在文化影响中，接受国的文化可能消化外来国文化，把它变成接受国的文化，我们称之为本土化或中国化。比如西方文化的中国化、西方文论的中国化。……另一个是本土的文学受外国的影响，向外国变化，具体来说是中国文学西方化或者东方文学的西化"[①]。如今正值多元文化时代的转型时期，此间出现的众多跨学科、跨文明的文学交流在异质文明圈中大都出现了不同程度的变异现象。

一、西方文学的中国化

国外文学尤其是西方文学与中国文学的文化根性不同，两者在相遇时所产生的文化碰撞力量是巨大的，较强一方的文化势必将对较弱一方的文化施加影响。20 世纪的中国文学受西方影响较强，在这种影响下出现的新文类、新理论都是西方文学的中国化。

（一）"五四"新诗的中国化

中国近现代便有"诗界革命""新诗运动"，前者以失败告终、后者成为"五四"新文化运动的重要组成部分。胡适、赵元任等人确立了白话文在新诗创作中的合法性，力争将"活文字"取代"死文字"，实现诗体大解放。"五四"新诗前期的发展确实以白话文为创作语言，突破文言文行款、音韵的束缚，尤其是自由体

[①] 曹顺庆：《南橘北枳：曹顺庆教授讲比较文学变异学》，北京：中央编译出版社 2014 年版，第 12 页。

诗多是激发型，由诗的语言、形式自由化凸显人性的解放和个性独立的现代精神。在这一自由体诗热潮过后，在诗坛出现了新诗"形式格律"的新变化。诗人，如郭沫若开始意识到了新诗不能缺乏"汉语诗歌"的音节和"外在的韵律"，然而郭沫若所创作的《天上的街市》《莺之歌》带有汉语特色的作品并没有创造像《女神》所引起的影响。"新格律诗派"和"新月派"的形成成为新诗音律探索的集中阶段。徐志摩对诗"音节化""形式完美""诗经式回环复沓"的强调，例如其作《海韵》《偶然》《我不知道风是在哪一个方向吹》；闻一多对"律诗"的研究，他认为新诗"不但新于中国固有的诗，而且新于西洋固有的诗"[1]，代表作《死水》便是闻一多诗歌主张"三美"的完美体现。这首诗也是新诗发展史上的一个转折点；"新月派"如朱湘、陈梦家等人更是在新诗格律化中纷纷推陈出新，如朱湘《采莲曲》《王娇鸾》《摇篮曲》《催妆曲》等作；冯至《十四行诗》体现了商籁体与中国律诗的中西融合。

此外，对于"自由体诗"造成的新诗与传统诗词决裂的反思不仅体现在新格律派的"新诗格律化"中，也在于新诗"意境"的拓展。新诗创作逐渐重视融入传统诗词的意象，其中以卞之琳、废名、戴望舒等为代表。卞之琳诗歌善用大量的古典诗词意象，甚至直接化用古典诗词字句以作新诗，如"西望夕阳里的咸阳古道。/我等到了一匹快马的蹄声。（《音尘》）"[2]，尤其是其代表作《断章》，简单的字句形成画面，诗中富含"意在言外"的哲思；废名深谙禅道，精于佛理，他极其注重现代诗人与传统的关系，如《掐花》中"桃花源""海不受尸"等中国文学典故、佛典的运用，《海》《十二月十九夜》等庄老哲思的渗透；戴望舒的诗"倾向于把侧重西方诗风的吸取倒过来为侧重中国旧诗风的继承"[3]；其他如闻一多《忆菊》的中国意象和东方情韵；何其芳《休洗红》《罗衫》"寒塘、秋水、白霜"等古典意境的化用。中国古典诗词的创作经验、创作用词以及创作意象融入了"五四"新诗的创作发展历程中，这是新诗中国化的显著现象。

（二）西方戏剧的中国化

戏剧作为西方文学中最为古老的文类之一，自20世纪传入中国后，其作家、理论都深深地影响着中国戏剧的创作，从"三一律""幕表制"至经典的"斯坦尼体系""布莱希特体系"等。由于中国古典戏曲在晚清民初时期便面临着新的创作需求和创作经验，加之西方戏剧的译入与改编潮相继涌现，西方戏剧理论在中国传统戏曲文化中创新性地汲取异质文化质素，形成中西融合的新理论；中国戏剧作家也在中西文化的土壤中思考当代戏剧转型的可能性。

---

[1] 闻一多：《女神之地方色彩》，《闻一多全集》（卷3），上海：开明书店1948年版，第195页。
[2] 卞之琳：《鱼目集》，杭州：浙江文艺出版社1997年版，第8页。
[3] 卞之琳：《人与诗：忆旧说新》，北京：生活·读书·新知三联书店1984年版，第63-64页。

1. 戏剧理论中国化

西方戏剧理论中国化的一个现象便是布莱希特的"间离"理论，他的戏剧理论与实践经过了不同的发展阶段，但一直追求一种"真实反映20世纪社会生活的现代戏剧"①，在这个追求过程中，对于不同土壤的戏剧理论，他都怀着包容的心态，这也是"间离"理论提出的前提。"间离"理论又称陌生化理论，是布莱希特在其史诗戏剧实践中提出来的一个美学概念，1935年，布莱希特在莫斯科观看梅兰芳的演出后，于1936年写作文章《谈中国的表演艺术》(Bemerkungen uber die chinesische Schauspielkunst)、1937年写作《中国表演艺术的间离效果》(Verfremdungseffekte in der chinesischen Schauspielkunst)，坦承中国古典戏曲通过大量使用"象征手法"②而达至陌生化效果。其多年来苦苦追寻而尚未达到的戏剧艺术效果在中国戏曲表演艺术中得到了完美的呈现与解释。随后，布莱希特先后发表了一系列论文，如《论中国人的传统戏剧》《间离方法的产生》等逐步建立起"间离"理论，并以此创作了《四川好人》。20世纪30年代是布莱希特叙述体戏剧理论的渐熟时期，这时期中国戏曲艺术带给他的是戏剧理论的进一步成熟，更是异质文化相遇而创生的理论新因子。

2. 西方戏剧改编潮

自晚清戏曲改良和"五四"期间针对戏曲的争议以来，中国戏曲对于西方戏剧的接受也随之进一步加深，至20世纪40年代起，一些由西方戏剧改编的作品开始集中登上戏曲舞台，其中以国际性交流大都市上海为甚，出现了汪笑侬、潘月樵、夏月珊、夏月润等戏曲改良大师。上海戏曲界如越剧、沪剧都对西方戏剧展现了融合改编的戏曲发展趋势，如1936年，傅全香担纲的越剧团在龙门大剧院上演了根据莎剧《李尔王》改编的《孝女心》，沪剧团更是改编了莎士比亚的《哈姆雷特》(改编剧名为《窃国盗嫂》或《银宫惨史》)、《罗密欧与朱丽叶》(改编剧名为《铁汉娇娃》)，王尔德的《温德米尔夫人的扇子》(改编剧名为《和合结》)，普契尼歌剧《蝴蝶夫人》等。20世纪80年代后，中国戏剧界面临着必须变革的危机警示，国外戏剧作品与戏剧理论的疯狂涌入也带来了转机，魏明伦创作的《潘金莲》将《水浒传》与各国名著主人公、作家结合在一部剧中，呈现出的独特的"荒诞性"为西方戏剧戏曲化改编开辟蹊径。据朱恒夫不完全统计："从1985年至2008年，全国戏曲各剧种改编西方戏剧的剧目至少有55部。"③其中较有影响的有昆剧《血手记》(原著为莎剧《麦克白》)、京剧《歧王梦》(原著为莎剧《李尔王》)等，在这些改编曲目中有其特殊性现象，比如剧目故事、人物、环境等的高度中国

---

① 〔德〕布莱希特：《布莱希特论戏剧》，丁扬忠等译，北京：中国戏剧出版社1990年版，第1页。
② 同上书，第192页。
③ 朱恒夫：《中西方戏剧理论与实践的碰撞与融汇——论中国戏曲对西方戏剧剧目的改编》，《戏曲研究》2010年第1期。

化，艺术表现形式的"戏曲化"。戏曲界在选择改编剧目时也有其传统、现实等影响的选择性，例如表现人性复杂、反映现实社会人的精神状态的莎剧等更容易受到青睐。

3. 当代戏剧转型实践

在当代戏剧创作实践中，存在着一部分戏剧家力图打破旧有的创作思路，"用标新立异的戏剧理念和艺术技巧，表现出对西方戏剧理论中国化形态的主体性构造，以及对传统戏剧观的超越、探索和整合"[①]。比如刘锦云的《狗儿爷涅槃》就可以视为当代戏剧转型实践中的优秀代表。《狗儿爷涅槃》塑造了"狗儿爷"这一中国传统农民的形象，他迷恋土地、吃苦耐劳，但又死板保守、自私狭隘。虽然形象是传统的、典型的，但剧作的结构模式和表现手法不再沿袭僵化的"现实主义"而是转向了"新现实主义"，借鉴西方现代派戏剧，突破了表层的冲突矛盾，深入了人物的精神世界。剧作运用了意识流的表现手法，打破了单一线性的叙述结构，在第一人称与第三人称之间自由变换，在历史、现实、梦幻的虚实碰撞与融合中开拓了狗儿爷的内心世界，使艺术表现脱离了模式化与单一化，同时也提供了明显区别于传统戏剧的感官体验。而且，《狗儿爷涅槃》与之前部分剧作一味追求现代主义形式，以至于导致形式创新与内容的脱节不同，它实现了现代主义形式与优秀内容的良好结合，在"西方化"的戏剧创新中展现了"化西方"的本体意识。

（三）西方文论中国化

1. 话语规则中国化

每一文化体系本质中都具有异质的文化规则，即话语规则。话语规则指的是"在特定文化传统、社会历史和民族文化心理下所形成的思辨、阐述和表达等方面的基本规则，它直接作用于理论的运思方式、意义生成和语言的表达，并集中鲜明地体现在哲学、美学、文学理论等话语规则和言说方式上"[②]。中国有中国的学术话语规则，西方有西方的学术话语规则。西方话语规则中主客往往二分，中国话语规则中主客往往合一，若运用主客相分的西方文论话语阐释中国文学，则必须将其中国化。王国维的《人间词话》便是西方文论话语规则中国化的典型个案。王国维在《人间词话》一书中所操持的基本学术规则与话语方式主要是中国诗话、词话，同时引入了西方的 subject/object 主客二分。例如书中谈到有主观之诗人、有客观之诗人，有理想的、有写实的，然二者颇难分别。"因大诗人所造之境，必合乎自然，所写之境，亦必邻于理想故也"[③]，西方有主观、客观，理想、现

---

① 王超：《西方戏剧理论中国化形态——论高行健与新时期戏剧的话语转型》，《汉江师范学院学报》2017第4期。
② 《比较文学概论》编写组：《比较文学概论》，北京：高等教育出版社2015年版，第181页。
③ 王国维：《人间词话》，成都：四川人民出版社1981年版，第3页。

实等之分，中国有"物我合一""天人合一"的观点，王国维在书中便将中西主
客观论进行化合，提出主客相分而主客又相合的新型诗话形式。中国古代现存的
诗话、词话不少，但为什么近代才写成的《人间词话》更为著名，关键就在于王
国维有西方诗学、哲学的素养，对于中国传统诗词、诗话词话也了如指掌，在引
进西方美学、理论思想时，中西学术话语规则之间的差异性恰恰成为王国维评
论诗词的共同理论资源，以中国的学术规则融会西方话语，实现西方文论的中
国化。

　　中西方文论的话语规则不一，其话语言说方式也不尽相同。西方文论强调语言
与意义的一致，发展到语言本体论时甚至认为"语言是存在之家""语言破碎处无
物存在"。西方文论注重语言的逻辑性、清晰性及体系性，追求系统，层次分明。
但是中国文论的话语言说传统在于"依经立意""无中生有"①。钱锺书的《管锥编》
便超越了传统的"依经立意"，将西方的哲学、历史、文学无一不可化入书中以开
放平等的心态将其相关汇于一处，进行古今中外的对话，参与到中国古代经典的阐
释中。钱锺书用中国文言文书写，以注、疏、传等传统校注方式释义，将西方文
论化为"校注材料"，从而提出富有创见的新见解，如对"易之三名"的论述不仅
论及了各古籍中的训义，更列举古希腊哲学家赫拉克利特"唯变斯定"、普罗提诺
"不动而动"、圣·奥古斯丁的"不变而使一切变"诸家说以证"变易"与"不易"
的关系。最后，钱先生指出：歌德咏万古一条之悬瀑，自铸伟词，以不停之"变"
（Wechsel）与不迁之"常"（Dauer）二字镕为一字，正合韩非、苏轼语意；苟求汉
文一字当之，则郑玄所赞"变易"而"不易"之"易"，庶几其可。② 西方哲学家动
静辩证之思想与中国"易"之哲学形成了异质文化的有效观照，这是西方文论中国
化的一种独特现象。

　　2. 理论范畴中国化

　　学术规则与话语言说形成了异质文化各异的理论范畴，西方文论中的关键范
畴在译入中国后，不同的学者对其进行了中国式的化用。如典型论，20世纪20年
代初，鲁迅、成仿吾、瞿秋白等人开始向国内介绍典型论，并引起了文学理论界广
泛持久的讨论，使之成为世纪性的文论关键词。而中国文论中关于性格论也早有源
起，魏晋南北朝画论中的"形神论"，金圣叹《读第五才子书法》中评点《水浒传》
提出的"性格论"③，脂砚斋对《红楼梦》人物性格"说不得"的评点等皆表明文学
中之"性格"必是兼容、复杂、含有不同特质的。刘再复在其《性格组合论》中便
有意识地将传统性格论与"典型论"进行重新发掘，提出了自己的理论——"人物

---

① 曹顺庆：《南橘北枳：曹顺庆教授讲比较文学变异学》，北京：中央编译出版社2014年版，第15页。
② 钱锺书：《管锥编》（一），北京：生活·读书·新知三联书店2001年版，第16页。
③ 原文为"别一部书，看过一篇即休，独有《水浒传》，只是看不厌，无非为他把一百八个人性格都写出来。"——马蹄疾辑录：《水浒资料汇编》，北京：中华书局1977年版，第34页。

性格二重组合原理",并解释道"所谓二重组合原理是对典型性格的内在矛盾性的抽象简化处理之后所作的通俗表达。它企图向人们表明,要塑造出具有较高审美价值层次的典型人物,就必须深刻揭示性格内在的矛盾性,即人在自己性格深层结构中的动荡、不安、痛苦、搏斗等矛盾内容"[1]。刘再复同时也说这一理论受到老子"一生二,二生三,三生万物"的哲学思想影响,将人看作一个整体,从而将人性世界也视为一个整体。

二、中国文学的他国化

中华文明是当今仅存的古文明之一,在世界各民族文学交流或关系史上都有所记载,乐黛云先生有言:"数百年来,中国文化已深深渗入西方文化之中,成为推动西方文化发展的主要契机之一。"[2] 中国建筑风格促进了欧洲建筑的"园林时代"艺术风格的形成,中国陶瓷、丝绸等推进了欧洲风俗习惯、制造业等的革新。中国文学也深度改变着他国的文学思想、文类,如17、18世纪英国文学中的"中国崇拜""中国影像""中国主题",以伏尔泰《中国孤儿》与纪君祥《赵氏孤儿》为代表的中法文学融汇等。中国文学对于东亚文化圈的"化"其实更为显著,如朝鲜文学在"国语文学"产生之前对于汉文文学的大量抄录、编选、"谚解"(以朝鲜文解释,表达汉文作品内容),以及其"国语文学"本身的产生便是受到汉文文学体裁、题材、人物、情节、艺术手法、辞藻、典故和文论等的启发而成;越南喃字文学对中国文学的吸纳、汉文小说(《传奇漫录》《传闻新录》《新传奇录》)对中国明清小说的"借"与"化";泰王国长诗、舞剧、用语中的"中国古典小说"人物、思想的化用;日本"翻案"文学对于中国文学的"过滤性"选择与创造性改编,等等。

(一)中国文学在日本的"翻案"

古代日本便是属于以汉字为中心的东亚文化圈中的一员,而日本文化最显著的特点便是勇于接纳外国文学乃至内化、变异成为新的文化创变成果。日本的"翻案"文学便是其中的典型,"翻案"之义在于推翻前人的定论而别立新说,日语的含意,"据《广辞苑》讲,是指'换言、改写前人所作之趣意,特指借用本国古典、外国小说戏曲等的梗概内容,而在人情、风俗、地名、人名等方面加上己意的改作'"[3]。中国文学在日本的"翻案"现象很普遍,由于完全不受翻译忠实性要求的限制,这种翻案可以舍弃原作的时代背景,达到归化外来题材的目的,因而更多地体现了日本小说家"创造性叛逆"的成果。日本作家通过"移花接木,与日本的民间

---

[1] 刘再复:《性格组合论》,北京:中国人民大学出版社2010年版,第345页。
[2] 严绍璗、王晓平:《中国文学在日本》序言,广州:花城出版社1990年版,第1页。
[3] 同上书,第108页。

传说及文学形象融汇,使翻案作品达到'入乡随俗'、'落地生根'的效果"①。

1. 中国"志怪"与日本佛教故事

佛教于6世纪中叶传入日本,至奈良时代达至高峰,日本佛教故事的编纂开始盛行。由于佛教是由中国传入日本,中国的志怪之作对日本影响深远,如《冥报记》《般若验记》等。鉴于此,奈良右京药师寺沙门景戒编撰了《日本国现报善恶灵异记》(简称《日本灵异记》),景戒在此书中承认了中国影响,也表达了对中国影响的忧虑,他作此书的目的便是日本应该有属于日本的同类书。故而,他在书名中特别标注"日本国",内容也更加关注日本民间奇说异闻,劝讽世人"退邪入正,诸恶莫作,诸善奉行"②。《日本灵异记》作为日本佛教说话集的开山之作,是《日本感应录》《本朝法华验记》《三宝绘词》等的基石,此类著作以日本民间传说人物、情节塑造故事,吸收中国六朝志怪小说的"呈善恶之状""示因果之报"的价值观,化入日本文学,不少故事也因此至今仍在流传。

2.《世说新语》与江户时期"仿世说体"小说

《世说新语》是中国志人小说的经典,在中国唐朝日本平安朝时便传入日本,至江户时期(1603—1867),"随着王世贞的《世说新语补》等世说体小说的东传和印刷技术的提高……在日本掀起了一股'世说热'"③。日本学者开始自注此书,从1749年至1826年,此间的注释书多达二十余种。同时,模仿《世说新语》体例创作文学作品也成为一股热潮,这些作品被称为"仿世说体",作品书写有汉字与日文之分,对于《世说新语》中所传递的内涵也有所取舍。如《近世丛语》吸收了儒家"仁德""忠孝"观,但对于描述魏晋人物"颓废"行为或姿态的类目便果断舍去,直接表现便是少《世说新语》"容止""假谲""黜免""俭啬""汰侈""谗险""尤悔"七目,日本儒士对于儒者美好形象的追求在其中可见一斑。

3. 华夏文化与日本"记纪神话"

日本"记纪神话"是指日本古代典籍《古事记》和《日本书纪》两部书中收集的神话故事,此类神话多涉及日本对于民族起源、民族心态构成的群体理解。中国神话与日本神话看似在内涵与外在情节上都不相同,但严绍璗认为:"当我们分解神话构成的诸因子的时候便发现,日本神话作为单一民族的原始文化观念却是东亚诸民族原始观念的'复合变异体',而其中最活跃的因子是华夏文化。"④"记纪神话"反映的是大和民族先民的多神信仰,对日本起源的神话想象,其中包含着中国哲学、

---

① 严绍璗、王晓平:《中国文学在日本》,广州:花城出版社1990年版,第109页。
② 同上书,第114页。
③ 肖婧:《江户时期"仿世说体"小说对〈世说新语〉的继承与嬗变——以〈近世丛语〉及其续作为中心的考察》,《华中学术》2019年第1期。
④ 严绍璗:《比较文学与文化"变异体"研究》,上海:复旦大学出版社2011年版,第154-155页。

伦理观念以及原始神话的影响。如老庄哲学中的"无名，天地之始"[①]、"天下之物生于有，有生于无"[②]、"无为"等都融入了《古事记》《日本书纪》阐述天地起源的论说中，"夫混元既凝，气象未效，无名无为，谁知其形。然乾坤初分，参神造物之首；阴阳斯开，二灵为群品之祖"[③]；对于万物创生，中国"阴阳论"的影响亦见于记纪神话，如《日本书纪》开卷有文，"古天地未剖，阴阳不分，混沌如鸡子，溟涬而含牙。及其清阳者薄靡而为天，重浊者淹滞而为地"[④]。此文来自《三五历记》"未有天地之时，混沌如鸡子，溟涬始牙，濛鸿滋萌"[⑤]及《淮南子·天文训》"道始于虚霩，虚霩生宇宙，宇宙生气，气有汉垠，清阳者薄靡而为天，重浊者滞凝而为地"[⑥]句。而诸如其他如女娲伏羲二神合婚、神仙称谓也多能在记纪神话中找到踪影。

（二）中国文论的西方化

20世纪以来，中国文论便是在对西方理论大规模引入和吸收、批判继承传统思想的西化背景中展开，出现了一系列阶段性的文论史事件，如文论学科化、苏联文论模式的泛化以及新时期以来的西化历程。

  1. 古代文论学科化

"中国文论的西方化……其具体呈现为学科化、体系化、范畴化。中国现代文论以概念、范畴、体系为基本形态，以归纳、演绎、推理、判断、实证为研究方法，以精确、严谨、规范为其理论品质，成了一门具有知识系统性的现代学科。"[⑦]文论学科化的最初表现在大学"文学研究法""文学概论"课程的设置。在学科上确立了合理性之后，中国古代文论开始进入学科体系，20世纪30年代"文学批评史"的撰写热潮便是一个人为的体系化过程，期间出现了陈钟凡、郭绍虞、罗根泽等人相继撰写的《中国文学批评史》，这类著作通过"史化"的方法，将见于古籍中的文论加以搜集整理力图证明"中国文学批评"的存在，发现文论中隐含的"体系化"主脉。"中国文学批评史"这一课程或学科名称也从20世纪20年代延续至今。然而，在去"西方中心主义"的思潮之下，胡晓明指出："越来越多的学者，自觉或不自觉，不满意于原有的名称，开始采用'中国文论'或'中国美学'或'中国文学理论'一名，去指称原有的'古代文论'、'古文论'，或'中国文学批评史'。"[⑧]这一现象也说明，部分学者已经注意到中外文论在20世纪初相遇时中国文

---

 ① （魏）王弼注，（清）魏源注：《老子道德经》，上海：上海书店出版社1986年版，第1页。

 ② 同上书，第25页。

 ③ 〔日〕安万侣：《古事记》，长春：吉林出版集团股份有限公司2018年版，第3页。

 ④ 《日本书纪》，庆长乙亥季春新刊，第1页。

 ⑤ （宋）陈元靓：《事林广记》，北京：中华书局1999年版，第2页。

 ⑥ （汉）刘安著，（汉）许慎注，陈广忠校点：《淮南子》，上海：上海古籍出版社2016年版，第54页。

 ⑦ 罗富明：《科学主义与中国文论的西方化》，《中外文化与文论》2013年第3期，总第24辑。

 ⑧ 胡晓明：《中国文论的正名——近年中国文学理论研究的"去西方中心主义"思潮》，《西北大学学报》（哲学社会科学版）2005年第5期。

论其实就已经走上了西方化的道路。

2. 苏联文论模式的泛化

1949年新中国成立之后,人们的认识发生了巨大的改变。中国文艺理论界"照搬原苏联的文艺理论模式,注重社会历史研究,偏重阶级分析和文学的认识价值,同时高扬社会主义现实主义的创作方法和解释方式"[①]。其中,现实主义的影响是根本性的。如郭绍虞在新中国成立后对于其著作《中国文学批评史》的两次改写,成果是《中国古典文学理论批评史》。"综观《中国古典文学理论批评史》,有一条最为明显的线索,即用现实主义和反现实主义来贯串文学批评史的发展。与在旧版中将观点建立在资料的分析上不同,《中国古典文学理论批评史》显然是一部理论先行的作品。"[②] 其他的著述诸如黄海章的《中国文学批评简史》更是如此,这是中国文论西方化发展的极端现象,为新时期的文论发展提供了历史借鉴。

3. 新时期的学科复建与广引西学

新时期以来,中国文论的研究进入了学科复建、广引西学的阶段。1977年的恢复高考开始储备古典文学的人才,1979年中国社会科学院、中国古代文学理论学会的成立,成为古代文论新阶段研究的新突破,"中国古代文论学科逐渐走出政治标准的阴影,回归到学术探究的本位上来了,文学批评史的写作也取得了新的突破,达到一个更高的水平"[③]。这时期的文学批评史开始出现三卷本、五卷本、七卷本、八卷本等,但不可忽视的是这时期的中国文论研究广引西学的社会镜像,"现代西方的哲学观念、科学方法及文论成果随之源源不断地涌流而至"[④],出现了"方法年"(1985)、"观念年"(1986)的说法,在西方新方法、新观念的催化下,中国文论研究呈现出了多样化的态势,文论与西方学科如心理学、美学、人类学、语言学、社会学等进行了更大范围、更深层次的对话,中国文论西方化的局面也逐渐转向中国文论中国化的道路。例如中国阐释学便是中国学界在引入西方阐释学和接受美学理论后对中国古代文论进行的新解读、新构想,相关的研究结果也陆续涌现,如李清良《中国阐释学》(2001)、周光庆《中国古典解释学导论》(2002)、周裕锴《中国古代阐释学研究》(2003)、杨经华《宋代杜诗阐释学研究》(2011)等。

文学他国化的现象是普遍存在的,以往的理论往往以"求同"思想倾向先行,导致真正的"异质因子"在学术研究中被漠视,更具研究价值的变异现象被忽略。然而,文学他国化理论正是以"异质"为研究切入点,深究多元文化的规则、话语言说、意义生成等的变异,从而为文学"他国化"现象提供更为洽切的理论支持。

[①] 曹顺庆:《南橘北枳:曹顺庆教授讲比较文学变异学》,北京:中央编译出版社2014年版,第350页。
[②] 同上书,第351页。
[③] 同上书,第353页。
[④] 同上书,第354页。

第二节　文学他国化的理论内涵

　　文学他国化是指一国文学在传播到他国后，经过文化过滤、译介、接受之后发生的一种更为深层次的变异，这种变异主要体现在传播国文学本身的文化规则和文学话语已经在根本上被他国所化，从而成为他国文学和文化的一部分，这种现象我们称之为文学的他国化，文学他国化研究就是指对这种现象的研究。[①] 文学他国化是文学变异的成熟状态，是变异研究的核心所在。

　　文学他国化理论是随着中国文论建设和西方文论的中国变异提出的。20世纪90年代以来，中国比较文学界经历了"提出失语症—还原异质性—重建中国文论话语—中国古代文论的现代转化—西方文论中国化—中国文论他国化—比较文学变异学"这七个层面的探索努力和理论嬗变。[②] 1995年，笔者在《21世纪中国文化发展战略与重建中国文论话语》一文中首次提出"重建中国文论话语"这一课题，随后引发了一场跨世纪的大讨论。该文指出了学界长期以来存在的文论"失语症"问题，认为文艺理论界根本没有自己的文论话语，没有一套自己特有的表达、沟通、解读的学术规则。该文认为："在恢复中国文论话语、激活其生命力的同时，促进中国文论话语与西方文论话语相互对话，在交流和互动中互释互补，最终达到融汇共存与世界文论新的建构，是我们基本的、也是最终的目的。"[③] 中国文论话语的重建必然需要借用中国传统文学文化资源；同时，在西方文化刺激下生成的中国现代文论也离不开异质文学文化的滋养。在挖掘中国固有的传统文论话语优势的同时，借鉴西方文论话语，与其进行对话，吸收其对我们有益的部分是建设中国现代文论的必经之路。但十多年过去了，中西文论对话依然断断续续，进展缓慢。全球化与多元文化并存的今天，中西文学文论对话势在必行。在此基础上，比较文学"中国学派"提出了进行跨异质文化的比较文学变异学研究。

　　中国比较文学学者关注中西文化和话语规则的异质性，并在这个基础上指出了比较文学研究中长期被忽视的变异现象。异质性的文论话语在交流和对话过程中会产生相互碰撞、激荡的态势，形成互识和互补的共生状态，并产生变异甚至他国化，进一步催生新的文论话语。如果不能清醒地认识并处理跨文明文论的异质性，则很可能会促使异质性的相互遮蔽，并最终导致某种异质性的失落。明确认识到跨文明文论的异质性、变异性及他国化规律，对于各国文论建设，乃至世界文论建设

---

① 曹顺庆主编：《比较文学教程》，北京：高等教育出版社2006年版，第147页。
② 王超：《变异学：比较文学视域中的中国话语与文化认同》，《长江文艺评论》2017年第4期。
③ 曹顺庆：《21世纪中国文化发展战略与重建中国文论话语》，《东方丛刊》1995年第3辑。

皆有重要的学术意义。①中西文化属于异质文化，存在着不可通约处。传统比较文学影响研究和平行研究强调文学间的"同源性"和"类同性"，忽视其异质性和变异性，致使文学间交流和对话停留在表面，不能互识、互补、互证。为弥补传统比较文学研究的缺陷，推动世界文学文论的发展，跨异质文化的比较文学变异学应运而生。变异研究在学理层面总结了法国学派影响研究中被忽视的流传变异以及美国学派平行研究中被忽视的阐释变异，并进一步提出了他国化变异这一新发现。文学他国化就是对这种现象的研究和总结，文学他国化研究是变异研究的进一步深化和创新。

一、文学他国化：深层次的变异

文学他国化是文学作品从一国流传到另一国，经过文化过滤、翻译和接受综合作用之后的更深层次变异。它在承认不同文化之间的差异性和异质性的前提下，通过对话交融、文化符码和文学话语的变更，逐渐形成新的文学形式。民族文学正是在文学他国化的过程中，经过深层变异成为他国文学的一部分。但是，变异深化到何种程度才能形成文学他国化呢？回到文学他国化理论本身，我们可以看到，文学的他国化主要是指文化规则和文学话语的他国化。因为"他国化变异是在流传变异、阐释变异基础上更深层次的一种结构变异，是在跨文明交流或比较阐释中，不同国家、不同文明的文学或文论通过双向适应性改造，继而生成文学文论的变异体，这种变异体逐渐融入到本国文学文论的整体知识体系结构中，并对后来的文学文论发展形态产生一定的影响和制约"②。一种文学经过滤和误读只是他国化的第一步，要真正创造性地改造外来文学文论，将其转化为本国的东西，需要切实地以本国的文化规则和文学话语为本位去吸收、融化外来文学文论。通过文化规则和文学话语的他国化，一国文学被另一国文学文论吸收改造，进而成为他国知识体系的一部分。

（一）文化规则他国化。文化规则是指在特定文化传统、社会历史和民族文化心理下所形成的思辨、阐述和表达等方面的基本法则，它直接作用于理论的运思方式和意义生成，并集中鲜明地体现在哲学、美学、文学理论等话语规则和言说方式上。③不同文明的民族有着自己的文化规则，其差异从根本上规定了不同文化间文学、理论和范畴的异质性，并影响和制约着它们之间的表达、交流和解读。文学他国化绝不是文本语言的转换而已，更包含隐藏在文本语言之后的文化规则的他国

---

① 曹顺庆：《跨文明文论的异质性、变异性及他国化研究》，《深圳大学学报》（人文社会科学版）2016年第2期。

② 王超：《比较文学变异学中的阐释变异研究——以弗朗索瓦·于连的"裸体"论为例》，《当代文坛》2018年第6期。

③ 曹顺庆、谭佳：《重建中国文论的又一有效途径：西方文论的中国化》，《外国文学研究》2004年第5期。

化。目前，中国现代文论的内涵特点仍处于"西显中隐"的阶段。"中国现代文论在话语系统、表述文类、思维方式和知识型方面，都表现出明显的西方化特征。但是，这种西方化不是简单地等同西方文论本身，而是我国语境对西方扩张过滤和变形的结果。"① 伴随着西方文化进入而生成的中国现代文论是参照西方文论生成的、有别于中国传统文论的新文论。在西方文论进入中国，经过语言变异和文化过滤之后生成的中国现代文论已具备了一些中国文化特点，但是中国的传统文化规则却还没有深入其中，仍还是"西方骨架"。以西方文化规则为"骨架"建构起的中国现代文论表现出明显的西方文化特征，并不能彰显中国文化规则的特色。例如，如今许多中国现当代文学史编写依然深受"五四"时期"西学"观念影响，把旧体诗词一概判定为过时的象征，对于现当代文学史中的旧体诗词没有引起足够重视。以西方文化规则为骨架最终影响到了文学史的书写，造成如今大部分现当代文学史残缺的现状。② 王一川在《西方文论中国化与中国文论建设》一书中指出，要达到"以中化西"，使得西方文论中国化，"就要继续顺应已有的现代性及全球化大趋势，在显西隐中的时段之后'接着说'未完成的现代文论故事，即以全球化语境中现代中国本土建构为基点去更加主动地融化、化合西方文论及文化影响，力求在全球化世界上努力兴立属于中华民族自我的独特文论个性"③。中国现代文论总体上需要以中国文化规则为主，进一步吸收消化西方文论精华，将其融入"中国血液"，进而建构一个彰显中国特色的现代文论系统。

实际上，在中国文论的现代化进程中，也有一些学者在个别案例中做到了真正的以中国文化之规则化合西方文学文论，实现了西方文论的中国化。例如，王国维的《人间词话》、朱光潜的《诗论》和宗白华的《美学散步》等都是属于这一类作品的典范。王国维的《人间词话》创造性地提出了体现中国文化规则的"境界"说。王国维的"境界"说是他在新时代运用中国传统文化规则吸收西方文论的结果。叶嘉莹指出："至于静安先生之境界说的出现，则当是自晚清之世西学渐入之后，对于中国传统所重视的这一种诗歌中之感发作用的又一种新的体认。故其所标举之'境界'一词，虽然仍沿用佛家之语，然而其立论却已经改变了禅宗妙悟之玄虚的喻说，而对于诗歌中由'心'与'物'经感受作用所体现的意境及其表现之效果，都有了更为切实深入的体认，且能用'主观''客观''有我''无我'及'理想''写实'等西方之理论概念作为析说之凭借，这自然是中国诗论的又一次重要的演进。"④ 这样一次中国文论的重要演进实际上就是在中国文化遭遇西方文化之时，

---

① 王一川等：《西方文论中国化与中国文论建设》，北京：经济科学出版社 2012 年版，第 419 页。
② 曹顺庆、高小珺：《揭开现当代文学史缺失的一角——再论旧体诗词应入中国现当代文学史》，《中国文化研究》2018 年春之卷。
③ 王一川等：《西方文论中国化与中国文论建设》，北京：经济科学出版社 2012 年版，第 422 页。
④ 〔加拿大〕叶嘉莹：《王国维及其文学批评》，北京：北京大学出版社 2014 年版，第 283 页。

王国维先生以中国文化规则为本，继承严羽的"兴趣"说，王士祯的"神韵"说等中国传统文论化合西方文论之后创建的，"境界"说由此也成为了中国现代文论的经典。

（二）文学话语的中国化。文化规则需要依靠特定的话语言说方式来呈现。"话语"不同于语言，"是指在一定文化传统和社会历史中形成的思维、言说的基本范畴和基本法则，是一种文化对自身的意义建构方式的基本设定，它包括了术语概念层、话语规则层和文化架构层三层由表及里的内容"①。只是术语范畴类的话语中国化当然还不够，我们还应当继续探索，实现文化架构的中国化。因此，我们需坚持中国话语立场，以中国文学话语言说西方文学文论，将异质文学文论融入中国文化架构。所谓中国话语，从根本上是指中国所特有的术语、概念和言说体系，是中国特有的言说方式或表达方式。②宗白华先生的《美学散步》就是运用中国话语规则成功化合西方文论的典型。宗白华先生的"理论表述方式既非朱光潜先生那种严谨的现代论文体，也非钱锺书先生那种古典文言文体，而是一种独创的现代'散步'型论文体。其论文体是现代的，但其具体表述方式却是零散的和非系统的，不寻求严谨的概念、判断和推理方式，而是类似日常生活中的随意散步"③。这实际上就是用中国传统特有的看似"零散的和非系统的"文学话语来诉说西方"严谨的和推理的"美学理论，实现了文学话语的中国化。宗白华先生在《美学散步》开篇的《小言》说明了"散步体"的独到之处：

散步是自由自在、无拘无束的行动，它的弱点是没有计划，没有系统。看重逻辑统一性的人会轻视它，讨厌它，但是西方建立逻辑学的大师亚里士多德的学派却唤做"散步学派"，可见散步和逻辑并不是绝对不相容的。中国古代影响不小的哲学家——庄子，他好像整天是在山野里散步，观看着鹏鸟、小虫、蝴蝶、游鱼，又在人间世里凝视一些奇形怪状的人：驼背、跛脚、四肢不全、心灵不正常的人，很像意大利文艺复兴时大天才达·芬奇在米兰街头散步时速写下来的一些"戏画"，现在竟成为"画院的奇葩"。庄子文章里所写的那些奇特人物大概就是后来唐、宋画家画罗汉时心目中的范本。④

宗白华先生的"美学散步"就是将西方美学融入中国文化规则，再用独特的"散步体"来诉说中西文化的相融相通之处，在话语言说处实现美学的中国化。王超指出，他国化的根本特征在于：它不仅在移位阐释过程中产生理论新质，而且这些新质融入并改变了本国文学文化的知识谱系和思想结构，从现象变异拓展到话语

---

① 曹顺庆、李思屈：《再论重建中国文论话语》，《文学评论》1997年第4期。
② 高玉：《中国现代学术话语的历史过程及其当下建构》，《浙江大学学报》（人文社会科学版）2011年第2期。
③ 王一川等：《西方文论中国化与中国文论建设》，北京：经济科学出版社2012年版，第426页。
④ 宗白华：《美学散步》，上海：上海人民出版社2005年版，第2页。

深层的结构变异,整体改变了本国文学文论的根本质态和话语规则。[①]宗白华先生的《美学散步》继承了中国文论话语规则的同时,又结合西方文论相关论述,互为参照,最终写就了中国文论的经典,是在中国文化规则和话语规则的指导下形成的一种"理论新质"。

二、文学他国化的形成阶段

文学他国化是一个动态的形成过程。文学文论作品的翻译、文化过滤、文学误读和接受的每一个环节都经历着变异。文学他国化的形成需要经历一段较长的时间,一国文学如果其本身的文化规则和文学话语方式没有改变,没有融入他国文学文论之中,仍不能算作他国化。一国文学作品从最初经译介进入他国的语言变异,接受过程中经文化过滤和文学误读迈入现象和形象变异层面,最后至文化规则和话语方式层面,最终才能实现文学的他国化。总的来说,文学他国化具体可划分为:(1)语言译介阶段;(2)文化现象阶段;(3)文化规则和文学话语阶段三个渐进的过程。

(一)语言译介阶段。一种文学文论在不同的文化背景中经历跨语际译介和传播后必然会有不同程度的变异。语言的变异集中体现在译介过程中的"创造性叛逆"。《边城》中的"虎耳草"在不同的译本中有不同的翻译,包括"tiger-ears""tiger-lilies""saxifrage""the 'tigers' ear's-saxifrage"等。我们从字面上考察"虎耳草"确实有"虎"与"耳"字。但翻译成"tiger-ears"之后,读者可能根本意识不到这是一种植物,会造成不必要的误解;"saxifrage"是指类属于虎耳草属的植物,与沈从文笔下湘西特有的虎耳草并不相同,且缺失了辞藻本来的意境美;"the 'tigers' ear's-saxifrage"当然是一种准确且完整的翻译,但显得冗余。其中的"tiger-lilies"是一种创造性叛逆,译者采取高度意译策略,让虎耳草这一意象在英语中更有意义。译者以既有的诗意辞藻,将虎耳草翻译成了一种普通英语读者就可以识别的花的意象,既不损坏原意,又不破坏翠翠梦境中的诗意语言。[②]但这种语词层面的变异还不能算作是文学他国化,只有实现了文化规则和话语规则的他国化才能是真正的他国化。例如,林纾的译文并不能算是忠实的翻译,而是一种改写和译述,但正是这种以中国文化规则和文学话语改写和译述外国文学作品的方式,使得林纾翻译的文学作品成为中国现代文学的一部分,实现了翻译文学的中国化。

(二)文化现象阶段。他国文学文论在传播和接受过程中,必定会经历文化过滤甚至是文学误读导致的文化现象变异,这是他国化过程的中期阶段,是文本伴随语言译介更深入的变异形态。早期中国派遣到各国学习的留学生回国以后成立的诸

[①] 王超:《变异学:让异质性成为比较文学可比性》,《海南师范大学学报》(社会科学版)2018年第5期。
[②] 〔美〕金介甫:《沈从文名著〈边城〉的英文译本》,魏建武译,见周刚、陈思和、张新颖主编:《全球视野下的沈从文》,上海:上海交通大学出版社2017年版,第258页。

多诗社、刊物等就是一种文化现象的变异。"五四"新文化运动时期即试图通过大量译介外国文学来倡导一种"新文学"。在文学观念、文学思潮和文体建设方面汲取外国文学的营养，将西方文学文论与中国社会实况结合来创作现代新诗和散文本无可厚非。但这一阶段，"五四"激进派强调摈除中国传统文学文化，实行全盘西化，实际上导致了对西方文学文化的引介只是照搬西方文学文论，而不考虑是否适合中国文学实际情况，简单的挪用最终导致停留在了某些文化现象的西方化。朱光潜先生在《诗论》中就严厉反对"新文学"提出的白话诗文写作方式。朱光潜先生认为诗的境界、意象和情趣都需要以语言为媒介来传达，因此他的《诗论》花了近半的篇幅研究诗的语言、文字、音律、声韵等问题，并尖锐地批评了胡适在《白话文学史》中提出的"做诗如说话"的观点。他认为"做诗决不如说话"，必须重视诗的语言音律和形式技巧。"五四"以来的新诗运动是有成绩的，但在艺术性和继承传统方面的确存在不少的缺点。[①]"五四"新诗运动的缺点就在于只一味追求白话文，忽视了中国传统诗歌语言本身创造出的境界、意象、情趣等特质，只是看到国外诗歌的表面形式而忽略其本身具有的相应的文化内涵。如朱先生在序言中提到的："现在西方诗作品与诗理论开始流传到中国来，我们的比较材料比从前丰富得多，我们应该利用这个机会，研究我们以往在诗创作与理论两方面的长短究竟何在，西方人的成就究竟可否借鉴。其次，我们的新诗运动正在开始，这运动的成功或失败对中国文学的前途必有极大影响，我们必须郑重谨慎，不能让它流产。当前有两大问题须特别研究，一是固有的传统究竟有几分可以沿袭，一是外来的影响究竟有几分可以接收。"[②]传统和外来的文化各有其优势，如果不能以传统为本位来消化吸收外来的文学文论，只停留在表层的文化现象变异，始终不能把握国外文学文论的精髓，甚至会出现"食洋不化"的症状，从胡适先生创作的《蝴蝶》一诗便可见一二。

（三）文化规则和文学话语阶段的他国化。文化规则和文学话语的他国化是其区别于语言变异、文化过滤和文学误读，乃至文化现象变异的标志。中国文化规则与西方文化规则代表着不同的文化传承和文明特点，它们在文化机制和话语方式等方面存在着根本的差异。文化过滤、译介、接受过程中虽然存在着变异现象，但其本身的话语没有改变，仍然是传播国文学本身的话语言说方式。在异质文化的交流中激活对方，互相启发，进一步促使文学文论新质的产生，实现文化规则和话语方式的内化，这才是他国化的成熟形态。庞德领导的意象派及寒山诗在美国的经典化都是他国化的经典范例。寒山诗的流行不仅体现在斯奈德的翻译上，还体现在他的创作中，成为斯奈德诗歌创作的主要源泉之一。他本人曾说："无疑，我对中国诗歌的阅读，及其按部就班的单音节词排列，其干净利落——嗒嗒的骡蹄声——一切都

[①] 朱光潜:《诗论》，北京：北京出版社2009年版，第6-7页。

[②] 同上书，第2页。

喂养了我的这种风格。"① 这种深受中国诗歌影响的风格在他的普利策诗歌奖获奖作品《龟岛》中体现得淋漓尽致，其中《松冠》一首：

  蓝色的夜
  霜霭，空中
  明月朗照
  雪之蓝令松冠
  弯垂，融入
  天空，白霜，星光。
  靴子的吱嘎声。
  兔踪、鹿迹，
  我们知道什么。②

  从这首诗中我们总能读到一些中国诗人王维《山居秋暝》的影子"明月松间照，清泉石上流"，又或者是他的《鹿柴》"空山不见人，但闻人语响"。中国文学文论已经内化为斯奈德的写作风格，但是这里的中国风已经被他化为美国现代诗歌语言来写作美国现代诗歌，成为了美国诗歌的代表作。

  在变异研究视域下，异质文化间的文学文论在交流和互动中重新焕发活力。异质激发变异，以本国的文化规则和话语为本位来吸收外来文学文论，将异质性作为话语建设的出发点，跳出同质化的怪圈才是世界文学发展的未来。比较文学变异研究在异质性的基础上提出文学他国化理论，强调文学文论之间的融合转化，以此推动世界文学的发展。可以看到，变异研究与文学他国化相辅相成，互为依托。文学的他国化过程造就了变异，深层次的变异形成了文学的他国化。

三、文学他国化研究需要注意的问题

  （一）以我为主化他国。一国文学传播到他国会产生本国文学被他国所化或化他国文学文论为我所用两种不同的结果。他国化着眼于后者，接受国将传播内容加以改造和吸收，改变传播国文学在文化规则和话语方式上的形态。以我为主就是要从自身需求和时代需要出发。今天，中国已经历了近百年的"西化"历程，现在正处在从"西化"到"化西"的转折点上，正处于西显中隐的阶段。马克思主义中国化、寒山诗在美国的经典化等经验突出表明，实现文学他国化的关键在于以我为主，在于适合历史主体的新需要，在借鉴的同时，吸收其精髓，并将之融入中国文化的骨骼和血液，使之"中国化"。

  文学的他国化具有选择性，并不是任何文学之间的对话都能够实现文学的他国化。实现文学他国化的关键在于文化规则和文学话语的他国化，即立足于接受国的

---

① 〔美〕加里·斯奈德：《砌石与寒山诗》，柳向阳译，北京：人民文学出版社2018年版，第112页。
② 〔美〕盖瑞·施耐德：《水面波纹》，西川译，南京：译林出版社2017年版，第105页。

文学传统和民族习惯，以接受国的文化规则和文学话语对外国文学文论进行本土化改造，实现它的转化与重建。以本国传统文论话语为本，有效地吸收外来文学文论话语，将其融入本国文化精神，成为本国文学文论的意义生成方式、话语解读方式和话语言说方式，这才是真正意义上的"中国化"而非"化中国"。

（二）他国化并不等于同化。比较文学研究认为异质文学文化间的对话，应当坚持自身的基本话语规范和价值立场，不能否定文化之间的异质性。"中国化"常被等同于"同化"，任何异质文学文化在有机融合成他国文学的一部分后总是会保持其特有的文化质态，这不应该被抹去，而应当作为文化文学创新的突破口加以保持，在坚持本我的基础之上创造新我。同时，"中国化"也不等同于"拿来主义"，一些西方文论被拿来讨论中国的问题，不论适应与否，就认为这是中国化了，结果可能只是简单的套用，显得僵硬不通。他国化需要用心经营，实现有机的融合，而不是注重短期效应。

四、结语

变异和文学他国化是文学文论传播与接受过程中的重要规律，也是文学思想革新的重要途径。对于比较文学学科而言，建构比较文学的中国话语既要提出能够体现中国文化传统的概念和观点，还要用以解决世界范围内的学术研究问题。变异研究和文化他国化打破了比较文学界长期以来"X+Y"的浅层比附，使研究视角转向前人所忽略的异质性和变异性，重新奠定了东西文学的合法性，为东西不同文明的比较提供了坚实的理论基础。[①] 文学他国化是比较文学变异学研究范畴中的重要标准及核心理论，不仅在涉及跨越异质文化交流的领域有方法论的指导作用，更提供了一种人类文明可能通过和谐交流和沟通达到的创新手段。文学他国化可以推动跨文化、跨文明的对话，是实现文学多元共生的重要道路，从根本上杜绝了"全盘西化"的可能性，保存中国文论话语的完整性和持续发展。[②] 变异学研究、文学他国化研究，有利于分析"失语症"的根源，同时，也能探寻解决"失语症"的方法，最终有利于中国文化软实力的增强。因此，文学的他国化研究理应成为比较文学研究的对象和比较文学学科理论中新的生长点。

第三节　文学他国化的创新机制

作为一种更深层次的变异，文学他国化是促进文化创新的内在动力。所谓文学

[①] 曹顺庆：《建构比较文学的中国话语》，《当代文坛》2018年第6期。
[②] 曹顺庆、童真：《西方文论话语的"中国化"："移植"切换还是"嫁接"改良？》，《河北学刊》2004年第5期。

他国化是指一国文学传播至异质文化语境，经过跨语际译介、跨文化接受与变异等过程后产生的一种更为深层次的变异，即传播国文学本身的文学规则与言说方式被他国所化，产生新质，成为传入国文学和文化的一部分。其发生机制体现为文学与文化"元语言"的本质变异，并在对影响研究、平行研究的推进与创新基础上，形成了一套由本质变异、激活因子、按需化用、生发新质等连续性变异活动所构成的创新机制，在真正意义上实现了文明互鉴，有助于话语体系的建构。

一、他国化：一种更深层次的变异

他国化作为一种更深层次的变异，主要体现在其本身具有深刻的哲学内涵与理论基础上。从哲学内涵来看，他国化的生发机制关键在于"化"的内涵。"变"与"化"是构成中国哲学有关宇宙、万物运动变化思想的一部分。按张法教授的论证，中国哲学中的"变"是事物外部看得见的变化，而"化"则是事物内部看不见的变化，乃本质的变化。这种本质的变化又包含两个方面："一是本质的变化曰化，二是化代表了事物变化中由一事变成他事物的完成。"[1] 换言之，"化"不仅是本质变化的表述，还是本质变化的完成式，包含事情运动变化的状态与最终形态。诸如中国哲学思想中的"气化万物"、《易经·系辞》中的"万物化生"、《庄子·逍遥游》中的"化而为鸟，其名曰鹏"等都强调了"化"对于万物的转化与新生作用。

有关宇宙万物运动变化的原理，印度哲学同样孕育出了一组关于现象的"变"与本质的"化"的概念。其中，印度哲学中的"vartate（转）"则是相对现象变化的本质基础，指"与根本大法紧密相连的存在与活动，指出现又不断变动的存在，体现为 Pravartate（不停地向前的时间之流）"[2]，而这个"vartate（转）"又包含两方面的意思：一种是非本质的变，强调从本体到现象的变化，称之为"vivarta（转幻）"；一种是本质的变化，强调从非本质的在世现象状态到本质的超越性的本质状态之变化，称之为"vikara（转变）"。按张法教授的说法，这种本质的"vikara（转变）"则对应中国哲学中本质变化之"化"。

无论是中国哲学还是印度哲学都包含了一种强调现象之"变"与本质之"化"的变化关系。可以说，"变"与"化"这一表一里的关系构成了中印哲学中有关宇宙万物运动变化思想的基础。没有现象之"变"就没有本质之"化"；没有本质之"化"就无法彻底完成现象在本质上的"变"。从哲学内涵来看，文学他国化的哲学基础正是建立在比较文学变异学理论的"变"之上，强调"变"的本质变化与完成，即"化"。

从理论基础来看，作为变异学理论的核心思想，他国化的理论基础无疑是变异性和异质性。在跨文化交际中，变异性和异质性不可避免，正如爱德华·W.赛义德

---

[1] 张法：《论中国哲学关于运动、变化与生灭的独特思想》，《社会科学战线》2014年第12期。
[2] 张法：《论印度哲学中运动—变化—生灭思想》，《学习与探索》2015年第4期。

（Edward W. Said）所言："这种进入新环境的运动从来都是不受阻碍的。它必然涉及不同于起源地的代表性和制度化进程。这使任何关于理论和思想的移植、转移、传播和交易的叙述复杂化。"[1]而他国化发生在"当文学变异被一个接受国通过用自己的话语重组原始文本而被吸收时，目标文本自然会被读者采纳，并成为他们文学的一部分"[2]。显然，问题的关键就在于文学和文论元语言的变异，即一种文化语境中形成的一套文学和文论表述的话语规则和言说方式的本质变异。这也是判断是否发生了他国化变异的标准。

他国化现象表征体现在两个方面：一是"化他者"，即从传播国文学的角度来看，传播国文学传播至异质文化之后，异质文化中的文学为传播国文学所"化"；二是"被化"，即从接受国角度来看，接受国的文学被他国文学所"化"。这两方面是他国化现象表征的一体两面。例如，佛教从印度传入中国时，中国文化经历了"中国佛教化"和"佛教中国化"两种他国化类型。前者是指佛教改造中国文化的过程，而后者则指佛教成为中国文化一部分的过程，两者都是"他国化"现象。但是，两种"他国化"方式之间的差异不能忽略。后一过程被称为"佛教中国化"，是指来自印度的佛教已经转化为中国文化的一部分，生成独具中国本土特色的禅宗。在这种情况下，禅宗不是佛教，而是中国文化一部分的中国佛教。这是因为传入的佛教在经过中国传统话语中的"道"和"言不尽意"、老子的"无言"、庄子的"得意忘言"的阐释和化用之后，以"不立文字，以心传心"作为基本言说方式。这种言说方式正是中国传统文学和文论话语的"元语言"——超越带有局限性的语言表述以寻求语言之外的"道"。正因为如此，中国文学与文论"元语言"才将佛教化为禅宗。因此，他国化的发生与完成必然伴随着文学和文论"元语言"的变异；反之，正是文学和文论"元语言"的变异使"他国化"得以发生和完成。

二、他国化：比较文学研究新方法

文学他国化作为变异学的核心理论内涵，是比较文学研究的一大新方法。这种方法论上的"新"则主要体现在他国化对影响研究、平行研究的拓展、推进与创新之上。

（一）对影响研究的推进与创新

比较文学法国学派的影响研究，十分注重实证性影响关系，甚至提出"比较文学不是文学比较"的口号，以解决出现的比较文学学科危机，并在规范比较文学可比性的基础之上，建立起比较文学学科的学理性与合法性。因此，影响研究明确指

---

[1] Edward W. Said, 'Traveling Theory' in *the World, the Text, and the Critic*, Cambridge, MA: Harvard University Press, 1983, p. 226.

[2] Shunqing Cao and Han Zhoukun, "The Theoretical Basis and Framework of Variation Theory", *CLCWeb: Comparative Literature and Culture*, Vol. 19, Iss.5, 2017.

出比较文学研究的是国际间的文学关系史，并形成了"流传学"（Doxologie）、"渊源学"（Crenology）和"媒介学"（Mesologie）三大研究范式。然而，影响研究不仅将跨国文学关系限定在西方，忽视了东西方的文学交流；同时，影响研究仅仅认识到了国际文学关系与相互影响的科学性、实证性与同源性，忽视了其中存在的审美性、非实证性以及变异性[1]，忽视了一国文学在传播至另一国的过程中发生的变异现象，以及东西方文学间的相互影响所带来的一系列变异与他国化现象。尽管，影响研究早已涉及跨国文学影响研究中的形象研究，但忽略了形象研究的另一面，即形象变异。一国文学传播至源文化之外，进入世界文学之时总会产生不同程度的变异：或参照其他文学或文化背景知识，打上"区域性或全球性的印记"[2]；或与其他文化、文学相碰撞或融合的过程中，在新的文化语境中发生文学的变异活动；或在旅行、跨越的过程中有所丢失、增添、扭曲、误解，甚至彻底改变、转化，产生文学与文化新质。面对这一普遍现象，比较文学变异学把异质性与变异性作为比较文学的可比性，建立起一种具有普遍性的理论体系，旨在"通过关注差异性，深入挖掘不同文学之间互相渗透、互为补充的价值，通过比较文学这座桥梁来实现整个世界文化的沟通与融合，并进而构建一个'和而不同'的世界"[3]。而文学他国化秉承了变异学理论的学理性与合法性，从可视的现象变化上升至内在的本质变化，进一步推进了变异学理论的建构，这有效地填补了影响研究的空白，进一步推动影响研究在跨文化、跨文明语境中的发展。

中国古代文论对印度佛教思想的吸收与化用就是典型的影响研究中的他国化例子。佛教对中国文学理论和文化的影响是不可估量的。禅宗的一些观念就源于佛教中诸如"大乘佛教""小乘佛教""悟"等概念。这些概念传入中国被中国古代文论话语转化后，产生了文论新观念。例如，严羽借用了禅宗的观念，在《沧浪诗话》中提出了"乘""悟""声闻"以及"羚羊挂角"等文论概念。在这些观念的基础上，严羽通过诗歌与禅宗思想的比较，提炼出中国文论新概念，如"妙悟说"，即"大抵禅道惟在妙悟，诗道亦在妙悟"[4]。此外，源自佛教的一些其他词语与意义，经中国传统美学的吸收与转化后，化为中国美学和文学理论的重要思想，如唐代皎然《诗式》中的"取境"，王国维《人间词话》中的"境界"等[5]。这些对中国文学理论做出贡献的新观念，实质源自佛教中国化。即使在今天，中国人仍然在日常生活和学术活动中使用"境界""悟"等概念来进行表述。诸如"神韵""妙悟""取境""境界"等经典古代文论话语在佛家思想影响下，在儒家、道家文化场域中生

---

[1] 曹顺庆主编：《比较文学概论》（第二版），北京：高等教育出版社2018年版，第52页。
[2] 王宁：《比较文学、世界文学与翻译研究》，上海：复旦大学出版社2014年版，第204页。
[3] 曹顺庆：《南橘北枳：曹顺庆教授讲比较文学变异学》，北京：中央编译出版社2014年版，第2页。
[4] 郭绍虞：《中国历代文论选》2，上海：上海古籍出版社2001年版，第424页。
[5] 梁晓虹：《论佛教词语对汉语词汇宝库的扩充》，《杭州大学学报》（哲学社会科学版）1994年第4期。

成，至今在日常生活和文学研究中充满活力。

值得注意的是，他国化的发生机制往往形成于接受国立足本国、本民族、本文明的现实需求而进行的有意转化。比如，欧洲启蒙思想家立足当时启蒙运动的现实需求，亟待需要吸收强调人的自由意志与情感的理论支撑与知识养分，这才有康德等人对中国哲学的积极吸收与化用，成就了德国古典美学和哲学的辉煌。可以说，正是欧洲启蒙思想家对中国哲学、陈希所说的"东方因子"的有意吸收与化用，才有历史上影响深远的欧洲启蒙运动。这种化用主要体现在物质文化、制度文化、思想文化方面：在物质文化方面，中国的工艺美术品、景观园林、绘画、瓷器、诗歌戏剧等对英、法、德、意等欧洲国家的文学、哲学与艺术均产生了深远影响，形成了欧洲近代史上著名的"感情主义时代"[①]。比如，18世纪中国园林的西传就对欧洲园林甚至欧洲文艺思想产生影响。英国建筑师钱伯斯（William Chambers）多次前往中国旅行，研究中国建筑和中国园林艺术，在《东方造园》（*Essay on Oriental Gardening*, 1772）一书中，对中国园林大加赞扬。当时的英国建筑师结合现实文化与情感诉求，以中国强调意境的园林风格替代了当时的自然风格，形成了一种新式园林风格——"中英园林"（Chinese English garden）[②]，典型代表就是钱伯斯建造的世界著名植物园邱园。这是中国园林艺术传播至英国后，与英国艺术观念相碰撞，经他国化转化之后的必然结果。在制度文化层面，中国悠久的历史、精良的耕种、政治制度成为欧洲启蒙思想家赞颂的对象；在思想文化层面，以儒家思想为代表的中国哲学与文化对德国莱布尼茨的哲学、俄国教育家奥涅金的思想等产生了直接影响[③]。中国文化、艺术对欧洲启蒙时期的影响是有目共睹的，比如，阿道夫·里奇温（Adolf Reichwein）就出版了《中国与欧洲：18世纪知识分子与艺术交往》（*China and Europe: Intellectual and Artistic Contacts in the XVIIIth Century*, 1996）一书，专门探讨18世纪中国与欧洲知识分子的艺术交流，以及交流的成效。

影响研究除实证的跨国关系外，很大一部分涉及文学流传、一国文学对另一国文学产生影响的过程中产生的变异。但影响研究只关注文学如何发生影响、影响了什么，忽略影响之后的结果，尤其是一种文化在艺术审美方面被另一种文化所影响，进而被这种文化的审美特征所"化"，形成新的审美特征与诗学。这一过程很难通过所谓实证的、科学的方法进行测量，从这一点上来看，他国化研究势必是对影响研究的推进，正如有学者所认为的那样："认'同'易，辨'异'难，'接受－变异'研究应该是对'影响－趋同'研究的推进和超越。"[④]

[①] 顾友仁：《基于当代视野的中华文化与欧洲启蒙运动》，《学术论坛》2008年第12期。

[②] Adolf Reichwein. *China and Europe: Intellectual and Artistic Contacts in the XVIIIth Century*. Translated by J. C. Powell. London: Routledge, 1996, p. 118.

[③] 顾友仁：《基于当代视野的中华文化与欧洲启蒙运动》，《学术论坛》2008年第12期。

[④] 陈希：《西方象征主义的中国化》，广州：中山大学出版社2018年版，第1页。

（二）对平行研究的拓展与创新

法国学派不仅忽视了跨国文学影响关系中的变异现象，还忽视了除具有实际影响关系之外的平行研究，而这一空白被美国学派所填补。美国学派所倡导的跨学科平行研究为比较文学学科建设注入新的活力，但遗憾的是，美国学派同样一味求"同"，忽视"异"的存在，甚至认为东西方文学与文化没有可比性，其根本原因就是在于两者差异太大，找不到共同性。比如，韦斯坦因就断定"只有在一个单一的文明中，人们才能在思想、感觉和想象中有意识地或无意识地发现传统的共同元素"[①]。尽管平行研究在影响研究的基础上拓展了比较文学学科范式，然而一味求同的思维将美国学派平行研究的研究范围无限扩大以致模糊了学科界限的同时，却始终没能将研究视野拓展到跨越东西方文明体系的比较研究。

实际上，基于同一性而展开的平行研究中不乏变异性的存在。不同文化语境中的文论相互阐释势必产生变异，甚至在运用异质文明语境中的文论言说方式对本文明文学与文论进行阐释时，异质文明因子激活了本文明的文学与文化因子，相互对话、融合后，本文明立足现实需求与实践，化用异质文明中的文论言说方式，进而产生新的话语。这种阐释变异的发生往往有两方面的原因：其一，异质文化缺乏对源文化的深入了解，以本文化的言说方式进行阐释，造成无意误读，产生了无意识的阐释变异；其二，满足自身诉求，有意误读。比如，上文所论及的18世纪欧洲园林对中国园林思想的吸收实际上就是基于对中国园林景观理念的有意误读的基础之上，提出一套适应于当时欧洲时代语境的园林与艺术观念。欧洲情感时代对中国园林作为情感寄托载体的引入，实际上是为了满足自身目的，即表达对情感的诉求。而阐释变异恰恰促进了欧洲园林的转型，使中国古典园林艺术英国化，在英国形成"中英式"的新园林风格。再如，中国现代作家在运用西方象征主义进行阐释、指导文学创作时，西方象征主义在与中国现代文学与中国文化进行碰撞、交流后，使西方象征主义发生了变异并中国化。西方象征主义的中国化不仅引导了中国新文学的创作，更激发了中国本土象征诗学的构建。诸如"音乐性""纯诗论""契合说""颓废风""晦涩论"等本土象征诗学重要范畴，均受益于西方象征主义中国化所带来的刺激与转化作用[②]。而这种转化作用并非是脱离了中国传统诗学语境而生发的，亦非全盘吸收西方象征主义的结果，而是立足于中国传统诗学中的象征元素，借西方象征主义进行激活、转化，从而在两者对话、转化的基础之上形成。在此意义上，他国化对于我们重建中国文论诗学话语具有重要现实意义，"这就要求立足中国、借鉴国外，坚定文化自信，'以我为主，兼收并蓄'，将西方文论进行'中国化'，化为与中国本土特色相结合的新的理论增长点，而非'以我为客，以西为主'

---

① Ulrich Weisstein, *Comparative Literature and Literary Theory: Survey and Introduction*. Bloomington & London: Indiana University Press, 1973, p. 7.

② 参见陈希：《西方象征主义的中国化》，广州：中山大学出版社2018年版。

的'化中国'"①。

他国化的作用是一把双刃剑，因其强大的转化力量，"既可能带来失语症，也可以是文化创新的潜在动力"②。只有立足本文明的诗学与现实需求，创造性地转化异质文明中适应于本文明土壤的内容，才可能避免遮蔽本文明的独特性与异质性。平行研究中的他国化强调的是平行阐释中的转化作用，有效地拓展了平行研究的研究视域与范式。而从他国化理论角度来阐释在变异中形成的复杂转化机制，才可能阐释得清楚。

三、他国化：文化创新的内在动力

他国化理论作为比较文学研究的新方法和最具创新性的理论，其创新性建立在拓展与推进法国学派影响研究和美国学派平行研究的研究范式基础之上，是文化创新的内在动力，正如笔者所言："变异和他国化进程是文学传播与交流过程中的重要规律，也是思想文学革新的重要途径，更是人类文化创新的根本动力之一。从文化创新的角度理解并厘清他国化，有助于从根本上改变狭隘、局限的学术思维，而产生对文化交流过程中矛盾和问题的合理性解释。"③

（一）人类文明史上的文化交流与文化创新

人类文明史上不乏种种文化碰撞，同时也不乏种种文明交流与互鉴，"一部恢宏的人类发展史，就是一部各种文明相互影响、相互滋养、交融互进的历史。"④在中国文化史上，异质文明与文化的碰撞与转化时有发生。比如，中国北方文明与南方文明的交融与转化、印传佛教的中国化等，均在跨文明、跨文化交流过程中，经他国化的作用交融、转化，甚至产生文化新质，比如佛教中国化形成的禅宗。实际上，人类历史上诸多新文明形态、新文化类型的产生离不开他国化的刺激与转化作用。比如，发源于地中海的克里特文明与迈锡尼文明就受益于古埃及文明的影响，古希腊和古罗马的贵族共和制与民主共和制刺激、孕育了现代西方民主政治。⑤而转化的基础就是异质性和变异性，也就是比较文学变异学的可比性。因为文明、文化之间异质性的存在，异质文明和文化才有交流的必要性。正是因为异质性与变异性的存在，异质文明与文化在交流的过程中才有可能超越狭隘的"文明冲突论"以实现异质互补、互鉴。而这种异质性与变异性并非是阻碍异质文明与文化交流、对话的障碍，反而是交流、对话的基础。

实际上，他国化作用与人类文明发展规律紧密相连。这主要体现在两个方面：

---

① 曹顺庆、杨清：《对中国古代文论现代转换的反思》，《华夏文化论坛》2018年第2期，总第20辑。
② 曹顺庆、曾诣：《平行研究与阐释变异》，《中国比较文学》2018年第1期。
③ 曹顺庆、唐颖：《论文化与文学的"他国化"》，《现代中国文化与文学》2015年第2期。
④ 季思：《美国"对华文明冲突论"的背后是冷战思维和种族主义》，《当代世界》2019年第6期。
⑤ 同上。

跨文化交流中的文化形成与文化创新。在全球化与多元化的时代语境下，一种新文化的形成并非是"闭门造车"的结果，而是在与其他文化的碰撞、对话过程中，在对外来文化的有机借鉴与变异性、创造性吸收中形成。正如乐黛云先生所言："全球化和多元化的相互作用，其结果并不是'趋同'乃至'混一'，而是在新的基础上产生新质和新的差异。"[①] 这种"新质"和"新的差异"正是世界文学在进行跨文化、跨异质文明交流、对话、传播过程中经"他国化"作用产生的必然结果，正如赛义德在《理论旅行》（"Traveling Theory"）一文中所认为的那样，文学或理论从产生到传播至另一时空的过程中必然会经过抵抗、接受、融合、转化等阶段。而转化，也就是指文学在经由移植、旅行，部分或完全适应或融合后，在一个新的时空里被它的新用途和新状态所转化（transformed）[②]。

文化形成往往在跨文化、跨文明对话中经他国化作用形成文化新质，实现文化创新。这是因为"一种文化对他种文化的接受也不大可能原封不动地移植。一种文化被引进后，往往不会再按原来轨道发展，而是与当地文化相结合产生出新的，甚至更加辉煌的结果。……这种文化异地发展，滋生出新文化的现象，在历史上屡屡发生。实际上，两种文化的相互影响和吸收不是一个'同化''合一'的过程，而是一个在不同环境中转化为新物的过程"[③]。而乐黛云先生在此所言之"新物"即体现为某种文化新质，而这种"转化"正是"他国化"。可见，人类文明史上的种种文化碰撞、交流与转化现象暗含了一个文化形成与文化创新的他国化规律。

（二）他国化与文明互鉴、话语建构

习近平总书记指出："文明因多样而交流，因交流而互鉴，因互鉴而发展。"[④] 从学理内涵和实践层面来讲，习近平总书记所提之文明关系理念在比较文学研究领域同样有所照应："多样"即指比较文学变异学强调的"异质性"；"交流"即为比较文学变异学理论中跨语际、跨文化、跨文明对话；"互鉴"则蕴含"他国化"内涵。而实现文明互鉴的关键即通过他国化形成文明新形态与文化新质。正如习近平总书记在亚洲文明对话大会上讲的那样："交流互鉴是文明发展的本质要求。只有同其他文明交流互鉴、取长补短，才能保持旺盛生命活力。"[⑤] 文明不是封闭的，而是开放的；文明需从异质文明中兼收并蓄、汲取养分，以激活本民族、本文明中的文化、文论与文学因子，从而创造出文化新质，在真正意义上实现文明互鉴。

从学理内涵上来讲，文明互鉴得以真正实现需要他国化的作用。习近平总书记

---

① 乐黛云：《多元文化发展与跨文化对话》，《民间文化论坛》2016 年第 5 期。

② Edward W. Said, "Traveling Theory" in the World, the Text, and the Critic, Cambridge, MA: Harvard University Press, 1983, pp. 226–227.

③ 乐黛云：《多元文化发展与跨文化对话》，《民间文化论坛》2016 年第 5 期。

④ 习近平：《深化文明交流互鉴 共建亚洲命运共同体——在亚洲文明对话大会开幕式上的主旨演讲》，新华网 2019 年 5 月 15 日。

⑤ 同上。

所提之"文明互鉴"的出发点是应对当今世界文明关系新形态,以期在倡导异质文明平等对话、交流、互鉴的语境中,为世界文明关系问题提出中国方案。其实质与核心是通过文明互鉴,创造性地"吸收、借鉴其他文明的优秀成果,以创造出独具特色的文明新形态,在维护人类文明多样性的同时,为人们提供精神支撑和心灵慰藉,携手解决人类共同面临的各种挑战,进而为人类文明的发展与进步做出应有的贡献"[①]。这与他国化的创新机制如出一辙。文明互鉴并非盲目、全盘接受异质文明的文化因子,而是立足于本文明的话语体系与现实需求,去"化"传入的异质文明因子,历经被本文明所抵抗、与本文明对话、被本文明吸收、激活本文明的文学与文化因子、被本文明转化等交流过程,从而化为本文明的一部分,并产生文化新质。倘若没有基于本文明自身的发展需求自主地、创造性地"他国化"这一重要环节,文明互鉴的结果极有可能让异质文明在本文明大行其道,结果遮蔽了本文明的独特性与话语权,重蹈文学与文论"失语症"的覆辙。正如习近平总书记所强调的要正确进行文明学习借鉴,"要坚持从本国本民族实际出发,坚持取长补短、择善而从,讲求兼收并蓄,但兼收并蓄不是囫囵吞枣、莫衷一是,而是要去粗取精、去伪存真"[②]。而这也是西方文论中国化与中国现代文论建设留下的历史经验。[③]

从实践层面来讲,文明互鉴的关键在于"鉴",即借"他山之石"来助力本文明的进一步发展。而他国化的关键在于"化",其前提是借鉴异质文明的优秀成果,通过与本文明的有机作用,经过转化生发文化新质。可以说,文明互鉴是他国化实现的前提,而他国化则是文明互鉴得以真正实现的必要路径。

文明互鉴的更进一层便是话语体系的建设。话语体系是当前国与国之间国际竞争软实力的集中体现,而中国话语体系的建设不仅成为学术研究的重要议题,相应地,建立在话语体系建设之上的文化强国成为当下中国文化战略建设的目标。如前文所述,文明互鉴的出发点是应对新型世界文明关系,以倡导平等对话、异质互补与互鉴。然而,文明互鉴不是目标,只是途径。同样,他国化也不是目标,只是方法。

如果说他国化实现了真正意义上的文明互鉴,那么立足本文明的异质性来创造性地"化"他国,不仅激活了本文明的文学、文论与文化因子,更在异质文明与本文明的有机作用中,生发文学、文论和文化新质。这不仅激活了传统诗学在现代的价值与意义,其产生的文学、文论和文化新质正是当前中国话语体系建设的基石。因此,文明互鉴和他国化的终极目标在于构建起中国话语体系,以文化强国的姿态参与到全人类事业中,发出中国声音、提出中国方案。而比较文学变异学和他国化理论本身就是中国比较文学学者经过长期的探索,立足中国诗学与文学实践,通过

---

① 余卫国:《"文明互鉴论"的科学内涵、理论价值和实践意义》,《宁夏社会科学》2017年第11期。
② 习近平:《在纪念孔子诞辰2565周年国际学术研讨会上的讲话》,新华网2014年9月24日。
③ 王一川:《西方文论中国化与中国文论建设》,北京:经济科学出版社2012年版,第469页。

弥补比较文学学科理论的重大缺陷，打破了以往"西方中心论"的窠臼，拓展与推进了影响研究与平行研究的研究范式与理论内涵，创造性地构建起的一套兼具中国特色与普遍性意义的学科理论话语体系。①

四、结语

随着世界文学的发展和新媒体技术的革新，意义的生成方式发生了深刻变化。不同地区、国家、文明之间的文学和文学理论交流越来越频繁，它们之间的关系也越来越密切，一个国家的文化模式不再是纯粹的单一文化模式。如何在这样一个不同文明碰撞、对话的世界文学舞台上探索比较文学研究，实现不同文明之间的对话，是摆在我们面前的一个至关重要的问题。中国比较文学学者探讨了异质文明间文学和文论交流与对话的实质。其中，文学他国化显然成为了跨异质文化与文明交流中独具创造性的理论建设。作为一种更深层次的变异，文学他国化的创新机制建立在对影响研究与平行研究的推进与创新基础之上，促进文学与文论元语言发生本质变化，具有深厚的哲学内涵。如果说立足于西方文论中国化的例子，东方因子、现实契机、审美体验以有机一体、共时在场的方式构成了"接受/变异"的元结构②，那么从普遍意义上来讲，本质变异、激活因子、按需化用、生发新质的连续性变异活动则构成了他国化的创新机制。说他国化是一种"本质变异"是因为只有涉及文学与文论"元语言"的本质变化才能算作他国化；而他国化作为文化创新的内在动力，则需借鉴异质文明优秀成果以激活本文明的文学与文化因子，并立足本文明的现实需求与实践对异质文明进行创造性地化用，进而生发文学与文化的新质。在此意义上，文学他国化在意义生成与转化、文化创新与文明互鉴、话语建构方面具有重要现实意义。

第四节　文学他国化的实践路径

中国古代文论博大精深，是世界上三大文论体系之一。正是这样一个"体大虑周"的文学理论话语，如今非但无法参与现当代文学评论与文论建构，甚至已经无法表述自身。面对于此，中国学者提出了"中国古代文论现代转化"的研究思路，但十几年下来，这种实践貌似已经将研究带入一条死路。所以笔者提出，重新以比较的视野，将视线投向西方，挖掘西方文论的中国元素，或许可以开拓出一条比较诗学研究的新路径。

---

① 曹顺庆：《建构比较文学的中国话语》，《当代文坛》2018 年第 6 期。
② 曹顺庆：《文学变异研究的新创获——陈希〈西方象征主义的中国化〉序》，陈希：《西方象征主义的中国化》，广州：中山大学出版社 2018 年版，第 3 页。

中国自古以来就是文学理论大国，按照季羡林先生的观点，中国古代文论博大精深，是世界上三大文论体系（中国、印度、欧洲）之一。① 正是这样一个"体大虑周"的文学理论话语，这样一个言说了上千年、与绚烂多姿的中国古代文学相伴相生的文论话语体系，如今却莫名其妙地消亡了：作为理论，中国古代文论非但无法参与现当代文学评论与文论建构，甚至已经无法表述自身。只能成为博物馆里的秦砖汉瓦，成为学者案头的故纸堆。而西方文论却成为一家独大的学术明星，在中国闪闪发光，处处受到追捧！因为西方文论科学、系统、抽象、深刻……

二十多年前，当中国学者面对中国古代文论在现当代失效的问题时，提出的对策是通过"古代文论的现代转换"来重建中国文论话语体系。正是这出于重新焕发中国古代文论的生命力的良好愿望，却无形中成为中国古代文论消亡的"罪魁祸首"。究其原因，首先需要解答以下三个问题。

（一）中国古代文论为什么要转换？

"转换"往往暗含一个前提，即认为某样东西的原始状态不再保有必要性或合理性，在当代已经不能用了。也就是说，"古代文论现代转换"的口号，其实是一个否定中国古代文论当下生命力和有效性的论断，而这个前提显然是有问题的。我们的学科只能是"史"，那时候叫"中国文学批评史"。中国古代文论为什么会消亡？没有人质疑过。为什么西方文论没有"古代文论的现代转换"这种口号，为什么亚里士多德的《诗学》从来就不需要现代转换？显然，"古代文论的现代转换"是一个只有中国才有的、最具有"中国特色"的口号。

（二）用什么来"转换"？

之所以人们会否定中国古代文论的当代有效性与合法性，根源在于它是所谓的"不科学"的存在。那什么才是"科学的"呢？显然，按照当代"常识"，中国古代不可能有"科学"的方法，唯一的选择是西方的科学方法，判断的依据是西方理论，所以自然而然地，西方理论也就成为了用以"转换"（即"改造"）中国古代文论的元话语。正如王耘在《古代文论之现代转换的理论表象》一文中曾谈道："20世纪80年代以来的古代文论现代转换研究主要呈现出三种理论表象，其中在方法论维度普遍依赖于西方理论的架构。"② 如此，"科学的"西方理论，成为宰制中国文论的元话语。进而，西方理论作用于中国古代文论之现代转换不仅仅在于方法论的选择上，这种影响直接主导了中国古代文论自身话语的言说与建构。也就是说，引入的"科学的"西方理论，实际上成为了一种强势话语，成为宰制中国文论的元话语，在西方话语霸权下的中国古代文论，其主体性是长期缺位的。这就是问题的症结所在！

---

① 季羡林：《东方文论选·序》，成都：四川人民出版社1996年版，第2页。
② 王耘：《古代文论之现代转换的理论表象》，《学术月刊》2015年第7期。

(三)心态问题:缺乏文化自信

中国自鸦片战争以来,面对列强的巨大压力,一直处于"救亡图存"的风云中,民族自信心低落到前所未有的程度。由于中国的贫弱、腐败,外加西方的殖民、侵略,中国人开始不断反思国家落后的根本原因。经过数十年的中西方文化对比,以及国内不断的暴乱、恐慌、复古等事件后,一些国人得出这样一种结论:觉得传统文化是愚蠢的、是罪恶的、是不能和西方文化相提并论的。中国之所以落后、腐败是因为旧的传统文化在作祟。打倒传统文化,在一定的历史时期是有其合理性和必要性的。但是,不能够把脏水全都泼在中国传统文化上。由于文化失去自信,中国人开始逐渐地全盘否认自己的一切传统文化,包括中国古代文论、古代文学,通通都在扫荡之列。

通过上述对比较诗学研究路径的回顾,可以看到,之前的研究路径是在特定的历史语境和文化冲击下做出的一种错误实践。在这条老路上,我们不可能重新建立起中国文论的话语体系。所以,我们必须在根本上看清中国古代文论的价值,树立起我们民族的文化自信,从而开创一条比较诗学研究的新路径。

第五节　文学他国化的案例解读

一、话剧中国化:以郭沫若《屈原》为例

话剧是典型的西方舶来品,它源于欧洲,在20世纪初叶传入我国,至今不过百年历史。一种外来的文艺形式想要在当地落地生根,必然会发生一些"中国化"的变异,这种变异"主要体现在传播国文学本身的文化规则和文学话语已经在根本上被他国——接受国所同化,从而成为他国文学和文化的一部分"[①]。下文即以郭沫若代表作历史剧《屈原》为例,分析话剧中国化的一些明显特征。

(一)文学精神的中国化

1.《屈原》与中国现实的联系

《屈原》是郭沫若历史剧的代表作。因为"主流意识形态的渗入,或者说政治话语的彰显,在郭沫若的历史剧创作中是一个非常普遍的现象"[②]。《屈原》的创作是与当时的社会背景紧密相连的。

《屈原》写作于1942年,当时全国抗战已经进入了艰苦阶段。然而,国民党政府却在此危急存亡之际,奉行"对外消极抗日、对内加紧反共"的政策,令无数抗日志士寒心。这是郭沫若创作《屈原》的现实背景,也是郭沫若想要通过《屈原》

[①] 曹顺庆、郑宇:《翻译文学与文学的"他国化"》,《外国文学研究》2011年第6期。
[②] 王萍:《略论郭沫若历史剧的叙事模式》,《四川戏剧》2012年第4期。

去反映的社会现实："郭沫若深切地感到，屈原那种特立独行、不畏强暴的高贵气节正是时下国人所应有的品格和情操，在日寇大举入侵、中华民族生死存亡的危急关头，大力弘扬屈原精神显得尤为迫切和必要。因而，他想通过剧作'借古鉴今'，将古人的民族正义与今人反侵略、反投降的现实结合起来，号召大家效法屈原精神，自觉肩负起拯救民族危亡的历史重任"①。也就是说，《屈原》是出自中国现实社会情况的产物，他的内容虽然是战国时代屈原的故事，但是与现代"全国抗日"的背景却紧密相连。所以《屈原》不仅讲述的是中国的故事，体现的是中国人的精神与担当，唤起的是中国人的爱国之心，影响的也是中国的现实，这已经是完全的"中国范畴"和"中国精神"。《屈原》全剧有多处历史与现实对应的例子：剧中楚怀王在罢免屈原官职之后，听信张仪的话想与秦国交好，屈原对此沉痛不已，他义正词严地对楚怀王说："你假如要受别人的欺骗，那你便要成为楚国的罪人"，"你假如要受到别人的欺骗，一场悲惨的前景就会呈现在你的面前。你的宫廷会成为别国的兵营，你的王冠会戴在别人的马头上。楚国的男男女女会大遭杀戮，血水要把大江染红。你和南后都要受到不能想象的最大耻辱……"②结合《屈原》的写作背景再来看这一段"肺腑之词"，正是郭沫若对国民党当局的痛斥和警告：如果再不停止对同胞的残杀，外敌就会乘虚而入，不止政权会被颠覆，整个中国也将会生灵涂炭！

其次，《屈原》作为抗战时期的话剧还承载了激起群众的革命热情、爱国之心的重要任务，这与传统戏曲身负"教化"使命，发挥"文以载道"的作用是一脉相承的。夏衍曾指出过，"中国戏曲艺术的特点，……有'诗言志'和'文以载道'的传统"③。《屈原》虽然已经不属于传统戏曲艺术，但仍肩负着"诗言志"和"文以载道"的重任。历史剧《屈原》在重庆公演后，群众的反应十分热烈："重庆沙坪坝的学生进城看戏后仍意犹未尽，索性在剧院坐到天亮，和演员们一起交流观后感，讨论剧情。一时，该剧中'烧毁了吧''爆炸了吧'等台词在重庆大街小巷被广为传诵。"④"烧毁了吧""爆炸了吧"等台词正是出自《屈原》中最后一幕——《雷电颂》。《雷电颂》中的雷电象征着正义、光明的力量，它们要去烧毁、炸裂那些宇宙中的误会和黑暗："你们风，你们雷，你们电，你们在这黑暗中咆哮着的，闪耀着的一切的一切，你们都是诗，都是音乐，都是跳舞。你们宇宙中伟大的艺人们呀，尽量发挥你们的力量吧。发泄出无边无际的怒火把这黑暗的宇宙，阴惨的宇宙，爆炸

---

① 熊坤静：《历史剧〈屈原〉创作前后》，《党史文苑》2012年第7期。
② 郭沫若：《郭沫若剧作全集》(第1卷)，北京：中国戏剧出版社1982年版，第412–413页。
③ 夏衍：《中国现代话剧文学史略》代序，黄会林：《中国现代话剧文学史略》，合肥：安徽教育出版社1990年版，第1页。
④ 熊坤静：《历史剧〈屈原〉创作前后》，《党史文苑》2012年第7期。

了吧！爆炸了吧！"①观众的反应热烈，说明《屈原》作为文艺作品已经起到了影响社会的作用。周恩来曾高度评价《屈原》演出的作用，认为这是针对国民党独裁统治的一种文艺上的斗争。他说："在连续不断的反共高潮中，我们钻了国民党反动派一个空子，在戏剧舞台上打开了一个缺口。在这场战斗中，郭沫若同志立了大功。"②这种文艺斗争，正是文艺作品具有"文以载道"作用的体现。

2. 意象与思想的中国化

意象是文学的重要组成部分，"由于文化或审美情趣的差异，同一种事物可能蕴含不同的意义"③，所以意象的选取对于营造全剧的氛围至关重要。从意象方面来看，《剧中》"湘夫人""东皇太一""东君""河伯""国殇"等意象均出自《楚辞》，属于传统古典文学中的意象，具有中华文化语境中的特定含义。比如提到"湘夫人"，就一定会想到"湘妃竹""湘君"的故事；提到"东君"，便会想到作为太阳神的"东君"驾着马驰骋的样子，各人物均有自己的背景、特色。如南后请来的舞者中，"国殇，男像，面色紫，手执干戈，身披甲"④，是典型的战士形象；"山鬼，女像，面色蓝，手执桂枝"⑤，则是典型的山中精怪想象……除了人物意象之外，物品的意象也带有强烈的象征意义。例如第一幕中的橘树，象征着独立不移、坚贞不屈的仁人志士。屈原特地写《橘颂》来称赞它的"高洁"："辉煌的橘树呵，枝叶纷披。生长在这南方，独立不移。"⑥这种物与人的对应关系显然出自古典文学中的"借物喻人"传统。不管是孔子在"岁寒，然后知松柏之后凋"中表达对松柏的赞美，还是周敦颐在《爱莲说》中对莲花"出淤泥而不染"形象的着力刻画，其实都是对自身精神品质的投射。同样，屈原赞美橘树，正是想要做一个如同橘树一般独立、正直、坚贞不屈的人。屈原在与宋玉谈论《橘颂》时，曾教育宋玉说："我希望你要能够像这橘子树一样，独立不倚，凛冽难犯。要虚心，不要作无益的贪求。要坚持，不要同乎流俗。要把你的志向拿定，而且要抱着一个光明磊落、大公无私的心怀。那你便不会有什么过失，而成为顶天立地的男子了。"⑦他将《橘颂》送给弟子宋玉，就是希望他能像橘树一样做一个顶天立地的人，自始至终保留自身的气节，不要与外界的肮脏"同流合污"。这种对气节的要求用儒家的话来说，就是"杀身成仁""舍身取义""宁折不弯"的高尚品质。屈原认为，即使遭遇灾祸，也要昂首面对，不可"失节"。他在教育宋玉时说："但遇到大劫临头的时候，你却要

---

① 郭沫若：《郭沫若剧作全集》（第1卷），北京：中国戏剧出版社1982年版，第470页。
② 熊坤静：《历史剧〈屈原〉创作前后》，《党史文苑》2012年第7期。
③ 董首一、曹顺庆："他国化"：构建文化软实力的一种有效方式》，《当代文坛》2014年第1期。
④ 郭沫若：《郭沫若剧作全集》（第1卷），北京：中国戏剧出版社1982年版，第406页。
⑤ 同上。
⑥ 同上书，第380页。
⑦ 同上书，第383页。

丝毫也不苟且，不迁就。你要学那位古时候的贤人，饿死在首阳山上的伯夷，就算饿死也不要失节。"①宋玉虽然表面上恭敬附和，但最终辜负了屈原的期望，在屈原被南后陷害之后，选择了投靠南后和公子子兰，面目丑陋。宋玉没能保全的气节反而在身份卑微的屈原侍女婵娟身上得到了体现。在面对变节投敌、趋炎附势的宋玉时，婵娟大声呵斥说："宋玉，我特别地恨你！你辜负了先生的教训，你这没有骨气的无耻的文人！"②婵娟以屈原为精神上的向导，就要贯彻"舍生取义"的精神，因此严词拒绝了公子子兰的"营救"："我的态度怎样？我的态度就跟先生一样。先生说过：我们生要生得光明，死要死得磊落。先生决不愿苟且偷生，我也是决不愿苟且偷生的！这就是我的态度！"③郭沫若说，"婵娟的存在似乎可以认为是屈原辞赋的象征的，她是道义美的形象化"④。婵娟的道义美是与儒家的人格要求相符合的。

除此之外，《屈原》还体现了传统儒家思想中强烈的仁爱精神和爱国思想。主角屈原被郭沫若塑造为典型的儒家士大夫形象，为了国计民生而不顾自己的性命："他看不过国破家亡，百姓流离颠沛的苦况，才悲愤自杀的。他把所有的血泪涂成了伟大的诗篇，把自己的生命殉了祖国，与国家共存亡，这是我们所以崇拜他的原因，也是他所以伟大的原因。"⑤在文中，屈原的多处台词都能体现他的拳拳爱国之心和"爱民如子"的仁爱思想：在面对南后的诬陷时，屈原第一个想到的不是自己的冤屈，却是楚国百姓将要面对的苦难。他沉着而沉痛地对楚怀王说："你要多替楚国的老百姓设想，多替中国的老百姓设想。老百姓都想过人的生活，老百姓都希望中国结束分裂的局面，形成大一统的山河。"⑥在楚怀王免去屈原左徒官职之后，屈原反复哀叹楚国的命运："皇天在上，后土在下，先王先公，列祖列宗，你陷害了的不是我，是我们整个儿的楚国呵！（被挟持至西阶，将由右翼侧道下场，仍亢声斥责）我是问心无愧，我是视死如归，曲直忠邪，自有千秋的判断。你陷害了的不是我，是你自己，是我们的国王，是我们的楚国，是我们整个儿的赤县神州呀！"⑦还有学者认为，《屈原》讲述忠臣被奸臣陷害的故事，其核心思想是要赞颂忠臣，讽刺奸臣和昏君，符合传统"忠君爱国"的价值观。⑧其实不管是"忠君爱国"还是

---

① 郭沫若：《郭沫若剧作全集》（第1卷），北京：中国戏剧出版社1982年版，第384页。
② 同上书，第465页。
③ 同上书，第464–465页。
④ 郭沫若：《〈屈原〉与〈釐雅王〉》，《郭沫若剧作全集》（第1卷），北京：中国戏剧出版社1982年版，第492页。
⑤ 郭沫若：《屈原考》，李诚、熊良智主编：《楚辞评论集览》，武汉：湖北教育出版社2003年版，第651页。
⑥ 郭沫若：《郭沫若剧作全集》（第1卷），北京：中国戏剧出版社1982年版，第412页。
⑦ 同上书，第413页。
⑧ 参考王文英：《现代性与古典性的交融：郭沫若历史悲剧的特色之———以〈屈原〉为例》，《岭南学报》2017年第2期。

"仁政爱民"抑或者"舍身取义",都是"学术规则"①的一种中国化,是一种在外来文艺形式的新枝上重新接上"文艺老根""思想老根"的行为。

3.语言的中国化

王文英提出,《屈原》"与一般的话剧不同,它以抒情写意为主,对现代话剧体裁作了诗化的处理,从而接续了诗言志、缘情的古典传统,并实际上与传统戏曲有了某种契合"②。比较戏曲与《屈原》的语言,很容易看出这种"契合":传统戏曲本身就是诗词,而《屈原》中的诗歌、独白正与此相同,剧中反复出现《橘颂》《礼魂》等诗歌,为观众提供了诗的情境;戏曲创造的是"诗的意境,诗的情境,而不以构思复杂,激烈的戏剧冲突取胜"③,《屈原》也是如此,"与老舍、曹禺等现代剧作家现代话剧创作不同,郭沫若在戏剧创作中并不是着力于强调戏剧人物的矛盾冲突和舞台效果,而更主要是凸显一种情感的基调,利用情调来调动观众和读者的观感,做到'以情感人'"④。《屈原》不似《雷雨》,有因人物尖锐矛盾而引起的高潮,反而是在简单的叙事中"以情动人",用爆裂的情感去打造一个情感而非叙事上的"高潮"——《雷电颂》。《雷电颂》作为戏剧高潮,却是独特的长达千字的个人独白,这在中国话剧史上也非常罕见。观众在直抒胸臆的大声疾呼中与屈原同呼吸、共命运,跟随他去追寻光明的力量,讽刺和毁灭"罪恶的黑暗",感受英雄人物的悲壮,这就是《屈原》情感力量的体现。

(二)话剧舞台艺术的中国化

话剧作为一种表演艺术,与纯文本的文学不同,它是需要舞台和演员的。王萱在《论话剧舞台艺术的中国化》中指出:"在中国化的进程中,话剧舞台表演艺术逐步与中华民族文化相融合,其中最为鲜明的一个标志就是诗歌表演和话剧表演相融合。"⑤以此观之,《屈原》中穿插的大量诗歌表演,正是这种"中国化"的体现。例如第一幕一开场,即是屈原朗诵《橘颂》:

屈原(徐徐地放声朗诵。读时两手须一舒一卷)

　　辉煌的橘树呵,枝叶纷披。

　　生长在这南方,独立不移。

　　绿的叶,白的花,尖锐的刺。

---

① 学术规则是指在特定文化传统、社会历史和民族文化心理下所形成的思辨、阐述和表达等方面的基本法则,它直接作用于理论的运行方式和意义生成,并集中鲜明地体现在哲学、美学、文学理论等话语规则和言说方式上。可参见曹顺庆、郑宇:《翻译文学与文学的"他国化"》,《外国文学研究》2011年第6期。

② 王文英:《现代性与古典性的交融:郭沫若历史悲剧的特色之一——以〈屈原〉为例》,《岭南学报》2017年第2期。

③ 吴雪、李汉飞主编,中国话剧艺术研究会编:《曹禺戏剧研究论文集》,北京:中国戏剧出版社1997年版,第132页。

④ 张勇:《郭沫若早期历史剧创作与诗剧翻译钩沉》,《北方论丛》2017年第1期。

⑤ 王萱:《论话剧舞台艺术的中国化》,《戏剧之家》2018年第17期。

多么可爱呵，圆满的果子！
由青而黄，色彩多么美丽！
内容洁白，芬芳无可比拟。
植根深固，不怕冰雪雾霏。
赋性坚贞，类似仁人志士。①

除了《橘颂》在剧中反复被吟诵之外，第四幕中屈原再次登场，也是"口中不断讴吟，时高时低"②：

〔断续可闻之歌咏乃《九章》《惜诵》词句，唯前后参差，不相连贯，盖此时《惜诵》章正在酝酿之中，尚未达到完成境地。

屈原　我言行一致，表里如一，
　　　事实具在，我虽死不移。
　　　要九折肱才能成为良医，
　　　我今天知道了这个真理。

　　　晋国的申生，他是孝子，
　　　父亲听信谗言，让他死了。
　　　伯鲧耿直而遭受死刑，
　　　滔滔的洪水，因而未能治好。③

如果说这些诗歌元素在剧中还不够起眼的话，那么《屈原》情感的高潮——《雷电颂》则是极其富有激情和力量的诗歌独白。

其次，《屈原》中还穿插了大量的歌舞表演，这也在一定程度上呼应了传统戏曲的特点："中国戏曲艺术的特点……是它和音乐、舞蹈紧密结合，是一种载歌载舞、寓教化于娱乐的艺术。"④比如《屈原》中的第二幕，屈原拜见南后，南后要排演《礼魂》，于是歌舞乐一齐动作，使原本形式较为单一的话剧变得更加多元化：

〔南后将左手高举，一挥，于是歌舞乐一齐动作。舞者在中霤成圆形旋转，渐集拢，又渐渐散开。歌者在房中反复歌《礼魂》之歌。

唱着歌，打着鼓，
手拿着花枝齐跳舞。
我把花给你，你把花给我，
心爱的人儿，歌舞两婆娑。

---

①　郭沫若：《郭沫若剧作全集》（第1卷），北京：中国戏剧出版社1982年版，第380-381页。
②　同上书，第444页。
③　同上书，第444-445页。
④　夏衍：《中国现代话剧文学史略》代序，黄会林：《中国现代话剧文学史略》，合肥：安徽教育出版社1990年版，第1页。

春天有兰花，秋天有菊花，
馨香百代，敬礼无涯。①

诚如夏衍先生所说，"话剧这种既不唱又不舞的外来艺术，要在中国这样一个人民文化素质不高、方言差别很大的国家独树一帜，发展成长，话剧工作者一定要经历一条艰辛的道路"②，郭沫若在《屈原》中有意加上歌舞的元素，使"不唱又不舞"的外来艺术更"接地气"，更符合中国观众的审美，也是使"话剧中国化"的一种努力。

二、莫言作品他国化：以葛浩文英译本为例

莫言是中国首个获得诺贝尔文学奖的作家，同时也是目前我国作家中作品被译为外文最多的人。可以说，莫言获奖为中国文学"走出去"提供了一个范本，也引发了各界对于文学翻译的关注。正如谢天振先生所说："一个不争的事实是，莫言作品的外译是成功的。"③ 莫言作品的翻译者葛浩文（Howard Goldblatt）是美国著名汉学家、翻译家，其妻子林丽君也是一位来自中国台湾的翻译家。在妻子的帮助下，葛浩文翻译了莫言的许多作品。在翻译上，莫言给予了译者充分的自由与空间，让译者可以根据接受国的文化、风俗、意识形态等对自己的文本进行"变异"。葛浩文曾表明："莫言理解我的所作所为，让他成为国际作家，同时他也在了解在中国被视为理所当然的事物，未必在其他国家会被接受，所以他完全放手让我翻译。"④ 事实上，除了莫言作品本身所带有的来自中国乡土的异域感、幽默诙谐的笔调、深刻的现实批判、丰富的历史想象等迎合了海外读者的喜好之外，其文学文本在翻译过程中的变异与他国化策略也使得这些作品更好地融入了西方世界。文学他国化指出："一国文学在传播到他国后，经过文化过滤、译介、接受之后的一种更为深层次的变异，这种变异主要体现在传播国文学本身的文化规则和文学话语在根本上被接受国所同化，从而成为他国文学和文化的一部分。"⑤ 在全球化的趋势下，"他国化"已成为了文学交流中的一种普遍现象和规律。本部分以莫言小说《红高粱家族》葛浩文英译本为例，探讨中国文学在译介中的他国化现象。

海德格尔认为，语言是"人生在其中活动的层面，是语言首先把世界带入存

---

① 郭沫若：《郭沫若剧作全集》（第 1 卷），北京：中国戏剧出版社 1982 年版，第 410 页。
② 夏衍：《中国现代话剧文学史略》代序，黄会林：《中国现代话剧文学史略》，合肥：安徽教育出版社 1990 年版，第 1–2 页。
③ 张毅、綦亮：《从莫言获诺奖看中国文学如何走出去——作家、译家和评论家三家谈》，《当代外语研究》2013 年第 7 期。
④ 孙昌坤：《英译者葛浩文眼中的莫言》，参见王俊菊主编：《莫言与世界：跨文化视角下的解读》，济南：山东大学出版社 2014 年版，第 69 页。
⑤ 曹顺庆、郑宇：《翻译文学与文学的"他国化"》，《外国文学研究》2011 年第 6 期。

在"。人总是生存和活动在"成见"（pre-understanding）[1]之中，当我们在理解或阐释一个事物时，是通过语言实现的，我们难以逃脱某种语言与其思维方式，难以逃脱历史与意识形态，因为它们早已根植于某种"被给定性"（givenness）[2]之中。如果说人的生存是由时间构成的，那么它同样是由语言构成的。语言是文化的载体，一个民族的语言之中往往潜伏着这个民族的思维系统、历史文化和宇宙观。因而，在进行文学翻译时，源文本经过另一种语言的转化，被引入到了一个新的语境，原语言所承载的文化内涵可能丢失或发生改变，"创造性叛逆"也随之而来。正如埃斯卡皮（Robert Escarpit）所说："翻译总是一种创造性的叛逆。"[3] 翻译所带来的译介变异不可避免，但葛浩文所选择的翻译策略，也加剧了文本的"他国化"现象。葛浩文在进行翻译时，并非逐字逐句地翻译，而是整体翻译，采取了大量的改写、删译、增译和归化等以接受国为中心的翻译策略。并且，由于受到市场、读者、编辑等多因素的影响，译者不仅在语言层面进行了改造，对故事结构、内容等也有一定程度的调整，使之更符合海外读者的品位。从而实现了语言层面、文化现象和话语方式三个层面的他国化。

（一）语言层面的他国化

译介后语言层面的变异是他国化的初级阶段，是一国语言被译为另一国语言时必然发生的变异现象。在葛浩文的《红高粱家族》英译本中，这种现象比比皆是。

为了适应新的语言、文化环境，葛浩文首先对莫言作品中的一些地道的方言、俗语、成语等中国特色的语言表达进行了改写。例如在"余司令大喊一声：'日本狗！狗娘养的日本！'"[4]中，葛氏译为"'Jap dogs!' Commander Yu screamed. 'jap sons of bitches!'"[5] "狗娘养的"在中国文化语境中是粗鄙的骂人之语，并非与狗这种动物有直接联系，所以葛氏在翻译时根据英语语境改写为"sons of bitches"。"谁开枪？小舅子，谁开的枪？"[6]一句中的"小舅子"也并非实称，而是方言俚语中骂人的话，因而译者译为了"Who's the prick who did it?"[7]，"prick"在英语中就有"蠢货、混蛋"之意。小说中，奶奶劝告爷爷不能让任副官走，说道"千军易得，一将难求"[8]，葛氏在翻译时也根据英语的特点进行了改写与意译："soldiers are easy to

---

[1] Terry Eagleton, *Literary Theory: An Introduction*. Beijing: Foreign language education and research press, 2004, p.54.
[2] 同上书，第 53 页。
[3] 埃斯卡皮：《文学社会学》，王美华、于沛译，合肥：安徽文艺出版社 1987 年版，第 137 页。
[4] 莫言：《红高粱家族》，北京：当代世界出版社 2003 年版，第 2 页。
[5] Mo Yan, Howard Goldblatt, *Red Sorghum*, London: Arrow Books, 2003, p.5.
[6] 莫言：《红高粱家族》，北京：当代世界出版社 2003 年版，第 6 页。
[7] Mo Yan, Howard Goldblatt, *Red Sorghum*, London: Arrow Books, 2003, p.11.
[8] 莫言：《红高粱家族》，北京：当代世界出版社 2003 年版，第 43 页。

recruit, but generals are worth their weight in gold."①。类似的还有对"披麻戴孝""逢年过节"②的翻译,葛氏本译成了"wear mourning clothes"和"all the holidays"③,虽丢失了部分原文中国传统民间习俗的特色,但符合接受国的语境。此外,在"一群群大雁往南飞,一会儿排成个'一'字,一会儿排成个'人'字"④中,莫言以中国汉字状形,葛氏面对不懂汉语的英语世界的读者,将其改写为"…their formation changing from a straight line one minute to a V the next"⑤;在对"绿高粱被白气缭绕,具有了仙风道骨"⑥一句的翻译时,葛氏把"仙风道骨"译成了"the presence of immortals"⑦,少了几分原作者所营造的仙雾缭绕的意境之美。

其次,译者对外国人难以理解的中国乡土特色的表达,进行了选择性地增译或省译。由于"焦灼的牛郎要上吊,忧愁的织女要跳河"⑧一句中的"牛郎""织女"都来自中国民间神话,外国读者了解甚少,葛氏在翻译时用补充说明的方式,译为:"the anxious Herd Boy(Altair), about to hang himself; the Waving Girl(Vega), about to drown herself in the rive…"⑨小说中罗汉大爷被监工用藤条打,一个中年人却用烟贿赂监工,他问罗汉大爷:"你没送他点见面礼?"⑩"见面礼"在这个语境中指的是能用作贿赂、通融之物,可让自己少挨打,这是具有中国文化特色的表达。葛氏译本中把此句中的"见面礼"进行了简化,直接翻译为了:"you didn't give him anything to grease the skids?"⑪此外,葛浩文英译本还对《红高粱家族》中的一些历史典故、神话传说、民间快板小调等进行了省译。

再次,译者根据英语行文的特点,对作品的段落进行了重新划分。中文的一个段落一般可以包括多个主题,划分得较为随意,但英文的一个段落普遍只围绕一个主题。因此,对篇章段落的重新安排、划分也是葛氏译本的一大特色。

(二)文化现象的他国化

文本中文化现象的变异是他国化过程中的中期阶段,这是伴随着语言译介的更深入的变异形态。⑫以下,笔者选择了葛译本 *Red Sorghum* 中的几个典型案例来分析

---

① Mo Yan, Howard Goldblatt, *Red Sorghum*, London: Arrow Books, 2003, p.58.
② 莫言:《红高粱家族》,北京:当代世界出版社 2003 年版,第 43 页。
③ Mo Yan, Howard Goldblatt, *Red Sorghum*, London: Arrow Books, 2003, p.59.
④ 莫言:《红高粱家族》,北京:当代世界出版社 2003 年版,第 4 页。
⑤ Mo Yan, Howard Goldblatt, *Red Sorghum*, London: Arrow Books, 2003, p.7.
⑥ 莫言:《红高粱家族》,北京:当代世界出版社 2003 年版,第 53 页。
⑦ Mo Yan, Howard Goldblatt, *Red Sorghum*, London: Arrow Books, 2003, p.72.
⑧ 莫言:《红高粱家族》,北京:当代世界出版社 2003 年版,第 4 页。
⑨ Mo Yan, Howard Goldblatt, *Red Sorghum*, London: Arrow Books, 2003, p.8.
⑩ 莫言:《红高粱家族》,北京:当代世界出版社 2003 年版,第 13 页。
⑪ Mo Yan, Howard Goldblatt, *Red Sorghum*, London: Arrow Books, 2003, p.20.
⑫ 曹顺庆、唐颖:《论文化与文学的"他国化"》,《现代中国文化与文学》2015 年第 2 期。

此文化现象的他国化。

例一：我深信，我奶奶什么事都敢干，只要她愿意。她老人家不仅仅是抗日的英雄，也是个性解放的先驱，妇女自立的典范。①

译文：I believe she could have done anything she desired, for she was a hero of the resistance, a trailblazer for sexual liberation, a model of women's independence.②

葛浩文在此句的翻译中，把"个性解放的先驱"译为了"一个性解放的先驱"，即"a trailblazer for sexual liberation"。译者显然对中国"个性解放"的概念不太了解，"五四"时期新文化运动的倡导者认为中国社会中最缺乏独立人格的群体就是妇女，因此"个性解放"就成为了这个时期女性解放的核心思想。事实上，原文中认为奶奶是个性解放的先驱，是对那个年代的她拥有独立人格的赞美。西方的"性解放"虽然也有着女性的独立与解放的意味，但更侧重于"身体"，强调了在"性"问题上的解放，而非作者的原意。因此，译者在此处的改写与误读在一定程度上改变了人物的形象，是东西方文化的差异所导致的他国化现象。

例二：冷支队长冷冷一笑，说："占鳌兄，兄弟也是为你好，王旅长也是为你好，只要你把杆子拉过来，给你个营长干。枪饷由王旅长发给，强似你当土匪。"③

译文：Detachment Leader Leng sneered."Elder brother Zhan'ao, I've got your best interests at heart. So does Commander Wang, If you turn your cache of weapons over to us, we'll make you a battalion commander, and he'll provide rifles and pay. That's better than being a bandit."④

此句中，葛浩文将"杆子"译做了"cache of weapons"。译文的含义为让余占鳌把他的武器和装备带来投靠冷支队长他们。可根据小说原著，余占鳌并没有什么武器装备。事实上，原著中的"杆子"，指的是本地区的农民叛乱小部队，即"杆匪"，却被译者解读为了武器装备。此乃文本在不同文化语境下的误读现象。

例三：老头子不理他，找了一把菜刀，噼里啪啦对着狗脖子乱剁，剁得热汤四溅。⑤

他确实是饿了，顾不上细品滋味，吞了狗眼，吸了狗脑，嚼了狗舌，啃了狗腮，把一碗酒喝得罄尽。他盯着尖瘦的狗骷髅看了一会，站起来，打了一个嗝。⑥

译文：ignoring him, the old man picked up his cleaver and hacked at the dog's neck, spattering the scalding soup about.⑦

---

① 莫言：《红高粱家族》，北京：当代世界出版社 2003 年版，第 9 页。
② Mo Yan, Howard Goldblatt, *Red Sorghum*, London: Arrow Books, 2003, p.15.
③ 莫言：《红高粱家族》，北京：当代世界出版社 2003 年版，第 20 页。
④ Mo Yan, Howard Goldblatt, *Red Sorghum*, London: Arrow Books, 2003, p.29.
⑤ 莫言：《红高粱家族》，北京：当代世界出版社 2003 年版，第 78 页。
⑥ 同上书，第 79 页。
⑦ Mo Yan, Howard Goldblatt, *Red Sorghum*, London: Arrow Books, 2003, p.106.

He was ravenously hungry, so he dug in, eating quickly until the head and the wine were gone. With a final gaze at the bony skull, he stood up and belched.①

原著中有许多对杀狗、吃狗肉等场景的描写。比如在例三中，就对剁狗肉、煮狗汤，以及对余占鳌吃狗肉进行了详细的描写。这段描写原本突出了余占鳌勇猛、豪爽的个性。但在葛译本中，译者将一些较为残忍的屠杀狗的场景进行了简化处理，在余占鳌吃狗肉的这段描写中，将"狗肉"模糊化，只描写出了他大口吃肉大口喝酒的样态。译者这样处理的原因在于，西方文化语境将屠杀狗和吃狗肉等行为判定为不道德的，因为狗是人类最忠实的朋友。通过对"狗"这一对象的不同处理，体现了中西文化赋予狗的不同内涵，以及文本中文化的变异。

由此可见，译者在进行翻译时所选择的仍是以接受国为主的文化立场。目前中国文学译介到西方时，仍处于弱势和边缘的地位，译者为了让其融入英语世界的强势文化中，而采取了抹除其异域性、将其同化的翻译策略。正如谢露洁所说："葛浩文的目标是要通过翻译家自身的想象力和创造力活生生地再现出一种与原著相匹敌的英文文体。"②

（三）话语方式的他国化

"话语"（Discourse）来自米歇尔·福柯的权力话语理论。福柯告诉我们拥有权力才能拥有话语，如习总书记所说："落后就要挨打，贫穷就要挨饿，失语就要挨骂……一个重要原因是我们的话语体系还没有建立起来。"③权力支配着话语，话语代表了一个国家在世界的言说能力。话语方式的他国化，是他国化变异的深层阶段，是文化规则、意识形态、美学追求等一整套话言说方式的变异。在葛浩文英译本中，我们不仅看到了译者在语言层面积极改造以符合接受国的审美与文化，还看到了他自觉担当起不懂中文的外国编辑与不懂英文的中国作家之间的桥梁，经过多方面因素的考量，对其文本结构、故事内容等进行干预，在一定程度上改变了文本原有的美学追求、意识形态、价值取向，凸显了其作为译者的主体性。

葛浩文选择了莫言《红高粱家族》进行翻译，除了莫言小说自身的风格独特、文学价值颇高外，还因为其小说所描绘的爷爷（余占鳌）和奶奶（九儿）为追求个人自由而冲破传统道德伦理的束缚，在高粱地里进行野合的故事迎合了西方读者的喜好。但事实上，小说中的奶奶之所以嫁作人妻后又与轿夫私通，是因为奶奶的父亲因贪图钱财将她嫁给了一个麻风病人，因此"私通"之举是她敢于向命运抗争的表现。原著小说中所塑造的奶奶形象是一个勇敢、坚强、独立，能打日本鬼子的具有反抗精神的女性。但在葛译本 Red Sorghum 中，译者为迎合市场，加重了小说中对"性"部分的描写，凸显了奶奶在性方面的开放。例如前文曾提到的译者

---

① Mo Yan, Howard Goldblatt, *Red Sorghum*, London: Arrow Books, 2003, p.107.
② 谢露洁：《葛浩文翻译思想的"对话性"》，《外语与翻译》2017年第1期。
③ 《习近平总书记系列重要讲话读本（2016年版）》，北京：人民出版社2016年版，第210页。

将"个性解放"译为了"a trailblazer for sexual liberation"。还有小说中原作者写到的:"爷爷与她总归是桑间濮上之合。"①"桑间濮上"出自《礼记·乐记》,意指男女幽会之处。在小说中,作者用"桑间濮上"一词委婉表达出爷爷与奶奶的野合之事。但葛浩文在翻译时,却直接将其译为了"So she and Granddad were adulterers"②。"adulterers"为通奸者之意,直截了当地说明了爷爷奶奶所做的有违伦理道德之事。葛译本中类似的翻译还有多处,对"性"和有违伦理之事的浓墨重彩,恰恰体现了中西方不同的审美价值取向,是文学文本话语方式的他国化现象。

此外,葛浩文在对《红高粱家族》进行翻译时,正值苏联和东欧解体,西方资本主义国家对社会主义国家持有偏见。受到国际政治局势的影响,葛译本中尽可能避开与弱化了小说对于中国共产党的正面描写,最终把小说重新塑造成"处于中国主流意识形态的对立面"③,实际上却背离了原著所表达的主旨。可以说,这就是西方霸权话语对中国文学话语方式的扭曲。

除了《红高粱家族》中出现了这种话语方式的他国化,葛浩文在翻译《天堂蒜薹之歌》时,甚至直接改变了小说的故事结尾。他和编辑都认为"那是个愤怒的故事,结尾有些不了了之"④,原著的结尾是一则小道消息暗示因案被撤离官职的官员已被调到其他地方继续担任职务,这则"小道消息"给结局增添了沉重感与无力感,但因其不确定性也达到了开放式结局的效果。而英文版的改写让故事在高马最后饮弹自杀,倒在雪地之中时戛然而止,让故事在悲剧的高潮中结束。因此,这部小说在这样的改写下将时代的悲剧感与荒谬感背景化,突出了高马和金菊的爱情悲剧,显然更符合西方读者的审美意识形态。

葛浩文在进行翻译时,除了对原文本内容的传达,也受到了出版社、市场、读者等多方面因素的影响。在其翻译实践中,商业性和读者意识成为了其重要特征。因此,葛式英译本不仅仅发生了语言层面的变异,在一定程度上,其文化现象与话语方式也被接受国所同化。

在葛浩文英译本中,莫言小说实现了从语言层面、文化现象的变异,最终达到了思维、话语方式的他国化。这种他国化是成功的,因为它促使莫言小说在英语世界中受到欢迎,成为了一段作家与翻译家互相成就的佳话。从另一个角度上看,它也加固了西方霸权主义。但目前来看,要将中国文学"送出去",他国化是必经之路。只有经过他国化,中国文学、文化才能先在他国的异质文化中占有一席之地。

---

① 莫言:《红高粱家族》,北京:当代世界出版社 2003 年版,第 76 页。
② Mo Yan, Howard Goldblatt, *Red Sorghum*, London: Arrow Books, 2003, p.104.
③ 孟宇、王军平、齐桂芹:《〈红高粱家族〉葛浩文译本中的翻译杂合解析》,《当代外语研究》2017 年第 4 期。
④ 李文静:《中国文学英译的合作、协商与文化传播——汉英翻译家葛浩文与林丽君访谈录》,《中国翻译》2012 年第 1 期。

第八章　形象研究与形象变异学

第一节　形象研究中的变异现象

形象学研究的历史可以追溯到 20 世纪四五十年代，法国学者在进行比较文学理论建构的同时，也推动了形象学（imagologie）的产生发展，它的出现，标志着早期法国学派在观念和方法上的重要转向。不再紧盯跨国界的影响研究，而是分析背后更为广义的形象接受研究。在 20 世纪 60 年代比较文学的危机当中，形象学研究的弊端受到了不少学者的质疑和批评，但这并没有成为形象学发展的阻碍，随着在 20 世纪下半叶社会科学的发展进步，在七八十年代之后，形象学迅速吸收了接受美学、符号学等方面理论和方法，逐渐成为一个更具包容性的研究领域。随着形象学在中国的发展，形象学研究中的变异现象成为变异学研究的重要内容。

一、形象研究中变异现象的提出

（一）形象学的发展

20 世纪四五十年代，正如狄泽林克所言："比较文学发展到加雷那个时代，对影响和渊源的探索已经将比较文学引入悲凉的境地。也就是在这种情势下，人们重新认识到一个事实，这也是当时的首要认识，即没有一种影响研究可以抛开与之对应的接受研究来进行；对文学的作用和成就的所有探讨，终究会导致对"传播者"的可能或潜在的受众之反应形式和接受方式的探讨。——加雷对影响研究的批判正是在这个意义上发展起来的。也只有在这个层面上才能理解，为什么它能直接导致'形象学'（Imagologie）。加雷不再考虑超国界影响研究中还有什么值得挽救的东西并为此费力，而是宁可另辟蹊径：抛开影响研究，径直转向最广义的接受研究。"[①]

在影响研究囿于国际文学关系史研究的困境之时，卡雷提出了"各民族间通过文学作品、旅游日记所表现出来的'想象性的相互诠释'"[②] 这一创新途径，并明确

[①]　〔德〕狄泽林克：《比较文学形象学》，方维规译，《中国比较文学》2007 年第 3 期。
[②]　曹顺庆：《比较文学概论》，北京：高等教育出版社 2018 年版，第 105 页。

了形象研究的基本原则，其专著《法国游客与作家在埃及》（1932）、《法国作家与德国幻象》等生动地诠释了其理论主张。在其指导下，基亚写作了《法国小说中的大不列颠：1914—1940》（1954），并指出一个群体或国家往往以"简单化的形象"想象其他民族，因此这个形象往往是"漫画式的、图解式和使人惊奇的"[①]，他区分了具体的历史文化研究与文学形象研究的分野，并鼓励更多的学者迈向形象研究这个宽广的领域，在20世纪50年代，基亚《比较文学》首次以专章的方式讨论了形象学，进一步阐明了卡雷的观点，从而为比较文学研究奠定了坚实的基础。

形象学是在影响研究面临危机的情况下提出的，目的是使比较文学更具科学性，但在实践过程中因存在的种种问题而饱受质疑，在20世纪60年代的论争中，美国学者韦勒克、雷马克、韦斯坦因和法国学者艾田伯等人认为，文学研究的真正价值在于探讨文学的内在形式和美学品格，而形象学更接近于历史或思想史，故而缺乏文学性，从而在一定程度上引发了法国学派与美国学派的分裂。但狄泽林克则进一步指出，韦勒克等人的批评和警告固然有其合理性，如果完全按照卡雷和基亚的建议发展下去，比较文学确有沦为"国际关系学"的辅助学科的风险，在此基础上，狄泽林克提出了形象学研究中不可或缺的三点："1. 它们在具体作品中的具体表现；2. 它们对译作或原作在本范围之外的传播所起的作用；3. 它们在文学研究和文学批评领域内的消极影响。"[②]但形象学也并非如韦勒克所说的一般属于"文学之外"的研究领域，而是在着眼点上保持了其"文学性"。同样，也正是形象学学者们的坚持和努力，使形象学研究与比较文学保持了较为密切从属的关系，也使得形象在发展中不断扬弃自身，保持了蓬勃的发展态势。

此后，形象学的理论不断完善，保尔·利科发表论文集《从文本到行动》，区分了再现式想象和创造性想象，并进一步分析"社会集体想象物"所揭示出的两重极性，即"意识形态"和"乌托邦"[③]，而形象作为想象的客体，也或多或少会呈现出意识形态与乌托邦的特征，故而具有整合与颠覆的张力。让-马克·莫哈在此基础上进一步指出文学形象学研究的一切形象都是"三重意义上的某个种形象"，三个点分别是"异国的形象"、"出自某个民族（社会、文化）的形象"、"由某个作家特殊感受所创作出的形象"，虽在研究中三个点各有侧重，但莫哈认为第二点更具有形象学的研究价值。[④]巴柔则进一步拆解并细化了形象学研究中注视者与被注视者文化，和具体文本当中的"套话"、"等级关系"和"故事情节"，并根据民族作

---

① 〔法〕马·法·基亚：《比较文学》，颜保译，北京：北京大学出版社1983年版，第106页。
② 〔德〕胡戈·迪塞林克（现译狄泽林克）：《有关"形象"和"幻象"的问题》，孟华主编：《比较文学形象学》，北京：北京大学出版社2001年版，第87页。
③ 〔法〕保尔·利科：《附录：在话语和行动中的想象》，孟华主编：《比较文学形象学》，北京：北京大学出版社2001年版，第41-63页。
④ 〔法〕让-马克·莫哈：《试论文学形象学的研究史及方法论》，孟华主编：《比较文学形象学》，北京：北京大学出版社2001年版，第25-26页。

家心目中本土文化与异国文化之间高下优劣的差异程度，把民族作家对于异国文化的基本态度分为三种：狂热、憎恶和友善。① 在理论研究的基础上，形象学的实践也不断深入和更新。在 20 世纪 50 年代形象学创立之初，就出现了不少研究异国形象的著作，如米拉顿《十九世纪下半叶英国意识中的法国形象》、劳瑞《英国文学反映的瑞士》（1952）、斯蒂芬《英国文学所反映的瑞士 1875—1900》（1955）、约斯德《瑞士在法国各个时代的文学》（1956）等②，此后形象学研究更是成为比较文学研究领域的重要组成部分，形象学研究著作不断出版，使其在世界比较文学界的研究中都占有重要位置。

整体而言，自 20 世纪六七十年代至今，形象学研究有了长足的发展：一是形象学自身的理论得到了充实和丰富。形象学不断借助新的理论来完善形象学的理论基础，并进而开辟出新的研究空间，有不少学者采用接受美学、布尔迪厄的"场域理论"、赛义德的东方主义以及后殖民主义、女性主义等文化研究思潮等来进一步完善形象学的研究。

二是形象学迅速向其他欧美国家传播，并得到了更多欧美学者的深入探讨。自 20 世纪五六十年代开始，严格意义上的形象学研究便开始向德国、英国、美国等国传播，在其传播过程中，虽然也遭遇到一些反对，如美国学者韦勒克、雷马克、韦斯坦因和法国学者艾田伯等人的抵制，但在对形象学理论不断完善的过程中，其研究的整体内涵在向其他国家的传播中也得到了越来越多学者的认可，如德国狄泽林克的《比较文学导论》（1977）、费舍尔的《作为比较文学史研究对象的民族形象：比较文学形象学的产生》（1981），都在其中以重要篇幅讨论了形象学研究的问题。

三是形象学在我国取得了长足发展。其中，孟华在中法文化关系视野下开辟的"中/法互视"研究、"洋鬼子"套语研究、周宁在近年里连续推出的十几部形象学专著等都较为引人注目；高校也开设专门的形象学课程，并在教材编写中以专章的形式介绍形象学研究的成果。③

（二）形象变异学的提出

随着形象学的不断发展和完善，可以将其定义概述为："形象学研究一个民族对一（些）民族的想象性诠释，研究的目标不在于发现彼此之间的相互影响，而在于认知一个民族对另一个（些）民族的神话、传说、幻象等是如何在个人或群体的意识中形成和运转的原因和机制。"④ 这里的"民族文化"，除了指文学作品之外，还包括游记、媒介报道、调查问卷，等等；简言之，一切文字中透显出来的、对于异国

---

① 〔法〕达尼埃尔·亨利·巴柔：《从文化形象到集体想象物》，孟华主编：《比较文学形象学》，北京：北京大学出版社 2001 年版，第 118–152 页。

② 〔法〕马·法·基亚：《比较文学》，颜保译，北京：北京大学出版社 1983 年版，第 114 页。

③ 曹顺庆：《比较文学概论》，北京：高等教育出版社 2018 年版，第 107 页。

④ 同上书，第 109–110 页。

的"描述"（représentation）都是形象学的"形象"。

在此基础上笔者进一步指出："形象的生成过程实际上是一种通过相应的心理机制完成的，对异域历史文化现实的'变异'过程。"[①] 形象学研究中的形象往往与具体形象之间存在很大差异，这一点已而为传统的形象学研究所关注。但在传统的形象学研究对具体某一异国形象进行研究时，实质往往忽略了对形象变异过程的深入探究。"比较文学对于这个领域的研究显然是要注意这个形象产生变异的过程，并从文化/文学的深层次模式入手，来分析其规律性。"[②] 形象学理论实质上应当归属于变异学的范畴，也唯有通过"变异学可以从理性层面分析异国形象的这种变异过程"[③]，才能赋予形象学新生，进而进入到形象学发展的新阶段即形象变异学。形象变异学不同于传统形象学中对某一特定异国形象的研究，而是从横向的差异性和纵向的时间性上对形象的变异现象进行着重探究，并分析其背后深藏的意识形态力量。

二、形象研究中变异现象的类型

传统形象学研究的重点之一就是对社会集体想象物的研究，法国学者让－马克·莫哈认为，社会集体想象物的研究是一种"历史层面"的研究，这一研究不注重文学描述，而是"对一个社会集体描述的总和，既是构成、亦是创造了这些描述的总和"[④]。社会集体想象物指涉的是作家创作的那个年代整个社会对某一特定社会群体的看法，它要求研究者关注到舆论、精神生活与（文学与副文学）象征描述的层面。例如19世纪法国社会对于德国的想象，在法国人眼中的德国是"斯达尔夫人的'诗神'之国，复辟时期诗人们眼中浪漫主义的故乡"，"形而上学的圣殿"（维克多·库赞），"历史的庙宇"（米什莱），"科学之家"（勒南和泰纳），也是"符合象征派、颓废派诗人们愿望的音乐殿堂"。社会集体想象物往往是社会集体对他者的简化的、抽象的想象与投射，因而在社会舆论、精神生活和象征描述中，其形象往往并不统一，甚至呈现出指向不同内涵的模糊性。而形象变异学则进一步关注到其背后的意识形态因素，如对西方的中国形象进行研究实际上有两种知识立场："一是现代的、经验的知识立场，二是后现代的、批判的知识立场。"[⑤] 同样，近代印度对中国的想象，也因定位的差异而表现出一种复杂性，"当印度把自己定位为古老的东方国家时，中国便被想象为同甘共苦的兄弟，当印度把自己定位为'世界上最

---

① 曹顺庆：《比较文学学》，成都：四川大学出版社2005年版，第207页。
② 同上书，第30-31页。
③ Shunqing Cao, *The Variation Theory of Comparative Literature*, Springer, 2013, p.180.
④ 〔法〕让－马克·莫哈：《试论文学形象学的研究史及方法论》，孟华主编：《比较文学形象学》，北京：北京大学出版社2001年版，第29-30页。
⑤ 周宁：《天朝遥远》，北京：北京大学出版社2006年版，第3页。

大的民主国家'时，中国便成为隐暗的敌人"①。一个社会集体对另一特定群体的想象往往是一种历史性的、模糊性的描述，其形象受到多重历史因素的影响和制约，也因时代和定位的差异而呈现出一种变异性。

作家对异国形象的想象从何而来，不仅影响着他者形象表现的形态，而且影响着形象的性质。他者形象作为作家欲望的投射对象，不可避免地包含着作家的丰富的情感，作家在创作时的不同情感和精神状态，同样会影响他塑造的他者形象的存在方式和性质。作者既可以传播一种既定的社会集体想象物，也可以反之而行，将某一种形象强加给公众舆论。因此，对每部作品中的形象进行考察时要具体关注到作者所处的环境及其创作方式，从而分辨这种形象是出于个性、情绪化表达，还是出于集体想象的投射。作家与社会集体想象物主要构成引导、复制、批判三种关系形态。从这种意义上来讲，马可·波罗（Mraco Polo，1254—1324）的《马可·波罗行纪》中对于中国繁华场景的描述无疑在一定程度上起到了引导社会舆论的作用，他口中的元大都不仅仅是座异域之都，也是他对"自己美好愿想的一种投射"②，而这种想象也在一定程度上对整个欧洲社会的东方想象起到了引导作用。"从某种意义上说，是马可·波罗创造了西方集体记忆中的契丹形象"，在这一想象当中，契丹"地大物博，城市繁荣，政治安定，商贸发达，交通便利"，在反映马可·波罗主观愿望的同时，也迎合和复制了资本主义兴起的要求，透露出西方中世纪晚期觉醒的世俗主义倾向。此外，作者也可以批判一种现存的集体想象，例如美国黑人作家对非洲的重述和描写，实质上则是对舆论中固有的非洲形象的一种反思和批判。

正如巴柔所言："对形象的研究应该较为注重探讨形象在多大程度上符合在注视者文化，而非被注视者文化中先存的模式，文化图解，而非一味探究形象的'真实'程度及其与现实的关系……真正的问题在于形象的逻辑性，在于其'真实性'，而非其'错误性'。"③他者形象的真实性程度，并不能决定这一形象的审美价值。观察异国形象的重点在于了解注视者一方的文化，分析是由于构成这种异国形象的基础、组成成分、运作机制和起到的社会功能，从这一层面来讲，对异国形象的研究其实对思想史研究有重要作用。以西方世界的中国形象史为例，在蒙元世纪的中国在《马可·波罗行纪》和《曼德维尔游记》当中被建构为一个幅员辽阔、商贸繁荣、物产丰富、君权强大的契丹形象，成为欧洲走出贫困、激发想象的动力，这种描述虽然出于作者之手，但在一定程度上反映了中世纪晚期欧洲在基督教面临困境之时，所向往的世俗政治和社会理想。

---

① 周宁：《"我们的遥远的近邻"——印度的中国形象》，《天津社会科学》2010 年第 1 期，第 88-101 页。
② 田俊武、陈玉华：《东方乌托邦——欧洲中世纪旅行文学中的北京形象》，《外国语文》2018 年第 1 期。
③〔法〕达尼埃尔-亨利·巴柔：《从文化形象到集体想象物》，孟华主编：《比较文学形象学》，北京：北京大学出版社 2001 年版，第 122-123 页。

"中国潮"时期的中国形象，同样是欧洲注视者根据自身的需要所虚构的产物，也必然与真实的中国形象存在明显的距离。大致在17世纪中叶至18世纪中叶，"中国潮"（Chinoiserie）席卷欧洲，西方美化中国形象的传统也在这一时期达到了高峰。从茶叶、丝绸到汉字，再到中国儒家的经典，中国热表现在方方面面，"中国潮"成为西方追求异国情调的表现。而在文化上，西方大量的知识精英热衷于赞颂和美化中国的古老智慧。

　　"中国潮"实际上是那个时代西方人追逐的异国情调的一种表现。没有比中国更遥远的地方，也就没有比中国更神秘更有吸引力的地方，包括他们的思想观念、人与物产、生活方式。"中国潮"的发起人起初是商人与传教士，后来是启蒙哲学家，尤其是法国的哲学家。他们在中国形象中发现批判现实的武器。在推翻神坛的时候，他们歌颂中国的道德哲学与宗教宽容；在批判欧洲暴政的时候，他们运用传教士们提供的中国道德政治与开明君主专制的典范；在他们对君主政治感到失望的时候，他们又在经济思想中开发中国形象的利用价值，中国又成为重农主义政治经济学的楷模。中国形象不断被西方启蒙文化利用，从宗教上的自然神论到无神论、宽容主义，从政治上的开明君主专制、哲人治国到东方专制主义，中国形象已经经历了宗教之争、哲学与宗教之争、哲学与政治之争、政治之争。[①]

　　在对文本进行形象学分析的过程中，形象变异学还关注到一切注视者与他者之间存在的等级关系，即"我—叙述者—本土文化"与"他者—人物—被描述文化"之间的对立，进而从时空范畴、人物体系和作为人类学资料文本几部分进行分别研究。从时空范畴上来看，叙述者对他者文化的描述往往按照"神话化"的过程进行构思，将"'我'和所属集体视为一个和谐的宇宙，而其他部分则起到了混沌或不同表现形式的地狱的否定功能"[②]。例如18世纪下半叶开始，随着西方资本主义的发展，西方对中国的描述就呈现出一种与西方社会二元对立的模式，一方面它将"进步与自由"作为自身的核心价值，同时又将中国放在其对立面——停滞与专制。在这一模式下，以人物体系的高下来衡量，中国人与西方人也进而形成了野蛮与文明、未开化与有教养的对立。同样，在作为人类学资料研究的文本中，中国的社会结构、文化风俗、手工技术都被作为塑造中国在西方形象的一部分，扩充了中国的文化形象。《蝴蝶夫人》与《图兰朵》当中西方男性对东方女性的征服，实际上暗喻了东方难逃被西方征服的命运。[③]西方对东方的想象最终通过这种形式表现出来，成为形象变异学研究的重要课题。

---

　　① 周宁：《西方的中国形象史：问题与领域》，《东南学术》2005年第1期。
　　② 〔法〕达尼埃尔-亨利·巴柔：《形象》，孟华主编：《比较文学形象学》，北京：北京大学出版社2001年版，第168-169页。
　　③ 邹雅艳：《"蝴蝶夫人"与"中国公主"——异国情调中的东方想象》，《天津师范大学学报》（社会科学版）2018年第6期。

第二节　形象变异学的理论内涵

一、形象变异学的定义与特征

在当代社会，形象的相关话题已经渗透到生活的各个方面。诚如后现代文化理论家杰姆逊所言："后现代主义文化也被称为形象文化。"① 而在文学研究中，"形象"同样是备受研究者们关注的重点领域之一。而比较文学形象学正是文学形象研究中的一个重要分支。比较文学形象学有别于一般意义上的形象研究，是"对一部作品，一种文学中异国形象的研究"。② 简单来说，形象学所研究的是文学作品中的异国形象，是对本国人在文学作品中对他国在文化和人格上的描写的研究，即对他国所形成的或多或少模式化了的总体性的认识和"集体想象"。举例来说，"套话"就是这种"集体想象"在语言上的一种表现。比如在抗战时期，中国人用"日本鬼子"的称呼来表达对侵略者的蔑视。又如近年来由于网络信息的传播，许多人开始以"战斗民族"作为俄罗斯的代称。由此可见，套话是一个民族、一种文化对另一民族、另一文化高度浓缩的具有代表性的认识，它产生于文化"误读"，最能代表一个民族对异国形象的总体印象。而"套话"是一种基本而典型的文学形象的变异，也是比较文学形象学需要研究的内容。正因为比较文学中所研究的异国形象是想象的产物，所以在想象过程中出现"变异"就成为了必然。在比较文学形象学的研究中，关注这种变异现象，并从文化或文学的深层模式入手，探究变异之所以产生的背后原因和本质规律也就成为了比较文学形象学研究的必然要求和重要任务。因此，我们可以从两方面来把握形象学的定义及其特征。

其一，形象学包含着变异学的因子。19 世纪，在比较文学学科产生之初，形象学便近乎与之同时产生了。长期以来，形象学都被默认为影响研究的一部分，其重要的研究成果几乎都出自法国学者之手。但彼时的法国学派在研究过程中过分强调实证性的考证，在很大程度上使得比较文学的研究陷入了困境。此时，法国学者卡雷提出形象学的研究应以各民族之间的、各种游记以及想象间的相互诠释为重心，从而使得难以把握的影响研究具备了直观性和实践层面的可操作性。同时，卡雷的观点也表明形象研究是一个极具"渗透性"与"跨越性"的学科。20 世纪 50 年

---

① 唐小兵：《后现代主义：商品化和文化扩展——访杰姆逊教授》，《读书》1986 年第 3 期。
② 〔法〕达尼埃尔-亨利·巴柔：《从文化形象到集体想象物》，孟华主编：《比较文学形象学》，北京：北京大学出版社 2001 年版，第 153 页。

代，卡雷的学生基亚在其著作《比较文学中》首次对形象学进行了专章讨论，进一步阐明了卡雷的理论。应该说，早期形象学中已经包含了变异学的因子，但其关注的重点仍在于异国"关注者"眼中的形象与"被注视"国的形象的相符程度与"忠实度"的问题。且在研究过程中，形象学的跨学科特点极易使研究者的研究偏离文学文本这一中心，从而超出文学研究的范畴，而更类似于对民族史或心理史的研究。20世纪60年代以后，形象学从接受美学、符号学及现代哲学、心理学研究中汲取了大量养料，从而使得形象学研究的重心从考证式的、忠实度的研究转向了注视者一方对形象的接受与创造性阅读。针对这一转变，巴柔指出："比较文学意义上的形象并非现实的复制品（或相似物），它是按照注视者文化中的接受程序而重组、重写的，这些模式和程式均先存在于形象。"① 应该说，此处巴柔所说的"重组""重写"实际上已经属于变异形象学的范畴了。长期以来，学者们都强调形象学应主要对文学文本中的异国形象进行研究，但同时又将形象学归入影响研究的范畴，强调实证性在形象学研究中的基础地位和主导地位，这就造成了形象学的学科归属长期以来处于模棱两可、模糊不清的状态。而在实际的研究过程中，研究者们又发现形象学的研究受到民族历史、文化、心理、话语方式等多重因素的影响，很难用单一的实证方法进行研究。这一系列的问题使得形象学研究的合理性受到质疑，研究实践所取得的成果也不尽如人意。

2005年，笔者首次在《比较文学学》一书中将形象学从影响研究的体系下抽离出来，转而将之纳入到了变异学的研究体系之中。该书指出："比较文学的变异学将变异和文学性作为自己的学科支点，它通过研究不同国家之间文学现象交流的变异状态，探究文学现象变异的内在规律性所在。"② 变异学突破了以往影响研究下注重同源性和过分依赖实证研究的窠臼，而将关注点转移到了同源中的变异性上。应该说，从变异学的角度审视形象学研究更加契合形象学研究异国形象的题中之义，同时也使得处于困顿中的比较文学形象学研究得以突破传统的研究方法与范式，获得了一片新的、广阔的研究空间。在形象变异学的理论视野之下，文学作品中的他者形象并非对该民族国家形象的客观再现，而是主观思想情感与客观思想情感有机结合的产物。注视者眼中的他者形象是偏离了客观存在的，经过了注视者的筛选、改造与加工的形象。而建构这一偏离了客观存在的形象的过程也正是注视者以自身的心理范式、思维模式、话语方式、文化观念对他者的历史文化与民族心理进行变异的过程。也就是说，他者形象是注视者一方的"集体想象物"，它暗含着文学作品创作的年代的注视者对作品所描绘的民族国家的整体的看法。而这种看法显然受到了文本之外的更深广的民族历史、文化、心理层面的影响，因而研究者在对这一现

---

① 〔法〕达尼埃尔–亨利·巴柔：《从文化形象到集体想象物》，孟华主编：《比较文学形象学》，北京：北京大学出版社2001年版，第156–157页。

② 曹顺庆：《比较文学学》，成都：四川大学出版社2005年版，第30页。

象进行研究时，也就必然要在以文本本身为中心的前提下，超越文本的内容，转而扩展到对该民族社会文化语境的研究。而在这样的研究过程中，作家与社会集体想象又通常构成引导、复制、批判三种关系形态。首先，作家可以通过对异国形象的塑造引导本国人民对异国的印象，进而影响本国的社会公众舆论。例如 18 世纪以孟德斯鸠为代表的欧洲思想家们通过塑造专制的中华帝国的形象而影响了本国人民的思想和社会舆论。其次，在此基础上，马戛尔尼与黑格尔又对专制中华帝国的形象进行了进一步的塑造，而他们塑造的中国形象又获得了进一步的传播，这就在孟德斯鸠等人的基础上又构成了作家对异国形象的复制。最后，作家也可以通过对异国形象的想象与塑造实现对本国社会政治现实的批判。如歌德在 19 世纪构建的理想化了的中国形象就是这种批判式想象的产物。

其二，形象学研究具有综合性强的特点。比较文学形象学中的形象虽然由作家直接创造，但并非单纯是作家个人的产物，而是一个民族、一种文化对另一民族、另一种文化的阐释与想象。作家笔下的异国形象是"在文学化，同时也是社会化过程中得到的对异国认识的总和"①。这就要求研究者的眼光不能局限于文本内部，不能只关注文本中的语言与修辞层面的内容，而要将眼光投向广阔的社会文化生活，探究人们所使用的一切文化材料。这样，比较文学形象学的研究便与政治学、历史学、社会学、心理学、地理学、民俗学等方面的内容联系起来，将文学性材料与非文学性材料综合起来，从而得到更为深入广泛的认识。但需要指出的是，比较文学形象学的研究依然要立足于"文学"，凸显研究过程中的文学性与审美性问题，在这个前提下，比较文学形象学便与文化形象学的研究区分开来，而文化形象学内容的融入则会使比较文学形象学的研究道路更加宽广而充满生机。

二、形象变异学的内容与范围

在变异形象学的研究中，注视者与他者形象之间的关系是研究的重点。他者和注视者总是处在一种互动的关系之中，他者形象是注视者注视的对象和基础，为注视活动提供了必要的起点，而他者形象也需要借助注视者的注视进行建构与表现。下面，我们通过对注视者、他者形象和二者关系的进一步界定来探究形象变异学的研究内容与范围。

注视者是形象的想象者、建构者和表现者。注视者建构的他者形象不可能是完全真实的他者形象的复制，相反，他者形象在被注视者建构和表现的过程中不可避免地要受到注视者的先见、身份、时间等因素的影响。首先，注视者的先见是指注视者在一定的历史传统、背景环境之下所形成的对于他者形象的固有成见，这种成见先于注视者而存在，是注视者得以生存的必要的宏观环境。例如经历鸦片战争前

---

① 〔法〕达尼埃尔-亨利·巴柔：《从文化形象到集体想象物》，孟华主编：《比较文学形象学》，北京：北京大学出版社 2001 年版，第 120 页。

的清朝以天朝上国自居，于是西方国家在中国的视野中便常以"西方蛮夷"的负面形象出现。这种形象一经确立，经过不断地传播与复制，"西方蛮夷"的形象便更加确定、深入、丰富地植入到了社会的普遍认知之中。鸦片战争之后，随着中国对西方认识的逐渐加深，这种先见才慢慢得以改变甚至扭转。在变异形象学的研究过程中，研究者可以认识到这种先见所造成的认识偏差，但要消除这种偏见却是非常困难的，所以研究者应当将无心的偏见与恶意的歪曲相区分，尽量消除负面偏见而促进有益的偏见，从而为不同国家、民族、文化背景的人们的互相了解与交往提供助益。

其次，文学作品中的他者形象是由一个个具体的个体创造出来的。在社会整体的认知和先见之外，我们还应该考虑到作家作为一个个体的自然人，其身份对他者形象建构的影响。相较于先见的社会属性，身份与作家个体的关系更为密切。但每一个个体的发展与认知都离不开他所生活的社会环境的熏陶，从这个角度而言，作家因个人身份对他者形象所进行的建构也是其所处的社会环境与文化的一种微观的反映。作家的身份分为很多层面，它们有些是先天决定的，如作家的种族、国籍、性别、家庭环境等。有些则由作家后天的行为决定，如其所受教育、职业类型、交友情况、加入的组织团体等。而这些或先天或后天的身份，势必会共同影响到作者认识世界的方式与视角，影响到他的人生观、世界观、价值观。在写作过程中，个体在建构和表现他者形象时也必然根据自己的身份而有所取舍、有所改造，从而通过他者形象的建构来完成个体身份赋予自身的身份义务，来表达自身在种种社会身份之下所形成的道德判断与思想倾向。最后，注视者对他者形象的建构还受到时间的影响。他者形象的生成是在一个漫长的历史时间下逐渐进行的，而注视者对于他者形象的注视也往往要经历一个漫长的、逐渐深入的过程。通常来说，注视者对他者形象观察得越久，其对于他者形象的认识也就越能透过他者形象宏观表面的部分而深入到其深层的、本质的、微观的层面上去。作为注视者，他可以将他者形象的历史与现实进行整合，从而以一种整体化的、历时性的、多维化的眼光来看待和建构他者形象。而在此过程中，往往就会表现出注视者在民族历史文化之中强劲的个体反思精神。所以说，注视者的先见、身份和时间构成了他者形象得以被认识和建构的起点和基础，注视者关注和建构他者形象的过程也正是其认识自我、反思自我、表现自我的过程。因此，对注视者的关注便自然成为变异形象学所要研究的重点内容。

此外，变异形象学也同样关注他者形象的塑造。所谓他者形象，并非只包括狭义的异国人物形象，而是还包括异国地理环境、异国形象内容。由于变异形象学的研究要求对异国形象进行深入考察，并且要深入到异国的文化逻辑、话语方式、民族心理等深层次的、规律性的、本质性的层面，所以异国人物形象之外的异国形象、地理环境等内容的研究就显得必不可少了。地理环境是一个民族国家赖以生存的自然环境，它必然会制约和影响该民族、该国家的生产活动和生产方式。经济基础进而便会影响到该民族国家人们的性格心理、思想感情、认知方式等。如中国四周有高山、高原、海洋等作为屏障，地理环境相对封闭。古代中国人生活的黄河流域又天然适合农业的生产与发展，这样的地理环境铸就了中国古代以农业为主的经济发展方式，进而影响到了民族的文化心理，这种影响深深地融入到中华民族的民族血液之中，时至今日仍然发挥着其潜在的影响。相较而言，因其地理环境的不同，西方海洋文明和草原游牧文明的生产生活方式便与中国有着巨大的差异，而这种差异也进一步地反映在了其民族文化心理的层面。

研究异国的地理环境有助于我们从宏观层面上加深对他者形象的理解，相较而言，异国形象的表现方式则更为微观而具体。工艺品是文学作品中异国形象最为直观的呈现方式，它集中展示了其他民族国家的生产方式、生产能力，同时更是他者的思想文化、审美观念、性格心理等的物质外化。因此，一个民族所独有的工艺品往往也就能展示出他者最富特色的经济文化内容。而对注视者而言，这些工艺品虽然是静态的，但注视者却能通过对它的想象、建构与描述将注视者眼中的他者形象表现出来，这相较于语言交流显然是更为直观、微观而具体的。

注视者与他者形象是变异形象学研究的重要内容。如前所述，注视者与他者总是处在一种互动关系之中。因此，对注视者与他者互动关系的研究也就自然成为了变异形象学研究的重点。作为注视者的"我"与作为注视对象的"他者"以及注视者所处的"本土"与他者所处的"异域"之间是一组二元关系，但二者间又不是截然对立的，而是互动融合的。注视者在对他者进行注视时必然带有注视者本身的文化印记，受到本土文化的影响。因此注视者所建构出的他者就必然不是对他者完全真实的复制，而是带有较强的主观性的。但同时，注视者对于他者的书写也必然不是凭空而来，而是依据一定的体验、经验与已有的知识而进行的再创造。因此他者形象的创造必然有所依据，但也必然体现着注视者自身的文化印记。同时，从另一个方面来说，注视者对他者形象的建构与塑造也会给他者和异域一个重新认识自身、发现自身的外部视角，从而为他者对自身的认识提供有益的补充与纠正。所以，注视者与他者的形象就是这样相互影响而充满互动性的。

分别而言，注视者与他者之间又往往构成狂热、憎恶和亲善三种关系。注视者对他者产生狂热情绪的原因在于注视者"把异国世界看成绝对……优于本土文化的东西"，从而在这种观念的支配下"提高异国身份"和"对本土文化否定和贬抑"[①]，在这种狂热情绪之下，往往暗含着注视者对他者"乌托邦式"的想象，即对与本土社会不同的一个观念中的理想社会的想象，这种乌托邦式的想象往往暗含着注视者对本土社会的反思，甚至隐含着质疑和颠覆本土社会的目的。与之相反，注视者有

---

① 〔法〕达尼埃尔-亨利·巴柔:《形象》, 孟华主编:《比较文学形象学》, 北京: 北京大学出版社2001年版, 第175页。

时也会对本土社会文化产生优越感，从而在注视他者世界时，无法相对客观平等地对异域进行审视，而是以一种高高在上的心态，俯瞰着异域与他者。在这种心态下，注视者就会与他者之间产生一种憎恶关系，注视者在建构和塑造他者形象时，就难免进行带有主观偏见的歪曲、丑化甚至妖魔化的书写。与此同时，注视者出于俯瞰者的姿态和对于他者形象的厌恶，还可能塑造出一个想象中的、与他者社会截然相反的本土理想社会，从而作为与异域的比照以凸显本土社会文化的优越性。在这样的书写之中，注视者所表现出的是用本国话语对异域进行重塑，其目的往往在于强化本土群体的认同感，强化本土身份的认同，是一种意识形态下的塑造与建构。此外，注视者与他者还可能构成亲善心理。这种心理与狂热心理和憎恶心理这两种极端的心理不同，是一种相对理性温和的情感。亲善心理认为："异国文化现实应被视为正面的，它来到一个注视者文化中，在其中占有一席之地；而注视者文化是接受者文化，它自身也同样被视为正面的。"[①] 亲善心理以接纳和包容的眼光看待他者，同时也并不因此而否定和排斥本土文化。它将注视者与他者置于一组对应而不对立的关系中，通过审视与建构来增进他者与注视者互相之间的了解，同时也将经过注视者改造了的他者视为注视者文化的有益的组成部分，希望通过他者的融入来实现注视者自身更好的自我审视与发展。

三、形象变异学的研究方法

目前学界一致认为形象学在具体研究实践中所采用的方法分为两大类，即文本外部研究与文本内部研究。

首先，比较文学形象学必须要牢牢站定"文学性"这一立足点，以文学文本作为研究开展的起点与基石。也就是说，文学形象学的研究应当重视文学文本的内部研究。而比较文学形象学中的文学文本内部研究通常是在词汇、等级关系和故事情节三个层面展开的。

第一，词汇是一个文学文本得以构成的基本语言单位，而文本中的他者形象也正是在词汇的组合与流动中展现出来的。因此，在文本内部研究的过程中，要特别注意探究词汇的来源，有些词汇是注视者国家定义的异国词，有些词汇则未经注视国家的翻译而直接进入注视者国家。此外，文本中的词汇有些是作家个人的个性化用词，有些则与国家的文化心理密切相关。文本中反复出现的、具有异国特色的、约定俗称的词汇特别是那些具有文化隐喻意义的词汇更是研究过程中分析的重点。前文提及的"套话"正是这类词汇中较为典型的代表。

第二，研究者在研究过程中还要对文本结构中大的对立关系进行研究。这是指在文学文本中作者与被陈述者通常构成一种彼此对立的等级关系。具体来说，它通

---

① 〔法〕达尼埃尔–亨利·巴柔：《形象》，孟华主编：《比较文学形象学》，北京：北京大学出版社2001年版，第142页。

常表现为我—叙述者—本土文化，与他者—被叙述人物—被注视文化两组关系上。它们的关系可能表现为对人与自然和谐相处的原始时空的赞美，也可能表现为现代文明与原始世界的野蛮、落后、封闭之间的对立。从人物的角度来说，作品中注视者一方的人物与他者人物往往在容貌、动作、语言、心理、神态、穿着等方面呈现出较为明显的分别与对立，通过对这些内容的关注，研究者就可以对作品中各种对立统一的关系形成深刻而独到的理解。

第三，文本内部研究还要关注文本的故事情节。在对文本情节的研究过程中，研究者固然需要对故事情节中的细节进行关注与发掘，但更重要的则是对情节背后叙述故事的总体策略的关注。也就是说，不同民族、不同文化背景的作家通常会在叙述异国形象时展现出不同的程序与模式，而这种程序与模式往往暗含着民族文化与话语方式中规律性的、深层次的内容。

如前所述，尽管文学文本是文学形象学研究的基点，但这并不妨碍文学形象学成为一门综合性的学科，其研究内容包含许多超越文本而关涉文本外部的内容。这就要求我们在立足于文学文本、关注文学性和审美性的基础上，将研究视野拓展到文本之外，通过文本外部研究来加深对文本本身的理解，增加研究内容的深度与广度。具体而言，文学文本的外部研究可以分为三个层面：异国形象与社会集体想象的关系层面、作家层面、作家笔下的异国与现实中异国的关系层面。

首先，关于异国形象与集体想象物的关系，莫哈曾指出："一个形象的最大创造力，即它的文学性存在于使其脱离集体描述总和（因而也就是因袭传统、约定俗成的描述）的距离中。"[①] 而这就要求研究者必须参考各种历史文化资料以及媒体资源，最大限度地还原与把握作品写作时期的社会文化语境，通过对材料的查阅、整理、提炼、分析、综合而构建出一个相对可靠而真实的"社会集体想象物"来。然后用这一"社会集体想象物"与文学文本中的异国形象相比照，去探究文本中的形象在多大程度上偏离或展现了这一"社会集体想象物"，去判断作家借助作品是在逃避、复制或者批判生活。

其次，就作家研究的层面而言，尽管许多作家可能都曾经描绘过同一个异国，但不同作家眼中和笔下的异国却是不尽相同甚至截然不同的，也就是说，作家对异国形象的书写具有极强的个人主观性。这首先是由他们对异国知识的来源不同造成的。不同作家了解异国的途径有所不同，这就自然造成了他们在信息与知识来源上的差异。有些作家曾经亲自到作品中所描绘的异国生活居住过，有些则可能通过文献记载和史料构建自己脑海中的异国形象。也有些作家以文学作品中的异国形象作为知识来源。甚至还有些作家是通过本国人的口耳相传而得到对异国的印象。当然，作家关于异国形象的知识与信息来源可能是综合的、多样的，但无论如何，取

---

① 〔德〕夏瑞春编：《德国思想家论中国》，陈爱政等译，南京：江苏人民出版社1997年版，第267页。

得这些知识与信息的途径显然会深刻影响到作家笔下的异国形象的书写。此外，作家创作时不同的遭遇、心态、情绪等也同样会影响到其对异国形象的书写，而对这些微观层面的影响，研究者应当通过翔实而严谨的资料收集与考证支撑其研究，从而得出准确可信的结论。根据巴柔的理论，形象塑造者对异国形象所持的态度无外乎狂热、憎恨与亲善三种，并依次构成三种基本的相互关系形态。[①] 应该说，不同作品中对异国形象的不同书写就是这三种态度在不同历史文化背景下的具体表现。

最后，作家笔下的异国与现实中异国的关系也是形象学文本外部研究中的重要层面。一般而言，作家笔下的异国与现实中的异国可以构成基本相符、美化与丑化三种关系。研究者首先应当判断二者的关系属于其中的哪一种类，然后对其形成的原因做出合理的、具有说服力的解释。值得注意的是，在对此进行解释时，研究者不能将形象书写者的历史作为异国形象本身的历史，而要从历史文化背景层面探究影响写作的时代文化语境，从而对这一问题作出准确的解释。

总之，在进行比较文学形象学研究时，我们应当将文本的内部研究与外部研究相结合，通过文本的内部研究，立足文学文本这一研究基点和起点，展现文学形象学的本质属性。同时以文本的外部研究来拓展、深化文本内部研究，对文本内部研究形成必要而有益的补充。不论是文本的内部研究还是外部研究，都应当以探究他者形象产生变异的过程及其原因为宗旨，提炼出其中深层次的、规律性的内容。切不可脱离文本而只关注文本外部的内容，这样会使得比较文学形象学违背自身学科的特点与属性，背离比较文学的学术规范而成为事实上的比较文化研究。

第三节 形象变异学的创新机制

一、对形象学学科归属的质疑与修正

比较文学形象学研究的是一国文学中的异国形象，它脱胎于影响研究，长期隶属于法国学派影响研究体系中的一个分支学科。然而，形象学学科归属是否得当的问题一直困扰着学术界。1999年，中国比较文学学会第六届年会暨国际学术研讨会在成都召开，当时就有学者提出形象学归于追求实证性研究的法国学派是否得当的问题，[②] 出席会议的法国著名比较文学家谢弗莱尔没有给予正面回答，而是顾左右而言他，回避了这一问题。这种困惑同样体现在比较文学教材的编写体例上。杨乃

---

① 〔法〕达尼埃尔-亨利·巴柔：《从文化形象到集体想象物》，孟华主编：《比较文学形象学》，北京：北京大学出版社2001年版，第141页。

② 张雨：《比较文学学科中的影响变异学研究》，《四川大学学报》（哲学社会科学版）2009年第3期。

乔主编的教材虽然将形象学纳入影响研究，但却认为形象学包括了跨学科研究："比较文学形象学研究'他者'形象，即'对一部作品、一种文学中异国形象的研究'，所以，它的研究领域不再局限于国别文学范围之内，而是在事实研究的基础上进行的跨语言、跨文化甚至跨学科的研究。"① 陈惇等主编的教材则干脆将形象学归为平行研究："形象学专门研究一个民族文学中的他民族（异国）的形象，研究在不同文化体系中，文学作品如何构造他种文化的形象。"② 同样，叶绪民等主编的《比较文学理论与实践》，也将其划为平行研究："形象学主要探讨文学中的异国形象的成因。"③ 却又强调影响研究的实证性对于形象学研究不可替代的重要性，这种模棱两可的困惑与尴尬，实际上折射出形象学学科属性的不明确性。在国外，长期处于影响研究名目下的形象学，使用实证的方法研究异国形象，为什么在中国却遭遇了如此的尴尬与困惑？显然，此中大有深意。

我们认为，形象学应当重新归类为变异学，因为在不同文化相互激荡的现实语境下，异国形象的塑造会受到诸如历史、审美、心理等各种不确定因素的影响，此与真实的异国大相径庭，于是将形象学纳入影响研究的合理性不可避免地遭到诸多质疑，只有归类为变异学，才能得其所归焉。

2005年，在出版的《比较文学学》一书中，我们就将形象学从影响研究的体系下剥离开来，首次将它纳入变异学的研究范畴，这样做的学理依据是基于变异学理论的提出，"比较文学的文学变异学将变异和文学性作为自己的学科支点，它通过研究不同国家之间文学现象交流的变异状态，探究文学现象变异的内在规律性所在。"④ 与追求可实证的影响研究不同，变异学追求的是同源中的变异性，异国形象属于对他国的文化或社会的想象，积聚着深刻的文化沉淀，是无法按图索骥去实证的，必然会产生偏离异国原型的裂变。我们从变异学的视角来审视异国形象，立足"异"的形象研究，便会发现形象研究早就涉及了当时尚未被察觉的变异，无论是与之相关的集体想象物还是套话都能从中找到异国形象的变异因子。因此运用变异学理论恰当地解决了形象学学科归属不当的问题，使得形象研究从传统的文学研究范式中突围，开辟了一片广阔的比较文学新视野。

二、被遮蔽的形象变异

早在19世纪实证主义哲学思想和科学主义精神盛行的法国，主张文学比较研究的学者就发现两国文学研究必然会涉及文学中的他国。在法国文学的先驱者斯达尔夫人看来，形象问题应与社会、历史、文化以及民族、心理等层面糅合在一起加

---

① 杨乃乔：《比较文学概论》，北京：北京大学出版社2006年版，第235页。
② 陈惇、孙景尧、谢天振主编：《比较文学》，北京：高等教育出版社2007年版，第51页。
③ 叶绪民、朱宝荣、王锡明：《比较文学理论与实践》，武汉：武汉大学出版社2005年版，第35页。
④ 曹顺庆：《比较文学学》，成都：四川大学出版社2005年版，第30页。

以关照，她特别推崇异国风光与异国情调便是例证。而师承斯达尔夫人文学思想的泰纳注重民族意志、心理以及性格对文学研究的影响，对后来的形象学研究具有深远的启发意义。

被公认为形象学奠基人的卡雷也意识到这一点，他谈到他国形象就是"各民族间的、各种游记、想象间的相互诠释"。[①] 异国形象蕴含着一定的想象力，标示着个体或集体强烈的主观印记，它究竟是怎么形成的，很难予以证实，因而这种影响关系不完全具有实证性。而基亚进一步阐明了卡雷的观点，他的《比较文学》专设一章"人民眼中的异国"来探讨异国形象。他沿袭影响研究的传统思路来研究异国形象，坚持准确地描述异国形象的流传需要依靠确凿的文学事实，事实罗列和对比是研究异国形象的根基，这种形象必须是明晰和确定的。但他也意识到了形象研究应转向，"不再追踪研究使人产生错觉的一般影响，而是力求更好地理解在个人和集体意识中，那些主要的民族神话是怎样被制作出来，又是怎样生存的"[②]。"个人和集体意识"混合着情感和主观的色彩，事实联系无法轻易获知，影响的边界并非明晰可辨，而民族神话的产生和发展却是仍然试图追踪溯源。卡雷隐隐约约察觉出形象研究的缺失，却无法找到最终的突破口。

由此可见，在最早的比较文学学科理论中，影响研究就已经涉及了文学作品中的他国形象问题。影响研究往往会从异国的层面入手进行渊源考证，他国态度和评论必定会涉及集体想象，这明显超出了实证研究的领域。从变异学的观点出发，其实这就是一种异国形象的变异。遗憾的是，法国学派虽然意识到了异国形象与真实的异国不同，却拘泥于实证研究的一隅，没有站在理论的高度探究变异现象，而把全部的心思花在求同上，即这个异国形象是否以及在多大程度上偏离了真实的异国，一味地用实证的方法去研究非实证的异国形象，自然走入死胡同，以至于韦勒克批判形象研究已经从文学研究滑落至思想史研究。法国学派的形象研究在犹豫迟疑中向前缓慢发展，无法获得与同时期萌发的其他分支如流传学、渊源学等同等匹配的地位，最终错失了用形象研究为自己理论不足修正的机会，以致后来被美国学派击中要害，失去了在比较文学领域一度领先的文学研究地位。

早期的形象研究一度陷入实证性的旋涡，而后莫哈和巴柔将形象研究从实证的牢笼解救出来，他们建构了一套完整的形象学理论体系，使形象学从20世纪的比较文学危机中及时脱身，在比较文学领域发展为一门独立的学科分支，充分利用形象学跨学科的优势，把接受美学、符号学、当代心理学以及哲学中的想象理论借鉴到研究中，极大地拓展了形象学的研究领域。

不同于将异国形象当作现实复制品的法国学派，后期的形象研究几乎抛弃完全实证的方法，从实证性的影响关系转向"意识形态"和"乌托邦"，从复制式的

---

① 孟华主编：《比较文学形象学》，北京：北京大学出版社2001年版，第19页。

② 同上。

形象到创造式的形象，非实证性色彩愈加浓烈，用文明的差异性否定异国形象的客观基础，企图建立一种可操作性的、程式化的社会集体想象物的生成模式，"但若因此而忽视了文学形象所包含的情感因素，忽视了每个作家的独创性，那就是忽视了一个形象最动人的部分，扼杀了其生命。这就有使形象学研究陷入到教条和僵化境地中去的危险"[①]。我们再回到巴柔的理论里："一切形象都源于对自我与'他者'、本土与'异域'关系的自觉意识中，即使这种意识是十分微弱的。因此，形象即为对两种类型文化现实间的差距所作的文学的或非文学，且能说明符指关系的表述。"[②] 不妨将这里的"差距"理解为一种变异的表现形态，"他者"形象经过主体的自动筛选，将不符合自我意识的形象过滤掉，这个过滤过程正是一种变异过程。例如法国作家伏尔泰的学生塞南古，他从未去过中国，书本是他了解中国的唯一途径，所以他根据自己的体悟创造了想象的中国形象：一个理想化的对宗教极为宽容的国度，自然神论和美德的故乡。塞南古之所以对中国感兴趣，是因为他认为中国的儒教思想和自然神论有相通之处，深受法国启蒙思想影响的他不满国内的教士与政权相互勾结的现状，寄希望在中国找到一片人间净土，启发人们重新思考法国大革命的意义。中国作为被注视者一方，塞南古作为注视者一方，他所构筑的理想化的中国形象与现实的中国相差很远，殊不知，基于文化过滤与误读的异国形象，通过社会集体想象物而发生了变异。

三、异国形象通过社会集体想象物实现变异

形象学是一部关于异国的幻象史，我们按照本国社会需要重塑了异国现实，它是一种变异性的集体幻象，是对真实的异国的变异。莫哈认为，形象学研究的形象包含三重意义："它是异国的形象，是出自一个民族（社会、文化）的形象，最后，是由一个作家特殊感受所创作出的形象。"[③] 我们关注第一层含义，"异国"意味着存在一个参照系，即现实存在的他国，如果轻易地将异国形象视作对现实的复制，就容易朝着实证研究的方向偏执地走下去。而第三层则强调形象所展现的文学性，但文学却无法跟社会语境割裂开来，异国形象是由身处一定社会环境中的作家创作出来的，作家只是形象制作的媒介，不起决定性作用。我们重点来关注一下第二层的含义，真正创造了形象的是与民族、社会或文化相关的社会集体想象物。社会集体想象物一词借鉴于法国年鉴学派，它包含的是整个社会对异国的看法，蕴含着相对于真实异国的偏离和变异，是不可实证的，它使异国形象研究的重心从辨别形象的真伪转移到形象的生成过程上，从而观察异国形象的变异是如何发生的。

在比较文学研究领域，异国形象属于社会集体想象物的范畴，而集体想象物是

---

① 孟华主编：《比较文学形象学》，北京：北京大学出版社2001年版，第10页。
② 同上书，第155页。
③ 同上书，第25页。

塑造异国形象的关键。如果将形象还原为社会集体想象物,我们可将社会集体想象物分为意识形态和乌托邦两类形象。这里的意识形态形象指的是按照本国社会群体模式,完全使用本社会话语重塑出的异国形象,本国社会群体将自我的社会价值观主观地投射到异国的身上,并整合想象的相异性的他者形象,以此来强化本社会群体的身份认同。例如清代的很多诗文将日本人称为"倭寇",大量作品描绘了倭患频发带来的灾难,此时小说里的日本人形象与灾难、可怕紧密相连,作家注重描绘日本人外貌的兽类化或妖魔化,以此来反衬其道德品质的丑陋,塑造了一种奇淫无比的倭寇形象。在中国人的集体想象中,倭人不论男女老少皆淫荡无比,这种认识在清代小说中通过模式化的情节表现了出来,并在此后很长的一段时间里,日本人形象是与倭寇两字密不可分的。作家对异国的认识在一定程度上受到了集体想象物的制约,因而笔下的异国形象也就成为了集体想象的投射物。又如英国作家笛福在《鲁滨逊漂流记》中对中国充满敌意,借鲁滨逊之口对中国进行长篇谩骂,批评中国人懒惰愚蠢,跟英国人相比一文不值,利用中国负面的例子赞美他的祖国英国,这种结果是真实和想象脱节使然。这种有关中国的意识形态形象,不可避免地受到了当时西方社会对待中国态度的影响,注视者带着一副西方文化高高在上的有色眼镜,去审视中国人和一切有关中国的想象,作为他者的中国形象,在笛福笔下悄然发生了变异。

与此相反的则是乌托邦形象,即形象制作者们用与本国社会群体模式完全不同的社会话语塑造出来的异国形象,这是一种与其自身所处的现实根本不同的理想的他者社会,这种异国形象也总是表现出相异性。例如晚清外交家黎庶昌的海外游记《卜来敦记》,描述的是代表着西方发达国家的英国,作者眼里的英国人悠闲惬意,逍遥快活,呈现在他眼前的是一片繁华和悠闲的生活景象。这是作者所理解的英国,这样的英国并不是真实的英国,他没有看到此时底层的工人们正为自己的生计忙碌奔波,巨大的贫富差距隐藏在生活的表象之下,他将这种表象和自己先入为主的有关英国的文化想象相互重叠,构成一个中国传统文人的异国想象。这种西方的乌托邦形象对作者来说是一个他者,他将在中国难以实现的圣人理想投射在他者的身上,也暗含了对晚清社会现实的质疑和批判。反观俄国汉学家阿列克谢耶夫的《1907年中国纪行》中塑造的中国形象,作家以一种亲善与平等的心态观察和评价中国,他所描述的20世纪初的中国,与传统的西方人观察和描述的中国截然不同,既不是充满异域情调的神秘东方,也不是愚昧落后的"东亚病夫"。在他的眼里,中国是一个礼仪之邦,中国人民热情好客,中国文化博大精深,他的这种对中国形象的描写背离了其所在社会群体的既有模式,颠覆了几个世纪以来整个西方世界对中国的社会集体想象,起到了颠覆群体价值观的作用。

在为《关于"异"的研究》一书写的序中,乐黛云谈道:"如果从意识形态到乌托邦联成一道光谱,那么,可以说所有'异域'和'他者'的研究都存在于这一光谱的某一层面。"① 这说明经由社会集体想象物参与创造的异国形象，作家们总是赋予意识形态或乌托邦色彩，有意或无意维护或颠覆自我文化，体现出与真实异国的背离。异国形象犹如一枚硬币的两面，过度迷恋异国或过度诋毁憎恶，都是一种偏见和盲目。例如德国 19 世纪末著名的通俗文学家卡尔·迈对中国的态度完全取决于他所处的时代和 18 世纪西方对中国的态度。在他的笔下，中国是一个最落后、最肮脏、最没有意义的国家，中国人衣服又破又脏，天生不爱干净，中国文化古老死板，中国人的思想是僵硬和干枯的。由此可见，社会集体想象物是"主观与客观、情感与思想混合而成的产物，客观存在的他者形象已经经历了一个生产与制作的过程，是他者的历史文化现实在注视方的自我文化观念下发生的变异的过程"②。形象的生成过程具有极大的主观性和不确定性，无论是意识形态形象还是乌托邦形象，与作为形象之"原型"的异国本身相比，蕴含着某种相异性的特质，这二者之间必定存在相应的差异，这种差异正是对异域历史文化现实的变异的结果。在当前全世界文学文化交流日益密切和走向多元化的趋向中，变异学以对"异"的关注而出场了。它顺时顺势，既应和了中国当下的现实文化语境与文化生态，同时也契合了世界对差异政治和差异诗学的转向。所以将形象学纳入比较文学变异学这一范畴来论述是妥当的。

四、形象变异与文学误读

变异学的提出，是对法国学派和美国学派的补充和纠正，同时也是中国比较文学领域话语创新的体现。作为比较文学变异学的研究内容之一的跨国变异研究，最典型的变异就是形象变异。比较文学变异学将比较文学的跨越性和文学性作为自己的研究支点，它通过研究异国形象的变异状态，以及研究没有事实关系的文学形象之间在同一个范畴上存在的文学表达上的异质性和变异性，来探究文学形象差异与变异的内在规律性所在。

纵览人类文明发展的历史长河，不同国家以及民族的相互交流传递了多样的文化讯息，透过广阔的文化视野来审视异国形象便会发现，异国形象通常建立在一种文化对另一种文化的体察和关照的基础上，形象接受国并非全盘接收，而是自动架设一道天然的文化屏障，将自身文化的特性融入到异国形象的塑造中，打上了深深的文化烙印，是无法抹去的。每一种文化都有其独特的一面，异国形象是在一种文化对另一种文化的注视下塑造完成的，不同的文化相互交流和沟通，逐渐打破了原有文化的封闭状态，也带来了异国形象的变异，这是文学误读的产物。

所以，我们把形象的变异研究归入文化层面的变异。形象的变异归根结底源于不同文化传统的差异，经过文化想象中的过滤机制，异国形象在创造过程中产生了

---

① 〔德〕顾彬：《关于"异"的研究》，北京：北京大学出版社 1997 年版，第 2 页。
② 曹顺庆：《变异学：比较文学学科理论的重大突破》，《中外文化与文论》2009 年第 1 期，总第 17 辑。

扭曲与变形，乃是异国形象误读的产物。所谓"一千个读者便有一千个哈姆雷特"，误读终究是难免的。但是误读并不是随意发生的，我们总会依据自身的文化传统和思维模式，选择符合自身需要的异国形象，对它进行改造与变形。以中西方文学和艺术中的狮子形象为例，西方文学和艺术中的狮子形象，大都象征着凶猛和高贵，《圣经》中便有大量此类形象的描述。而在中国的狮子，不管是装饰门庭的石雕狮子，抑或是过年渲染气氛舞弄的狮子，大都失去凶猛的本性，变成玩物之"犬"，完全是一副温驯可爱的狗的形象。李白的《上云乐》便有对狮子的描述："五色狮子，九苞凤凰，是老胡鸡犬，鸣舞飞帝乡。"那么，中国原本是没有狮子的，为何中国的狮子形象会偏离了狮子的生物本性，而最终成为有异于西方文化中的狮子形象呢？原来，狮子最早出现在中国是因为它是西域献给皇帝的贡品，专为皇帝献媚逗乐的玩物。狮子作为臣服归化的象征体现了中国古代统治者君临天下的优越感，这注定了狮子会远离凶猛的天性。中国作为狮子形象的接受国，从自身的文化传统出发，一步步改造成了温驯可爱的中国化的狮子形象。

　　按照莫哈的说法："形象一词已被用滥了，它语义模糊，到处都通行无阻。所以思考一下形象的一种特殊而又大量存在的形式——套话——不无裨益。"[①] 套话是形象学中描述异国形象的一个术语，原指印刷用的铅版，引申为人们认识一个事物时的先在之见，后来被应用于社会科学领域，指的是人们大脑中先入为主的观念。而比较文学形象学领域的套话则代表了人们对异国形象相对稳固的看法，指的是一个国家或民族在很长一段时期内反复使用、用来形容异国异族的约定俗成的词语。

　　套话是一种特殊形态的异国形象，高度浓缩了一种文化对另一种文化的体察，文化误读是套话产生的基础，套话的生成及推广过程离不开它的积极参与。研究套话是形象研究中最基本、最有效的部分。所以我们通过套话来审视异国形象的变形和意义重构，探讨异国形象误读背后的文化心理蕴含。中国人对外国人形象的误读，以"洋鬼子"的套话最为典型；同样，西方也有类似的套话。以套话付满楚（Fu Manchu）为例。他几乎是一个家喻户晓的西方关于中国的套话，来源于英国作家罗默发表的小说《付满楚博士的秘密》，后成为英国人耳熟能详的角色。在此篇小说中，作家塑造了一个邪恶、凶残、令人恐惧而又充满诱惑的中国人形象。单看他的外貌便是令人害怕的，他高瘦而狡猾，长着一张撒旦的脸和精光的脑袋，一双细长闪着猫一样绿光的眼睛，高耸的双肩，莎士比亚般的眉毛。付满楚是西方关于中国的套话中比较有影响力的一个，19世纪下半叶，欧洲文化中出现了"黄祸论"，说人类将被黄种人毁灭，一种既轻蔑又恐惧担忧的复杂情绪弥漫于其中，有关付满楚的套话便是欧洲自我对异国形象妖魔化、丑化的表现，也是体现了"黄祸论"思想的最彻底的典型。他曾在西方许多作家笔下反复出现过，20世纪30年代以后更

[①] 孟华主编：《比较文学形象学》，北京：北京大学出版社2001年版，第158页。

被好莱坞搬上大银幕，成为邪恶和妖魔的化身。付满楚所代表的就是相对于西方的中国这个异域国家的形象，也是19世纪以后西方关于中国的典型的负面套话。

西方关于中国形象的套话是一面镜子，通过套话，既可审视他者，也可透视自我。异国形象有言说他者和自我的双重功能，当强势文化凌驾于弱势文化之上时，此时的文化便处于不对等状态，蕴含着异国形象的套话自然是负面的、消极的。强势文化试图借处于弱势地位的他者，塑造敌对的异国形象，来反衬自身文化的优越感。我们只有通过不断的跨文化对话，加强异质文化间的交流和沟通，去逐渐消解这些负面的套话形象，如中国佬约翰、异教徒中国佬、查理陈，这些或多或少不平等的、带有种族歧视色彩的套话。当然，随着时间的流逝，套话的有效性以及文化的不对等性在逐渐减弱。不过，厚重的文化壁垒始终需要我们有效而耐心的文化对话才能得以实现。

作为一门具有创新性和规律性发现的变异学，既是对比较文学既往学科理论和研究方法的总结和开拓，同时也是比较文学"中国学派"的合理延伸。变异学走出了比较文学"危机论"和"死亡论"的论调，同时也是对全世界比较文学界的贡献。异国形象是一种充满想象力的创造，它的生成过程就是一种文化对异域文化的接受与变形的过程。把形象学纳入变异学的研究范畴，以异国形象的变异为立足点，既能弥补法国学派由于致力于可实证的同源性影响研究而忽视形象研究变异的缺憾，又能避免后期形象学一味追求固定化的研究模式，沉迷于文化研究探索之不足。纵观国内形象学研究，侧重点在于异国人物形象的研究，研究范围狭窄，可是形象本身的内涵是极为丰富的，风物、景物描写、观念和言辞等都可以成为关注的对象。我们可以透过这些丰富多彩的关注对象，将文本中的异国形象与客观的异国进行对比，通过其中的变异再去审视自我的价值观，去探求形象变异背后深层的文化心理内涵，加深和拓宽形象学研究的深度和广度，从而彰显变异学的独特价值。

第四节　形象变异学的案例解读

异国形象，不管是西方的中国形象还是中国的西方形象，都不仅是对异域文明的真实的反映。异国形象往往是本土文化根据自身的传统模式进行重组、重写，渗透着本土情感与观念的创造物。因此，异国形象，既有真实，也有变异，既有保留，也有删减，既能反映异域文明，又能表现本土文化精神。从中世纪晚期的契丹形象，启蒙运动时代的孔夫子的中国，从夷人夷务到洋人洋务，中西文明对对方的认识与评价，无不折射出自身的影子。

很长一段时间，中西历史上关于对方的"异域形象"，都停留在口耳相传的传说阶段，山高路远行路很难，只有用幻想填充知识的空洞。15世纪后期，伊比利亚冒险家们开辟了东西两条通往中国的海路，地理障碍消除了，心理障碍还在，天主教传教士不远万里、九死一生前来中国传教。没想到的是，天主教义没有影响中国，而他们的中国书简却影响了西方。伏尔泰那一代的欧洲思想家崇拜中国，赞美中国政治清明、思想深刻、宗教宽容、民风淳朴，他们或许是真诚的，但是他们赞美的并不是真实的中国。他们只是需要一个改造本国社会的榜样，恰好耶稣会士的大宗书简为他们提供了构想一个理想国家与理想制度的素材。于是他们根据自己的需求和对中国文化的理解，经过想象与变异，建构出他们需要的"中国形象"。他们歌颂的"孔夫子的中国"，与其说是儒家文化的辐射力，不如说其内核是建立在西方文化传统之上，渊源于柏拉图《理想国》的政治乌托邦。而这一形象到了19世纪的政客、商人、旅行家那里，却是另一个是完全不同的异域——一个堕落的黑暗王国。实际上19世纪的中国与百年前相比，从上层建筑到经济基础并没有发生太多的变化。从乾隆朝到道光朝，变化的不是中国，而是西方观照中国的文化视野。异域形象的形成关涉到本国文明的自我意识与评价。欧洲之"中国"并不是真实的中国。通过观照在西方历史中变幻的中国形象，在正面与负面之间徘徊起伏，我们尝试分析一国文化中的他国形象的生成与变异机制。

在几百年的传播历史中，西方文明眼中的中国形象一直处在动态变化之中。当异国形象进入一个全新的文化环境之中，由于社会环境、文化传统与文明信仰的不同，不可避免地在传播中产生变异。从"自我"与"他者"的关系出发，我国的形象变异学研究主要关注两方面内容：他国文学研究中的"中国形象"以及中国文学中的"异国形象"。在漫漫历史长河中，中国融入世界是一个互动的双向流动的过程。中国走向世界，同时也意味着世界走向中国。当中国人远渡重洋，以惊奇的双眼观察世界的时候，西方人也漂洋过海，源源不断地来到中国。他们同样用异域人的眼光来打量着这块古老陌生的土地和生活在这里的人民，产生了关于中国的种种描述。比较重要的前人研究成果有周宁主编的《2000年中国看西方》和《2000年西方看中国》，是对"中国形象"与"异国形象"的双向总结。此后，钱林森先生的《法国作家与中国》，就是从文化过滤与文化误读的角度去看待分析经过折射后的异国形象。本小节将通过案例解读，从"自我"与"他者"两方面出发，分析民族文化记述中的"异国形象"背后的文化误读与变异。

一、毛姆《面纱》中的中国书写[①]

中外文学作品中有大量的异国异族形象，尤其是近几个世纪以来，中国形象大量出现在西方文学作品之中，从18世纪欧洲文学中的中国故事，19世纪拜伦的"东方叙事诗"，到20世纪卡夫卡的"中国长城"，再到毛姆、劳伦斯作品中的美洲、

---

① 赵渭绒、戴珂:《毛姆的中国书写：论毛姆〈面纱〉中的中国人形象》，《中外文化与文论》2014年第1期，总第26辑。

印度、中国等，都折射出不同文明视角下五彩斑斓的中国形象。

威廉·萨默塞特·毛姆（William Somerset Maugham）是 20 世纪享有世界性声誉的英国作家，他的作品广受读者欢迎，销量颇高，是名副其实的畅销书作家。毛姆与中国结缘已久。时值不惑之年的毛姆曾于 1919 年至 1920 年冬季来到中国，溯长江而上 2400 公里，沿途欣赏中国风物，短篇小说集《在中国屏风上》（*On a Chinese Screen*）便是他此行的产物。用毛姆自己的话说，这些是创作一部小说有用的素材，而他 1925 年出版的长篇小说《面纱》（*The Painted Veil*）就是在这些素材的基础上完成的。

《面纱》是一部以中国为故事背景的小说，小说中，英国女子凯蒂陪同其夫——细菌专家瓦尔特来到中国香港，因不满其丈夫的沉闷而与殖民地官员查理产生私情，瓦尔特发现后，强行带她来到当时霍乱肆虐的湄潭府行医，最终瓦尔特因感染霍乱丧生，而凯蒂则因为这段经历重新认识了人生的意义，以宁静平和的心态投入了新的生活。小说中有大量关于中国的描写，塑造了很多中国人物形象，这些形象都浸染着毛姆对中国的认识与态度。赵渭绒总结认为，《面纱》中主要描写了三类人物形象——"沉默的贫民"、"没落的贵族"和"中国化的英国人"，由此分析毛姆对中国人以及中国文化的复杂态度，并总结这一小说中体现出的中国形象。

纵观《面纱》的整个文本，其中充斥着大量中国人形象，不论是苦力、孤儿，还是乞丐、农民，毛姆笔下的中国贫民都以群像的形式出现，没有名字，没有个性，只有模糊的轮廓。他们是沉默的大多数，小说从女主人公凯蒂的视角展开叙述，而她则代表着一种英国人居高临下审视中国的轻蔑态度，因而这些中国贫民在她的注视下大多是灰色的。但凯蒂这种蔑视的态度中又夹杂着怜悯的情绪，当她看到受苦的中国孤儿与乞丐时，内心也会深受震动。但总而言之，在自诩优越的西方人面前，中国人大多是带有浓厚东方主义色彩的沉默的符号罢了。

因此，对于毛姆来说，驱使他来到中国的动力绝不是充当拯救者。他的那种傲慢与轻蔑态度只不过是西方社会关于中国形象集体想象物的投射而已，真正吸引他的是古老中国文化的神奇与奥秘。在《面纱》中，毛姆则将自己的古代中国情结寄托在海关专员韦丁顿的中国情人这个人物形象上。这个人物没有名字，出场时间很短，而且在出场前被渲染了足够的神秘气氛，出场后她的情况也被写得含糊不清，颇有雾里看花的美感。毛姆通过凯蒂的赞叹表达了自己对东方神韵的欣赏与向往："她是不真实的，她像是一幅画，纤弱优美，使得凯蒂相形见绌，凯蒂方才意识到这里是东方，古老、玄异、深邃的东方。"[①] 但不容忽视的事实是，这样一个蕴含着古代中国神韵的女子只能依附于韦丁顿这个英国人而生活。小说中简要介绍了这名女子的身世：她是满洲贵族，家族在大革命中败落，幸为韦丁顿搭救，从此便离

---

① 〔英〕毛姆：《面纱》，阮景林译，重庆：重庆出版社 2006 年版，第 159 页。

家出走、义无反顾地跟随他。用韦丁顿的话说就是："我一点也不怀疑，要是我真离开了她，她保准会自杀。"①即使是备受称扬的东方神韵，没有西方人的支持和欣赏，仍旧如无根之木、无源之水，是没有生长和繁茂的根基的。

《面纱》中的中国形象与当时真实的中国大相径庭，无论是从表层的社会生活到深层的文化观念，都产生了复杂多样的变异，而造成这一形象变异的原因主要为以下三方面②：

一是集体想象与亲身经历的碰撞融合。如上文所述，中国形象作为西方集体想象的产物，无时无刻不对毛姆的创作产生着影响。作为注视者的毛姆，对被注视者——中国的形象创造是受到西方文化模式的影响的。当时西方社会存在的弊端逐渐显露，引发了西方人对中国的再认识。毛姆继承了西方文化传统对中国的认知方式与内容，作品也不自觉地印上了那个时代的烙印。在毛姆亲自游历中国后，他以中国为背景的三部作品，对待中国的态度更为客观，但受之前社会集体想象物的影响，再加上三个月的亲身游历，毛姆的中国形象更为复杂和矛盾。既有对中国传统文化以及中国人质朴善良的认同，也有对中国革命现实的逃避与不解。既有对中国愚昧落后的批判，又有对西方殖民者丑陋嘴脸的揭露。

二是帝国立场与人道主义同情的矛盾张力。中国形象在西方文学作品中确实经历了很长时间的演变与起伏，而当时的社会历史以及政治因素，都对那个时代中国形象的形成起了一定的作用。鸦片战争之后，中国沦为半殖民地，经济、政治和军事方面都大不如前，西方殖民者对中国大肆侵略，这极大地促进了西方人优越感的滋生，帝国主义国家与中国的关系极不平衡。因此，许多西方作家都以一种优等文化的心态来俯视中国文化与中国形象，并且认为东西方永远无法相互理解。毛姆笔下的众多异国恋情的悲剧也印证了西方的这一观点。当时欧洲对中国负面的报道与歧视的情绪甚嚣尘上，毛姆不免受其影响，再加上20世纪初中国政局动荡、民生凋敝，这与他之前印象中辉煌灿烂的古老帝国有着天壤之别。而且，中国当时被认为是英国的殖民地，毛姆作为一名英国人，不自觉地会表现出一种帝国主义的情怀，即使对中国的现状怀有一种人道主义的同情与反思，他的中国观也是站在英国帝国主义立场之上的。所以，毛姆在游历的过程中，不仅勾勒出了英帝国的版图，完成了一种帝国观念和情怀的隐性表露，又表现出他对殖民地和东方国家普通百姓所受苦难的人道主义同情。这种复杂态度始终贯穿于毛姆和东方有关的创作之中

三是欲以中国之"道"，济西方之溺。毛姆在童年时期父母早逝，人生经历的坎坷使他对叔本华悲观主义哲学思想十分认同。三十多岁的毛姆在英国戏剧界取得了极大成功，但他马上厌倦了都市尔虞我诈纸醉金迷的浮华生活，希望通过旅行寻找新的意义和自由。所以，不同于吉卜林的将去殖民地工作称为那是欧洲人去履行

---

① 〔英〕毛姆：《面纱》，阮景林译，重庆：重庆出版社2006年版，第141页。
② 张歆雪：《试论毛姆〈面纱〉中国形象的成因》，《山西青年报》2016-06-05(013)，经笔者总结删改。

"白人的使命"，毛姆更看重自我心灵的提升与向东方文明寻求疗救西方的良药。毛姆对中国文化的向往与好奇由来已久，毛姆曾深受王尔德的影响，而王尔德对庄子思想尤为推崇，所以，毛姆也很大程度上接受了庄子的思想。毛姆来到中国，想要通过中国文化的精髓来挽救西方工业文明的危机。然而，走进了古典中国的帷幕，揭开了神秘传说的面纱，他看到的却是一个暗淡凋敝的中国。抱着对古典中国的怀念与现实中国的悲观失望，毛姆创作出了与传统西方文学作品中的中国形象相悖的形象，表现了他与众不同的思想和视角。

不论是对中国人固有的偏见和轻蔑，还是对古老中国文化的钦佩和怀念，毛姆看待中国的立足点始终是西方的文化优越感，甚至是种族优越感。但是作为一个敏锐的观察家，毛姆又洞察了西方文化本身的弱点所在，即所谓的阿喀琉斯之踵。旁证于与他同时代的其他学者，过度理性和工业文明对人性的扭曲也是让西方人陷入精神危机的原因，因此，毛姆急需为西方社会找到一个异于"自我"的"他者"作为参照，这种复杂的心理动机也导致了他对待中国的复杂态度，而这也是《面纱》中展现的多重、复杂的中国形象的深层原因所在。

二、《金瓶梅》中武松形象的跨文化阐释[①]

武松作为具有侠义色彩的英雄形象深入人心，关于"武松打虎"与"武松杀嫂"的故事也在民间流传甚广。《水浒传》中的武松尽管有"残忍好杀"等缺憾，但就其整体艺术形象来看，武松以"除暴安良"为目的的"法外暴力"仍具有相当的正义性，这种种缺陷不仅没有弱化武松的英雄形象，反而使其性格更为丰满而逼真，获得更为持久的艺术魅力。然而，在海外汉学家的相关研究中，武松形象却有了与传统文学史不同的解读。通过了解海外汉学家有关《金瓶梅》中的武松形象研究成果，有助于国内研究者从跨文化变异的角度理解武松这一中国文学中的传统形象。

武松这一人物形象主要出现于中国古典小说《水浒传》和《金瓶梅》中，而从前者到后者，武松形象却发生了明显的变化。魏文哲指出《水浒传》中的武松"有勇有谋、光明正大"，而《金瓶梅》中的武松则显得"粗鲁莽撞，薄情寡义"[②]。但为何武松英雄形象会发生这种颠覆性的变化呢？关于武松形象的转变，美国华裔学者进行了深刻的反思。美国《金瓶梅》研究中关于武松形象的集中阐述，主要见于廖朝阳、田晓菲、丁乃菲等几位华裔学者的著述之中，与国内研究者的关注点不同，这三位具有代表性的华裔学者的观点一致之处在于着重揭示了《金瓶梅》中武松身上的负面特质，这种负面特质将武松从近乎半神的英雄拉回到有缺陷的普通人，这

---

① 详见黄文虎：《武松形象的跨文化阐释——以美国华裔学者〈金瓶梅〉研究视野为背景》，《集美大学学报》（哲学社会科学版）2017年第3期，有删改。

② 魏文哲：《谈〈水浒传〉〈金瓶梅〉中的武松形象》，《明清小说研究》2013年第3期。

有助于使现代读者能够更深刻而客观地审视武松这一复杂形象，而不只是刻板地将其视为一张"高大全"版的英雄脸谱。

首先是武松"高大全"形象的弱化。

1984 年，廖朝阳（Chaoyang Liao）发表《解读〈金瓶梅词话〉的三个章节》（*The Readings in the Jinpingmei cihua*），在文中，论者着重分析了从《水浒传》到《金瓶梅词话》中武松形象的演变。廖朝阳认为，由于多重的叙述视角与更富于变化的叙述结构，《金瓶梅词话》与《水浒传》中的"武松打虎"情节虽然内容相同，但前者的意蕴远不同于后者。在"武松打虎"这一故事中，《水浒传》中的武松形象更为鲜活、饱满，因而显得更为谨慎而理性，而在打虎的细节描写中，《金瓶梅词话》中的武松显得更为鲁莽和武断，甚至表现出一种"匹夫之勇"[1]。

廖朝阳在此指出了词话本中"武松打虎"所体现出的"身份"突转，并特别强调武松对于武大的忽视，这与《水浒传》中武松与武大之间的"兄弟情深"显然形成鲜明对照。不难发现《水浒传》中的武松充满个人英雄主义色彩，浑身散发着"野性"的气质。而论者在此却质疑了这一点，认为词话本的武松逐渐失去了自然本性，丧失了他不与黑暗现实妥协、不与复杂的社会集团发生利益关系的本质特征。这样一来，在一定程度上看，武松就已经被《水浒传》所抵制的那个堕落而腐朽的社会所"同化"了[2]。

其次，武松成为女性主义视角下的"暴徒"和"引诱者"。

关于武松，美国华裔学者田晓菲和廖朝阳一样，都持一种批判态度，重点关注其负面特质。她认为武松如同"死神使者"，"蕴含着无穷的暴力与残忍"[3]。尤其是在武松为了复仇杀潘金莲这一场景中，充满着性暴力的意象，如同一场血腥的"婚礼"[4]。显然，在田晓菲看来，武松为武大复仇残杀金莲不但不具有正义性，也违背了基本人伦和情理，是一场惨无人道的血腥"谋杀"。对于这场景的描述，论者甚至认为武松对金莲之"恨"并非是为了完成对兄长武大的复仇，而是体现出对金莲——兄嫂身体的暴力性的剥夺和极富色情意味的占有，充满着暴力美学色彩。同时，金莲可悲之处正如论者所指出的性爱与死亡之悖论，金莲在武松身上欲望之实现正是在武松对其肉体（欲望）之扼杀中完成的。

因此"武松复仇"这一情节在《水浒传》中所带有的"崇高"与"神圣"色彩被彻底消解。在《金瓶梅》中，"武松"这一正面形象被其不合法的杀戮行为所削弱。显然，田晓菲在此对武松所代表的男权话语暴力进行了质疑，并对金莲之惨死

---

[1] Chaoyang, Liao. *Three Readings in the Jinpingmeicihua*. Chinese Literature: Essays, Articles Reviews (CLEAR), 1984, 6 (1-2) :77-99.

[2] 同上。

[3] 〔美〕田晓菲：《秋水堂论金瓶梅》，天津：天津人民出版社 2002 年版，第 2 页。

[4] 同上书，第 260 页。

寄予了深切的同情，但她并未真正涉及武松负面特质背后的"元话语"（男权中心话语）的批判，而这一点在丁乃菲对武松与金莲之关系的论述中进一步得到强化。

丁乃菲在1991年完成加利福尼亚大学伯克利分校博士论文《淫秽之物〈金瓶梅〉中的性政治》(Obscene Objects: Sexual politics in "JinPing Mei")，在该论文第三章"暴力与引诱"（Violence and Seduction）中，她对武松与金莲之关系进行了详细的论述。论者指出，杀虎成就了武松，而武松正是通过非法侵占"他者"（Other）而扩充了"自我"（Self），或者说通过牺牲他者而获得重生①。

而对于金莲的敬酒这一引诱行为，丁乃菲认为武松的态度十分暧昧而可疑，她指出："武松耐人寻味的沉默、简短的回答和那一时刻的无动于衷，所有这些都不过是他所做出的反应，无论他情愿与否，这种种反应使其在这场难以抗拒的引诱活动之中显得是个同谋者。"②在丁乃菲看来，武松对金莲的敬酒是"有意识的被动"，其实质仍然是要维护他作为男性主体的支配力。从深层次上看，他一步一步默许甚至纵容了金莲的"跨界"，其中并不存在一种此消彼长的诱惑关系。因为金莲表面上的主动权从一开始就被掌控在实质上的"诱惑者"（武松）手上，金莲的引诱不过是一种幻象，是为了最终促成武松"反诱惑"的实现，从而使武松能够理直气壮地爆发出其不近女色的英雄之举，然后义正词严，说出一番"清教徒"般的言辞。

对于金莲戏武松的这一场景，论者进一步指出，武松实际上内心十分矛盾，从道德角度来看，武松必须拒绝诱惑，但与此同时他又在诱惑金莲③。以上所展示的田晓菲和丁乃菲有关武松的观点在美国华裔学界具有代表性，她们主要偏重于从女性主义视角来解构武松这一带有男权中心色彩的英雄形象。

最后，武松形象由正面到负面的形象变异。

总体来看，对于《金瓶梅》中的武松，美国华裔学者主要持一种质疑和批判的态度，并普遍认为《水浒传》到《金瓶梅》，武松这"偶像"形象几乎被破坏殆尽。那么，为什么会出现这种变化？结合上述华裔学者的结论，可以发现武松形象的"逆转"其实涉及《金瓶梅》这一明代奇书创作理念和文化观念的变迁和革新。

其一，"英雄主义"的消解。在《水浒传》中，武松虽然也有"杀戮过度"等性格缺陷，但在梁山好汉中，这不是致命的弱点，也并不能否认他"惩恶扬善"的英雄特质。但在《金瓶梅》中，武松和前作判若两人，如前面几位美国学者所述，从他打虎获得封赏开始，直到他最后报仇，他的所作所为绝非英雄之举，而更像是一个"暴虎冯河"的"莽汉"。比如他在酒楼"误打"李外传这一场景，就显得有几分匪气。即便李外传向西门庆告密有错，但罪不至死，武松将其痛打一顿也可理解。但打得尽兴之时，完全不顾及对方死活，在这名可怜的同僚咽气之前，最后还

---

① Naifei Ding. *Obscene Objects:Sexual Politics in Jin Ping Mei*. University of California. Bberkeley,1991. p.92.
② 同上文，第135页。
③ 同上文，第136页。

要朝其"命门"踢上几脚,显然不是"误打",而是有蓄意"杀人"的重大嫌疑,这表现出武松"凶残冷血"的一面。

因此《金瓶梅》中的武松不再是"法外之法"的神圣执行者,而只是一个过分迷信暴力的"好斗者"。然而,经过《金瓶梅》的改写,作为"小人物"的武松尽管有不少缺陷,但也原本都属于人性的弱点,因此反而使武松这一形象更加立体真实,使作品所描摹的世态人情更为深刻而令人震撼。这或许反映出《金瓶梅》成书时代审美诉求的演变,"高大上"版的英雄武松或许给受众带来的是"审美疲劳",武松作为正义的化身已经无法"安慰"在现实中遭受不公正待遇的民众,《金瓶梅》的"目标受众"或许不是热衷于戏曲中"除暴安良"与"邪不胜正"这类故事模式的普通观众,而是有着更高文学素养和审美鉴别力的特定知识群体。

其二,"因果报应"观念的失落。"善有善报,恶有恶报"可被视为中国古典小说的常规叙述结构。不过,试图用佛教"因果"思想来统摄《金瓶梅》显然有失偏颇。《金瓶梅》的结尾普静法师超度众生,给人一种"因果轮回"的印象。但正如美国华裔学者顾明栋所指出,作者可能只是借用某一种"思想意识"(如佛教观念)来推动故事的情节发展,来保持读者的兴趣,而并非表明文本要宣扬这种思想。① 在《金瓶梅》中,武松为兄复仇的情节以《水浒传》为底本,但绝不能简化为"因果报应"。首先,武松并未杀死"元凶"之一西门庆。其次,武大之死的主谋为王婆,但武松杀王婆干净利落,这与他残忍地杀死潘金莲形成鲜明对比。而按照罪行轻重来说,王婆被一刀捅死似乎还便宜了她。再次,如田晓菲、丁乃非所指出,武松杀嫂的场景被渲染得过于暴力,但为何要如此浓墨重彩呢? 可以从两方面来看。一方面,金莲死亡之惨烈或许表明其罪孽之深重。但这种"罪过"绝不仅仅只是"毒杀"亲夫,而应该是她在西门庆家干的种种"罪行"不断累积的最终结果。但另一方面,武松复仇手段之残忍,也使其丧失了所谓的"正义感"和合法性,"武松杀嫂"或许只是为了延续《水浒传》中的故事,出于推动情节的需要而已。而对武松暴行的渲染则很可能隐含作者对其杀嫂行为的批判。因而,这场轮回般的复仇不能简化为佛教意义上的"因果报应"。同时,这也反映出当时的受众能够以一种更为开放的审美心态来接受作品中所构建的这种貌似"是非不明"而又极度写实的世道人情。

其三,"反讽"技巧的广泛运用。汉学家浦安迪曾专门探讨过《金瓶梅》中"反讽"技巧的运用。其中有一点就是"曲笔"的反讽性运用,具体来看分为两方面。一方面,叙述者通过对叙事角度的操纵使故事中的人物形象出现似是而非的印象。另一方面,对已有的文学素材进行改造和变形,制造出一种强烈的反差感,浦安迪称其为"旧瓶装新酒"②。在《金瓶梅》第一回,武松杀虎之后,他虽然将县衙

---

① Mingdong, GU. *Literary Openness and Open Poetics: a Chinese View in a Cross-cultural Perspective*. University of Chicago, 1999, p.384.

② 〔美〕浦安迪:《中国叙事学》,北京:北京大学出版社1996年版,第116–122页。

的封赏散与猎户，但还是忍不住"都头"这个体制内的诱惑。因为对于武松这个体制外的边缘人而言，他深知光凭一身武勇是没有前途的，所以他欣然接受这"光荣"的职位，并"跪谢"知县。这一情节显然也符合武松"小人物"的身份。可以揣摩，当时武松内心应该是志得意满的，以至于他甚至"忙"得没时间去找寻哥哥，直到一日在街上闲荡之时，偶遇武大。这时，武大还轻微地责备了武松一句，说做了都头为何不看顾他。两兄弟的这相遇也充满着嘲讽意味。因此，若将《金瓶梅》中武松找武大的情节与武松杀嫂的情节联系起来，似乎给人这样一种暗示：武松与武大的感情并非想象中的那么"情深义重"。因此，武松日后残忍地杀死潘金莲并不仅仅是为兄复仇。若只是为兄复仇，他完全可以一刀解决金莲，而"开膛破肚"这样的非常手段给人的感觉就像是在"泄私愤"。因而，所谓正义使者化身的武松，其杀嫂的动机也就暗藏了几分反讽色彩。再次，"武松娶嫂"的情节充满着荒谬感，这也可视为一种反讽。武松若要找潘金莲和王婆复仇，最为简单直接的办法就是"单刀直入"，为何《金瓶梅》中要添加武松用迎娶潘金莲这样的计谋来复仇呢？其实，如果将"武松娶嫂"与"武松杀嫂"联系起来看，就很容易解读出其中的反讽意味。武松娶金莲的理由是为了照顾武大的遗女迎儿，但杀死金莲后他却不顾侄女迎儿的死活，只顾自己逃命，前后之反差带有强烈的反讽色彩。所以"娶嫂"不大可能是表现武松的"有勇有谋"，反而是揭示出他的"虚伪"和"狡诈"。

综合以上三点可以发现，《金瓶梅》中武松从"英雄"到"常人"的转变，实际上反映出当时社会文化思潮和审美观念的剧烈变动。武松偶像形象的"坍塌"并不是出于偶然，而是与《金瓶梅》这部奇书本身在创作技法上的"革新"和对传统理念的质疑与超越相互契合，因而具有内在的必然性。从跨文化角度来看，美国华裔学者颠覆了武松在传统观念下的正派形象，将武松视为有缺陷的平常人，既不是要标新立异，也不是过度阐发，而是通过"文本细读"所得出的结论。尽管这种域外视野可能也存在难以避免的文化过滤和文化误读，但从整体来说，正显示出海外汉学敢于"打破传统"的理论特色。因此，美国华裔学者对武松英雄形象的质疑和批判既有助于使我们重新反思和解读《金瓶梅》这部奇书，同时也能够给国内金学界带来不少有益的启发和借鉴意义。

总之，形象变异学以"求异"为主要研究思路，从实证性的影响研究出发，关注作家心目中和集体无意识的想象中所建构和接受的异国形象，并分析在这一跨文化对话过程中的互看、互识、误读和变形等一系列变异现象，从而深入探究中外文化在交流、碰撞、接受、融合过程中，因文化背景、思维方式、社会需求等多方面因素而产生变异的内在原因，并且由此进一步认识和整体考察中外文化关系，建构自我民族文化人格，从而提升民族自信心和文化软实力。

第九章　译介研究与译介变异学

第一节　译介研究中的变异现象

中国大陆译介学理论首创者谢天振教授在其专著《译介学导论》中提出："译介学最初是从比较文学中的媒介学的角度出发、目前则越来越多是从比较文化的角度出发对翻译（尤其是文学翻译）和翻译文学进行的研究。其实质不是一种语言研究，而是一种文学研究或者文化研究，它关心的不是语言层面上出发语与目的语之间如何转换的问题，不参与评论其翻译质量的优劣，它关心的是原文在这种外语和本族语转换过程中信息的失落、变形、增添、扩展等问题，它关心的是翻译（主要是文学翻译）作为人类一种跨文化交流的实践活动所具有的独特价值和意义。"① 在2019年发表的《译介学：理念创新与学术前景》一文中，他进一步指出："长期以来，我国国内的翻译研究极大多数局限在对语言文字转换的层面上。……译介学理论也许是国内最早把翻译研究的视角转到翻译作为人类文化的交际行为层面上予以审视和研究的中国大陆学者首创的翻译理论。"② 在《比较文学教程》中，译介学虽被定义为"比较文学变异学中研究语言层面的变异的分支学科"，但是，在阐述译介学的主要研究目标时，著者补充道："严格而言，译介学的研究不是一种语言研究，而是一种文学研究或者文化研究。"③ 由此可见，无论是将译介学看作是一个独立的学科，还是视其为比较文学研究的分支，其意义都不仅仅局限于语言层面。在这一章里，我们将从语言、文化和美学三个层面来介绍译介中的变异现象，并从译者的能动性、语言和文化的差异性等角度分析译介中变异现象产生的根源。

一、语言层面的变异

无论是对口传的还是书面的文学作品而言，通常其载体都是语言，其物质基础

---

① 谢天振：《译介学导论》，北京：北京大学出版社2007年版，第10页。
② 谢天振：《译介学：理念创新与学术前景》，《外语学刊》2019年第4期。
③ 曹顺庆主编：《比较文学教程》（第二版），北京：高等教育出版社2010年版，第111页。

则是文本。因此,语言层面的变异最集中地体现在译文文本与原文文本的差异上,尤其是通过省译、节译、增译、误译、创译和改编等方式导致的译文对原文的"叛逆"。

(一) 省译

省译即删去不符合目的语思维习惯、语言习惯和表达方式的内容以避免造成误读。

葛浩文（Howard Goldblatt）在翻译莫言的《生死疲劳》时,对很多的谚语采用了异化翻译法以传播中国文化,但是对于一些非常具有地方特色的谚语却采用了省译法。比如:"我这哥,惯常闷着头不吭声,但没想到讲起大话来竟是'博山的瓷盆——一套一套的'。"[①] 这句话被葛浩文译为"He was normally not much of a talker, so every-one was taken by surprise. To be honest, it turned me off."[②]。"博山的瓷盆"是指由山东博山陶瓷厂所生产的瓷盆,这种瓷盆一套五个,由大到小一个套着一个,在 20 世纪七八十年代的山东地区非常流行。但是,即便是中国读者,如果不了解 20 世纪七八十年代山东人的生活,也不见得能体会其中隐含的讽刺意味,因此,为了避免引起英语世界读者的误解,葛浩文省译了这个极具时代特色和地方风味的谚语。

又如,在辜鸿铭翻译《论语》时,"一箪食,一瓢饮"被译为"Living on one single meal a day, with water for his drink"[③]。原文中中国古代特有的器具"箪"和"瓢"被省译了。译者之所以省略原文中的量词,原因在于原文强调的是数量"一"之少,而不是突出器具的多样化。如果将原文中的两个器具名译出的话,反而会误导英语世界的读者将注意力转移到无需过多关注的细节上去而弱化原文主旨的传达。

从以上例子来看,对于文学作品的放送国而言,出现省译的外译本难免令人感到遗憾,但对于身处目的语语境的文学接受者而言,作为文学传递者的译者将一些过于艰深、容易造成误解或者不符合目的语文化的内容省掉却是无可厚非的。

(二) 节译

节译是指译者仅从原作品中选择部分内容予以翻译。译者放弃翻译原文的全部内容而只选择其中部分内容的原因很多:有的是出于对目的语读者的接受心理的考虑;有的是由于审查制度而舍弃不合乎目的语意识形态的内容;还有的是为了证明自己的理念而断章取义,故意遮蔽原文中的部分内容。

林纾在翻译狄更斯（Charles Dickens）原著 *David Copperfield* 时,不仅创造性地将标题译为《块肉余生述》,他还认为烦冗的叙述以及跟宗教相关的一些插叙和缀

---

① 莫言:《生死疲劳》,北京:作家出版社 2009 年版,第 104 页。
② Mo Yan, *Life and Death are Wearing Me Out*, tans.by Howard Goldblatt. New York: Arcade Publishing.2011,p.124.
③ 辜鸿铭:《西播〈论语〉回译》,北京:东方出版社 2013 年版。

笔都是意义不大的东西。因此，他对狄更斯原著《大卫·科波菲尔》中与教堂、礼拜相关的内容的删除率达 54.39%。[①] 除此之外，他还常常删除一些英国男女之间如挽手和握手等符合礼节的身体接触描写以便符合中国儒家"男女授受不亲"的思想。杨紫驎与包天笑将英国小说家哈葛德（H.R.Haggard）的 *Joan Haste* 译为《迦因小传》，他们只节译了原文中的下半部分内容，删去了迦因在小说上半部分未婚先孕和生下私生子等不合封建传统道德的内容，将迦因塑造成一位纯情少女的形象。林纾和魏易后来将原著的全文翻译出版，命名为《足本迦因小传》。但他们的全译本却被猛烈批评为"传其淫也，传其贱也，传其无耻也"。由此可见，从传播效果来看，在中国，哈葛德原著的节译本的接受程度远远高于其全译本。薄伽丘（Giovanni Boccaccio）的《十日谈》（*Decameron*）、劳伦斯（D. H. Lawrence）的《查泰莱夫人的情人》（*Lady Chatterley's Lover*）、阿拉伯经典文学《天方夜谭》（*Arabian Nights*）都因其中有不合乎中国传统伦理道德的部分而在相当长时间内只有节译本。

王际真翻译的《红楼梦》（1929 年版）主要节译了与林黛玉和贾宝玉爱情相关的情节，省略了大量与二者爱情故事无关或具有深厚中国文化内涵的部分。曹雪芹和高鹗的原本共有 120 回，而王际真的译本只有 39 回和 1 个楔子。原著中有 150 首诗歌，而在王际真的译本中只保留了 21 首诗歌。从亚瑟·韦利（Arthur Waley）和马克·范·多伦（Mark Van Doren）为译本所作的序言可知，在当时的美国，人们只将《红楼梦》看作一本爱情小说，而远非一本了解中国文化的百科全书。王际真节译的《红楼梦》虽然只能令英语读者管中窥豹，但是却很好地满足了英语读者的兴趣和阅读期待，因而取得了很好的传播中国文学的效果。博尔赫斯的西班牙文《红楼梦》就是由王际真 1929 年版英译《红楼梦》转译而成。由此可见，目的语读者的接受心理是导致译者选择保留哪些内容和决定抛弃哪些内容的重要因素。除此之外，在目的语国家占主流地位的意识形态也会影响译者对翻译内容的取舍。

以严复对赫胥黎（Aldous Leonard Huxley）的《进化论和伦理学》（*Evolution and Ethics*）的翻译为例。首先，由于在当时中国社会占主流的意识形态是救亡图存、富国强政，严复在翻译标题时就省略了"伦理学"而只保留了"进化论"。他将书名译为"天演论"，这很好地体现了他要以生物进化论和社会进化论振奋民心的翻译目的。其次，就原文内容来看，严复只译出了进化论的正面意义，舍弃了赫胥黎原文中对进化论的消极意义的辩证论述。他的有目的性的节译很显然是受到当时社会主流意识形态的影响：在当时，处于水深火热的中国国民对坚定的信念和积极的鼓励的需求远远超过对辩证的、科学的、理性的论证的需求，因此，严复基于《进化论和伦理学》而节译的《天演论》在十年内能被连续出版三十多次，对中国社会进步与变革产生不容低估的影响。

---

① 姜秋霞、郭来福、金萍：《社会意识形态与外国文学译介转换策略——以狄更斯的〈大卫·考坡菲〉的三个译本为例》，《外国文学研究》2006 年第 4 期。

19世纪在华传教士裨治文（E.C. Bridgman）为了解决圣经翻译中"God"的译名问题而开始研究和翻译朱熹的著作。裨治文将《全书》第49卷译为"Notice of Chinese Cosmogony"（中国宇宙论）。不过，他在翻译时只节译了原文第1—7和第9段，删减了第8段的内容："问天地未判时，下面许多都已有否？曰：只是都有此理。天地生物千万年，古今只不离许多物。"这段话是文中唯一谈到先天地的"理"之存在的观点的。"理"被看作永恒本原，先于万物，无所不在。从这一点来看，朱熹的理学与基督教神学有相通之处。但是，裨治文为了批判朱子学说而传播基督教神学，故意不译这一段，以便突显朱熹理学和基督教神学在创世说上的差别。经由他的改造，朱熹被塑造成中国唯物论的代表人物。

（三）增译

增译主要指由于放送者和接受者的思维方式、语言习惯和表达方式差异，译者在翻译时增添一些字词、短句或句子，以便更准确地表达出原文所包含的意义。

在中国古典诗歌的英译中，非常常见的增译就是补充出诗句中的主语。比如，在《红楼梦》中出现了关于金陵十二钗的谶诗，既具有诗歌的形式，又传达着或显或隐的信息。霍克斯（David Hawkes）、杨宪益和戴乃迭（Gladys B.Tayler）在翻译时都为之添加出了所指的对象。香菱的判词"根并荷花一茎香，平身遭遇实堪伤。自从两地生孤木，致使香魂返故乡"被霍克斯译为"Your stem grew from a noble lotus root,/ Yet Your life passed, poor flower, in low repute./ The day two earths shall bear a single tree, /Your soul must fly home to its own country."。而惜春的判词"勘破三春景不长，缁衣顿改昔年妆。可怜绣户侯门女，独卧青灯古佛旁"被杨宪益和戴乃迭译为"She sees through the transience of spring,/ Dark Buddhist robes replace her garments fine;/Pity this child of a wealthy noble house/ Who now sleeps alone by the dimly lit old shrine."。无论是霍译本还是杨译本都为原本指代不明的中文谶诗添加出了主词。

除了增译主语之外，在中国古典诗词歌赋的英译中还比较常见的是增译出介词来作为联结手段。比如，在马致远的《天净沙·秋思》中，原文几乎全是以名词传达的意象的叠加和并置，没有动词和连词。然而将之翻译为英语时，尽管译者梅维恒（Victor H. Mair）试图尽量保留原文中汉语的意合特点，但他始终无法完全按照原文的模样直接将名词堆砌起来。从下面的译文来看，他补充了"over""by""on""in"等介词，以便以形合的方式体现名词之间的逻辑关联。

  Withered wisteria, old tree, darkling crows-
  Little bridge over flowing water by someone's house-
  Emaciated horse on an ancient road in the western wind-
  Evening sun setting in the west-
  Broken-hearted man on the horizon.

为了达到跨文化交流的目的，译者有时候还要以翻译的形式对原文中的内容进行阐释，这也导致译文中出现一些原文并没有的内容。比如，以宇文所安对《文心雕龙》中的一些句子的翻译为例，"理郁者苦贫，辞溺者伤乱"（《神思》）被译为"if principle remains blocked, there is poverty [of content], if language gets bogged down, there is confusion.",原文中的"苦贫"被阐释为"内容上的"（of Content）贫瘠。"故善附者异旨如肝胆，拙会者同音如胡越"（《附会》）被译为"Those who are expert at continuity can put different significances together as close as liver and gall, while those clumsy at coherence can take even the same tones and leave them as apart as Hu [in the far north] and Yueh [in the far south]."；译文中的"胡"被补充出"在遥远的北方"（in the far north），"越"被补充出"在遥远的南方"（in the far south）等信息。再如，以伊万·金（Evan King）翻译《骆驼祥子》为例，原文"到娘娘庙求神方"只有寥寥几字，但伊万·金将之翻译为："At the Temple to the Goddess of Mercy she besought from the spirit of the other world——by shaking the bamboo sticks in the little round box until one fell out before the others——a miraculous prescription."译文以民族志般深度描写的方法翻译出了求神的细节，向西方读者阐释了他们所陌生的中国文化现象。

（四）误译

误译往往发生在译者对目的语文化背景缺乏了解的情况下，尤其是某一作者或作品在海外译介的肇始之际。比如，唐代女冠诗人鱼玄机的《寓言》中有一句"人世悲欢一梦，如何得做双成"，1936年，美国学者魏莎（Genevieve Wimsatt）将之译为"Earth's joy and grief, mere dreams as these…/Paired, can the two accomplish anything?"。作为女冠的鱼玄机在此诗中要表达的是如何从人间苦海中超脱，可以像道教女仙董双成一样追随西王母身侧。但是，由于中西文明的巨大差异，魏莎想当然地将"双成"误译为了"Paired"（成双）了。这样一来，这首表达道教向往的诗歌就被误译为一首爱情诗了。经过中国古典诗歌外译几十年的发展之后，在1999年，孙康宜（Sun Kang-I）和苏源熙（Haun Saussy）将之译为"In the mortal world sorrow and happiness are equally a dream,/So how can I become an immortal like Shuangcheng?"，"双成"所蕴含的典故意义终于得到了恢复。

又如，以王红公（Kenneth Rexroth）对李清照《鹧鸪天》中"梦断偏宜瑞脑香"一句的翻译为例，在1956年，他将之译为"I lay aside my bitter revery,/And enjoy the perfume that rises to my head."。原文中的"瑞脑"又叫龙脑，是一种香料，但由于中西生活方式的差异，王红公在译文中把它阐释为"升腾到脑海的香味"。直到1979年，他与钟玲合译这句词时才意识到原来的误译，因而将"瑞脑"改译为"Auspicious dragon incense"（吉祥的龙脑香）。

（五）创译

创译是译者在目的语系统中对源文本进行编辑、重组、创作性重写或创意性重构。庞德曾说:"至于译文(对原文犯下)的种种暴行,我只想说,大部分都是有意为之,目的是借此推动读者对原文有更深入的认识。"[1]庞德对《论语》的翻译经常被当作创造性翻译的典型案例。他从古体汉字"習"上得到启发,把"学而时习之"译为"Study with the seasons winging past",意思是"伴随着时间羽翼的掠过而学习"。又如,他把"君子坦荡荡"译为"The proper man: sun-rise over the land, level, grass, sun, shade, flowing out"。从"坦"字的书写,他联想到了日出时的景象;从"荡"字的书写,他联想到了草、水和阴影等意象。他的翻译完全偏移了《论语》的原意,然而,无论是"时间羽翼"这一新奇的想象还是太阳、草、水和阴影等意象并置的表现方式都赋予了美国现代诗歌全新的诗意,满足了当时的美国诗学要摆脱欧洲影响而"别求新声于异邦"的需求。王红公和钟玲对宋词的翻译也运用了类似的拆字式创造性翻译。李清照的"碧云笼碾玉成尘"(《小重山》)被译为"Blue-green clouds carve jade dragons./The jade powder becomes fine dust.",在此句中的"笼"本是装茶叶的笼子,但在译文中却被拆为"玉龙"(jade dragons)。

创译还经常被运用在一些文学名著或影视剧名的翻译中。译者往往尽可能地发挥其主观能动性和丰富的联想以达到吸引读者或观众的目的。以艾米莉·勃朗特的 *Wuthering Heights* 为例,在1955年杨苡将之译为现在普遍接受的《呼啸山庄》一名之前,还有1930年伍光建将之译为的《冤家路窄》和1945年罗塞的《魂归离恨天》两种译名。后两个书名的翻译显然是译者用中国读者的文化模子去改变了原著书名的内涵。又如,电影名"Mission: Impossible"(不可能完成的任务)被译为《谍中谍》;"Waterloo Bridge"(滑铁卢桥)被译为《魂断蓝桥》;根据纳博科夫的名著拍摄的电影"Lolita"(洛丽塔)被译为《一树梨花压海棠》;"leon"被翻译成《这个杀手不太冷》;动画影片"Coco"则被译为《寻梦环游记》。

(六)改编

译介中的改编是更大规模的创造性翻译。创译通常只发生在文本的字句层面,而改编则是在篇章层面。比如,斯威夫特的《格列佛游记》原是一本严肃的政治讽刺小说,但是在译介到中国后却被大刀阔斧地改造了。译者强化了格列佛在大人国和小人国所见到的趣闻趣事,弱化了原文的讽刺意味和哲理性,使之成为一本轻松活泼的儿童读物。又如,老舍的《骆驼祥子》本是一部悲剧小说,但是,在1945年美国学者伊万·金(Evan King)的译本中,小说的悲剧结局被改编成了大团圆结局。

二、文化层面的变异

在人类社会发展进程中,由于地理环境、生产方式、历史和民族心理等方面的

---

[1] Cheadle, Mary Peterson. *Ezra Pound's Confucian Translations*, Ann Arbor: The University of Michigan Press,1997, p.29.

差异，各民族、国家和文明圈形成了各自独特的文化传统。在一国文学中蕴含深意的动物、植物、成语、典故、数字、地名、人名在被移植到他国之后，其意义往往会出现失落、增殖和扭曲的可能。

（一）文化意义的失落

文化意义的失落是一种欠额翻译。这往往发生在译者认为原文的文化信息对于接受国读者而言毫无意义或者超出其认知范畴之时。

霍克斯翻译的《红楼梦》在英语世界受到广泛好评，但是他在翻译中过滤掉了大量在中国文化背景中具有深厚文化意义的内容。以《红楼梦》第三十四回中薛宝钗的一段话为例："原来这叫'负荆请罪'！你们通今博古，才知道'负荆请罪'，我不知道什么是'负荆请罪'！"霍克斯将之译为："'The Abject Apology?' said Bao-chai. 'Well, no doubt you clever people know all there is to know about abject apology. I'am afraid it's something I wouldn't know about.'"原文中的"负荆请罪"本是一个有深厚文化内涵的中国典故，但是霍克斯的译文抛弃了典故的内涵，只是浅而化之地将之译为"可怜的道歉"（The Abject Apology）。又如，《红楼梦》第二十七回的题名"滴翠亭杨妃戏彩蝶，埋香冢飞燕泣残红"嵌入了"杨贵妃"和"赵飞燕"一肥一瘦两大美女的名字。曹雪芹用此来戏谑宝钗与黛玉，可谓匠心独具。但是，霍克斯将之译为"Beauty Perspiring sports with butterflies by the Raindrop Pavilion And Beauty Suspiring weeps for fallen blossoms by the Flowers'Crave"。译文将"杨妃"和"飞燕"的名字隐去，只以"美人"（beauty）来指代宝钗和黛玉，这使得原文承载的文化意义不复存在了。季羡林说："我们都读过《红楼梦》。我想没有一个人不惊叹里面描绘的细腻和韵味的深远的。倘若我们现在再来读英文译本，无论英文程度多么好，没有人会不摇头的。因为这里只是将故事用另外一种文字重述了一遍，至于原文字里行间的意味却一点影子都没有。这就是所谓'其实味不同'。"[①]

圣经故事和希腊神话渗透到了西方文化的血脉之中。从二者中衍生出大量的习语和典故。比如，《圣经新约》"马太福音"第二十五章三十二节里记载："And before him shall be gathered all nations: and he shall separate them one from another, as a shepherd divideth his sheep from the goats."。据说山羊常混进羊群里，引诱绵羊，因此牧羊人必须把它们区分开来。由于《圣经》的巨大影响，"sheep"和"goat"在英语中的比喻意义截然不同。前者比喻好人，后者比喻坏人。因此在翻译"I can separate the sheep from the goats"时，如果译者只是直译其语句而不介绍其背后的典故的话，中国读者读了"我能分得出山羊和绵羊"之后肯定会一头雾水；而如果采用意译的方法，将之译为"我能分得出坏人和好人"则会造成"绵羊"和"山羊"两个文化意象的失落。从希腊神话中诞生的成语在翻译为中文后也有类似的风险。

---

① 季羡林：《季羡林谈翻译》，北京：当代中国出版社 2007 年版，第 11—12 页。

比如，无论"Pandora's Box"被译为"祸害、邪恶的渊薮"还是"潘多拉的盒子"；"Penelope's Job"被译为"做不完的工作"还是"佩内洛普的工作"；"Achille's heel"被译为"致命伤"还是"阿基琉斯的脚后跟"，对于中国读者而言都有鱼与熊掌不可兼得的遗憾。

（二）文化意义的扭曲

由于中西文化的差异性，对于一些蕴含了丰富的历史和文化信息的表达而言，要找到百分之百相同的文化对应物是不可能的。但是，出于翻译的方便，或者为了获得目的语读者的认同，译者经常采用"归化"的翻译方法。这种方法虽然有利于原文在新的接受语境中获得认可，但对于源语文本而言却付出了文化意义变形和扭曲的代价。

《诗经·关雎》"窈窕淑女，君子好逑"中"窈窕"指女性身材和外貌美好；"淑"指女性内心世界的善良。阿瑟·库珀（Arthur Cooper）将之译为"Shy the Nymph"（害羞的女神）。"nymph"是古希腊神话中居于山林水泽的仙女。从库珀的译文来看，他原本是想通过"nymph"作为文化对应物来替代中国的"窈窕淑女"，但不幸的是，由于中西文化的巨大差异，"nymph"与"窈窕淑女"并不完全对等，因此，他的译文使得原文中的中国古代少女形象被变形为西方神话中居于山林水泽的女神形象。

在《"不忠的美人"——论翻译中的文化过滤现象》一文中，张德让介绍到，女画家罗密给一幅孔雀画题诗道："亭亭石上留，反顾意悠悠。西子知何处？开屏叫汝羞。"而译者将这首题诗翻译为：

Alight I on the rock, upright;

Lost in a muse, I turn my head.

Helen of Troy, where e'er art thou?

To make the blush my tail I'll spread.[①]

原文中的"西子"被替换为"特洛伊的海伦"。尽管二者都是各自文化中美女的典型代表，但其引发的联想意义却是大相径庭的。中国文化中的西施被看作是忍辱负重、以身报国的美女英雄人物。而西方文化中的海伦美则美矣，却抛弃丈夫与特洛伊王子帕里斯私奔，引发了著名的特洛伊战争，带有"红颜祸水"的意味。由此而见，将"西子"翻译为"Helen of Troy"是对原文的文化意义的扭曲。

又如，中国有"寿比彭祖"的说法，英语有"as old as Methuselah"（寿同玛土撒拉）的表达，以上两个成语都有"龟龄鹤寿"的意义。然而，尽管彭祖和玛土撒拉是中西文明中最长寿的神话人物，二者的意义却不尽相同。马克思说："你们看，在玛土撒拉的内阁这个最高评议会里的'老朽无能者和自由主义少壮派'之间是多

---

① 张德让：《"不忠的美人"——论翻译中的文化过滤现象》，《山东外语教学》2001年第3期。

么地和谐一致。伦敦的一切报刊都同声愤斥阿伯丁和上院。"[1] 在这段话中，马克思借用"玛土撒拉"来暗指内阁成员老迈昏庸。又如，在《悲惨世界》中，雨果抨击贵族沙龙中人们评论时势是"玛土撒拉教着厄庇墨尼德。聋子向瞎子通消息"[2]。可见，玛土撒拉在西方文化中除了"长寿"之意，还有"老朽、无能、昏聩"等负面意义。然而从先秦、两汉和魏晋的记载到唐诗宋词、明清小说、野外杂传、民间传说来看，中国的"彭祖"无论是清静无为、善于养身的道家偶像还是积极入世、利国利民的儒家圣贤，其意义都是正面积极的。因此，如果将"寿比彭祖"简单地翻译为"as old as Methuselah"，对于西方受众而言，这可能不是一句祝词，而更像揶揄和讽刺了。

（三）文化意义的增殖

一些原本在放送国中处于边缘的文学作品或作家在经过译者的改造或创造之后，会生发出新的意义。译者之所以选择译介某部作品或某位作者，很大程度上是为了满足接受国的政治和文化需要。为了满足这种需要，译者甚至会在原有作品的基础上"无中生有"地创造出一些新的意义。

在中国默默无闻的寒山诗在被译为英文之后，在20世纪五六十年代的美国风靡一时，成为美国"垮掉一代"的精神偶像。这位中国古代的诗僧被塑造成为一位西方嬉皮士文化的先驱。

荷兰汉学家高罗佩（Robert Hans van Gulik）在读到清初公案小说《武则天四大奇案》后对狄仁杰这一形象非常感兴趣，于是他将前三十回翻译为英文小说 *Celebrated Cases of Judge Dee*（大唐狄公案）。在获得成功之后，他又创作了《铜钟案》《迷宫案》《黄金案》《铁钉案》《四漆屏》《湖中案》等一系列以狄仁杰探案为主题的中短篇小说。经过他的译介之后，原本在中国文学中只是一位关心百姓疾苦、忠于朝廷的"贤相狄仁杰"在西方语境中获得了文化意义的增殖，成为一位善于逻辑推理、刑事侦讯和犯罪心理学的东方神探，被誉为"中国的福尔摩斯"。

又如，在中国毁誉参半的女诗人鱼玄机在被译介到美国之后成为美国女性主义者推崇的女权斗士，不仅有美国学者魏莎（Genevieve Wimsattt）为她作传，桂冠诗人珍·伊丽莎白·沃德（Jean Elizabeth Ward）出版诗集纪念她，还有荷兰汉学家高佩罗（Robert Hans van Gulik）、英国小说家贾斯汀·希尔（Justin Hill）和加拿大学者拉丽莎·赖（Larissa Lai）以她为原型创作小说。其中，高佩罗的侦探小说《诗人与谋杀》（*The Poet and Murder*）将鱼玄机塑造成一位才华出众、敢爱敢恨的中国奇女子。赖的小说《千年狐》（*When Fox Is a Thousand*）获得1995年"艾斯特莱雅基金会新秀作家奖"和1996年"英属哥伦比亚文化服务部赞助奖"和"加拿大文化遗

---

[1] 孟宪强编：《马克思恩格斯著作中的文学典故》，长春：吉林人民出版社1986年版，第17页。
[2] 〔法〕维克多·雨果：《悲惨世界》，李玉民译，北京：中央编译出版社2011年版，第622页。

产奖"。希尔的《天堂过客》(*Passing Under Heaven - A novel inspired by Yu Xuanji's life*)荣获 2005 年"毛姆奖"。

从以上例子可知，一位作者及其作品在跨国、跨民族、跨语言、跨文明的流传过程中，既有可能发生"文化过滤"导致意义的失落和扭曲，也有可能发生文化意义的增殖。然而，文化意义的失落和扭曲既有有意也有无意发生的可能，而文化意义的增殖却都是译介者的合目的性行为的结果。

三、美学层面的变异

文学翻译的目的不仅仅只是将原作的内容和思想传达给读者，还需要传达原作的艺术境界。易言之，读者在阅读译文时不仅可以获得信息，还应该可以获得原文类似的审美体验。但是，不同文化背景中的读者因其历史文化传统、民族心理、生活环境的不同，他们对事物的审美的感受往往是有差异的，因此，在文学翻译中，无论译者在"归化"翻译与"异化"翻译中做出何种选择、调适或融合，他们都很难使其读者获得与原文完全一致的审美感受。

（一）审美感受的降维

许渊冲在《翻译的艺术》中指出，诗歌翻译要尽可能做到"意美以感心，音美以感耳，形美以感目"。他的"意美""音美""形美"理论指出了诗歌和其他大多数韵文文学的审美维度。弗罗斯特（Robert Frost）说："所谓诗，就是翻译之后失去的东西。"可见，由于语言和文化的差异性，经过翻译之后的诗歌往往难以兼顾三者，而只能在三者之中择其一二。

艾略特·温伯格（Eliot Weinberger）在《观看王维的十九种方式》(*19 Ways of Looking at Wang Wei*)中分析了《鹿柴》的十九个译本，但是没有哪个译者能为目的语读者提供原文的三重审美愉悦。以叶维廉（Wai-lim Yip）的译本为例，译文以四音步扬抑格来体现原文五言绝句言约旨远的特点，以诗译诗，做到了形美，但是原文中的"禅意"在西方语境中却很难再现。对于大多数西方读者而言，原文的哲理性所赋予的意义之美被打了折扣。

Deer Enclosure

Empty mountain: no man is seen,

But voices of men are heard.

Sun's reflection reaches into the woods

And shines upon the green moss.

又如，中西诗歌中都有一种以造型取胜的诗歌，被称为"图像诗""具象诗"或者"视觉诗"。美国的卡明斯（E.E Cummings）曾写下这样一首小诗。他把英文单词打碎后零散地以垂直线排版，制造出树叶飘散的凌乱感和下落的视觉联想，正如后现代时期人们被"异化"后的孤独漂泊、无所依傍的感受。

```
            l(
            a
            le
            af
            fa
            ll
            s)
            one
            l
          iness
```

如果我们把这首诗译为"孤独如落叶飘零",那么读者能获得的审美感受无疑只是意义层面的,原文在形式上的美感已经荡然无存。

再如,英文中的十四行诗和中国的律诗都非常讲究声韵之美。以莎士比亚的"Shall I Compare Thee to a Summer's Day"为例,原文是按 abab, cdcd, efef, gg 的韵律格式押尾韵。但是梁宗岱、梁实秋、孙梁等中国译者都将其译成了自由体诗歌。"声美"的审美要求被无视了。同样地,中国的律诗通常要求偶数句押韵,一韵到底,但是在被翻译成英语之后,不少的律诗都被译成英文的自由体诗歌。除了尾韵之外,中国古典诗歌,尤其是《诗经》中还有大量的双声叠韵现象。华兹生(Burton Watson)就承认有些双声叠韵词可以用英语中的拟声词来替代,但中文中还有一些用来表示形式、行动、情绪和道德品质的双声叠韵词是无法找到对应的有音韵美的英文来表达的。因此,"译者只能放弃恢复原文声音效果的念头而将注意力放在意义的传达上"[①]。

对于译者而言,为了保存一种美感而降低读者在其他方面的美感体验是一种无奈之举。审美感受的降维是跨文明文学传播中不得不面对的难题。所幸的是目前已经有一些中国学者在译介中国文学时做出艰辛的尝试并取得骄人的成绩。比如,赵彦春在《英韵三字经》中尤其注重保持原文的审美感受。"人之初,性本善。性相近,习相远"被译为"Man on earth, Good at birth. The same nature, Varies on nurture."。译文语言朴实、三字对应、朗朗上口,近乎忠实地保留了原文的美感。

公孙丑与孟子有一段关于道之美的对话。公孙丑曰:"道则高矣,美矣,宜若登天然,似不可及也;何不使彼为可几及而日孳孳也?"孟子曰:"大匠不为拙工改废绳墨,羿不为拙射变其彀率。君子引而不发,跃如也。中道而立,能者从之。"孟子的话或许为我们处理译介中审美感受的降维这一问题提供了答案。

[①] Watson, Burton. *Early Chinese Literature*, New York: Columbia University Press, 1962, p.207.

(二) 审美感受的错位

由于各个文明圈、国家、民族和地区在历史的进程中形成了自己的审美心理，因此，文学作品在译介之后，其美感类型有可能会发生偏移或错位。粗略而言，中国文艺的审美特征恰如一幅素淡含蓄的水墨画，而西方文艺的审美特征则如一幅浓墨重彩的油画。当文学作品被置换于不同的审美空间中往往会发生两种情况：一是保留原来的审美特征，则接受者有可能无法领略其"间性之美"；二是顺应接受者的审美偏好，则原来文化背景中的审美感受发生错位。

比如，苏格兰农民诗人彭斯（Robert Burns）的名作"A Red, Red Rose"（一朵红红的玫瑰）本是一首语言质朴、情感热烈奔放的民歌。但是，经过苏曼殊翻译之后，却变身为一首极其典雅含蓄的中国情诗了。

颎颎赤蔷靡，首夏初发苞。
恻恻清商曲，眇音何远遥。
予美凉夭绍，幽情中自持。
仓海会流枯，相爱无绝期。
仓海会流枯，顽石烂炎熹。
微命属如缕，相爱无绝期。
掺怯别予美，离隔在须臾。
阿阳早日归，万里莫踟蹰。

原文表达的是农民向村妇吐露心曲，呈现的是一种明快质朴的美感，而译文却更像中国古代的才子佳人在依依惜别，呈现的是一种隐秀庄重之美。导致这一变异的原因主要在于中西文明在诗学和美学传统上的差异。笔者认为："中国古代浓郁的伦理道德之风，对中国古代文学艺术及文艺理论产生了极其重大的影响。"[①]"经夫妇、成孝敬、厚人伦、美教化、移风俗"成为文艺的根本任务。在"兴观群怨""思无邪""发乎情，止乎礼义"等中国诗教观影响下的译者自然是将一首热烈大胆的西方情歌翻译成了"温柔敦厚"的中国古典诗歌风格。

(三) 审美感受的抹杀

上文提到，如果译者试图保留原文化中的审美感受，则有可能接受者无法发现其"间性之美"，因为对于放送者而言的典型审美对象在其接受者眼中有可能是不美，甚至丑陋而难以接受的。还有一种情况是，译者出于颠覆经典、突显自我风格的目的而故意抹杀原文的美感。

在阅读一些与女性形象相关的文学作品译本时，读者的审美感受时常遭遇到毁灭性的打击。比如，在《罗密欧与朱丽叶》中，朱丽叶在焦灼地等待罗密欧归来时曾说过这样一段话："But old folks, many feign as they were dead;/ Unwisely, slow,

---

[①] 曹顺庆：《中西比较诗学》（修订版），北京：中国人民大学出版社 2010 年版，第 18 页。

heavy and pale as lead."。曹末风将之译为:"但是这些老东西。真的,还不如死了干净。又丑,又延迟,像铅块一样,又苍白又笨重。"译文不但没有体现原文"dead"和"lead"造就的音乐美,更重要的是,译文中一连串口语体和近乎脏话的表达使得原本的知书达理的西方贵族少女被变身为口无遮拦的泼妇。原本纯洁、美丽、热情、执着的西方理想女性朱丽叶形象可以带来的审美感受在中国读者心中荡然无存。

又如,泰戈尔(Rabindranath Tagore)的《飞鸟集》(*Stray Birds*)以爱和美的精神著称,但冯唐的翻译却将他营造的美好意境彻底毁弃,最终其译本被出版社下架召回。在冯唐的译本里,"The great earth makes herself hospitable with the help of the grass."被译为"有了绿草/大地变得挺骚";"The world puts off its mask of vastness to its lover. It becomes small as on."被译为"大千世界在情人面前解开裤裆/绵长如舌吻/纤细如诗行";"The night kisses the fading day whispering to his ear, 'I am death, your mother. I am to give you fresh birth.'"被译为"白日将尽夜晚呢喃'我是死啊,我是你妈,我会给你新生哒'"。《人民日报》批评:"如冯唐者如此随意地翻译经典,既缺乏对经典的尊重,也缺乏对翻译本身的尊重……冯唐所译的《飞鸟集》,实是'乃不知有信,无论达雅'了。将'面具(mask)'译为'裤裆'、'好客(hospitable)'译为'骚',皆违背了原文的本意;随意的粗口和网络词汇,更是将泰戈尔营造的意境彻底毁弃。"[①]

四、变异现象产生的根源

文本,尤其是文学文本在经历跨语际转换的过程后是必然会出现变异的。不仅译者的语言能力、学识修养、审美偏好、翻译动机将影响译文对原文的"忠实"程度,审查制度、赞助人、出版商的经济利益考虑以及目的语的文化背景也会左右译者的翻译行为从而使译文与原文出现偏差。在解构主义、新阐释学与接受美学等新理论的冲击下,原本被翻译界奉为圭臬的"信、达、雅"标准越来越受到"创造性叛逆"的挑战与威胁。人们越来越清晰地感受到译介中的变异是千差万别并不可避免的。译介中变异现象产生的根源主要在于译者的能动性、语言的差异性和文化差异性三方面。

(一)译者的能动性

在过去,翻译研究的重心大多是围绕着译文展开。译文的生产者——译者,却备受质疑和贬低。一些译者为了破除人们对译者和译者劳动价值的错误认识,往往刻意地"现身",试图砸断束缚自己的镣铐而自由舞蹈。当代的翻译理论趋向于认为:"翻译不仅是传达原文内容的手段,更主要的是,翻译是使原文存活下去的手

[①] 《莫借"翻译"行"篡改"》,《人民日报》2015年12月24日。

段。……翻译不是文学的附庸,翻译是一个文本的'来世'(after-life)。文本因经过翻译而被赋予了新的意义,并获得了新的生命。……译者是创作的主体,翻译文本是创作的新生语言。"[①] 在这样的新观点鼓舞之下,各种创译和改编更是层出不穷。在以往,译者个体的语言能力、学识修养、审美偏好在很大程度上会影响其译文的内容和风格。而在后现代语境中,译者的主观能动性和翻译动机更是造成译介变异的最显而易见的因素。

(二)语言的差异性

索绪尔认为语言各项要素的价值由围绕着它的要素决定,要素之间对立与差别关系网络构成了一个系统,离开了这个系统,任何要素都没有价值可言。[②] 中西语言本身具有极大的差别。中文是意合的语言,更适合诗意的表达,具有形式灵活、以少总多、意在言外等特点。而印欧语言是形合的语言,重逻辑关联,更易于理性思辨。语言的差异性决定了文学作品在跨语际转换时所必然发生的变异。

福柯认为每一个时期的话语创造了个人,语言呈现了一个时期的新的存在方式。语言也就不再是哲学真理的形而上的中介了,而是越来越自我指涉,仅仅表现了自身的存在。不是人作为主体把语言当作自己的工具,而是语言的存在揭示了人的存在意义。[③] 从这一层面来看,不同的语言所揭示的必然是不同的存在意义,因此,译介中意义的变异便是不可避免的了。

(三)文化的差异性

文化主要是指族群的历史地理、风土人情、传统习俗、生活方式、宗教信仰、文学艺术、律法制度、思维方式、价值观念、审美情趣、精神图腾等内容。文化差异是导致译介变异的重要因素。《文心雕龙》有言:"根干丽土而同性,臭味晞阳而异品。"这句话可做两种理解:一是从创作论层面来看,不同的文化土壤会生发出不同内容和风格的文学作品;二是从文学的传播来看,一部文学作品在被移植到异域土壤之后往往会发生"南橘北枳"的变化。如果说一部在流传中的文学作品本身就像变色龙一样具有变异的性质,那么它所要融入的新的文化环境就如同变色龙身处的背景色,背景色往往会令其改变皮肤的色素细胞以便使它更好地融入环境之中。

突破只从语言层面研究翻译的局限,通过从语言、文学和审美三个层面研究译介中的变异现象而去探索译者能动性、中西语言和文化的差异性,我们有理由相信"译介学研究为比较文学和翻译研究打开一个新的、更加广阔的研究空间,传统的比较文学研究课题得到比以前更深刻、更具体、更清晰的阐释"[④]。

[①] 郭建中:《当代美国翻译理论》,武汉:湖北教育出版社2000年版,第176-177页。

[②] 〔瑞士〕费尔迪南·德·索绪尔:《普通语言学教程》,高名凯译,北京:商务印书馆1985年版,第153-161页。

[③] Alcoff, L. "Foucault as Epistemologist", *The Philosophical Forum*, 1993(25), pp.95-124.

[④] 谢天振:《译介学:理念创新与学术前景》,《外语学刊》2019年第4期。

第二节　译介变异学的理论内涵

自影响研究范式下的媒介研究始,翻译便是比较文学研究的关注点之一,而今随着全球化进程的全面深入,世界文学的呼声日益高涨。翻译作为一种文学跨界传播的媒介,将文学文本带入异域语境中并使其实现世界性的旅行,同时译本自身也成了不同文明和文化对话的结晶。对话是差异生成的对话,结晶亦为变异生成的结晶。

一、译介变异学研究对象与基本内容

跨语言变异是变异研究的一个重要方面,我们赋予其译介变异学之名,意在以异质性的可比性,将跨语言变异研究带入跨文化和跨文明对话的场域。因此,译介变异学关注的是文学文本在跨语际的传播过程中出现的变异现象,即因文化的差异性而致的文化过滤,以及文明的异质性而致的话语变异研究。通过对变异现象的解析,探寻背后变异的规律。

总体而言,译介变异学研究的基本内容主要包含以下几个方面:

第一,译介变异现象及其根源。文学文本一经翻译,便不可避免地将发生变异。这种变异现象比较突出地表现在翻译过程中语言层面的内容选择、增删、改编等,以及文化层面因误读而导致的意义失落、扭曲、增殖。因此,不论是形式上可见的语言和人物形象有所变动,内容上信息和意义亦有所变动。而这些现象又可以从译者的体性、语言的差异性以及文化和文明的异质性中找到根源。从本土文学进入异域文学环境的传播和接受过程,即为自我的特殊性向他者敞开,寻求对话,走向普遍性的过程。通过对翻译变异现象的解析,归结背后的变异机制,便可看见翻译作为一种媒介、一种阐发途径,是如何呈现变异的发生原理,以及带来变异的重要意义。

第二,跨文化研究和跨文明研究视野下的翻译研究。不同于传统的翻译研究,比较文学中的翻译研究不执拗于对翻译过程中语言转换的技巧性探讨,以及借此为据而对译本所作的优劣评判,而是更多地从文化研究的理论视角,将翻译看作是一种受政治意识形态操控的跨文化交际行为。这种对"语言转换过程中信息的失落、变形、增添、扩伸等问题",以及"翻译(主要是文学翻译)作为人类一种跨文化交流的实践活动所具有的独特价值和意义"的研究,被学界界定为译介学研究。[①]

[①] 谢天振:《译介学导论》,北京:北京大学出版社2007年版,第10页。

译介学认为，创造性叛逆的研究价值在于它"特别鲜明、集中地反映出不同文化在交流过程中所遇到的阻滞、碰撞、误解、扭曲等问题"[①]。同理于此，译介变异学的目的同样不在于评判译本的翻译技巧好坏，而重在对译介的变异过程和变异结果的考查；译本的价值不在于译本与原文本的对等程度，而在于它在目的语环境中的接受度，及其对译入国文学所带去的启发。同时，译介变异学还从跨文明研究的视域出发，将翻译看作是两种异质文明之间的对话，或曰两种话语之间的对话。文本信息的变异与文化因子的变异背后，在更大层面上即是话语之间的交流、碰撞和融合。

第三，经由翻译变异而收获的文学他国化。一种文学从一个国家流传到另一个国家，经过文化过滤、翻译和接受的综合作用可能会经历一个更深层次的变异，这是一个"文学他国化"的过程，是一个文化符码和文学话语的变更过程。而这个过程在多数情况下均是通过翻译实现的。翻译连接了两种语言，也连接了两种话语模式，这种连接是对话，也是融合。至于哪一种话语在翻译过程中占据上风，需要综合的平衡。如果翻译倾向于更加忠实于原文本，那么就会保留较多原文本所携带的话语规则，这类似于劳伦斯·韦努蒂（Lawrence Venuti）所提出的异化策略，但是这种翻译策略较难为译文读者所接受。如果译者试着变换原文本以适应目的语的文化语境，原文本的话语规则将和目的语环境（他国）的文化话语规则产生碰撞，且在融合之后，他国文化的话语相对较多地呈现于译本中，这时候目标读者可以从译本中获得亲切感，从而让译本更好地在他国获得自然的接受，甚至成为他国文学的一个组成部分。所以通过合适的翻译策略的选取，将两种话语规则融合并更多地彰显本土话语的优势，以此便可以实现外来文学的本土化。经过文学的他国化，外国文学可以被民族文学吸收，乃至成为民族文学的一个有机组成部分。

第四，经由翻译变异而生成的世界文学星丛。世界文学如同一个由各民族文学共同建构而成的星丛，民族文学作为其中的星球，乃是一种关系存在，也就是说，因为其他星球的存在，方有自我的存在感和特殊性——"与众不同"在相互关系中、在相互对话中显现。民族文学之间的对话又时常经由翻译来实现。经由翻译，民族文学之间的壁垒被打破，相互之间得以互动、欣赏、借鉴。更进一步说，那就是翻译促成了民族文学在纵向发展中的横向交流，这种交流就是对话，是超越自我的域界，将自我的特殊性向他者袒露，同时在对话中发现"你中有我、我中有你"。语言的差异反映在文学和文化方面，民族文学的跨语际传播变异同样也反映了各民族文学和文化的特殊性。千差万别的译本里充满了各式各样的意义表达方式、译者的主体性和读者的期待视野。翻译本身是不同文学和文化特殊性的交锋场域，变异在其间不仅不可避免，而且正是因为变异才得以使民族文学间的特殊性凸显，并使得

[①] 谢天振：《译介学：理念创新与学术前景》，《外语学刊》2019年第4期，第96页。

它们在世界文学的广大空间中，获得更多的机会被相互阅读、阐发乃至转化。

二、作为文学接受与文学阐释的翻译

翻译已经不再仅仅被当作是一种语言形式层面的转换，它也被视为文化之间的对话。语言的差异、文化和文明的异质性使得翻译成为一项艰巨的任务。执着地去达到某些翻译标准常常会带来对翻译的沮丧，沮丧之余，随之而来的则是不可译性的悲观。然而，换个思路把翻译视为一种文化阐释，这或许可以觅得新的出路。当一个文本在异域文化背景下被翻译和阅读的时候，它实际上也正以不同的方式被解读着。因此，在语言的差异性、文化的异质性以及译者的主体性等多方面因素的共同作用下，最终的译本与读者的理解都不可避免地掺杂着不同程度的误读，如此，同一个文本在不同文化语境下的遭际也就变得耐人寻味。创造性叛逆实质上是一种不大严格忠实于原文的翻译，它通过对信息的增减、变更、扭曲来使译本适应新的语境；它不是完全地对原文本意义的叛逆，而是用合乎情理的方式来迎合译文读者的阅读品味。

（一）不可译性的悖论

不可译性主要源于对文化和文明异质性的畏惧。异质性在当今全球化时代得以凸显，谈及跨文化交际，不难发现文化和文明之间的差异性远远大于类同性。亨廷顿（Samuel Huntington）指出："文明和文化指涉的都是人类整体性的生活方式，文明是文化的大写。它们都涵盖'特定社会中那些最重要的、世代延续的价值、标准、体系和思维方式'。"[1] 文明是最大的文化整体，如果说文化整体是一个大的家，所有这个家的成员都遵循一个共同的传统，那么文明就是一个更大的家，内中所有的文化共享的是在长期历史进程中所形成的东西。生活在同一片土地上的人群会形成大致相同的宗教信仰、生活习惯和文化传统，会生成一种独特的交流媒介和运思方式，即人们日常交际所用到的工具性语言和成体系的话语规则。在海德格尔（Martin Heidegger）看来，"语言是存在之家"，本真的语言决定了普通的语言和物的存在，它也是人类存在的基本构件。"如若人是通过他的语言才栖居在存在之要求中，那么，我们欧洲人也许就栖居在与东亚人完全不同的一个家中"，"由此，一种从家到家的对话就几乎是不可避免的。"[2] 这种从家到家的对话尽管是一种令人激动的、不可避免的对话，但因为"语言"上的巨大差异，海德格尔曾对东西方对话持谨慎的怀疑态度，他所忧虑的不仅是作为工具性语言在表意上的不同，更是涉及两种思想体系间的深层异质性，这些差异给翻译带来了巨大的挑战。

翻译是一个从家到家的信息传递尝试，它势必会上升为一场文化传统之间的对

---

[1] Huntington, Samuel. *The Clash of Civilization and the Remaking of the World Order*. New York: Simon and Schuster, 1996, p.41.

[2] 〔德〕海德格尔：《在通向语言的途中》，孙周兴译，北京：商务印书馆 2004 年版，第 90 页。

话。由此，语言、文化与文明的异质性好比横亘在翻译面前的一堵堵墙，翻译的任务就是要穿越它们，打通墙里墙外的世界。这项任务的艰巨性尤其集中地体现在文学翻译上。例如，美国诗人罗伯特·弗罗斯特（Robert Frost）曾说过"诗歌是在翻译中丢失的东西"[1]。诗歌以其高密度的审美信息造成阐释之难，且译者的阐释之难在于从目的语中寻找与原语契合的语言来达到不同方面的对等。中国学者严复在《天演论·译例言》开篇指出的"译事三难：信、达、雅"[2]，从具体内容、表达方式和阅读效果三个方面道出翻译之难与综合要求，它是严复的翻译工作体会，也是一条有一定参照意义的标准，但是若要所有文学翻译都切实地遵循它又显得不切实际。也有的学者当意识到在具体的实践操作中，绝对的忠实不可能实现的时候，便提出一些中和的方法，其代表如尤金·奈达（Eugene Nida），他提出了"功能对等"，又称"灵活对等"（dynamic equivalence）。何为"灵活对等"？奈达认为这可以依据目标读者（即不懂原文本语言的译文读者）在阅读译本后与原文本读者在反应上的相似度；但他自己立即接着说："这种反应是永远不会一致的，因为历史和文化环境相差太大了。"[3]

当我们在斟酌什么样的翻译才是好的翻译的时候，就会设定各种各样的规则和标准来评判它；当翻译工作挣扎于满足各类标准之时，许多译者会选择放弃翻译的尝试。他们认为强加翻译只会导致对原文的背离，束手无策后最终只能感慨翻译之难，纠结于不可译性的泥沼之中。显然，不可译性心理的产生既有文化和文明异质性的客观因素作用，也有对翻译标准争执不休的主观判断影响。由此，不可译性的悖论便在于对跨越性（跨语言、文化乃至文明）对话的渴求与承认差异、同时又畏惧差异这两种矛盾心理之间的逡巡。

（二）创造性叛逆的合法性

基于翻译之难的说法与各类严格的评判标准，不可译性的论点似乎得到了许多支撑，而实际上却把翻译实践误导向了一条死胡同。在翻译实践中，不可译性并不是一个绝对的存在。尽管这场连接两种语言和文化的对话会产生思想和内容的丢失问题，且翻译中难觅完全的对等，但这一尝试自有其必要性和重要性，因而这是翻译之难，亦是翻译之不得已。不可译性并不意味着翻译的失效，相反，它一方面揭示出了翻译之难，另一方面也呼唤两种文化间的创造性转换。翻译的变异，也即创造性叛逆，由此应运而生。

"创造性叛逆研究的意义在于它聚焦于两种文化交际过程中出现的（意义）阻碍、碰撞、误解、扭曲等"，"没有创造性叛逆，文学的传播和接受将变得步履维

---

[1] Fagan, Deirdre. *Critical Companion to Robert Frost: A Literary Reference to His Life and Work*, New York: Facts On File, Inc., p.75.

[2] 严复：《译例言》，见《天演论》，北京：商务印书馆1981年版，第 xi 页。

[3] Nida, Eugene A and Taber, Charles R. *The Theory and Practice of Translation*. Leiden: Brill, 1982, p.24.

艰"。[1] 它不会去追寻文本层面的形式和内容意义的对等，而是要兼顾两种文化的特点，以及尊重译者的主体性在翻译过程中发挥的创造性作用。

　　文本的意义通过语言来承载，语言的背后是文化，翻译作为一种文化阐释，它本质上也就开启了两种文化的对话，即在语言和文化的跨越中对原文本的意义进行解读。作者在创作的过程中可能会有意或无意地赋予文本以意义，但他不能阻止文本被读者赋予其他的意义阐释。在阐释学看来，文本的意义从来没有被它的作者所穷尽过，同时读者在阅读的时候也要适当将文本所产生的文化语境加以考量。伽达默尔（Hans-Georg Gadamer）在《真理与方法》中指出，文学文本要求原文本的语境在与当前读者的语境进行对话的过程中，两种语境都需要被领会；他甚至还阐明：在对话的意义上，"美学必须被纳入到阐释学中"，因为领会使得阐释意识在综合性上超越了美学意识。[2] 当文本从一种文化或历史语境旅行至另一种的时候，它在阐释中会被赋予新的意义或各种各样的"别解"。审美属性往往是不可实证的，翻译的好坏不能简单地依照原文本与译本的表面形式和内容意义的相似度来判定。例如，本雅明（Walter Benjamin）就认为文本的本质属性并不是声明事情或传递信息，"任何一种企图实现传递功能的翻译只能传递信息，除此之外，别无可能——因而这种翻译只会传递非本质的东西，这是劣等翻译的特征"[3]。他不赞成译者对字面意义上的忠实，他认为："翻译不需要与原文的意义相仿，而是要将原作的表意模式用心、具体地整合到译作中来，以此使原作和译作都成为一个更伟大的语言的可以辨认的碎片，好像它们本是同一个瓶子的碎片。"[4] 这个"瓶子"就像是一个意义世界，尽管原文本和译本都来源于这个整体，它们可能运用了相近的表意模式，但是它们产生的意义效果可能会截然不同。

　　当两种语言卷入到信息交换的过程中时，译者就成了它们之间跨越边界、实现沟通的中介。译者在翻译作为跨语言和跨文化阐释过程中的主观存在，发挥着核心的作用，创造性叛逆就是译者对原文本的能动转化。雅各布森认为翻译固然牵涉到两种符码间的信息对等，而"符码单位之间不存在完全的对等，那么这时候信息就可以为其他符码单位和信息的充分阐释带来可能"[5]，唯有译者可以能动地调取信息，填补符码不对等而造成的意义理解的沟壑。雅各布森的论点指出了译者在实现信息

---

[1] Cao, Shunqing. *The Variation Theory of Comparative Literature*. Heidelberg: Springer, 2013, pp.134–135.

[2] 参见 Gadamer, Hans-Georg. *Truth and Method*, Trans. Joel Weinsheimer and Donald G. Marshall. London and New York: Continuum. 2004, p.157.

[3] Benjamin, Walter."The Task of the Translator: an Introduction to the Translation of Baudelaire's Tableaux Parisiens" (1923). Trans. Harry Zohn. in *The Translation Studies Reader*. Ed. Lawrence Venuti. London and New York: Routledge, 2000. p.15.

[4] 同上书，第 21 页。

[5] Jakobson, Roman. "On Linguistic Aspects of Translation" (1959). In *The Translation Studies Reader*. Ed. Lawrence Venuti. London and New York: Routledge, 2000, p.114.

对等的过程中所起的关键作用，这无疑提高了译者的地位。此外，译者的主体性还表现在，当他审读原文后，他会根据自身的理解对文本进行阐释。换句话说，翻译是在原文基础上的改写，是"二次创作"。作者给予原文本以意义，译者在目的文本中阐发他的理解；目标读者可以获取原文本的大致内容，但他们借助的是译者按照他的理解而重组的信息。翻译不必拘泥于严循原文本的语言形式，机灵的译者在翻译的同时，善于对两种语言进行比照，以此评估它们之间的相互可译性；并且他常常会偏向于以目标读者为导向，他会根据目标读者的喜好进行取舍。总之，"没有绝对不可译的文本，只有暂时没有被翻译的文本；一个文本之所暂时没能被翻译，那是因为它还没有遇到一个具有足够创造性的译者"①。

严复的译事三原则确为翻译经验的珍贵总结，然细思之余，我们会发现文本的意义本非固定唯一，"忠实"的对象也就变得模糊不清。从雅各布森的说法看来，这种"忠实"之难不是内在于文本之中，而是发端于翻译作为意义阐释中的多种可能性。如前所述，今日之翻译研究与文化之间的关联越来越密切，翻译既是两种语言间的转换，更是两种文化间的对话；它是再现原文本的工作中创造性努力的集合，并且这种创造性来源于译者、目标读者和接受环境的综合制衡。当翻译被视为一种阐释行为，任何"合乎情理"的翻译都是对原文本一种合法的阐释，"合乎情理"在这里包含两个层面的意思：其一是说翻译是文化阐释的形式之一，具有开放性特征；其二，这种阐释又不是完全随意的阐释，它有一定的度。并非所有的跨文化阐释都是翻译，唯有那些基于原文信息、尊重原文诉求、有限度的阐释和再现才是翻译。诚如王宁所说的那样，"由于翻译所包含的内容是跨语言界限的跨文化阐释，因而它仍是一种有限的阐释，任何过度的阐释都不能算作是翻译：前者始终有一个原文在制约这种阐释，而后者则赋予阐释者较大的权力和阐释的空间"②。总而言之，创造性叛逆鼓励翻译把文化严肃地考虑进来，它通过合乎情理地参照原文来进行跨语言和跨文化的意义阐释，并获得其合法性。

三、翻译的变异与世界文学的形成

（一）翻译变异的普遍性与必要性

如前所述，翻译一经发生，变异就不可避免。不论译者是来自源语语境抑或是目的语语境，采取何种翻译策略，主体能动性的发挥程度几何，不存在变异是否存在的问题，只存在内容与形式的偏差多寡。在世界文学日益成为文学领域关注焦点的今天，翻译的媒介作用凸显，且成为文学跨界流通最重要的一种实现方式。翻译的变异因此不仅会变得更加普遍，而且会变得更加必要。一部文学作品能否成为世界文学经典，那不是某些特定的文学评论群体可以决定的，而是要接受世界各地读

---

① 曹顺庆：《翻译的变异与世界文学的形成》，载《外语与外语教学》2018年第1期，第127页。
② 王宁：《比较文学、世界文学与翻译研究》，上海：复旦大学出版社2014年版，第49页。

者的评判。翻译对世界文学形成的重要性不言而喻。在本雅明的"译者的任务"一文中，他提出了一个重要观点："因为译作要晚于原作出现，且世界文学的重要作品在诞生之初从来就没有指定的译者，因而它们的译作标志着它们生命的延续"。[1] 通常情况下，一部文学作品的生命长短要看它能否在历史长河中为更大地理空间的读者所阅读，在历史中流传得越长久，在地理空间中传播得越广阔，那么它的生命力就越旺盛。翻译正是为异域读者而准备，它让那些不懂外语的读者有机会接触到外国的作品，也就说，翻译为本土读者欣赏和评鉴外国文学开启了一个通道，也为外国文学在本土获得了生命的延续，或者说是获得了二次生命。

大卫·丹穆若什（David Damrosch）将世界文学定义为"在翻译中受益的文学"与"一种阅读的模式"。[2] 科技翻译要尽量保留原意或尽可能少作更改，而文学翻译则不尽然，它不要求绝对的准确，且时常会出现信息及意义的增减。一部文学作品每一次被翻译成其他语言的时候，它都要在得与失之间平衡，好比翻译过程中难免出现意义的误读和扭曲，同时随附有一些意料之外的收获。弗朗索瓦·于连（François Jullien）也不认同翻译的宿命是对原文的背叛，相反，"翻译的目的实质上是要澄清那些在从一个语言框架到另一个语言框架的转换过程中所遮蔽的东西，让那些东西从翻译中被解锁或解蔽"[3]。也就是说，翻译不仅为内部空间走向外部空间创设了一扇门，使得意义得以进入另一个语言世界，还可以通过自我在异域环境的意义呈现过程中通过他者以反思自我。"当文学作品从翻译中获益后，它们就有机会进入世界文学的范畴，随着范围的扩大，它们在风格上的损失会被深度上的扩张所抵消。"[4] 不论是文学作品还是文学理论都渴望被翻译、阅读和阐释，以期获得更强的生命力、更大的普适性价值和意义。或者更准确地说，那就是翻译可以实现意义阐释的多种可能性和发掘阐释的深度，这是翻译的一大隐蔽功能，更是翻译的魅力。此如乔纳森·卡勒（Jonathan Culler）所言，"中和的翻译"（moderate translations）影响力有限，然而，一些"极端的翻译"（extreme translations）却"有更好的机会。对我来说，它们好像揭示了某些先前未被注意到或想到的关联或蕴意；倘若翻译竭力保持'规范'或中和，那就不是这样了"[5]。原文本中被隐蔽和被压抑的东西可以在创造性的翻译中得到呈现，这种翻译可以激发文学批评更多地去关注那些被遗忘或被忽略的东西，而不是那些已经记住或已经被言说

---

[1] Benjamin, Walter."The Task of the Translator: an Introduction to the Translation of Baudelaire's Tableaux Parisiens"(1923). Trans. Harry Zohn. in *The Translation Studies Reader*. Ed. Lawrence Venuti. London and New York: Routledge, 2000. p.16.

[2] 参见 Damrosch, David. *What Is World Literature?* Princeton: Princeton University Press, 2003, p.281.

[3] 〔法〕朱利安：《进入思想之门：思维的多元性》，卓立译，北京：北京大学出版社2014年版，第123页。

[4] Damrosch, David. *What Is World Literature?* Princeton: Princeton University Press, 2003, p.289.

[5] Eco, Umberto. *Interpretation and Overinterpretation*. Ed. Stefan Collini. Cambridge: Cambridge University Press, 1992, p.110.

的东西。

（二）没有翻译的变异，就没有世界文学的形成

强调翻译的变异及其重要意义意在说明：在文学翻译的过程中，变异势必发生，正是由于翻译的变异，世界文学在翻译的流通中才得以获益。大体上来说，翻译的变异对世界文学的形成意义可以从以下两个方面来分析：其一是跨语言变异与其他层面的变异的关系；其二是跨语言变异可以为我们带来什么。

在变异学的英文专著 *The Variation Theory of Comparative Literature* 中，笔者将变异归类为跨国变异、跨语言变异、跨文化变异和跨文明变异四个层面，其中跨语言变异是贯穿其他三个层面变异的一条红线。从语言学的层面来看，翻译本质上是文本从一种语言到另一种语言被再现或再造的过程，一个译者如果想要他的翻译在目的语的语境中获得接受，它就必须要考虑到目的语的习惯性表达，以及读者的阅读习惯，这时候原文本和译本之间就有一道沟壑。沟壑所在之处，即为变异发生之处，变异后的译本与原文本有差异，但不一定是对原文本的"折扣"。

至于跨语言变异与其他层面变异的关系，这又可以从其他层面的变异是如何借助翻译来呈现的方式看。第一，跨国变异可以直接通过跨语言变异来呈现。文学的跨国交流与翻译有重要关联，翻译充当了中介的作用，而且还是媒介学研究的主要对象之一；译本还是文学关系实证研究中必不可少的一种看得见的事实材料。第二，跨文化变异探讨的是语言变异层面下更深层次的运作机制，因而跨文化变异是超越跨语言变异的，不过前者的变异很多情况下依旧是通过跨语言变异来显现。文化过滤与文学误读固然是文学接受过程中两个主要的影响因子，而涉及译介的时候，译者的主体性在选取想要译介的文本及采用何种翻译策略的时候就凸显出来了。如前所述，翻译是一种文化阐释，翻译的行为是一种接受的体现，作为接受者的译者为了避免译本在目标读者群体中遭到冷落，他会综合考量接受语境，然后有意或无意地对原文本的信息进行过滤，进而造成目标文本中的文学误读。第三，跨语言变异在有些时候也可以表征跨文明变异。文明是更大的文化整体，在全球化背景下，跨文明相对于跨文化而言在彰显异质性方面更具典型性。文明与文明之间的差异在于长期的历史进程中形成的各异的基本话语规则。思想观点和理论范畴的跨文明传播可以借助翻译来实现，翻译的过程成为两种文明话语对话和碰撞的过程，话语的变异由此发生。比如中国文论话语体系中的"风骨"这一范畴在翻译成英语的时候就出现了"the wind and the bone"、"organic unity"、"suasive force and bone structure"等表达，这与它的原意显然有不同程度的出入。

四个层面的变异不是相互孤立的，而是相互交织的，它们的可比性依据源于语言、文化乃至不同文明的基底性话语规则的异质性。译本作为可见的事实材料，能够为文化与文明的异质性提供佐证的具体材料和详细信息。以 2012 年的诺贝尔文学奖获得者莫言为例，他的成功再次证明，用非英语写成的优秀文学作品也可以经由翻译跻身于世界文学的经典之列。当然，莫言的作品首先毫无疑问是中国当代文学的精品，但是正是依赖翻译，它们才获得全世界的读者和研究者的认可，诚如莫言自己所言——"翻译家功德无量"。葛浩文作为一个"值得托付"的译者，他明显更懂得英语读者喜欢什么、拒绝什么。为了适应新的文化语境和接受环境，"葛浩文对莫言的小说也确实有所删改，也许有批评者认为作为翻译者的葛浩文不够'忠实'，但他让中国文学披上了英美当代文学的外衣，这恐怕是葛浩文译本受到认可的重要原因之一，也是国内的译者很难与之比肩的巨大优势"[①]。显然，在跨越边界的文学翻译活动过程中，变异成就了莫言作品在英语世界的成功接受。

翻译的变异对世界文学形成的另一个影响表现在——跨语言变异可以带来什么？一种文学从一个国家流传到另一个国家，经过文化过滤、翻译和接受的综合作用可能会经历一个更深层次的变异，这是一个"文学他国化"的过程，是一个文化符码和文学话语的变更过程。经过文学的他国化，外国文学可以被民族文学吸收，乃至成为民族文学的一个有机组成部分。[②] 我们今天所倡导的世界文学，一方面要求承认各民族文学在构建世界文学版图中的平等地位，另一方面也要求尊重每一种民族文学的独特性。民族文学的特殊性使得文学间的交流产生了互补的内在需求，世界文学的推行为这种交流提供了契机。和韦勒克所批判的"文学外贸"不一样，全球化时代的文学世界性流通不是一种文学单向地向另一种文学输出以建立自身的"文学威望"，而是一种双向的流通，并且是一种对话和融合。在这一点上，文学的他国化不仅是两种文学间的普通交流，更是两种文学在碰撞和对话后的交融。

翻译的变异有利于促成文学的他国化。外国文学经过翻译之后成为了翻译文学，翻译文学又因为发生了翻译的变异而不再是单纯的外国文学；如果在翻译的过程中，翻译文学在保留了部分外国文学原有的话语规则的情况下，更多地是着上了目的语环境中的话语规则色彩，那么它就能实现文学的他国化，成为民族文学的一个组成部分。文学他国化既可以发生在文学作品的层面，还可以发生在文学理论的层面，它是我们通过翻译的变异所能获得的东西。今天世界文学的概念本质上已经暗含不同文学的交流、对话和互补特征，文学的他国化可以为本土文学带来新的生机和活力，充实本土文学的经典宝库。

起初歌德提出世界文学的概念，正是因为受到一部中国小说的启发。诗是人类共同的财产，一种文学对另一种文学可以产生激发的作用，一种文学的世界性价

---

① 季进：《作为世界文学的中国文学——以当代文学的英译与传播为例》，《中国比较文学》2014年第1期，第32页。

② 参见曹顺庆：《比较文学概论》，北京：高等教育出版社2015年版，第180页。

往往是在与另一种文学的对话中显现。世界文学在翻译的流通中进入运转，翻译极大地助推了世界文学版图的构筑。由于不同文明和文化的异质性，翻译的目标不再仅仅是求得各种对等，而是试图站到两种异质话语对话的高度，通过翻译的阐释，将原文本的隐匿意义以合乎情理的方式在目的语环境中呈现出来。这样带来的结果是：有些原文本中携带的差异性因素会被保留下来，其余的要么被失落、抹除，要么被调适、转换。我们要看到翻译在世界文学的形成过程中的重要性，同时也要意识到变异在翻译过程中的不可避免，没有翻译的变异，国别文学将很难步入世界文学的殿堂。只有在翻译中经过了变换与调适，本土文学才能被外来文学所接受和吸收。文学的他国化是一种深层次的变异，它虽然不会经常发生，但却是一种理想的不同文学间相互吸收、融合和激发的过程。

第三节　译介变异学的创新机制

翻译作为一种人类文化活动形式具有悠久的历史，对翻译实践和翻译理论的研究业已成为探讨不同文化、文明之间交流的重要步骤。以语言学研究为导向的传统译学理论坚持忠实与对等的翻译原则及标准，长期以来囿于影响研究的旧有范式，已有的译介学理论又无法突破媒介学研究的范畴，难以解决文学译介所面临的文化、文明异质性问题。在突破比较文学传统研究范式、创新学科理论体系、迈向跨文明研究新阶段的旨归下，译介变异学以文学变异为主要研究对象，从语言转换研究转向了跨文化、跨文明的文学研究，突破了传统译学理论的固有标准，更新了译介学的学科理论，重新界定了翻译文学的身份。本节将从上述层面探究译介变异学的创新机制，以此挖掘其对比较文学学科理论的建设性意义。

一、对传统译论的超越

传统译论重视语言之间的等值转换，强调忠实与对等的翻译标准。然而在跨文明的文学交流过程中，翻译总是与变异及创造紧密联系，因此在翻译实践的过程中无法统摄所有的标准。译介变异学则立足于文化、文明异质性，将翻译从忠实与对等的原则中解缚，揭示了文学翻译具有的创造性本质，凸显了创造性叛逆的阐释开放性及其限度。

（一）从忠实与对等中解缚

翻译是语言形式的转化过程，语言的共性论阐明了不同语言符号之间的可转换性，亦即可译性。在可译性的基础上，传统译论强调翻译过程中的忠实与对等原则。严复所论译事三难之首为"信"，翻译的忠实原则得到了普遍承认。翻译的对等原则则是指在原语文本和目的语文本中寻求对等话语，包括意义的对等和风格的对等，其中意义的对等又是首要的。翻译学家尤金奈达提出"形式对等"与"动态对等"的翻译基本导向。"形式对等"的核心是关注形式和内容，强调目的语与原语中各种因素的分别对应；"动态对等"又称"功能对等"，其目标在于表达方式的完全自然，强调将目的语本身的文化语境融入翻译过程，以求获得与原语文化语境相一致的接受效果。不论是忠实还是对等原则，都强调了不同语言之间的对应关系。传统译论过于强调语言层面的等值转化，将翻译过程中的许多变异现象都视为错误，因此也导致了其视野的狭窄和标准的单一。

忠实与对等，既是翻译过程所遵循的原则，也是备受争议的翻译标准。而翻译作为语言形式的转换，必然涉及变异，文化异质性、译者的主体性、读者的期待视野等因素使得原语和目的语之间无法完全对等。译介变异学以文化异质性为前提，将跨越性和文学性作为研究支点，从理论层面将翻译从忠实与对等中解缚，扩展了五种研究范围。首先是跨国变异研究，典型代表是关于形象的译介变异学研究。例如"社会集体想象物"就是指一国文学作品中表现出来的他国形象，他同时要求研究者对文学形象进行拓展化的社会文化语境研究。第二是跨语际变异研究，典型代表是译介学。文学作品通过翻译在他国语言文化中传播接受，在过程中形成的词语变异是译介变异学关注的重点。译介学本身不迷信翻译的忠实与对等，而是强调翻译的"创造性叛逆"，翻译中的"创造性叛逆"实际上即是译介变异。例如"milk way"的中文翻译就是译介变异的典型案例。第三是文学文本变异，典型研究是文学接受学。接受学则强调根据不同主体的差异而形成的变异，"一千个读者就有一千个哈姆雷特"，再例如中国寒山诗在美国的流传，即是处于不同时代、地域、文化语境的读者的接受产生了变异。第四是文化变异学研究，典型代表为文化过滤和文化误读。文学、文化作品在传播、交流、接受的过程中会受到本土文化的限制，进而被选择、改造、歪曲、渗透、移植等。比如美国译者伊文·金翻译老舍小说《离婚》时，为了照顾美国读者的审美心理和阅读习惯，对原小说进行了许多增删、改写。又如中国当代作家刘震云的小说《我不是潘金莲》的英译本名称为 *I Did Not kill My Husband*，后来小说被改编成了电影，电影的英文译名又为 *I Am Not Madame Bovary*。潘金莲被改造为包法利夫人，这既是一种文化误读，更是一种文化变异。第五是跨文明变异研究，典型理论是文明对话和话语变异。佛教从印度传到中国，产生了中国禅宗，早已对原来的印度佛教进行了深刻变异；后殖民主义理论学家萨义德所称理论的旅行，其实是指原有话语的意识形态已经接受了目的语文化的改造，实则也是文明话语的变异。

译介变异学打破了忠实与对等的翻译标准的束缚，上述五个层面的变异是相互交织的，跨语际变异是译介变异学的核心，它聚焦于跨语言层面的变异研究，但也关注了因由语境因素而带来的内容变更，为翻译提供了更多、更广的标准。译介变异学让翻译的标准不仅包含语言层面的变异，还纳入了文学、文化、文明等多个层面上的多种标准，它关注了文学和文化作品在语言、形象、文本、文化、文明等多方面的变异，探求了变异现象背后的内在根本规律，将传统译论推向了更广阔的全球舞台、更精彩的文化语境、更具张力的文明世界。

（二）在阐释的开放性中求"度"

翻译本质上属一种阐释行为，原语文本能根据不同语境生发出不同意义的阐释，"既无可以统摄全部的绝对标准，那么创造性叛逆在阐释的开放性中便获得了合法性"。[①] 翻译是语言形式的转换，也是文化传统的交流与碰撞，译者充当了不同语言和文化之间的桥梁，在文学文本的语际转换中，文化意象的失落和歪曲、文学文本在不同文化之间的误读与误释都是译者所面临的翻译问题，创造性叛逆在此过程中必然生成。

首先，译介变异学将翻译视为一种开放性的文化阐释形式。译介变异学以跨语际变异研究为核心，以跨越性和文学性为支点，并不执着于翻译过程中的语言忠实与对等，而是将翻译置于广阔的文化语境。"忠实"与"对等"体现出对语言学中心的认同，而"阐释"则更体现出文学、文化研究倾向，译介变异学展示了翻译研究的新范式。译介变异学将误译、漏译、增译、节译、编译等都视为翻译研究的对象，这些翻译类型"都是文学交流过程中的变异，对于探寻文学共通共融有重要意义"。译介变异学"突破了传统影响研究的局限，不再拘泥于求证文学事实的严密对应，从语言层面的转换研究转向跨文化视野中的文学研究。它允许差异，包容讹误，认为文学翻译过程中有变异现象是必然的、不可避免的，翻译本身就是一种创造性叛逆。"[②] 这也就是说，在阐释的开放性中，翻译本身即是创造性叛逆。译介变异学着眼于文学与文化，将翻译置于不同的语境和背景之下，研究由此产生的文学的交流与碰撞、文化的扭曲与变形，以求揭示文学与文化的基本内在规律，促进不同文化之间的相互融通。翻译本身即是创造性叛逆，而其核心就是"创造"，翻译与创造、与变异紧密联系，在开放性的阐释中，翻译拥有了更多的自由与正当性。"因此，没有绝对不可译的文本，只有暂时没有被翻译的文本；一个文本之所以暂时没能被译，那是因为它还没有遇到一个具有足够创造性的译者。"[③]

其次，阐释并非完全任意，而需要寻求一定的"度"。尽管翻译可以被视为创造性叛逆，但是作为阐释行为的翻译也需要寻求"度"，"创造性叛逆鼓励翻译行为将文化因素纳入考虑，它通过在跨语言和跨文化阐释的过程中既参照原文本，又有

[①] 曹顺庆：《翻译的变异与世界文学的形成》，《外语与外语教学》2018年第1期，第126-129页。
[②] 曹顺庆：《比较文学学》，成都：四川大学出版社2005年版，第189页。
[③] 曹顺庆：《翻译的变异与世界文学的形成》，《外语与外语教学》2018年第1期，第126-129页。

所限度地叛逆来获得它的合法性"①。这种有限度的叛逆往往催生出许多趣味性较强的译文，尤其表现在一些文化作品上。例如电影 *Little Women* 的中译名为《她们》，相比词语对应的"小妇人"更具新意，也消除了世俗文化中类似"小女人""小女子"的误解，让人眼前一亮；*Hilary and Jackie* 的中译名为《她比烟花寂寞》，与原名相比更具文艺气息，同时又没有脱离电影文本的主旨，原名与译名还形成了一种相互补充、相得益彰的效果。如果翻译时未能把握好阐释的"度"，就会出现许多令人费解的译文，甚至会出现坊间所说的"一个译名毁掉一部电影"的尴尬场面。例如 *The Revenant* 通译为《荒野猎人》，本身就与原名"归来者"差距较大，也未能充分体现出电影主旨，还有一版译名为《神鬼猎人》，更是让人忍俊不禁，甚至产生了许多误解，不知其所云。印度电影 *3 idiots* 被译为《三傻大闹宝莱坞》就显得太过叛逆了，与电影主题也毫不相关。伽达默尔曾提道："翻译者必须把所理解的意义置于另一个谈话者所生活的语境中，这当然不是说，翻译者可以任意去理解讲话人所指的意义。相反，这种意义应当被保留下来，但这种意义必须在新的语言世界以一种新的方式发生作用。"② 译者是原文的解释者，而非再现者。创造性叛逆可以说正是戴着镣铐起舞的艺术，译文要以原文为参考，并且以新的方式在新的语境中发生作用，译文与原文的若即若离是创造性叛逆的最佳表现。"当翻译被视为一种阐释行为，任何'合乎情理'的翻译都是对原文本的一种合法的阐释。"③ 在阐释的开放性中，创造性叛逆获得了其合法性，又在追寻阐释之"度"时紧扣住了原语文本，展现了充分的跨越性和文学性，翻译的创造性叛逆对文学、文化产品的传播与接受具有关键作用。

二、对译介学理论的拓展

比较文学研究长期受制于影响研究的惯例，在旧有学科理论体系下，仍有学者将译介学界定于媒介学研究的范畴，对译介学学科理论的认识缺乏创新性。译介变异学作为一种新的译学研究范式，不仅保留了媒介学研究的特征，更凸显了文学与文化研究的根本特质。译介变异学从文化差异的层面揭示了文学变异现象及其深层原因，并且将翻译的内涵提升到了"文明异质性"的哲学高度，真正实现了跨异质文明的文学研究，对促进世界文学的形成和文学他国化的转变有重要作用。

（一）从文化差异性提升到文明异质性

翻译是一种文化交互形式，天然地包含着文化的差异。谢天振教授的《译介学》提到了由于文化差异所造成的文化误读现象，而文化意象的错位更是导致了原

---

① 曹顺庆：《翻译的变异与世界文学的形成》，《外语与外语教学》2018 年第 1 期，第 126–129 页。

② 〔德〕汉斯-格奥尔格·加达默尔：《真理与方法——哲学诠释学的基本特征》，洪汉鼎译，上海：上海译文出版社 1999 年版，第 490 页。

③ 曹顺庆：《翻译的变异与世界文学的形成》，《外语与外语教学》2018 年第 1 期，第 126–129 页。

语文化信息的损耗和目的语的渗透，最终造成了原语文本的歪曲与变形。例如中西文化中"龙"的含义差别。跨文化的翻译行为必须考虑译文的可读性问题，并通过翻译中的文化协商来把控文化误读的安全区间。美国翻译学家劳伦斯·韦努蒂提出了"归化"和"异化"两种基本翻译策略，"归化"以目的语为中心，"异化"以原语为中心，虽然旨归不同，但都聚焦了译文的可读性。韦努蒂的翻译理论以"差异性"为立足点，在"可译性"的基础上进行翻译实践，由此凸显翻译的文化政治功能。而在实际的翻译过程中，"异化"与"归化"总是共同发挥作用，例如巴金小说《寒夜》的译本中，对人物称呼的翻译采取"归化"翻译，比如"老汪"译为"Wang"，考虑了目的语的文化背景，于是也舍弃了中国世俗文化的特征。同时译者又将如"打牌"一词翻译为"playing mah-jong"，采取"异化"翻译的手段体现小说的地域文化特色，也体现了自己的翻译个性。在聚焦于文化差异性的语境下，采取合适的翻译策略对于文化的传播与交流具有重要作用，但是在此过程中"任何一部作品经过翻译，由于译者的个性、价值观、意识形态、文化传统以及审美观、道德价值观等因素必然产生变异"[①]。比较文学变异学立足于"异质性"，在"可比性"的基础上探讨文学、文化变异现象的深层原因和内在规律。而变异学的"异质性"核心为"文明异质性"，真正实现了跨越异质文明的文学研究，译介变异学也不再囿于"文化差异性"，将传统译论推向了一个更高的层次。

  传统译论在强调文化差异性时却容易忽略其背后深刻的文明内涵，因而也未能看到文明话语的深层力量。萨义德所称的"东方主义"就展示了在西方文明话语覆盖下的东方，文明异质性的价值因此也被单一话语抹杀。而在翻译中，由于没有认识到文明异质性的重要，极易产生目的语文化对原语文化的渗透，甚至导致"失语"现象的出现。比如在翻译中国文化的相关概念时往往就会产生意义的误读甚至消解，"京剧"一词被译为"Peking Opera"就在一定程度上反映了异质文明的冲突。中国的"剧"与西方的"Opera"（或译为歌剧）有着天差之别，将"京剧"译为"Opera"削减了文化信息，将原本并不相同的两个所指纳入了同一个能指形式，其后果是"京剧"所携带的文明特征的丢失以及接受者的误读加深。再比如笔者就指出中国文论失语的原因主要是异质性文化模子在交流对话时必然会出现歪曲、误置、错位等现象，表面的相似掩盖了深层的差异，使西方文论抢占了话语权，由此造成了中国文论原有经验和原创动力的丧失。在翻译实践以及翻译学领域，文化差异性不足以囊括问题的全部，译介变异学已经将眼光聚焦于"文明异质性"。

  翻译的文化交互过程实则也是文明之间的对话，文明的异质性更使得对话的难度加大。翻译乃是文明的冲突与协商、拒斥与融合的集中体现，译者的主体地位、翻译策略的选择、文化信息的筛选与过滤、读者的接受，无一不受到文明异质性的

[①] 王苗苗、曹顺庆：《从比较文学变异学视角浅析巴金〈寒夜〉翻译中的创造性叛逆》，《当代文坛》2013年第6期，第183–186页。

影响。译介变异学将翻译的内涵提升到了文明异质性的哲学高度，展现了"跨文明对话"的广阔视野，以此强化了比较文学研究的"多元对话性"。"只有超越文本的可比性层面，直达跨文明研究的实践哲学高度，才能超越文学的文本研究层面，实现对文学性全面的、系统的、内在的跨越性理解。"① 译介变异学对"文明异质性"的强调是比较文学变异学"求异"思维的最集中体现，对实现异质文学、文化作品的跨越性理解具有重要意义。同时，在当前依旧存在的"西方中心主义"话语背景下，跨异质文明研究能够真正突破文明隔阂和思维局限，凸显中国比较文学研究的"开放性"特征，有利于实现文明间的平等对话、学术研究的公正沟通，以及促进文学与文化的深度交流，避免了西方学界长期存在的一元中心"求同"研究范式，为比较文学的理论创新开辟了新的路径。

（二）不仅是媒介：跨语言变异的意义

比较文学变异学理论所包含的跨国变异研究、跨语言变异研究、文学文本变异研究、文化变异研究、跨文明变异研究五个层面中，始终贯穿其他四个层面的是跨语言变异研究。文化与文明的异质性必然促使翻译的变异，而翻译的变异对于世界文学的形成具有关键作用。笔者指出："只有在翻译中发生变异，世界文学才得以形成。变异凸显了语言形式的表层下的文化间的异质性，以此丰富了比较文学可比性的内容，异质性和变异性为比较文学和世界文学开辟了新的天地。"② 在译介变异学的视野下，语言已经不再仅仅被视为一种媒介，从文化与文明的层面上研究翻译已经是译介变异学的应有之义。译介变异学认为翻译本身即是创造性叛逆，翻译的变异在此过程中必然产生。这种翻译导向超越了单一的语言转换，聚焦于由语境因素带来的内容变更，研究的重点是文学与文化信息失落、歪曲、变形、增添等变异现象背后的深层原因和内在规律，使译介学脱离单纯的媒介学研究范畴，从而建立起了一种更具开阔视野的、更具审美意味的新的研究范式。

译介变异学拓展了跨语言变异研究的范畴，不囿于语言转换的规范和讹误，实质上是一种文学研究。跨语言变异研究脱离了单纯的媒介学研究，使翻译不再纠结于语言转换的技术性操作，而是将文学翻译的本质与"创造性"及"变异"紧密相连，由此也突出了译者的主体性和创造力。中国作家莫言能获得世界性声誉，离不开翻译家葛浩文的翻译，更离不开翻译的变异所起到的重要作用。在翻译莫言的小说时，葛浩文进行了适度删改，并没有完全忠实地再现原小说，甚至与作者形成了一种协商关系，比如《天堂蒜薹之歌》的译本结尾情节就是莫言在葛浩文的建议下进行修改的，由此可见在翻译过程中译者主体性的突出。虽然莫言小说在国际上的成功主要归因于其自身文学与文化特质，但不可否认翻译的变异对莫言小说成功进入世界版图具有很强的促进作用。原语文本要得到目的语语言环境的接受，必须要

---

① 曹顺庆、李泉：《比较文学变异学学科理论体系的新建构》，《思想战线》2016年第4期，第131–136页。
② 曹顺庆：《翻译的变异与世界文学的形成》，《外语与外语教学》2018年第1期，第126–129页。

考虑目的语的语言惯例和读者的接受习惯，翻译的变异则试图弥补双方之间的"沟堑"。译介变异学以语言的可通约和不可通约来阐述跨语际的翻译变异问题，语言之间的可通约促使译者采取忠实原文的翻译策略，若不可通约占主导，译者就会尝试以创造性翻译的方式改造原文本。变异学以"异质性"为前提，翻译的变异在这两种方式中都不可避免，跨语言变异是翻译实践的必然结果，同时也是通向世界文学道路上的必然收获。翻译的变异并不一定是对原文本的折扣，它也可能是对原文本的补充与丰富。如果将世界文学视为一种全球性的流通与阅读模式，那么正如笔者所言："没有翻译的变异，就没有世界文学的形成。"①

跨语言变异除了对世界文学的形成有着不可或缺的作用，其另一作用则是促进了"文学的他国化"。文学作品在他国的传播和接受是一个综合过程，经由翻译而形成的跨语际变异可能是深层次的，这个"文学他国化"的过程是一个"文化符码和文学话语的变更过程"。②原文本的话语规则会与目的语话语规则产生接触和碰撞，如果他国的文化规则和文学话语方式在译文中占据主导，译文被目的语读者更自然地接受，那么这个译文将极可能成为他国文学和文化的一部分。文学他国化的典型案例就是林译小说，林纾用中国古典文学和传统文化的话语规则对国外小说进行了本土化改造，最终使之在面目全非后成为了中国文学的一部分。通过对中国古典诗歌的创造性运用，庞德创造出了意象派诗歌及其原则，实则也是立足于本民族文化心理和思维方式对他国文学进行的本土化改造。值得注意的是，目的语文化规则和文学话语方式的自身稳固性使得"文学他国化"并非易事，"五四"时期的中国新诗最初受到了很多非议，例如胡适的《两只蝴蝶》，但在经过不断地尝试和发展之后，新诗才逐渐成为中国现代文学的重要部分，西方诗歌最终被中国文学所化。"文学的他国化"是一个符码与话语变更的过程，也是跨语言变异的结果，选择合适的话语规则需要综合与平衡。"文学的他国化"作为深层次的文学变异虽然不多见，但却体现了不同文学之间的吸收与融合，对充实本国文学和文化有积极作用。

三、对翻译文学身份的重新定位

译介变异学以"求异"思维为核心，在探求"变异"的基础上审视翻译文学的身份，强调了异质文化、文明之间的交流、对话乃至融合，真正达到了一种"异质同构"的高度。翻译文学不再从属于任何同质文学范畴，而是通过"变异"构建起了一个新的言说空间与自我身份，经由文化符码的转化、译者的主体作用及其创造性叛逆、目的语文学规则和文明话语的接受，最终在"他国化"的助推下完成了身份转换。译介变异学对翻译文学的身份进行了重新定位，展现出了一种既全面又精微的译学研究视野，创新了译学研究方法。

---

① 曹顺庆：《翻译的变异与世界文学的形成》，《外语与外语教学》2018 年第 1 期，第 126–129 页。
② 同上。

（一）翻译文学的混杂身份

译介变异学有独特的学科特征，突出表现在其对译者主体性和创造性的重视，由研究"怎么译"转到"为何如此译"及"译成什么"，不拘泥于语言转化的规范和讹误，而是在译文变异的基础上深入分析文学传播、交流、影响及接受的深层原因。"译介学对翻译文学变异现象的重视达到了前所未有的高度，正是这种重变异性的研究品质，让译介学能够揭示出翻译文学的特征和影响，为研究不同国家、不同文明之间文学交流的问题提供了新的视域。"① 在译介变异学的研究视野下，翻译文学的特征和影响得到了新的阐释，翻译文学的身份也获得了重新审视。

如何界定翻译文学的身份向来是译学研究的热点之一，学者们对此问题的看法也各有千秋。谢天振教授在《译介学》一书中首先确立了翻译文学存在的合理性："文学翻译还是文学创作的一种形式，也是文学作品的一种存在方式。文学翻译和翻译文学正是从这个意义上取得了它相对独立的艺术价值。"② 谢天振教授主张翻译文学相对对立的艺术价值，由此也将翻译文学归为本土文学的一种类型。例如《高老头》的创作者为中国翻译家傅雷，即使傅雷是在巴尔扎克之后进行的二度创作。翻译文学的身份在此以创造者的国籍而定。与此观点相同的还有学者贾植芳，他在《中国现代文学总书目》中提道："我们还把翻译文学视为中国现代文学不可或缺的重要组成部分。"③ 与此针锋相对的另一种观点则认为翻译文学就是他国文学，持此观点的学者代表是王树荣、施志元④。还有一种观点则强调翻译文学的独立地位。学者张友谊则用"不等边三角形"的比喻来描述翻译文学与民族文学、外国文学的关系，意即"相对于同民族文学的关系，翻译文学同自身有渊源关系的外国文学的距离更近"⑤。

译介变异学对翻译文学身份的界定建立在跨语言变异的基础上，从语言研究转向文学与文化研究，翻译文学的身份因此也与"跨越性"、"变异学"和"文学性"紧密相连。如果没有变异，翻译文学就会囿于本土文学的范畴，"唯有让翻译在异质文化中积极融通，本土文学才有可能跨越民族边界，真正走向世界文学"⑥。在译介变异学的视角下，翻译文学兼具文学性和跨越性，其身份则是混杂的。也就是说，翻译文学既不是本土文学，也不是他国文学，而是混杂在两者当中的一种独立的、新的意义空间。此处的"混杂"一词及其概念主要来源于后殖民主义理论

---

① 曹顺庆：《比较文学学》，成都：四川大学出版社2005年版，第200页。
② 谢天振：《译介学》，上海：上海外语教育出版社1999年版，第209页。
③ 贾植芳：《〈中国现代文学总书目〉序》，《书城》1994年第1期，第23-24页。
④ 参见施志元：《汉译外国作品与中国文学——不敢苟同谢天振先生高见》，《书城》1995年第4期，第27-29页。
⑤ 张友谊：《翻译文学归属之研究——"不等边三角形"论》，《华中师范大学学报》（人文社会科学版）2006年5月专辑，第58-60页。
⑥ 曹顺庆：《翻译的变异与世界文学的形成》，《外语与外语教学》2018年第1期，第126-129页。

家霍米·巴巴及其著作，这个词也体现了巴巴"文化翻译"理论的关键特征。巴巴的"混杂性"（hybridity）概念主要指殖民者和被殖民者之间的文化混杂化，在文化翻译的过程中，通过交流与混杂催生了新的意义协商空间，混杂本身也突破了二元对立的文化模式，这种新的文化并不从属于任何一方，更不是非此即彼，而是相互杂糅的新样式。借用"混杂"一词来表明翻译文学的身份实则与翻译的变异密不可分。翻译文学首先是跨语言的，即在语言层面上发生变异，再加上译者的主体作用所带来的创造性叛逆，以及目的语话语规则的限制，已经不能被强同质性的本土文学和他国文学范畴所涵盖了。

"混杂"凸显了"变异"的作用和结果，翻译文学因为其混杂性而获得了独立，它不再从属于任何同质文学范畴，而是以"变异"拓展了新的言说空间。"混杂性"严格说来并不属于翻译学的术语，但这一理论观点可以推及当今全球化背景下不同文化、文明之间的交流、对话以及协商情境中，而译介变异学的研究旨归正是如此，由混杂化所开辟的新的意义空间是翻译文学的最终目的。由此，翻译文学被视为独立的发声空间，不同文化、文明的真正平等对话才最有可能实现。

（二）从翻译文学到本土文学的他国化变身

变异在文学作品翻译的过程中不可避免，只有通过变异，国别文学才有机会走向世界文学，本土文学才有机会获得异域的接受。翻译文学因其变异性显示了自身独立价值，翻译文学连接了本土文学和他国文学，又是通向世界文学的必然阶段。"今天世界文学的概念本质上已经暗含不同文学的交流、对话和互补特征，文学的他国化是一种深层次的变异，它虽然不会经常发生，但却是一种理想的不同文学间相互吸收、融合和促进的过程。"[①] 翻译文学的他国化变身是翻译变异的理想结果，"他国化"不仅是一种文学特质的形成过程，更是译介变异的成熟状态。翻译文学的他国化是文化符码和文学话语变更的综合过程，而非简单的语言转换。

首先从文化符码的层面上来说，语言和文字是文化的载体，也是文化与文明异质性的集中体现。语言的具体运用上的不同会使文学作品呈现出不同的表现形式，因此也会使得作品的主题、意境、情绪等方面发生改变。例如英语作为一种以多音节为主的表音文字，与以表意为主的单音节汉语及汉字的差异就很明显。汉字有较强的形象思维特征，英语则具有较强的引申性。用英语翻译中国古诗时就不容易传达出汉语一字一音、抑扬顿挫的节奏感，用汉语翻译英语诗歌时往往又不能体现英语特有的黏着感。翻译文学是译入语语言系统的具体表意，跨语言变异颠覆了原语文学的根本能指形态。自形成的那一刻起，翻译文学就已经脱离了原语文学，而这也正是翻译文学他国化变身的第一步。其次，译者在翻译中的主体作用也会导致翻译文学的变身。译者和原作者面对的具体时空和语境不相同，其自身的审美趣味、

---

① 曹顺庆：《翻译的变异与世界文学的形成》，《外语与外语教学》2018年第1期，第126–129页。

表达习惯、创作经验等也有很大的差异，由此也加深了翻译变异的程度，翻译文学也因此摆脱了原作崇拜的影响而生发出新的意义空间。在翻译文学的他国化变身过程中，译者的主体作用及其创造性叛逆不可或缺。中国翻译家林纾并不懂外语，却能够将他人口述的西方故事用汉语翻译出来，还赋予其中国古典小说的独特形态。明治维新时期，日本有很多译者根据自己的喜好，随心所欲而不受限制地翻译外国作品，这种做法被称为"豪杰译"。晚清翻译界也盛行"豪杰译"，例如吴趼人将仅6章的《电术奇谈》扩展成了24回，鲁迅在翻译《月界旅行》时也进行了截长补短，将28章缩减到14回，对其中不适合国人的部分也进行了删节。更为重要的是，译者在翻译过程中所进行的文化筛选与过滤更是一种创造性工作，译者根据自身文化与文明立场对原语文学做出的改造是翻译文学向（目的语）本土文学转化的关键一步。例如林纾的译作《黑奴吁天录》就融入了中国传统的忠孝伦理观念。经过语言转换和文化过滤，翻译文学已经逐渐打上目的语本土文学的标记，体现出更多本土文学的特质。

最后，"他国化"作为翻译变异的结果，最重要的一步则是目的语文学规则和文明话语对翻译文学的最终接受。也就是说，翻译文学受到接受国文化语境、意识形态、政治话语等方面的影响而产生变异，最终呈现出目的语本土文学的面貌。林译小说所采取的古典小说样式不仅是译者的创造，也是在本土文学规则影响下而产生的变异。《钢铁是怎样炼成的》这部小说在当时的世界文坛并不算特别出名，但被翻译为汉语后在中国境内却成为了文学经典，甚至一代人的文学回忆。其原因就是这部小说与当时中国的社会历史语境相契合，"这种受'历史语境'影响而产生的变异是使它成为典型的中国化文本的重要原因"[①]。在经过了跨语言变异、读者的创造性叛逆以及目的语文学规则与文明话语的接受后，翻译文学最终完成了成为（目的语）本土文学的他国化变身。

第四节　译介变异学的案例解读

综上所述，译介变异学理论的提出，不仅对译介过程中因译者能动性、语言及文化差异等原因产生的一系列跨语言变异现象，如语言、文化、美学等层面上产生的变异进行了理论总括，同时该理论也在传统译论及译介学理论的基础上实现了超越与创新，而在中西方文学相互译介、交流的过程中，产生了许多译介变异学的经典案例，在这一节中，我们将对中国文学在英语世界的译介变异，以及外国文学在中国的译介变异这两方面的案例进行解读。

---

① 李安光:《从比较文学变异学角度看翻译文学的归属》，《南华大学学报》(社会科学版) 2012年第5期，第116–120页。

一、中国文学在英语世界的译介变异举隅

近年来，随着中国文化走出去战略的提出，中国文学在海外世界，特别是英语世界的译介与研究情况得到了学界越来越多的关注，"英语是目前世界上使用最为广泛的语言，英语文化圈在目前世界文明生态中占据着极为重要的地位。因此，探讨中国文学在英语世界的译介与研究，就成为连接中国文学在世界传播的方法和模式的重要途径，对于推进中外文学交流、促进中国文化走出去战略有着不可忽视的意义"[①]，而在这一译介过程中，也产生了许多经典的变异现象。比较而言，中国文学在英语世界的译介与研究对象是从古代文学典籍开始的，直到今天，古代文学仍然在英语世界对中国文学的译介作品中占据重要的位置，因此在这一部分中，我们选取六朝小说《世说新语》与唐代诗话作品《二十四诗品》两个案例，以译介变异学为理论框架，从文学作品与文论两个角度出发，着重考察中国文学在英语世界的传播过程中因语言文化差异、译者能动性等原因所产生的一系列变异特征。

（一）《世说新语》英译本中三十六门的名称翻译变异

《世说新语》以独特的三十六门编排体例作为六朝志人小说的杰出代表，其三十六门按照人物品题和鉴赏来进行分类，如"孔门四科"中"德行、言语、政事、文学"以及"自新、栖逸、轻诋、假谲、俭啬、汰侈、惑溺"等门是品鉴人物的不同类型，"方正、雅量、豪爽、任诞、简傲、忿狷、逸险"等门是品鉴人物的不同性格，"捷悟、夙惠、术解、巧艺"等门是品鉴人物的不同才能，"识鉴、赏誉、品藻、容止、企羡"等门是直接为人物品题的记载，[②] 分别按照从褒到贬的次序排列，可以说《世说新语》一书充分反映了魏晋时代的名士风度、文化道德观念等。

而《世说新语》在海外的传播过程中，1976 年由美国汉学家马瑞志（Richard B.Mather）翻译的《世说新语》英译本起到了重要作用，马瑞志具有深厚的汉学功底，详尽地翻译了《世说新语》中的三十六门、1134 则故事，该书作为《世说新语》在英语世界的唯一全译本，具有严密的结构框架，全书由前言、正文、附录三部分构成，前言分为《自序》《导论》《附志》三部分；附录则包含《传略》《释名》《缩写》《书目》《索引》五部分，马瑞志的译文基本还原了《世说新语》全貌，并且不拘泥于中文的字面含义，而是寻求英文中最为恰当的、最能传递深层含义的词语来表现原文，这也形成了翻译过程中的变异现象，下面我们以《世说新语》英译本中

---

① Joseph S. Nye, JR., *Soft Power: The Means to Success in World Politics*. New York: PublicAffairs, 2004, p. X . 原文如下："What is soft power? It is the ability to get what you want through attraction rather than coercion or payments. It arises from the attractiveness of a country's culture, political ideals, and policies."

② 郝瑞玉：《〈世说新语〉的英译问题与策略研究》，太原：山西大学，硕士论文，2011 年，第 4 页。

三十六门的名称翻译为例进行讨论（见表1）①。

表1 《世说新语》三十六门的名称翻译

序号	中文名称	英译
1	德行	Virtuous Conduct
2	言语	Speech and Conversation
3	政事	Affairs of State
4	文学	Letters and Scholarship
5	方正	The Square and Proper
6	雅量	Cultivated Tolerance
7	识鉴	Insight and Judgment
8	赏誉	Appreciation and Praise
9	品藻	Grading Excellence
10	规箴	Admonitions and Warnings
11	捷悟	Quick Perception
12	夙惠	Precocious Intelligence
13	豪爽	Virility and Boldness
14	容止	Appearance and Manner
15	自新	Self-renewal
16	企羡	Admiration and Emulation
17	伤逝	Grieving for the Departed
18	栖逸	Reclusion and Disengagement
19	贤媛	Worthy Beauties
20	术解	Technical Understanding
21	巧艺	Skill and Art
22	宠礼	Favors and Veneration
23	任诞	The free and Unrestrained
24	简傲	Rudeness and Arrogance
25	排调	Taunting and Teasing
26	轻诋	Contempt and Insults

---

① 芦思宏：《变异学视角下的六朝小说译介研究——以〈搜神记〉与〈世说新语〉的英译为例》，《中国文化海外传播研究》2018年第1期，第256-257页。

续表

序号	中文名称	英译
27	假谲	Guile and Chicanery
28	黜免	Dismissal from Office
29	俭啬	Stinginess and Meanness
30	汰侈	Extravagance and Ostentation
31	忿狷	Anger and Irascibility
32	谗险	Slander and Treachery
33	尤悔	Blameworthiness and Remorse
34	纰漏	Crudities and Slips of the Tongue
35	惑溺	Delusion and Infatuation
36	仇隙	Hostility and Alienation

通过对照表1中的中文原文与英语译文可以看到，马瑞志在翻译过程中不仅很好地传达了原文的含义，同时为了方便英语世界读者的理解，马瑞志也在译介过程中采取了一定的变异策略，如对"文学篇"的翻译，马瑞志没有简单地译为"Literature"，而是译为"Letters and Scholarship"，即"文章与学术"。结合"文学篇"中的内容来看，该篇多是介绍魏晋士人的强闻博记、知识渊博，因此这里的"文学"并非指以语言来表现客观世界和主观情感的形式，而应解读为"文章博学"，因此马瑞志此处的译介变异策略在还原文意的基础上，更加贴近外国读者的阅读习惯；同样，马瑞志将"雅量"译为"Cultivated Torlerance"，将"品藻"译为"Grading Excellence"，将"黜免"译为"Dismissal from Office"等例子，都是以翻译的形式对原文中的内容进行阐释，同样可以体现其对两种异质语言的成功转换。

而在形式上，《世说新语》三十六门的名称均为工整的二字词语，马瑞志也在译文形式上采用大体一致的格式，如将"简傲"译为"Rudeness and Arrogance"，用"Rudeness"对应"简"字，用"Arrogance"对应"傲"字，这种用一个英文单词对应一个中文单字的拆字翻译方式使原文的形式得以保留，但译文与原文相比也产生了形式上的变异，如"黜免"译为"Dismissal from Office"将原来的动词词语转变为介词词组，在深谙中西语言深层含义的基础上，使译文更加符合英语的表达习惯，体现了译者高超的翻译水平，但同时也应注意到，这种翻译方式也在一定程度上破坏了原文对称的二字词语形式，带来了审美感受降维的问题。

此外马瑞志也对《世说新语》材料进行了整理，并于书后附以近200页的补充，可以说马瑞志对《世说新语》三十六门名称的翻译在内容与形式上都产生了变异，而这种译介中的变异现象，恰恰成就了马瑞志译本的重要价值，完美地实现了中英文之间的自然转换，为海外学者对《世说新语》的研究提供了极好的资源。

（二）《二十四诗品》三个英译本的译介变异比较

《二十四诗品》是晚唐诗人、诗论家司空图的诗话作品，在中国古典文论著作中占有重要地位，该书采用以诗论诗的方式来对诗歌风格进行分类描述，同时书中使用了大量的意象，这些都给翻译增添了较大的难度。目前《二十四诗品》在西方共产生了四个全译本和其他零散译篇若干，其中以翟里斯（H.Giles）、杨宪益夫妇、宇文所安（Stephen Owen）的三个西方读者较为熟悉的英语全译本为代表。由于三个译本的译者分别处于不同的历史时期，加上不同译者对文本有着不同的理解与解读，这也使三个译本具有不同的风格，产生了不同的变异现象。以书名为例，翟里斯的译本并未冠以总题，但在弗伦奇编选的《荷与菊》中翟里斯的译文总题为"道教"（Taoism），可见翟里斯与当时西方学者对《二十四诗品》的认识仅限于中国道家的哲学思想。而杨译本将书名译为"Twenty-Four Modes of Poetry"，"mode"意为"模式、风格"，可见在杨宪益夫妇看来，《二十四诗品》的主题是论述不同诗歌的风格。宇文所安译本则译为"Twenty-Four Strategies of Poetry"，"strategy"意为"策略"，在宇文所安看来，《二十四诗品》不仅是论述诗歌风格的著作，同时也涉及了诗歌创作等技巧性理论。

而在对《二十四诗品》各标题的翻译中，同样可以看到因译者的主观能动性带来的差异。原书中各标题所使用的审美词汇具有独特的中国古典文化内涵，在英语中很难找到对应词汇，面对这种情况，翟里斯采取的方式是根据自己对诗句内容的理解进行拟题，因此各品标题的译文与原题并不完全相符。如《绮丽》一品，翟里斯认为这一品中的诗句修辞繁复华美，故将标题翻译为"刺绣"（Embroideries）。但"Embroideries"一词只能表现辞藻华美之"绮"，而不能反映自然之"丽"。再如翟里斯将《疏野》一品译为"隐逸"（Seclusion），而"隐逸"一词同样不能完全表现原题中"野"字代表的天然率真，可见尽管翟里斯对原文所表现的意趣基本理解，但译词的选择不够准确，无法精确传达原词的审美内涵。而杨宪益的翻译方式是将"品"理解为模式、风格，然后统一以"The X Mode"的形式译出。相比而言，杨宪益对标题的翻译比翟里斯的译文更贴近中文原貌，例如杨宪益对"绮丽"与"疏野"的翻译是"The exquisite mode"和"The artless mode"，"exquisite"有精致、细腻、高雅等义，"artless"指天真、无矫饰，均符合原标题应有的含义。但有些标题属于合成词，难以用一个简单的英语形容词所表述。如第十六品《清奇》，杨译为"The distinctive mode"，"distinctive"对应原文中与众不同的"奇"义，但无法表现标题中的清新、清秀之意，这也是杨译本中存在的一些遗憾。而宇文所安则采用了译本导言中所说忠于原文的翻译方式，宇文所安大致利用拆字法或形容词加名词的方式进行翻译，如他将《雄浑》译为"Potent, Undifferentiated"，这也增大了翻译的准确性。但即便逐字逐句地翻译，有些词宇文所安也无法精准地用英语表达出来。如他将"典雅"译为"Decorous and Dignified",即高雅的、庄严高贵的,但"典雅"一词并无高贵的隐含义,为此宇文所安在每品标题后添加拼音注明中文发音,一定程度上弥补了这种缺憾。

除了书名与标题之外,三个译本对正文的翻译也有不同的处理方式,以第十四品《缜密》①为例,三者译文对比如下:

Close Woven

In all things there are veritable atoms,

Though the sense cannot perceive them,

Struggling to emerge into shape

From the wondrous workmanship of God.

Water flowing, flowers budding,

The limpid dew evaporating,

An important road, stretching far,

A dark path where progress is slow…

So words should not shock,

Nor thought be inept.

But be like the green of spring,

Like snow beneath the moon.

(By H.Giles)

The Well-Knit Mode

The trail runs true

Yet seems beyond our ken;

And before the image take shape

Strange changes come to pass.

Water flows, flowers blow,

The sun has not yet dried the limpid dew,

While travellers with with far to go,

Tread with light steps and slow....

Writing rid of redundancy,

Thoughts free from stagnancy,

Are like the spring that make all green

---

① 《缜密》原文:"是有真迹,如不可知。意象欲出,造化已奇。水流花开,清露未晞。要路愈远,幽行为迟。语不欲犯,思不欲痴。犹春于绿,明月雪时。"

And clear as moonlight on the snow.

(By Yang Hsien-yi, Gladys Yang)

Close-Woven and Dense . Chen-mi

This does possess genuine trace,

But it is as though they cannot be known.

As the concept-image is about to emerge,

The process of creation is already wondrous.

Water flowing, flowers opening,

The clear dew not yet dried away,

The strategic road getting ever farther,

The slowness of passage through secluded places.

The words should not come to redundancy,

The thought should not tend to naivete.

It is like the spring in greenness,

Or bright moonlight where there is snow.

(By Stephen Owen)

通过对比可以看出，由于英语与汉语的转换限制，三个译文均无法保留原诗的韵脚，得到的译文均采取不押韵的形式，无法还原原诗在形式上的美感，这也是翻译过程中发生的形式变异，而在内容上，三个译本均较为忠实地还原了诗歌的原意。但仍能看到，由于翟里斯对原文的理解存在一定局限，同时因其考虑到英语世界读者的阅读习惯，他选用了某些西方哲学术语来翻译原诗的某些内容。例如翟里斯用了"atom"一词对应翻译"真迹"一词，"atom"一词源自希腊文 atomos，指具有不生成，不可毁灭，不可分，同质，有限性质的原子概念。然而，在中国传统哲学思想中并不存在这样一种概念，故"atom"一词的使用与杨译本的"trail"或宇文所安译本使用的"trace"相比，显得不够贴切。此外，翟里斯将"造化"译为"God"，这也是西方宗教哲学独有的概念。对比来看，杨译本使用的"change"更加贴近原意，宇文所安翻译的"the process of creation"则将"造化"解释为诗歌的创作过程。尽管翟译本有许多部分存在着翻译不够准确的问题，但其对意象的处理简洁隽永，符合原诗的意境，这也是其译本的优长所在。

此外，原诗中的"意象"一词和"语不欲犯，思不欲痴"一句在书中有较为重要的地位，杨译本将"意象"译为"image"，而宇文所安在"image"一词上加了前置定语"concept–"，突出了"意象"一词的概念性。而对于"语不欲犯，思不欲痴"一句的翻译，杨译保留了原诗的对偶形式，表达较为简练，宇文所安则用祈使句式直白地表达本句包含的创作要求。

此外，正文其他部分的例子如"鸿雁不来，之子远行"一句，翟译本将"之子"翻译为"She"，取情人之意，杨宪益译为友人"friend"，更接近于中国传统文化的表达，而宇文所安则使用"the person"一词，不特指爱人友人，具有一种普遍性。再如"如将不尽，与古为新"一句，翟译本译为：This the eternal theme / Which, though old, is ever new；杨译本译为：Infinite surely is the scene / Forever changing and forever new；宇文所安译为：If you hold to it without creasing / You join with the old and produce the new，可以明显看出宇文所安通过扩展原有的诗句形式，从而更详细地阐释原诗的含义。

通过对以上译文的对比可知，三个译本均在尽量保持原诗形式特点的基础上，采用了诗体形式的翻译，在内容上，三个译本也较为准确地将原诗中的一系列意象转换为英文。具体来看，翟里斯译本在原有诗意的基础上，为符合西方读者的审美习惯，在译词的选择上与原文有一定差距，译文更近于诗，但未能体现出原诗的理论价值。杨宪益作为本土学者，对中国文化理解有先天优势，故能在正确传达原诗意境的同时，以意译的方式表现原诗的理论性。而宇文所安译本加入了许多分析性与阐述性语句，使篇幅较其他译本更加繁复，但对原书的诗学理论阐释得最清楚也最接近中文原貌。综上所述，可以看到由于不同译者对原文的不同解读与不同译介策略的使用，带来了不同的变异现象，形成了不同风格面貌的译本，可以说译者的主观能动性发挥了极大作用，而中西语言和文化的差异性不可避免地带来了一系列变异现象，从以上两个例子中可以看到，中国文学在被异质文化接受和吸收的译介过程中，经过了大量翻译的变换与调适，而这也是国别文学步入世界文学殿堂的必经之路。

二、外国文学在中国的译介变异举隅

在我国历史上，曾有过几次大规模译介外国文学作品的时段，尤其是清末民初以来，伴随"西学东渐"思想，我国引进翻译了大量的外国文学作品，为近现代文学发展做出了重要贡献，面对晚清列强侵略、国之将亡的危机局势，本着救亡图存的思想，大量学者投身到对外国文学作品的译介中，希望从中找到唤醒人民的力量。在这样的时代背景下，翻译更多被当作一种救亡图存的方式，这一过程中产生了大量的变异现象，此外由于近代新旧思潮的激烈碰撞，面对外来的西方文化，许多学者对其进行了本土化的改造，形成了一种独特的文化现象。因此，在讨论外国文学在中国译介变异的这一部分中，我们选取晚清重要翻译家林纾独特的翻译现象以及拜伦《哀希腊》一诗在近代中国的译介情况两个案例，研究近代这一特殊的时代背景下，中国翻译家在对外国文学作品处理过程中产生的译介变异现象。

（一）林纾翻译的他国化与经典化生成

林纾作为晚清重要的文学家与翻译家，共翻译了 183 种外国小说，被誉为"中国翻译西方小说第一人"，但林纾本人不懂外语，其译作都是与通晓外语的朋友合作而成，由于这种特殊的翻译方式，也使林译小说存在着大量的译介变异，尽管钱锺书曾批评林纾的译作"漏译误译到处都是"①，但不可否认的是，林译小说以其典雅流畅的笔触，中西融合的思想，成为近代文学翻译史上的经典案例，因此对林译小说他国化与经典化过程的研究，离不开对林纾本人的文化姿态以及中西思想激烈碰撞时代背景的分析与研究。

尽管林纾在译作序跋中曾多次提倡译作忠实于原作，译者忠实于原作者，但实际上林译小说中存在着大量的误译、漏译、增译、个性化翻译等现象，面对这种看似矛盾的现象，其实不难发现这源于特定文化背景和个人主体意识，林纾深受儒家传统文化影响，而身处中西方文化激烈碰撞冲突的晚清，又使其大力提倡引进西学，面对截然不同的异质文化，林纾采取的策略是以中国传统伦理为根本，采取中西融合的文化立场，主张"合中、西二文熔为一片"，用传统道德观为西学辩护，借西学经验为传统文化的合理性辩解。② 而在翻译过程中，这二者带来的文化心理冲突也影响到了其译文的风格。例如，林纾在翻译英国近代作家亨利·赖德·哈葛德（H.R.Haggard）的小说《迦茵小传》时，林纾完全用中国的传统思维来解释西方人的行为与道德准则，例如林纾将原著中描写迦茵 "a considerable power of will" 译为 "操守至严"，其实原文并未强调迦茵的操守问题，而是说明她很有意志力，此处的翻译明显是林纾希望女主迦茵能够符合中国传统价值观的期待。而原文中简单的一句 "Joan watched him while he slept"，林纾将其翻译为 "（迦茵）流目盼亨利"，充满了中国古典审美趣味，特别是对于原著中描写迦茵生下女婴但不久夭折后的状态，即 "Perhaps she was more beautiful now than she had ever been, for the chestnut hair that clustered in short curls upon her shapely head, and her great sorrowful eyes shining in the pallor of her sweet face, refined and made strange her loveliness; moreover, if the grace of girlhood had left her, it was replaced by another and a truer dignity—the dignity of a woman who has loved and suffered and lost." 这一部分，翻译为 "而风貌之美，较前尤绝。似剪发新齐，覆额作螺旋状，秀媚入骨；且病后眉痕，及一双愁眼，已非生人之美，殆带愁带病，似仙似鬼之佳人也"。将一位西方女性用中国古典的审美词汇加以描写与赞美，并带上了忧愁哀怨的气氛，这些都体现了林纾考虑到中国读者的接受情况，因此将中国人看中的品质赋予迦茵，使原著中一位崇尚婚姻自主、爱情自由的勇敢西方女性与中国的传统贞洁女性结合起来，形成

---

① 钱锺书：《林纾的翻译》，北京：外语教学与研究出版社 1984 年版。
② 熊建闽：《从译者文化姿态与文学翻译的互动看译者主体性——以林译小说为例》，《天津大学学报》2019 年第 3 期，第 283 页。

了一种中西交融的译文，而小说表达的爱情自由、婚姻自主观念也与"五四"时代的进步思想契合，这也使林纾的译文具有时代意义，同时第一节中也提到，他还常常删除一些英国男女之间如挽手和握手等符合礼节的身体接触描写以便符合中国儒家"男女授受不亲"的思想，这些都是林纾以中国传统价值观为准则，对外国文学作品进行改编、节译的体现。

此外，由于林纾处于特殊的时代背景下，他对翻译文本的选择上也有着启迪国人、开启民智的考量，例如林纾与魏易合译《黑奴吁天录》，结合当时八国联军入侵北京、美国开展的排华运动，不难看出林纾希望借助《黑奴吁天录》激起国人的民族危机感，摈弃对帝国主义不切实际的幻想，引导国人从美国黑人的悲惨遭遇中看清自己的命运，书中描述黑奴受到的虐待，使林纾联想到华裔遭受的凌辱与折磨，感叹"为奴之势，逼及吾种"[①]。由于这个原因，林纾对本书的翻译依然存在着大量的变异现象，例如，原著描绘奴隶贩将汤姆带上车的情景时写道："Get in！" said Haley to Tom, as he strode through the crowd of servants, who looked at him with lowering brows. Tom got in, and Haley, drawing out from under the wagon seat a pair of shackles, made them fast around each ankle."林纾将这部分译为："海留指其所坐之车，麾汤姆上，海留亦继上，取脚镣一，械汤姆。克鲁观之，肝肺咸裂，声嘶而急。"通过对比原文可知，林纾的译文增加了"克鲁观之，肝肺咸裂，声嘶而急"的语句，通过这种增译方式渲染了克鲁伤心、绝望的情绪，让中国读者联想到自己的现实处境，激起民众反抗帝国主义的决心。而与前文提到的《迦茵小传》相同，林纾在《黑奴吁天录》中同样加入了许多儒家传统伦理观念的成分，例如原书中写到解而培要卖汤姆时，其子乔治愤怒回答道：如果父亲不把汤姆赎回，我将"tease his father's life out"。汤姆回答道："Oh, Master George, you mustn't talk so about your father!"林纾将其翻译为："小主人切勿以一奴之故，致家法阻梗，于理非福。"这样的译文更符合儒家传统纲常伦理观念，更容易为中国读者所接受。

综上所述，林纾因其特殊的翻译方式，其译文中存在着大量可供研究的增译、节译、改编等变异现象，而背后的深层原因则是林纾自身的中国传统文化观念与西方思潮的碰撞与融合，以及在晚清救亡图存背景下为唤醒国人而做出的增译与改写。可以说，林译小说因其漏译误译等缺陷翻译，招致了许多批评，但林译小说展示出的他国化与经典化进程无疑是近代翻译史上的独特现象，在独特的译文背后，是两种异质文明之间的对话，是两种话语之间的对话，在更大层面上即是话语之间的交流、碰撞和融合。

（二）拜伦《哀希腊》在近代中国的符号化历程

同样，在风雨飘摇、民族危难的近代时期，不少作家、翻译家都受到充满反叛

[①] 邓笛：《论意识形态因素对林纾翻译策略的制约——以林译〈黑奴吁天录〉为个案》，《语文学刊》2016年第11期，第283页。

个性和革命精神的英国 19 世纪初期伟大浪漫主义诗人拜伦作品的影响，学界对拜伦诗歌的翻译经历了一个高潮，其中，以《哀希腊》的翻译最为典型。《哀希腊》节选自拜伦著名的长篇讽刺诗《唐璜》第三章，由一位游吟诗人咏唱出来。这首插曲歌颂希腊昔日的辉煌，痛惜希腊今日受外族入侵、受人凌辱、辉煌不在的现状，意在激起当时被土耳其统治的希腊人民的奋身反抗，以重获自由，可以说该诗的背景主题与当时近代中国的国情相符合，因此该诗历经多次翻译，至少有十余个汉译版本，梁启超、查良铮、苏曼殊、马君武、胡适、闻一多、卞之琳、杨德豫、柳无忌等多位大家都曾参与了该诗的译介。1902 年，梁启超根据弟子罗昌口述翻译了《哀希腊》（时译《端志安》）的第一节与第三节，并在自己主编的小说《新中国未来记》当中进行引用。随后，1905 年，马君武首次将全诗全部译出，并将其命名为《哀希腊》；1906 年，苏曼殊于日本译出《哀希腊》，1909 年出版；1914 年，胡适在通读马、苏译之后，认为其译本不够完善，因此以满怀豪情的离骚体重译；1927 年，闻一多将《哀希腊》重译，其译名为《哀希腊群岛》[1]。可以说，不同的译者对《哀希腊》一首诗有不同的处理方式，使不同的译本展示出不同的风貌，《哀希腊》也因此成为近代中国文学上的一个重要符号，而其中马君武、苏曼殊、胡适三位大家的译本极具代表性，由于这三个译本采用了不同的诗体形式，加上不同译者对《哀希腊》一诗存在着不同的译介目的，这也使三个译本产生了不同的变异现象。

首先从形式上看，马君武采用的是七言歌行体进行翻译，配合歌行体的形式，马君武将译诗命名为《哀希腊歌》，具有音乐上的美感，但也存在着硬凑字数的问题，苏曼殊的译本采用的是五言律诗体，其译文在尊重诗歌原意的基础上，符合五言体的格律要求，有着严格的韵律，体现了译者深厚的传统文学功底。胡适采用离骚体形式来翻译《哀希腊》，即在两句之间使用"兮"字，作为句中停顿或者充当感叹词，而胡适的译诗也因此存在着过多使用"兮"字的问题。

除了形式之外，三个汉译本对诗句的翻译也有不同的处理方式，以原诗的第十四节与三个汉译本进行比较如下[2]：

Trust not for freedom to the Franks,
They have a king who buys and sells;
In native swords, and native ranks,
The only hope of courage dwells;
But Turkish force, and Latin fraud,

---

[1] 余璐、陈达：《从〈哀希腊〉五个译本看"五四"前后诗歌翻译的变化》，《现代交际》2018 年第 15 期，第 82 页。

[2] 王莹：《〈哀希腊〉三个汉译本的译者主体性对比分析》，银川：北方民族大学，硕士论文，2011 年，第 4 页。

Would break your shield, however broad.

劝君莫信佛郎克，自由非可他人托。
佛朗克族有一王，狡童深心不可测。
可托惟有希腊军，可托惟有希腊刀。
劝君信此勿复疑，自由托人终徒劳。
吁嗟乎突厥之暴佛郎狡，
希腊分裂苦不早。
（马君武译）

莫信法郎克　人实诳尔者
锋刃藏祸心　其王如商贾
骄似突厥军　黠如罗甸虏
尔盾虽彭亨　击碎如破瓦
（苏曼殊译）

法兰之人，乌可托兮，
其王贪狡，水可度兮。
所可托兮，希腊之刀；
所可任兮，希腊之豪。
突厥慓兮，
拉丁狡兮，
虽吾盾之坚兮，
吾何以自全兮。
（胡适译）

通过对三个版本译诗的比较可以看出，马译本存在着明显的增译现象，如原诗中不含有"劝君信此勿复疑，自由托人终徒劳"一句，属于马君武的增译，而对最后一句的处理，马译本采用了意译的方法，"希腊分裂苦不早"中并不含有原句的"shield"一词，可以说这在一定程度上影响了翻译的准确性；而苏译本用词较为古朴生僻，如"诳""黠""彭亨"等，这也在一定程度上影响了读者的理解；相比较前两个译本，胡适的译诗含义显得更加清晰，同时按照原诗的节数进行翻译，配合胡适整理的大量注释，在尊重原诗形式的基础上方便读者的阅读与理解。

同样，由于三位译者对《哀希腊》一诗表达主旨的理解各有不同，这也影响了疑问呈现的风格，马君武作为革命家，希望通过译诗来充分表达自己的革命理想，发出救国救亡的号召，激发国人的爱国主义热情，因此其译诗中存在着大量增译现象，例如对爱国主题的强调，可以说这种翻译策略是马君武爱国理想、政治抱负的写照。而对于苏曼殊来说，他希望通过译本来表达自己对自由与梦想的追求，在尽力传达诗歌原意的基础之上，他融入了自我孤独哀愁的情感，表现了尽管悲壮，也不放弃对自由理想追求的执着精神。胡适则希望通过离骚体形式翻译《哀希腊》，从而进行对译诗诗体形式的革新探索，胡适的译诗经历了从古体、骚体到自由诗的尝试与发展过程，可以说《哀希腊》是胡适以骚体翻译的重要尝试。同时，以离骚体译诗也是因为在胡适看来，英国的拜伦和中国的屈原都被世人视为伟大的爱国主义诗人，采用这种形式也表达了胡适对两位爱国诗人的致意。

总之，《哀希腊》在近代中国历史上被反复翻译这一现象体现了当时的时代精神，拜伦在中国被描绘成一个英雄、一位自由战士、一位爱国主义者，换句话说，即一位中国式的拜伦[1]。对拜伦诗歌的翻译并不是出于审美需要，而是出自翻译家们自己的爱国主义情感，因此《哀希腊》在近代中国已经成为了一种"符号"，即在救亡图存的时代背景下爱国主义的一种象征。

总之，无论是中国文学向英语世界的对外传播，还是外国文学在中国的流传过程，都产生了大量的跨语言变异现象，而在这些现象背后，则是两种文明话语对话和碰撞的过程，正如笔者在变异学英文专著 *The Variation Theory of Comparative Literature* 中指出的，跨语言变异是贯穿跨国变异、跨文化变异和跨文明变异三个层面变异的一条红线，四个层面的变异相互交织，通过不同文学的交流、对话和互补，不断实现文学的他国化进程，在为本土文学带来新的生机与活力的同时，也对世界文学的形成产生了重要推进作用。

---

[1] 任宋莎:《误读他者与建构自我——从翻译角度看晚清民初时期"〈哀希腊〉在中国的幸运"》，《文化学刊》2017年第7期，第71页。

主要参考文献

中文专著

［1］〔德〕H.R. 姚斯，〔美〕R.C. 霍拉勃：《接受美学与接受理论》，周宁、金元浦译，沈阳：辽宁人民出版社1987年版。

［2］〔德〕布莱希特：《布莱希特论戏剧》，丁扬忠等译，北京：中国戏剧出版社1990年版。

［3］〔德〕汉斯－格奥尔格·加达默尔：《真理与方法》，洪汉鼎译，上海：上海译文出版社1999年版。

［4］〔德〕海德格尔：《在通向语言的途中》，孙周兴译，北京：商务印书馆2016年版。

［5］〔德〕黑格尔：《小逻辑》，贺麟译，北京：商务印书馆1980年版。

［6］〔德〕黑格尔：《哲学史讲演录》（第1卷），贺麟、王太庆译，北京：商务印书馆2016年版。

［7］〔德〕莱布尼茨：《中国近事：为了照亮我们这个时代的历史》，杨保筠译，郑州：大象出版社2005年版。

［8］〔德〕莱辛：《汉堡剧评》，张黎译，上海：上海译文出版社1982年版。

［9］〔德〕马丁·海德格尔：《存在与时间》，陈嘉映、王庆节译，北京：生活·读书·新知三联书店1987年版。

［10］〔德〕叔本华：《自然界中的意志》，任立、刘林译，北京：商务印书馆1997年版。

［11］〔德〕叔本华：《作为意志和表象的世界》，石冲白译，北京：商务印书馆2014年版。

［12］〔俄〕米·瓦·阿列克谢耶夫：《1907年中国纪行》，阎国栋译，昆明：云南人民出版社2001年版。

［13］〔法〕布吕奈尔等:《什么是比较文学》,葛雷、张连奎译,北京:北京大学出版社1989年版。

［14］〔法〕雅克·德里达:《论文字学》,汪堂家译,上海:上海译文出版社1999年版。

［15］〔法〕弗朗索瓦·朱利安:《迂回与进入》,杜小真译,北京:商务印书馆2017年版。

［16］〔法〕伏尔泰:《哲学辞典》,王燕生译,北京:商务印书馆1991年版。

［17］〔法〕伽列:《〈比较文学〉初版序言》,北京师范大学中文系比较文学研究组,《比较文学研究资料》,北京:北京师范大学出版社1986年版。

［18］〔法〕基亚:《比较文学》,颜保译,北京:北京大学出版社1983年版。

［19］〔法〕朗松:《朗松文论选》,徐继曾译,天津:百花文艺出版社2009年版。

［20］〔法〕罗贝尔·埃斯卡皮:《文学社会学》,王美华、于沛译,合肥:安徽文艺出版社1987年版。

［21］〔法〕米歇尔·福柯:《词与物：人文科学的考古学》,莫伟民译,上海:上海三联书店2016年版。

［22］〔法〕斯达尔夫人:《论文学》,徐继增译,北京:人民文学出版社1985年版。

［23］〔法〕提格亨:《比较文学论》,戴望舒译,上海:商务印书馆1937年版。

［24］〔加拿大〕让·格朗丹:《哲学解释学导论》,何卫平译,北京:商务印书馆2009年版。

［25］〔加拿大〕叶嘉莹:《王国维及其文学批评》,北京:北京大学出版社2014年版。

［26］〔美〕爱德华·W.萨义德:《文化与帝国主义》,李琨译,北京:生活·读书·新知三联书店2003年版。

［27］〔美〕爱德华·W.萨义德:《东方学》,王宇根译,北京:生活·读书·新知三联书店1999年版。

［28］〔美〕盖瑞·施耐德:《水面波纹》,西川译,南京:译林出版社2017年版。

［29］〔美〕加里·斯奈德:《砌石与寒山诗》,柳向阳译,北京:人民文学出版社2018年版。

［30］〔美〕梅维恒:《唐代变文》,杨继东等译,上海:中西书局2011年版。

［31］〔美〕浦安迪:《浦安迪自选集》,刘倩等译,北京:生活·读书·新知三联书店2011年版。

［32］〔美〕爱德华·W.赛义德:《赛义德自选集》,谢少波、韩刚等译,北京:

中国社会科学出版社1999年版。

［33］〔美〕乌尔利希·韦斯坦因：《比较文学与文学理论》，刘象愚译，沈阳：辽宁人民出版社1987年版。

［34］〔美〕夏志清：《中国古典小说史论》，胡益民、石晓琳、单坤琴译，南昌：江西人民出版社2001年版。

［35］〔日〕大塚幸男：《比较文学原理》，陈秋峰、杨国华译，西安：陕西人民出版社1985年版。

［36］〔瑞士〕费尔迪南·德·索绪尔：《普通语言学教程》，高名凯译，北京：商务印书馆1980年版。

［37］〔英〕罗杰·福勒编：《现代西方文学批评术语辞典》，薛满堂等译，沈阳：春风文艺出版社1988年版。

［38］〔英〕毛姆：《面纱》，阮景林译，重庆：重庆出版社2006年版。

［39］《比较文学概论》编写组：《比较文学概论》，北京：高等教育出版社2015年版。

［40］《老子道德经》，上海：上海书店出版社1986年版。

［41］〔法〕艾田伯：《比较文学之道：艾田伯文论选集》，胡玉龙译，北京：生活·读书·新知三联书店2006年版。

［42］北京师范大学中文系比较文学研究组选编：《比较文学研究资料》，北京：北京师范大学出版社1986年版。

［43］曹顺庆：《比较文学概论》，北京：高等教育出版社2018年版。

［44］曹顺庆：《比较文学与文论话语——迈向新阶段的比较文学与文学理论》，北京：北京师范大学出版社2011年版。

［45］曹顺庆等：《比较文学学科理论研究》，成都：巴蜀书社2001年版。

［46］曹顺庆主编：《比较文学教程》（第二版），北京：高等教育出版社2010年版。

［47］曹顺庆主编：《比较文学学》，成都：四川大学出版社2005年版。

［48］曹顺庆：《南橘北枳——曹顺庆教授讲比较文学变异学》，北京：中央编译出版社2014年版。

［49］陈惇、孙景尧、谢天振主编：《比较文学》，北京：高等教育出版社2007年版。

［50］陈鹏翔主编：《主题学研究论文集》，台北：东大图书股份有限公司1983年版。

［51］陈希：《西方象征主义的中国化》，广州：中山大学出版社2018年版。

［52］陈寅恪：《寒柳堂集》，北京：生活·读书·新知三联书店2015年版。

［53］陈寅恪：《金明馆丛稿初编》，北京：生活·读书·新知三联书店2015年

版。

［54］（宋）陈元靓：《事林广记》，北京：中华书局1999年版。

［55］〔美〕大卫·达姆罗什、刘洪涛、尹星编：《世界文学理论读本》，北京：北京大学出版社2013年版。

［56］（清）戴震：《戴东原集》，北京：商务印书馆1933年版。

［57］（清）戴震：《戴震全书》，合肥：黄山书社2010年版。

［58］杜书瀛：《从"诗文评"到"文艺学"——中国三千年诗学文论发展历程的别样解读》，北京：中国社会科学出版社2013年版。

［59］杜小真、张宁编译：《德里达中国讲演录》，北京：中央编译出版社2003年版。

［60］方汉文主编：《东西方比较文学史》，北京：北京大学出版社2005年版。

［61］（唐）房玄龄：《晋书·卷二七》，长春：吉林人民出版社1995年版。

［62］干永昌等选编：《比较文学研究译文集》，徐鸿译，上海：上海译文出版社1985年版。

［63］郭沫若：《郭沫若剧作全集》（第1卷），北京：中国戏剧出版社1982年版。

［64］（晋）郭璞：《尔雅注·序》，上海：上海古籍出版社1990年版。

［65］郭庆藩：《庄子集释》，北京：中华书局1961年版。

［66］郭绍虞：《中国历代文论选》2，上海：上海古籍出版社2001年版。

［67］洪汉鼎主编：《理解与解释——诠释学经典文选》，北京：东方出版社2001年版。

［68］黄会林：《中国现代话剧文学史略》，合肥：安徽教育出版社1990年版。

［69］季羡林：《东方文论选·序》，成都：四川人民出版社1996年版。

［70］姜义华编著：《胡适学术文集·中国佛学史》，北京：中华书局1997年版。

［71］姜智芹：《当东方与西方相遇——比较文学专题研究》，济南：齐鲁书社2008年版。

［72］乐黛云：《跟踪比较文学学科的复兴之路》，上海：复旦大学出版社2011年版。

［73］梁启超：《中国佛学研究史》，长春：吉林人民出版社2013年版。

［74］（汉）刘安：《淮南子》，许慎注，陈广忠校点，上海：上海古籍出版社2016年版。

［75］刘魁立：《刘魁立民俗学论集》，上海：上海文艺出版社1998年版。

［76］（汉）刘熙：《释名·序》，上海：上海古籍出版社1989年版。

［77］（南北朝）刘勰：《文心雕龙注》，范文澜注，北京：人民文学出版社2014年版。

［78］刘再复：《性格组合论》，北京：中国人民大学出版社2010年版。

[79] 刘再华:《晚清时期的文学与经学》,上海:复旦大学,博士学位论文,2003年。

[80] 鲁迅先生纪念委员会编:《鲁迅全集》(第六卷),北京:人民文学出版社1973年版。

[81] 陆永峰:《敦煌变文研究》,成都:巴蜀书社2000年版。

[82] 吕澄:《中国佛学源流略讲》,北京:中华书局1979年版。

[83] 马蹄疾辑录:《水浒资料汇编》,北京:中华书局1977年版。

[84] 孟华主编:《比较文学形象学》,北京:北京大学出版社2001年版。

[85] 莫言:《红高粱家族》,北京:当代世界出版社2003年版。

[86] 潘中伟:《前见与认识》,郑州:河南人民出版社2007年版。

[87] 钱锺书:《管锥编》(第1卷),北京:生活·读书·新知三联书店2001年版。

[88] 钱锺书:《谈艺录》,北京:中华书局1993年版。

[89] (梁)释慧皎:《高僧传》,汤用彤校注,北京:中华书局1992年版。

[90] 孙昌武:《禅宗十五讲》,北京:中华书局2016年版。

[91] 孙周兴选编:《海德格尔选集》,北京:生活·读书·新知三联书店1996年版。

[92] 汤用彤:《汉魏两晋南北朝佛教史》,北京:商务印书馆2015年版。

[93] 汤用彤:《理学·佛学·玄学》,北京:北京大学出版社1991年版。

[94] 汤用彤:《隋唐佛教史稿》,武汉:武汉大学出版社2008年版。

[95] 王夫之:《周易外传》,北京:中华书局1977年版。

[96] 王国维:《人间词话》,成都:四川人民出版社1981年版。

[97] 王俊菊主编:《莫言与世界:跨文化视角下的解读》,济南:山东大学出版社2014年版。

[98] 王一川等:《西方文论中国化与中国文论建设》,北京:经济科学出版社2012年版。

[99] 王重民、王庆菽、向达等编著:《敦煌变文集》,北京:人民文学出版社1984年版。

[100] 吴雪、李汉飞主编;中国话剧艺术研究会编:《曹禺戏剧研究论文集》,北京:中国戏剧出版社1997年版。

[101] (汉)许慎:《说文解字》,(宋)徐铉校定,北京:中华书局2001年版。

[102] 严绍璗、王晓平:《中国文学在日本》,广州:花城出版社1990年版。

[103] 严绍璗:《比较文学与文化"变异体"研究》,上海:复旦大学出版社2011年版。

[104] 严绍璗:《中日文学关系史稿》,长沙:湖南文艺出版社1987年版。

［105］杨乃乔、伍晓明编:《比较文学与世界文学》,北京:北京大学出版社2005年版。

［106］杨乃乔:《比较文学概论》,北京:北京大学出版社2006年版。

［107］杨周翰、乐黛云编:《中国比较文学年鉴》,北京:北京大学出版社1987年版。

［108］叶舒宪:《英雄与太阳》,西安:陕西人民出版社2004年版。

［109］叶舒宪:《原型与跨文化阐释》,广州:暨南大学出版社2002年版。

［110］叶舒宪:《中国神话哲学》,北京:中国社会科学院出版社1992年版。

［111］叶维廉:《叶维廉文集》(第1卷),合肥:安徽教育出版社2002年版。

［112］叶绪民、朱宝荣、王锡明:《比较文学理论与实践》,武汉:武汉大学出版社2005年版。

［113］尹红茹:《比较文学》,长春:吉林大学出版社2014年版。

［114］余国藩:《余国藩西游记论集》,台北:联经出版事业股份有限公司1989年版。

［115］张隆溪选编:《比较文学译文集》,北京:北京大学出版社1982年版。

［116］张曼涛主编:《佛教与中国文化》,上海:上海书店出版社1987年版。

［117］张庆伟:《东传科学与乾嘉考据学关系研究——以戴震为中心》,济南:山东大学,博士学位论文,2013年。

［118］赵晔:《吴越春秋》,北京:中华书局1985年版。

［119］赵毅衡:《诗神远游》,上海:上海译文出版社2003年版。

［120］郑振铎:《插图本中国文学史》,北京:北京出版社1998年版。

［121］郑振铎:《中国俗文学史》,上海:上海古籍出版社2013年版。

［122］中国社会科学院文学研究所编:《文艺理论译丛》(第二编),钱学熙等译,北京:人民文学出版社1958年版。

［123］周刚、陈思和、张新颖主编:《全球视野下的沈从文》,上海:上海交通大学出版社2017年版。

［124］周宁:《跨文化形象学》,上海:复旦大学出版社2014年版。

［125］周宁编著:《2000年西方看中国》,北京:团结出版社1999年版。

［126］周绍良、白化文编著:《敦煌变文论文录》,台北:明文书局1985年版。

［127］朱光潜:《诗论》,北京:北京出版社2009年版。

［128］宗白华:《美学散步》,上海:上海人民出版社2006年版。

［129］邹雅艳:《13—18世纪西方中国形象演变》,天津:南开大学出版社2016年版。

中文期刊

［1］〔美〕厄内斯特·费诺罗萨著，埃兹拉·庞德编：《作为诗歌手段的中国文字》，赵毅衡译，《诗探索》1994年第3期。

［2］蔡元培：《致〈新青年〉记者函》，《新青年》1917年第3卷第1号。

［3］曹顺庆、李泉：《比较文学变异学学科理论体系的新建构》，《思想战线》2016年第4期。

［4］曹顺庆、李卫涛：《比较文学学科中的文学变异学研究》，《复旦学报》（社会科学版）2006年第1期。

［5］曹顺庆、罗富明：《变异学视野下比较文学的反思与拓展》，《中外文化与文论》2011年第1期。

［6］曹顺庆、张莉莉：《从变异学的角度重新审视异国形象研究》，《湘潭大学学报》（哲学社会科学版）2014第3期。

［7］曹顺庆、庄佩娜：《国内比较文学变异学研究综述：现状与未来》，《中南民族大学学报》（人文社会科学版）2015第1期。

［8］曹顺庆、曾诣：《变异学视域下比较文学跨文明研究的类型及合法性》，《深圳大学学报》（人文社会科学版）2015年第4期。

［9］曹顺庆、曾诣：《平行研究与阐释变异》，《中国比较文学》2018年第1期。

［10］曹顺庆、付飞亮：《变异学与他国化——曹顺庆先生学术访谈录》，《甘肃社会科学》2012年第4期。

［11］曹顺庆、高小珺：《揭开现当代文学史缺失的一角——再论旧体诗词应入中国现当代文学史》，《中国文化研究》2018年春之卷。

［12］曹顺庆、靳义增：《论"失语症"》，《文学评论》2007年第6期。

［13］曹顺庆、李斌：《中西诗学对话——德里达与中国文化》，《武汉大学学报》（人文科学版）2017年第6期。

［14］曹顺庆、李思屈：《再论重建中国文论话语》，《文学评论》1997年第4期。

［15］曹顺庆、芦思宏：《变异学与东西方诗话的比较研究》，《安徽师范大学学报》（人文社会科学版）2016年第1期。

［16］曹顺庆、马智捷：《再论"风骨"与"崇高"》，《江汉学刊》2017年第1期。

［17］曹顺庆、谭佳：《重建中国文论的又一有效途径：西方文论的中国化》，《外国文学研究》2004年第5期。

［18］曹顺庆、唐颖：《论文化与文学的"他国化"》，《现代中国文化与文学》2015年第2期。

[19] 曹顺庆、童真:《西方文论话语的"中国化":"移植"切换还是"嫁接"改良?》,《河北学刊》2004 年第 5 期。

[20] 曹顺庆、王超:《再论中国古代文论的中国化道路》,《中外文化与文论》2010 年第 1 期,总第 19 辑。

[21] 曹顺庆、杨清:《对中国古代文论现代转换的反思》,《华夏文化论坛》2018 年第 2 期,总第 20 辑。

[22] 曹顺庆、杨一铎:《立足异质 融会古今——重建当代中国文论话语综述》,《社会科学研究》2009 年第 3 期。

[23] 曹顺庆、张雨:《比较文学变异学的学术背景与理论构想》,《外国文学研究》2008 年第 3 期。

[24] 曹顺庆、郑宇:《翻译文学与文学的"他国化"》,《外国文学研究》2011 年第 6 期。

[25] 曹顺庆、周春:《"误读"与文论的他国化》,《现代中国文化与文学》2005 年第 1 期。

[26] 曹顺庆:《"风骨"与"崇高"》,《江汉论坛》1982 年第 4 期。

[27] 曹顺庆:《21 世纪中国文化发展战略与重建中国文论话语》,《东方丛刊》1995 年第 3 辑。

[28] 曹顺庆:《比较文学平行研究中的变异问题》,《中山大学学报》(社会科学版)2014 年第 3 期。

[29] 曹顺庆:《比较文学学科理论发展的三个阶段》,《中国比较文学》2001 年第 3 期。

[30] 曹顺庆:《变异学:比较文学学科理论的重大突破》,《中山大学学报》(社会科学版)2008 年第 4 期。

[31] 曹顺庆:《道与逻各斯:中西文化与文论分道扬镳的起点》,《文艺研究》1997 年第 6 期。

[32] 曹顺庆:《建构比较文学的中国话语》,《当代文坛》2018 年第 6 期。

[33] 曹顺庆:《跨文明文论的异质性、变异性及他国化研究》,《深圳大学学报》(人文社会科学版)2016 年第 2 期。

[34] 曹顺庆:《文学理论他国化研究》,《比较文学与跨文化研究》2018 年第 2 期。

[35] 曹顺庆:《中国话语建设的新路径——中国古代文论与当代西方文论的对话》,《深圳大学学报》(人文社会科学版)2017 年第 5 期。

[36] 曹顺庆:《中国文论话语及中西文论对话》,《浙江大学学报》(人文社会科学版)2008 年第 1 期。

[37] 曹顺庆:《中国学派:比较文学第三阶段学科理论的建构》,《外国文学研

究》2007年第3期。

[38] 常亮、曹顺庆:《话语之"筏":论"格义"与"洋格义"》,《中外文化与文论》2018年第2期。

[39] 陈独秀:《本志罪案之答辩书》,《新青年》1919年第6卷第1号。

[40] 董首一、曹顺庆:《"他国化":构建文化软实力的一种有效方式》,《当代文坛》2014年第1期。

[41] 高玉:《中国现代学术话语的历史过程及其当下建构》,《浙江大学学报》(人文社会科学版)2011年第2期。

[42] 顾友仁:《基于当代视野的中华文化与欧洲启蒙运动》,《学术论坛》2008年第12期。

[43] 郭泉:《叔本华的汉学研究及其对中国哲学思想的认识》,《南京师大学报》(社会科学版)2000年第3期。

[44] 何蕾:《变异的两种路径和结局:"格义"与"反向格义"的启示》,《中外文化与文论》2018年第1期。

[45] 何敏:《〈狄公案〉的中西流传与变异》,《山东外语教学》2013年第3期。

[46] 胡晓明:《中国文论的正名——近年中国文学理论研究的"去西方中心主义"思潮》,《西北大学学报》(哲学社会科学版)2005年第5期。

[47] 季思:《美国"对华文明冲突论"的背后是冷战思维和种族主义》,《当代世界》2019年第6期。

[48] 姜智芹:《张炜与海明威之比较》,《山东社会科学》2003年第3期。

[49] 乐黛云:《多元文化发展与跨文化对话》,《民间文化论坛》2016年第5期。

[50] 李艳、曹顺庆:《从变异学的角度重新审视比较文学的影响研究》,《中国比较文学》2006年第4期。

[51] 梁晓虹:《论佛教词语对汉语词汇宝库的扩充》,《杭州大学学报》(哲学社会科学版)1994年第4期。

[52] 刘燕:《他者之镜:〈1907年中国纪行〉中的中国形象》,《外国文学》2008年第6期。

[53] 芦思宏:《论中西方文论的他国化与变异》,《当代文坛》2018年第6期。

[54] 罗富明:《科学主义与中国文论的西方化》,《中外文化与文论》2013年第3期,总第24辑。

[55] 倪梁康:《交互文化理解中的"格义"现象——一个交互文化史的和现象学的分析》,《浙江学刊》(双月刊)1998年第2期。

[56] 庞希云、李志峰:《文化传递中的想象与重构——中越"翁仲"的流传与变异》,《上海师范大学学报》(哲学社会科学版)2013年第2期。

[57] 庞希云、李志峰:《越南汉文小说对中国文学的吸收和改造——以〈状元

甲海传〉的流传变异为例》,《广西大学学报》(哲学社会科学版)2013年第2期。

［58］钱玄同:《中国今后之文字问题》,《新青年》1918年第4卷第4号。

［59］秦海鹰:《关于中西诗学的对话——弗朗索瓦·于连访谈录》,《中国比较文学》1996年第2期。

［60］时光:《比较文学变异学十年(2005—2015):回顾与反思》,《燕山大学学报》(哲学社会科学版)2018年第1期。

［61］孙彩霞:《陈寅恪先生的比较文学研究》,《贵州大学学报》2008年第1期。

［62］孙绍振:《医治学术"哑巴"病 创造中国文论新话语》,《光明日报》2017年7月3日第12版。

［63］田俊武、陈玉华:《东方乌托邦——欧洲中世纪旅行文学中的北京形象》,《外国语文》2018年第1期。

［64］汪震:《古文与科学》,《晨报副刊》1925年第1259期。

［65］王超:《比较文学变异学中的阐释变异研究——以弗朗索瓦·于连的"裸体"论为例》,《当代文坛》2018年第6期。

［66］王超:《变异学:比较文学视域中的中国话语与文化认同》,《长江文艺评论》2017年第4期。

［67］王超:《变异学:让异质性成为比较文学可比性》,《海南师范大学学报》(社会科学版)2018年第5期。

［68］王苗苗、曹漪那:《"中国话语"及其世界影响——评中国学者英文版〈比较文学变异学〉》,《比较文学与跨文化研究》2018年第2期。

［69］王宁:《"世界文学":从乌托邦想象到审美现实》,《探索与争鸣》2010年第7期。

［70］王萍:《略论郭沫若历史剧的叙事模式》,《四川戏剧》2012年第4期。

［71］王文英:《现代性与古典性的交融:郭沫若历史悲剧的特色之一——以〈屈原〉为例》,《岭南学报》2017年第2期。

［72］王萱:《论话剧舞台艺术的中国化》,《戏剧之家》2018年第17期。

［73］王耘:《古代文论之现代转换的理论表象》,《学术月刊》2015年第7期。

［74］吴兴明:《"迂回"与"对视"》,《西南民族大学学报》(人文社会科学版)2007年第7期。

［75］习近平:《在哲学社会科学工作座谈会上的讲话》,2016年05月18日,新华社(http://www.xinhuanet.com/politics/2016-05/18/c_1118891128.htm)。

［76］肖婧:《江户时期"仿世说体"小说对〈世说新语〉的继承与嬗变——以〈近世丛语〉及其续作为中心的考察》,《华中学术》2019年第1期。

［77］谢露洁:《葛浩文翻译思想的"对话性"》,《外语与翻译》2017年第1期。

［78］熊坤静:《历史剧〈屈原〉创作前后》,《党史文苑》2012年第7期。

［79］叶舒宪：《神话－原型批评的理论与实践》，《陕西师范大学学报》1986 年第 2 期。

［80］余卫国：《"文明互鉴论"的科学内涵、理论价值和实践意义》，《宁夏社会科学》2017 年第 11 期。

［81］张法：《论印度哲学中运动—变化—生灭思想》，《学习与探索》2015 年第 4 期。

［82］张法：《论中国哲学关于运动、变化与生灭的独特思想》，《社会科学战线》2014 年第 12 期。

［83］张祥龙：《海德格尔论老子与荷尔德林的思想独特性——对一份新发表文献的分析》，《中国社会科学》2005 年第 2 期。

［84］张毅、綦亮：《从莫言获诺奖看中国文学如何走出去——作家、译家和评论家三家谈》，《当代外语研究》2013 年第 7 期。

［85］张勇：《郭沫若早期历史剧创作与诗剧翻译钩沉》，《北方论丛》2017 年第 1 期。

［86］张雨：《比较文学学科中的影响变异学研究》，《四川大学学报》（哲学社会科学版）2009 年第 3 期。

［87］赵连元：《中西奥狄浦斯情结之比较》，《学习与探索》2004 年第 6 期。

［88］赵渭绒、戴珂：《毛姆的中国书写：论毛姆〈面纱〉中的中国人形象》，《中外文化与文论》2014 年第 1 期。

［89］赵渭绒、曹顺庆：《比较文学学科理论体系新思考》，《外国文学研究》2012 年第 3 期。

［90］赵毅衡：《名士高罗佩与他的西洋狄公案》，《作家杂志》2003 年第 2 期。

［91］周宁：《"我们的遥远的近邻"——印度的中国形象》，《天津社会科学》2010 年第 1 期。

［92］周宁：《西方的中国形象史：问题与领域》，《东南学术》2005 年第 1 期。

［93］朱恒夫：《中西方戏剧理论与实践的碰撞与融汇——论中国戏曲对西方戏剧剧目的改编》，《戏曲研究》2010 年第 1 期。

［94］庄佩娜：《填补世界比较文学学科理论的空白——曹顺庆教授英文专著〈比较文学变异学〉评介》，《外国文学研究》2014 年第 3 期。

［95］邹雅艳：《"蝴蝶夫人"与"中国公主"——异国情调中的东方想象》，《天津师范大学学报》（社会科学版）2018 年第 6 期。

外文专著

[1] Adolf Reichwein, *China and Europe: Intellectual and Artistic Contacts in the XVIIIth Century*, Translated by J. C. Powell. London: Routledge, 1996.

[2] Aldridge, A. Owen, *Comparative Literature: Matter and Method*, Urbana, Chicago, London: University of Illinois Press, 1969.

[3] Bernard Franco, *La Litterature Comparee: Histoire, Domaines, Methodes*, Armand Colin, 2016.

[4] Cao Shunqing, *The Variation Theory of Comparative Literature*, Heidelberg: Springer Press, 2014.

[5] Cao Shunqing and Han Zhoukun, "The Theoretical Basis and Framework of Variation Theory", *Comparative Literature and Culture*, 19.5, 2017.

[6] Cesar Dominguez, HaunSaussy, and Dario Villanueva, *Introducing Comparative literature: New Trends and Applications*, London and New York: Routledge, 2015.

[7] Comte, Auguste, *Cours de Philosophie Positive*, Tome Premier, 5th edition, Paris: Librairie C. Reinwald, 1907.

[8] Duran Angelica, Huang Yuhan, Eds. *Mo Yan in context: Nobel laureate and global storyteller*, Purdue: Purdue University Press. 2014.

[9] Edward W. Said, "Traveling Theory" in *the World, the Text, and the Critic*, Cambridge, MA: Harvard University Press, 1983.

[10] Edward W, Said, *the World, the Text, and the Critic*, Cambridge: Harvard University Press, 1983.

[11] Li Dian, *World Literature and Translation/Reading as an Exchange of Alterity*. Cultural Studies and Literary Theory. Chengdu: Sichuan University Press, Sum 38, 2018.

[12] Mo Yan, Howard Goldblatt, *Red Sorghum*, London: Arrow Books, 2003.

[13] Terry Eagleton, *Literary Theory: An Introduction*. Beijing: Foreign language education and research press, 2004.

[14] Theo D'haen, *The Variation Theory of Comparative Literature from a World comparative Literature Perspective*. Speech at The XXII Congress of ICLA, Macau, 2019.

[15] Ulrich Weisstein, *Comparative Literature and Literary Theory: Survey and Introduction*. Bloomington & London: Indiana University Press, 1973.

[16] Wang Ning, Cosmopolitanism and the Internationalization of Chinese Literature. *Mo Yan in Context: Nobel Laureate and Global Storyteller*. Eds. Angelica Duran and Yuhan Huang. West Lafayette: Purdue UP, 2014.

外文期刊

[1] Svend Erik Larsen, Various Theories-and Variation Theory. *Cultural Studies and Literary Theory*. Sum 38, 2018.

[2] Svend Erik Larsen, Book Review: Cao Shunqing. *The Variation Theory of Comparative Literature*. Heidelberg: Springer Press, 2014, 252pp. *Orbis Litterarum*, Vol 70, Issue 5, Oct 2015.

[3] Wang Miaomiao, Comparative Literature in Chinese: A Survey of Books Published 2000-2013. *CLCWeb: Comparative Literature and Culture,* Vol15, Issue 6, 2013.

[4] Wang Ning, Variation Theory and Comparative Literature: A Book Review Article about Cao's Work. *CLCWeb: Comparative Literature and Culture,* Vol15, Issue 6, 2013.

后　记

　　这本书是国家社科基金结项优秀成果（国家社科基金项目号：07BWW004），也是我在国内出版的比较文学变异学第一部学术专著。自从2005年我提出比较文学变异学迄今，已经过去16年，结合近年来对比较文学变异学的研究积累，我对本书又做了进一步的修改。16年来，我及我的学术团队发表了不少关于变异学的中英文学术论文，2014年我还出版了论文集《南橘北枳》，产生了一些影响。尤其是2013年我在施普林格出版社（Springer）出版的英文专著 The Variation Theory of Comparative Literature（《比较文学变异学》），得到美国哈佛大学比较文学系主任、美国科学院院士丹穆若什（David Damrosch），荷语区鲁汶大学教授、欧洲科学院院士西奥·德汉（Theo D'haen），以及芝加哥大学教授、美国科学院院士苏源熙（Haun Saussy）等诸多国际著名学者的关注、评介和探讨。2019年在澳门举办的第二十二届国际比较文学大会中，荷语区鲁汶大学教授、欧洲科学院院士西奥·德汉，法国索邦大学教授、欧洲科学院院士佛朗哥（Bernard Franco）等欧美学者在大会报告及分论坛研讨中多次向世界各国学者推介变异学理论，这是我始料未及的。基本可以认为，变异学作为比较文学的中国话语之一，逐步在国际比较文学界产生越来越多的学术影响。

　　尽管变异学已经形成良好的发展态势，但是仍然存在一些值得深化、拓展和完善的地方，国内外许多学者对此提出了一些建设性的意见建议。因此，2013年至今，针对学界的意见建议，我反复思考、认真琢磨，力图将这些问题想清楚、说明白，而这本书就是深化变异学研究的一项成果，也是对这些宝贵建议的积极回应。从总体上说，这本书与之前研究的最大创新，主要有三个方面：

　　第一，阐明变异学的学科理论基础。变异本来是一种现象，要成为一种"学"，其学科理论基础在哪里？西方学者是否研究过变异学？为什么他们没有提出变异学理论？归根结底，我们不仅要提出变异学，而且要向学界说清楚为什么要提出变异学，变异学从哪里来、如何来，它是否具有哲理依据，它与国际比较文学又有何联系，等等。概言之，不仅要让变异学"走出去"，还要能"站得稳""走进去""走得远""走得久"。这些重要问题，在之前的著述中，说得比较少、比较散。因此，为了集中回应这些核心问题，本书花了四章笔墨来集中阐述。首先，第一章对16年来的研究现状进行梳理分析，提出当前需要解决的问题，然后，分三章分别论述了变异学的中国哲学基础、西方哲学基础及当代国际比较文学对变异学理论的研究。通过大量的史料分析，基本能够证明：变异学并非空穴来风、无中生有，而是具有深厚的哲学基础，这里的哲学基础既包含中国哲学，也包含西方哲学尤其是胡塞尔以来的近现代西方哲学思想，变异学可以认为是中国哲学的当代化、西方哲学的中国化的话语呈现。不仅如此，当代中外比较文学中也有很多对变异思想的陈述，变异学在学科外部具有安身立命的哲学基础，在学科内部具有继往开来的研究传统，通过这样的双向总结和梳理，形成了变异学相对科学、稳定和具有说服力的学科理论构架体系，对之前的研究成果做出了更进一步的深化和提炼。

第二，阐明变异学的实践方法路径。在《比较文学学》《比较文学教程》以及 *The Variation Theory of Comparative Literature*（《比较文学变异学》）等其他著述中，我们大多按照"跨越性"的标准进行分类，将变异学研究领域分为跨国家、跨语际、跨文化、跨文明、他国化等方面，这种实践研究方法有它的好处，当然也有它的弊端。本书在这种分类基础上，为了进一步阐明变异学与其他学科理论话语体系之间的逻辑关联，将之分为六个方面的实践路径：1."普遍变异学"，从跨学科角度分析变异学与物理学、生物学及其他学科领域的逻辑关联，阐明变异是学术与科学发展的一般规律和宏观策略；2."流传变异学"，从实证性角度分析变异学与影响研究的传承创新，主要研究实证影响交流中的同源现象与变异现象的关系及其发生规律；3."阐释变异学"，从非实证性角度分析变异学与平行研究的类同性与变异性的传承创新，主要研究没有实证影响交流的文学对象在跨文明阐释中发生的变异现象及其发生规律；4."文学他国化"，从结构和规则变异的角度分析变异学在影响研究、平行研究基础上的融合创新机制，它是变异学的核心话语体系，往往既有实证性，又有非实证性，它与流传变异和阐释变异最大的不同，就是超越了话语局部变异，而形成话语新质，并且，这种话语新质与原有的话语体系深度融合，构建异质融贯的新的话语结构体系。这就从学科理论的发展维度阐明了法国学派影响研究、美国学派平行研究及中国学派变异研究之间的逻辑结构关联；5."形象变异学"，从跨文明想象性诠释立场分析变异学对形象研究的传承创新。这也是之前的著述研究不够的部分。之前的一些研究认为形象学就是变异学，两者呈并列结构。或者认为变异学包含形象学，两者是总分结构。但是如何并列、总分，为什么可以并列、总分，却说得不够透彻，本书将变异学与形象的联系与区别，做了深入的分析，首次系统提出"形象变异学"的术语范畴，并用案例阐明形象变异研究的基本范式；6."译介变异学"，从翻译研究立场阐明变异学对译介研究的传承创新，这与形象变异学的思路趋同，主要说明变异学与译介学的联系与区别、传承与创新。这六种实践路径，既阐明了变异学与比较文学中其他理论话语之间的逻辑关联，又指明了变异学自身的研究领域、研究案例和研究方法,将变异学有机融入国内外比较文学学科理论话语体系之中。

第三,强化变异学的案例解读。任何理论都需要实践的检验,虽然本书为变异学理论研究,但是在绝大多数章节中,都专门设置一个小节来进行实践案例解读。在之前的著述中,我也多次提到一些案例,例如佛教中国化、庞德翻译的中国诗、林纾的翻译等。在此书中,尽量回避了之前论及的案例,而是根据不同的章节内容,筛选了一些新鲜的、有说服力的案例来进行解读。这样,一方面提供了具体的实践方法,另一方面,也增加了书稿的可读性、实践性,让理论与实践结合得更加紧密。

以上三个方面,从理论和实践方面都对变异学理论做出了深化,对国内外学界提出的意见建议进行了学术回应,而且还进一步提出了变异学的新术语、新范畴、新路径、新结构。

由于本书是我与我的博士生及部分硕士生合作完成的,前后持续了多年,各章节难免参差不齐,全书反复改写甚至重写,统稿和修改难度非常大,在这个过程中,靳义增作为该研究项目的主要成员,协助我做了大量的具体工作,王超是后期修订贡献最大的。本书的责任编辑认真细致地反复审读书稿,并提出了很好的修改意见,为本书出版付出很多艰辛的努力。先后参与本书编写的主要有以下人员:李伟荣、颜青、张雨、孔许友、邱明丰、宫小兵、王庆、徐扬尚、崔海妍、王鹏飞、王超、王蕾、任小娟、陈丕、吴琳、付品晶、李丹、李艳、蔡俊、徐亚东、邱岚、周芸芳、靳义增、韩聃、于琦、欧阳灿灿、王红、王凯凤、庄佩娜、王苗苗、时光、王熙靓、石文婷、王嘉胤、李斌、李金正、陈思宇、张帅东、夏甜、王楠、李甡、翟鹿、孙铭蔚、邹阿玲、刘诗诗、杜红艳、杨清、刘衍群、曹怡凡、李沁洋、任鑫、张大立、张莉莉、张诗琦、卢婕、韩周琨、黄文、罗荔。他们中有的毕业多年,已经是教授或者副教授,有的还在四川大学和北京师范大学读博士或读硕士,教学相长,我要感谢这支学术团队,感谢同学们的参与和支持!

最后,衷心感谢商务印书馆的编辑,为本书出版付出辛勤努力。感哈佛大学丹穆若什教授、芝加哥大学苏源熙教授、荷语区鲁汶大学德汉教授、法国索邦大学佛朗哥教授、丹麦奥胡斯大学拉森教授(Svend Erik Larsen)、西班牙圣地亚哥联合大学比较文学系多明戈斯教授(Cesar Dominguez)等各位国际学者提出的鼓励褒奖和宝贵建议,没有大家的学术帮助,就不可能有这本书。我深切期待变异学不仅"墙内开花墙外香",还能"墙内开花满园红"。当然,本书一定还有很多不足之处,恳请学界同仁不吝指正!

曹顺庆
2021年孟夏于成都锦丽园寓所

图书在版编目(CIP)数据

比较文学变异学 / 曹顺庆等著. — 北京：商务印书馆，2021
ISBN 978-7-100-19484-6

Ⅰ. ①比… Ⅱ. ①曹… Ⅲ. ①比较文学—文学研究 Ⅳ. ①I0-03

中国版本图书馆 CIP 数据核字 (2021) 第 029419 号

权利保留，侵权必究。

比较文学变异学
曹顺庆　王　超　等　著

商 务 印 书 馆 出 版
（北京王府井大街36号　邮政编码100710）
商 务 印 书 馆 发 行
艺堂印刷（天津）有限公司印刷
ISBN 978-7-100-19484-6

2021年9月第1版　开本 787×1092　1/16
2021年9月第1次印刷　印张 20
定价：98.00元